Drei Verbrechen: Drei Krimis

Alfred Bekker

Published by Cassiopeiapress Extra Edition, 2015.

This is a work of fiction. Similarities to real people, places, or events are entirely coincidental.

DREI VERBRECHEN: DREI KRIMIS

First edition. May 14, 2015.

Copyright © 2015 Alfred Bekker.

ISBN: 978-1512258226

Written by Alfred Bekker.

Drei Verbrechen: Drei Krimis

von Alfred Bekker

Ein CassiopeiaPress Buch

© by Author

© dieser Ausgabe 2015 by AlfredBekker/CassiopeiaPress, Lengerich/Westfalen

www.AlfredBekker.de

postmaster@alfredbekker.de

Der Umfang dieses Buches entspricht 480 Taschenbuchseiten.

Dieses Buch enthält folgende drei Romane:

Münster-Wölfe

Eine Kugel für Lorant

Der Killer von Manhattan

Münster-Wölfe

Roman von Alfred Bekker

Tatort: Ein Mietshaus in Münster. Michael Hellmer schreibt unter dem Pseudonym Mike Hell Groschenromane. Ein Stromausfall, der seinen Computer lahmlegt, vernichtet die letzten Seiten seines Western-Romans GNADENLOSE WÖLFE. Ursache ist der Föhn eines Mannes, der bereits seit einer Stunde tot in seiner Badewanne liegt... Damit beginnt für Hellmer eine Kette aberwitziger Verwicklungen. Ein inkompetenter Kommissar verdächtigt ihn und so hat Hellmer bald nur noch eine Wahl: Die Sache selbst aufklären!

1

Meine Finger glitten wie von selbst über die leichtgängige Computertastatur. Ein leises Klackern war dabei zu hören und vermischte sich mit dem unablässigen Summen des Ventilators, der meinen Rechner kühl hielt. Der Cursor blinkte auf, rutschte über die Benutzeroberfläche und zog eine Schriftspur hinter sich her.

Ich schrieb:

>*Jake McCord kniff die Augen zu schmalen Schlitzen zusammen, als er die drei Reiter herannahen sah.*

Das muss Dickson mit seinen Bluthunden sein!, ging es ihm durch den Kopf.

Er erhob sich von seinem Lagerplatz und nahm noch einen tiefen Schluck aus der mit heißem Kaffee gefüllten Blechtasse.

Die Tasse hielt er mit der Linken, die Rechte glitt unterdessen zur Seite - dorthin, wo der Griff seines 45er Colts aus dem tiefgeschnallten Revolverholster ragte.

Als die drei Reiter näher heran waren, konnte er deutlich Barry Dicksons blasses Gesicht erkennen, das von einem dünnen, schwarzen Bart umrahmt wurde.

Das wird Ärger geben!, dachte McCord.

Doch er ließ sich keineswegs aus der Ruhe bringen und nahm einen weiteren Schluck Kaffee. Indessen waren die Reiter herangekommen. In einer Entfernung von kaum mehr als einem Dutzend Yards zügelten sie ihre Pferde.

McCords Augen begegneten Dicksons kaltem Blick.

"Hatte ich Ihnen nicht gesagt, dass es besser wäre, aus der Gegend zu verschwinden?", zischte Dickson dann, während seine beiden Begleiter ihre Hände zu den Revolvern gleiten ließen.

McCord nickte. "Das hatten Sie gesagt. Aber so leicht bin ich nicht einzuschüchtern!"

"Wenn Sie glauben, dass ich mir von einem Satteltramp wie Ihnen auf der Nase herumtanzen lasse, dann sind Sie schief gewickelt, McCord!"

"Das Gesetz ist auf meiner Seite", erwiderte McCord ruhig. "Und das wissen Sie auch!"

Dickson verzog höhnisch das Gesicht. "Das Gesetz? Ich bin das Gesetz hier in der Gegend!"

McCord ließ den Blick von einem zum anderen schweifen. In den Augen dieser Männer las er den Tod. Seinen Tod. Er sah die Anspannung in den Gesichtern von Dicksons Leuten. Die Hände waren bei den Revolvern, bereit, sie jeden Augenblick zu ziehen. Die Männer warteten nur noch auf ein Zeichen, um loszuschlagen.

Und dieses Zeichen kam schließlich auch. Es war ein kaum merkliches Nicken, mit dem Barry Dickson die Hölle losbrechen ließ.

Die Männer rissen ihre Eisen aus den Holstern. Sie waren schnelle, aber lausige Schützen. McCord zog ebenfalls blitzartig den Revolver und feuerte.

Der Kerl rechts von Dickson schrie auf, als ihm McCords Kugel in die Schulter fuhr, ihn nach hinten riss, und er die Waffe fallen ließ.

McCord warf sich zu Boden, während der Kugelhagel seiner Gegner über ihn hinwegpfiff. Noch im Fallen feuerte er ein zweites Mal und holte damit Barry Dickson aus dem Sattel. Schwer stürzte der Vormann der Morton-Ranch zu Boden und blieb reglos auf dem Rücken liegen. Ein kleines, rotes Loch hatte sich mitten auf seiner Stirn gebildet, während seine Augen starr in den Himmel blickten.

Dicht neben sich fühlte Jake McCord eine Kugel in den Boden einschlagen, die den Sand zu einer kleinen Fontäne aufwirbelte.

Er rollte sich herum, riss dann den Revolverlauf empor und jagte dem dritten Kerl eine Kugel mitten in die Brust.‹

Ich lehnte mich zurück und war zufrieden mit mir. Zwanzig Seiten hatte ich heute schon geschrieben, die letzten zehn davon in einem Zug.

Es war einfach so aus mir herausgeflossen. Durch meine Finger hindurch in die Computertastatur.

'*Gnadenlose Wölfe*' sollte das Werk heißen. Heute Morgen hatte ich nichts weiter als diesen Titel gehabt. '*Gnadenlose Wölfe*'! Ich fand, dass das gut klang.

Wenn alles glatt ging, würde ich in einer Woche die 120 Manuskriptseiten in die Tastatur gehackt haben.

In zirka sechs Monaten konnte man es dann aller Voraussicht nach an jedem Kiosk als Romanheft kaufen. Mit einem knalligen Titelbild versehen.

'GNADENLOSE WÖLFE' - Untertitel vielleicht: '*Sie kannten kein Erbarmen - ein neuer, ungewöhnlich faszinierender Roman von MIKE HELL.*'

Aber davor hatten der Herrgott und der Redakteur noch ein bisschen Schweiß gesetzt. Seite Zwanzig. Heute war ich gut in Form, und vielleicht würde ich nachher noch einmal zehn Seiten schreiben.

Doch im Augenblick war mir mehr nach einer Tasse Kaffee. Ich wollte gerade den Text sichern, da wurde der Bildschirm plötzlich dunkel.

Auch das Licht war ausgegangen.

Ein Kurzschluss! Ich fluchte innerlich. Die letzten fünf Seiten waren nicht gesichert gewesen und damit unwiederbringlich verloren.

Wahrscheinlich war es wieder der defekte Föhn von dem Kerl, der die Wohnung eine Treppe höher bewohnte.

Es war immer dasselbe. Der Kerl benutzte das Gerät, und wenn ich Pech hatte, sprang die Hauptsicherung raus.

Das Leitungsnetz in diesem Haus war völlig veraltet. Baujahr irgendwann vor dem Krieg oder kurz danach. Eigentlich hätten hier alle Leitungen herausgerissen und erneuert werden müssen. Abends, wenn die Fernseher nach und nach angingen, wurde es immer besonders kritisch.

Am besten ließ sich zwischen Mitternacht und Frühstück arbeiten. Dann war man relativ sicher davor, dass der Strom auf einmal weg war. Nur weil zwei Dutzend Idioten plötzlich alle gleichzeitig ihre sämtlichen elektrischen Geräte anstellen mussten. Und selbst der Typ mit dem kaputten Föhn trocknete sich dann seltener die Haare.

Ich war sauer.

Der blöde Kerl über mir - vorausgesetzt mein Zorn traf ihn in diesem Fall zu Recht - hatte mir fünf Seiten vernichtet.

Beim nächsten Mal sollte ich ihn auf Schadensersatz verklagen!, dachte ich.

Diese Seiten waren schließlich bares Geld für mich gewesen!

Andererseits war der Kerl aber selbst offensichtlich zu geizig, um sich endlich einen neuen Föhn zu besorgen, der sich mit der Hauptsicherung besser vertrug!

Ich atmete tief durch. So lange ich in diesem Haus lebte, würde ich mich mit diesen Zuständen abfinden müssen.

Ich knipste Bildschirm und Zentraleinheit des Computers off, damit - wenn die Sicherung wieder eingeschaltet war - der Strom nicht mit voller Wucht in die Geräte schlug. Das soll nämlich schädlich sein.

Dann erhob ich mich und überlegte einen Moment, was ich tun sollte.

Es gab mehrere Möglichkeiten.

Ich konnte in den Keller gehen, um die Sicherung wieder einzuschalten.

Ich konnte aber auch abwarten, bis einer der anderen Hausbewohner in den Keller ging, um die Sicherung wieder einzuschalten.

Ich sah auf die Uhr. Genau 17.30 Uhr.
Das bedeutete, dass schon eine ganze Reihe von Leuten zu Hause war, vor dem Fernseher saß, Radio hörte und so weiter. Meine Chancen, mich nicht selber aufmachen zu müssen, weil sich jemand anders durch den stromlosen Zustand noch mehr genervt fühlte als ich, standen also gar nicht so schlecht.
Ich ging in die Küche.
Da stand noch Kaffee in der Maschine. Die war natürlich auch ohne Strom, also war klar, dass der Kaffee bald kalt sein würde. So entschloss ich mich, mir erst einmal eine Tasse einzuschenken und abzuwarten.
Draußen, vom Treppenhaus her, hörte ich Geräusche und Stimmen. Da hatte sich also tatsächlich jemand in den Keller aufgemacht, genau wie ich vermutet hatte.
Ich schlürfte meinen Kaffee und wartete ab.
Dann war plötzlich wieder Strom da. Das Licht ging an, das Kontrolllämpchen der Kaffeemaschine leuchtete wieder, und das Radio in der Küche, das ich abzuschalten vergessen hatte, murmelte vor sich hin.
Doch das währte keine zwei Sekunden.
Dann war es schon wieder vorbei. Der Strom war erneut weg, was nur daran liegen konnte, dass der Kurzschluss immer noch bestand.
Wahrscheinlich hat dieser Idiot seinen Haartrockner einfach wieder eingeschaltet und versucht, sich zu Ende zu föhnen!, dachte ich grimmig.
Er war ein Ignorant.
Ich hatte ihn schon einmal wegen dieses verdammten Föhns angesprochen, aber er meinte, es liege an meinem Computer. Der ziehe zuviel Strom, und deshalb könne das Leitungsnetz seinen Föhn nicht verkraften. So ein Blödsinn!
Ich glaube, ich muss nicht besonders betonen, dass ich ihn nicht leiden kann. Wie sollte es anders sein, da er mir ja

schließlich in mehr oder minder regelmäßigen Abständen Geld stahl.

Nein, pardon, ›*stahl*‹ ist nicht richtig ausgedrückt. Er vernichtete es. Er vernichtete Geld - und dummerweise gehörte dieses Geld mir.

›*Zur Hölle mit ihm!*‹, oder so etwas in der Art hätte Jake McCord aus GNADENLOSE WÖLFE, diesem ungewöhnlich spannenden, wenn auch noch ziemlich unfertigen Western-Roman, in einem solchen Fall gesagt! ›*Zur Hölle mit ihm ...*‹ Wenn ich in jenem Augenblick gewusst hätte, dass er sich dort vielleicht schon befand ...

Aber es ist müßig, über solche Dinge nachzudenken.

Wieder kam für einen Augenblick Strom durch die Leitungen, der abermals sofort versiegte. Irgendjemand hatte es also ein zweites Mal versucht. Und ebenso erfolglos.

Ich trank meinen Kaffee aus.

Wie es aussah, würde ich mich doch selbst um die Sache kümmern müssen, wenn ich heute noch eine Seite in die Tasten bringen wollte!

Verdammt, ich war so gut drin gewesen, und dann das!

Die Probleme von Jake McCord lösten sich auf Seite 120, das war von vorn herein klar. Meine eigenen Probleme musste ich selbst meistern.

Kein gottgleicher Autor löste sie für mich in Wohlgefallen und einem Happy-End inklusive einem schönen Mädchen und dem Ende aller Schurken auf!

Ich ging in den Flur, öffnete meine Wohnungstür und trat hinaus ins Treppenhaus.

Von unten hörte ich Stimmen.

Es waren Frauenstimmen, und zwar mindestens zwei.

Sie kamen aus dem Keller die Treppe herauf und hatten wohl eingesehen, dass es so einfach, wie sie gedacht hatten, nicht war.

Indessen schloss ich sorgfältig die Tür hinter mir ab. Auch wenn man nur kurz aus der Wohnung ist, sollte man das tun. Es ist hier schon passiert, dass jemand nur den Mülleimer hinausgebracht hat, ohne abzuschließen, und dann das Familiensilber vermisste.

Ich warf einen Blick hinunter zu den Frauen.

Aber auch von oben kam jemand. Und auch das war eine Frau, das hörte ich an den Schuhen.

Ich wirbelte herum und blickte in ein fein geschnittenes, von dunkelbraunen Haaren umrahmtes Gesicht mit grüngrauen Augen. Ich schätzte sie auf Anfang zwanzig.

Sie war hübsch, aber das war nicht der Hauptgrund, weshalb mein Blick an ihr haften blieb.

Für einen kurzen Moment sahen wir uns an.

Sie strich sich eine Haarsträhne aus dem Gesicht. Eine Sekunde lang blieb sie stehen und trat dann an mir vorbei. Sie wirkte irgendwie gehetzt, so als sei ihr jemand auf den Fersen. Aber ein kurzer Blick die Treppe hinauf sagte mir, dass dort niemand war.

"Hey!", rief ich ihr hinterher.

Sie blieb auf dem Absatz stehen, atmete tief durch und drehte sich dann zu mir herum. Es lag auf der Hand, dass sie nur aus der Wohnung jenes Mannes kommen konnte, dessen verfluchter Föhn vermutlich dafür verantwortlich war, dass ich jetzt hier im Treppenhaus stand, anstatt an den Tasten zu sitzen!

"Was ist?", rief sie ziemlich außer Atem.

Als sich unsere Blicke begegneten, wusste ich, dass sie Angst hatte. Schweiß stand ihr auf der Stirn, und ich konnte mir bei ihrer sportlichen Figur einfach nicht vorstellen, dass dieser durch die paar Stufen bis zum Absatz entstanden war.

Und für eine Herzkranke hatte sie einfach noch nicht das richtige Alter.

Ich deutete mit dem Daumen hinauf zur Wohnung meines Intimfeindes, der mit Vorliebe das Geld eines armen Romanschreibers vernichtete.

"Hat er sich wieder die Haare gewaschen?"

"Wer?"

Sie schien wirklich nicht zu begreifen. Ihre Augen verengten sich ein wenig.

"Na, der Kerl, der da oben wohnt. Ich weiß nicht, wie er heißt, aber sein Föhn ..."

"Föhn?"

Das Wort schien etwas in ihr auszulösen. Ich begriff noch nicht, was. Später sollte es mir klarer werden. "Was wollen Sie eigentlich?", meinte sie dann etwas unwirsch.

"Ich wollte nur wissen, ob er zu Hause ist!", erwiderte ich dann. Wenn nicht, konnte er auch logischerweise nicht seinen Föhn eingeschaltet haben, und dann musste der Stromausfall durch etwas anderes verursacht worden sein.

"Was weiß ich ..." murmelte sie, dann wandte sie sich um und rannte weiter. Sie hastete die Treppen hinunter, als ob buchstäblich der Teufel hinter ihr her sei.

Ich verzog das Gesicht.

Der Kerl mit dem Föhn – dessen Name mir nicht einmal mehr einfallen wollte – war sicher ein Ekel. Wen wunderte es schon, wenn jemand Reißaus vor ihm nahm? Mich jedenfalls nicht.

Eine Viertelstunde später sollte mich überhaupt nichts mehr wundern!

2

Unterdessen kamen die Frauen von unten zu mir herauf. Der davoneilenden Schönen warfen sie einen kurzen, kritischen Blick hinterher.
Dann waren sie bei mir angelangt. Ich kannte sie flüchtig und wusste, dass sie in der Wohnung unter mir wohnten. Sie hießen beide Meyer und waren Mutter und Tochter. Meyer mit Ypsilon, so stand es an ihrer Wohnungstür, an der ich zwangsläufig vorbeikam, wenn ich hinunter zur Straße wollte.
Die Mutter war klein, gedrungen und ziemlich dick. Deshalb schnaufte sie jetzt auch gut hörbar. Sie pfiff wie eine Dampflok. Aber das war kein Wunder.
Ich hätte auch so gepfiffen, hätte ich ihr Gewicht die vielen Stufen hinaufschleppen müssen.
Die Tochter war schon fast dreißig und hatte immer noch Akne. Ihr selbst gemachter Kurzhaarschnitt stand ihr nicht besonders. Zudem waren ihre Haare eigentlich immer fettig und ungewaschen, wenn sie mir begegnete.
Ich weiß nicht, ob meine Begegnungen mit ihr repräsentativ für ihr äußeres Erscheinungsbild waren, aber ich denke schon.
Die beiden machten unzufriedene Gesichter. Bei der Tochter war das eigentlich immer so. Es war gewissermaßen ihr Markenzeichen.
Aber die Mutter war sonst immer ganz fröhlich, besonders wenn sie in der Pizzeria gewesen war und man ihr dann auf der Treppe mit einem Turm von Schachteln vor der Brust begegnete. Irgendwoher mussten die Pfunde ja auch schließlich kommen, die sie sich angefressen hatte.

"Es wird wieder der Kerl mit dem defekten Föhn sein!", meinte die Tochter, während sie auf ihrem Kaugummi kaute. Fehlte nur noch, dass sie eine Blase machte, aber dazu war sie dann doch vielleicht schon etwas zu erwachsen. Selbst sie.

Trotzdem, wenn ich sie sah, fragte ich mich immer, ob es so etwas wie lebenslange Pubertät geben konnte.

"Jedenfalls haben wir nichts gemacht, was den Kurzen verursacht haben könnte", fügte die Mutter hinzu. Sie setzte trotz ihres Ärgers jetzt ein überaus freundliches Gesicht auf und meinte dann: "Machen Sie das?"

"Was?"

"Dem Kerl Bescheid stoßen! Sie sind schließlich ein Mann!"

"Was hat das damit zu tun?"

"Naja, der da oben ist doch immer so unfreundlich. Und wenn man ihn mal trifft, dann grüßt er einen noch nicht einmal!"

Ich vollführte eine hilflose Geste. Das war nun wirklich nicht das Schlimmste an ihm! Und wenn man es genau nahm, dann grüßte sich in diesem Haus ohnehin fast niemand. In dem Punkt unterschied er sich kaum von den anderen Bewohnern.

"Wir hatten schon ein paar Begegnungen der unerfreulichen Art", meinte ich. "Ich fürchte, er reagiert auf mich allergisch ..."

"Nicht allergischer als auf den ganzen Rest der Menschheit", murmelte die pickelige Tochter und drückte dabei völlig ungeniert an einer ihrer unappetitlichen Eiterbeulen herum.

Wir gingen also die Treppe zu seiner Wohnung hinauf.

Ich wusste, dass es darauf hinauslaufen würde, dass ich dem guten Mann klarmachen musste, sich endlich einen neuen Föhn zu kaufen. Die beiden Frauen trauten sich nicht, den Kotzbrocken anzusprechen.

Bei der Mutter war mir das plausibel. Ihre ganze Art war eher zurückhaltend.
Aber bei der Tochter verstand ich das nicht. Ich wusste nämlich zufällig, dass sie ziemlich laut schreien konnte, um ihre Interessen durchzusetzen. Doch das galt anscheinend nur im Umgang mit ihrer Mutter, die wirklich keinen einfachen Stand ihr gegenüber hatte. Ansonsten spielte sie den verschüchterten Hasen.
Am liebsten hätte ich ihr in diesem Augenblick vorgeschlagen: >*Schrei den Kerl von oben doch nur einmal so an, wie du das bei deiner Mutter schaffst – wahrscheinlich hätten wir dann für ein Jahr Ruhe!*<
Aber ich verkniff es mir.
Dann waren wir oben, vor seiner Tür.
Ich warf erst einmal einen Blick auf das Namensschild an der Klingel. Er hieß Jürgen Lammers. Irgendwo in einem hinteren Winkel meines Gedächtnisses schien sich etwas zu regen. Ich kannte diesen Namen irgendwoher, aber er wäre mir jetzt nicht mehr eingefallen.
"Na, los!", sagte die Mutter und drückte auch schon auf die Klingel.
"Klopfen Sie lieber", riet ich ihr. Die gute Frau hatte wohl vergessen, dass wir gegenwärtig keinen Strom hatten und Jürgen Lammers schon aus diesem Grund nichts von der Klingelei hören konnte.
"Häh?", meinte sie, und so klopfte ich selber, anstatt darauf zu warten, dass sie es begriff.
Ich erwartete, dass er jetzt jeden Moment aufmachte, wahrscheinlich in seinem speckigen Jogging-Anzug, der den Bierbauch besonders gut zur Geltung brachte. Ich erwartete, in seine böse blitzenden Augen zu blicken, die in dem grobschlächtigen Gesicht mit der dicken Nase, den dunklen Augenbrauen und den knorrigen Wangen einen überaus passenden Platz hatten.

Aber nichts dergleichen geschah.

Jürgen Lammers machte nicht auf, und ich klopfte noch einmal, diesmal schon deutlich ungeduldiger.

Und dabei gab die Tür plötzlich nach. Offenbar war sie nur angelehnt gewesen.

"Wenn die Tür offen ist, wird er ja wohl zu Hause sein", meinte die Tochter.

Ich nickte, öffnete dabei die Tür vollends und trat zögernd ein.

Die beiden Frauen folgten mir, und dann staunten wir alle drei erst einmal über das außergewöhnliche Chaos, das sich uns bot.

Mein erster spontaner Gedanke war, hier hat jemand das Unterste zuoberst gekehrt! Aber dann schalt ich mich einen Narren. Dies ist kein Roman!, sagte ich mir. Dies ist die Wirklichkeit.

Und in Wirklichkeit war die Ursache für eine chaotische Wohnung meistens die, dass der Inhaber nicht aufgeräumt hatte. Ich kannte das aus eigener, leidvoller Erfahrung.

Hinter mir hörte ich die Mutter aufatmen, während wir alle den Blick zu Boden gerichtet hatten, verzweifelt auf der Suche nach freien Stellen, auf die man die Füße setzen konnte. Die Kleidung, die man an sich an der Garderobe vermutet hätte, bedeckte den Fußboden des kleinen Flures. Die Schubladen der Kommode waren herausgerissen und ausgeleert.

Als wir schließlich ins Wohnzimmer kamen, sah es dort ebenso schlimm aus.

"Das ist nicht normal!", meinte die Mutter. "Hier ist etwas passiert. Vielleicht ein Einbruch ..."

Die pickelige Tochter verzog das Gesicht zu einer Grimasse. "Einbruch? Mama!", meinte sie dann spöttisch. Sie zuckte mit den Schultern und machte eine ziemlich herablassende Geste. "Die Tür war unversehrt! Wie soll der Dieb gekommen sein? Durch das Fenster vielleicht? Warum nicht. Mit einer

Bergsteigerausrüstung an der Fassade hoch bis in den fünften Stock! Dann durch das Fenster und alles durchwühlen und schließlich auf demselben Weg wieder hinaus – natürlich nicht, ohne das Fenster zuvor von innen wieder sorgfältig zu schließen! Und selbstverständlich hat der Einbrecher dann noch absichtlich einen Kurzschluss verursacht, um uns alle zu ärgern!"

Sie kam sich sehr scharfsinnig vor, aber ihrer Mutter war das Ganze eher peinlich. Das war nicht zu übersehen.

Ich achtete nicht weiter auf das Gerede der beiden, sondern sah mich stattdessen lieber ein bisschen um.

Zwei Minuten später hörte ich plötzlich einen markerschütternden Schrei – einen Schrei, der selbst für die darin ansonsten recht geübte pickelige Tochter erstaunlich war.

Sie war ins Bad gegangen und hatte dort offenbar etwas entdeckt – oder war vielleicht auch einfach nur ausgerutscht. Ich traute ihr das Letztere zu. Besonders geschickt war sie nämlich nicht.

Jedenfalls beeilte ich mich, nach ihr zu sehen.

Die Mutter schnaufte hinter mir her.

Die Tatsache, dass kein zweiter Schrei folgte, legte ich für mich so aus, dass sie sich nichts Ernstes angetan hatte.

Einen Augenblick später sah ich sie mit offenem Mund und starr vor Schreck auf die Badewanne blicken.

In der bis über den Rand gefüllten Wanne lag ein Mann, den wir alle immerhin gut genug kannten, um ihn identifizieren zu können. Es war Jürgen Lammers, und bezeichnenderweise trug er auch jetzt seinen geschmacklosen Jogging-Anzug, der den runden Bierbauch stramm umspannte.

Seine Augen waren so giftig, wie sie es immer schon gewesen waren, aber diesmal hatten sie wahrlich Grund dazu, so zu schauen.

Lammers war nämlich mausetot.

Und dann sah ich auch die Ursache für den Kurzschluss. Es war tatsächlich der Föhn, wie wir alle vermutet hatten. Jürgen Lammers musste ziemlich schlecht beraten gewesen sein, als er den defekten Apparat mit in die Wanne genommen hatte ...

"Mein Gott!", stieß die dicke Mutter hervor und schlug dann die Hände vor ihren offenen Mund. Sie schüttelte anschließend stumm den Kopf.

"Wir werden die Polizei rufen müssen", murmelte ich.

In meinen Romanen gibt es alle paar Seiten eine Leiche, aber dies war die Wirklichkeit. Und die ist dann doch ein bisschen anders.

"Mein Gott, wie furchtbar!", seufzte die dicke Mutter noch einmal aus tiefster Seele.

"Rühren Sie nichts an!", meinte ich.

"Wieso?"

"Damit keine Spuren verloren gehen!"

"Es ist doch Selbstmord, oder?"

"Das weiß ich nicht. Aber ich denke, die Polizei wird das herausbekommen – vorausgesetzt, wir lassen ihr die Chance dazu und bringen nicht alles durcheinander."

Irgendwie klang das seltsam angesichts der zerwühlten Wohnung. Was sollte da noch durcheinander zu bringen sein? Eine Fehlleistung von mir, ganz klar. Und eine Sekunde, nachdem dieser Schwachsinn über meine Lippen gegangen war, wurde es mir auch bewusst.

Aber wer wägt in einer solchen Situation schon so genau seine Worte ab? Nicht einmal ein Autor. Und ein Autor von Western-Romanen tut es sowieso nie.

Ich verließ also das Bad und suchte im Wohnzimmer nach dem Telefon, das sich zunächst einfach nicht auftreiben lassen wollte.

Die beiden Frauen harrten indessen in andächtiger Stille bei Lammers Leiche aus.

Schließlich fand ich das Telefon unter dem Sofa, aber die Schnur war herausgerissen.

Ich fluchte innerlich. Hier hatte jemand wirklich ganze Arbeit geleistet!

Mein Blick glitt über das Durcheinander, das auf mich jetzt wie ein völlig überladenes Stillleben wirkte.

Nein, je länger ich die Sache betrachtete, desto unwahrscheinlicher schien es mir, dass Lammers für dieses Chaos selbst verantwortlich war.

Hier hatte entweder einer gezielt etwas gesucht – und war dann vom Besitzer dieser Räuberhöhle überrascht worden. Oder jemand hatte einen Einbruch vorzutäuschen versucht, um die Polizei bei der Suche nach dem Mörder auf die falsche Spur zu locken.

Und um Mord handelte es sich meiner Ansicht nach.

Lammers war zwar ein ziemlich begriffsstutziger Kerl gewesen, aber dass er freiwillig in voller Bekleidung in eine Badewanne stieg und dann auch noch so bescheuert war, den Föhn mit ins Wasser zu nehmen – das mochte ich einfach nicht so recht glauben. Es erschien mir zu unwahrscheinlich.

Kein Redakteur hätte mir so etwas durchgehen lassen, wenn ich auf die Idee gekommen wäre, es in einem der Kurz-Krimis zu bringen, die ich hin und wieder für Illustrierte fabriziere. Es war einfach zu absurd.

Blieb also nur Mord.

In meinem Kopf wirbelten die Gedanken durcheinander, während ich die Lammers-Wohnung verließ, die Treppe hinunter eilte, um dann zu meinem eigenen Telefon zu gelangen.

Ich nahm den Hörer ab und hatte ein paar Augenblicke später einen tranig klingenden Beamten an der Strippe, der alles andere als einen besonders aufgeweckten Eindruck machte.

Aber schließlich konnte ich ihm doch klarmachen, was los war. Die Trantüte auf der anderen Seite der Leitung brauchte dann eine halbe Ewigkeit, um meine Personalien aufzunehmen. Ich war froh, als der Hörer wieder in der Gabel hing.

Ich atmete tief durch.

Und dann fiel mir wieder die junge Frau im Treppenhaus ein, die an mir vorbei gerannt war, als ob der Teufel hinter ihr her gewesen sei.

Vielleicht war ja auch genau das der Fall gewesen, wer konnte das schon sagen? Vielleicht hatte sie Angst vor Lammers bösem Geist gehabt (wofür ich Verständnis gehabt hätte); vielleicht konnte sie auch einfach keine Leichen sehen (vorausgesetzt, sie war auch in der Wohnung gewesen).

Vielleicht war sie auch seine Mörderin ...

Nachdenklich ging ich wieder hinauf. Ich sah mir die Tür genauer an, die zu Lammers Wohnung führte.

Kein Kratzer. Nicht die geringsten Spuren irgendeiner Manipulation – von Gewalteinwirkung gar nicht zu reden.

In diesem Augenblick hätte es mich brennend interessiert, ob Lammers noch am Leben gewesen war, als ihm die Schöne mit den grüngrauen Augen einen Besuch abgestattet hatte. Lammers schien mir nicht der Typ Mann zu sein, auf den die Frauen nur so fliegen. Aber der äußere Schein mochte ja durchaus trügen.

Vielleicht hatte er unter seiner ätzenden Fassade noch irgendwelche besonderen Qualitäten verborgen, die diese Frau dazu gebracht hatten, sich mit ihm abzugeben.

Aber, halt!, sagte ich mir eindringlich, du gehst jetzt schon entschieden ein Stück zu weit! Ist wohl eine Berufskrankheit.

Eins, zwei, drei, und es ist gleich eine Story aus ein paar dürftigen Versatzstücken gezimmert. So arbeitet mein Gehirn eben.

Und das hat auch sein Gutes! Es muss so sein, sonst würde ich längst am Hungertuch nagen und selbst die Miete für diese schäbige Wohnung nicht mehr aufbringen können!

Andererseits – falls sich bestätigte, dass dies ein Mordfall war, war die Schöne natürlich eine Verdächtige ersten Ranges! Als ich ins Wohnzimmer kam, traf ich dort auf die beiden Frauen, die inzwischen offenbar genug davon hatten, den toten Lammers anzustarren. So schön war er ja auch wirklich nicht anzusehen. Weder im Leben, noch im Tode.

"Kommt die Polizei?", fragte die Mutter.

Ich nickte. "Ja. Sie schicken jemanden."

"So etwas hat es hier noch nie gegeben", meinte die Mutter. "Vor zwei Jahren wurde in der Disco im Erdgeschoss mal eingebrochen. Und die Bombendrohung vor zwei Monaten, die haben Sie ja auch mitgekriegt. Ich weiß noch, wie wir alle mitten in der Nacht auf die Straße mussten. Ich habe auch den Rest der Nacht kaum ein Auge zumachen können, obwohl ich doch am nächsten Morgen wieder früh raus musste ..."

Ich hatte von dieser Sache gehört, war aber keineswegs dabei gewesen. Vor zwei Monaten hatte ich mich unter spanischer Sonne im Urlaub befunden. Aber das sagte ich ihr nicht. Es spielte keine Rolle, und ich hatte auch wenig Lust dazu, diese Sache länger als unbedingt notwendig zu diskutieren.

Ich murmelte irgendetwas Zustimmendes. Aus Höflichkeit.

"Wir könnten wenigstens den Föhn aus der Steckdose ziehen, damit wir endlich wieder Strom bekommen!", nörgelte indessen die Tochter.

"Davon würde ich abraten. Wir sollten wirklich alles so lassen, wie es ist!", meinte ich dazu.

"Woher wissen Sie soviel über diese Dinge?", meldete sich die Mutter wieder zu Wort.

Ich verzog das Gesicht. "Ich sehe mir immer den 'Tatort' im Fernsehen an!"

"Im Ernst?"

"Ja."
Manche Menschen beruhigen sich dadurch, dass sie unablässig Worte produzieren. Bei anderen wirkt genau das Gegenteil. Die dicke Mutter gehörte leider zur ersten Gruppe. "Das Ganze erinnert mich an diesen Politiker. Wie war doch noch mal der Name ...? Der, der sich auch in einer Badewanne umgebracht hat! Ich denke, das hier war auch Selbstmord."

Ich ließ den Blick umherschweifen. "Einen Abschiedsbrief habe ich nicht gesehen", erwiderte ich sachlich.

"Muss es denn einen geben?" Die Mutter machte eine unbestimmte Geste und holte dann tief Luft. Das gab immer ein besonderes, unnachahmliches Geräusch. Eines, an dem man sie mit hundertprozentiger Sicherheit akustisch identifizieren konnte.

Ich zuckte mit den Schultern. "Ich will nicht ausschließen, dass es auch Leute gibt, die sich ohne Abschiedsbrief umbringen!"

"Ja, so wie der Politiker! Der lag auch angezogen in einer Wanne. Allerdings hatte er vorher Tabletten geschluckt. Ein Föhn spielte dabei keine Rolle."

"Und warum sollte Lammers das gemacht haben?"

"Vielleicht war er einfach verzweifelt!", meinte die Tochter, und ich dachte, wenn ich so ein Gesicht hätte, wäre ich auch verzweifelt. Und wenn sie mit mir in einer Wohnung gewohnt hätte, noch viel mehr. Und wenn sich alle Verzweifelten dieser Welt wirklich umbringen würden, dann wären diese beiden Frauen kaum noch am Leben.

"Warum sollte er verzweifelt gewesen sein?", murmelte ich schulterzuckend.

"Vielleicht war er unheilbar krank!", meinte die Tochter. "Manche Leute drehen dann durch. Ich habe neulich noch einen Fernsehfilm darüber gesehen."

"Sie haben doch auch diese Frau gesehen ..." ließ ich dann einen Versuchsballon aufsteigen.
Die beiden sahen mich an. "Welche Frau?", fragte die Tochter vorlaut.
Oh, Mann!, dachte ich. Blind ist sie auch noch! Welch ein Schicksal! "Ich meine die Frau, die von oben gekommen ist und so fluchtartig davonrannte."
"Ja, richtig ..." sagte die Mutter gedehnt. "Und Sie meinen, dass sie hier bei Lammers war?"
"Woher sollte sie sonst gekommen sein? Hier oben ist doch nur diese eine Wohnung. Und die Tür stand offen."
"Ja, das stimmt."
"Haben Sie diese Frau schon einmal gesehen?"
"Nein!", sagte die Mutter.
"Nein!", grunzte die Tochter.
Sie schüttelten beide den Kopf, die pickelige Tochter etwas heftiger als ihre Mutter – vielleicht deswegen, weil die Mutter ihre Wasserwelle nicht durcheinanderbringen wollte. Die Tochter konnte ihren Kurzhaarschnitt so doll schütteln, wie sie wollte. Er sah immer gleich schlecht aus.
"Und Sie?", fragte die Mutter an mich gewandt.
"Was ist mit mir?"
"Kennen Sie vielleicht diese Frau?"
"Nein. Und es wundert mich ehrlich gesagt, dass es diesem Ekel gelungen ist, so eine Lady für sich zu interessieren!" Ich seufzte. "Mannomann, da komme ich einfach nicht drüber hinweg!"
"Er ist tot!", meinte die Tochter tadelnd.
Das durfte ja nicht wahr sein! Jetzt machte sie auch noch einen auf Pietät! Das passte nun wirklich nicht zu ihr! Absolut nicht!
MEGAunpassend sozusagen.
Aber was passte denn überhaupt schon zu ihr? Mir fiel da spontan nichts ein.

Vielleicht irrte ich da aber auch, und es war genau umgekehrt: Sie selbst war es, die ihrerseits zu nichts und niemandem passte!

Eine andere Möglichkeit war, dass ich sie einfach nicht leiden konnte. Schlechte Schwingungen, neudeutsch: bad vibrations. Ein übelriechendes Karma. Man kann das nennen, wie man will, es läuft immer auf dasselbe hinaus.

"Er ist tot", bestätigte ich mit einem dünnen Lächeln. "Aber das ändert doch nichts daran, dass er ein Kotzbrocken war!"

"Trotzdem", meinte die Tochter.

"... und bei einem solchen Ekelpaket gibt es vermutlich jede Menge Leute, die ihn lieber heute als morgen aus dem Weg haben würden", fuhr ich fort.

Die Tochter kratzte sich wieder an einem ihrer zahllosen Pickel. Und jetzt war mir auch klar, warum es immer mehr wurden und die Vorhandenen nicht abheilen konnten, sondern sich nicht selten zu üblen Geschwüren auswuchsen.

Sie kratzte und drückte halt gerne dran. Was ließ sich auch sonst schon mit Pickeln anfangen? Und sie – als geborene Kratzbürste ...

"Es ist doch schon erstaunlich", meinte die Mutter.

Ich hob die Augenbrauen. "Was ist erstaunlich?", fragte ich.

"Dass wir hier zusammenleben, ohne etwas voneinander zu wissen!" Sie hob die Hände zu einer hilflosen Geste. "Das ist doch furchtbar, finden Sie nicht?"

Ich nickte leicht, obwohl ich ihre Meinung nicht unbedingt teilte. Ich empfand die Anonymität, die hier herrschte, nicht als unangenehm.

Vielleicht hatte ich sie sogar gesucht.

Niemand, der sich dauernd in irgendwelche Privatangelegenheiten einmischte. Niemand, der sich dafür interessierte, was man tat oder ließ, ob man Besuch über Nacht hatte und welcher politischen Partei man zuzurechnen war, oder ob man gar nicht wählte.

Aber wenn man dann starb, so wie Jürgen Lammers, wusste natürlich auch niemand, weshalb das geschehen war. Ich glaubte nicht an Selbstmord, von Anfang an nicht, aber angenommen, es wäre Selbstmord gewesen ...
Angenommen, Jürgen Lammers litt tatsächlich an einer unheilbaren Krankheit, oder seine Freundin hatte ihn verlassen (wobei ich mir nicht vorstellen konnte, dass er eine hatte), oder ihm war gekündigt worden, und er hatte sich anschließend nach allen Regeln der Kunst umgebracht ...
Wäre da nicht dieser verfluchte Föhn gewesen, der uns alle zu seinen Geiseln machte, selbst jetzt noch, da er tot war – er hätte wochenlang in seiner Räuberhöhle vor sich hinfaulen können, ohne dass irgendjemand das zur Kenntnis genommen hätte. Die Miete wäre automatisch von seinem Konto abgebucht worden ... Vielleicht hätte sich sein Arbeitgeber eines Tages um sein Verbleiben gekümmert.
Vorausgesetzt, es gab überhaupt einen Arbeitgeber.
Auch das wusste ich nicht. Ich hatte keine Ahnung, woher er sein Geld bekam. Ich wusste noch nicht einmal, ob er regelmäßig aus dem Haus ging, um irgendeiner Tätigkeit nachzugehen – und mochte sie auch nur darin bestehen, im Stehcafe zu frühstücken.
Das Einzige, was sicher zu sein schien, war, dass er sich regelmäßig sein schütteres Haar geföhnt hatte!
Verdammt noch mal, das war wirklich eine feste Größe in seinem und unser aller Leben gewesen! Aus den Seiten, die er mir zerstört hatte, konnte man sicher einen ganzen Roman zusammenstellen!

3

Es dauerte noch eine geschlagene Viertelstunde, bis die Polizei in Gestalt von zwei Männern auftauchte, die mich unwillkürlich an Dick und Doof erinnerten.

Dick war wohl der Boss hier und stellte sich mit "Rehfeld, Mordkommission!" vor. Irgendwie schien er nicht besonders gute Laune zu haben. Keine Ahnung, welche Laus ihm über die Leber gelaufen war.

Doof sagte erst einmal gar nichts und dackelte mit eingezogenen Schultern hinter seinem Herrn und Meister her. Er hätte auch größte Schwierigkeiten gehabt, etwas über die Lippen zu bringen, denn er kaute auf irgendetwas herum. Erdnüsse, schätzte ich, denn nach einem schwachen Händedruck hatte ich Öl und Salz an den Fingern.

Dann hielt er mir wortlos seinen Ausweis unter die Nase.

Und dort konnte ich es dann schwarz auf weiß lesen: Doof hieß Lehmann.

Lehmann trug ein preiswertes Polyester-Longjackett, in dessen rechter Tasche er genug Platz für seinen Erdnuss-Vorrat hatte. Im Ganzen wirkte er wie ein ausgehungerter Schimanski-Verschnitt. Er war dürr und schlaksig, wenn auch zwei Köpfe länger als ich.

Seine Körperhaltung gab ihm die Gestalt eines Fragezeichens. Nur nicht zu tief Luft holen!, dachte ich. Sonst bläst es ihn um!

Bei dem dicken Rehfeld bestand da keinerlei Gefahr. Er war kugelrund und trug einen Mantel, bei dem er nur hoffen konnte, dass Regen und Wind immer von hinten kamen, denn

es war einfach undenkbar, dass es ihm jemals gelingen konnte, die Knopfreihe zu schließen.
Rehfeld ging ins Bad, nachdem ihn die beiden Frauen darüber aufgeklärt hatten, dass dort die eigentliche Musik spielte.
Lehmann musterte uns einen nach dem anderen mit seinen verschlafenen Augen.
Dann nahm er noch eine weitere Handvoll Erdnüsse aus der Jackentasche heraus und stopfte sie ziemlich ungeschickt in den Mund, so dass ihm ein halbes Dutzend davon auf den Boden fiel.
Er grunzte ärgerlich und mit vollem Mund, wobei ihm um ein Haar noch etwas herausgefallen wäre. Dann dackelte er erneut hinter seinem dicken Herrn und Meister her, diesmal ins Bad. Ich folgte den beiden. Die Frauen schienen ihrerseits genug von Lammers Anblick zu haben. Sie hatten ihn ja schließlich auch lange genug angestiert.
"Schlimm, schlimm", murmelte der dicke Rehfeld vor sich hin und schnaufte. Aber er fand es nicht wirklich schlimm.
Es berührte ihn überhaupt nicht, davon war ich felsenfest überzeugt. Ich sah, wie er kurz in der Nase bohrte. Aber als er mich bemerkte, hörte er sofort damit auf. Es war ihm peinlich.
Er wollte eine nicht vorhandene Pietät raushängen lassen. Schließlich wusste er ja nicht, dass er das bei mir nicht brauchte. Ich war nämlich keineswegs unangenehm berührt durch sein Verhalten. Irgendwie verstand ich ihn sogar ganz gut.
Wenn man den ganzen Tag nichts anderes tut, als Leichen zu besichtigen und herauszufinden, wie sie zu Tode gekommen sind, muss man abgebrüht werden, wenn man nicht den Verstand verlieren will. Das ist ganz natürlich.
Jedenfalls sehe ich das so.
"Wer sind Sie eigentlich?", fragte Rehfeld.
"Ich heiße Michael Hellmer und wohne eine Etage tiefer."

"Und in welcher Beziehung standen Sie zu ..." er räusperte sich und hustete dann geräuschvoll in das riesenhafte Taschentuch, das er blitzschnell aus der Manteltasche gezogen hatte, "... zu dem Toten?"
"In gar keiner."
"Wie?"
"Ich hatte keine ›Beziehung‹ zu ihm. Ich mochte ihn nicht – und vor allem nicht seinen Föhn."
Er deutete in die Wanne. "Meinen Sie den da?"
"Ja. Den da!"
"Verstehe ich nicht."
"Ist auch nicht so wichtig!"
Oh, da war ich ihm aber auf seine überbreite Krawatte mit dem geschmackvollen grellen Blumenmuster und dem überdicken Windsorknoten getreten.
"Was hier wichtig ist, bestimme ich!", stellte er barsch und genau in der Art und Weise, die zum Klischeebild eines hässlichen, herrschsüchtigen, deutschen Beamten passte, fest.
"Okay, okay!", meinte ich. "Was wichtig ist, bestimmen Sie! Wer denn auch sonst!"
"Nicht frech werden!"
"Würde mir nie einfallen!"
Er blitzte mich böse an. Tja, dachte ich, jetzt weißt du nicht mehr, was du sagen sollst!
Er machte das einzig Vernünftige. Er schnaufte erst einmal ausgiebig. Und bevor er danach etwas sagen konnte, fing ich an, ihm von der Schönen mit den graugrünen Augen zu erzählen, die an mir vorbeigerannt war und allem Anschein nach geradewegs aus Lammers Wohnung gekommen war!
"Hm", brummte Rehfeld, jetzt schon etwas versöhnlicher. "Haben Sie eine Ahnung, wer die Frau war?"
"Nein."
"Hatte der Ermordete eine Freundin?"

"Kann ich mir nicht vorstellen. Er war ein Ekelsack! Aber ausschließen will ich das nicht. Es gibt schließlich auch Frauen mit schlechtem Geschmack."
"Er lebte allein in dieser Wohnung?"
"Soweit ich das sagen kann, ja. Jedenfalls ist mir nie etwas Gegenteiliges aufgefallen. Aber um ehrlich zu sein, ich habe mich auch nie besonders um das Liebesleben dieses Mannes gekümmert."
"Was machte er beruflich?"
"Keine Ahnung."
"Was wissen Sie überhaupt über ihn?"
"Zum Beispiel, dass er bestimmt keine Haustiere hatte, denn Haustiere sind hier verboten. Aber ansonsten weiß ich fast nichts."
"Sie lebten unter einem Dach, Herr Hellmer!"
"Ja, traurig, nicht? Das ist die Anonymität der Großstadt."
Er nickte, und dabei bildete sich ein imposantes Doppelkinn. Es war so groß, dass es fast den gesamten MEGAdicken Windsorknoten verdeckte.
"Das wird es wohl sein ..." murmelte er griesgrämig.
Und dann einigten wir uns darauf, dass er später noch einmal bei mir vorbeischauen werde, wenn er noch Fragen habe.
Mir war das recht.
Ich fürchtete nur, dass sich an dem Grundproblem zwischen uns bis dahin nicht viel geändert haben würde. Er hatte jede Menge Fragen, auf die weder ich noch irgendjemand sonst eine Antwort hatte.

4

Mir fiel ein, dass ich noch irgendetwas Essbares fürs Abendbrot brauchte. Ein kurzer Blick auf die Uhr sagte mir, dass ich mich beeilen musste, wenn ich die Bäckerei auf der anderen Straßenseite noch vor Geschäftsschluss erreichen wollte. Also ging ich gar nicht erst in meine Wohnung, sondern die Treppe hinunter und nach draußen.

Der Hauseingang wurde durch zwei uniformierte Schutzpolizisten gesichert, deren Dienstwagen mit Blaulicht am Straßenrand stand und bereits einen kleinen Pulk von Schaulustigen herbeigelockt hatte. Dieses blaue Licht wirkte auf sie wie weißes Licht auf Motten. Es war einfach unwiderstehlich, verhieß es doch nicht weniger als die Aussicht auf irgendeine Sensation.

Vielleicht sogar eine grässliche Sensation, bei der man dann sagen konnte: "Oh, wie grauenvoll! Hol mal den Willi, der hat sowas Schlimmes auch noch nicht gesehen!"

Der eine der beiden Polizisten war in meinem Alter und hatte einen dünnen Oberlippenbart in Errol-Flynn-Manier. Aber statt auf ein feines Rapier vertraute er anscheinend eher der weitaus weniger sportlichen Dienstwaffe an seiner Seite.

Sein Partner war mindestens fünfzehn Jahre älter und wirkte wie ein Landpolizist, der aus irgendeinem Grund ganz unten an der Karriereleiter kleben geblieben war. Über die Art des Klebstoffs konnte man nur spekulieren. Seiner roten Nase und dem strammen Bauch nach zu urteilen war er ein ziemlich gutmütiger, ziemlich oft ziemlich viel Bier trinkender Kneipengänger, was ihn wohl leider nur für eine Karriere im Schützenverein prädestinierte.

"Wer sind Sie?", fragte mich Errol Flynn. Seinem Blick fehlte dabei allerdings jeglicher Schmalz. Er war nur müde, misstrauisch und etwas genervt.

"Ich wohne hier", sagte ich und hatte mich schon halb an ihm vorbeigedrückt.

"Hat der Kommissar schon ihre Personalien?", fragte Errol, während sein rotnasiger Kollege verstohlen in der Nase bohrte und offensichtlich glaubte, dass das niemand mitbekomme.

"Er kann sie an meinem Türschild abschreiben, wenn er Lust hat!"

"Ha, ha." Errol Flynn verstand keinen Spaß. Vielleicht lag es daran, dass ich keine Piraten-Lady mit offenem Dekolleté war. Bei mir war nur der erste Hemdknopf offen. Errol wollte noch etwas sagen und hatte auch schon gehörig Luft dafür geholt, aber sein Partner kam ihm zuvor und meinte: "Lass ihn, Heinz!"

Ich war draußen und arbeitete mich zielstrebig durch den kleinen Pulk von Schaulustigen, die auf dem Bürgersteig herumstanden und eine Art Halbkreis dabei bildeten.

Sie stierten auf die beiden Schutzpolizisten wie Lourdes-Pilger auf das heilende Wasser und erwarteten offenbar jede Sekunde, dass etwas geschah. Wenn schon kein Wunder, dann wenigstens etwas, das man nicht alle Tage sah. Und wenn man schon nichts sah, dann hörte man ja vielleicht etwas.

Ich hatte mich gerade bis zum Bordstein durchgekämpft und wollte über die Straße, da fiel mein Blick auf einen jungen Mann mit verfilzten, fast schulterlangen Haaren, wie ich sie selbst vor einer halben Ewigkeit mal getragen hatte. In seinem handgestrickten Pullover, seinen Turnschuhen und den schmuddeligen Jeans sah er modisch so MEGAout aus, dass er vermutlich schon wieder ein Vorläufer des allerneuesten Trends war.

Trotz seines dicken Pullovers schien der arme Kerl zu frieren. Seine Augen flackerten unruhig, und er drehte sich ständig nach allen Seiten um wie ein Dieb, der den Mundgeruch des Kaufhausdetektivs zu riechen glaubte. Plötzlich schrumpfte der Kerl ein Stück zusammen, und ich bemerkte, dass er bislang auf Zehenspitzen gestanden hatte. Mit seinem hohlwangigen Gesicht, den dunkelbraunen Augen, deren Blick ständig umherirrte, und den abstehenden Ohren, die sich durch seine Haarpracht hindurchstahlen, wirkte er auf mich wie ein ausgezehrtes, gehetztes Nagetier. Ein Hase, der auf einem Kohlfeld sitzt und genau weiß, dass er dort eigentlich nicht sein dürfte ...

"Heh, Sie! Wissen Sie, was hier eigentlich los ist?", trällerte eine energische Stimme, die entweder einer Marktfrau oder einer Lehrerin gehören musste. Eine unscheinbare, grauhaarige, recht hagere Endfünfzigerin hatte sich an den hasenartigen jungen Mann gewandt.

Also doch: eine Lehrerin!

Der junge Mann zuckte zusammen. Vielleicht kannte er diesen Tonfall noch aus der Schule und war immer noch darauf konditioniert. Jedenfalls stand er starr und steif da, und sein Gesicht hatte den letzten Rest von Farbe verloren.

Seine Stimme war ein heiseres Krächzen, wie ich es in meinen Romanen immer Leuten andichte, die schon mit anderthalb Beinen im Grab stehen.

"Was?"

"Heißt der Tote nicht Lammers oder Lamus?", fragte die Lehrerin, und ich dachte: Das hat sich ja schnell herumgesprochen.

"Jürgen Lammers?", vergewisserte sich der Filzlockige, was entweder bedeutete, dass er ihn kannte, oder dass er ein besserer Lauscher war.

Die Lehrerin runzelte die Stirn. "Wohnen Sie denn nicht hier?"

"Ich?"

"Mit wem rede ich denn? Die Polizisten sagen ja nichts! Aber es muss wohl jemand umgebracht worden sein! Sie standen doch noch näher am Polizeifunk. Ich dachte, Sie hätten etwas mehr mitgekriegt als ich!"
Er sah sie mit offenem Mund an. Aus seinen Augen sprach dabei eine Mischung aus Entsetzen und namenloser Angst.
"Was?", krächzte er.
"Haben Sie gesehen, ob die Leiche schon rausgetragen wurde?"
Er rang nach Luft und wich vor der Lehrerin zurück. Dabei rempelte er einen älteren Mann hart an, der nur verständnislos mit dem Kopf schütteln konnte.
Die Lehrerin fragte: "Was ist denn los? Ist Ihnen nicht gut?"
Er schluckte. "Nein ..." flüsterte er und schüttelte wie von Sinnen den Kopf.
Was dann folgte, war eine Art heilloser Flucht. Kopfschüttelnd rannte er los, strauchelte dabei und stolperte dann über die Straße. Ein Wagen wich ihm aus, ein zweiter bremste. Dass er bis zum Mittelstreifen kam, war wie ein Wunder. Dort warf er einen gehetzten Blick zurück und nutzte anschließend die nächste Gelegenheit, um die andere Seite zu erreichen.
Wenig später war er in einer Seitenstraße verschwunden, und die Blicke der Schaulustigen hafteten bis zum letzten Moment an seinen Fersen.
"Was war denn mit dem?", fragte der ältere Mann.
"Ich weiß es nicht", murmelte die Lehrerin.
"Ein Irrer!"
"Wahrscheinlich einer aus der Anstalt. Die haben wohl mal wieder Ausgang!"

5

Ich schaffte schließlich auch noch die Überquerung des reißenden Verkehrsstroms, wenn auch nicht so schnell wie der filzlockige junge Mann, der so fluchtartig verschwunden war. Aber im Gegensatz zu ihm hatte ich nicht den geringsten Hang zum Selbstmord.

Ich fragte mich, weswegen er so plötzlich getürmt war. Es war eine Flucht gewesen, das stand für mich fest. Er hatte aus irgendeinem Grund eine Höllenangst bekommen, ein furchtbares Panikgefühl, das ihn dazu veranlasst hatte, blindlings davonzulaufen.

Ein Spinner. Das war aber nur eine Möglichkeit.

Ich betrat die Bäckerei gerade in dem Augenblick, als die Verkäuferin hinter dem Tresen hervorgekommen war, um die Ladentür abzuschließen.

"Ich wollte gerade ..."

"Drei belegte Brötchen!", brachte ich heraus und schenkte ihr das charmanteste Lächeln, das ich nach diesem Tag noch zustande bringen konnte.

Ich wusste, dass es bei ihr in der Regel ganz gut wirkte.

Als sie anhielt und die Arme in die Hüften stützte und dabei das Grübchen auf ihrer linken Wange erschien, wusste ich, dass ich heute doch noch satt werden würde.

"Hören Sie mal, wenn jetzt jeder ..."

"Bin ich denn jeder?"

"Na, jedenfalls ..."

"... wollen Sie sicher nicht eine Hungerkatastrophe auf Ihr Gewissen nehmen, oder? Morgen sind Ihre Sachen doch sowieso schlecht, und Sie werden sie wegwerfen!"

Letzteres war ihr vermutlich völlig egal, weil sie nicht die Besitzerin des Ladens war, aber ich hatte das Gefühl, dass ich irgendetwas sagen musste, um sie restlos zu überzeugen. Und solange ich irgendetwas sagte, hatte sie wenigstens keine Gelegenheit, nein zu sagen.

Sie seufzte. "Also gut."

Sie ging an mir vorbei und schloss die Ladentür. Einen Augenblick schaute sie hinüber zu dem Theater, das sich auf der anderen Seite abspielte. Inzwischen war noch ein Wagen hinzugekommen und versuchte verzweifelt, sich in eine Parklücke zu quetschen. Vielleicht die Spurensicherung, dachte ich.

"Was ist denn da bei Ihnen los?", fragte sie mich.

Ich sagte es ihr. Sie würde es morgen sowieso in der Zeitung lesen.

"Haben Sie den Mann gut gekannt?"

"Nein. Und Sie?"

"Einmal die Woche hat er ein Weißbrot gekauft. Und Sahnetorte. Darauf stand er."

"Hm." Ich hörte nur halb hin, während sie munter weitererzählte und mir drei belegte Brötchen machte.

"Er stank oft morgens schon nach Bier."

"So, so ..."

"Wollen Sie Käse oder Wurst?"

"Käse."

Mein Blick ging über die Schlagzeilen einer ausliegenden Boulevardzeitung. RUDI, WAS NUN?, stand da in so großen Lettern, dass man erst einmal einen Schritt zurückgehen musste, um es richtig lesen zu können. Zwischen den Monsterbuchstaben war ein kleines Bild des Bundestrainers, das ihn mit einem schier verzweifelten Gesichtsausdruck zeigte.

Ich sah kurz zu der Verkäuferin hinüber. Sie hatte mit den Brötchen noch eine Weile zu tun, daher drehte ich die Zeitung um. Mein Blick fiel auf die ausgezogene Schöne mit der

Überschrift CINDY IST ES AUCH IM WINTER HEISS, wurde dann aber Cindys Schwindelerregender Kurven zum Trotz von etwas anderem abgelenkt.

Es war ein kleiner Artikel in der Ecke, der zu zwei Dritteln aus seiner Überschrift bestand.

Irgendein Splitter meines Bewusstseins hatte das Wort MÜNSTER wahrgenommen, was für mich Anlass genug war, mal nachzusehen.

Wenn Münster in diesem nationwide vertriebenen Revolverblatt erwähnt wurde, bedeutete das nicht mehr, aber auch nicht weniger, als dass hier mal wieder etwas geschehen war, was die Nation bewegte.

Dass Boris Becker hier noch ein uneheliches Kind hatte, wagte ich nicht zu hoffen, aber vielleicht war der Geisterfahrer von vorgestern drin.

Seit dem Westfälischen Frieden von 1648, der den dreißigjährigen Krieg beendet hatte, war die Stadt ziemlich aus den Schlagzeilen raus. Wurde also Zeit, dass hier mal wieder Geschichte geschrieben wurde.

EMPÖREND: DEUTSCHLANDS GEIZIGSTER POLITIKER!, stand da mit schreiendem Ausrufezeichen zu lesen. Und dann, etwas kleiner: *>Miese Tricks! Münsters OB zahlt keinen Cent an verarmte Ex-Frau!<*

Zwei kleine Fotos daneben. Eines zeigte die arme Ex-Frau mit einem hinlänglich verzweifelten Gesicht. Auf dem anderen war unser aller Oberbürgermeister zu sehen. Ich erkannte ihn jedoch erst auf den dritten Blick. Das Bild war schon ziemlich alt und stammte vermutlich aus dem Archiv der Ex-Frau. Ein Ausschnitt aus dem Hochzeitsfoto vielleicht.

Ich begann, den Artikel zu lesen: "Dr. Jürgen Werneck (52) hat es faustdick hinter den Ohren. Er ist Oberbürgermeister im westfälischen Münster und Inhaber einer Immobilienfirma. In der Großgarage seines schmucken Bungalows stehen ein silberfarbener Mercedes und ein blauer Jaguar. Doch seine Ex-

Frau Brigitte (50) lebt in bitterer Armut. Seit ihr die Ein-Zimmer-Wohnung gekündigt wurde, muss sie in einem Obdachlosenasyl übernachten. Brigitte Werneck sagt: >*Er hat kein Herz mehr für die Mutter seiner Kinder!*<"

Danach war die Zeile unleserlich.

Irgendjemand hatte mit Schokoladenfingern auf die Zeitung gefasst. Aber morgen war das Blatt sowieso Altpapier.

"Hier sind die Brötchen!", drang die Stimme der Verkäuferin wie ein Messer durch meine butterweichen Gedanken.

Ich fuhr hoch. "Was?"

"Ja, dann bezahlen Sie jetzt wenigstens, damit ich endlich nach Hause komme!"

"Konfuzius sagt: Eile mit Weile", erwiderte ich, während ich die Euromünzen aus dem Portemonnaie kratzte.

Sie verzog das Gesicht. "Eile mit Weile – Langeweile!", versetzte sie schlagfertig.

Ich nahm die Brötchen. "Wiedersehen."

"Tschüss. Erzählen Sie mir morgen, was da drüben bei Ihnen genau passiert ist, ja? Das sind Sie mir schuldig!"

6

Das Haus glich einem wahren Taubenschlag. Ich saß in meiner Küche und hörte vom Treppenhaus her Stimmen und Schritte. Da war einiges los, aber ich hatte wenig Lust, mir das ausgiebig anzusehen, wie es zweifellos die beiden Frauen mit dem überaus ungewöhnlichen Namen Meyer jetzt taten. Nicht lange, und es gab auch wieder Strom.

Ich schüttete den Rest Kaffee, der sich noch in der Maschine befand, ins Spülbecken und setzte mir frischen auf.

Dann packte ich meine Brötchen aus und fragte mich, welches ich zuerst essen sollte.

Erst jetzt wurde mir bewusst, wie hungrig ich war. Seit dem ausgiebigen Frühstück, das ich in einem Kaufhausrestaurant genossen hatte, hatte ich außer reichlich Kaffee nichts zu mir genommen.

Manchmal ist das so.

Man sitzt an der Tastatur, sieht den Cursor auf dem Bildschirm blinken und es scheint einem so, als würde er einem unablässig zurufen: "Noch eine Zeile, noch eine Zeile! Nicht stehenbleiben! Nicht stehenbleiben!"

Und dann ist man wie unter Hypnose. Ein Wort nach dem anderen erscheint auf dem Bildschirm, bis der Strom der Bilder und Wörter (und manchmal leider auch jener der Elektrizität) plötzlich versiegt. Dann wird einem erst bewusst, wie viel Zeit vergangen ist und wann man zum letzten Mal etwas gegessen hat.

Ich habe oft darüber nachgedacht, was es ist, das einen treibt, eine Zeile nach der anderen zu füllen.

Sicher, da ist die Gewissheit, dass man letztlich immer nur soviel Geld auf seinem Konto finden wird, wie man Seiten geschrieben hat.

Außerdem weiß man nie, ob einem auch morgen noch etwas einfällt. Wenn die Einfälle also da sind, muss man das ausnutzen. Es könnte ja sein, dass man irgendwann mal in eine Krise kommt. Keine Bilder, keine Wörter, nichts mehr; Ende. Blackout.

So etwas gibt es. Aber es hat bei mir noch nie sehr lange gedauert. Ein paar Tage, meistens weniger.

Nein, das allein kann es nicht sein, was einen immer wieder treibt. Denn die Wahrheit ist, dass mir eigentlich immer etwas einfällt, wenn ich einigermaßen ausgeruht bin. Nicht unbedingt jedes Mal ein dichterischer Geniestreich, aber das erwartet auch niemand von mir.

Was ich mache, ist Handwerk, keine Kunst. Aber auch das will gut gemacht sein, oder?

Ich denke, es ist eine Form der Besessenheit, die einen immer wieder an die Tasten treibt.

Besessenheit, genau das ist das richtige Wort.

Ich fühle mich gut, wenn ich geschrieben habe. Ich fühle mich einfach gut, obwohl ich hinterher oft völlig fertig bin. Aber ich fühle mich gut. Und das ist es, worauf es ankommt, so sehe ich das.

Es ist eine Besessenheit. Ein Dämon, gegen den es keinen Exorzismus gibt.

Es gibt Leute, die bringen Menschen um und fühlen sich hinterher vielleicht auch gut. Oder hoffen zumindest, sich dadurch besser zu fühlen. Solche Leute nennt man Psychopathen, und man sperrt sie in Irrenanstalten ein. Andernorts kommen sie auf den elektrischen Stuhl.

Im Prinzip tun diese Leute nichts anderes als ich. Sie geben ihrer Besessenheit nach. Aber so ist das eben. Die eine

Besessenheit bringt einen ins Loch, die andere lässt sich vermarkten.

Während ich mir ein Brötchen in den Rachen schob und ein kräftiges Stück davon abbiss, gingen meine Gedanken zurück zu Jake McCord und seinen Problemen mit einem furchtbar miesen und skrupellosen Rancher, der einen ganzen County unter seiner Knute hält ...

Fünf Seiten hatte Jürgen Lammers mir gestohlen, dieser dumme Hund! Er war jetzt tot, aber irgendwie hatte ich ihm deshalb trotzdem nur zur Hälfte verziehen. So bin ich eben: nachtragend und ungerecht.

Auch gegenüber Toten.

Aber es war nicht zu ändern, und ich würde gut daran tun, mich darauf zu konzentrieren, die Szene möglichst schnell wieder so hinzukriegen, wie ich sie schon einmal auf dem Papier gehabt hatte.

Ich nahm also die Kaffeetasse und ein Brötchen und ging zum Computer, schaltete Zentraleinheit und Bildschirm wieder an, wartete, bis der Computer seinen Scan-Disk durchgeführt hatte und wieder hochgefahren war, um schließlich die Datei mit dem überaus spannenden Anfang von >Gnadenlose Wölfe< zu öffnen, diesem >*brandneuen Top-Western unseres beliebten Autors MIKE HELL. Realistisch, hart und voller Dramatik!*<

Ich schlürfte noch einmal an meinem Kaffee und stopfte den Rest meines Brötchens in mich hinein. Wahrscheinlich würde ich später noch eine Pizzeria heimsuchen.

Ich fing also wieder an, in die Tasten zu hauen. Ich mag so etwas nicht. Es ist eine Qual, eine Szene, die man geistig schon abgelegt hat, noch einmal erfinden zu müssen. Es ist einfach nicht kreativ, es ist nur ärgerlich. Und noch ärgerlicher ist es, wenn man nicht so recht voran kommt, weil die Gedanken woanders sind.

Ich konnte mich eigentlich immer schon gut konzentrieren und um mich herum die Welt vergessen. Man muss das können, wenn man etwas zustande bringen will. Man muss die Welt um sich herum vergessen, um kurzfristig in eine andere eintauchen zu können. Ich habe diese Fähigkeit ganz gut trainiert und dennoch – manchmal ist es einfach nicht zu verhindern, dass die Gedanken ihre eigenen Wege gehen.

Und genau dieses Problem hatte ich im Moment.

Zeile um Zeile quälte ich mich voran. ›*McCord kniff die Augen zusammen, so dass sie nichts weiter waren als enge Schlitze*‹, so hackte ich lustlos in die Tasten. Aber schon in der nächsten Sekunde war mir klar, dass ich diese Zeile wieder löschen musste. Jake McCord hatte die Augen im Verlauf der letzten halben Seite schon einmal zusammengekniffen, und das war entschieden genug.

Ich atmete tief durch.

Und dann löschte ich die Zeile und suchte nach etwas Neuem. Ich tat es nicht nur aus stilistischen Gründen, sondern auch um McCords Willen. Er sollte ja schließlich vom dauernden Zusammenkneifen keinen Krampf in den Augenwinkeln bekommen!

7

Fünf Minuten später klingelte es an meiner Tür. Ich ging hin und öffnete.
Vor mir stand der dicke Rehfeld mit seiner dicken Krawatte und seinem MEGAdicken Doppelkinn.
Sein Bauch drängte durch seinen offenen Mantel schon fast bis in meine Wohnung hinein. Beinahe so, als hätte er ihn direkt gegen die Tür gedrückt, bevor ich geöffnet hatte.
Wahrscheinlich war es sogar genau so gewesen! Schließlich hatte er kurze Arme und hätte sonst gar nicht die Klingel erreichen können!
"Kann ich kurz zu Ihnen hereinkommen, Herr, äh ..." Er schaute auf seinen schmierigen Zettel. Vielleicht sollte er es mal mit einem Diktiergerät versuchen!, dachte ich. Aber es würde wohl noch geraume Zeit verstreichen, ehe bei der Polizei das Zeitalter der modernen Technik anbrechen würde. "Herr Hellmer!", kam es schließlich über seine dünnen aufgesprungenen Lippen, die er wiederholt mit seiner Zunge benetzte.
"Kommen Sie herein!", sagte ich.
Unterdessen sah ich aus dem Augenwinkel, wie zwei Uniformierte einen Metallsarg die Treppe hinuntertrugen und sich an Rehfeld vorbeiquetschten.
"Warum benutzt ihr nicht den Fahrstuhl?", knurrte der Dicke.
"Ist kaputt!", knurrte es zurück.
Mein Blick blieb unwillkürlich an dem Metallsarg haften und folgte ihm weiter die Treppe hinab. Da liegt er nun also

drin!, dachte ich. Ob man ihm wenigstens zur Beerdigung etwas anderes als einen Jogging-Anzug anziehen würde?
"Kommen Sie!", hörte ich Rehfeld sagen. "So interessant ist so ein Sarg doch auch nicht!"
Ich zuckte mit den Schultern. "Kommt drauf an."
"Wo drauf?"
"Darauf, wer drin liegt zum Beispiel. Oder ..."
"Oder?"
"Oder wie derjenige gestorben ist."
"Sie meinen, ob friedlich im Bett oder unfriedlich in der Badewanne?"
Ich nickte. "Ja, so oder so ähnlich."
Er sah mich an. Er hatte wässrig blaue Augen und fast genau den Blick, den ich in meinen Romanen immer den Saloonkeepern gebe. Ein bisschen misstrauisch, ein bisschen feige und ein bisschen voll vorgespielter Entschlossenheit. Aber wenn die Schießerei kam, dann pflegten sie sich blitzschnell hinter die Theke zu ducken und tauchten für gewöhnlich erst wieder auf, wenn alles vorbei war.
"Was wollen Sie wissen?", wandte ich mich an den dicken Kripo-Mann.
"Ich wollte Sie kennen lernen."
"Bin ich so interessant?"
"Kann man vorher nie sagen, Herr Hellmer."
"Das stimmt auch wieder."
"Für mich ist alles interessant, was irgendwie mit Jürgen Lammers zusammenhängt."
"Ich sagte Ihnen doch schon, dass ich nicht mit ihm zusammenhänge."
"Ja, das habe ich zur Kenntnis genommen. Es wäre übrigens nett, wenn Sie sich gleich noch Zeit nehmen könnten, um mit einem unserer Beamten ein Phantombild von der Frau zu erstellen, die Sie gesehen haben."
"Muss ich dazu aufs Präsidium?"

"Nein. Der Kollege kommt hier bei Ihnen vorbei. Vielleicht in einer halben Stunde. Haben Sie heute Abend noch was vor?"
"Nein."
"Das ist gut. Wie ist Ihre Telefonnummer?"
Ich nannte sie ihm, und er schrieb sie sich auf.
Bis jetzt hatten wir im Flur gestanden, jetzt machte ich mich ins Wohnzimmer auf, in dem ich auch arbeitete. Rehfeld folgte mir, ohne auf eine Einladung meinerseits zu warten.
Sein Blick ging sofort zum Computer. "Sind Sie ein Spiele-Freak oder ein Hacker?"
"Ich brauche das Ding beruflich."
Er ließ sich auf einem meiner Sessel nieder. Dann beugte er sich nach vorne, zu dem niedrigen Tisch, wo ein Packen Belegexemplare lag, der gestern mit der Post gekommen war und den ich noch immer nicht weggeräumt hatte.
›*Logan, der Unerbittliche*‹, so hieß dieser ›*ungewöhnlich dramatische Western-Roman von MIKE HELL.*‹
Ein breites Grinsen ging über sein Gesicht. Es zog sich an seinem Doppelkinn entlang von einem Ohr zum anderen.
Dann nahm er sich ein Exemplar des ›*Unerbittlichen*‹, blätterte ein wenig darin herum und legte den Roman schließlich wieder zurück auf den Packen.
"Sie sehen mir eigentlich ein bisschen zu erwachsen für so etwas aus", meinte er.
"Ich lese das Zeug ja auch nicht", meinte ich.
"Aber ..."
"Es ist viel schlimmer: Ich schreibe es!"
"Da steht aber ein gewisser Mike Hell als Autor angegeben."
"Das ist mein Pseudonym. Mike Hell - Michael Hellmer."
"Verstehe ..." murmelte er, und ich dachte, als Polizei-Detektiv hättest du eigentlich selber drauf kommen müssen, Dicker!

Aber vielleicht war das logische Kombinieren ja inzwischen aus der Mode gekommen und durch modernere Ermittlungsmethoden ersetzt worden.

Ich sah Rehfeld an. "Ich lebe davon, Leute umzubringen. Allerdings nur auf dem Papier. Alle paar Seiten eine Schießerei. Ich komme locker auf fünfzig Leichen im Monat, bin also ein Wiederholungstäter, oder?"

Rehfeld schlug sich auf seine sicher unwahrscheinlich wabbeligen Schenkel und lachte. "Ja", prustete er. "Kann man wohl so sehen ..."

"Ich schätze, wenn Lammers nicht in der Badewanne umgekommen wäre, sondern Sie ihn mit einer Kugel im Kopf gefunden hätten – dann wäre ich wohl auf Ihrer Verdächtigenliste ganz oben!"

Er verzog sein Gesicht. "Wer sagt, dass Sie es nicht auch jetzt sind?"

Ich nickte. "Sicher", bestätigte ich. "Ich traue Ihnen alles zu."

"Verdienen Sie eigentlich gut?"

"Nein. Nicht besonders. Leider bin ich nicht Konsalik oder Stephen King."

"... und ich bin nicht so ein netter Kerl wie Derrick oder Columbo!"

"Habe ich mir fast gedacht!"

Schließlich kam er doch noch zur Sache. Ich hatte schon befürchtet, dass er tatsächlich nur gekommen sei, um mir erstens den Besuch seines Kollegen anzukündigen und mir zweitens meine kostbare Zeit zu stehlen.

Aber ganz so schlimm war es dann doch nicht.

"Haben Sie etwas gehört? Irgendetwas, ganz gleich was?"

Ich überlegte. "Ich war bei der Arbeit, als das oben mit Lammers passiert sein muss. Und dann war plötzlich die Sicherung raus. Genau in dem Moment muss der Föhn in die Wanne gelangt sein. Ungefähr 17.30 Uhr, würde ich sagen. Ich wollte gerade eine Pause machen und habe deswegen geschaut, wie spät es war."

"Sie haben nichts gehört?"

"Nein."

"Keine Schritte, niemanden, der nach oben gegangen ist?"

"Die Frau ..." begann ich, aber das war im Moment nicht das, was der Dicke von mir hören wollte, und so unterbrach er mich ziemlich abrupt.

"Ja, von der haben Sie uns bereits erzählt", knurrte er unwirsch.

"Sonst niemand ... aber ..."

"Ja?"

"Warten Sie mal eine Sekunde."

"Na?"

"Da war etwas, aber das war zwei Stunden früher!"

"Erzählen Sie!", forderte er.

"Ich war im Flur, da habe ich gehört, wie mindestens zwei Personen die Treppe zu Lammers hinaufgegangen sind! Aber ich glaube nicht, dass das etwas mit der Sache zu tun hat! Schließlich war der Stromausfall erst viel später."

Rehfeld atmete tief durch und lehnte sich zurück. "Wahrscheinlich hat es mehr damit zu tun, als Sie für möglich halten!"

"Was meinen Sie damit?"

"Als der Strom ausfiel, war Lammers schon mindestens eine Stunde tot."

"Ist das sicher?"

"Ziemlich sicher. Und er starb auch nicht an dem elektrischen Schlag!"

"Was?" Ich war erstaunt.

"Jemand hat ihm mit einem stumpfen Gegenstand von hinten auf den Schädel geschlagen."

"Das heißt, Lammers wurde erst in die Wanne befördert, nachdem er schon tot war!"

"Ja."
Das ließ natürlich alles in einem neuen Licht erscheinen. Selbstmord, so schien es, war damit wohl endgültig ausgeschlossen.
"Naja", meinte ich. "Sie werden sicher alles herausbekommen."
"Allerdings, das werde ich!", kündigte er an. Und bei ihm klang das fast wie eine Drohung.
Im nächsten Moment klingelte es an der Tür. Zweimal kurz hintereinander. Da schien jemand ziemlich ungeduldig zu sein.
Ich meinte: "Das wird wohl Ihr Kollege sein."
Rehfeld nickte langsam. "Ja, vermutlich." Er erhob sich. "Es wäre nett, wenn Sie in den nächsten Tagen im Präsidium vorbeischauen würden, damit wir Ihre Aussage zu Protokoll nehmen können."
"Meinetwegen", sagte ich.
Ich öffnete die Tür, und davor stand ein junger Mann mit dicker Brille und fettigen langen Haaren, die ihm am Kopf klebten. Er sah wie ein Seehund aus, der gerade aus dem Wasser getaucht war. Der dünne, blonde Schnurrbart trug zu diesem Eindruck ein Übriges bei.
Rehfeld schien den Seehund zu kennen. Jedenfalls musste sich dieser von dem Dicken einen Schlag auf die Schulter gefallen lassen. "Dann sehen Sie mal zu, dass Sie ein schönes Bild zurechtkriegen!"

8

Ich schrieb: ›*Jake McCord ließ die Flügeltüren des Saloons auseinanderfliegen und trat ein. Zu dieser Tageszeit war an diesem Ort noch nicht viel los. Ein paar Zecher hingen an der Theke.*
An einem der Tische wurde gespielt.
Als McCord eingetreten war, verstummten fast augenblicklich die Gespräche. Verstohlene Blicke wurden ihm zugewandt, wobei die Männer es vermieden, McCord offen anzusehen. Jake McCord kannte diese Blicke. Es waren Blicke, die einem Mann galten, von dem jedermann annahm, dass er bald sterben werde – durchsiebt von einem halben Dutzend Bleikugeln.
McCord kümmerte das nicht. Er hatte nicht vor, sich erschießen zu lassen.
Mit weiten Schritten ging er zur Theke, hinter der der Saloonkeeper wie erstarrt stand. Er war dick und rotwangig und machte ganz den Eindruck, sich häufiger an seinem eigenen Whiskey zu vergreifen.
"Sie können Ihren Mund wieder zumachen!", wandte sich McCord an den Salooner. "Und wenn Sie das geschafft haben, dann schenken Sie mir doch bitte etwas ins Glas!"
"Whiskey?"
"Was sonst!"
"Ich hätte nicht gedacht, dass Sie noch hier sind, Mister McCord! Wenn ich Sie wäre, hätte ich mir ein schnelles Pferd besorgt und zugesehen, ein paar Meilen zwischen mich und John Morton zu legen!"
"Ich fürchte mich nicht vor John Morton!"
"Das sollten Sie aber! Sie haben seinen Vormann erschossen!"

"Das war Notwehr!"

"Für Morton spielt das keine Rolle!" Der Keeper stellte ein Glas auf den Tisch und goss es bis zum Rand voll. McCord nahm *es und spülte den braunen Saft in einem Zug hinunter, dann ging sein Blick zur Seite.*

Er sah eine junge Frau die Treppe hinunterkommen. Ihre Blicke trafen sich. Sie hatte graugrüne Augen und dichtes, dunkelbraunes Haar, das sie kunstvoll hochgesteckt hatte.

Sie lächelte.

Als McCord zu ihr hingehen wollte, hielt der Keeper ihn am Arm fest. "Ich warne Sie, McCord! Das ist John Mortons Mädchen!"<

Ich sicherte meinen Text, erhob mich und ging zum Fenster. Unten auf der Straße hupte irgendein Lieferwagen, weil man ihn zugeparkt hatte.

Ja, diese graugrünen Augen gingen mir nicht mehr aus dem Sinn, und jetzt begann ich sogar schon, damit mein Western-Alter-Ego Jake McCord zu plagen! Und dabei hatte McCord eigentlich schon genug Probleme! Dass sich diese geheimnisvolle Schöne verdünnisiert hatte und sich bis jetzt standhaft weigerte, wieder aufzutauchen, war ja schließlich nicht seine Schuld.

Zwei Tage waren vergangen, seit Lammers zu Tode gekommen war. Die Polizei hatte sich nicht mehr bei mir gemeldet, und ich dachte mit Schrecken daran, dass ich noch zu Rehfeld aufs Präsidium musste, um meine Aussage zu Protokoll zu geben. Ich hatte das bisher vor mir hergeschoben, aber das ging nicht bis in alle Ewigkeit.

Ein Phantombild war erstellt worden, mit dessen Hilfe nun nach jener Frau gefahndet wurde, der ich im Treppenhaus kurz nach dem Stromausfall begegnet war. Wahrscheinlich bis zur Stunde erfolglos.

Seltsam, ich hatte sie nur für wenige Augenblicke gesehen, aber ihr Gesicht stand noch immer in jeder Einzelheit vor meinem inneren Auge.

Hätte ich versucht, mir Jürgen Lammers Gesicht vorzustellen, hätte ich viel größere Schwierigkeiten gehabt, obgleich ich ihm mehr als ein Dutzend Mal begegnet war, um mich mit ihm zu streiten.

Lammers Wohnung war von der Kripo versiegelt worden. Niemand konnte dort hinein, ohne dass man es hinterher sehen konnte.

Ansonsten war wieder so etwas wie Normalität in dieses nicht mehr ganz taufrische Mietshaus eingekehrt. Die Bässe der Disco im Erdgeschoss dröhnten wie eh und je oft bis weit nach Mitternacht, die dicke Mutter schaffte es immer noch mit letzter Kraft, ihre eingepackten Pizza-Köstlichkeiten bis hinauf in ihre Wohnung zu bringen, und ihre pickelige Tochter wirkte so unzufrieden wie stets.

Aber es hatte seitdem keinen Stromausfall mehr gegeben. Und das hielt ich für ein gutes Zeichen.

Mit den ›Gnadenlosen Wölfen‹ war ich gut vorangekommen, und es war, wie es meistens bei mir ist: Noch während ich an einem Roman arbeitete, kristallisierte sich bereits der nächste heraus.

Ich klappte ein wenig das Fenster ab, um ein bisschen frische Luft hereinzulassen, obwohl frisch für das, was da hereinblies, vielleicht doch nicht der richtige Ausdruck war.

Und dann glaubte ich, meinen Augen nicht zu trauen!

Auf der anderen Straßenseite sah ich sie. Ich musste zweimal hinschauen, um es wirklich glauben zu können, aber dann hatte ich nicht mehr den geringsten Zweifel.

Sie wandte den Kopf, sah nach den Autos und versuchte über die Straße zu kommen, was ihr schließlich auch gelang. Ich war gespannt, wohin sie ihr Weg jetzt führen würde. Aber war das wirklich eine Frage?

Nein, ich hatte es im Gefühl.

Sie würde hinauf zu Lammers Wohnung wollen, aus einem Grund, der die Polizei vermutlich noch um einiges mehr interessierte als mich – und den weder Rehfeld noch ich bis jetzt kannten.

Ich blickte hinab, sie blickte hinauf, aber sie sah mich nicht. Immer wieder drehte sie den Kopf, so als glaube sie, verfolgt oder beobachtet zu werden.

Wurde sie ja auch: von mir.

Doch das war sicher nicht der Grund für ihre Vorsicht.

Und dann verschwand sie unten im Eingang. Meine Vermutung hatte sich also bewahrheitet.

Ich ging in den Flur und dachte, gleich müsste ich sie das Treppenhaus hinaufklappern hören.

Sie trug Schuhe mit Absätzen, damit konnte man sich nicht leise hinaufschleichen.

Es dauerte nicht lange, bis ich sie tatsächlich hörte. Ich wollte schon die Tür öffnen und hinausgehen, aber im letzten Moment hielt ich inne.

Unterdessen hatte es die Frau gerade bis zum ersten Treppenabsatz geschafft.

Was sollte ich tun?

Einfach hinausgehen, sie anquatschen und ihr sagen, sie möge doch bitteschön so freundlich sein, sich bei der Polizei zu melden?

Wie kam ich dazu? Und wie würde sie reagieren?

Vielleicht genau so, wie bei unserer ersten, allzu kurzen Begegnung. Möglicherweise würde sie einfach auf dem Absatz kehrtmachen und wieder davonrennen.

Ich beschloss, erst einmal abzuwarten, ob sie wirklich hinauf zu Lammers Wohnung gehen würde.

In diesem Moment kam sie an meiner Tür vorbei, und dann trippelte sie die nächste Treppe hinauf. Ich wartete darauf, dass sie unverrichteter Dinge zurückkehrte, aber sie kam nicht.

Ich öffnete die Tür und ging hinaus ins Treppenhaus. Und dann lauschte ich, hörte aber nichts. Ich schloss meine Wohnungstür und ging dann auf leisen Sohlen die Treppe zu Lammers hinauf.

Oben angekommen, war von der Schönen nichts zu sehen.

Sie hatte sich einfach in Luft aufgelöst, und eine Sekunde lang glaubte ich schon, einer Fata Morgana aufgesessen zu sein. So etwas kommt ja vor.

Man ist von etwas so besessen, dass man Dinge sieht und hört, die gar nicht existieren, und sich irgendetwas einbildet, sich aus kleinen Versatzstücken der Wirklichkeit etwas zurechtlegt, das dann nichts als Erfindung ist.

Aber die junge Frau hatte sich keineswegs in Luft aufgelöst. Mein Blick fiel auf das zerstörte Siegel der Kripo.

Die Lady, der ich auf den Fersen war, befand sich in der Wohnung!

Jake McCord hätte jetzt an die Hüfte gegriffen, blitzartig seinen 45er aus dem Holster gerissen und dann mit einem kraftvollen Tritt die Tür geöffnet.

Ich ging da entschieden ziviler vor, schon deshalb, weil ich keinen 45er Colt an der Seite hatte. Vor allem war ich keineswegs scharf darauf, irgendwelche Reparaturrechnungen begleichen zu müssen.

So drückte ich also ganz einfach die Klinke herunter, machte auf, blickte in den noch immer völlig chaotischen Flur, und dann sah ich sie.

Ihr hübsches, fein geschnittenes Gesicht war bleich wie die Wand geworden. Fast so bleich wie das Gesicht von Lammers, als ich ihn in der Badewanne gesehen hatte. Aber sie hatte es besser.

Sie hatte sich nur zu Tode erschrocken, Lammers war tot. Ein nicht unbeträchtlicher Unterschied, den sie im Moment aber wohl nicht so recht zu würdigen wusste.

Sie machte ihren hübschen roten Mund erst auf und dann wieder zu. Und dann schluckte sie.

Und ich?

Jake McCord blieb so gelassen, wie es in dieser Lage nur möglich war.

Ich nickte ihr zu. "Tag", murmelte ich. "So sieht man sich wieder!"

Sie schien nicht zu begreifen. "Wer...?"

"Erinnerst du dich nicht?" Ich duzte sie einfach.

"Woran?", fragte sie unsinnigerweise.

Ich erklärte ihr: "Wir sind uns schon einmal begegnet. Eine Treppe tiefer vor meiner Wohnungstür. Du hattest es ziemlich eilig ..."

Sie atmete tief durch, und irgendwie machte es ganz den Eindruck, als sei ihr eine Zentnerlast vom Herzen gefallen. "Ja", sagte sie. "Ich erinnere mich."

"Hattest du mit jemand anderem gerechnet?"

"Wieso?"

"Es war nur eine Frage."

"Hör mal, ich ..." Sie brach ab und kam etwas näher. Ich blieb in der Tür stehen.

"Bist du eine Freundin von Jürgen Lammers?"

"Wieso?"

Auskunftsfreudig war sie jedenfalls nicht.

"Weil es einen Grund dafür geben muss, dass du in seiner Wohnung bist. Wie bist du überhaupt hineingekommen? Hattest du einen Schlüssel?"

"Was geht dich das alles an?"

"Eigentlich nichts, da hast du Recht."

"Na, also!"

"Trotzdem, es ist doch irgendwie merkwürdig, nicht wahr? Wir treffen uns hier schließlich in der Wohnung eines Mannes, der vor zwei Tagen ermordet wurde und dessen

Wohnung von der Polizei versiegelt war. Die Polizei ist ganz wild darauf, sich mit dir zu unterhalten!"

Sie wollte etwas erwidern, aber dann wurde sie durch irgendetwas abgelenkt. Von unten aus dem Treppenhaus waren Schritte zu hören.

"Mein Gott ..." Sie flüsterte es so vor sich hin. Sie hatte Angst. Höllische Angst.

"Was ist los?", fragte ich unnötigerweise.

"Raus hier!", rief sie, und dann lief sie an mir vorbei. Zusammen stolperten wir die Stufen hinab, obwohl ich nicht die geringste Ahnung hatte, worum es hier ging.

Die Schritte von unten kamen bedrohlich näher.

Sie fragte: "Ist das deine Wohnung dort?"

"Ja."

"Dann mach auf! Schnell!"

Ich beschloss, erst einmal zu handeln und dann darüber nachzudenken, obwohl ich es eigentlich lieber anders herum halte. Manchmal kann man es sich eben nicht aussuchen. Ich drehte also den Schlüssel in meinem Schloss herum, und zwei Sekunden später war die junge Frau bereits in meine Wohnung gehuscht.

Gerade noch rechtzeitig.

Aus dem Augenwinkel heraus sah ich zwei Männer die Stufen hinaufhetzen. Der Erste, der die Treppe hochgestürmt kam, wirkte wie eine Kopie von Flash Gordon, dem unerschrockenen Sternenkämpfer und Feind aller intergalaktischen Fieslinge, bekannt aus Comic, Film und Roman-zum-Film.

Ich sah allerdings eine Version des Weltraum-Helden, die man offenbar einem zusätzlichen Bodybuilding-Programm und einer erfolgreichen Gehirnamputation unterzogen hatte.

Er war mindestens einen Meter neunzig groß, und seine hellblonden Haare waren kurz geschoren wie bei einem Fremdenlegionär. Aber seine hellblauen Augen leuchteten lange nicht so hellwach wie die von Flash Gordon. Sie waren trübe und wirkten stumpfsinnig. Sein Gesicht war rot angelaufen, und er keuchte wie ein belgisches Kaltblutpferd.

Durch den verzogenen Mund konnte man seine blitzenden Zähne sehen. Sie schienen noch alle da zu sein, zumindest die vordere Reihe, was bei einem wie ihm wohl nur bedeuten konnte, dass er stets als Erster zugeschlagen hatte.

Vielleicht trug er auch ein Gebiss.

Der Zweite war etwa ein Dutzend Stufen im Rückstand, und dieser Rückstand würde sich wohl eher noch vergrößern. Er hatte einfach nicht die Kondition, um mit der Dampfwalze, die ihm vorauseilte, mitzuhalten. Und das, obwohl Flash Gordon ja schließlich noch seine gesammelten Muskelpakete mit sich herumtragen musste.

Der zweite Mann war vom Äußeren her so etwas wie ein exaktes Gegenstück zu seinem Partner.

Er war klein und drahtig und hatte dunkles Haar. Er wirkte fast wie ein südländischer Typ, wozu aber die verhältnismäßig bleiche Haut nicht passte.

Seine Wangen wurden von einem ungepflegten, dünnen Bart bedeckt, von dem man nicht sagen konnte, ob er absichtlich als Eine-Woche-Bart stehengelassen worden war oder einfach nicht üppiger sprießen wollte.

Flash Gordon würdigte mich nur eines kurzen, dumpfen Blickes, und ich musste einen Schritt zur Seite springen, um von ihm nicht umgerannt zu werden.

Er blieb zwei Sekunden auf dem Treppenabsatz vor meiner Tür stehen und warf einen Blick an mir vorbei in meine Wohnung.

Ich widerstand der Versuchung, mich auch dorthin umzublicken. Ich hoffte nur, dass dort niemand zu sehen sei – aber was immer man auch über die junge Frau sagen konnte, dämlich schien sie nicht zu sein.

Der Kerl hetzte weiter nach oben, und ich ging in meine Wohnung und schloss die Tür hinter mir. Sicherheitshalber schob ich sogar den Riegel vor. Man konnte ja nie wissen.

Wenn die beiden Wölfe ihre Beute oben bei Lammers nicht vorfanden, kamen sie möglicherweise auf die Idee, woanders nachzusuchen.

Ich ging ins Wohnzimmer und sah sie am Fenster stehen. Sie hatte sich noch nicht so recht beruhigt, das war ihr deutlich anzumerken.

Eine sanfte Röte überzog ihr fein geschnittenes Gesicht, das ich jetzt im Profil zu sehen bekam.

Ich musterte sie, und zwar in diesem Moment wohl erstmalig mit Verstand. Die Haare hatte sie zu einem Pferdeschwanz zusammengefasst. Das lindgrüne Kleid, das sie trug, war schlicht, wirkte aber elegant. Und der dezente Schmuck, den sie angelegt hatte, schien echt zu sein.

Im Ganzen machte sie den Eindruck einer Frau, für die Geld kein allzugroßes Problem darstellte. Ich konnte mich täuschen, aber ich glaubte, da richtig zu liegen. Natürlich mochte alles nur Maske sein, aber wenn dem so war, dann war es eine sehr gute. Sie trug ihre Sachen mit großer Selbstverständlichkeit, die darauf hindeutete, dass sie daran gewöhnt war.

Ihre Brust hob sich, als sie tief durchatmete. Langsam schien sie sich wieder zu fassen. Sie wandte sich zu mir um. "Wo sind sie?"

"Deine ... äh ... Bekannten?"

"Für Sarkasmus ist jetzt wohl nicht der richtige Zeitpunkt!"

Eins zu null für sie!, dachte ich. Wo sie Recht hatte, hatte sie sicher auch Recht. Aber ich für meinen Teil hatte wenig Lust, in etwas hineingezogen zu werden, bei dem ich nicht abschätzen konnte, worum es sich handelte. Ich dachte, ich hätte ein Recht auf etwas mehr Information. Es schien

allerdings ganz so, als stünde ich mit dieser Auffassung allein da.
"Die beiden sind oben bei Lammers", sagte ich.
Sie fragte: "Was glaubst du? Haben die mich gesehen?"
"Ich hoffe nicht."
"Wieso?"
"Weil es dann wohl Ärger gibt, oder liege ich da falsch?"
"Nein ..."
Wieso – das schien eines ihrer Lieblingswörter zu sein, soviel hatte ich schon begriffen. Wieso, weshalb, warum? – Wer nicht fragt, bleibt dumm! Aber dumm war sie bestimmt nicht. Ob sie allerdings ausgebufft genug war, um es mit denjenigen aufnehmen zu können, deren Ärger sie sich da auf irgendeine Art und Weise zugezogen hatte, das musste einstweilen offen bleiben.
"Wer sind die beiden?", fragte ich.
"Keine Ahnung."
Sie brachte das viel zu prompt und zu schnell heraus, um die Wahrheit sagen zu können. Sie hatte mir schon halb geantwortet, als ich meine Frage noch gar nicht vollständig über die Lippen gebracht hatte. So etwas war einfach verdächtig. Um da stutzig zu werden, brauchte man weder Schimanski zu heißen, noch einen Lügendetektor zu haben!
Ich ging zum Telefon.
"Was hast du vor?", fragte sie.
Da war sie, die berühmt-berüchtigte Daumenschraube. Und ich wollte sie jetzt ein bisschen andrehen.
"Die Polizei interessiert sich für dich. Ich werde sie anrufen."
"Nein, nicht!"
"Warum nicht?"
Ich begann schon einmal zu wählen. Sie musste mir etwas wirklich Einleuchtendes anbieten, um mich zum Aufhören zu bewegen.

"Ich habe Lammers nicht umgebracht!", behauptete sie.

Ich zuckte die Schultern. "Mag schon sein, aber das solltest du nicht mir, sondern der Polizei erzählen!"

"Würde mir dort irgendjemand glauben?"

Ich blickte sie offen an. "Bisher hast du nicht allzuviel zu deiner Glaubwürdigkeit beigetragen!"

"Na, und? Was geht dich das an?"

Das ließ ich abprallen.

Ich sagte: "Du hast einen Wohnungsschlüssel, nicht wahr? Du kannst es ruhig zugeben. Wie hättest du sonst eben in die Wohnung kommen können?"

Als sie antwortete, bekam ihre Stimme einen trotzigen Unterton. Sie klang wie ein ungezogenes Kind, das erwischt worden war. Man hätte darüber lachen können, wenn die Sache nicht so ernst gewesen wäre.

"Ja, ich habe einen Wohnungsschlüssel!", gab sie zu.

"Na, also! Und der Mörder von Lammers hatte wahrscheinlich auch einen!"

"Aber ich bin doch nicht die Einzige, die einen Schlüssel zu seiner Wohnung hat!"

"Nein?"

"Außerdem gibt es andere Wege, eine Tür zu öffnen."

"Richtig. Aber es gab keinerlei Spuren."

"Auch ohne Spuren!"

Ich pfiff durch die Zähne. "Na, du kennst dich ja aus!"

"Ha, ha!", machte sie.

"Wenn du wirklich verhindern willst, dass ich die Polizei anrufe, musst du mir schon Überzeugenderes auf den Tisch legen!"

Sie atmete tief durch, verschränkte die Arme vor der Brust und wirkte dann einen Moment so, als schlucke sie einen Kloß herunter, der ihr im Hals steckte.

"Hör zu, ich bin in der Klemme", begann sie dann und trat an mich heran. Ihre Hand legte sich auf die meine und drückte sie sanft gemeinsam mit dem Hörer hinunter.
"Das klingt ehrlich", sagte ich.
"Was soll das heißen?"
"Das soll heißen, dass du jetzt wahrscheinlich zum ersten Mal die Wahrheit sagst. Du sitzt in der Klemme. Aber das sieht ein Blinder mit Krückstock!"
"Die beiden wollen mich umbringen!"
"Haben die auch Lammers auf dem Gewissen?"
"Vielleicht. Ich weiß es nicht."
"Mich kannst du ruhig belügen", meinte ich. "Es macht mir nicht das Geringste aus."
Sie verzog das Gesicht. "Was beklagst du dich dann?" Sie machte eine hilflose Geste. "Hör zu", meinte sie dann. "Wenn du die Polizei anrufst, gehe ich augenblicklich nach draußen ins Treppenhaus."
"Ich dachte, die beiden wollen dich umbringen!"
"Das werden sie auch, aber dasselbe werden sie dann auch mit dir tun, denn sie können keinen Zeugen am Leben lassen!"
"Du kommst dir wohl besonders cool vor!"
"Nein", murmelte sie. "Ich bin nur besonders verzweifelt!"
"Und wie soll es jetzt weitergehen?"
"Was weiß ich! Erstmal abwarten, bis die Kerle weg sind!"

9

Wir standen beide da und blickten hinab auf die Straße. Und dann sahen wir die zwei Männer auftauchen, den Blonden und den Dunklen. Flash Gordon machte eine ärgerliche Geste und bewegte dabei den Mund. Es war bestimmt nichts Freundliches, was da über seine Lippen kam. Die beiden gingen zu einem schwarzen Mitsubishi und fuhren davon. Ich merkte mir die Nummer und hörte die junge Frau neben mir aufatmen.
Ich kannte nicht einmal ihren Namen.
Schade, dachte ich. Schade, dass wir uns nicht unter anderen Umständen getroffen hatten. Irgendwie schien sie Klasse zu haben.
Sie wandte sich zu mir herum. Ihr Gesicht wirkte jetzt etwas entspannter, ihr Blick sanfter. Schließlich lächelte sie sogar ein wenig. Sie sah entzückend aus, wenn sie das tat.
"Danke", sagte sie.
"Wofür?", fragte ich blödsinnigerweise.
"Wahrscheinlich hast du mir das Leben gerettet. Zumindest erheblichen Ärger erspart."
Ich lächelte dünn. "Und jetzt willst du dich aus dem Staub machen, nicht wahr?"
"Natürlich. Was denkst du denn? Ich will weder warten, bis du doch noch die Polizei gerufen hast, noch bis die beiden Typen vielleicht zurückkommen!"
"Glaubst du, sie kommen zurück?"
Sie schüttelte den Kopf. "Nein, eigentlich nicht."

"Wenn die beiden so gefährlich sind, wie du sagst, dann solltest du erst recht zur Polizei gehen", gab ich zu bedenken.
"Du kannst das nicht verstehen."
"Mag schon sein. Aber ich habe nicht den Eindruck, dass du weißt, was du tust!"
"Ich weiß es sehr genau!"
"Na prima! Jeder stirbt für sich allein!"
"Deinen Sarkasmus könntest du dir abgewöhnen!"
"Ich glaube nicht, dass meine Manieren wirklich so viel schlechter sind als deine!"
Sie lächelte wieder. Ganz kurz nur, aber sie tat es. Und es sah bezaubernd aus. Dann sagten wir beide zwei Sekunden lang gar nichts.
Wir sahen uns nur an, und ich blickte in diese geheimnisvollen graugrünen Augen. Ich weiß auch nicht warum, aber mir kam sofort die Assoziation von Meeresrauschen, meterhohen Wellen und grünem Tang.
Augen sind Fenster der Seele, so heißt es doch immer. Aber leider waren ihre Fenster im Augenblick wohl ziemlich beschlagen. Jedenfalls sah ich bei weitem nicht so viel, wie ich gerne gesehen hätte.
"Du wärst nicht wirklich hinausgelaufen, nicht wahr?", meinte ich.
"Nein", sagte sie. "Das stimmt."
"Ich wusste es."
"Und warum hast du die Polizei dann nicht angerufen?"
"Das wiederum weiß ich nicht."
"Aber du wirst es jetzt tun, nicht wahr?"
"Ja. Ich habe keine Lust, mich selbst in Schwierigkeiten zu bringen. Und ich habe noch weniger Lust, etwas zu decken, von dem ich nicht weiß, ob ich es decken möchte!"
"Das hast du doch schon getan!"

"Stimmt auch wieder. Aber heißt das, dass ich das dauernd tun muss? Ich wollte dich diesen Hyänen nicht in den Rachen werfen."

"Das ist nett von dir."

"Nein, ich habe nur etwas dagegen, wenn jemand umgebracht wird. Ganz gleich aus welchem Grund. Das gilt sowohl für dich, als auch für ..."

"... für Lammers!"

"Du hast es erfasst!"

"Dann werde ich mich jetzt mal aus dem Staub machen! Oder willst du mich daran hindern?"

"Kein Gedanke! Das ist Sache der Polizei. Die machen ihren Job, ich meinen."

Sie ging zur Tür, die vom Wohnzimmer in den Flur führte. Ich folgte ihr nicht. Im Türrahmen blieb sie stehen und drehte sich noch einmal zu mir herum.

"Und was ist dein Job?", fragte sie. "Was machst du?"

"Ich bringe Leute um."

Sie runzelte die Stirn. "Machst du Witze?"

"Ja."

"War aber kein besonders Guter!"

"Es verlangt ja auch niemand, dass du darüber lachst!"

Schließlich lachte sie doch. "Na, dann ist es ja gut!", meinte sie und ging zur Tür.

Ich hörte sie den Schlüssel herumdrehen, der dort noch steckte, und den Riegel zur Seite schieben.

Dann war sie draußen. Ihre Schuhe klapperten über die Treppe.

Ich griff zum Telefon.

10

Eine Stunde später saß ich im Präsidium.
"Dann wollen wir mal das Protokoll aufnehmen", meinte der bebrillte Endfünfziger auf der anderen Seite des Schreibtisches, der sich mir mit Müller-Sowieso vorgestellt hatte. Die zweite Hälfte des Namens hatte ich zwar verstanden, aber sogleich wieder vergessen. Einzig der Müller war mir im Gedächtnis haften geblieben. Reichte ja auch völlig.
"Herr Rehfeld möchte gleich noch mit Ihnen reden, aber wir können ja schon einmal anfangen!"
Ich deutete auf die uralte mechanische Schreibmaschine, die er sich bereitgestellt hatte und in die er nun umständlich ein Blatt einspannte – nicht ohne sich dabei die Finger am Farbband zu schwärzen. Seine Fingerabdrücke würden am Ende wohl das Protokoll mit meiner Aussage zieren.
"Mit dieser alten Schraxe?", fragte ich.
"So etwas nennt man Schreibmaschine!"
"Was Sie nicht sagen!"
"Ja, denken Sie mal an!"
"Meines Wissens gibt es inzwischen schon Moderneres!"
"Ja, aber bis das technische Zeitalter bei der Polizei Einzug hält, wird's wohl noch ein paar Jahrhunderte dauern! Wir haben hier für zwanzig Mann drei Diktiergeräte!"
"Und der PC da vorne?"
Er grinste. "Das Programm zur Protokoll-Erstellung hakt, und der System-Administrator hat Urlaub."
Ich grinste auch. "Schon doof."
"Tja."

"Wie wär's damit, die alte Kiste auf den Schrott zu werfen und was Neues zu kaufen?"

"Unser Etat für innere Modernisierung ist auf Jahre ausgeschöpft."

Jetzt tat er mir fast Leid. "Vielleicht sollten Sie und Ihre Leute mal ein bisschen öfter in die Spielzimmer Ihrer Kids schauen. Ich schätze, da werden Sie alles finden, was Sie brauchen!"

"Kann schon sein. Aber wir müssen so viele Überstunden machen, dass wir kaum dazu kommen, einen Blick in irgendwelche Spielzimmer zu werfen!"

Da war er also! Des Pudels Kern, der bei jedem Missstand als Argumente-Knüppel aus dem Sack geholt wurde! Die personelle Unterbesetzung, die vielen Überstunden! Zum fünfhundertsten Mal mussten sie für alles herhalten, was nicht stimmte.

Es dauerte schier endlos, bis meine Aussage endlich auf dem Papier war, denn Müller-Sowieso beherrschte sein Zwei-Finger-Suchsystem nicht besonders gut.

Ich bot ihm an, selbst in die Tasten zu hauen. Schließlich hatte ich meine ersten Romane auf einer Maschine getippt, die noch schlechter war als die, die da jetzt zwischen uns auf dem Schreibtisch stand.

Aber das lehnte er ab. Warum, das sagte er mir nicht. Vermutlich ging es ihm gegen die Ehre. Zu dumm, dass mich sein Stolz so viel Zeit kostete. Zeit genug, um ein paar Seiten an den ›*Gnadenlosen Wölfen*‹ herunterzureißen. Im Kopf rechnete ich den Verlust aus.

Ich sollte Müller-Sowieso auch auf Schadensersatz verklagen!, dachte ich. Ihn und den toten Lammers - posthum sozusagen - und vielleicht auch noch die unbekannte Schöne mit den grüngrauen Augen und noch ein paar andere Leute, die mir in letzter Zeit auf die Nerven gegangen waren oder mich sonstwie von meiner Arbeit abgelenkt hatten!

Leider würde sich meine Rechtsschutzversicherung wohl weigern, solche Fälle zu übernehmen!

Stück um Stück kamen wir vorwärts, und endlich konnte ich dann meine drei Kreuze unter das Schriftstück setzen. Müller-Sowieso seufzte erleichtert. Ich seufzte auch.

Und dann kam Rehfeld. Müller-Sowieso verzog sich und nahm die Schreibmaschine mit, während Rehfeld seinen Mantel auszog und an einen Haken hängte. Dann setzte er sich dorthin, wo zuvor Müller-Sowieso gesessen hatte.

Die Hydraulik des Bürostuhls gab einen seltsamen Laut von sich, als er niederplumpste.

"Sie war also bei Ihnen, Herr Hellmer."

"Richtig. Das habe ich Ihnen ja am Telefon gesagt."

"Sie hat sich nicht zufällig vorgestellt und Ihnen ihre Adresse gegeben?"

"Nein."

"Zu schade!"

"Sie war nicht sehr gesprächig! Und sie wollte sich partout nicht mit Ihnen unterhalten!"

Rehfeld lachte heiser und kehlig, wobei sein Doppelkinn vibrierte. "Wird wohl einen Grund dafür haben, die Dame ..."

Und dann zog er ein Foto hervor und legte es mir unter die Nase. Ich sah kurz hin. Dort war ein junges Mädchen zu sehen mit Punk-Frisur und einer Sicherheitsnadel im linken Ohrläppchen. Das Gesicht war zu einer Fratze verzogen.

"Wer soll das sein?"

"Schauen Sie mal genau hin! Könnte das nicht die Frau sein?"

"Die, die mir begegnet ist, war besser angezogen! Und auch älter."

"Das Foto ist acht Jahre alt!"

Ich nahm das Bild mit zwei Fingern und sah es mir noch einmal an. Und dann sah ich es auch. Ja, sie war es. Ein paar Jahre jünger und furchtbar zurechtgemacht, aber sie war es, da konnte es nicht den Hauch eines Zweifels geben. Ich weiß nicht, was es war, das mich so sicher machte. Vielleicht ihre Augen. Die hatten sich nicht verändert, nicht ein bisschen. Ein Gesicht kann man schminken, Haare können gefärbt, gerollt, gewickelt oder sonstwas werden.

Aber Augen?

Ich nickte also. "Sie ist es."

"Gott sei Dank", seufzte Rehfeld.

"Warum?"

"Weil wir dann wenigstens etwas haben."

"Wer ist sie?"

"Sie heißt Annette Friedrichs und hat ein ziemlich trauriges Leben hinter sich. Erziehungsheim, Ausbruch, Ladendiebstahl, ein anderes Erziehungsheim, Motoraddiebstahl, Einbruch, Prostitution und so weiter und so fort. Dieses Foto wurde gemacht, als sie gerade angefangen hatte, mit Koks zu dealen."

"War sie süchtig?"

"Es würde mich wundern, wenn es anders wäre!"

"Wie haben Sie sie so schnell ausfindig machen können?"

"Ihre Telefonnummer stand in Jürgen Lammers Adressbuch."

"Dann wissen Sie doch sicher auch, wo sie wohnt."

"Nur, wo sie gemeldet ist."

"Verstehe ich nicht."

"Wir haben ihrer Wohnung einen Besuch abgestattet."

"Und?"

"Sie war nicht da. Die Post von Wochen stapelte sich im Briefkasten."

"Merkwürdig..."

"Ja, nicht?"

Ich legte das Foto wieder auf den Tisch. "Kaum zu glauben, dass das dieselbe Frau ist. Sie scheint Karriere gemacht zu haben. Ihr Outfit war nicht von schlechten Eltern."

Rehfeld zog sich den dicken Windsorknoten an seiner Gurgel zurecht.

"Fragt sich nur, womit sie Karriere gemacht hat. Gelernt hat sie nämlich nichts. Und sie hat auch weder zum Einbrecher noch zum Koks-Dealer viel Talent bewiesen! Schließlich ist sie bei beidem erwischt worden."

"Wer weiß, vielleicht hat sie ja dazugelernt."

"Glaube ich nicht."

"Dann hat sie wohl noch andere Talente."

"Was meinen Sie damit?"

Ich zuckte mit den Schultern. "Sie sieht gut aus. Sie wird sich jemanden angelacht haben, dessen Brieftasche dick genug war, um sie auszuhalten."

Damit stand allerdings wohl fest, dass es sich bei diesem Jemand auf keinen Fall um einen Schreiber von Heftromanen handeln konnte!

"Wenn sie sich bei Ihnen meldet ..."

Ich runzelte die Stirn. "Weshalb sollte sie das?", fiel ich dem dicken Rehfeld ins Wort.

"Was weiß ich? Sie ist einmal in Ihrer Wohnung gewesen. Vielleicht laufen Sie ihr ja noch mal über den Weg."

"Was soll ich dann tun? Ihr Ihre freundliche Einladung überbringen? Das habe ich bereits einmal versucht. Ohne viel Erfolg."

Ich erhob mich.

Irgendwie verstand ich Rehfelds Dilemma. Er konnte schließlich nicht die Betten sämtlicher vermögender Herren im Umkreis von 20 Kilometern durchsuchen.

"Was hat diese Annette eigentlich mit Lammers zu tun?", fragte ich.

Rehfeld zuckte mit den Schultern. "Nichts. Außer, dass sie in seinem Adressbuch stand."

"Vielleicht war Lammers ja derjenige, der sie aushielt."

Diese Vermutung klang ziemlich behämmert, aber jetzt war sie einmal ausgesprochen und ließ sich nicht wieder rückgängig machen.

Lammers schien mir nicht zu jenen zu gehören, die finanziell in der Lage waren, sich eine Geliebte zu halten, mit Exklusivrechten, sozusagen.

Wenn er vermögend gewesen wäre, hätte er sicherlich eine andere Wohnung gehabt.

Nein, zu jemandem wie Lammers passte es eher, sich zweimal im Jahr einen Besuch im Eros-Center zu leisten. Und wahrscheinlich musste er da schon fleißig drauf sparen!

Aber genau in dem Punkt irrte ich mich, wie sich herausstellen sollte.

"Seltsam, dass Sie das sagen", meinte Rehfeld und stand jetzt ebenfalls auf.

Der Unterton, in dem er das gesagt hatte, gefiel mir nicht. Es war der Pass-nur-auf-ich-krieg-dich-schon-Ton, den die Fernsehkommissare immer dann an sich hatten, wenn sie sich ganz sicher waren, dass ihr Gegenüber Dreck am Stecken hatte.

Rehfeld kam zu mir herüber, blies sich auf wie ein Heißluftballon und streckte mir dabei seine stramme Wampe entgegen. "Mir scheint, Sie wissen mehr, als Sie mir weismachen wollen!"

"Ich habe Ihnen alles gesagt."

"So?"

"Ja!"

"Wie kommen Sie dann darauf, dass sich Lammers eine Geliebte leisten konnte? Er ist arbeitslos und lebt von der Sozialhilfe. Wie sind Sie darauf gekommen, dass er trotzdem genug Geld hatte, um ..."

Ich hob die Schultern und machte ein Gesicht, das möglichst unschuldig wirken sollte. "Es war einfach nur ein Gedanke!"

"Allerdings einer, der genau ins Schwarze trifft!"

"Ich verstehe nur Bahnhof!"
"Lammers verfügte über ein Nummernkonto in der Schweiz. Schon merkwürdig, nicht? Aber, dass Sie davon wussten, Hellmer, das ist noch merkwürdiger!"
Jetzt schlug es aber dreizehn! Eine ganze Sekunde brauchte ich, um diesen Verbalschlag zu verdauen. "Ich wusste nichts davon!", behauptete ich und fand mich selbst nicht so recht überzeugend dabei.
Rehfeld rollte genervt mit den Augen. "Ach, kommen Sie, Hellmer, Sie haben sich verplappert!"
Ich lächelte dünn. "Irgendwie scheinen Sie was gegen mich zu haben. Mögen Sie keine Western-Romane?"
Rehfeld grinste schief. "Nein, mag ich nicht. Ist das ein Fehler?"
"Das ist eine Sache des Standpunktes!"
"Ich weiß, dass der Trend zum Zweitbuch geht, aber man muss ja nicht jede Mode mitmachen, oder?" Rehfeld machte eine hilflose Geste und ging dann ein paar Schritte auf und ab.
Schließlich wirbelte er wieder zu mir herum und hielt mir beschwörend seinen dicken, fleischigen Zeigefinger unter die Nase.
Mir fiel auf, dass er abgekaute Nägel hatte. Aber womit sollte er sich auch in seinen vielen Überstunden beschäftigen, die er hier, zwischen seinen Akten verbrachte, der Arme!
"Ich habe mich bei den anderen Hausbewohnern über Sie erkundigt, Hellmer!"
"Herr Hellmer für Sie. Soviel Zeit muss sein!"
"Sie hatten noch am Tag vor Lammers Tod einen heftigen Streit im Treppenhaus mit ihm, Herr Hellmer. Nicht wahr? Einen Streit, der so laut war, dass man ihn ..."
"... bei Meyers noch hören konnte, obwohl sie Fernseher und Stereoanlage gleichzeitig eingeschaltet hatten!", schnitt ich ihm das Wort ab.
Er nickte. "So ähnlich, ja."

"Worauf wollen Sie eigentlich hinaus?", fragte ich.
"Ich glaube, dass Sie uns einiges verschweigen, Herr Hellmer."
"Und was zum Beispiel?"
"Ich hätte zum Beispiel gerne gewusst, worum es bei Ihrem Streit am Tag vor dem Mord ging."
"Haben Ihnen das die Meyers nicht gesagt?"
"Ich möchte es von Ihnen hören."
"So gute Ohren haben die beiden dann wohl doch nicht, was?"
"Also ..."
"Es ging um den kaputten Föhn von Lammers. Ich habe ihm gesagt, dass ich ihm einen Neuen kaufen würde. Das wäre für mich am Ende billiger, als wenn er mit seinem alten Ding laufend Stromausfälle provoziert."
"Ich glaube, es ging um etwas Wichtigeres."
Ich zog die Augenbrauen hoch. "Um was zum Beispiel? Ich bin wirklich gespannt. Eigentlich hatte ich gedacht, dass ich derjenige von uns beiden bin, der dabeigewesen ist."
Rehfeld atmete tief durch. "Diese Frau stand in irgendeinem Zusammenhang mit Lammers. Aber ich vermute, auch mit Ihnen. Schließlich ist sie in ihre Wohnung geflüchtet, wie Sie mir am Telefon erzählt haben!"
"Was soll das denn für ein Zusammenhang gewesen sein?"
"Sagen Sie es mir!"
"Sie sind auf dem Holzweg!"
"Vielleicht. Aber genauso gut ist das Gegenteil möglich! Es ist besser, wenn Sie uns alles sagen, was Sie wissen, Herr Hellmer."
"Habe ich bereits!"
Er zuckte die Achseln. "Wie Sie wollen. Wir kriegen es am Ende doch heraus. Verlassen Sie sich darauf!"
"Dann strengen Sie sich mal schön an und tun Sie was für Ihr Geld! Ich wünsche Ihnen viel Glück dabei!"

Unsere Unterhaltung endete grußlos und ziemlich unerfreulich. Rehfeld hatte einen Narren an mir gefressen. Er hatte nichts außer einem Namen. Annette Friedrichs, die aus ihrem Nest wohl schon seit geraumer Zeit ausgeflogen war – ob aus Furcht vor der Polizei oder aus Angst vor anderem ungebetenen Besuch.

Und er hatte mich. Und irgendwie bastelte er sich daraus jetzt in seinem Beamtenhirn eine Story zusammen, die so an den Haaren herbeigezogen war, dass jemand, der einen Roman daraus gemacht hätte, vermutlich in einer Flut von empörten Leserbriefen ertrunken wäre.

Das war eben der Unterschied zwischen Fiktion und Wirklichkeit!

Ein Roman muss stimmig sein, in der Wirklichkeit schert sich niemand um irgendeine Logik. Alles Zufall, alles Chaos, alles ausgewürfelt. Eine schreckliche Erkenntnis, nicht wahr?

Zu schrecklich für viele.

Aber es gibt ja Auswege.

Religion zum Beispiel. Was ist Religion im Kern anderes, als die Vorstellung, dass da doch irgendwo ein Autor im Himmel sitzt, ein übergroßer Dramaturg des Universums, von dem man hofft, dass er alles zu einem Happy End führt?

Jake McCord würde von mir aus jedem Schlamassel herausgeholt werden.

Jürgen Lammers war von niemandem gerettet worden.

11

Rehfeld warf mir noch einen bösen Blick zu. Kurze Zeit später tauchte Müller-Sowieso auf und zeigte mir ein paar Bilder. Aber die Kerle, die hinter Annette Friedrichs hergewesen waren, befanden sich leider nicht unter den Abgebildeten.

Doch das musste ja nichts heißen. Schließlich wurde ich entlassen, wahrscheinlich deswegen, weil Müller-Sowiesos Schicht zu Ende war und er einfach keine Lust mehr hatte, sich mit mir noch weitere Fotos anzuschauen.

Jedenfalls sah ich ihn in einen Privatwagen steigen, als ich das Gebäude verließ und über den Parkplatz ging.

Später, als ich nach Hause kam, ging ich zunächst einmal hinauf zu Lammers Wohnung. Ich hätte gerne noch einmal hineingeschaut, einfach so aus Neugier. Vielleicht konnte ich irgendeinen Hinweis finden.

Ich hatte eigentlich keinen guten Grund, das zu tun. Ich tat es trotzdem. Es war einfach eine spontane Regung. Aber die Wohnung von Lammers war bereits wieder versiegelt. Wie es schien, hatte Rehfeld einen seiner Leute vorbeigeschickt.

War also nichts mit dem Detektivspielen.

Als ich dann wieder die Treppe hinabgestiegen war und schon fast vor meiner Wohnungstür stand, hörte ich von unten Schritte.

Ich beugte mich über das Treppengeländer.

Es war Frau Meyer – die dicke Mutter. Mit ihren Schweinsäuglein konnte sie gerade noch über die aufgetürmten Schachteln blicken, die sie mit einem ihrer kurzen, wabbeligen Arme balancierte, während ihre andere Hand den Schlüssel aus der Manteltasche zu fingern versuchte, was sich ganz offensichtlich als ziemlich schwieriges Unterfangen gestaltete. Vielleicht lag es aber auch einfach nur daran, dass sie die Schachteln mit rechts hielt, ihr Schlüssel in der rechten Manteltasche klimperte und sie nun versuchen musste, mit ihrer kurzen Linken um ihren eigenen, massigen Körper herumzulangen.

Sie hatte es fast geschafft, eine Handbreit fehlte noch. Dann blickte sie zu mir herauf und sah mich. Fast wäre ihr der Schachtelberg eingestürzt, aber das konnte sie noch verhindern.

Sie grüßte. Ich grüßte zurück. Und dann fragte sie: "War die Polizei auch schon bei Ihnen, um Sie zu vernehmen? Sie wissen doch, wegen des armen Herrn Lammers!"

"Ja", brummte ich.

"Ist doch schon seltsam, wenn man so etwas hautnah miterlebt, finden Sie nicht auch?"

Ich sagte: "Ja, das finde ich auch!" Und dabei dachte ich, na, so hautnah hast du es ja nun auch wieder nicht miterlebt. Schließlich lebst du ja noch!

"Was wollten sie von Ihnen wissen? Und vor allem: Was haben Sie gesagt?"

Ich verzog das Gesicht. Und dann sagte ich spöttisch: "Ich habe diesem Rehfeld gesagt, dass Sie ein Verhältnis mit Lammers hatten, dass er Sie verlassen wollte und Sie ihn deswegen umgebracht haben!"

Das hatte gesessen.

Sie stand mit offenem Mund da und konnte keinen Laut mehr herausbringen.

12

Bis zum nächsten Abend geschah nichts Besonderes.

Ich schlief schlecht, stand mitten in der Nacht auf und setzte mich an den Computer. Das war so gegen drei Uhr, und ich arbeitete dann bis in den Morgen hinein. Ich kam ganz gut vorwärts.

Am Abend ging ich zu einer Ausstellungseröffnung. Der Grund dafür war nicht etwa, dass die Bilder so toll waren. Sie waren gar nicht toll, jedenfalls nicht für meinen Geschmack. Geometrische Figuren, sorgfältig in verschiedenen Farben angemalt und in riesigem Format.

Naja, wer es mag ...

Und wer es dann noch für Kunst hält und kauft! Es musste solche Leute geben. Aber über Geschmack soll man ja bekanntlich nicht streiten.

Auch nicht über schlechten.

Ich hatte gute Gründe, zu dieser Ausstellungseröffnung zu gehen, aber die hatten nichts mit den Bildern zu tun. Der erste Grund war der, dass ich die Künstlerin kannte. Und der zweite war, dass das für mich eine Gelegenheit war, mal wieder unter Leute zu kommen, ein paar Freunde zu treffen und so weiter und so fort.

Das Schreiben ist ein einsamer Job, den man ganz für sich allein erledigt.

Wenn man in einer Bank oder einem Geschäft oder sonstwo arbeitet, dann kann man seinen Job dazu benutzen, Kontakte zu knüpfen. Die Leute, mit denen ich durch meinen Job in Kontakt komme, habe ich zum größeren Teil nie persönlich kennen gelernt.

DREI VERBRECHEN

Arbeitsessen mit Redakteuren gibt es relativ selten, obwohl es auch vorkommt. Aber den Agenten zum Beispiel, der sich bemüht, Kurz-Krimis von mir bei Illustrierten unterzubringen, kenne ich nur als eine Stimme im Telefonhörer und eine Unterschrift unter Vertragsexemplaren.

Ich hatte eine formelle Einladung zu dieser Eröffnung mit der Post am Morgen bekommen.

Gerade noch rechtzeitig. Ich wusste, dass Christine – die Künstlerin – sie selbst abgeschickt hatte. Aber so war Christine schon so lange ich sie kannte. Den letzten Bus, auf die letzte Minute oder auch danach, die letzte Möglichkeit, auf dem fünften Bildungsweg das Abitur nachzumachen.

Auf ihrer Uhr war es immer fünf vor zwölf und manchmal auch fünf nach zwölf. Aber noch rechtzeitig; gerade noch rechtzeitig oder zumindest das, was sie darunter verstand.

Sie hatte es schließlich geschafft, aus dem Mist, der ihr im Kopf herumspukte, wenigstens etwas Geld zu machen. Leben konnte sie nicht davon, das hatte ich ihr nach wie vor voraus.

Sie hatte mir hingegen voraus, dass der Oberbürgermeister ihre Ausstellung mit ein paar salbungsvollen Worten eröffnen würde, während er sicher nicht zum nächsten Kiosk rannte, wenn dort die ›Gnadenlosen Wölfe‹ ausgeliefert wurden!

Ich war etwas spät dran und bekam so nur den letzten Rest von Dr. Wernecks Worten mit. Mit diesem Verlust konnte ich aber leben.

Dr. Werneck hatte ein scharf geschnittenes, fast schon hart wirkendes Gesicht mit leicht verkniffenen Mundwinkeln, grauen Schläfen und beginnender Glatze.

Die verkniffenen Mundwinkel waren vermutlich eine Art Berufskrankheit.

Sein Körper war hager und wirkte trotz seiner 52 Jahre recht sportlich. Er machte den Eindruck eines Mannes, der jeden seiner Muskeln exakt unter Kontrolle hatte.

Insbesondere galt das wohl für seine Gesichtsmuskulatur, denn er konnte sein Lächeln schneller ein- und wieder ausschalten als viele Leute ihren Fernseher.

Ich war froh, als geklatscht wurde.

Ein Beifall der Erleichterung darüber, dass es vorbei war.

Anscheinend war ich nicht der Einzige hier, der von Dr. Wernecks rhetorischen Künsten nicht gerade vom Hocker gerissen wurde.

Ich klatschte nur deshalb nicht mit, weil man mir in eine Hand ein Sektglas gedrückt hatte. Wie hätte ich da klatschen sollen? Ich habe ja schließlich Manieren, was in diesem Fall hieß, dass ich es vermeiden wollte zu plempern.

Das Publikum zerstreute sich in alle Winde, um sich dann vor einzelnen Gemälden in Trauben zu sammeln. Ich hörte Fetzen von Fachsimpelei. Ich schlürfte an meinem Sekt und sah mich nach Bekannten um.

Und dann schnurrte Christine herself an mir vorbei, ebenfalls mit einem Sektglas in der Hand, aber mit schlechteren Manieren als jenen, die man mir in grauer Vorzeit mal beigebracht hatte.

Sie plempterte nämlich ganz gewaltig!

"Hallo, Michi!"

Mein Gott, Michi! Für das -ael wäre nun wirklich noch Zeit genug gewesen. Aber Christine konnte sich den Michi einfach nicht abgewöhnen. Es hatte mich schon damals genervt, als wir noch zusammen in einer Beziehungskiste gesteckt hatten, die dann irgendwann den Weg alles Sterblichen gegangen war.

Asche zu Asche, Staub zu Staub.

Woran hatte es gelegen? Daran, dass sie es nicht lassen konnte, mich Michi zu nennen?

Nein, wohl kaum.

Eher schon an dem grauenhaften Kaffee aus Nicaragua, den ich in unserer gemeinsamen Zeit immer hatte trinken müssen. Aus Solidarität.

Am Ende war die Solidarität zu meinen Geschmacksnerven allerdings doch stärker gewesen als die zum Volk von Nicaragua.

Aber, was soll's!

Die Asche dieser von Anfang an wohl etwas morschen Kiste ruhte in Frieden. Wir waren Freunde geblieben, oder sollte ich richtigerweise vielleicht besser sagen geworden? Jedenfalls verstanden wir uns hervorragend, seit wir nicht mehr zusammen waren.

Kaffee aus Nicaragua hatte ich danach nie wieder angerührt und um jeden Dritte-Welt-Laden einen meilenweiten Bogen gemacht.

Aber der Michi war geblieben.

Wie würde ein Mann vom rhetorischen Schlag eines OB Dr. Werneck doch gleich dazu sagen? Ein Stück Kontinuität...

Ich lächelte.

Und dieses Lächeln war vermutlich ein klein wenig gezwungener, als ihm gut tat. Wahrscheinlich hatte ich in diesem Punkt jetzt eine fatale Ähnlichkeit zu Oberkrampfmeister Dr. Werneck, doch zum Glück war kein Spiegel in der Nähe, so dass mir dieser Anblick erspart blieb.

Christine runzelte die Stirn, als sie mir die Hand drückte.

Ich sagte: "Auf so eine Chance hast du immer gewartet, nicht wahr, Christine?"

"Ja, Michi!"

Sie nickte und schwenkte dabei ihr Sektglas so schwungvoll zur Seite, dass mindestens ein Drittel des Inhalts zu Boden ging.

Aber so war sie nun einmal.

Auf der nächsten Demo würde sie sicher mitmarschieren und sich für die Rechte von Minderheiten und sozial Unterprivilegierten einsetzen. Und hier und jetzt sorgte sie schon einmal dafür, dass für die türkischen Putzfrauen – sorry,

Raumpflegerinnen natürlich – auch in Zukunft noch genug Arbeit blieb.

So lobe ich mir eine politisch engagierte Künstlerin! Ein ABM-Programm aus dem eigenen, ohnehin nur gerade noch halbvollen Glas!

Nobel, nobel!

Sie lachte und zeigte dabei ihre zwei Reihen makelloser und mit Zahnweiß auf Hochglanz polierter Zähne. Sie schien mir ziemlich aufgedreht zu sein, und ich verstand sie nur allzu gut. Sie hatte allen Grund, sich großartig zu fühlen.

Sie kam näher zu mir heran, und ich befürchtete schon, dass sie mir mein gutes Sakko beplempern würde, aber ich hatte Glück. Christine bekleckerte erst einmal sich selbst. Dann machte sie mich auf einen windigen Jüngling mit strähnigen hellblonden Haaren aufmerksam, der gerade ein Foto von Dr. Werneck machte.

"Der kommt von der Zeitung!", meinte Christine.

"Vom Lokalteil?"

"Nein, vom Feuilleton!"

Wahrscheinlich ein Volontär, dachte ich mir. Und wahrscheinlich doch von der Lokalredaktion – ganz gleich, was er vielleicht herumerzählt hatte, um sich wichtig zu machen. Weshalb sollte er sonst ein Foto vom OB schießen?

Hier in der Gegend war Dr. Werneck ja vielleicht eine große Nummer, aber nationwide war er natürlich bedeutungslos.

Doch ich behielt meine Gedanken für mich. Ich wollte Christine schließlich nicht die Freude verderben.

"Wir haben uns 'ne Weile nicht gesehen", meinte sie.

"Stimmt", nickte ich und grinste. "Und? Wie geht's mit der brotlosen Kunst?"

"Sie ist nicht mehr ganz so brotlos. Aber berückend ist es auch nicht."

"So heißt du also immer noch nicht van Gogh oder Picasso?"

"Ich wäre schon zufrieden, wenn ich Immendorf oder Penck hieße!"
Wir lachten beide. Und dann stießen wir unsere Gläser an.
"Und du?", fragte sie.
"Was ist mit mir?"
"Heißt du inzwischen Konsalik oder Stephen King?"
"Nein, immer noch Mike Hell."
Sie ahmte mit der freien Hand einen Revolver nach. "Peng!"
Wir lachten erneut, und in dem Moment wusste ich, dass es wirklich eine gute Idee gewesen war, hierher zu kommen.
"Was ist mit deinem großen deutschen Gesellschaftsroman?", fragte sie dann nicht ohne Ironie.
"Der? Der ist noch immer nicht über Seite fünfundvierzig hinaus. Und diese fünfundvierzig Seiten mag ich inzwischen nicht mehr."
"So bist du also ein geldgieriger Kommerzschreiber und Zeilenschinder geblieben!"
"So ist es."
"Ich wusste nicht, dass es überhaupt noch jemanden gibt, der Western kauft!"
"Och, ein paar hunderttausend sind es immer noch. Aber sie werden weniger, da hast du Recht. Über kurz oder lang werde ich mich in etwas anderes hineinarbeiten müssen."
"Und woran dachtest du da?"
"Bergromane zum Beispiel."
Ich hatte das ganz cool dahergesagt und dann ihre Reaktion abgewartet. Und die kam auch prompt. Ihre Augen quollen hervor und sie sah mich an, als sei ich ein Alien aus den Tiefen des Weltraums. Ich genoss diesen raren Augenblick, denn es ist gar nicht so einfach, jemanden in echtes Erstaunen zu versetzen, der selbst schon so schrill wie Christine ist.
Sie fragte: "Bergromane? Habe ich das richtig verstanden?"
"Ja, Bergromane, das hast du richtig verstanden."

"Aber, wenn Western out sind, dann sind Bergromane doch mindestens MEGAout!"
"Falsch. Bergromane sind MEGAin."
"Hätte ich nicht gedacht."
"Sozusagen der MEGAhit. Liebe und Schicksal vor dem Hintergrund einer ungezähmten Bergwelt, Menschen, die in ihrer Heimat fest verwurzelt sind. Darauf fahren die Leute regelrecht ab. Vor allem in den so genannten neuen Bundesländern!"
"Ich werd' verrückt! Ein norddeutscher Protestant schreibt über süddeutsche Katholiken ..."
"... für Atheisten aus dem flachen Mecklenburg."
"Verrückt!"
"Wenn man sich den Wilden Westen vorstellen kann, dann kann man sich auch die bayerischen Alpen vorstellen."
"Warst du denn wenigstens schon mal dort?"
"Wo?"
"In den Alpen, wovon sprechen wir denn?"
"War ich vielleicht schon einmal im Wilden Westen?"
"Keine Ahnung. Aber den gibt es ja auch nicht mehr. Das ist doch eine Märchenwelt."
"Das eine ist genauso eine Märchenwelt wie das andere. So sehe ich das. Von den Alpen weiß ich nur, dass man da drüber muss, wenn man an die Adria will."
"Oh, mein Gott ..."
"Ob der damit nun allzuviel zu tun hat, weiß ich nicht."
"Hast du bei dieser Art von Volksverdummung eigentlich gar keine Gewissensbisse?"
"Nicht mehr als du, wenn du dich von einem OB hofieren lässt, von dem ich annehme, dass er den Unterschied zwischen Malen und Anstreichen kaum kennt."

Ob Christine diesen Unterschied noch kannte? Während mein Blick die mit großen Formaten voll gehängten Wände entlangglitt, kamen mir da doch leichte Zweifel.

Aber vielleicht lag das auch einfach nur an der Tatsache, dass Christine rein künstlerisch gesehen eigentlich nie zu meinen Favoriten gezählt hatte – selbst zu der Zeit nicht, als sie es auf privater Ebene zweifellos noch war.

Wir hatten beide nicht bemerkt, wie sich der OB Dr. Werneck an uns herangeschlichen hatte. Sein Goldzahn blitzte, als er den Mund zu einem Lächeln aufriss und Christine dann die Hand schüttelte.

Ein paar Nettigkeiten folgten.

Ob der OB etwas von Kunst verstand, kann ich nicht beurteilen. Ich verstehe ja selbst nicht viel davon, obwohl ich mir manche Sachen gerne anschaue.

Max Ernst oder Salvador Dali oder Hieronymus Bosch zum Beispiel. Aber im Fall von Dr. Werneck tippte ich eher darauf, dass er hier war, um sich mit der Kunst zu schmücken.

Der Fotograf mit den strähnigen Haaren war auch bald zur Stelle, und dann blitzte es grell, und wenn wir Pech hatten, würden wir uns alle drei – Christine, Werneck und ich – am nächsten Tag auf der Lokalseite wiederfinden.

Meinetwegen konnte man mich ruhig wegretouchieren. Vielleicht würde man es sogar tun, falls ich irgendwie etwas Wichtiges verdecken sollte. Schließlich war ich alles andere als eine Person des öffentlichen Interesses.

Der Pressemann schwirrte schließlich wieder ab, und nun endlich fand Dr. Werneck auch noch ein öliges Lächeln für mich und drückte mir fest die Hand.

Sehr fest.

Es war der Händedruck von jemandem, der seinen Gegenübern gleich klarzumachen versuchte, wer der Boss war.

Ich sah ihn mir noch einmal genauer an und dachte dann, ja, genau so hätte John Morton aussehen können. Dem, dem ich die Rolle des finstern Widerlings in ›*Gnadenlose Wölfe*‹ gegeben hatte.

Vielleicht nicht ganz so bleich. Schließlich war Morton ja Rancher und viel an der frischen Luft. Aber sonst stimmte alles. Die markanten Züge, das erbarmungslose Raubtierlächeln ...

Ja, wenn es Morton/Werneck nicht schon gegeben hätte, man hätte ihn zwecks Verwendung in einem Roman erfinden müssen! Er war der geborene Oberschurke!

Wenn ich tatsächlich meinen ersten Bergroman anfing, würde ich ihn mir für die Rolle des bösen Wilderers vormerken, der die arme, vom Schicksal gebeutelte Bauerstochter um den Hof ihrer Eltern bringen wollte! Und im Geiste sah ich ihn schon mit einem Sepplhut mit Gamsbart vor mir.

"Haben wir nicht bald Kommunalwahlen?", meinte ich, als der glattzüngige Vogel wieder davongeflogen war.

Christine nickte. "Ja, ein paar Wochen sind es aber noch hin."

"Kein Wunder, dass er sich tummelt, der OB!"

"Das muss er auch, Michi."

"Wieso?"

"Weil der Vorsprung seiner Partei im Rat nur ganz knapp ist." Sie zuckte mit den Schultern. "Vermutlich wird er es dennoch schaffen. Und dann ..."

Sie machte eine Pause, nahm den letzten Tropfen Sekt aus ihrem Glas und verschluckte sich daran.

"Was >*und dann*<?", hakte ich nach, nachdem ich ihr mit einem Schlag zwischen die Schulterblätter geholfen hatte. Sie atmete heftig und geräuschvoll.

Als sie sich wieder gefangen hatte, fuhr sie fort: "Sag bloß, das weißt du nicht?"

"Was denn?"

"Na, das pfeifen doch die Spatzen von den Dächern und Journalisten aus den Redaktionsstuben! Für Dr. Werneck ist der Posten des OB doch nur eine Durchgangsstation."

"Was du nicht sagst."
"Werneck will höher hinaus. Landtag, Bundestag et cetera pp. Kannst du dir ja denken. Der Fraktionsvorsitz im Landtag wird von einem ziemlich alten Knochen besetzt. Man kann sich an zwei Fingern ausrechnen, dass der bald in Rente geschickt wird. Und die Hyänen sitzen bereits in den Startlöchern. Wart's ab! Bis dahin wird sich unser OB noch entsprechend ins Gespräch bringen! Voraussetzung ist natürlich, dass er bei den Wahlen seinen Sessel verteidigt."
"Sonst kommt ein jäher Fall!"
"So ist das nun einmal."
Ich zuckte mit den Schultern. "Im Grunde interessiere ich mich kaum für Kommunalpolitik!"
Christines Gesicht bekam jetzt einen tadelnden Ausdruck. "Solltest du aber!"
"Ich weiß. Es ist aber nun einmal so."
"Eine Schande! Und dabei erinnere ich mich, dass wir früher mal zusammen auf einer Friedensdemo waren."
"Ich sagte Kommunalpolitik. Was politisch so am Südpol läuft, interessiert mich zum Beispiel brennend."
Das Lächeln, das jetzt auf ihrem Gesicht erschien, wirkte ungewohnt sanft. "Du bist ein verdammter Zyniker geworden, scheint mir!"
"Nein, das war ich immer schon."
"Das glaube ich nicht."
Ich hob die Augenbrauen und mein Sektglas. "Ach, nein? Und was bitte schön glaubst du?"
"Dass du nur so tust!", war ihre knappe Antwort.
Ich zuckte die Achseln. "Vielleicht hast du sogar Recht."

13

Ein Rudel von ziemlich flippigen Bekannten entführte mir Christine, aber ich hatte nichts dagegen.

"Man sieht sich, Michi!", säuselte sie und hob dabei ihr inzwischen leeres Glas.

Ich grinste. "Man sieht sich."

Aber das hörte sie wohl kaum noch.

Ich ging ein bisschen zwischen den Trauben von tatsächlichen und eingebildeten Kunstfreunden oder solchen, die wegen dem Sekt gekommen waren, hin und her und ließ den Blick über Christines Werke schweifen.

Eine gepflegte Langeweile, die das Auge entlastete. "Ein Fanal der Einfachheit, das mit seiner Klarheit direkt in das multimediale Herz jenes wüsten Bildermeeres trifft, in dessen Fluten wir alle zu versinken drohen", so hätte das ein Aspekte-Moderator vielleicht mit geschwollener Kehle über den Sender gebracht.

Mein Blick blieb an einer buckligen Endfünfzigerin haften, die eine Lesebrille mit halben Gläsern vorne auf der Nasenspitze trug und ihrem Begleiter mit großer Gestik die Bilder erklärte.

Universitätsdozentin, tippte ich.

Sie glaubte wahrscheinlich, dass sie in ihrem engen Strickkleid hip aussehe, aber es wirkte nur lächerlich. Dahinter sah ich Dr. Werneck stehen. Er schien den Bildern etwas ratlos gegenüberzustehen, aber die Leute um ihn herum interessierten sich ohnehin mehr für den OB als für Kunst.

Der Presse-Mann blitzte eifrig.

Und Dr. Wernecks Tiger-Lächeln blitzte im selben Rhythmus mit.

Ich sah diesem Basar der Eitelkeiten eine Weile amüsiert zu und überlegte, welche dieser gockelartigen Geschöpfe ich zu jenen heiteren Kurzgeschichten verarbeiten würde, die man an Tageszeitungen verkaufen kann.

Dann sah ich Dr. Werneck plötzlich herumwirbeln. Ein junger Mann hatte sich durch die Menschentraube von hinten an den Oberbürgermeister herangearbeitet und ihn bei der Schulter gefasst.

Ich staunte nicht schlecht.

Der junge Mann war ein Bekannter. Es war der Filzlockige, der nach Lammers Tod unter den Schaulustigen gewesen und dann wie von Sinnen geflüchtet war, nachdem ihn eine Passantin angesprochen hatte.

Ich sah wieder dieses unruhige, panische Flackern in seinen Augen.

Auf Dr. Wernecks Gesicht stand ein fragendes Stirnrunzeln. Er schien den jungen Mann zu kennen, denn er beugte sich sofort zu ihm.

"Entschuldigen Sie mich bitte einen Moment!", wandte er sich dann an sein Rudel und ließ sich von der Filzlocke davonziehen.

Ich sah auf die Uhr.

Es wurde Zeit für mich, fand ich. Meine tägliche Dosis Kultur hatte ich schon deutlich überschritten.

Ich sah zu, dass ich irgendwo mein Glas loswurde und machte mich aus dem Staub.

Als ich hinaus in die Nacht trat, kam mir ein Schwall kalter Luft entgegen. Es war eine sternklare Nacht, und ein paar Straßen weiter bewies ein verhinderter Porschepilot, dass man mit einem Opel auch richtig Gas geben kann.

Ich hatte meinen Fiat in einer nahen Seitenstraße geparkt, wahrscheinlich im Halteverbot, aber ich setzte darauf, dass Münsters Politessen bei Nacht nicht unterwegs waren.

Ich hoffte es jedenfalls.

"Was willst du?", durchschnitt eine harte Männerstimme die klare Nachtluft.

Ich erkannte sie sofort.

Sie gehörte Dr. Werneck, den ich in einiger Entfernung zusammen mit dem Filzlockigen unter einer Straßenlaterne stehen sah.

Ich blieb stehen.

Die beiden hatten mich nicht bemerkt, so intensiv waren sie damit beschäftigt, mal etwas leiser und dann wieder ziemlich laut aufeinander einzureden.

"Ich brauche das Geld!", sagte der Filzlockige.

"Hartmut!"

"Papa, jetzt mach doch nicht so'n Theater!"

"Bist du in Schwierigkeiten?"

"Gib mir einfach die Scheine und frag mir nicht dauernd Löcher in den Bauch, hörst du?"

Dr. Werneck griff in die Jackettinnentasche und holte seine Brieftasche hervor. Er nahm alle Scheine heraus, die darin waren. "Hier", sagte er. "Mehr habe ich im Moment nicht!"

"Ein Scheck!"

"Hat das nicht bis morgen Zeit, Junge?"

"Es hat nicht bis morgen Zeit, kapiert! Ich brauche es jetzt!"

"Schrei doch nicht so!"

"Fünftausend Euro sind doch für dich nicht viel. Ich weiß nicht, was du darum so ein Brimborium machst!"

Dr. Werneck seufzte. "Wenn ich deine Einstellung hätte, glaubst du, da wäre ich je nach oben gekommen?"

"Nein, dann wärst du wahrscheinlich so 'ne Niete wie ich. Das wolltest du doch sagen, oder?", versetzte der filzlockige Hartmut ätzend.

Der OB wand sich hin und her. "So war's nicht gemeint!"
"Doch, das war's!"
Dr. Werneck seufzte schwer, blickte sich flüchtig um, wobei er aber nicht zu mir herüberschaute, und holte dann etwas hervor, das offenbar sein Scheckheft war. Er legte es auf die Kühlerhaube eines parkenden BMW, fingerte seinen Parteikuli aus der Tasche und krakelte etwas dahin. Dann riss er das Papier aus der Mappe und streckte es seinem Sohn hin.
Es hätte mich nicht gewundert, wenn sich in diesem Augenblick über Dr. Wernecks Kopf eine große Denkblase gebildet hätte, in der stand: Hoffentlich ist mein missratener Sohn morgen nicht mit mir auf einem Foto in der Zeitung zu sehen. Schon wegen des hässlichen Pullovers!
"Hier!", fauchte der OB. "Jetzt zufrieden?"
Hartmut wandte sich um und ging ohne ein Wort zu sagen davon.
"Wenigstens danke könntest du sagen. Kostet doch nichts!"
Hartmut ging weiter, die Hände hielt er in den Hosentaschen vergraben.
"Kann ich dir nicht irgendwie helfen?", rief sein Vater ihm nach.
Der Filzlockige blieb stehen. Dann drehte er sich kurz herum und sagte: "Bemüh dich nicht!"
Wenig später war er in eine Seitenstraße eingebogen und verschwunden. Ein paar Augenblicke hörte man noch die schlurfenden Schritte seiner Turnschuhe.
Werneck drehte sich in meine Richtung und kam mir entgegen. Er wirkte sehr niedergeschlagen und so ganz anders als auf seinen Wahlplakaten. Mit der Hand fuhr er sich über die Stirn und seufzte.
Nach ein paar Schritten sah er auf und mir direkt ins Gesicht. Er runzelte die Stirn, und ich sagte: "Einen schönen Abend noch, Dr. Werneck!"
Er schien etwas irritiert.

Ich bin mir nicht einmal sicher, ob er in dieser Sekunde überhaupt noch wusste, wer ich war.

"Danke, gleichfalls", quetschte er zwischen seinen Lippen hervor und ging an mir vorbei.

14

Am nächsten Tag holte mich jemand in aller Herrgottsfrühe aus dem Bett. Und dieser Jemand war ziemlich ungeduldig, klingelte und klopfte abwechselnd. Ich hörte eine Männerstimme irgendetwas grunzen, als ich im Morgenmantel in den Flur taumelte und mir die Augen rieb.

Dann blickte ich durch den Spion hinaus ins Treppenhaus, und was ich dort sah, war nicht unbedingt dazu angetan, meine Stimmung zu verbessern. Ich blickte direkt in Rehfelds fettes Gesicht, das sich zu einer Maske des Missmuts verzogen hatte.

What a shock in the morning before breakfast!, pflegte mein Englischlehrer immer zu sagen, wenn jemand seine Hausaufgaben nicht gemacht oder sonst irgendwelchen Mist verzapft hatte. Genau dasselbe dachte ich jetzt, in diesem Augenblick.

In Erwartung des Schlimmsten machte ich die Tür auf.

Aber es kam noch schlimmer.

"Guten Tag", murmelte ich, und Rehfeld zeigte mir im ganz figürlichen Sinn des Wortes die Zähne. Hätte er in diesem Moment zwei daumenlange Vampir-Fänge entblößt – es hätte mich nur mäßig gewundert.

"Ob es für Sie ein guter Tag wird, weiß ich noch nicht, Herr Hellmer! Das wird sich noch herausstellen müssen!", zischte er mir entgegen.

"Wenn Sie es nicht gerade darauf anlegen, ihn mir zu verleiden, könnte er vielleicht doch noch ganz nett werden!"

Er zuckte mit den Schultern. "Tut mir leid!", log er.

Rehfeld war nicht allein gekommen. Ich sah noch den schlaksigen Lehmann, der wieder auf ein paar Erdnüssen herumkaute, und Müller-Sowieso.

Dazu kamen noch zwei Mann in Uniform. Man hätte denken können, dass ein ganzes Gangster-Syndikat ausgehoben werden sollte.

Aber hier wohnten nicht Ali Baba und die vierzig Räuber, hier wohnte nur ich – Michael Hellmer alias Mike Hell, trotz des gefährlich klingenden Pseudonyms ein relativ friedlicher Zeitgenosse, der keiner Fliege je einen Flügel ausgerissen hatte!

Rehfeld streckte seinen dicken, kurzen Arm aus und hielt mir ein Blatt Papier unter die Nase.

Es war ein Durchsuchungsbefehl.

"Ich hoffe, Sie werden uns keine Schwierigkeiten machen!"

Ich winkte ab. "Kein Gedanke!"

"Das ist gut. Kommt, Leute, an die Arbeit!"

15

Sie stürmten meine Wohnung und begannen an fünf verschiedenen Stellen gleichzeitig, das Unterste zuoberst zu kehren.

Rehfeld selbst stand nur daneben und schaute seinen Leuten zu. Wahrscheinlich war es ihm bei seiner Figur einfach zu anstrengend und schweißtreibend, sich zu bücken.

"Haben Sie was dagegen, wenn ich mich dusche?", fragte ich ihn. Aber er schüttelte energisch den Kopf.

"Erst, wenn das Bad durchsucht ist."

"Scheiße."

"Ein wahres Wort."

"Wonach suchen Sie eigentlich?"

"Das wissen wir, wenn wir es gefunden haben."

"Wie viel haben Sie dem Richter dafür geben müssen, dass er Ihnen den Durchsuchungsbefehl unterschrieben hat?"

Rehfeld grinste breit. "Wir leben in einem Rechtsstaat", meinte er.

"Kaum zu glauben!"

Ich ging in die Küche, und er dackelte hinter mir her, wahrscheinlich, um mich im Auge zu behalten. Glaubte er vielleicht, ich wollte noch schnell meine nicht vorhandenen Schnee-Vorräte in den Ausguss spülen?

Er schien mir jede Schandtat zuzutrauen. Ich stellte die Kaffeemaschine an. Ich brauchte jetzt einfach etwas, um wirklich wach zu werden.

"Anstatt mich zu belästigen, könnten Sie sich besser mal um die beiden Typen kümmern, die hinter der Frau her waren."

"Das tun wir."

"Ich habe mir übrigens die Nummer ihres Mitsubishi gemerkt."
"Was Sie nicht sagen ... vorgestern haben Sie davon allerdings kein Sterbenswörtchen gesagt."
"Vorgestern habe ich es vergessen."
"Einfach so, ja?"
"Nein, nicht einfach so. Sie haben so auf mich eingeredet, da habe ich nicht mehr daran gedacht, es zu erwähnen."
"Und jetzt, da wir Ihnen auf den Pelz rücken, fällt es Ihnen urplötzlich wieder ein!"
Ich verzog das Gesicht. "So ist es."
"Wahrscheinlich genauso erfunden, wie die Kerle selbst erfunden sind!"
"Glauben Sie, was Sie wollen!"
"Ich halte es zumindest für möglich!"
Ich hob die Hände. "Okay, okay, ich geb's zu!"
"Was geben Sie zu?"
"Dass ich alles erfunden habe. Auch den Tod von Jürgen Lammers. Habe ich alles nur erfunden. Und Annette Friedrichs. Auch nur eine Erfindung von mir."
Er brauchte fast eine halbe Sekunde, um die Ironie zu bemerken. Er war eben eine Beamtenseele. Langsam, aber gründlich. "Hören Sie auf, mich zu verarschen!", schimpfte er dann ziemlich ungehalten.
"Das brauche ich gar nicht, das besorgen Sie schon selbst!"
Der Kaffee war durchgelaufen. Ich schenkte mir eine Tasse ein, suchte unter Rehfelds gestrengen Augen im Kühlschrank nach der Milch und trank das Gebräu schließlich doch schwarz, als ich sie nicht fand.
Und dann kam Müller-Sowieso herbeigeeilt.
An seiner überaus wichtigen Miene konnte ich schon sehen, dass etwas eingetreten war, das für mich nur ungünstig sein konnte. Aber solange diese Kommission von Rehfeld angeführt wurde, schien passieren zu können, was wollte.

Es würde immer ungünstig für mich sein. Der Dicke würde es schon so hindrehen. Und das alles nur, weil er keine Western mochte ...
Wenn ich Würstchenverkäufer gewesen wäre – wahrscheinlich hätte er mich gemocht.
Bestimmt sogar.
Zumindest, wenn ihm die Würstchen geschmeckt hätten, aber ich schätzte ihn so ein, dass er da nicht besonders wählerisch war. Feinschmecker sind nämlich meistens entschieden schlanker.
Müller-Sowieso hielt eine grüne Handtasche in der Hand. Lindgrün war sie und ich erinnerte mich sofort an diesen Farbton. Diese Tasche passte perfekt zu dem Kleid, das Annette Friedrichs getragen hatte, als sie vor ihren Verfolgern in meine Wohnung geflohen war.
Ich schluckte, als ich Rehfeld die Handtasche mit triumphierendem Gesichtsausdruck ergreifen sah.
Und im selben Moment wurde auch der letzte Rest meiner kleinen grauen Zellen endlich wach. Unwillkürlich fragte ich mich, ob sie die Tasche wirklich bei mir vergessen oder vielmehr absichtlich in meiner Wohnung deponiert hatte, um etwas aufzubewahren, das sie im Moment lieber nicht bei sich haben wollte.
"Wo kommt das her?", fragte ich.
"Das fragen Sie?" Rehfeld schüttelte den Kopf. "Den Dummen haben Sie lange genug gespielt."
"Es kommt aus der Kommode im Flur", meinte Müller-Sowieso.
"Wem gehört diese Tasche?", fragte Rehfeld.
"Sie gehört Annette Friedrichs."
Rehfeld ging zum Tisch und schüttete den Inhalt der Handtasche darauf aus.

Einige Tablettenröhrchen kamen da zum Vorschein: Beruhigungsmittel, Aufputscher, Kopfschmerztabletten, Mittel gegen Migräne.

Ein paar Kleinbildfilme waren auch dabei.

Eine Packung mit Tampons lag neben einem Schlüsselbund.

Und dann war da noch ein kleines Briefchen, dessen Inhalt wie Waschpulver wirkte.

Ich hatte kein gutes Gefühl, als Rehfeld das Briefchen nahm, es öffnete und zur Nase führte. "Kokain, schätze ich", sagte er dann. Und er sprach dieses Wort wie ein Todesurteil aus. Er blickte in meine Richtung, sagte aber nichts.

In seinem Gesicht spiegelte sich eine Mischung aus Triumph und Ernst. Humor war nicht dabei. Nicht eine Unze, aber wen konnte das wundern? Wo Rehfeld auftauchte, da hörte der Spaß eben auf.

"Das Zeug gehört nicht mir", erklärte ich einigermaßen gelassen.

"Ich hatte nicht erwartet, dass Sie etwas anderes sagen würden, Hellmer."

Ich deutete mit dem Finger auf das Briefchen in Rehfelds Hand.

"Glauben Sie, dass die Friedrichs wieder versucht hat, damit zu dealen?"

Er schüttelte den Kopf.

"Nein, das glaube ich nicht. Diese Menge ist wohl eher für den Eigenbedarf gedacht."

"Sie können ja Fingerabdrücke von der Tasche nehmen, wenn Sie mir nicht glauben, dass es wirklich die Tasche der Friedrichs ist", schlug ich respektloserweise vor.

Rehfeld verzog das Gesicht und reichte das Briefchen an Müller-Sowieso.

"Das werden wir auch. Darauf können Sie Gift nehmen!"

"Lieber nicht."

"Was?"

"Gift nehmen!"
"Ich mag Ihre Witze nicht, Hellmer."
"Ich Ihre auch nicht!"
"Ich mache nie welche, falls es Ihnen noch nicht aufgefallen ist."
"Es gibt auch so etwas wie unfreiwillige Komik."
"Wollen Sie mich beleidigen? So etwas ist strafbar, und ich habe hier jede Menge Zeugen dabei."
Ich winkte ab. "Es war eine allgemeine Feststellung. Wenn Sie sich den Schuh anziehen, ist das nicht mein Problem."
Er atmete tief durch. "Ich könnte Sie festnehmen, Hellmer!"
"Wegen dem Kokain?"
"Ja."
"Ich dachte schon wegen Beamtenbeleidigung."
"In dem Punkt wurden die Gesetze in den letzten hundert Jahren leider sehr liberalisiert", murmelte er.
Ich zuckte die Schultern. "Tun Sie's oder lassen Sie's. Ich werde Ihre Entscheidung wohl kaum beeinflussen können."
"Ich lasse Sie auf freiem Fuß."
"Und das wollen Sie mir jetzt als besondere Gnade Ihrerseits verkaufen?"
"Nehmen Sie es, als was Sie wollen! Aber seien Sie auf der Hut!"
"Sie wissen genau, dass das nicht reicht, was Sie gegen mich zu haben glauben, Rehfeld. Und ich würde Ihnen empfehlen, sich auf andere Spuren zu konzentrieren!"
"Ihre scheint mir aber besonders interessant zu sein!"
"Dass ich nicht lache!"
"Das Lachen wird Ihnen noch früh genug vergehen!"
"Ich zergehe vor Furcht!"
"Wie kommt die Friedrichs dazu, Ihnen ihr Kokain zur Aufbewahrung zu geben? − Vorausgesetzt, es ist wirklich ihre Tasche und Sie benutzen sie nicht als eine besonders schlaue Tarnung. Wäre doch auch möglich, oder? Vielleicht nehmen

Sie selbst ab und zu eine Prise von dem weißen Zeug, wenn Sie in einem Ihrer Schundromane nicht weiter wissen oder mit den Terminen unter Druck sind."

"Träumen Sie ruhig weiter!"

"... und was macht so ein Kerl, der sich für besonders schlau hält wie Sie? Er kauft sich eine Damenhandtasche und kann dann jederzeit behaupten, dass das Zeug nicht ihm gehört."

"Überprüfen Sie die Fingerabdrücke und lassen Sie mich zufrieden, bis das passiert ist."

"Na schön. Aber meine Frage können Sie eigentlich trotzdem beantworten."

"Welche Frage?"

"Warum die Friedrichs Ihnen ihre Sachen zur Aufbewahrung gibt?"

"Das wüsste ich selber gerne. Vielleicht hat sie sie einfach vergessen."

"Tattrig ist sie doch wohl noch nicht!"

"Haben Sie eine bessere Erklärung?"

"Ich wollte eine von Ihnen hören!"

"Da muss ich Sie leider enttäuschen."

Er schnaufte heftig und blies mir dabei seinen abgestandenen Atem ins Gesicht.

Irgendwann in den letzten Stunden musste er Zwiebeln gegessen haben. Jedenfalls roch er danach. Nicht, dass ich etwas gegen Zwiebeln hätte, aber so aus zweiter Hand ist das nicht das Wahre ...

16

Ich war froh, als die Bande endlich fertig war. Jetzt konnte ich wenigstens duschen. Rehfeld zog ziemlich knurrig ab. Ich weiß nicht, was er erwartet hatte.

Berge von Kokain vielleicht? Koffer voll Schwarzgeld? Glaubte er, dass ich Annette Friedrichs mit Drogen belieferte – wenn vielleicht auch nur für den eigenen Bedarf?

Rehfeld schien mir ein kompletter Idiot zu sein. Aber die Idioten sind immer die Gefährlichsten. Man kann nie im Voraus sagen, auf welche absurden Ideen sie als Nächstes kommen.

Irgendwie hatte ich das Gefühl, dass der Fall in den Händen dieses dicken Mannes nicht besonders zügig einer wie auch immer gearteten Auflösung entgegenging.

Ich hämmerte ein paar Seiten von den ›*Gnadenlosen Wölfen*‹ in die Tastatur, aber heute Morgen ging es wirklich äußerst zäh voran. Und als ich das, was ich geschrieben hatte, noch einmal überflog, bemerkte ich, dass ich so wenig bei der Sache gewesen war, dass ich doch glatt einen Toten hatte wiederauferstehen lassen!

Man kann den Lesern eine Menge erzählen und es ihnen plausibel machen. Sie glauben es einem, weil sie es glauben wollen.

Außerdem wissen sie selbst auch nicht so genau Bescheid, was Geographie und Geschichte des amerikanischen Westens angeht.

Ich nehme im Allgemeinen nur wenig Rücksicht auf die Fakten. Ich schaue mir auch nur selten einmal eine Landkarte vorher an. Wenn ich Berge brauche, lasse ich Berge auftauchen. Wenn ich einen Fluss brauche, lasse ich ihn fließen.

Kein Mensch prüft nach, ob es diesen Fluss und diese Berge gibt, oder ob man in einem Tagesritt wirklich von A nach B gelangen kann und so weiter und so fort.

Aber einen Mann wieder auftauchen zu lassen, der schon erschossen wurde – einen derart freien Lauf durfte ich der Phantasie nun auch wieder nicht lassen.

Ich hatte die Sache gerade einigermaßen bereinigt, da bekam ich einen Anruf, mit dem ich nun wirklich nicht gerechnet hatte.

Es war die Friedrichs, ich erkannte sie sofort an der Stimme.

"Hallo", sagte sie. "Kennst du mich noch?"

"Klar kenne ich dich noch, Annette", gab ich ihr den ersten Schuss vor den Bug. Ich war einfach mal gespannt darauf, wie sie reagieren würde. Außerdem wollte ich ihr deutlich machen, dass ich kein Dummkopf war. So ausgeschlafen wie sie war ich nämlich schon lange. Jedenfalls glaubte ich das.

Ich hörte sie durch das Telefon schlucken. Dann fragte sie: "Woher kennst du meinen Namen?"

"Ich habe einfach geraten. Annette passt zu dir."

"Du nimmst mich auf den Arm!"

"Was willst du?"

"Ich ..." Sie stockte und brach ab. Ich hörte ihren Atem durch den Hörer. Der Akustik nach schien sie aus einer Telefonzelle heraus anzurufen. "Ich habe etwas bei dir vergessen", sagte sie dann. "Meine Handtasche."

"Ich weiß."

"Ich brauche sie ziemlich dringend!"

"Du kannst ja kommen, um sie dir abzuholen!"

Ich sagte ihr nichts davon, dass die Tasche längst im Besitz der Polizei war, denn ich dachte, dass ich so vielleicht etwas mehr von dem erfahren konnte, was hier gespielt wurde – auch mit mir.

Ich war längst ein Teil dieser ganzen Affäre geworden, viel mehr, als mir gefiel, und auch viel zu sehr, als dass es mich nicht zu interessieren brauchte.

Und wenn ich ehrlich war, lag das auch keineswegs nur an Rehfeld und seinen Hirngespinsten. Es war gewissermaßen Zufall. Schicksal, wenn man ein vornehmeres Wort verwenden will.

"Ich kann nicht zu dir kommen!", sagte sie.
"Warum nicht?"
"Weil ..."
Sie stockte wieder. Offenbar hatte sie ihre Ausreden nicht sorgfältig genug vorbereitet. Oder es war nur geschickte Schauspielerei.

Ich wusste es nicht. Es war mir im Augenblick auch gleichgültig. "Na?"

"Ich vermute, dass das Haus, in dem du wohnst, unter Beobachtung steht", erklärte sie dann mit fester Stimme.
"Weshalb?"
"Wäre doch logisch, oder?"
"Du meinst die Polizei?"
"Wenn ich Kriminalkommissar wäre, würde es mich brennend interessieren, wer zu Lammers oben in die Wohnung will!"

Wo sie Recht hatte, hatte sie Recht. Was sie sagte, war wirklich einleuchtend.

Vielleicht hatte Rehfeld tatsächlich jemanden abgestellt, um das Haus zu beobachten. Aber nicht wegen der Wohnung des Ermordeten.

Nein, höchstens meinetwegen ...
"Bei deinem ersten Besuch hier hat dich das allerdings wohl kaum gestört", gab ich zurück.
"Ist ja auch beinahe ins Auge gegangen!"
"Jetzt erzähl mir nicht, dass das Polizisten waren, die dich abmurksen wollten!"

Sie ging darauf nicht ein. Stattdessen fragte sie: "Was ist, können wir uns irgendwo treffen?"

Jetzt war für mich der Augenblick der Wahrheit gekommen. Ich konnte ihr sagen, wo die Handtasche war und dass sie sich an die Polizei wenden möge, um sie wiederzubekommen. Dann wäre ihr Interesse an einem Treffen mit mir vermutlich gleich null gewesen – ebenso wie meine Chance, etwas mehr über die Sache zu erfahren.

Ich würde sie vielleicht nie wiedersehen, was mir andererseits vielleicht manchen Ärger ersparte.

Wenn ich mit ihr zusammentraf und Rehfeld bekam Wind davon – auf welch phantastischen Wegen auch immer –, hatte ich mit einem Schlag seine gesamten Vorurteile gegen mich bestätigt.

Ich beschloss, das Risiko einzugehen.

Vielleicht war auch ein Schuss Abenteuerlust dabei. Ich dachte in jenem Augenblick nicht weiter darüber nach, sondern fragte, wo wir uns treffen sollten.

Sie nannte mir ein Stehcafé in der Stadt, das ich auch kannte.

In einer halben Stunde, so machten wir es ab.

"Du wirst als Erster dort ankommen", sagte sie. "Warte dort auf mich!"

"Reichlich konspirativ, was?"

"Vergiss die Tasche nicht!"

Ich legte auf.

Bis in die Innenstadt war es nur ein paar Minuten mit dem Wagen.

Ich hatte also mehr als genug Zeit. Ich ging zum Fenster und blickte hinaus. Es interessierte mich einfach, ob sie mit ihrer Behauptung Recht hatte, dass dieses Haus beobachtet wurde.

Zu beiden Seiten der Straße parkten Autos, darunter irgendwo auch mein gebrauchter Fiat.

Ich schaute mir jedes Auto genau an, obwohl es aus meiner Perspektive zumeist nicht ganz einfach zu beurteilen war, ob jemand drin saß oder nicht.

Und dann sah ich den schwarzen Mitsubishi ...

17

Von meinem Fenster aus hatte ich das Nummernschild nicht sehen können, und als ich die Treppe hinunterstieg, sagte ich mir, dass es Tausende von schwarzen Mitsubishis gab und der, den ich gesehen hatte, nicht unbedingt mit jenem identisch sein musste, den die beiden Kerle benutzt hatten, vor denen die Friedrichs geflohen war. Als ich draußen war, warf ich nur einen kurzen Blick in Richtung des Mitsubishi. Aber für mich genügte diese eine Sekunde, um zu sehen, wer hinter dem Steuer saß und direkt in meine Richtung blickte.

Es waren Flash Gordons trübe Augen. Sein etwas mickriger geratener Partner war nicht dabei. Vielleicht hatte er sich irgendwo in der Nähe postiert.

Ich entschied mich dafür, so zu tun, als hätte ich nichts bemerkt, was mir einigermaßen gelang, wie ich mir einredete.

Außerdem war der Kerl ja hinter der Friedrichs her. Und nicht hinter mir.

Jedenfalls war mir beim Anblick des blonden Riesen erst einmal wohler, als wenn ich, sagen wir Rehfeld oder Müller-Sowieso vorgefunden hätte, denn die hätten es mit Sicherheit auf mich abgesehen gehabt.

Mein Fiat stand auf der anderen Straßenseite, und dorthin zu gelangen, war nicht so einfach, wie es sich zunächst anhören mag. In zwei Etappen kam ich schließlich heil über die Straße.

Ein BMW-Fahrer zeigte mir den Vogel.

Zum Glück hatte er hier keine Gelegenheit, anzuhalten und auszusteigen, wollte er nicht Gefahr laufen, von den nachfolgenden Automobilisten dafür gelyncht zu werden.

Spannungsromanen wird ja oft ein Hang zur Gewalt nachgesagt, und zwar mit Vorliebe von Leuten, die solche Romane gar nicht lesen.

Dabei ist alles das, was man dort in dieser Richtung finden kann, mehr als harmlos dem gegenüber, was man mitunter direkt vor der eigenen Haustür vorfindet.

Man nehme eine Filmkamera und lasse sie – vorzugsweise während der Rush Hour – anderthalb Stunden lang auf jene Fahrbahn gerichtet laufen, die ich gerade überwunden hatte.

Das Resultat könnte durchaus ein Spielfilm sein, zu dem der Titel Gnadenlose Wölfe so gut passt wie die Faust aufs Auge oder ein Fiat Uno unter das Hinterrad eines Zwanzig-Tonners.

Ich ließ den Fiat an und fädelte mich in den Verkehr ein. Und – o Wunder! – der kahlgeschorene blonde Todesengel in dem schwarzen Mitsubishi tat dasselbe und fuhr zu allem Überfluss auch noch in dieselbe Richtung wie ich, was für ihn gar nicht so einfach war, weil er dazu auf die ihm gegenüberliegende Fahrbahn wechseln musste.

Und das war auch der Hauptgrund, weshalb es mir überhaupt auffiel, dass er mir folgte.

Er hupte nämlich wie wild, als ihn niemand vorbeilassen wollte. Kein Zweifel, Flash Gordon wusste, wie man sich im Straßenverkehr durchzusetzen hatte!

Dir möchte ich nicht in der Rush Hour begegnen, dachte ich bei mir. Eigentlich wollte ich ihm überhaupt nicht begegnen.

Er war ziemlich dreist.

Irgendwo quietschten Bremsen, aber ich konnte nicht hinschauen, sonst hätte es an einer meiner Stoßstangen womöglich gekracht, und das wollte ich verständlicherweise vermeiden.

Ich schaute in den Rückspiegel und sah, dass zwischen ihm und mir gut ein halbes Dutzend Pkw waren.

Er versuchte zu überholen, scheiterte aber beim ersten Anlauf. Dann gelang es ihm endlich, zwei Wagen aufzuholen.

Mir war klar, dass ich ihn abschütteln musste, bevor ich mich mit Annette Friedrichs treffen konnte.

Unterdessen erreichte ich eine Ampel, und ich hoffte, dass sich nun der Abstand zwischen uns vergrößern würde. Vielleicht konnte ich den Kerl sogar gänzlich abschütteln – mit etwas Glück.

Aber ich hatte keines.

Die Ampel war grün und blieb auch grün, als mein Fiat sie bereits passiert hatte.

Drei der Wagen, die uns trennten, bogen zur Seite ab, und wir waren jetzt noch näher zusammen.

Ich atmete erst einmal tief durch und warf dabei einen Blick auf die Tankanzeige. Halbvoll. Damit konnte man eine ganze Weile lang herumgurken.

Aber ich hatte so im Gefühl, dass der Kerl, der mir auf den Fersen war, nicht so schnell aufgeben würde. Mochte der Teufel wissen, warum er mich verfolgte!

Bei der nächsten Gelegenheit bog ich ab, aber der blonde Hund folgte mir.

Ich schlug noch ein paar weitere Haken, doch ich war in dieser Sache eindeutig der Amateur von uns beiden. Ich hatte keine Ahnung, wie man einen Verfolger abschüttelte, ich war immer schon heilfroh, wenn ich den Fiat ohne Beulen in die Stadt bekam und dann vielleicht sogar noch einen Parkplatz fand, auf den nicht schon ein paar Leute lauerten, die bereit waren, sich dafür zu schlagen.

In einer etwas weniger befahrenen Seitenstraße drückte ich dann ein bisschen mehr auf die Tube, aber insgeheim wusste ich, dass diese Jagd über meine Fähigkeiten als Autofahrer ging.

So kam ich auf den Gedanken, mein Rendezvous mit Annette Friedrichs erst einmal abzublasen. Was ich von ihr erfahren konnte, ging mir nicht verloren.

Sie würde sich wieder bei mir melden, das war so sicher wie das Amen in der Kirche. Aber bisher war sie nicht allzu gesprächig gewesen, und ich hatte das dumme Gefühl, dass es auch diesmal nicht anders gelaufen wäre. Sie hatte einiges zu verbergen und würde den Teufel tun, mir auch nur ein Gramm davon freiwillig auf die Nase zu binden.

Doch sie würde sich wieder melden, denn sie glaubte, dass ich etwas hatte, das ihr gehörte. Andererseits war es vielleicht ebenso interessant, zu erfahren, warum sich Flash Gordon so an meine Fährte klammerte ...

Warum sich nicht die andere Seite einmal anhören? Ich halte mich für liberal. Wahrheit ist ein Standpunkt, auf dem man steht, heißt es bei Proust. Glaube ich jedenfalls.

Und dann traf ich eine Entscheidung, von der ich noch nicht wusste, was sie mir einbringen würde. Im ungünstigen Fall vielleicht ein paar blaue Flecken, möglicherweise auch Schlimmeres.

Jedenfalls sah Flash Gordon nicht gerade so aus, als sei er besonders zimperlich, wenn er sich mit jemandem unterhielt; vor allem, wenn ihm die Antworten nicht passten. Aber ich hatte keineswegs vor, mich ihm einfach so auszuliefern.

Ich würde Vorsorge treffen.

Zunächst einmal lenkte ich meinen Fiat bei nächster Gelegenheit wieder Richtung Stadtzentrum, während sich mein Schatten alle Mühe gab, mich nicht aus den Augen zu verlieren. Ich wollte es ihm nicht leichter machen als unbedingt nötig.

Gleichzeitig war ich neugierig, wie stark sein Interesse an mir wohl sein mochte.

Ich suchte einen der gebührenpflichtigen Parkplätze im Zentrum auf. Ein Parkhaus war mir zu gefährlich. Ich warf einen kurzen Blick zurück, als ich die Schranke passierte und meine Karte gezogen hatte. Ja, da war er. Er folgte mir noch immer, musste sich aber etwas gedulden. Vor ihm waren drei Wagen, die auch durch die Schranke auf den Parkplatz wollten.

Zeit genug für mich, um auszusteigen und dann mit einem gewissen Vorsprung den Parkplatz zu verlassen.

Ich stellte den Wagen in eine der wenigen Parklücken.

Mein kahlgeschorener Schatten musste indessen auf einen älteren Herrn im Mercedes warten, der mit der Ausgabe der Parkscheine seine Schwierigkeiten hatte.

So konnte ich in aller Ruhe meinen Wagen abstellen, aussteigen und dann in Richtung Fußgängerzone davongehen. Ich bog in eine Passage ein, war mir aber ziemlich sicher, dass er das gesehen hatte.

Aber flashing Flash Gordon war wirklich schnell, denn kaum hatte ich die Passage wieder verlassen, da sah ich ihn hinter mir auftauchen, halb versteckt hinter einer Würstchenbude.

Ich bekam mit, wie er eine Oma anrempelte, die sich daraufhin lautstark beschwerte.

Flash Gordon hatte ziemlich lange Beine, und mit diesen ziemlich langen Beinen machte er ziemlich lange Schritte. Er holte auf, aber das konnte mir keine Angst machen.

Ich hatte mein Ziel fast erreicht. Es war die Zweigstelle einer Genossenschaftsbank, bei der ich zwar kein Konto hatte, deren Inneres für mich aber so etwas wie eine Art Schutzraum darstellte.

Ich blickte mich um.

Lange Schlangen an den Schaltern.

In der Mitte befand sich ein Pulk von Sesseln, in denen man warten oder sich ausruhen konnte. Etwas abseits war ein Video-Gerät mit Kopfhörern, das Trickfilme für die lieben Kleinen abspielte.

Ich ließ mich in einem der Sessel nieder.

Flash Gordon ließ nicht lange auf sich warten. Sein Gesicht war grimmig verzogen. Er atmete tief durch, wobei sich sein gewaltiger Brustkorb hob und senkte. Seine wässrig blauen Augen mit dem trüben Blick schweiften suchend durch den Raum, und dann hatten sie mich fixiert.

Ich erwiderte diesen Blick.

Das Erschrecken auf seiner Seite war um einiges größer als das auf der meinigen. Ich lächelte. Sein Gesicht bekam einen rötlichen Ton.

Dann wandte er sich zur Seite, tat, als habe er mich nie gesehen und nie gesucht, und als wolle er sich bei einem der Schalter anstellen.

Es schien ganz, als wolle er gar nicht mit mir reden, sondern nur wissen, wohin ich wollte. Vielleicht erwartete er, dass ich ihn direkt zu Annette Friedrichs führen würde – was ja auch gar nicht so außerhalb des Möglichen lag.

Den dicken Rehfeld hielt ich für bescheuert, weil er fast zwanghaft einen Zusammenhang zwischen mir und dieser Friedrichs konstruierte (den ich im übrigen herzustellen im Begriff gewesen war).

Aber Rehfeld schien nicht der einzige Idiot auf der Welt zu sein. Flash Gordon schien denselben Gedanken gehabt zu haben, was für mich Grund genug war, eine Unterhaltung mit ihm zu beginnen.

Und welch besseren Ort als diesen konnte es dafür geben? Der Raum war voller Menschen und wurde von Video-Kameras überwacht.

Der Knopfdruck eines Angestellten genügte, um die Polizei herbeizuholen.

Ehe Flash es noch so richtig fassen konnte, war ich auch schon bei ihm und grinste ihn an. Er schaute weg, tat noch immer so, als ob er mich nicht kenne.

"Ich hoffe, ich habe Ihnen bei unserer kleinen Verfolgungsjagd nicht allzuviel Schwierigkeiten gemacht", erklärte ich ihm. "Aber wie ich sehe, ist das nicht der Fall, schließlich haben Sie mich ja gefunden."

Als er mir dann seinen Kopf zuwandte und auf mich herabblickte, sah er im ersten Moment ziemlich belämmert aus.
"Häh?", machte Flash.
"Tun Sie nicht so. Weshalb sind Sie mir gefolgt?"
"Ich weiß nicht, was Sie wollen, Mann!", grunzte er.
"Ich schätze, Sie haben bei dieser Bank ebenso wenig ein Konto wie ich!"
Er kniff die Augen etwas zusammen, so dass sie zu schmalen Schlitzen wurden. Wie ein Gunslinger vor dem Duell. Und dabei ging seine Linke hinüber zum rechten Ohr, um sich dort zu kratzen.
Das dauerte kaum länger als eine Sekunde, aber das war lang genug. Lang genug, um zu bemerken, wie sich seine Jacke spannte. Eine kleine Ausbuchtung, die einem flüchtigen Beobachter kaum auffiel, wurde sichtbar. Aber ich glaubte zu wissen, was sie bedeutete: eine Pistole im Schulterholster.
"Besser, Sie lassen mich in Frieden", sagte der Kerl. "Ist wirklich besser. Ich kenne Sie nicht und will Sie auch nicht kennen lernen!"
"Aber ich brenne darauf, mich mit Ihnen zu unterhalten! Kommen Sie, gehen wir zu den Sesseln dort drüben. Es muss ja nicht jeder mithören, was wir zu besprechen haben."
"Leck mich!"
Er zeigte mir sein makelloses Gebiss, während sich schon einige der in der Schlange stehenden Leute nach uns umdrehten.
Er wollte sich bereits abwenden und gehen, aber ich kam die paar Schritte hinter ihm her, überholte ihn und stellte mich ihm in den Weg.
Dann sagte ich: "Was glauben Sie, was passiert, wenn ich jetzt rufe: 'Überfall! Dieser Mann hat eine Waffe!'"
"Das würdest du nicht tun, du Wurm!"
"Doch, das würde ich!"

Er hielt an und schnaufte wie eine Dampfwalze. "Ich würde dich gerne zerquetschen, du Wanze!"

"Kannst du im Moment aber nicht. Es sei denn, du willst alles auf Video haben und dann für die nächsten Jahre in den Knast wandern." Ich zuckte mit den Schultern. "Ich schätze, einer wie du bekommt keine Bewährung mehr!"

Ich fühlte seine mächtige Pranke an meinem Kragen. Seine blassblauen Augen funkelten mich böse an. "Eines Tages kriege ich dich in die Finger, und dann hast du nichts zu lachen!"

"Im Augenblick habe ich dich in den Fingern, und wie es scheint, hast du nichts zu lachen, sonst würdest du nicht so ein verkniffenes Gesicht machen."

"So, denkst du ..." knurrte es zwischen seinen vollen Lippen hervor.

"Ich schätze, für die Waffe unter deiner Achsel hast du nicht einmal einen Schein." Ich deutete zu den Video-Kameras an der Decke, die suchend umher schwenkten. "An deiner Stelle würde ich mich weniger auffällig verhalten!"

Er ließ mich los, und dann gingen wir zu den Sesseln, um uns zu setzen.

"Warum bist du mir gefolgt?", fragte ich ungerührt.

"Leck mich!"

"Das kann nicht der Grund sein."

"Ach, scheiß drauf, was willst du von mir?"

"Das ist die falsche Frage. Die richtige lautet: Was wolltest du von Annette Friedrichs?"

"Wusste ich es doch!"

"Was?"

"Dass du mit ihr unter einer Decke steckst!"

"Nein, soweit ist es leider noch nicht gekommen!"

"Haha, sehr witzig!"

"Sie ist vor dir und deinem Spießgesellen in meine Wohnung geflüchtet", erklärte ich. "Reiner Zufall."

"Erzähl das deiner Großmutter."

"Es ist die Wahrheit, und ich erzähle sie erst einmal dir. Was hat Annette Friedrichs euch getan, dass ihr so hinter ihr her seid?"

Flash atmete tief durch. Seine trüben Augen blickten dabei himmelwärts, so als wolle er damit sagen: ›*Ist der Kerl behämmert!*‹

"Vielleicht ist es wirklich keine schlechte Idee, dass wir uns mal unterhalten. Die Sache ist ganz einfach. Annette hat etwas, dass ihr – wie soll ich es ausdrücken? – nicht gehört. Verstehst du, was ich meine?"

"Und dafür wollt ihr sie umlegen."

"Was?"

"Ja, du hast schon richtig verstanden. Umlegen."

"Hat die Friedrichs dir das weiszumachen versucht?"

"Wer auch immer!"

Er schüttelte den Kopf und lachte heiser. Dann griff er unter sein Jackett.

"Das würde ich nicht tun!", warnte ich ihn.

"Keine Sorge, ich ziehe keine Knarre hervor."

"Was dann?"

"Hier!"

Blitzartig riss der Blondschopf den 45er Colt aus dem tiefgeschnallten Holster. Nur der knappe Bruchteil einer Sekunde blieb Jake McCord, um zu reagieren – aber für einen wie ihn genügte das.

Es war weder eine Knarre noch ein Springmesser noch eine Handgranate oder irgendetwas anderes Gefährliches, was Flash Gordon da aus seiner Tasche zog.

Es war einfach eine Visitenkarte.

Ich nahm die Karte und glotzte ziemlich ungläubig auf den weißen, feinen Karton.

Raimund Schmidt GmbH, las ich da. Private Ermittlungen aller Art, Objekt- und Personenschutz.

"Das haut mich um", bekannte ich freimütig.

"Das sollte es auch."

Ich sah ihn an und runzelte die Stirn. "Bist du Schmidt?", fragte ich.

Er schüttelte den Kopf. "Nein. Mein Name ist Oswald. Ich bin dort angestellt."

"Der Andere, der, mit dem ich dich die Treppe habe hochflitzen sehen ..."

"Der auch nicht. Schmidt braucht sich nicht mehr selbst die Hände dreckig zu machen. Observationen und so etwas, dafür hat er seine Leute."

"So wie dich."

"Genau."

"Das wirft natürlich ein anderes Licht auf die Sache."

"Ja. Die Kleine ist ein gerissenes Luder, die hat dir einen Bären aufgebunden." Er lachte. "Wahrscheinlich gleich mehrere."

Ich hielt die Karte hoch. "Kann ich die behalten?"

"Klar. Wenn du mal ein Problem hast ..."

"Wahrscheinlich kann ich eure Spesen nicht zahlen."

"Das schätze ich auch. Ich nehme an, du wirst überprüfen, ob es diese Firma wirklich gibt und ob ich dir die Wahrheit gesagt habe."

"Natürlich."

"Tu das nur!"

"Eine Frage noch."

"Ja?"

"Für wen arbeitet ihr?"

"Vergiss es! Wenn ich dir das sage, schmeißt mich mein Boss raus!"

"Und wer hat Jürgen Lammers ermordet?"

Er zuckte mit seinen überbreiten Schultern. "Was weiß ich!"

"Du hast wirklich keine Ahnung?"

"Wenn ich eine hätte, würde ich dir sowieso nichts davon sagen." Er sah mich mit einen merkwürdigen Blick an. Dann zuckte er die Schultern.

"War Lammers ein Freund von dir?", fragte er.

"Nein."

"Was soll dann die Frage? Kann dir doch egal sein, wer's war, oder?"

Aber darüber wollte ich mit ihm nicht diskutieren.

18

Unsere Unterhaltung hatte sich irgendwie totgelaufen, und so beendeten wir sie dann in stillschweigendem beiderseitigem Einvernehmen.

Wir hatten jeder etwas erfahren, das wir zuvor noch nicht gewusst hatten. Und jeder von uns hatte dafür auch etwas bieten müssen.

Doch dieses Spiel war jetzt ausgereizt. Keiner wollte mehr drauflegen.

Ich für mein Teil blieb skeptisch, als ich die Bank verließ und Flash Gordon nachsah, der eigentlich Oswald hieß und anscheinend ein nicht so schlimmer Finger war, wie ich bisher geglaubt hatte.

Eines stand wohl fest: Vor Oswald würde ich in Zukunft Ruhe haben – zumindest wenn er wirklich ein Profi-Schnüffler war, denn dann musste ihm klar sein, dass seine Rolle als mein Schatten zu Ende war. Er war aufgeflogen, sozusagen verbrannt.

Wahrscheinlich würde sich in Zukunft einer seiner Kollegen meiner annehmen.

Ich dachte an mein Rendezvous mit der Friedrichs, und mein Blick ging unwillkürlich zur Uhr am Handgelenk.

Ich war zu spät dran. Vermutlich war sie nicht mehr am Treffpunkt.

Aber egal, eine Tasse Kaffee konnte ich jetzt ohnehin vertragen. Und so konnte ich sie dort einnehmen, wo wir uns verabredet hatten.

Es war ein Stehcafé der besseren Sorte, schon deshalb, weil es nicht so zog und an ein paar Haken Zeitungen für die Gäste hingen. Dafür war der Kuchen nicht besonders toll, aber man kann ja nicht alles haben.

Mein Blick ging die runden Tische entlang. Ich sah ein paar Frauen in den Wechseljahren lebhaft schnattern und in einer so atemberaubenden Schnelligkeit Wörter und Sätze produzieren, dass es selbst mich, immerhin einen Profi auf diesem Gebiet, in Erstaunen versetzte.

Und dann waren da noch ein paar Schüler, vielleicht fünfzehn oder sechzehn, von denen man kaum etwas hörte. Ab und zu ein schrilles Gekicher von einem der Mädchen oder ein sonores Brummen von einem der Jungen, aber es blieb recht verhalten.

Jedenfalls, bis einer plötzlich ausrief: "Mann, das ist ja echt geil! Endgeil sogar!"

Die Entwicklung der deutschen Sprache ist halt noch nicht ganz abgeschlossen!, dachte ich.

Ein anderer Tisch wurde von drei Türken besetzt. Sie hatten alle drei Schirmmützen und schwarze Schnurrbärte. Und jeder von ihnen nannte zusätzlich auch eine stramme, dicht oberhalb des Gürtels gelegene Kugel sein Eigen, die man gemeinhin wohl Bauch nennt.

Von ihrer Unterhaltung verstand ich kein Wort. Von den mittelalten Frauen dafür mehr, als mir lieb war.

Sie hatten furchtbar penetrante, eindringliche Stimmen, und in diesem Moment hätte ich mir kaum etwas so sehr gewünscht, als dass sie ihre Unterhaltung auf Türkisch geführt hätten.

Ich blieb in der Nähe des Eingangs stehen und sah mich eingehend um.

Von Annette war nirgends eine Spur zu entdecken, und ich wusste im Augenblick nicht so recht, ob ich das wirklich bedauern sollte. Schließlich schien es ja ganz so, als seien diejenigen, die sie mir als die bösen Buben hingestellt hatte, in

Wahrheit gar nicht so böse, während sie selbst entschieden fauler sein musste, als ich bisher angenommen hatte.

Ich ließ mir einen Kaffee geben und balancierte meine bis zum Rand gefüllte Tasse schließlich an einen Tisch, an dem noch Platz war.

Der aufgedunsene, hoch aufgeschossene und im Gesicht puterrote Mann, mit dem ich diesen Tisch nun teilte, schien von meiner Anwesenheit alles andere als begeistert. Er musterte mich kritisch, und ich revanchierte mich, indem ich mit ihm dasselbe tat. Jägerhut, Jägerjacke, ein dickes Jägerfernglas ...

Ich war froh, dass er im Moment nicht auch noch seine Flinte dabei hatte. Er schaute mich ziemlich böse an. Aber in dieser Beziehung bin ich hart im Nehmen.

Er schnaufte unüberhörbar und nahm einen Schluck von seinem Kaffee. Meine Güte, du trinkst Kaffee? Siehst aber ganz danach aus, als würdest du schon von einer halben Tasse Malzkaffee an den Rand des Herzinfarkts gebracht!

Während sich der Jäger dann in die Überschriften der Bildzeitung vertiefte, kehrten meine Gedanken zu Annette Friedrichs zurück. Vielmehr zu ihrer Handtasche, die in diesem ganzen Drama – oder war es vielleicht nicht doch eher eine groteske Komödie? – eine wie auch immer geartete Schlüsselrolle zu spielen schien.

Ich versuchte, mir noch einmal die Dinge zu vergegenwärtigen, die Rehfeld aus der Tasche herausgeholt hatte. Da waren der Schlüsselbund, die Pillen, die Tampons, die Filme für eine Kleinbildkamera und das Kokain.

Rehfeld, diese borniert und etwas zu fett geratene Kopie von Batman, Schrecken aller Supergangster, hatte natürlich nur auf das Kokain geschaut und triumphiert. Er hatte das weiße Zeug genommen, um es mir dann in Form einer Schlinge um den Hals zu legen.

Aber was die Substanz der ganzen Geschichte anging, hatte ihn dieses Manöver nicht einen Zentimeter weitergebracht.

Nicht einen!

Was war es, das – nach Oswalds Worten, nicht ihr gehörte? Das bisschen Kokain konnte es kaum sein. Dafür veranstaltete niemand ein solches Theater. Das galt sowohl für Annette als auch für denjenigen, der Oswald und seine Spießgesellen engagiert hatte.

Aber was dann?

Vielleicht war Rehfeld inzwischen schon schlauer, vorausgesetzt, er hatte die Filme entwickeln lassen. Möglich, dass es nur Urlaubsfotos waren, vielleicht aber auch etwas anderes. Etwas, das solch einen Aufstand lohnte und auch noch die Spesen eines Privatdetektivs trug.

Etwas, das vielleicht auch den Mord an Jürgen Lammers gelohnt hatte!

Dasselbe galt auch für den Schlüsselbund. Vielleicht nur Wohnungs- und Autoschlüssel, vielleicht aber auch Schlüssel für ein Bankschließfach oder Ähnliches, in dem düstere Geheimnisse begraben lagen!

Die Tampons schienen mir alles in allem am wenigsten verdächtig zu sein. Was konnte man damit schon anstellen – mit Ausnahme dessen, wofür sie gemacht waren?

19

Ich hatte meinen Kaffee gerade ausgetrunken, und der rot angelaufene Jäger an meinem Tisch war indessen in andere Reviere entfleucht.

Schließlich kam sie doch noch.

Sie trug einen hellen, dünnen Mantel, den Kragen hochgeschlagen, die Hände in den Taschen. Um ihren Mund machte sich ein verkrampfter, angespannter Zug bemerkbar. Ihre Augen wurden durch eine ultraschwarze Sonnenbrille bedeckt, deren Machart einfach nicht zu ihrem sonstigen Outfit passte.

Wahrscheinlich war es eines der Billigangebote gewesen, die ab und zu verramscht wurden. Sie wirkte wie jemand, der nicht erkannt werden wollte – und wirkte damit um so auffälliger.

Sie trat zu mir an den Tisch, und ich nickte ihr zu. "Ich wollte gerade schon gehen!", sagte ich.

"Warum bist du so spät?"

"Was dazwischen gekommen."

Sie atmete tief durch und fuhr sich mit der Zunge über ihre vollen Lippen. Dann fragte sie: "Wo ist sie?"

"Was meinst du?"

"Die Handtasche natürlich!"

"Hm ..."

"Gib sie mir!"

Ich ließ die Katze aus dem Sack. "Ich habe sie nicht!"

"Was?"

Ebensogut hätte ich ihr einen Schlag vor den Kopf geben können. Vermutlich wäre sie ähnlich konsterniert gewesen wie in diesem Augenblick.

Ich sah es ihr an, obwohl die schwarzen Gläser ihrer Sonnenbrille den Großteil des Gesichtes verbargen und das meiste an Gefühlsregungen abfilterten.

Sie war schockiert, vielleicht sogar mehr als das. Bei so mancher Beerdigung hatte ich schon wesentlich fröhlichere Gesichter gesehen.

Sie nahm ihre Brille ab und sah mich dann fest an. Ihre grün-grauen Augen funkelten dabei gefährlich, fast wie bei einer in die Enge getriebenen Raubkatze.

Ich war es, der sie in die Enge getrieben hatte, ohne es zu wollen, aber auch ohne es verhindern zu können.

Sie sagte: "Du willst also eine Art ... Finderlohn! Verstehe."

Ich schüttelte den Kopf. "Du verstehst gar nichts!"

Um ihren Mund zuckte es. Das, was ich im Moment von ihrem hübschen Gesicht zu sehen bekam, trug jetzt den Ausdruck von Bitterkeit und Verzweiflung.

"Du bist also auch so ein schmieriger Absahner!", meinte sie tonlos.

"Du kennst also noch mehr von der Sorte?"

"Ach, hör doch auf!"

"Hieß einer dieser schmierigen Absahner vielleicht Jürgen Lammers?"

Ich hatte keine Ahnung, wovon ich da redete. Aber das spielte im Moment auch gar keine Rolle. Es war einfach ein Schuss aus der Hüfte, blind, ohne zu zielen ...

Und ich hatte mitten ins Schwarze getroffen!

Annette Friedrichs schluckte, hatte sich aber ansonsten ziemlich gut in der Gewalt.

"Absahnen kann gefährlich werden, nicht wahr?", meinte ich.

"Nur, wenn man zu unverschämt wird!"

Ich nickte leicht. "Ja, genau das meine ich!"

"Hör zu, sag mir einfach, wie viel du willst, und ich sage dir dann, ob das in meinem Rahmen liegt und dann ..."

"Und dann?"
"Dann gibst du mir die Tasche!"
"Hast du den Schnee so nötig?"
"Verdammt!"
"Sag jetzt nicht, du brauchst die Tasche wegen der Tampons so dringend, als hänge dein Leben davon ab!"
Ihr Gesicht wurde jetzt sehr ernst. So hatte ich es noch nie gesehen.
Ich hatte überhaupt noch kein Gesicht mit einem so verzweifelten Blick gesehen. Ein Schauer lief mir den Rücken hinunter. Und gleichzeitig wurde mir bewusst, wie wenig ich von dem begriff, was hier eigentlich vor sich ging. Hinter den Kulissen.
Sie sagte es mir nicht, weil sie glaubte, handeln zu können.
Aber ihr Blick sprach eine eindeutige Sprache. Was, wenn mein Leben tatsächlich davon abhängt, diese Tasche wiederzubekommen?, schien sie mich stumm zu fragen.
Ich entschied, dass es jetzt Zeit für die Wahrheit sei. Jedenfalls für die von meiner Seite. "Ich habe die Tasche nicht mehr", erklärte ich zum zweiten Mal, während sie mich ansah, als sei ich ein Alien, das gerade mit seinem Ufo in Omas Vorgarten gelandet ist und dabei die Stiefmütterchen plattgemacht hat.
Sie schluckte und begann dann wie unter Schock: "Ich sagte doch, dass ..."
"Es ist die Wahrheit", unterbrach ich sie.
"Wo ist die Tasche?"
"Die Polizei hat sie. Sie haben meine Wohnung durchsucht, und dabei ist sie aufgetaucht. Wahrscheinlich werde ich noch Schwierigkeiten wegen dem Koks bekommen, denn bisher glaubt mir niemand, dass es nicht mir gehört!"
Sie hob den Kopf.
"Und weshalb hast du dich dann hier mit mir verabredet?"
"Weil ich ein paar Dinge wissen möchte!"

"Dinge, die dich nichts angehen!"
"Wenn jemand mich durch einen Privatdetektiv beschatten lässt, der sich darüber hinaus mit mir noch eine wahre Verfolgungsjagd liefert ..."
"Ein Privatdetektiv?"
"Ja."
"Für wen sollte der arbeiten?" Sie schien diese Frage mehr an sich selbst, als an mich zu richten.
"Gute Frage. Ich wüsste die Antwort am liebsten von dir!"
"Ich habe keine Ahnung."
"Du kennst den Mann."
"So?"
"Du musst ihn kennen. Als wir uns zum ersten Mal trafen, oben in Lammers Wohnung ..."
"Was soll da gewesen sein?"
"Da waren doch zwei Typen hinter dir her!"
"Ja, stimmt."
"Und einer der beiden war hinter mir her, weil er dachte, dass ich ihn zu dir führe!"
"Wann war das?"
"Noch nicht lange her, als ich auf dem Weg zu dieser Verabredung war!"
"Es scheint, als hättest du ihn abgeschüttelt. Ich habe lange genug im Geschäft gegenüber gewartet, um zu sehen, ob dir jemand gefolgt ist!"
"Ich habe ihn keineswegs abgeschüttelt. Wir hatten ein nettes Gespräch miteinander. Sagt dir der Name Oswald etwas?"
"Nein, was sollte er mir sagen?"
"Und Raimund Schmidt GmbH – Ermittlungen aller Art? Sagt dir das etwas?"
"Nein."
"Das ist seine Firma."
"Was hat er dir gesagt?"

"Dass du mir einen Bären aufgebunden hast!"
"Er dir allerdings wohl auch!"
"Kümmern wir uns erst einmal um deinen Bären. Wie wäre das?"
Sie war nicht sonderlich begeistert. "Hör zu", sagte sie. "Ich kenne keinen Oswald und keinen Schmidt. Und falls die Schwierigkeiten, die du hast, wirklich etwas mit mir zu tun haben sollten, dann tut es mir Leid, aber ich kann dir da im Moment nicht helfen." Sie seufzte. "Im Augenblick kann ich mir nicht einmal selbst helfen", murmelte sie dann noch, und ich dachte, genau so siehst du auch aus!
"Von jedem Misthaufen gibt es auch einen Weg hinunter", meinte ich.
Sie verzog den Mund. "Ach ja?"
"Ja!"
"Na, du hast sicher die große Ahnung auf diesem Gebiet, was?"
Ich nahm ihre Hand. Sie war eiskalt, und ich wurde unwillkürlich an die Hand einer Toten erinnert.
Ich weiß, wie sich Tote anfühlen. Ich habe sechzehn Monate Zivildienst auf der Pflegestation eines Altenheims abgeleistet.
Sie zog die Hand erst nach einigen Sekunden weg und schien gehen zu wollen. Aber ich hatte das Gefühl, sie so nicht gehen lassen zu dürfen.
Ein Gefühl, mehr nicht.
"Wie wär's mit ein bisschen Vertrauen?", meinte ich, aber auf dem Ohr schien sie nicht besonders hellhörig zu sein. Aus ihrer Sicht war das vielleicht sogar ein wenig verständlich.
"Vertrauen?", fragte sie mit einem Unterton, der von einer Art verzweifeltem Zynismus sprach. "Ich bin unter der Voraussetzung hierher gekommen, dass du mir helfen kannst. Aber du hast mich angelogen! Du hast die Tasche nicht mehr

und wusstest nichts Besseres zu tun, als sie der Polizei zu ..." Sie brach ab. "Naja, dafür konntest du ja wohl nichts."
"Dafür und für das schlechte Wetter auch nichts."
Sie blickte auf. "Mach's gut", sagte sie.
Einen Augenblicke später hatte sie das Stehcafé verlassen. Sie hatte einen unsagbar traurigen Blick, als sie ging. Ich habe diesen Blick in jenem Moment nur ansatzweise zu deuten gewusst.
Später verstand ich ihn besser. Es war exakt jener Blick, den eine junge Frau haben mochte, der gerade das Todesurteil verkündet worden war.

20

Ich wusste nicht, was sie für ein Spiel spielte, aber mir war klar, dass sie wohl längst nicht mehr diejenige war, die die Regeln bestimmte. Vielleicht war sie es auch nie gewesen. Der Entschluss, ihr zu folgen, war sehr spontan und sehr falsch. Aber hinterher ist man immer schlauer.

Der Abstand zwischen uns war ziemlich groß, und ich musste höllisch aufpassen, dass sie nicht auf mich aufmerksam wurde. Immer wieder drehte sie sich um und ließ den Blick über die Scharen von Menschen streifen, die sich da dicht gedrängt durch die Fußgängerzone schoben.

Was das Verfolgen anging, war ich ein Amateur, aber sie war es ebenso, was das Flüchten und Untertauchen betraf. Und so glich sich das am Ende wieder aus.

Ich folgte ihr durch eine Straße und dann durch noch eine und schließlich bog sie in eine enge Passage ein, die voll von Spiegeln war. Das war für mich besonders unangenehm, denn ich befürchtete ständig, dass sie mich in einem der vielen Spiegel sehen konnte, ohne dass ich selbst es merkte.

Als ich die Passage hinter mich gebracht hatte, glaubte ich schon, sie verloren zu haben. Mein Blick ging fieberhaft über das hektische Menschenmeer, und ich war nahe daran aufzugeben.

Dann fand ich sie doch noch.

Sie versuchte gerade, die stark befahrene Straße zu überqueren und hatte bereits die Hälfte geschafft. Es war lebensgefährlich, was sie da veranstaltete, aber für Lebensgefährliches schien sie Talent zu haben.

Sie schaffte es auf die andere Seite. Ein BMW hupte. Ein Mercedes-Fahrer zeigte ihr den Vogel. Aber sie hatte es geschafft, und ich konnte jetzt sehen, wie ich hinter ihr her kam.

Der Abstand zwischen uns wurde größer. Ich folgte ihr in eine Nebenstraße und dann in noch eine. Schließlich sah ich sie in einem Hauseingang verschwinden.

Ich wartete eine Weile. Sie kam nicht zurück, und ich beschloss, mal nachzusehen.

Der Hauseingang war nicht abgeschlossen, die Tür nur angelehnt. Es war ein Altbau. Wahrscheinlich würde in absehbarer Zeit die Abrissbirne anrücken.

Ein paar türkische Kinder rannten eine Treppe hinunter und dann hinaus auf die Straße.

Ihnen auf den Fersen war ein sehr dicker Mann, vielleicht Mitte fünfzig. Er pustete wie eine Dampflok und schimpfte wie ein Rohrspatz auf die Kinder, die ihn wahrscheinlich damit geärgert hatten, an seiner Wohnungstür zu klingeln.

"Diese verdammten Kanaken!", prustete er, als sie ihm schließlich endgültig entwischt waren und er keine Chance mehr sah, hinter ihnen herzukommen. "Bälger in die Welt setzen, das ist alles, was die können! Und dann das dicke Kindergeld kassieren!"

Ich war versucht, ihm zu sagen, dass diese Kinder mal seine Rente bezahlen würden, verkniff mir aber jede bissige Bemerkung und fragte ihn stattdessen nach Annette Friedrichs.

Er fragte unwirsch zurück: "Sind Sie Polizist oder so?"

"Nee - nur >*oder so*<." Ich hob die Schultern. "Also sagen Sie schon!"

Der Mann musterte mich kritisch, und ich wartete voller Ungeduld auf das Ergebnis der Prüfung. Bestanden oder durchgefallen?

Und wenn ich die Niete erster Klasse erwischt hatte, wusste er vielleicht gar nichts.

Der dicke Saloonkeeper kniff die Augen zusammen.

"Verschwinden Sie besser aus der Stadt, McCord!"

"Ich brauche Ihre Hilfe!", sagte McCord gelassen.

Der Keeper machte eine wegwerfende Handbewegung. "Vergessen Sie's!", meinte er. "Glauben Sie, ich bin scharf darauf, mir Ärger einzuhandeln?"

"Ich kenne keine Frau, wie Sie sie beschreiben", erklärte der Mittfünfziger schließlich. "Hier wohnt jedenfalls keine. Die wäre mir aufgefallen."

Richtig, dachte ich. In dieser Umgebung wäre Annette zweifellos aufgefallen. Aber als ich einen Schritt näher an mein Gegenüber herankam, merkte ich, dass der Kerl eine Bierfahne hatte.

Vielleicht war es also besser, nicht allzuviel auf sein Geschwätz zu geben.

Ich ließ den Mann stehen, durchschritt den Flur und war dann an einem Fenster, durch das man in einen Hinterhof sehen konnte. Besonders gepflegt sah es da nicht aus.

"Ich kann Ihnen nicht helfen", hörte ich den Mann sagen und fühlte dabei immer noch seinen misstrauischen Blick auf mich gerichtet.

"Wo ist der Ausgang nach hinten?", fragte ich, denn ich nahm an, dass Annette Friedrichs schon längst nicht mehr hier war. Möglicherweise hatte sie mich doch bemerkt und diesen Hinterhof dazu genutzt, um mich hereinzulegen und abzuschütteln.

Wahrscheinlich hatte ich sie also verloren. Endgültig. Aber ich bin einer, der nicht so schnell aufgibt.

"Meinen Sie, wie es in den Hof geht?", fragte der Dicke.

"Ja, das meine ich!", gab ich genervt zurück.

"Den Gang runter, dann links und nochmal links. Sie werden es schon sehen."

"Danke."
"Nichts zu danken."
Ich ging los, und der Kerl stand noch immer da, als ich um die Ecke bog.

Wenig später gelangte ich in den Hinterhof, und da sah ich ihn am Fenster, und fast schien es mir so, als wolle er sich vergewissern, dass ich auch wirklich ging.

Ich sah mich in dem Hinterhof ein bisschen um. Eine schmale Gasse führte zwischen zwei moosbewachsenen Wänden zur nächsten Straße.

Völlig entnervt kam ich dort an.

Ich fluchte innerlich und ließ den Blick über die Masse der Passanten schweifen.

Dieses Spiel musste ich verloren geben. Annette Friedrichs würde ich nie wiedersehen.

Stattdessen sah ich einen anderen Bekannten. Hartmut Werneck, der sich seine Filzlocken gerade mit einer nervösen Bewegung nach hinten strich. Er blickte sich kurz um, als glaube er, vielleicht verfolgt zu werden. Sein Blick ging dabei in meine Richtung, aber er sah gewissermaßen durch mich hindurch.

Dann ging er schnellen Schrittes davon.

In diesem Augenblick glaubte ich noch an einen Zufall.

21

Als ich nach Hause kam, erlebte ich eine Überraschung. Und zwar eine der unangenehmen Art.
Ich hatte mir auf dem Rückweg noch ein paar Lebensmittel besorgt und wollte mir jetzt eigentlich etwas kochen. Mit der Tüte in der Hand stand ich vor meiner Wohnungstür, wollte den Schlüssel schon ins Schloss stecken, da bemerkte ich, dass die Tür aufgebrochen war.
Ziemlich ungeschickt sogar. Wahrscheinlich mit einem Stemmeisen oder etwas Ähnlichem.
Offenbar war der ungebetene Gast ein Amateur – zumindest, was das Aufbrechen von Wohnungstüren betraf.
Ich stellte die Tüte ab und stieß die Tür vollends auf. Ich blickte in den Flur und lauschte.
Nichts zu hören.
Wahrscheinlich war der Kerl schon lange auf und davon.
(Vielleicht war es ja auch eine Frau.)
Ich ging hinein. Obwohl ich es zu vermeiden suchte, knarrte der Fußboden unter meinen Schuhen.
Die Schubladen der Kommode, auf der das Telefon stand, waren herausgerissen, der Inhalt auf dem Boden verstreut. Ich kam zur Wohnzimmertür und warf einen Blick hinein, der mir einen kalten Schauder über den Rücken jagte.
Jemand hatte sich mit einem Messer in der Hand an meiner Sitzgarnitur vergriffen und alles aufgeschlitzt. Ich atmete tief durch, ein Seufzer ohnmächtiger Verzweiflung sozusagen.
Hier hatte jemand gründlich nachgeschaut. Sehr gründlich.
Und vor allem wesentlich weniger rücksichtsvoll, als die Polizei das gemacht hatte. Ich hoffte nur, dass sich dieser

unbekannte Irre nicht aus lauter Frust darüber, dass er nichts gefunden hatte – was hätte er bei mir auch finden sollen? – auch noch meinen PC vorgenommen hatte!

Ich machte zwei Schritte nach vorne, und jeder von ihnen war ein schwerer Fehler. Aber um so etwas im Voraus zu wissen, braucht man einen sechsten Sinn. Und den gibt's leider nur in Romanen und bei anderen Leuten. Ich konnte damit jedenfalls nicht dienen.

Von links sah ich aus dem Augenwinkel eine plötzliche Bewegung. In letzter Sekunde konnte ich noch etwas ausweichen, aber es reichte nicht, um dem Schlag vollends zu entgehen. Ich bekam immer noch genug ab, um zu Boden geschleudert zu werden und der Länge nach hinzufliegen.

Ich kam hart auf und stieß mit dem Kopf gegen irgendeine Kante. Für einen Sekundenbruchteil sah ich Sterne oder so etwas Ähnliches.

Ich blickte auf und erblickte die untere Hälfte eines Rückens, bekleidet mit Jeans und einer braunen Lederjacke, auf der jede Menge Embleme prangten.

Und eine Sekunde später war auch der Rücken auf und davon.

Ich hörte nur noch Schritte.

Jemand rannte den Flur entlang zu meiner Wohnungstür, stolperte über die Plastiktasche, die ich dort abgestellt hatte, und rannte dann nach unten. Ich hörte das Klappern von harten Sohlen, das aber schließlich verhallte.

Vorsichtig befühlte ich die Stelle an meinem Kopf, die etwas abbekommen hatte.

Ich fühlte die deutliche Wölbung. Eine Beule, aber mehr nicht, so schien es. Ich rappelte mich so schnell ich konnte hoch und taumelte zum Fenster. Mir war schwindelig und auch etwas benommen.

Dann blickte ich endlich hinunter auf die Straße. Aber natürlich viel zu spät.

Verdammt!

Ich ging in die Küche, nahm ein Tafelmesser und kühlte mit dem Metall meine Beule.

Mein Kopf brummte, ich musste mich hinsetzen.

Manchmal kommt alles zusammen!, dachte ich. Hatte ich vielleicht irgendjemandem etwas zu Leide getan?

Als ich meine Gedanken wieder etwas besser bei mir hatte, ging ich in den Flur zum Telefon. Zum Glück war es noch angeschlossen.

Ich rief die Polizei an, um Anzeige zu erstatten. Und da ein Zusammenhang mit dem Mord an Jürgen Lammers mehr als nahe lag, würde ich mit tödlicher Sicherheit wieder an Rehfeld und seine Bande geraten.

Es ließ sich leider nicht vermeiden. Ich hatte einfach keine andere Wahl. Denn wenn ich die Sache nicht meldete, stand ich noch schlechter da.

Die Polizei wollte jemanden zur Beweisaufnahme schicken. Ich hoffte, dass das nicht zu viel Zeit in Anspruch nehmen würde, und rief vorsorglich auch gleich einen Schlüsseldienst an, denn das Schloss in meiner Wohnungstür konnte ich wohl vergessen. Da hatte jemand ganze Arbeit geleistet.

Einstweilen nahm ich dann den Inhalt meiner Plastiktüte und begann, mir etwas zu kochen.

Ich hatte einen Mordshunger. Und in der Küche schien mir die Gefahr noch am geringsten zu sein, dass ich irgendwelche Beweise oder Spuren vernichtete.

Ich schüttete den Inhalt einer Dose Nasi Goreng in die Pfanne und ließ ein Ei darüber zerlaufen.

Dann aß ich in aller Ruhe, ohne mich dabei mehr als gewöhnlich zu beeilen, und wunderte mich nur, dass noch immer niemand eingetroffen war. Als ich fertig war, klingelte schließlich jemand an meiner Tür.

Wer immer es auch sein mochte, er war zumindest in dieser Beziehung höflicher als der vorhergehende Gast.

Ich hatte mit einem Polizisten gerechnet, aber es war der Mann vom Schlüsseldienst.

"Na, da sieht man ja gleich, was zu tun ist!", meinte er, wollte schon seinen Koffer mit dem Werkzeug öffnen, da versuchte ich ihm vorsichtig klarzumachen, dass er noch nicht dran war, sondern auf die Polizei warten müsse.

Er war sauer. Stocksauer.

Und ich konnte ihn nur zu gut verstehen, schließlich war für Leute wie ihn Zeit Geld.

"Wissen Sie, dass ich eigentlich schon seit einer halben Stunde Feierabend habe?", schnaubte er verdrossen und fuhr sich mit der Hand über die braungebrannte Meister-Proper-Glatze, in der sich das Licht spiegelte, so als habe er sie frisch poliert.

"Das tut mir Leid, die Polizei sollte eigentlich schon längst hier gewesen sein!"

"Diese Brüder sind ja auch Beamte!", zischte er dann und verzog dabei den Mund, als sei das etwas sehr Unanständiges. "Für die ist es völlig gleichgültig, wie viele Einbrüche die am Tag bearbeiten, aber ich bin selbstständig! Ich kann auf meinem Girokonto sehen, wie viele Schlösser ich ausgewechselt habe!"

Ich bot ihm eine Tasse Kaffee an, die ich allerdings erst noch aufbrühen musste.

Er nahm knurrend an.

22

Es dauerte noch eine Weile, bis sich jemand von der Polizei zeigte. Schließlich konnte der völlig genervte Schlüsselmann dann aber doch noch sein Werk in Angriff nehmen und mir ein schönes, neues Schloss anbringen.

Ich schlug ihm vor, er solle mir die zusätzliche Zeit auf die Rechnung schreiben.

"Das hätte ich sowieso getan!", grunzte er mich daraufhin unfreundlich an.

Der Schlüsselmann war gerade fertig, da tauchte dann sogar noch Rehfeld persönlich auf.

Ich schenkte ihm ein müdes Lächeln. "Sie haben mir heute zu meinem Glück gerade noch gefehlt!"

Aber heute schien Rehfeld einen schlechten Tag zu haben. Jedenfalls verstand er keinen Spaß. Sein Gesicht war eine einzige Leichenbittermine, und ich fragte mich, welche Laus ihm wohl über die Leber gelaufen sein mochte.

Seine Nasenflügel bebten etwas, als er sich vor mir aufbaute und seine Hose hochzog. Sie würde bald wieder hinuntergerutscht sein. An der strammen, runden Kugel, die er vor sich her trug, konnte sie einfach nicht den rechten Halt finden. Wahrscheinlich wären Hosenträger für ihn eine Lösung gewesen.

Er blickte mir finster ins Gesicht, und ich ahnte schon, dass jetzt irgendetwas folgen werde, das mir nicht gefallen würde.

"Wo waren Sie heute Nachmittag?"

"Was soll das?"

Ich war wirklich völlig perplex. Mit allem hatte ich gerechnet, aber ...

"Beantworten Sie meine Frage!" Er grinste höhnisch. "Oder wollen Sie vorher vielleicht lieber einen Anwalt sprechen?"

"Ich verstehe nicht ..."

"Gut, Sie wollen auf meine Frage nicht antworten, Hellmer. Nehme ich zur Kenntnis. Einverstanden. Dann stelle ich Ihnen eine neue. Wann haben Sie Annette Friedrichs zum letzten Mal gesehen?"

"Vor ..." Ich schaute auf die Uhr. "Vor etwa anderthalb Stunden. Wir hatten uns in der Stadt getroffen."

"Warum?"

"Sie wollte ihre Handtasche wiederhaben. Sie werden ja sicher inzwischen herausgefunden haben, dass es wirklich ihre Handtasche war!"

Er nickte. "Haben wir."

Ich atmete auf. Wenigstens etwas. Aber ich hatte in Wahrheit keinen Anlass zum Aufatmen, das sollte mir einen Moment später klarwerden.

"Herr Hellmer, es ist mir ein Vergnügen, Sie vorläufig festzunehmen!"

"Was?"

"Hören Sie schlecht?"

"Was soll das? Wegen dem bisschen Kokain, das mir nicht gehört?"

"Nein. Nicht wegen des Kokains."

"Aber weswegen dann?"

"Wegen Mordes!" Irgendwie sah sein schwabbeliges Gesicht in diesem Moment höchst zufrieden aus. "Wegen Mordes an Annette Friedrichs! Sie mag ja ein Luder gewesen sein, aber das gibt trotzdem niemandem das Recht, sie einfach umzubringen! Finden Sie nicht auch, Hellmer?" Er zuckte mit den Schultern. "Ihre Western-Methoden taugen für die wirkliche Welt nichts, Hellmer! Wir leben nicht in der Prärie!"

23

Das Verhör war zäh und wenig ergiebig. Immer wieder dieselben Fragen und keine Antworten. Jedenfalls keine, die meinem Gegenüber gefielen.
"Haben Sie eine Pistole?"
"Nein."
"Wahrscheinlich haben Sie sie gleich nach der Tat irgendwo verschwinden lassen."
"Warum stellen Sie mir Fragen, wenn Sie die Antworten in Wahrheit gar nicht hören wollen, Rehfeld?"
"Die Friedrichs wohnte in einem schäbigen Zimmer, Kaiserstr.123."
"Wurde sie dort aufgefunden?"
"Sie kennen das Haus?"
"Kenne ich nicht."
"Sie waren dort."
"Quatsch."
"Der Hauswirt hat einen Mann gesehen, dessen Beschreibung so gut auf Sie passt wie die berühmte Faust aufs Auge. Sie haben sich nach der Friedrichs erkundigt, aber die hatte ihm eingeschärft, niemandem etwas zu sagen."
Ich atmete tief durch und knurrte etwas Unverständliches vor mich hin. So lag die Sache also.
"Ich höre", sagte ich. "Erzählen Sie ruhig weiter, ich bin sehr gespannt." Und das war kein Witz.
Rehfeld knibbelte an seinen Fingernägeln herum. Wahrscheinlich das einzige Hobby, zu dem ein vielbeschäftigter Mann wie er noch Zeit hatte.
"Was wollten Sie von ihr, Hellmer?"

"Ach, kommen Sie! Was soll das?"
"Der Hauswirt hat Sie abgewimmelt."
"Und wenn es so wäre?"
"Eine Viertelstunde später kam die Freundin, bei der Annette Friedrichs untergekrochen war, zurück, und fand ihre Untermieterin tot auf. Erschossen. Offensichtlich mit einer Waffe, die einen Schalldämpfer hatte, denn es hat niemand einen Schuss gehört."
Ich blickte auf. "Und das soll ich gewesen sein?"
"Ja." Rehfeld beugte sich vor und sah mich mit seinen Hundeaugen durchdringend an. "Man kann vieles über Sie sagen, Hellmer. Aber bescheuert sind Sie nicht. Der Hauswirt hat Sie zwar abgewimmelt, aber Ihnen dürfte schon ziemlich bald klar gewesen sein, dass sie hereingelegt worden sind. Dann sind Sie zurückgekehrt ..."
"Das heißt, ich hätte schon von Anfang an gewusst, wo Annette wohnte."
"Vielleicht haben Sie das ja auch."
"Und warum hätte ich dann den dicken Hauswirt nach ihr fragen sollen?"
"Sie geben also zu, dass sie mit ihm zusammengetroffen sind! Schön, dann können wir auf die Gegenüberstellung vielleicht verzichten — obwohl der Mann inzwischen auf dem Weg hierher sein dürfte."
"Ich gebe gar nichts zu", erklärte ich böse. "Ich weise Sie nur auf einen Widerspruch hin, den Ihre Version der Geschichte hat."
"Eine Lücke", verbesserte Rehfeld mich. "Eine Lücke, die noch geschlossen wird, das ist alles. Aber das kriegen wir schon hin, mein Lieber! Meinen Sie, ich mache so etwas zum ersten Mal?"
"Es interessiert Sie ja doch nicht, was ich meine", grunzte ich.
"Sie werden noch weich werden, Hellmer."

"Ich sage nichts, bevor nicht mein Anwalt hier ist."
"Das können Sie halten, wie Sie wollen."
"Aber vielleicht können Sie sich in der Zwischenzeit mal ein paar Gedanken machen, Rehfeld!"
"Und worüber?"
"Über das Motiv. Warum sollte ich Annette umbringen?"
"Sie sprechen über sie, wie über jemanden, den man gut kennt."
"Ich kannte sie nicht gut. Leider."
Rehfeld verzog das Gesicht. "Mir kommen die Tränen."
"Ich glaube nicht, dass Sie wissen, was das ist."
"Was?"
"Tränen."
Er verdrehte die Augen. "Also, zum Motiv", meinte er.
Ich nickte. "Ja, da wäre ich sehr gespannt. Ich hatte genauso wenig einen Grund, sie umzubringen wie zum Beispiel Sie, Rehfeld!"
"Mit dem Unterschied, dass ich zur Tatzeit nicht am Tatort war, Hellmer."
"Kommen Sie zur Sache!"
"Gut."
Rehfeld nickte. Dann stand er auf und walzte zum Aktenschrank. Er zeigte mir anschließend mehrere Fotos von einer Wohnung.
"War das die Wohnung, in der sie zuletzt untergekrochen ist?", fragte ich. Er gab mir darauf keine Antwort. Auf den Bildern waren Illustrierte zu sehen, aus denen Buchstaben herausgeschnitten worden waren.
"Na und?", meinte ich.
"Annette war vermutlich eine Erpresserin", sagte Rehfeld. "Und ich nehme an, dass ihr Tod damit zusammenhängt. Auf ihrem Konto gingen unverhältnismäßig hohe Zahlungen ein. Immer in bar. Und zwar regelmäßig."

"Na gut", sagte ich, "sie hat ein bisschen in den bunten Blättern herumgeschnippelt. Und welchen Zusammenhang stellt das mit mir her?"
"In fünf dieser Blätter waren Kurz-Krimis von Ihnen, Hellmer alias Mike Hell!"
Ich fasste mir an den Kopf. "Wissen Sie, was für eine Auflage eine gesunde Illustrierte hat?"
"Nein."
"Fast zwei Millionen!"
"Ich glaube, dass Sie mit dieser Erpressung zusammenhängen. Und zwar als Komplize! Wahrscheinlich haben Sie der Friedrichs einen Stapel überzähliger Belegexemplare überlassen."
Ich atmete tief durch. Es wurde immer phantastischer, was man mir da auftischte.
"So viele Haare haben Sie doch gar nicht, Rehfeld, dass Sie daran eine solche Story herbeiziehen könnten!"
"Kurz vor ihrem Tod hat sich Annette Friedrichs am Telefon mit jemandem heftig gestritten, den sie Mike nannte."
"Ich heiße Michael", gab ich zu bedenken.
"Und Mike ist die englische Kurzform davon und außerdem Ihr Pseudonym. Wollen Sie mich wieder für dumm verkaufen, oder was bilden Sie sich ein? Zwei und zwei kann ich wohl noch zusammenzählen!"
"Na, prima. Und wer hat Ihnen diesen Bären aufgebunden?"
"Die Freundin, bei der Annette gewohnt hat. Die hat den Streit am Telefon nämlich mitgekriegt. Und als sie die Friedrichs hinterher gefragt hat, worum es denn ging, hat die nur gesagt: ›*Um viel Geld!*‹"
"Ich sehe immer noch kein Motiv."
"Das ist doch nicht schwer, Hellmer! Gemeinsam haben Sie jemanden erpresst, dann hatte die Friedrichs keine Lust mehr, mit Ihnen zu teilen, und da haben Sie kurzen Prozess gemacht."
"Und wie passt Jürgen Lammers in diese Story?"

"Vielleicht hat er von Ihren Umtrieben Wind bekommen und musste deswegen in seine Wanne fallen."

Was sollte ich dazu noch sagen? "Mal was anderes", meinte ich. "Was war eigentlich auf den Filmen?"

"Was für Filme?", fragte Rehfeld.

"Die in der Handtasche waren. Die Kleinbildfilme. Ich wette, Sie haben Sie längst entwickeln lassen."

"Sicher ... Aber warum sollte ich Ihnen das sagen?"

"Aus Freundlichkeit, zum Beispiel."

Er seufzte. Und dann kratzte er tatsächlich seinen letzten Rest Freundlichkeit zusammen. Vielleicht war es in Wahrheit aber auch reine Bosheit, ich war mir da nicht so sicher. Jedenfalls machte mir seine Antwort nicht gerade Mut.

"Auf den Filmen war nichts", sagte er.

"Was?"

"Nicht belichtet. Fabrikneu."

Was zum Teufel war am Inhalt dieser Tasche dann so wertvoll, dass jemand einen Privatdetektiv beauftragt hatte, um sie wiederzubesorgen?

Kleinbildfilme und Tampons konnte man doch nun wirklich an jeder Ecke bekommen.

Und eine Prise Kokain auch, nur nicht an derselben.

24

Später folgte noch die Gegenüberstellung mit dem Hauswirt. Der erkannte mich natürlich sofort.

Die Sache ging ihren Gang.

Eine Nacht im Knast, und am Morgen kam der Anwalt, den ich angerufen hatte, um mich bei dem Haftprüfungstermin zu vertreten.

Der Kerl hieß Knilch. Erwin Knilch.

Er war klein, fett und hatte dicke Tränensäcke. Auf mich wirkte er wie einer, der mehrere Nächte lang nicht richtig durchgeschlafen hatte. Vielleicht hatte der Knilch ja so viel zu tun, dass er für so triviale und wenig einträgliche Dinge wie Schlafen keine Zeit mehr hatte.

Seine Aufgabe, mich hinter schwedischen Gardinen wegzuholen, löste er jedenfalls mit Bravour. Und für seinen Namen kann schließlich niemand etwas. Ich konnte mir ein triumphierendes Grinsen nicht verkneifen, als der Knilch Rehfeld und den Staatsanwalt mit dem kleinen Finger auseinandernahm.

Hinter Rehfelds Schädeldecke kochte es sicher. Aber damit musste er fertig werden.

"Wird da noch was auf mich zukommen?", fragte ich Knilch, als ich mit ihm zusammen ins Freie ging.

Seine müden Augen sahen mich an, dann zuckte er mit den Schultern. "Eine Rechnung von mir!"

"Und sonst?"

"Das hängt davon ab, was noch auf den Tisch des Hauses kommt", meinte er gedehnt. "Dieser Polizist mag Sie nicht, was?"

"Na, wenn Sie das auch schon gemerkt haben, dann weiß ich zumindest, dass ich nicht unter Halluzinationen leide und meine Sinne noch einigermaßen klar beisammen habe!"

Der Knilch hatte keinen Sinn für Humor. Er war eine staubtrockene Advokatenseele.

Nicht einmal ein Zucken konnte ich im Bereich seiner Mundwinkel erkennen.

Naja, so schlimm war es auch nicht. Wenigstens ich hatte mich amüsiert. Und angesichts der Tatsache, dass ich jetzt keine kahlen Zellenwände, sondern die Straße vor mir sah, konnte mir nichts und niemand die Laune verderben. Nein, heute nicht.

Bevor ich nach Hause ging, frühstückte ich noch in einem Café der Mittelklasse.

Die Brötchen waren nur halb so groß wie normal, dafür gab es so viel Aufschnitt, dass man jede Hälfte dreifach belegen konnte. Nur machte das niemand, und so konnten sie dieselbe Wurstscheibe mehrmals auslegen.

Der, der den Kaffee gekocht hatte, meinte es gut mit der Geschäftskasse und schlecht mit meinem müden Kopf. Das Gebräu war nämlich so dünn, dass man den Tassengrund sehen konnte.

Ich dachte über Jake McCord nach und wie er mit den Finsterlingen fertig werden würde, die ihm im Wege standen. Und über die schöne Annette, die jetzt tot war, und die ich umgebracht haben sollte, wenn man nach Rehfelds abstruser Phantasie ging.

"Kann ich bitte bezahlen?", fragte ich die mürrische Bedienung, weil ich wusste, dass sie die nächste halbe Stunde nicht mehr in die Nähe meines Tisches kommen würde.

"Ein bisschen Geduld bitte, ja? Wo sind wir denn hier? Auf Arbeit oder auf der Flucht?"

"Whiskey!", knirschte McCord zwischen den Zähnen hindurch, während ihm der Barkeeper das Glas vollschüttete.

Und dabei hatte er das Bild der grünäugigen Schönen vor Augen, die Morton auf dem Gewissen hatte. Aber dafür würde er bezahlen, der Hund! Das hatte sich Jake McCord geschworen!

Ich musste der Sache schon aus eigenem Interesse auf den Grund gehen. Und leider hatte ich niemanden, der dabei auf meiner Seite war.

Zumindest konnte ich davon ausgehen, niemals wirklich allein zu sein, denn wenn ich richtig rechnete, dann ließ mich Rehfeld beschatten. Jedenfalls hätte ich das an seiner Stelle getan, wenn ich derart felsenfest davon überzeugt gewesen wäre, einen Mörder vor mir zu haben.

Als ich nach Hause kam, klingelte das Telefon.

Es war mein Redakteur, der die Western redigierte und zumindest ein paar von den Fehlern ausmerzte, die ich machte.

"Ja, hallo, Herr Hellmer, wie geht es Ihnen denn?", fragte er gedehnt und mit rheinischem Akzent.

So fing er immer an. Bis er auf den Punkt kam, dauerte es meistens ein bisschen.

"Es geht so", murmelte ich, während mein Blick immer noch über das Chaos ging, das nach wie vor in meiner Wohnung herrschte. Bei meinem Ordnungstalent würde es Wochen dauern, bis es hier wieder wie in einer menschlichen Behausung aussah.

Auf der anderen Seite der Leitung hörte ich ein Räuspern. "Also, die Sache ist die", kam es umständlich zu mir herüber. "Ich habe hier Ihren Roman *Die Höllenhunde vom Sacramento-River* vorliegen. Der Titel ist schon mal sehr gut, und der Roman wird ja sicher auch prima sein. Ich bin noch nicht dazu gekommen, ihn zu lesen."

"Hm", machte ich, um die entstehende Pause zu überbrücken.

"Es geht darum, Herr Hellmer: Ich muss heute schon die Titelbilder einplanen."

"Ach so."
"Können Sie mir mal kurz sagen, was in dem Roman so vorkommt?"
Da brachte er mich in Verlegenheit.
Ich musste mich sehr konzentrieren, damit es mir wieder einfiel, denn bei mir gibt es so eine Art Vergess-Automatik, sobald ich eine Geschichte abgeschickt habe. ›*Delete Memory*‹ sozusagen.
Nach einigen Schrecksekunden begann ich dann ziemlich schleppend: "Also, es geht um einen Marshal, der eine Bande von Desperados verfolgt ..."
Während ich redete, merkte ich, dass er mir nicht zuhörte. Schließlich fragte er: "Kommt eine Eisenbahn in dem Roman vor? Ich habe hier nämlich ein schönes Titelbild mit einer Eisenbahn."
"Nein."
"Keine Eisenbahn?"
"Keine Eisenbahn."
"Schade." Er seufzte. Ich hörte, wie er mit ein paar Blättern hantierte. "Und wie steht's mit Indianern?"
"Auch keine Indianer", musste ich ihn abermals enttäuschen.
"Tja", machte er. "Und wie steht's mit einem Mexikaner?"
"Meinetwegen", meinte ich. "Ein Mexikaner kommt vor."
"Na, prima. Dann hätten wir das ja auch noch geschafft! Das wär's. Alles Gute noch!"
"Wiederhören." Ich legte auf und überlegte einen Moment. Dann griff ich erneut zum Hörer. Mit der Linken fingerte ich die Visitenkarte aus der Hosentasche, die Oswald alias Flash Gordon mir gegeben hatte, und wählte die Nummer, die darauf angegeben war.
"Hier ist die Raimund Schmidt GmbH, Private Ermittlungen, Objekt- und Personenschutz, guten Tag", säuselte eine helle Frauenstimme mit einer solchen

Schnelligkeit, dass es schon einigermaßen erstaunlich war, wie sie ihren Text so fehlerfrei herunterleierte und nicht irgendwo auf halber Strecke hängenblieb.

"Ist bei Ihnen jemand namens Oswald beschäftigt?", fragte ich.

"Herr Oswald ist im Moment nicht im Hause. Kann ich etwas ausrichten?", säuselte die Stimme.

"Nein, können Sie nicht."

"Wie war noch mal Ihr Name? Dann könnte ich eine Notiz hinterlassen?"

Ich hatte meinen Namen gar nicht genannt, aber meine Gesprächspartnerin schien ihn unbedingt wissen zu wollen. Auf dieselbe Tour versuchen es die Sachbearbeiter der Sozialversicherungen immer, wenn man anruft, um einfach mal unverbindlich eine Auskunft zu bekommen.

"Kann ich Herrn Schmidt sprechen?", fragte ich.

Die Antwort war so reserviert, wie ich befürchtet hatte. "Was wollen Sie denn von Herrn Schmidt?"

"Das muss ich ihm schon selbst sagen."

"Hören Sie, guter Mann: Herr Schmidt ist sehr beschäftigt und ..."

"Ist ja schon gut!", meinte ich und legte einfach auf. Die Geschichte von dem stiernackigen Blondschopf schien zu stimmen. Er war wohl wirklich Angestellter einer Privatdetektei. Nur hätte ich zu gern gewusst, in wessen Auftrag er hinter mir her gewesen war.

Ich nahm mir vor, dem Laden mal einen Besuch abzustatten. Vielleicht gelang es mir ja sogar, Mister Raimund Schmidt himself zu erwischen, wobei ich nur hoffen konnte, dass er umgänglicher war als seine Handlanger.

Und noch ein anderer Besuch stand auf meiner Liste. Ich wollte mich mit der Freundin unterhalten, bei der Annette zuletzt gewohnt hatte. Vielleicht hatte die das Telefonat zwischen Annette und mir mitgekriegt, doch daran glaubte ich schon deswegen nicht, weil Annette mich nie Mike genannt hatte.

Aber es gab ja schließlich Leute, die wirklich Mike hießen und sich nicht nur so nannten, wie ich.

Die Story, die Rehfeld mir unter die Nase gerieben hatte, war gar nicht so dumm, wurde mir bei weiterem Nachdenken klar. Er machte nur den schwerwiegenden Fehler, mir darin die falsche Rolle zuzuweisen. Aber zumindest etwas konnte dran sein.

Einen kurzen Gedanken verschwendete ich noch an Jake McCord und die Probleme, die er mit ein paar gnadenlosen Wölfen hatte, die natürlich allesamt Zweibeiner waren. Aber der Gedanke war wirklich nur ganz kurz und auch nicht besonders ergiebig.

Ich musste mit dem Roman fertig werden, sagte die eine Hälfte von mir. Aber die andere wusste, dass ich im Moment keine vernünftige Zeile zustande bringen würde. Ich brauchte es gar nicht erst zu versuchen.

Ich musste diese Sache wohl schon deswegen möglichst schnell aufklären, damit ich mich bald wieder auf meinen Job konzentrieren und Geld verdienen konnte!

Wenn es sich um eine Erpressergeschichte handelte, dann war es bislang eine ohne Opfer, und so etwas gibt es nicht einmal in MEGAschlechten Romanen ...

Wenn das Opfer gefunden war, löste sich der ganze Knäuel vielleicht von selbst auf.

Ich rieb mir die Schläfen. Logisch vorgehen, Cowboy!, hämmerte ich mir ein. Was muss ein Erpressungsopfer an Eigenschaften mitbringen? Erstens: eine Sünde, von der niemand etwas wissen darf.

Und zweitens?

Geld ...

Arme Leute werden nicht erpresst, je ärmer, desto seltener. Lohnt sich einfach nicht.

Und dann fiel es mir wie Schuppen von den Augen. Ich dachte an den filzlockigen Hartmut Werneck, den Sohn unseres OB, der nach dem Mord in der Nähe des Tatorts herumgelungert und sich so merkwürdig benommen hatte ...

Hartmut brachte alle Eigenschaften mit. Er hatte zwar selbst kein Geld, dafür aber unbegrenzten Zugang zur Geldbörse seines Vaters, und das war genauso gut.

Außerdem steckte Hartmut offenbar in Schwierigkeiten, wenn man danach ging, was ich aus dem Gespräch mit Dr. Werneck aufgeschnappt hatte.

Vielleicht nahm er Drogen oder daddelte zuviel an den Automaten in den Spielhallen herum und hatte sich dafür bei Leuten Geld geliehen, die beim Eintreiben ihrer Schulden nicht sehr zimperlich waren.

Und wie passten Annette Friedrichs und Lammers da hinein?

Hartmuts merkwürdigem Auftritt am Tatort nach musste es da irgendeine Verbindung geben, zumindest was Jürgen Lammers anbetraf, nur hatte ich noch keine Ahnung, welche.

Für die Schritte, die ich zwei Stunden vor dem Stromausfall im Treppenhaus gehört hatte, konnte auch Hartmut verantwortlich gewesen sein – eventuell zusammen mit einem Komplizen. Er wäre nicht der erste Mörder gewesen, den es kurz nach der Tat zum Tatort zurückgetrieben hatte. Zumindest hatte ihn das Ganze sichtlich aufgewühlt. Er war in einer Ausnahmesituation gewesen. Einen Versuch war diese Spur in meiner verzwickten Lage jedenfalls wert, fand ich. Ich musste jetzt allem nachgehen. Nur so ein bisschen in der Sache herumzustochern genügte nicht, um zu verhindern, dass Rehfeld mir seelenruhig nach und nach eine Indizienschlinge um den Hals legte.

Ich schaute ins Telefonbuch, aber Hartmut Werneck stand nicht drin.

Irgendwie hatte ich kaum etwas anderes erwartet.

Nur die Nummer seines Vaters stand dort, und so wählte ich nach kurzem Zögern erst einmal die.

"Hier bei Dr. Werneck", meldete sich eine ziemlich junge Frauenstimme. Eine Haushaltshilfe wahrscheinlich. Der Chef des Hauses war wohl noch nicht zu Hause. Und wenn er nicht auf irgendeiner wichtigen Sitzung seinen Stuhl wärmte, gab es mit Sicherheit irgendwo in Münster einen 75. oder 90. oder 102. Geburtstag, auf dem er pflichtgemäß sein Schnapsglas zu heben hatte.

"Herr Dr. Werneck ist leider nicht da, kann ich etwas ausrichten?", fragte die Frauenstimme.

"Ich hätte gerne den jungen Herrn Werneck gesprochen", sagte ich. "Hartmut."

"Der? Der wohnt aber nicht hier."

Ich holte tief Luft und steigerte mich in eine Rolle als Lügenbaron hinein.

"Tja, ich dachte, er wohnt vielleicht noch zu Hause oder dass man mir dort wenigstens weiterhelfen könnte. Sie müssen wissen, ich bin nämlich ein alter Freund von ihm. Aber ich bin drei Jahre in den USA gewesen, und da haben wir uns ein bisschen aus den Augen verloren."

"Nee, der Hartmut ist hier ausgezogen, kurz nachdem ich die Stelle als Haushaltshilfe hier angenommen habe. Da ist schon ein paar Jahre her."

"Sie wissen nicht, wo er wohnt?"

"Ich? Nein. Tut mir Leid."

"Vielleicht könnten Sie mal nachschauen, ob Sie nicht Hartmuts Adresse finden können. Es wäre sehr wichtig."

"Hören Sie, vielleicht rufen Sie später noch mal an, Herr ..."

"Später? Ich bin nur kurz hier und fliege dann wieder weiter. Und da würde ich Hartmut halt gerne Guten Tag sagen. Naja, schön wär's gewesen!" Und in die letzten paar Worte legte ich soviel Mitleid erregendes Bedauern, wie ich nur konnte. "Wissen Sie, Hartmut und ich, wir haben uns immer sehr nahe gestanden."

"Ich verstehe schon", murmelte die Frauenstimme auf der anderen Seite der Leitung, und ich konnte förmlich spüren, wie die gute Frau mit sich rang. Sollte sie nun im Telefonregister ihres Herrn und Meisters nachsehen oder nicht?

Ich hörte sie blättern. Innerlich jubelte ich. Tor! Eins zu null für mich!

"Eine Adresse habe ich hier nicht", erklärte sie mir. "Aber eine Telefonnummer."

"Na, das ist doch schon etwas!"

Sie gab sie mir durch, und ich bedankte mich.

Es war eine Münsteraner Nummer.

Ich wählte sie.

Auf der anderen Seite meldete sich eine verschlafene Frauenstimme. "Häh, wer is'n da?"

"Kann ich mal den Hartmut sprechen?"

"Der is nich da!"

"Wann kommt er denn wieder?"

"Weiß nich. Kann ich echt nich sagen! Ich weiß nich, opper überhaupt zurückkommt."

"Schade, ich ..."

"Ich kann dir nich helfen. Echt nich!"

Damit legte sie auf, und ich stand da wie ein begossener Pudel. Echt.

Ich hatte noch nicht einmal eine Adresse.

Also wählte ich die Nummer gleich noch einmal und hatte wieder die Dame mit der nachlässigen Sprechweise dran.

"Häh?"

"Ich bin's noch mal."

"Mann, kapierste nich, was ich gesagt habe?"

"Ich würde gern mal vorbeischauen."

"Spinnst wohl!"

"Nicht auflegen! Es geht um Geld, das ..."

Sie unterbrach mich und wechselte plötzlich zum distanzierteren Sie. "Hartmut hat kein Geld, und wenn Sie hier alles auf den Kopf stellen und ihn windelweich prügeln! Und ich habe auch nix!"
"Nein, Moment mal!"
"Tschüss!"
"Ich schulde ihm etwas, nicht umgekehrt!"
Einen Augenblick lang hörte ich gar nichts und hegte schon die Befürchtung, dass sie wieder den Hörer auf die Gabel geknallt habe.
Aber sie war noch dran. Und ziemlich perplex. "Häh?"
"Ja, ich schulde ihm noch ein paar Kröten und möchte sie ihm gerne vorbeibringen. Also sag mir, wie ich zu euch hinkomme, ich habe nämlich nur diese Nummer."
"Aber Hartmut ist nicht da."
"Ich gebe das Geld dir, und du gibst es Hartmut. Ich habe keine Lust, darauf zu warten, bis er wieder auftaucht."
Ich hörte sie atmen. "Gut", sagte sie dann, und ich bekam die Adresse. "Wann kommst du?"
"So schnell, wie mein Fiat mich hinbringt!"

25

Die Adresse gehörte zu einem sechsgeschossigen Altbau in der Maximilianstraße. Mein Blick ging die Klingelknöpfe entlang, aber ich fand Hartmut Wernecks Namen nicht.

Ich versuchte es auf gut Glück mit dem untersten Knopf. Es surrte, die Tür ging auf, und ich war drinnen. Ein Mann im Unterhemd und mit einer Zigarette im Mundwinkel kam mir im Treppenhaus entgegen. Er roch nach Schweiß und Bier.

"Wollen Sie zu mir?"
"Entschuldigung, da habe ich wohl auf den falschen Knopf gedrückt."
"Scheint mir auch so."
Er drehte sich schon wieder herum.
"Ich suche Hartmut Werneck. Der soll hier wohnen."
"Bei mir nicht", grunzte der Kerl im Unterhemd.
"Nein, aber hier im Haus."
"Haben Sie mal bei den Klingeln geguckt?"
"Sein Name ist nicht dabei. Er wohnt mit einer Frau zusammen."
Er rülpste. "Keine Ahnung", murmelte er dann. "Wissen Sie, mit den anderen hier habe ich nicht so viel zu tun, verstehen Sie?"
Ich nickte. "Verstehe..." log ich.
Ich gab ihm eine Kurzbeschreibung von Hartmut, und mein Gegenüber runzelte die Stirn. Fast konnte man meinen, er würde wirklich nachdenken.
"Vielleicht ist es einer von den jungen Leuten, die oben im Fünften wohnen. Eine Wohngemeinschaft oder so etwas. Da

weiß man nie so genau, wer da nun gerade wohnt. Das scheint öfter zu wechseln."

"Ja, dann werde ich's mal dort probieren."

"Sind wohl Studenten oder so etwas."

"Danke für Ihre Hilfe."

"Ich frage mich, wann die je etwas fürs Studium tun oder etwas anderes arbeiten. Aber wahrscheinlich sind das die Kinder von so reichen Pinkeln, und deshalb können sie wie die Grafen in den Tag hineinleben."

Ich ließ ihn stehen und war schon einen Treppenabsatz höher, da hörte ich ihn immer noch vor sich hin grummeln.

Die Treppen nahm ich in Zweierschritten und befand mich schließlich vor jener Wohnung, deren Mieter dem Mann im Unterhemd offenbar aus irgendeinem Grund suspekt schienen.

Die Klingel war kaputt, also klopfte ich.

Ein kleines, blasses und ziemlich zerbrechliches Wesen machte mir auf. "Ja?"

Ich erkannte die tranige Stimme sofort wieder. "Wir haben eben miteinander telefoniert."

"Ey du, du bist ja echt schnell", meinte sie und schlürfte dann etwas von dem penetrant riechenden Kräutertee, von dem sie eine Tasse voll in der Linken balancierte.

Das ›*Ey du*‹ zur Begrüßung wies auf ein Studium im Bereich Sozialwesen hin, was bedeutete, dass sie Abitur haben musste und vermutlich nur so tat, als könne sie nicht richtig sprechen.

Sie war barfuß und trug einen dicken Pullover, der ihr fast bis zu den Knien reichte. Hinter ihr drückte sich ein kuscheliger Alf-artiger Hund herum, bei dem man schon genau hinschauen musste, um zu wissen, wo vorne und wo hinten war. Sein Zottelfell harmonierte gut mit dem Pullover seines Frauchens, und ich fragte mich, ob sie das Tier vielleicht regelmäßig schor, um Wolle zu gewinnen.

Das Tier knurrte.

"Der macht nichts!", behauptete sie. "Der ist echt total lieb!"
"Na, hoffentlich", murmelte ich. Es war irgendwie nicht der richtige Zeitpunkt, um hier und jetzt mein wahres Ich als Tierhasser zu outen.

Sie streckte mir eine ihrer zarten Hände entgegen und meinte: "Du wolltest Geld vorbeibringen ..."
Ich verzog das Gesicht. "Weiß ich, ob Hartmut es überhaupt bekommt, wenn ich es dir gebe?"
"Gerade war das noch kein Problem für dich!"
"As time goes by ..."
"Hör mal, du ..."
"Es war ein Vorwand."
Sie runzelte die Stirn. Schnell im Denken war sie nicht, nicht so schnell jedenfalls wie ihr Zottelhund. Der hatte sofort gemerkt, dass jetzt Gefahr bestand und die Stimmung schlechter wurde. Er trottete davon. Mutig, mutig!, dachte ich. So verteidigt man sein Frauchen!
"Hättest mir sonst bestimmt nicht deine Adresse verraten."
"Richtig!"
Sie wollte die Tür zuschlagen, aber ich hatte den Fuß drin. Sie schrie auf, aber das hatte nichts mit mir zu tun, sondern mit dem heißen Tee, der ihr auf die nackten Füße geplempert war.
Ich nutzte ihre Schrecksekunde. "Ich muss Hartmut unbedingt finden. Er ist in großen Schwierigkeiten, und vielleicht kann ich ihm helfen, aus der Scheiße herauszukommen, in der er bis zum Hals steckt."
Sie sah mich mit großen Augen an.
Die Tür stand auf einmal wieder offen. Und ich wusste, dass ich die Signalwörter getroffen hatte, die auf ihre Ohren wie ein ›*Sesam öffne dich!*‹ wirkten: Helfen und Scheiße.
"Echt?", fragte sie.
"Na, klar!"
"Klingt ja ziemlich dringend!"

"Ist es auch. Aber müssen wir das hier draußen auf dem Flur besprechen?"
Sie seufzte. "Komm rein."
Ich folgte ihr in eine ziemlich unaufgeräumte Küche. Sie bot mir einen Stuhl an. Auf einem Teller lag ein angegessener Tofu von gestern.
"Eigentlich sind wir ja alle im Moment echt sauer auf ihn", meinte sie, während sie sich streckte, so als sei sie gerade aus dem Bett gestiegen.
"Wieso?"
"Weil er seit zwei Monaten nicht mehr seinen Anteil zur Miete gezahlt hat. Und dann hat er sich einfach verdrückt und vorher unsere Haushaltskasse geplündert. Es hat uns echt betroffen gemacht, wie jemand so fies sein kann ... Wir haben ihm ja schließlich vertraut."
"Seit wann ist er weg?"
"Drei Tage."
"Du hast keine Ahnung, wohin?"
"Nein. Meinst du, ihm ist was passiert? Ich meine, ab und zu bleibt er schon mal 'ne Nacht weg, und ich bin ja keine Anstandsoma, die hinter ihm her spioniert."
"Könnte sein, dass ihm was passiert ist."
"Echt?"
"Ich sagte doch, dass er Schwierigkeiten hat."
Sie runzelte ein wenig ihre bleiche Stirn. "Wer bist du?", fragte sie.
"Ich heiße Michael."
"Ich bin die Nele. Kennst du Hartmut vom Studium?"
"Ja", log ich.
Ich hatte einige Semester Germanistik hinter mir, und das reichte immerhin, um meinem Gegenüber die Mensa von innen beschreiben zu können.

"Dann weißt du ja sicher, dass es schon eine Ewigkeit her ist, seit Hartmut in einer Vorlesung war", erklärte sie. "Aber Diplompädagogik ist ja auch ein Studiengang für Bescheuerte."
"Ach, ja?"
"Echt. Ein Studium ohne Job. Entweder man studiert Lehramtsstudiengänge, dann wird man logischerweise Lehrer; oder Sozialpädagogik, dann wird man Sozialarbeiter. Aber wenn man ein Diplom in Pädagogik macht, wird man buchstäblich gar nichts." Sie zuckte die schmalen Schultern und stellte endlich ihre Tasse ab. "Als man den Studiengang erfunden hat, hat man einfach vergessen, einen Job dazu zu erfinden."
"Hartmut hat das nicht gestört."
"Ich glaube, er will das gar nicht."
"Was will er nicht?"
"Einen Abschluss machen, einen Job bekommen." Sie zögerte ein wenig, bevor sie weiter sprach. Ihr Blick war in sich gekehrt, als sie den Kopf drehte und hinzufügte: "... und erwachsen werden. Das hängt wohl auch mit seinem Alten zusammen."
"Unserem OB."
"Ja." Sie nickte, aber leider sprach sie nicht weiter und verriet mir nicht, wie sie das meinte. Immerhin schien sie die Tatsache, dass ich wusste, wer Hartmuts Vater war, als eine Art Bestätigung dafür zu akzeptieren, dass ich ihn wirklich kannte, sein Freund war und ihm helfen wollte.
Für den Roman, den ich da erfand, wurde ich noch nicht einmal bezahlt.
"Vor ein paar Tagen habe ich die beiden noch zusammen gesehen", sagte ich, um das Gespräch wieder in Gang zu bringen.
"Echt?"
"Ja."

"Er hasst seinen Alten wie die Pest. Er konnte noch nicht einmal ertragen, ein Bild von ihm in der Zeitung zu sehen."

"Ich weiß. Aber sie haben sich getroffen, ich habe sie zufällig gesehen."

"Hat wahrscheinlich einen ziemlichen Zank gegeben, was?"

"Und fünftausend Euro."

"Was?"

Das hatte sie wohl betroffen gemacht. Echt betroffen, um genau zu sein. Jedenfalls stierte sie mich ziemlich ungläubig an. "Du meinst, sein Alter hat ihm einfach so fünftausend Eier gegeben, und hier zahlt er nich mal seinen Anteil?"

"Hast du eine Ahnung, wozu er das Geld gebraucht hat?"

"Was weiß ich! Um zu kiffen, vielleicht."

"Hat er denn?"

"Sicher hat er."

"Hat er an der Nadel gehangen?"

"Nicht, dass ich wüsste. Aber wenn du mich so fragst: So genau weiß ich das nicht. Das würde natürlich einiges erklären."

"Was, zum Beispiel?"

"Dass er nie Geld hatte. Dass er manchmal so komisch war. Er hat tagelang im Bett gelegen und niemanden in sein Zimmer gelassen."

"Kann es sein, dass er von jemandem erpresst wurde?"

"Wie kommst du darauf?"

"Ist doch egal, oder? Nur eine Vermutung!"

Nele atmete tief durch. "Wenn du sagst, dass er bei seinem Vater war, um ihn um Geld anzuhauen ... Das muss ihn eine ziemlich große Überwindung gekostet haben. Sein Alter hat hier oft angerufen. Hartmut ließ sich aber immer verleugnen. Er wollte einfach nichts mit ihm zu tun haben."

Jake McCord warf einen kühlen Blick auf die junge Frau.

Das Gespräch drehte sich im Kreis, und McCords untrüglicher Instinkt sagte ihm, dass er jetzt endlich zur Sache kommen musste.

"Kann ich mal sein Zimmer sehen?", fragte ich. "Vielleicht kommen wir so weiter."

Sie überlegte kurz und nickte. "Klar."

Sie ging voran und fragte dabei: "Warum sollte jemand Hartmut erpressen?"

"Weil er Geld hat!"

"Er hatte nie welches."

"Er kann aber jederzeit welches bekommen. Von seinem Daddy. Und das ist genauso gut."

Das schien sie zu kapieren.

Wir gingen an einer offen Tür vorbei. Ich warf einen Blick hinein und sah einen Mann ausgestreckt auf einer Couch liegen und vor sich hin schnarchen.

"Weiß der was über Hartmut?"

"Ich glaube, für die nächsten vierundzwanzig Stunden weiß der nich mal mehr seinen Namen. Echt!"

Was den Kerl so fertiggemacht hatte, verriet sie mir allerdings nicht.

Hartmuts Zimmer glich einer Räuberhöhle. Hätte es hier ein Klo gegeben, dann wäre der Eindruck einer Knastzelle, wie man sie aus schlechten Filmen kennt, komplett gewesen.

Es stand fast nichts im Raum. Nur eine Matratze und eine Stereoanlage. Und an der Stereoanlage fehlten die Boxen. Im ganzen Raum lagen Kleidungsstücke verstreut, die man ziemlich lange nicht gewaschen hatte.

In einer Ecke stand ein gutes Dutzend leerer Flaschen. Alles harte Sachen.

Kein Wunder, dass Hartmuts Teint zu wünschen übrig ließ.

"Ich mach mir doch jetzt echt Sorgen ..." hörte ich das bleiche Geschöpf namens Nele sagen.

Reichlich spät, dachte ich. Drei Tage waren eine lange Zeit.

Ich schaute ein bisschen herum. Hinter der Stereoanlage stand ein kleiner Stapel Bücher, alle mit der Signatur der Uni-Bibliothek. In eins schaute ich hinein. Vor einem halben Jahr hätte er sie abgeben müssen.

"Er war immer so depressiv", fuhr Nele indessen fort.

"Ja, war er", murmelte ich. "Richtig verzweifelt."

"Glaubst du, er könnte ..."

"Was?"

"Na, sich umgebracht haben!"

"Was weiß ich!"

"Er hat einen Selbstmordversuch hinter sich. Hat er jedenfalls erzählt. Aber das liegt schon länger zurück, und er war deswegen auch in Behandlung."

"Umso wichtiger, ihn zu finden", knurrte ich.

Es konnte nicht schaden, ihr Echt-betroffen-Sein noch ein bisschen anzuheizen. Umso bereitwilliger würde sie mir helfen.

Ich stöberte noch etwas in den Büchern herum. Es war Instinkt, keine Logik, die mich dazu veranlasste. Und dann fiel plötzlich ein Foto aus einem der Schinken heraus, das Hartmut offenbar als Lesezeichen verwandt hatte.

Auf dem Bild war eine junge Frau mit braunen Locken, die ihr wirr im Gesicht herumhingen. Sie hatte ein Nasenpiercing und große dunkle Augen.

"Wer ist das?", fragte ich und zeigte ihr dabei das Foto.

Sie zuckte die Achseln.

"Keine Ahnung."

"Nie gesehen?"

"Könnte sein, dass es seine Ex-Freundin ist. Jedenfalls hatte die auch so'n Ding in der Nase. Aber andere Haare. Blond, glaube ich."

"Haare kann man färben."

"Klar. Aber die beiden sind schon lange nicht mehr zusammen."

"Wie heißt sie?"

"Franziska, glaube ich. Oder Doris?"
Auf der Rückseite hatte sich Hartmut eine Adresse notiert. Ohne Namen. Ich hoffte, dass sie zu der jungen Frau gehörte. Jedenfalls war es noch nicht allzu lange her, dass er sie sich notiert hatte. Er hatte mit Bleistift geschrieben, und das Grafit stand noch sehr schwarz da und war überhaupt nicht abgegriffen. Jedenfalls nicht so abgegriffen wie das Bild.
Die barfüßige Nele ließ ich einfach stehen.
"Heh, was is' nun?"
"Ich sage dir Bescheid, wenn ich mehr weiß!"
"Echt?"
"Unecht."
"Häh?"
"Nicht so wichtig."

26

Bevor ich die Adresse auf der Rückseite des Fotos anfuhr, wollte ich mir erst einmal etwas zu essen gönnen. Ich hoffte nur, dass ich mit der Adresse keine Niete gezogen hatte.

Aber irgendwo musste Hartmut ja stecken. Und warum nicht bei seiner Ex-Freundin? Vielleicht war sie ja auch schon seine Ex-Ex-Freundin. Jedenfalls hatte er ihr Foto aufbewahrt und sich ihre neue Adresse aufgeschrieben.

Und wenn er nicht bei ihr war, wusste sie vielleicht mehr als die bleiche Nele.

Echt.

Ich aß bei Horten, denn um zum südlich gelegenen Berg Fidel zu gelangen, wo die Adresse lag, musste ich ohnehin mehr oder weniger mitten durch die Stadt.

Auf dem Weg zu meinem Parkplatz kam ich am Friedenssaal vorbei, vor dessen Toren sich ein kleiner Menschenauflauf gebildet hatte.

Ich sah eine Traube kleinwüchsiger Männer unter den Rundbögen am Eingang des Saales. Es waren Chinesen, sofort erkennbar an der besonders unmodischen Passform ihrer volkseigenen Anzüge. Und mittendrin stand eine hoch gewachsene, hagere Gestalt, die fleißig Hände schüttelte und sich unwahrscheinlich wichtig vorzukommen schien: Es war niemand anderes als unser aller Oberbürgermeister.

Dr. Wernecks Tigerlächeln blitzte meilenweit. Es war noch grimassenhafter als normalerweise. Er hampelte zwischen den Chinesen her, als habe man ihm versehentlich hochhackige Damenschuhe angezogen, und ich fragte mich, was seine Gäste wohl von dieser Show hielten.

Ihren regungslosen Gesichtern war nichts anzumerken. Sie waren wohl einfach zu höflich.

Für einen kurzen Moment ging der Blick Seiner Herrlichkeit des Oberbürgermeisters in meine Richtung. Zufall.

Ich winkte ihm zu und sah in der nächsten Sekunde ein Stirnrunzeln bei ihm.

Er erinnerte sich nicht an mich, was niemanden wundern konnte. Aber er grüßte trotzdem. Sicher war schließlich sicher.

Ein OB, der einigermaßen bürgernah war, musste ja wenigstens den Anschein erwecken, als kenne er jeden einzelnen seiner 250 000 Untertanen persönlich.

27

Die Adresse, die ich auf der Rückseite des Fotos gefunden hatte, gehörte zu einer Erdgeschosswohnung in einem Haus, dessen graue Fassade einen Anstrich dringend nötig gehabt hätte, das aber von innen ganz gepflegt aussah.

Die junge Frau auf dem Foto erkannte ich kaum wieder, als sie mir die Tür öffnete. Sie war auf die blödsinnige Idee gekommen, sich die Haare rot färben zu lassen, was weder zu ihrem Typ noch zu ihrer Kleidung so richtig passte. "Ja?" Sie strich sich die Mähne zurück und sah mich stirnrunzelnd an.

Ich kam gleich zur Sache. "Ich muss mit Hartmut sprechen."

"Hartmut ist nicht in der Verfassung, um mit jemandem zu sprechen."

"Hat er sich vollgedröhnt?"

"Hau ab!"

"Er wird schon wach werden, wenn ich ihm sage, worum es geht!"

"Verpiss dich!"

"Es geht um Mord."

"Was?"

Um ein Haar hätte die Rote mir die Tür vor den Kopf geknallt, aber jetzt hatte ich ihr Interesse geweckt.

Für ein paar Sekundenbruchteile schien sie sich nicht entscheiden zu können, ob sie mir glauben oder zumindest zuhören solle oder nicht.

"Du spinnst!", sagte sie mir dann. Aber da war ich schon in der Wohnung. Sie wich etwas zurück. In ihrem Gesicht stand eine Mischung aus Angst und Interesse.

"Hartmut!", rief sie, und aus einem der anderen Räume kam ein dumpfes Grunzen, das nicht gerade von kraftstrotzender Fitness sprach. "Ich werde die Polizei rufen!", sagte sie dann.
Ich zuckte die Achseln. "Nur zu! Die wird vielleicht sowieso bald hier auftauchen."
"Wieso?"
"Um Hartmut festzunehmen."
"Aber ..."
"Zwei Menschen sind umgekommen, und jedes Mal war er kurz nach der Tat am Tatort. Ist doch merkwürdig, oder?"
Sie stand mit offenem Mund da und starrte mich an, als habe man ihr gerade eröffnet, dass ihr Lieblingspopstar ein Vampir sei und sich von dem Blut junger Mädchen ernähre.
"Wer sind Sie?"
"Sagen wir's mal so: Ich kannte die beiden Opfer und habe an der Sache ein persönliches Interesse."
Vermutlich war ich der erste Mensch seit Jahren, zu dem sie Sie sagte.
Ich hörte ein Geräusch. Ein Poltern. Dann schwerfällige Schritte und einen Moment später stand eine dürre, filzlockige Gestalt in der Zimmertür. Hartmut.
Er trug außer seiner Jeans nur ein T-Shirt und wirkte ohne seinen dicken Pullover wie ein Gerippe. Sein Gesicht war bleich, und er stank, als hätte er in Schnaps gebadet.
"Was willst du?", fragte Hartmut, während er sich den Kopf kratzte. Langsam schien er die Überreste seines Bewusstseins wieder zu etwas zusammengekratzt zu haben, womit man denken konnte. Notdürftig, aber immerhin.
"Ich will dir eine Geschichte erzählen", sagte ich.
"Eine Geschichte?"
"In dieser Geschichte gibt es zwei Leichen. Die eine heißt Jürgen Lammers."
Die Nennung dieses Namens schien ihn wie eine Ohrfeige zu treffen. Er war gleich drei Grad wacher und nahm Haltung

an. Und das, was sich für die Dauer einer Millisekunde auf seinem Gesicht zeigte, war wohl das klassische Beispiel für einen Recognition-Reflex.

Ich lächelte dünn. "Habe ich es mir doch gedacht!"

"Was?"

"Dass dir der Name was sagt!"

Jetzt mischte sich die Rote ein. Aber sie wandte sich nicht an mich, sondern an ihren Ex. Oder Ex-Ex. "Erklär mir das bitte", forderte sie. "Wer ist dieser Lammers?"

"Niemand", knurrte er.

"Er lügt dich an!", sagte ich zu der Roten. "Lammers ist die Leiche in der Badewanne, von der die Lokalpresse voll ist! Und dein Freund oder Ex-Freund oder was auch immer war am Tatort und hat sich ziemlich merkwürdig benommen!"

Sie funkelte mich giftig an und hatte auf einmal etwas Hexenhaftes an sich.

"Und das ist alles?", keifte sie.

"Nein. Da ist auch noch eine junge Frau namens Annette Friedrichs. Ich traf Hartmut zufällig auf der Straße. Später stellt sich heraus, dass ungefähr zu dieser Zeit Annette Friedrichs ganz in der Nähe umgebracht worden ist ..." Ich wandte mich an die sprachlose Filzlocke. "Klingt nicht gerade nach Zufall, was?"

Hartmut schluckte.

"Die beiden haben dich erpresst, nicht wahr?"

Er blickte auf. "Das ist doch Unfug!"

"Nein, das glaube ich nicht! Ich habe keine Ahnung, womit sie dich in der Hand hatten, aber es muss mehr als zwei Menschenleben wert gewesen sein. An das nötige Geld zu kommen, ist für dich ja kein Problem, wenn man einen Vater hat, der mal so zwischendurch einen Fünftausender-Scheck unterschreibt!"

"Woher weißt du ...?" Er war völlig fassungslos.

Ich zuckte mit den Achseln. "Ich bin Hobby-Hellseher."

Die Rote stemmte ihre schlanken Arme in die Hüften. "Hast du dir dafür etwa auch die 1500 von mir geliehen?"

"Quatsch!"

"Wie oft haben Lammers und die Friedrichs bei dir abkassiert?", fuhr ich dazwischen.

"Ich will jetzt wissen, was hier gespielt wird!", sagte die Rote ziemlich empört.

"Lass mich mit dem Typ bitte mal allein sprechen", sagte Hartmut Werneck plötzlich.

Die Rote stand da wie ein begossener Pudel und schien ihren Ohren nicht trauen zu wollen.

"Was soll das denn?"

"Bitte!"

Sie atmete tief durch, und ich registrierte mit Genugtuung, dass nicht ich es war, der jetzt von ihrem giftigen Hexenblick getroffen wurde. "Also schön", zischte sie. "Ich weiß nicht, in welcher Scheiße du im Augenblick wieder steckst, aber eines steht für mich auf jeden Fall fest: Ich will nichts damit zu tun haben! Und ein Loch zum Unterkriechen kannst du dir woanders suchen!"

Damit stampfte sie davon. Die Tür flog krachend ins Schloss. Ich schätzte, dass sie auf der anderen Seite das Ohr an das Holz presste, um doch möglichst viel mitzubekommen.

Hartmut atmete tief durch. "Ich wusste doch, dass ich dich schon irgendwann einmal gesehen habe", knurrte er dann.

"Ja, man sollte sich eben jedes Gesicht gut merken." Ich sah ihn fest an und bluffte: "Was ist, gehen wir zur Polizei?"

Natürlich hatte ich nicht das geringste Interesse daran. Schließlich konnte ich nichts beweisen. Nicht, dass Hartmut jedesmal am Tatort gewesen war, noch irgendetwas anderes. Rehfeld würde mir nicht einmal zuhören.

Ich fragte mich, was ich mit Hartmut überhaupt machen würde, falls er jetzt ein Geständnis ablegte. Nichts. Es gab nichts, was ich tun konnte.

Irgendwie hatte mich die Schnapsidee vorangetrieben, dass die Wahrheit mir nutzen konnte. Inzwischen war ich mir da nicht mehr völlig sicher.

"Ich habe die beiden nicht umgebracht."

"Ich zähle einfach zwei und zwei zusammen, und es kommt immer dasselbe raus!"

"Ich glaube nicht, dass es dir um deine toten Freunde geht!", behauptete er dann und trat einen Schritt seitwärts.

"Ach, nein?"

"Nein. Ich wette, dass du auch nur so ein mieser Abzocker bist."

"Wie Lammers!"

"... und diese Schlampe, die versucht hat, große Dame zu spielen!"

Es lief mir eiskalt den Rücken hinunter. Ich hatte ins Schwarze getroffen, so schien es.

Ich überlegte fieberhaft, wie ich jetzt weiter vorgehen musste. Nur zu gerne hätte ich gewusst, womit Lammers und die Friedrichs Hartmut erpresst hatten. Aber wenn ich ihn jetzt fragte, dann wusste er, dass ich in Wahrheit wie jener bestimmte Kaiser mit seinen neuen Kleidern vor ihm stand – nämlich nackt. Ich wusste nichts.

Er machte noch einen Schritt zur Seite, war nun nur noch eine Handbreit von der Garderobe entfernt, an der ein schmuddeliger Parka, eine Damenjacke aus hochwertigem Kunststoff und eine Hundeleine hingen.

Er wirkte nervös. Auf seiner Stirn glänzte ein wenig Schweiß, obwohl die Besitzerin dieser Wohnung meinem Temperaturempfinden nach allzu sehr zum Energiesparen neigte.

"Du willst Geld, schätze ich richtig?", flüsterte er.

Ein schneller Blick ging dabei zu jener Tür, hinter der die Rothaarige verschwunden war.

Ich machte ein unbestimmtes Gesicht. "Nun ..."

"Die ganzen fünftausend?"
"Ist denn davon noch etwas da?"
"Sicher."
Ich zuckte mit den Schultern. "Ein bisschen wenig für zwei Menschenleben!"
"Ich habe die beiden nicht umgebracht!"
"Und was hattest du dann bei Lammers Wohnung zu suchen?"
"Ich war zufällig dort!"
"Und das soll dir jemand glauben?"
"Es ist die Wahrheit."
"Kommt drauf an, ob die Polizei es auch dafür hält!"
"Das wird sie schon, denn für die Zeit davor habe ich ein einwandfreies Alibi. Als ich in der Nähe von Lammers Wohnung auftauchte, kam ich gerade von meinem Therapeuten. Und der wird das jederzeit bestätigen, wenn es sein muss! Der Mann heißt Dr. Dörkheim."

Das Schild dieses Dr. Dörkheim hatte ich schon mal gesehen. Die Praxis lag ganz in der Nähe meiner Wohnung, vielleicht fünf Minuten entfernt.

Vielleicht war es doch die Wahrheit. Oder geschickt gelogen.

Wenn es der Wahrheit entsprach, dann handelte es sich wirklich um ein wasserdichtes Alibi. Aber es war eins, dass ich nicht überprüfen konnte, weil Hartmut Wernecks Therapeut den Teufel tun würde, mir zu sagen, ob und wann einer seiner Patienten bei ihm gewesen war. Der einzige, der das überprüfen konnte, war Rehfeld, aber der wiederum würde mir diesen Gefallen kaum tun.

"Und Annette Friedrichs?"
"Hör zu, du bekommst dein Geld und damit basta, klar?"
"Nein, so einfach ist das nicht!" Ich kam einen Schritt näher. "Sie hat die Erpressung fortgesetzt, nehme ich an. Sie wollte

weiter kassieren, und deshalb hast du sie aufgespürt. Die Sache sollte ein Ende haben!"
"Nein!", schrie er. "Nein!" Und dann hielt er mir auf einmal einen Revolver entgegen, den er blitzschnell aus dem Parka herausgerissen hatte. Nach und nach hatte er sich an die Garderobe herangepirscht, und ich war einfach zu blöd gewesen, um zu bemerken, was gespielt wurde.
Aber wer rechnete auch mit so etwas?
Nicht einmal ein Westernautor, dessen Romane nur so nach Pulverdampf riechen!
Er spannte den Hahn, und es machte wirklich klick!, so wie ich das in meinen Stories immer behauptete. Und das flaue Gefühl in der Magengegend, das man bekommt, wenn man in eine blanke Revolvermündung blickt, war auch echt.
Hartmut packte die Waffe mit beiden Händen und hielt sie in Höhe meines Kopfes. Unglücklicherweise zitterten seine Hände auch noch.
"Schön ruhig!", zischte Hartmut und nahm den Parka vom Haken.
Jake McCord griff zur Hüfte und riss blitzartig den Peacemaker heraus.
Sein Gegenüber hatte noch nicht einmal den Finger krumm gemacht, da hatte McCord schon geschossen.
Sein Gegner schrie auf, als ihm die Kugel in den Arm fuhr. Die Wucht des Geschosses riss ihn herum. Er wollte den Revolver noch einmal hochreißen, aber der Arm gehorchte ihm nicht mehr. Und als er in McCords ruhige, dunkle Augen sah, da wusste er, dass keinen Sinn mehr hatte.
"Du kannst froh sein, an einen guten Schützen geraten zu sein und nicht an einen Stümper!", knurrte McCord düster. "Sonst wärst du jetzt nicht mehr am Leben!"
Ich stand wie angewurzelt da und tat gar nichts, während sich Hartmut an mir vorbeischlich. Er hatte zwar die Waffe,

aber ich hatte fast den Eindruck, dass er trotzdem nicht weniger Angst hatte als ich.

"Bleib, wo du bist, oder ich blas' dich um, hörst du!"

Es war wieder dieselbe Panik in seinen Augen wie bei unserer ersten, flüchtigen Begegnung.

Ich nickte leicht. Aber ich hütete mich, irgendetwas zu sagen. Irgendwie erschien mir mein Gegenüber im Moment einer guten Portion Nitroglycerin zu gleichen, die schon explodieren konnte, wenn man sie streng ansah.

Er machte die Tür auf und stürzte hinaus, als ob der Teufel hinter ihm her sei.

Ich hörte mich selbst ausatmen, als er weg war. Auf meiner Stirn stand inzwischen auch Schweiß.

Draußen hörte ich jemanden einen Wagen starten und mit aufbrausendem Motor davonfahren.

28

Eigentlich hatte ich mich auf schnellstem Wege davonmachen wollen, aber als ich durch die Wohnungstür ging, hörte ich hinter mir die Rote fragen: "Glaubst du wirklich, dass Hartmut zwei Menschen umgebracht hat?"

Ich zuckte die Achseln und drehte mich halb herum.

"Immerhin hat er einen Revolver und eines der Opfer wurde erschossen."

"Revolver?"

"Er hat ihn mir gerade unter die Nase gehalten."

"Das ist eine Gaspistole. Hartmut ist ein bisschen ängstlich, deswegen hat er das Ding bei sich. Ich habe ihm auch schon gesagt, dass ein Elektroschocker viel besser sei."

Ich lachte heiser. "Gaspistole?"

"Ja."

"Hat er dir das erzählt, ja?"

"Ja."

"Es war eine scharfe Waffe, da bin ich mir sicher. Ich kenne mich ein bisschen damit aus."

"Bist du ein Waffenfreak oder so?"

"Nein. Kriegsdienstverweigerer."

"Du spinnst."

"Schon möglich."

"Was?"

Ich ließ sie stehen. Und als ich dann hinter dem Steuer meines Fiat saß, fragte ich mich, was ich von der ganzen Sache halten sollte.

Vielleicht war er's!, dachte ich. Zumindest das mit Annette Friedrichs. Bei dem Mord an Lammers war ich mir nicht mehr sicher.

Sicher war nur, dass ich Hartmut Werneck fürs Erste verloren hatte.

Nein, dachte ich, irgendwie ergab die Geschichte noch keinen richtigen Sinn. Jedenfalls nicht so, wie ich sie mir zurechtgelegt hatte. Irgendein ganz entscheidendes Teil fehlte noch im Puzzle.

In meinem Kopf drehte sich alles. Als ich bei einem Kiosk vorbeikam, hielt ich an und stöberte etwas im Blätterwald herum. Ich mache das regelmäßig, um auf dem Laufenden zu bleiben. Im Moment machte es ich vor allen Dingen, um mich etwas abzulenken.

29

Am nächsten Morgen rief ich in der Praxis von Dr. Dörkheim an. Eine Sprechstundenhilfe säuselte im Sopran ihren Standard-Spruch, und ich stellte mich als Hartmut Werneck vor.

"Ja, bitte, Herr Werneck?"

"Könnten Sie mal nachsehen, ob ich am zweiundzwanzigsten dieses Monats bei Ihnen einen Termin hatte?"

"Das kann ich schon, aber ..."

Ich musste schleunigst meine Süßholzraspelmaschine in Gang bringen, um ihren Einwänden den Wind aus den Segeln zu nehmen, bevor sie sie ausgesprochen hatte.

Und so unterbrach ich sie: "Ja, ich weiß, dass das etwas seltsam klingen muss. Aber, sehen Sie, ich habe an dem Tag etwas Wichtiges verloren, weiß aber nicht mehr genau, wo ich an dem Tag war!"

"Ich verstehe."

"Sie würden mir wirklich sehr helfen!"

Ich hörte sie blättern. "Am zweiundzwanzigsten? Da waren Sie hier. 15.00 Uhr."

"Bis wann?"

"17.00 Uhr."

"Danke. Sie haben mir sehr geholfen."

"Was haben Sie denn verloren?"

"Den Schlüssel für mein Bankschließfach. Aber wenn ich um 17.00 nicht mehr bei Ihnen war, muss ich ihn woanders verloren haben."

"Tut mir leid."

"Sie können ja nichts dafür." Ich hängte ein.

In der Zeit, in der Lammers vermutlich gestorben war, hatte Hartmut auf einer Couch gelegen. Blieb noch der Verdacht, dass er Annette Friedrichs getötet hatte. Dass er zur Tatzeit am Tatort gewesen war, war eine Tatsache, und deshalb sträubte ich mich gegen den Gedanken, dass er nur das Erpressungsopfer, aber nicht der Mörder war.

Es half nichts. Hartmut war mir durch die Lappen gegangen und vermutlich fürs Erste unauffindbar. Leider gab es wohl niemanden, der ihn für mich suchen würde. Diese Spur war tot, solange Hartmut untertauchte – und wahrscheinlich hatte ich ihn so erschreckt, dass es eine ganze Weile dauern würde, ehe er sich wieder hervorwagte. Und falls ich den Super-Pech-Jackpot geknackt hatte, dann pumpte er seinen Vater um ein paar Scheine an und nahm den nächsten Flieger auf die Malediven, ohne dass ich das verhindern konnte. Ich fluchte innerlich.

Ich musste die Sache von einer anderen Seite her angehen, um die losen Enden zusammenzuknüpfen. Viele Wege führen nach Rom. Und einer vielleicht zum Mörder von Annette Friedrichs und Jürgen Lammers.

30

Als ich die Privatdetektei von Raimund Schmidt aufsuchte, geriet ich wieder an die Dame, die mich schon am Telefon abgewimmelt hatte.

An ihrem Schreibtisch hatte sie ein Schild, auf dem ihr Name stand. Sie hieß Kossow.

"Ich möchte mit Herrn Schmidt sprechen", sagte ich.

Sie blickte kurz auf. "Wie ist Ihr Name, und was möchten Sie von ihm?", erkundigte sie sich dann.

Ihr Tonfall war kühl. Das Büro überheizt. Und die Luftfeuchtigkeit wahrscheinlich nicht messbar. Ich musste mich räuspern.

"Beides möchte ich ihm schon lieber höchstpersönlich sagen", erklärte ich ihr.

"Hören Sie, wir sind ein recht großes Unternehmen, und mit der eigentlichen Ermittlungsarbeit hat Herr Schmidt nicht mehr allzuviel zu tun."

Ich ließ den Blick über das Großraum-Büro im fünfzehnten Stock eines Hochhauses schweifen und deutete dann auf eine Tür im Hintergrund. "Ich wette, er sitzt dort und spitzt ein paar Bleistifte."

Ich umrundete den Schreibtisch der Kossow, aber sie sprang auf und stellte sich mir in den Weg.

Sie war vielleicht Mitte dreißig, ganz hübsch, aber mit einem leicht verhärmten Zug um die Mundwinkel. So wie bei jemandem, der viel arbeitet und das mit dem Verlust eines Privatlebens bezahlt. Und natürlich mit charakteristischen Gesichtsfalten. Da nützt dann auch die beste Feuchtigkeitscreme nichts mehr.

Die Frau ging mir gerade bis zur Schulter. Sie blies sich auf und rief dann: "Sie haben kein Recht ..."

"Wenn Sie das Recht haben, mir jemanden auf den Pelz zu setzen, um mich zu beobachten, habe ich sehr wohl ein Recht zu erfahren, was es damit auf sich hat! Und wenn Ihre Leute dann noch meine Wohnungseinrichtung verwüsten, weil sie wohl selbst nicht so genau wissen, wonach sie suchen ..."

"Sie reden Unfug! Von unseren Mitarbeitern demoliert niemand eine Wohnungseinrichtung!"

"Na, dann sehen Sie sich mal meine Polstermöbel an, Frau Kossow! Ich glaube nicht, dass Sie noch gerne darauf sitzen würden!"

Ich hatte natürlich keine Ahnung, ob ich ihr und ihrer Agentur den Kerl, der in meine Wohnung eingedrungen war und mich niedergeschlagen hatte, nicht zu Unrecht aufs Butterbrot schmierte.

Aber egal. Ich wollte einfach die Reaktion abwarten.

Die Kossow stemmte ihre kurzen, schlanken Arme in die Hüften und sagte dann in gebieterischem Tonfall: "Vielleicht sagen Sie mir jetzt doch Ihren Namen, und ich überprüfe dann die Sache!"

Ich sah sie offen an.

"Michael Hellmer", sagte ich.

"Sie sind der Kerl, der hier angerufen hat, nicht wahr?"

"Möglich."

"Ich erkenne Ihre Stimme wieder."

"Warum fragen Sie dann?"

"Ich habe unter anderem für die Koordination zu sorgen", erklärte sie mir. "Und wenn jemand namens Michael Hellmer zu beschatten wäre, dann wüsste ich das. Aber wenn Sie wollen, werde ich gerne in unseren Unterlagen nachsehen. Denn wenn Sie tatsächlich unter Beobachtung gewesen sind, haben wir davon natürlich einen Bericht für den Auftraggeber erstellt."

"Na gut", meinte ich, "schauen Sie nach."

Sie schaute nach. Und es war, wie ich erwartet hatte. Sie fand nichts.

"Ich weiß nicht, mit wem Sie Schwierigkeiten haben, aber wir haben damit sicherlich nichts zu tun!", dröhnte die Kossow daraufhin. Sie schien glatt um zwei Zentimeter gewachsen zu sein.

Ich fingerte indessen die Visitenkarte heraus, die der Blondschopf mir gegeben hatte.

"Die habe ich von einem Ihrer Leute. Oswald. Er hat sogar zugegeben, dass mich Ihre Agentur observiert."

Die Kossow nahm die Visitenkarte, starrte eine volle Sekunde darauf und nickte dann.

"Ja", sagte sie. "Die ist von uns." Dann atmete sie tief durch und fuhr schließlich fort: "Vielleicht ist das doch etwas für den Chef."

31

Raimund Schmidt war Anfang sechzig, sehr hager und sehr grauhaarig. Er lehnte sich in seinem Drehsessel zurück und musterte mich eingehend, nachdem ich ihm gegenüber Platz genommen und ihm meine Story erzählt hatte.
"Es kann sich da nur um ein Missverständnis handeln", meinte Schmidt dann. "Aber das werden wir gleich leicht aufklären können."
Ich hob die Augenbrauen.
"Ich bin gespannt."
"Herr Oswald ist im Moment leider nicht im Hause, aber müsste eigentlich jeden Moment wiederkommen. Wenn Sie sich einen Moment gedulden wollen ..."
"Wenn der Moment keine Ewigkeit dauert!"
"Wollen Sie einen Kaffee?"
"Nein, danke."
Er zuckte die Achseln. "Hätte ja sein können."
Wir warteten fünf Minuten, dann meldete sich die Kossow über das Sprechgerät. "Herr Oswald ist jetzt da", säuselte sie.
"Soll reinkommen", murmelte Schmidt.
Zwei Sekunden später ging die Tür auf, und ein kleiner, gedrungener Mann kam herein, der so gar keine Ähnlichkeit mit dem muskulösen Blondschopf besaß, der mir die Visitenkarte gegeben hatte.
Er reichte mir die Hand.
"Sie sind Oswald?", fragte ich erstaunt.
Er nickte. "Sicher bin ich Oswald."
"Ich kann's nicht glauben!"
"Ich zeige Ihnen gerne meinen Ausweis!"

"Und sonst gibt es niemanden hier, der so heißt?"

Oswald sah mich an, als habe er einen vor sich, der wirres Zeug redete. Vielleicht tat ich das ja auch, ohne es zu ahnen.

"Ich verstehe nicht", meinte er. "Worum geht es hier eigentlich?"

Ich wandte mich an Schmidt. "Dies ist nicht der Mann, der mir begegnet ist."

"Wie sah der denn aus?"

"Groß, blond – wie Arnold Schwarzenegger nach einem ausgiebigen Bleichmittel-Bad."

Schmidt runzelte die Stirn und warf Oswald einen kurzen Blick zu. "Dann hat sich jemand für dich ausgegeben."

"Das könnte jeder sein", meinte Oswald. "Unsere Visitenkarten halten wir schließlich nicht als geheime Verschlusssache."

"Moment", murmelte Schmidt. Er schien nachzudenken. "Wir hatten vor drei Jahren mal einen bei uns, auf den Ihre Beschreibung passen könnte …" Er wandte kurz den Kopf und sagte an Oswalds Adresse: "Du erinnerst dich sicher. Der Kerl war Bodybuilder. Ich musste ihn feuern. Er hat versucht, Klienten zu erpressen. Das ist kein Problem, wenn man unsere Datei zur Verfügung hat." Schmidt zuckte die Achseln. "Zum Glück entstand kein größerer Schaden für unser Geschäft."

Wie schön für dich!, dachte ich nicht ohne Sarkasmus. Nach dem Schaden für seine Klienten schien er weniger zu fragen. Die bissige Bemerkung, die ich auf den Lippen hatte, verkniff ich mir. Stattdessen fragte ich: "Wie hieß der Kerl?"

"Grossmann. Mike Grossmann."

Da klingelte es natürlich bei mir. Ich fragte: "Sein Vorname ist wirklich Mike? Oder wurde er nur so genannt."

"Nein, er hieß wohl wirklich so."

"Letzte Adresse?"

Schmidt seufzte. "Sie scheinen hartnäckig zu sein. Warum nehmen Sie die Sache so wichtig?"

"Persönliche Gründe", sagte ich knapp, denn ich hatte keine Lust, ihm die ganze Geschichte zu erzählen.

Schmidt schien einen Moment nachzudenken. Dann sagte er: "Frau Kossow wird Ihnen die Adresse geben."

"Ich danke Ihnen."

"Nichts zu danken", erwiderte Schmidt. "Ich habe Ihnen einen Gefallen getan, und Sie tun mir jetzt vielleicht auch einen."

Ich hob die Augenbrauen. "Welchen?"

"Sagen Sie mir Bescheid, wenn Sie Mike Grossmann aufgestöbert haben. Wenn einer vorgibt, im Auftrag unserer Firma zu handeln, dann interessiert uns das brennend ... Das verstehen Sie doch?"

Ich nickte. "In Ordnung", sagte ich.

32

Ich kaufte mir als Erstes einen Stadtplan und fand Grossmanns Adresse schließlich in Münster-Coerde, einem Gebiet, das immer dann in die Schlagzeilen kam, wenn es etwas Trauriges zu berichten gab. Sozialer Brennpunkt nennt man so etwas wohl euphemistisch.

Grossmanns Wohnung lag im vierten Stock eines Betonquaders.

Eine Frau mit Lockenwicklern machte mir auf. Irgendwann musste sie mal sehr gut ausgesehen haben, aber ob das zehn Tage oder zehn Jahre her war, traute ich mich nicht einzuschätzen.

Es war Nachmittag, aber sie schien gerade erst aufgestanden zu sein. Im Hintergrund hörte ich den Fernseher laufen.

"Ich möchte gerne zu Mike Grossmann", sagte ich wahrheitsgemäß.

Die Frau sah mich trantütig an. "Ich heiße Berend", sagte sie. "Und ich kaufe nichts. Oder sind Sie von der Post?"

"Wieso?"

"Wegen dem Telefon."

"Was ist denn damit?"

"Abgestellt."

Wohl die Rechnung nicht bezahlt, dachte ich. Zum Glück für sie waren heutzutage weder Fernseher noch Lockenwickler pfändbar.

"Unten am Briefkasten steht aber Grossmann", bohrte ich nach.

Die Frau zuckte die Achseln. "Kann schon sein", sagte sie. "Ich bin erst seit einem halben Jahr hier."

"... und haben immer noch nicht das Schild umgetauscht?", hakte ich nach.

Sie verzog das Gesicht. "Na und? Was geht Sie das an?"

"Ist ja nur 'ne Frage."

Sie fuhr sich mit der Hand durch das müde Gesicht. Entweder hatte sie eine außergewöhnlich wilde Nacht hinter sich, oder sie war mit irgendwelchen Pillen vollgedröhnt. Was auch immer. Ich hoffte nur, dass sie nicht einschlief oder zusammenklappte, bevor ich etwas über Mike Grossmann erfahren hatte.

Sie zog den Schleim in ihrer Nase hörbar hoch und meinte dann: "Was glauben Sie, was der Postbote mir schon in den Kasten stecken könnte? Die Nachricht von einem fetten Lottogewinn vielleicht?" Sie lachte heiser und sehr vulgär. Dann schüttelte sie den Kopf und setzte hinzu: "Höchstens Rechnungen."

"Haben Sie eine Ahnung, wo Ihr Vormieter hingezogen ist?"

"Nein. Er war auch nicht mein Vormieter. Wir haben hier zusammen gewohnt."

Naja, dachte ich. Im passenden Alter war die Frau ja wohl. Allerdings merkte man das nur, wenn man länger und sehr genau hinsah. Ich fragte: "Und jetzt?"

Sie hob die Schultern. "Na, er wohnt halt nicht mehr hier."

"Wo dann?"

"Was weiß ich!"

"Sie sind vor einem halben Jahr hier eingezogen. Aber Grossmann wohnte hier schon länger ..."

"Ja, ich bin zu ihm gezogen, und dann haben wir irgendwann Streit gekriegt, und er hat sich verdünnisiert."

"Wär's nicht logischer gewesen, wenn Sie ausgezogen wären? Es war doch Grossmanns Wohnung."

Jetzt atmete sie tief durch – und zwar auf eine Art und Weise, die mir sagte, dass ich vorsichtig sein musste, wenn ich von ihr noch etwas erfahren wollte.
"Was soll das?", fragte sie. "Ist doch meine Privatsache, oder? Was geht Sie das überhaupt an? Sie kommen hier einfach her und ..."
Ich unterbrach sie. "Es geht um einen Mordfall", sagte ich mit einem Tonfall, der ernst und bedeutungsvoll klingen sollte. Ich hatte offenbar den richtigen Ton getroffen, wenn man nach ihrem langen Gesicht urteilte. "Ach so", meinte sie, und darin schwang so etwas wie Ergriffenheit mit. "Ein Bulle! Hat er was angestellt, der blöde Hund?"
"Er ist nur Zeuge."
"Bei einem Mord?"
"Datenschutz, gute Frau. Ich darf nichts dazu sagen. Alles vertraulich ..."
Sie zuckte die Achseln. "Verstehe ..." meinte sie bedauernd.
Auf einmal schien sie ihre ganze Tranigkeit abgeschüttelt zu haben. Von einem Augenblick zum anderen.
Um diese Fähigkeit war sie wirklich zu beneiden. Ich hatte leider auch nach jahrelangen Versuchen keinen Weg zu einer auch nur annähernd ebenso großen Vollkommenheit auf diesem Gebiet gefunden.
"Wollen Sie hereinkommen?", fragte sie. "Ist zwar nicht aufgeräumt, aber ich wusste ja auch nicht, dass ich Besuch kriege."
"Gerne."
Sie führte mich in ein Wohnzimmer, in dem überall Wäscheteile herumlagen. Dem Geruch nach ungewaschen. Freundlicherweise räumte sie mir einen Sessel frei. Im Fernsehen kreischten indessen die Trickfilm-Superhelden. Der edle Captain Planet brachte gerade ein paar fiese Umweltverschmutzer zur Strecke.
Ich setzte mich.

"Ich würde Ihnen sofort sagen, wo sich Mike aufhält", gab sie dann zum Besten, wobei sie sich mit nervösen Fingern eine Zigarette in den Mund steckte. "Ich hab' nämlich noch immer eine Stinkwut auf den Kerl."
"Und warum?"
"Weil er mir noch fünfhundert Euro schuldet und ich die wohl nie wiedersehen werde! Und weil er ein Scheißkerl ist."
"Ich verstehe ..."
Indessen gab sie die Suche nach einem Feuerzeug erst einmal auf. "Haben Sie Feuer?"
"Nein."
"Nichtraucher, was?"
"Ja."
"Ist ja auch gesünder."
"Ist Mike vielleicht zu einer anderen Frau gezogen?"
Sie sah mich an wie ein leibhaftiges Gespenst. "Woher wissen Sie das?"
"Geraten."
Sie nickte. "Ja, könnte sein. Er hat mir nichts darüber gesagt. Es knatschte schon länger zwischen uns. Er hat die Nächte nicht mehr hier verbracht und ..." Sie brach ab und fand schließlich doch noch etwas, womit sie ihre Zigarette zum Glimmen bringen konnte. Nach ein paar kräftigen Zügen fuhr sie fort: "Eines Tages kam er dann, um seine Sachen abzuholen. Und in seinem Wagen saß eine Frau, die ein paar Klassen über seinem Niveau zu sein schien. Eine echte Dame. Sah aus wie jemand mit Geld."
Ich gab ihr eine Kurzbeschreibung von Annette Friedrichs. Aber sie sprang nicht darauf an. "Sie war rothaarig", sagte sie mir. Damit schied Annette aus. Ich dachte an Hartmut Wernecks Ex-Ex-Freundin. Aber es gab viele Rote. Echte und falsche.
Ich erhob mich. "Sie haben mir sehr geholfen."

Sie grinste und gönnte mir einen Blick auf ihre gelben Raucherzähne. "So was hört man gerne!", meinte sie.

"Nicht wahr?", murmelte ich mechanisch. Meine Gedanken waren schon längst woanders.

Sie fragte: "Gibt's 'ne Belohnung?"

"Was?"

"Für sachdienliche Hinweise."

"Ich glaube nicht."

"Schade. Hätte ja sein können."

33

Als ich wieder hinter dem Steuer meines Fiat saß und den Wetterbericht im Radio hörte, fragte ich mich, welche Karte ich in diesem Spiel wohl noch ausspielen könne, wollte ich endlich einen Schritt weiterkommen.

Ich konnte schließlich nicht darauf vertrauen, dass mir Grossmann und sein Spießgeselle nochmals über den Weg laufen würden. Gut möglich, dass sie eingesehen hatten, bei mir an der falschen Adresse zu sein.

Und dann fiel mir die Nummer des schwarzen Mitsubishi ein, die ich mir gemerkt hatte.

Ich fuhr zur nächsten Telefonzelle, aber die war kaputt. Ein paar Irre hatten sich einen Spaß daraus gemacht, alles zu zertrümmern.

Die nächste Zelle fand ich erst mehrere Kilometer stadteinwärts, aber ich fuhr daran vorbei. Es war vielleicht besser, die Sache persönlich anzugehen. Mein Weg führte mich zum Straßenverkehrsamt, wo ich eine halbe Stunde von Zimmer zu Zimmer geschickt wurde, bis ich schließlich einem blassgesichtigen Mann mit dicker Brille und dünnem Haar gegenübersaß.

Die Brille war so schwer und seine Nase so steil und rutschig, dass Erstere im Abstand von weniger als einer Minute immer ein Stückchen nach unten rutschte, woraufhin sie stets mit einer energischen Bewegung zurückbefördert wurde. Vom dauernden Hin- und Herrutschen hatte der Mann schon eine ganz rote Nasenwurzel.

"Sie wollen also erfahren, wer der Halter eines schwarzen Mitsubishi ist, der dieses Kennzeichen hat", wiederholte er zusammenfassend das, was ich ihm zuvor gesagt hatte.

Ich nickte, erleichtert darüber, dass er es offenbar begriffen hatte. "Ja, genau."

"So einfach ist das aber nicht, mein Herr!"

"Aber wozu sind Nummernschilder denn sonst da, außer um den Halter eines Fahrzeugs damit identifizieren zu können?", gab ich zurück.

"Das ist schon richtig, aber ... Da kann ja nun nicht jeder einfach herkommen und ..." Er druckste herum und erzählte mir etwas von Datenschutz und komplizierten Bestimmungen. "Haben Sie denn einen Grund, um die Nummer erfahren zu wollen?", fragte der Mann schließlich.

"Natürlich habe ich einen Grund!" Zum Spaß machte ich das jedenfalls nicht!

"Und der wäre?"

"Der Kerl hat mit seinem schwarzen Mitsubishi beim Einparken meine Stoßstange demoliert. Und dann ist er einfach abgehauen."

"Warum gehen Sie nicht zur Polizei? Das ist Fahrerflucht!"

Ich machte eine wegwerfende Bewegung. "Ich will nur, dass er den Schaden bezahlt, nicht dass er vor Gericht kommt."

Mein Gegenüber bedachte mich mit einem nachdenklichen Blick. "Na gut", meinte er schließlich.

Wenige Augenblicke später wusste ich dann, dass Mike Grossmann der schwarze Mitsubishi nicht gehörte. Der Halter war ein gewisser Marco Leschek, und ich wettete hundert zu eins, dass es sich dabei um Grossmanns dunkelhaarigen Komplizen handelte.

34

Marco Leschek bewohnte ein Apartment in einem nicht mehr ganz taufrischen Mietshaus. Und er war auch zu Hause. Jedenfalls stand sein schwarzer Mitsubishi auf dem Parkplatz vor dem Haus.

Auf der Treppe kam mir ein Mann mit hochgeschlagenem Mantelkragen entgegen. Er fiel mir schon deshalb auf, weil der Mantel aus Kamelhaar war. Und dann erkannte ich auch das Gesicht.

Es war niemand anderes als Dr. Werneck, unser aller Oberbürgermeister. Ich musste zweimal hinsehen, um wirklich glauben zu können, dass sich einer wie er hierher verirrt hatte. Er warf mir einen kurzen Blick zu, schien mich aber nicht wieder zu erkennen. Warum sollte er auch? Unsere bisherigen Begegnungen waren ja auch ziemlich flüchtig gewesen.

Er machte einen sehr gehetzten Eindruck. Und obwohl es heute nicht gerade warm war, hatte er Schweißperlen auf der Stirn. Ich sah mich nach ihm um. Und er sich nach mir um, aber nur ganz kurz.

Dann sah er zu, dass er weiterkam.

Ich hatte den Treppenabsatz erreicht und bog in den Flur ein, in dem Lescheks Wohnung liegen musste. Und seltsam – mir fiel ein, dass Dr. Werneck auch aus diesem Flur gekommen war.

Zwei Wohnungen gab es hier.

Eine stand leer, hatte nicht einmal eine Tür und schien gerade einer Grundrenovierung unterzogen zu werden. Jedenfalls sah ich eine Mischmaschine, als ich einen kurzen Blick hinein warf.

Die andere Wohnung gehörte Leschek.
Ich klingelte.
Die Klingel war kaputt. Oder Leschek war schwerhörig. Ich versuchte es mit Klopfen.
Keine Antwort.
Aber er musste da sein, denn sein Auto war da, und wenn ich ihn nicht völlig falsch einschätzte, gehörte er zu der Sorte, die das Auto sogar benutzen würde, um zum Klo zu kommen, vorausgesetzt, der Wagen passte in ihre Wohnung.
Ich fühlte in meinen Taschen nach, aber es war nichts Geeignetes darin, um die Tür aufzumachen. Außerdem verstand ich auch zu wenig davon, als dass diese Möglichkeit Erfolg versprechend gewesen wäre.
Aufgeben wollte ich aber auch nicht. Und ein Gefühl sagte mir, dass ich ganz nahe an der Lösung dieser Sache dran war.
Ich ging also in die Nachbarwohnung.
Es roch nach Zement. Die Wohnungen hatten alle einen Balkon. Auch diese. Ich ging durch die gläserne Hebetür, deren Thermopenglas schon von innen beschlagen war, warf einen Blick in die Tiefe und dann einen zum Nachbarbalkon, der zu Lescheks Wohnung gehören musste. Die Distanz war nicht allzu groß.
Ich ging kurz zurück, nahm mir eine der herumliegenden Verschalungsbohlen und machte daraus eine Art Brücke zwischen den Balkonen.
Drei Minuten später war ich auf der anderen Seite. In die Wohnung zu kommen, war kein Problem, denn ein Fenster war abgeklappt. Ich versuchte zwar, einigermaßen leise zu sein, aber ein Profi-Einbrecher bin ich natürlich nicht.
Eigentlich hätte mich Leschek hören müssen. Tat er aber nicht. Ich sollte bald merken, warum.
Das Wohnzimmer, in das ich eingestiegen war, schien völlig verwüstet. Jemand hatte etwas gesucht. Es erinnerte mich fatal

an den Anblick, den meine eigene Wohnung noch immer bot, denn zum Aufräumen war ich noch nicht gekommen. Leschek fand ich dann in der Küche.

Ich erkannte ihn gleich wieder, trotz des Zustandes, in dem er sich befand. Er lag auf dem Fußboden. Sein Oberkörper war eine einzige blutige Fläche. Da schien jemand ein ganzes Pistolenmagazin abgefeuert zu haben.

35

Ich stand vielleicht eine halbe Minute einfach nur da und war wie vor den Kopf gestoßen. Wenn ich jetzt die Polizei rief, war das für Rehfeld ein gefundenes Fressen. Und mir fiel Wernecks gehetztes Gesicht ein. Er war aus diesem Flur, vielleicht auch aus dieser Wohnung gekommen, daran biss keine Maus einen Faden ab. Die ganze Sache war eine Erpressungsgeschichte, das hatte sogar Rehfeld inzwischen erkannt.

Ich fragte mich, welche Rolle Werneck darin am besten stand – abgesehen von der Tatsache, dass er wahrscheinlich Leschek auf dem Gewissen hatte.

Er ist das Erpressungsopfer, wurde mir klar. Er und nicht sein Sohn Hartmut, wie ich zuerst vermutet hatte. Ein Mann wie Dr. Werneck ging über Leichen, das hatte ich jetzt ja hautnah mitbekommen. Aber eigentlich traute ich ihm nicht genug Altruismus zu, um für andere zu morden.

Auch für seinen Sohn nicht, zumal sein Verhältnis zu ihm ja wohl ohnehin nicht das Beste war.

Außerdem gab es kein dankbareres Erpressungsopfer als einen aufstrebenden Politiker.

Da brauchte man nicht einmal nach strafrechtlich relevanten Dingen zu suchen. Es musste nur irgendetwas sein, das seinem öffentlich zur Schau gestellten Image so deutlich widersprach, dass es ihn ruinieren konnte. Zum Beispiel, wenn ein Law-and-Order-Mann beim Zocken erwischt worden war oder sich herausstellte, dass ein konservativer Familienpolitiker ab und zu in einem Schwulen-Lokal Urlaub von seiner bürgerlichen Idylle machte.

Ich fragte mich, was da im Fall von Dr. Werneck in Frage kam, und bereute jetzt, dass ich mich nicht mehr für Kommunalpolitik interessiert hatte.

Aber ich hatte jetzt keine Zeit, um diesen Fehler wieder gut zu machen. Wenn ich Glück hatte, konnte ich noch ein Leben retten. Das von Mike Grossmann nämlich.

36

Ich fand Grossmanns neue Adresse in einem Telefonregister, das auf dem Fußboden im Flur lag. Interessanterweise war aus diesem Register der Buchstabe W herausgerissen.

W wie Werneck.

Sorgfältig war er offenbar nicht nur, wenn es darum ging, eine politische Karriere zu planen.

Ich setzte mich hinter das Steuer meines Fiat und raste los. Ich konnte nur hoffen, dass mich unterwegs niemand anhielt und ins Röhrchen blasen ließ.

Grossmann wohnte in einem Vorort. Es war das Erdgeschoss eines Reihenhauses, und jetzt verstand ich auch, warum er die andere Wohnung aufgegeben hatte. Diese hier war wirklich um einige Klassen besser – aber die Miete musste dreimal so hoch sein. Mindestens.

Grossmann schien vor drei Monaten irgendwie zu Geld oder einem Job oder beidem gekommen zu sein. Bei einer Frau war er jedenfalls nicht untergekrochen, denn an der Tür stand sein Name und sonst nichts.

Bevor ich mich an die Wohnung heranwagte, sah ich mich erst in der Umgebung um und musterte die Wagen, die in der Umgebung parkten. In der Zeitung hatte gestanden, dass Werneck einen Mercedes und einen Jaguar besaß.

Von einem Jaguar sah ich nichts, und der einzige Daimler, der in der Straße stand, war mindestens fünfzehn Jahre alt und sah aus, als habe der Besitzer mal zu testen versucht, wie geländegängig diese deutsche Wertarbeit war. Und wer mit einem Jaguar zum Morden fuhr, der musste verrückt sein.

Vielleicht war Werneck also noch gar nicht hier. Möglich, dass er zwischendurch noch was anderes zu tun hatte. Zwischen zwei Morden schnell etwas Verwaltungsarbeit erledigen. So lobt man sich doch einen verantwortungsbewussten und effizienten Chef einer deutschen Kommune!

Die andere Möglichkeit war natürlich, dass ich völlig auf dem Holzweg war mit dem, was ich mir in meinem Kopf zurechtgelegt hatte.

Ich klingelte an der Tür.

In der nächsten Sekunde ging sie auf, und ich blickte in Grossmanns stumpfsinniges Gesicht. "Du?", fragte er.

"Ja, ich."

Er runzelte die Stirn, was ihm einen unerwartet intellektuellen Zug gab. "Was willst du?", knurrte er.

"Vielleicht gehen wir erst einmal rein und unterhalten uns ein bisschen."

Er grinste. "Was hätte ich davon? Das mit dir war ein Irrtum. Da waren wir auf dem Holzweg. Nochmal Sorry dafür. Und nun verpiss dich!"

Er wollte mir die Tür vor der Nase zuschlagen, aber ich stellte den Fuß dazwischen.

Grossmann grunzte etwas Unfreundliches in meine Richtung und packte mich dann mit seiner Gorilla-Pranke am Kragen.

"Ich will dir das Leben retten, aber du scheinst nicht interessiert", sagte ich, noch ehe er einen Laut hervorbrachte. Er ließ mich los. Sein Gesicht veränderte sich.

Er schien sich nicht so ganz schlüssig darüber zu sein, was er jetzt mit mir anfangen sollte. "Wovon redest du?", fragte er.

"Von deinem Freund Marco Leschek."

"Ach ..."

"Und von einem anderen guten Bekannten."

"Wer soll das sein?"

"Einer, dessen Bild mehr oder minder regelmäßig in der Zeitung erscheint: Dr. Werneck!"

Ich sah den blonden Riesen schlucken. Die Farbe floh innerhalb einer halben Sekunde aus seinem Gesicht, und ich spürte, dass ich richtig lag.

Ein gutes Gefühl war es trotzdem nicht.

Grossmann atmete tief durch. Das Telefon klingelte. "Warum gehst du nicht ran?", fragte ich.

Er bewegte den Kopf zackig hin und her.

"Komm rein", sagte er. "Vielleicht unterhalten wir uns wirklich besser mal."

Ich folgte ihm und machte die Tür zu. Grossmann trug im Moment kein Jackett, sondern nur ein schmuddeliges Sweat-Shirt. Gut so. Das hieß, dass er keine Waffe bei sich trug.

Grossmann ging ans Telefon. "Ja?", knirschte er genervt.

Dann knallte er den Hörer auf die Gabel. "Arschloch!", zischte er.

"Was war denn?", fragte ich.

"So'n Blödmann, der sich verwählt hat, schätze ich. Es hat sich niemand gemeldet."

"Ich wette, dass das dein Freund Werneck war!"

"Was?" Er hob die Schultern und verdrehte die Augen, als sei ich nicht ganz richtig im Kopf. Aber der Dummkopf war er.

Er kam auf mich zu und kniff seine Augen genauso zusammen, wie meine Western-Helden das so gerne machen. "Du scheinst ja ziemlich hartnäckig zu sein. Was weißt du inzwischen?"

"Zum Beispiel, dass Werneck vermutlich bald hier auftauchen wird, um dich kalt zu machen!"

Er verzog das Gesicht und lachte heiser. "Du redest Unfug!", meinte er.

Aber da war eine deutliche Spur von Unsicherheit in seinem Gesicht. Er fummelte nervös an seinen Gürtelschlaufen herum.

"Na, dann brauchst du ja auch keine Angst zu haben", meinte ich. "Werneck wurde erpresst. Und zwar von der Friedrichs und diesem Jürgen Lammers. Ich habe noch keine Ahnung, wie dieses Paar zusammengefunden hat, aber das dürfte auch zweitrangig sein."

"Eine schöne Story", murmelte Grossmann. "Und weiter?"

"Dann hat Werneck zwei Leute engagiert, die der Sache ein Ende machen sollten. Die Erpresser wurden nämlich zu gierig. Ich nehme an, du weißt, wer die zwei waren."

Er lächelte dünn. "Keine Ahnung!"

"Du und Marco Leschek!"

Jetzt musste er Luft holen.

"Ich habe den Eindruck, du willst um jeden Preis Ärger!", grunzte er.

"Du bekommst ihn jedenfalls bald gratis!"

"Was du nicht sagst!"

"Leschek ist tot", sagte ich. "Erschossen. Werneck kam gerade von dort, als ich seine Adresse aufgestöbert hatte."

Einen Moment lang schien er verunsichert. Aber das dauerte nicht lange. "Ich weiß nicht, was du willst!", knurrte er.

"Sagte ich doch: Dein Leben retten und dir vorher ein bisschen Angst machen!"

"Du bluffst!"

"Fahr hin und sieh dir die Leiche an. Sie liegt in der Küche."

"Oh, mein Gott!" Er wurde plötzlich sehr hektisch.

"Ihr habt versucht, das Geschäft selbst zu machen, anstatt den Erpressern das Handwerk zu legen", fuhr ich ruhig fort. "Obwohl ihr das in gewisser Weise ja auch gemacht habt. Lammers und die Friedrichs gehen doch auf euer Konto? Und danach sollte dann bei Werneck abkassiert werden!"

"Die Friedrichs?", fragte er. "Sie ist tot?"

"Die Nachricht ist aber schon etwas älter!"

"Was ...?"

"Ja, scheint so, als wärst du nicht mehr ganz auf dem neuesten Stand der Dinge. In manchen Branchen ist das tödlich. Könnte sein, dass deine dazugehört!"

Er stockte, und man konnte ihm ansehen, wie sein Gehirn zu arbeiten begann. Dann sagte er: "Du irrst dich. Du bist der Erste, der mir sagt, dass die Friedrichs tot ist. Ich hatte keine Ahnung."

"Wer soll das glauben?"

"Wir haben Werneck nur gesagt, wo sie sich aufhielt. Sie war bei einer Freundin und ... Umgebracht haben wir sie jedenfalls nicht!"

"Ach, nein?"

Er sah mich nachdenklich an: "Ich weiß nicht, wie du das alles herausgekriegt hast, aber ich nehme an, du willst dich jetzt auch noch anhängen! Richtig? Wie viel willst du?"

"Keinen Cent."

"Du spinnst."

"Es ist die Wahrheit."

"Quatsch!"

"Ich will, dass der Mörder von Annette Friedrichs gefasst wird!"

Er grinste. "Persönliches Interesse?"

"Kann dir doch egal sein! Vorausgesetzt, es stimmt, was du sagst, und du warst es wirklich nicht!"

Er machte eine schnelle Bewegung und hatte im nächsten Moment eine Waffe in der Hand. Es musste die Waffe sein, die er im Schulterholster getragen hatte. Eine Gaspistole. Ich war zwar nicht einmal bei der Bundeswehr, aber als Westernschreiber eignet man sich nach und nach ein paar Grundkenntnisse über Waffen an. Falls das seine einzige Waffe war, konnte es sogar stimmen, was er in Bezug auf Annettes Tod gesagt hatte.

"Was willst du denn damit?", fragte ich. "Vielleicht Werneck zum Duell fordern? Du hast schon verloren."

"Halt's Maul."

"Leschek starb ja nicht durch eine Gaspistole, falls das überhaupt möglich ist. Das war schon ein anderes Kaliber. Mit so einem Spielzeug kannst du gerade noch jemanden wie mich ein bisschen erschrecken – aber nicht Werneck."

Er hielt mir die Waffe unter die Nase und meinte dann: "So, du Schlaumeier, was soll ich denn deiner Meinung nach tun?"

"Zur Polizei gehen."

Er lachte. Fast wie irre. Und dabei fasste er sich an den Kopf und schüttelte ihn einmal kräftig. Ich hoffte nur, dass dadurch nicht der letzte Rest Ordnung in seinem Oberstübchen verloren ging.

Ich sagte: "Ich meine es ernst. Es ist besser, du gehst jetzt zur Polizei und nicht erst, nachdem du vielleicht einen Oberbürgermeister umgebracht oder auch nur auf ihn geschossen hast. Und sei es auch nur mit dem Ding da!"

"Halt's Maul!"

"Dann kannst du erzählen, was du willst, man wird ganz andere Motive vermuten als Notwehr oder etwas Ähnliches. Ich kann dir ein Lied davon singen."

"Du?"

"Ja. Die Polizei denkt nämlich, dass ich die Friedrichs umgebracht habe!"

Er nickte langsam. Man konnte ihm richtig ansehen, wie sein Verstand zu arbeiten begann. Langsam, aber gewaltig.

"Jetzt verstehe ich, warum du wirklich hier bist!", murmelte er. "Du willst jemanden, der für dich als Mörder der schönen Friedrichs herhält!"

"Wenn du sie wirklich nicht umgebracht hast, hast du in dieser Hinsicht doch nichts zu befürchten!", gab ich ihm zu bedenken. "Und den Mord an Jürgen Lammers kann dir wahrscheinlich niemand mehr nachweisen."

"Das war Leschek, der verdammte Idiot", meinte Grossmann. "Wir waren bei ihm, haben die Wanne volllaufen lassen und ihn dann ein bisschen untergetaucht. Und dann hat es ein kleines Handgemenge gegeben. Lammers wollte türmen, und Leschek ist ein wenig grob geworden."

Ja, dachte ich. So konnte es gewesen sein. Zuerst hatten sie für Dr. Werneck Licht in das Erpresserdunkel gebracht und ermittelt, wer hinter der Sache steckte und wo das Erpresserpaar zu finden war. Aber je mehr Leschek und Grossmann in der Angelegenheit herumgewühlt hatten, desto mehr hatte sich ihnen wohl der Gedanke aufgedrängt, das Geschäft doch selbst zu machen. Sie hatten Lammers unter Druck gesetzt, vermutlich um an irgendwelches belastendes Material heranzukommen, das sie bei ihm vermuteten. Und dabei war es passiert. Dann war Annette an den Tatort gekommen, hatte ihren toten Komplizen im Bad entdeckt und den Föhn hineinbefördert. Vermutlich unabsichtlich. Vielleicht aber auch, um die Spur zu sich selbst zu verwischen, denn bei einem Selbstmord sucht man die Gründe nicht so leicht bei Außenstehenden. Die Zeit drängte jetzt.

"Werneck kann dich nicht am Leben lassen", stellte ich fest. "Aber wenn du ihm zuvorkommst, wird dir niemand glauben, dass er dich umbringen wollte. Erzähl der Polizei mal, dass ein Oberbürgermeister ein Motiv haben könnte, jemanden wie dich abzumurksen! Umgekehrt glaubt man das sofort."

Er überlegte eine Weile. Dann meinte er: "Klingt irgendwie logisch."

"Es ist deine Wahl. Aber Werneck wird kommen, und wenn du dich mit ihm auf deine Art anlegst, bist du in jedem Fall der Verlierer. Selbst wenn du ihm mit deinen Pranken das Genick brichst."

Ich hatte ihn fast dort, wo ich ihn haben wollte. Das spürte ich ganz deutlich.

Aber in diesem Moment klingelte es an der Tür.

37

"Sie haben wirklich großes Glück gehabt", meinte Rehfeld, nachdem er meine Aussage zu Protokoll genommen und ich unterschrieben hatte. "Mein Kollege Lehmann, der die Aufgabe hatte, Sie zu observieren, hat vor Grossmanns Haus im Wagen gesessen und dann Werneck kommen sehen. Er hat beobachtet, wie unser OB einen Schalldämpfer auf seine Pistole geschraubt hat."

Ein Schalldämpfer. Deshalb war es wohl auch niemandem aufgefallen, dass Marco Leschek erschossen worden war.

"Und da hat Lehmann also zugeschlagen, ehe unser ehrenwerter Dr. Werneck damit Unfug anstellen konnte!", ergänzte ich.

Rehfeld nickte. "So ist es. Er hatte es zwar auf Grossmann abgesehen, aber ich glaube nicht, dass er Sie verschont hätte."

"Nein, das glaube ich auch nicht."

Rehfeld atmete tief durch. "Sie haben sicher auch schon die Zeitung gelesen, was?"

"Sicher."

"Ein Fressen für die Geier, kann ich da nur sagen! Der Saubermann ein Mörder!"

"Solche Geschichten mögen die Leute", meinte ich dazu. "Sie zeigen ihnen, dass auch die strahlendsten Sterne am VIP-Himmel ihre Flecken haben!"

Rehfeld zuckte die Achseln. "Na, Sie müssen es ja wissen. Das ist schließlich Ihr Niveau."

Diese Spitze überhörte ich geflissentlich. Stattdessen fragte ich: "Wissen Sie inzwischen auch, womit Werneck erpresst wurde?"

Rehfeld nickte. "Ja", sagte er. "Mit ein paar Microkassetten, wie man sie in Diktiergeräten benutzt. Die Friedrichs hatte sie so geschickt in das dicke Futter der Handtasche eingenäht, dass der Erkennungsdienst sie erst übersehen hat."

Das Verschwinden der Bänder war Leschck – und um ein Haar auch Grossmann – zum Verhängnis geworden. Die beiden hätten die Bänder beim besten Willen nicht auftreiben können, nachdem die Handtasche bei der Polizei gelandet war. Und Werneck hatte die Situation so interpretiert, dass die beiden ihn hereinlegen wollten.

Es war zufällig die Wahrheit.

Nach einer Pause fragte ich: "Und was war auf den Bändern?"

Rehfeld beugte sich vor. "Wernecks Sohn machte in der Westfälischen Landesklinik vor einiger Zeit eine Entziehungskur. Er war drogensüchtig. Und natürlich nahm er auch an einer begleitenden Psychotherapie teil. Diese Therapiesitzungen wurden auf Bändern festgehalten, um sie später für Forschungsarbeiten auswerten zu können."

Ich pfiff durch die Zähne. Die letzten Teile des Puzzles setzten sich jetzt zusammen. "Und wie kam die Verbindung zu Annette Friedrichs und Jürgen Lammers zustande?", fragte ich. "Annette war da vielleicht Patientin, aber ..."

"Lammers war dort Krankenpfleger."

"Und ich hätte geschworen, dass er keine Arbeit hatte!"

"Hatte er zuletzt auch nicht, weil man ihn wegen seiner eigenen Alkoholabhängigkeit rausgesetzt hatte. Ein Trinker kann schlecht andere Trinker trockenlegen, das klappt einfach nicht."

"Logisch."

"Aber solange er dort arbeitete, konnte Lammers an einen Generalschlüssel gelangen und hatte sich offenbar darauf spezialisiert, die bei den Therapiesitzungen entstandenen Bänder abzuhören, um sie für Erpressungen zu nutzen.

Annette Friedrichs war tatsächlich als Patientin dort. Ich nehme an, dass sie Lammers auf die Schliche kam und er mit ihr halbe-halbe machen musste."
"So könnte dieses Traumpaar zusammengekommen sein", gab ich zu. "Und was war auf diesen Bändern an brisantem Material?"
Rehfeld hob die Augenbrauen und faltete die Hände. Die Daumen drehten sich ein wenig umeinander, bevor er weitersprach. "Dr. Werneck hatte offenbar vor Jahren einen Unfall, bei dem er Fahrerflucht beging. Es gab zwei Tote: eine Mutter und ihr zweijähriges Kind ... Ich habe mir die Akten kommen lassen. Die Sachverständigen waren damals der Ansicht, dass zumindest das Kind hätte gerettet werden können, wenn Dr. Werneck angehalten und geholfen hätte."
"Damit wurde unser aller Oberbürgermeister also erpresst!"
"Ja."
Ich nickte leicht. "Wenn das an die Öffentlichkeit gelangt wäre, hätte er sicher kaum noch Chancen gehabt, an seiner politischen Karriere zu basteln."
Rehfeld lachte heiser. Wie ein Saloonkeeper, der mindestens ebensoviel trinkt, wie er ausschenkt. "Seine eigene Partei hätte ihn nicht einmal mehr als Kassierer genommen!", meinte er.
"Und Hartmut wusste von der Fahrerflucht und hat davon seinem Therapeuten erzählt?", hakte ich nach. Ein bisschen mehr wollte ich noch wissen.
Rehfeld kratzte sich am Doppelkinn und lockerte dann ein wenig den dicken Windsorknoten seiner Krawatte. "Fast", sagte er gedehnt und genoss es sichtlich, mich ein wenig auf die Folter zu spannen.
"Sie wollen einen armen Western-Autor doch nicht erst zu einem Bestechungsversuch verleiten, um Ihnen die Einzelheiten anschließend aus der Nase ziehen zu dürfen!"

Rehfeld grinste und schüttelte den Kopf. "Nein", murmelte er zu meiner Erleichterung. "Irgendwie sagt mir mein Sinn für Gerechtigkeit, dass Sie genug gelitten haben, Herr Hellmer."

Na bitte!, dachte ich. Der Beginn einer wunderbaren Freundschaft. Oder zumindest einer erträglichen Koexistenz. Gleichgewicht des Schreckens inbegriffen.

Ich hoffte, dass das, was er mir nun sagte, genauso wichtig sei wie die Miene, die er dazu machte.

"Es war folgendermaßen", begann er bedeutungsvoll und lehnte sich zurück. "Die Polizei hat schließlich doch ermitteln können, dass es Wernecks Wagen war, mit dem die Fahrerflucht begangen wurde."

Ich runzelte die Stirn. "Und warum ist er damals nicht drangewesen?"

"Weil er seinen Sohn überredet hat, die Schuld auf sich zu nehmen."

Ich begriff. Deswegen war der OB quasi in der Schuld seines Sohnes gewesen, und dieser hatte das ausgenutzt, indem er ihn finanziell molk wie eine Kuh. Dr. Werneck hätte nicht gewagt, nein zu sagen und einen Scheck nicht zu unterschreiben. Hartmut war wohl in seine Drogenkarriere zurückgefallen und hatte jeglichen Stolz oder Skrupel aufgegeben.

"Hartmut war immer schon psychisch labil, aber nach dem Unfall bekam er ziemlich große Probleme", berichtete Rehfeld weiter. "Er konnte mit dem, was in jener Nacht geschehen war, einfach nicht fertig werden."

Was ich verstehen konnte.

Der Rest war leicht zusammenzureimen. Vermutlich hatte ihn sein Vater wegen der Erpressung angesprochen, ihn gefragt, was auf den Psychiater-Bändern alles zu hören sein konnte, mit denen er unter Druck gesetzt wurde.

Als Lammers dann starb, hatte Hartmut offenbar vermutet, dass sein Vater mit der Tat in Zusammenhang stand, entweder als Täter oder zumindest als Auftraggeber. Möglich, dass

Hartmut versuchen wollte, einen zweiten Mord zu verhindern, und ich ihn deswegen in der Nähe jener Wohnung traf, in der sich Annette versteckt gehalten hatte.

"Ich habe Hartmut für eine Weile für den Mörder gehalten", murmelte ich. "Schon wegen der Waffe, die er bei sich trug."

"Den Revolver hatte er wohl besorgt, um sich selbst umzubringen. Er hat ihn mir übergeben, als er aus der Versenkung auftauchte und seine Aussage machte. Es schien ihn sehr zu erleichtern."

"Wo ist Hartmut jetzt?"

"Für ein paar Wochen in der Klinik."

"Ich hoffe, er kommt darüber weg."

"Tja ..."

Ich nickte. Und irgendwie fand ich, dass es jetzt langsam Zeit zum Gehen war.

"Tja, so ist das also", murmelte Rehfeld, weil ihm nichts mehr einfiel.

Ja, dachte ich. Und in den nächsten Tagen würde man auch das in der Zeitung lesen können.

Rehfeld reichte mir die Hand. "Es tut mir Leid", sagte er, und ich wusste schon was.

"Mir auch", sagte ich, denn ich hatte ein paar wertvolle Arbeitstage verloren, die mir niemand ersetzte.

"Ich hatte wirklich geglaubt, dass Sie, Hellmer ... Naja, egal."

Rehfeld lächelte.

Ich erhob mich.

"Auf Wiedersehen", sagte Rehfeld.

"Besser nicht", sagte ich.

Wir grinsten beide.

38

>*Graham, der Besitzer des Drugstores, reichte Jake McCord die Hand*‹, schrieb ich am Abend, als ich die letzten Zeilen der ›*Gnadenlosen Wölfe*‹ in die Tasten hackte.

›*"Wollen Sie nicht noch eine Weile in der Stadt bleiben, Jake? Stone City ist ein schöner Ort. Vor allem jetzt, nachdem Sie hier aufgeräumt haben."*

"Schon möglich", murmelte McCord. Und seine Gedanken gingen zu Ann, deren Tod jetzt gerächt war.

Ihre grünen Augen und das feingeschnittene Gesicht wollten ihm einfach nicht aus dem Sinn gehen.

"Einen Sheriff wie Sie könnten wir gebrauchen!", meinte Graham indessen.

Aber Jake McCord schüttelte den Kopf.

"Nein", sagte er entschieden. "Hier ist nicht mein Platz."

Dann gab er seinem Braunen die Sporen, jagte ihn die staubige Main Street entlang und hinaus auf das freie, weite Brassada-Land.

Der einsame Reiter blickte sich nicht um.

ENDE.‹

EINE KUGEL FÜR LORANT

Ostfriesland-Krimi von Alfred Bekker
Ein Krimi von der Waterkant
Sämtliche Personen dieses Romans und manche Örtlichkeiten sind frei erfunden. Ähnlichkeiten zwischen im Roman vorkommenden und tatsächlich existierenden Personen sind ausdrücklich nicht beabsichtigt, Bezüge zu realen Orten jedoch gewollt.
A.B.

1. Kapitel

Gretus Sluiter zuckte zusammen. Für einen kurzen Moment glaubte er, in der Finsternis eine schattenhafte Gestalt hinter dem Töpferladen hervortauchen zu sehen. Aber Sluiter war sich nicht sicher.

Jetzt mach dich nicht verrückt, da war nichts!, sagte er sich.

Er atmete tief durch und strich sich über das schüttere graue Haar.

Dann gähnte er, wandte sich in Richtung des 'Großen Meeres'. Nebel kroch über das spiegelglatte Wasser dieses etwa auf halbem Weg zwischen Emden und Aurich gelegenen Binnensees. Es war dunkel und kalt. Ein sternklarer, tiefer Himmel wölbte sich über das Wasser.

Gretus Sluiter beugte sich nieder, um die Vertäuung seines Jollenkreuzers zu überprüfen. Alles in Ordnung.

Vor einer Viertelstunde hatte ihn jemand zu Hause angerufen und behauptet, dass etwas mit dem Boot nicht stimmte.

Der Anrufer hatte sich als Meerwart ausgegeben.

Sluiter kannte den Meerwart des Großen Meeres nur flüchtig.

Er hieß Benno Folkerts und betrieb neben seiner landschaftspflegerischen Tätigkeit auch noch das sogenannte 'Meerwarthaus', ein direkt am Wasser gelegenes Restaurant.

Sluiter versuchte sich an die Stimme des Anrufers zu erinnern, ihren Klang in sein Gedächtnis zurückzurufen.

Aber letztlich kannte er Folkerts einfach nicht gut genug, um hundertprozentig sicher sein zu können, dass der Meerwart wirklich der Anrufer gewesen war.

Soon Schiet!, ging es Sluiter ärgerlich durch den Kopf. Da hat dich wohl einer auf den Arm genommen...

Sluiter atmete tief durch.

Er stieg auf das Boot, wollte jetzt ganz sicher gehen und überprüfte auch das Schloss der Kajüte. War alles dicht.

Drei Wochen bis Ostern. Sluiter war immer einer der Ersten im Jahr, die ihr Boot in den Hafen legten. Er wollte die Saison so weit wie möglich auskosten. Und jetzt, da er sich das neue Boot zugelegt hatte, galt das ganz besonders.

Sluiter ließ den Blick noch einmal über das Hafenbecken schweifen, in dessen glatter Wasseroberfläche sich die Sterne spiegelten. In der Ferne waren die Lichter von Emden zu sehen.

Im nahen Schilf quakten die Frösche. Dunkle Schatten tanzten dort.

Sluiter blickte auf die Leuchtanzeige seiner Armbanduhr.

Vielleicht konnte er im nahen Meerwarthaus noch ein Bier trinken, bevor er nach Hause fuhr. Und wenn nicht dort, dann in der zwanzig Meter entfernt gelegenen Konkurrenz mit der Bezeichnung 'Landhaus'.

Er stieg wieder an Land.

Ein übler Scherz, das war alles, dachte er.

Sluiter ging an der Uferbefestigung entlang, bog dann in Richtung des Töpferladens ab. Früher war die Hafenbucht eine Badeanstalt gewesen, deren Betrieb der Gemeinde wohl letztendlich zu teuer geworden war. Jedenfalls gab es immer noch das Gebäude mit den Toiletten und Umkleidekabinen. Ein Teil davon beherbergte nun einen Töpferladen. Um den Rest bemühte sich der Yacht-Club seit zehn Jahren vergebens. Sluiter wusste als Schriftführer davon ein Lied zu singen. Von der Gemeinde gab es zu dieser Sache immer dieselbe Auskunft: Es existierten Pläne, die Badeanstalt wieder einzurichten. Deshalb wolle man das Gebäude nicht veräußern.

Diese angeblichen Pläne würden wohl auf ewig Pläne bleiben, denn ihre Verwirklichung hätte vorausgesetzt, dass die dem Gebäude vorgelagerte, ziemlich sumpfige und nach jedem Regenguss knöchelhoch unter Wasser stehende Wiese zu einer richtigen Liegewiese hätte saniert werden müssen. Und dazu fehlte einfach das Geld.

Jetzt war die Bucht aufgeteilt zwischen dem Yacht-Club und dem Seglerverein, zwei Institutionen, die im Grunde dasselbe betrieben: Liegeplätze für Segelboote verwalten und zuteilen.

Der Seglerverein hatte darauf bestanden, dass sein Teil der Hafenbucht abgezäunt wurde und neuerdings wollte er auch Gebühren für die Benutzung der Slippanlage erheben, die in seinem Teil des Beckens lag.

Aber so ist das eben, dachte Sluiter. Die Natur ist knapp, und das bedeutet, dass um jeden Quadratzentimeter verbissen gekämpft wird: Segler, Angler, Surfer, Kanufahrer, Naturschützer... Jede Gruppe steckte ihre Claims ab und bewachte sie eifersüchtig.

Amüsiert erinnerte sich Sluiter an den Antrag eines Kanu fahrenden Ratsherren, der allen Ernstes gefordert hatte, eine Geschwindigkeitsbegrenzung für Segler und Surfer einzuführen.

Sluiter ging mit Storchenschritten über die tiefe, sumpfige Wiese, um dann hinter dem Töpferladen wieder auf einen festen Weg zu gelangen. Die Nässe machte Sluiter nichts. Er trug Gummi-Stiefel.

Sluiter erreichte die gepflasterte Fläche um den Töpferladen herum.

Er erstarrte.

Sein Blick fixierte einen Punkt an der rotgeklinkerten Mauerecke. Jetzt, im fahlen Mondlicht, wirkte das Mauerwerk fast grau.

Da war doch etwas...

Oder jemand!

Im Sommer gab es manchmal Probleme mit betrunkenen Jugendlichen, die über die Boote turnten. Aber im Moment hätten die sich nur die teuren Nike-Turnschuhe versaut.

Sluiter blieb stehen.

Er zögerte.

Der unermüdliche Meerwart, der hier nach dem Rechten sah?

Oder einer der beiden ehrenamtlichen Hafenmeister, die die Bootclubs bestellt hatten?

Wohl kaum, dachte Sluiter.

"Hallo?", fragte er laut. "Ist da jemand?"

Nur ein paar Blässhühner antworteten ihm mit ihren charakteristischen Lauten.

Du siehst schon Gespenster!, ging es ihm dann durch den Kopf. Er trat vor.

Eine nur als schattenhafter Umriss sichtbare Gestalt kam hinter der Mauerecke hervor. Dunkel hob sie sich ab.

Sluiter stutzte.

"Moin!", sagte er, weil ihm nichts besseres einfiel, und er andererseits das Gefühl hatte, mit seinem unbekannten Gegenüber irgendwie in Kontakt treten zu müssen.

Sluiter blinzelte.

Der Unbekannte trat näher. Er trug Gummistiefel, die bei jedem Schritt watschende Geräusche machten.

Sluiter selbst sorgte mit seinem Schatten dafür, dass das Mondlicht kaum etwas von dem Gesicht des Unbekannten beleuchtete. Lediglich das hervorspringende Kinn war deutlicher zu sehen. In der Mitte befand sich ein Grübchen.

Der Mann blieb stehen.

Er hielt etwas Längliches in der Hand. Eine Tasche hing ihm über der Schulter.

Was will der Kerl hier?, dachte Sluiter. Um diese Zeit!

Angeln ohne Angelschein? Soll mir egal sein, Hauptsache, er macht sich nicht an den Booten zu schaffen.

Man konnte gar nicht misstrauisch genug sein, was das anbetraf, so fand Sluiter.

Ein Segelboot war für nicht wenige Leute einfach ein Anlass, ihren Neidgefühlen hemmungslos nachzugeben. Einer, der sich ein Boot leisten konnte, war reich, so das Vorurteil. Niemand beachtete, dass der Bootsbesitzer vielleicht einen schäbigen Gebrauchtwagen fuhr, um sich sein Hobby leisten zu können.

Sluiter kam der Gedanke, dass es sich vielleicht um den Anrufer handeln konnte...

"Schöner Abend heute, was?" meinte Sluiter.

Er erhielt keine Antwort.

Ein unbehagliches Gefühl machte sich in Sluiters Magengegend breit.

Er trat einen Schritt zur Seite, um an dem Unbekannten vorbeigehen zu können. Doch dieser machte die Bewegung mit, versperrte ihm nun erneut den Weg, und Sluiter spürte plötzlich den Puls bis zum Hals schlagen.

Mit dem Blutdruck hatte er schon seit Jahren seine Probleme gehabt. Meiden Sie Stress, hatte er die Worte seines Arztes im Ohr. Treten Sie kürzer, suchen Sie sich ein beschauliches Hobby....

Hatte er getan.

Aber gegen die Art von Stress, die die Anwesenheit dieses Unbekannten verursachte, gab es kein Mittel.

"Was wollen Sie?", fragte Sluiter diesen nun. Jetzt erkannte er, dass der längliche Gegenstand in den Händen seines Gegenübers keine Angel war, sondern ein massives Ruderholz.

"Gretus Sluiter?", vergewisserte sich der Unbekannte.

Eiskalt klang die Stimme.

Ein Schauder überlief Sluiter.

"Sie haben mich angerufen, oder?", kam es zwischen seinen Lippen hindurch. Sluiter bekam dabei kaum die Zähne auseinander.

Er zermarterte sich das Hirn über eine einzige bohrende Frage: Hatte er diese Stimme irgendwann schon einmal gehört?
"Lassen Sie mich vorbei!", forderte Sluiter dann.
Ein leichtes Vibrieren klang in seinen Worten mit. Ein Vibrieren, das seine Angst verriet.
"Nein."
Die Erwiderung klang wie ein Urteil.
Der Unbekannte fasste das Ruderholz mit beiden Händen und schlug zu.
Sluiter wich zur Seite.
Der Schlag traf ihn schmerzhaft an der Schulter. Ein weiterer Hieb folgte unmittelbar darauf und traf ihn am Kopf.
Sluiter stöhnte auf, sank auf die Knie. Ihm war schwindelig.
Er fasste sich an den Kopf. Blut rann ihm zwischen den Fingern hindurch.
Undeutlich sah er den Unbekannten noch einmal ausholen. Das Ruderholz traf ihn voller Wucht an der Stirn.
Mit einem platschenden Geräusch fiel Sluiter in das unter Wasser stehende Gras.
Dort blieb er reglos und in einer eigenartig verrenkten Haltung liegen. In seinen starr gewordenen Augen spiegelte sich das Mondlicht.
Der Mörder legte das Ruderholz auf den sumpfigen Boden.
Die Tasche, die ihm über der Schulter hing, schob er zurück.
Dann fasste er Gretus Sluiter bei den Armen und zog ihn über die Liegewiese. Einmal setzte er zwischendurch ab, ehe er sich den Rest der Strecke vornahm. Schließlich erreichte er die Stelle, an der Sluiters Boot lag.
Die Leiche legte er auf der etwa einen Meter fünfzig breiten befestigten Zone direkt am Ufer ab. Seine Tasche ebenfalls. Er löste die Vertäuung des Bootes, um es näher ans Ufer heranzuziehen. Er machte es erneut fest. Die Außenhaut schabte jetzt an der scharfen Uferkante. Aber wenn er die

Leiche an Bord bringen wollte, konnte er keinen weiten Spagat-Schritt auf das Boot machen.

Der Mörder lud sich Sluiter über den Rücken und stieß ihn dann mit aller Kraft ins Boot hinein. Hart schlug Sluiters Kopf auf dem Boden auf. Blut sickerte heraus, lief über den Polyester-Boden. Ein Fuß hatte sich im Netz der Reling verfangen.

Der Mörder atmete tief durch.

Etwas fehlt noch!, dachte er.

Er wandte sich seiner Tasche zu, holte eine Boßel-Kugel aus Hartholz daraus hervor und warf sie Sluiter hinterher. Sie rollte durch die entstandene Blutlache.

Dann löste der Mörder die Taue und gab dem Jollenkreuzer einen Stoß mit dem Fuß.

2. Kapitel

Lorant tickte mit den Fingern auf dem Lenkrad seines Mitsubishi Carisma herum und folgte dabei dem Takt der swingenden Jazzmusik, die aus den Lautsprechern der Stereoanlage kam. 'Cantaloupe Island' von Herbie Hancock.
Nicht in der Rap-Fassung aus den Neunzigern, die lange als Titelmelodie einer Talkshow gedient hatte, sondern das Original des Meisters selbst. Lorant kannte das Stück in- und auswendig.
Seine Finger bewegten sich wie auf einem Piano. In Gedanken spielte er es mit. Der Jazz war Lorants große Leidenschaft. Er liebte diese freieste aller Musikformen, die zum Großteil aus der Spontaneität des Augenblicks heraus entstand. Kein Jazz-Stück wurde jemals zweimal auf dieselbe Art und Weise gespielt.
Lorant hatte selbst einmal davon geträumt, als Jazzmusiker Karriere zu machen. Immerhin war er ein passabler Pianist geworden. Der Höhepunkt seiner Karriere war ein Auftritt in Kölner 'Subway' gewesen. Auf zwei CDs, die unter einem kleinen Label herausgekommen waren, hatte Lorant mitgespielt.
Aber zum Glück hatte Lorant früh genug erkannt, dass sein Talent wohl nicht dazu ausreiche, um in die Fußstapfen von Miles Davis, John Coltrane oder Thelonius Monk zu treten und Jazzgeschichte zu schreiben. Es reichte allenfalls, um sich hin und wieder als Barpianist etwas dazu zu verdienen. Und so war Lorant den sicheren Weg gegangen.
Den vermeintlich sicheren Weg.
Zwanzig Jahre Polizeidienst hatte er hinter sich.

Schließlich hatte er frustriert den Dienst quittiert. Immer wieder hatte er mit ansehen müssen, wie leichtfertig in Mordfällen ermittelt wurde. Er hatte das auf die Dauer nicht ertragen können. Und als schließlich seine Frau unter mysteriösen Umständen verschwunden war, Umständen, die ein Tötungsdelikt sehr nahe legten, hatte dies das Fass zum Überlaufen gebracht. Er hatte den Dienst quittiert, sich als Barpianist durchgeschlagen und sich schließlich als Privatdetektiv selbstständig gemacht. Sein Spezialgebiet waren Tötungsdelikte, bei denen die Justiz längst aufgegeben hatte.

Oder solche, die zunächst gar nicht als das erkannt wurden, was sie in Wahrheit waren: Morde.

Was damals mit seiner Frau geschehen war, hatte Lorant trotz aller Bemühungen niemals vollständig herausfinden können. Ein ungelöster Fall, der an seiner Seele nagte, wann immer er daran dachte. Die Bilder würden sich wohl niemals aus seinem Gedächtnis löschen lassen. Das sonnendurchflutete Hotelzimmer, die Blutflecken auf dem Boden.

Für einen kurzen Moment kniff Lorant die Augen zu.

Es hat keinen Sinn!, ging es ihm durch den Kopf. Es hat einfach keinen Sinn!

Das Zusammenkneifen der Augen war eine Art Ritual, um diese Bilder aus seinem Bewusstsein zu verbannen. Zumindest zeitweise. Tagsüber klappte das auch ganz gut. In der Nacht war das etwas anderes. Vor Albträumen gab es keinen Schutz. Das hatte Lorant in den letzten Jahren oft genug erfahren müssen.

Zwar waren sie in den letzten Jahren weniger geworden, aber sie hatten nie ganz aufgehört.

Lorant nahm die Autobahnabfahrt Emden-Nord. Sechs Stunden Fahrt lagen hinter ihm, eine davon hatte er im Stau verbracht, gleich nachdem er Köln verlassen hatte.

Jetzt musste er nur noch die Adresse seiner Auftraggeberin finden, die in Forlitz-Blaukirchen, einem kleinen Dorf in Südbrookmerland, wohnte.

Lorant nahm die B270 Richtung Aurich.

Das Land war so platt, wie man es immer behauptete. Man konnte bis zum Horizont sehen. Die Wolken türmten sich zu eigenartigen Gebilden auf. Lorant hatte den Eindruck von Weite.

Fast so, als ob man sich an der Küste befand und auf das offene Meer blickte.

Auf der rechten Seite befanden sich in regelmäßigen Abständen martialisch anmutende Warnschilder.

Eines zeigte einen Sensenmann mit grinsendem Totenschädel.

"Ich fahre mit!", stand darunter.

Ein anderes zeigte eine Reihe von nebeneinandersitzenden Geistern. Darunter stand: Tempo 140 - wir warten schon!

Offenbar wurde auf dieser, von Bäumen umsäumten Allee viel zu schnell gefahren. Hier und da machten verwitterte Holzkreuze auf die Opfer der letzten Jahre aufmerksam. Lorant fuhr vorschriftsmäßig siebzig. Ein BMW A4 drängelte von hinten, betätigte die Lichthupe und setzte schließlich ohne Rücksicht auf einen aus Auricher Richtung heranbrausenden Truck zum Überholmanöver an.

Lorants Adrenalinspiegel stieg. Er bremste ab. Der A4 scherte vor ihm ein. Der Truck donnerte vorbei, betätigte dabei seine Hupe, die den Klang einer Fußballtröte hatte. "Ich heiße Manni", stand vorne auf der Truckhaube. Damit war wohl der Fahrer und nicht der Motor gemeint. Aber offenbar hatten weder Manni noch der BMW-Fahrer sich je die Plakate mit Verstand angesehen. Und das, obwohl sie vermutlich häufiger hier vorbeifuhren, denn beide hatten Auricher Kennzeichen.

Lorant seufzte hörbar.

Shock in the Morning before breakfast!, erinnerte er sich an den Ausspruchs seines Englischlehrers, der das immer gesagt hatte, wenn er jemand ohne Hausaufgaben erwischte. Lorant hatte das ziemlich oft zu hören bekommen.

Immerhin waren jetzt seine grüblerischen Gedanken wirkungsvoll davongejagt. Lorant war wieder ganz im Hier und Jetzt. Trotzdem nahm er die Baseballkappe vom Kopf, weil er anfing zu schwitzen. Seit die Haare weniger wurden, ging er ohne das Ding nicht mehr in die Sonne.

Auf der linken Seite fiel Lorant eine Kirche auf.

Kurz nach dem Ortsschild Suurhusen.

Lorant stutzte.

Der Kirchturm hatte eine so beträchtliche Neigung, dass man eigentlich erwarten konnte, ihn innerhalb weniger Augenblicke niederstürzen zu sehen.

Lorant fuhr etwas langsamer.

Er verengte die Augen, nahm die Sonnenbrille ab.

So was gibt's doch nicht!, dachte er. Der Turm stellte ein Gebilde dar, das allen bekannten Gesetzen der Schwerkraft irgendwie völlig zu widersprechen schien. Und doch stand er.

Wie der schiefe Turm von Pisa.

Lorant schüttelte leicht den Kopf.

War sicher kein besonders angenehmes Gefühl, in unmittelbarer Umgebung dieser Kirche zu wohnen, immer in der Gefahr, dass der Turm niederging.

Die Villen, die direkt nebenan standen, waren schmuck herausgeputzt. Offenbar rechnete keiner der Besitzer damit, sein Anwesen in absehbarer Zeit auf Grund eines niederstürzenden Kirchturms in wesentlichen Teilen renovieren zu müssen.

Lorant fuhr weiter, beschleunigte wieder etwas. Fast auf hundert. Den wartenden Geiern zum Trotz.

Bevor ich den Fall hier erledigt habe, werde ich auf jeden Fall ein Foto von dieser Kirche machen!, ging es ihm durch den

Kopf. Wer weiß schon, wann ich das nächste Mal hier her komme!

Lorant fuhr an der Bedekaspeler Marsch vorbei.

Schließlich erreichte er ein Hinweisschild, auf dem "Großes Meer" stand.

Auf der Wegbeschreibung, die ihm vorlag, war allerdings nicht angegeben, in welche Richtung die Abzweigung mit diesem Hinweis ging.

Lorant wunderte sich darüber, dass das Hinweisschild nach rechts zeigte. Es widersprach seinem Raumgefühl. Ganz grob gesehen hatte er Emden im Süden und Aurich im Norden.

Gleich, in welche Richtung man fuhr, man kam in Ostfriesland immer irgendwann zur Küste, es sei denn man fuhr nach Süden oder Osten.

Diese Abzweigung ging Richtung Osten.

Lorant nahm sie trotzdem.

Meine Güte, dass die hier schon auf die Küste des Jadebusens bei Wilhelmshaven hinwiesen! Das wunderte den Detektiv doch sehr.

Die Straße war schmal, hatte einen separaten Radweg und zog sich wie ein Strich durch die Landschaft. Zu beiden Seiten gab es die charakteristischen Entwässerungsgräben. Hin und wieder stand ein einsames Haus mitten in der Landschaft.

Dann erreichte er ein Ferienhausgebiet.

Tempo 30-Zone.

Lorant erinnerte sich an das Plakat mit den wartenden Geiern und hielt sich dran.

Eine sehr schmale Brücke führte über einen Kanal, dahinter befanden sich reetgedeckte Häuser und ein Parkplatz. Weiter entfernt waren die Campingwagen eines nahen Zeltplatzes und das offene Wasser zu sehen.

Lorant fuhr auf den Parkplatz, stieg aus.

Sein Hintern war ihm von der stundenlangen Sitzerei fast eingeschlafen. Der leichte Wind, der vom Wasser her wehte, wirkte erfrischend. Die beiden reetgedeckten Häuser sahen aus wie Gaststätten. Meerwarthaus nannte sich das eine, Landhaus das andere. Konkurrenz belebt das Geschäft, dachte Lorant. Er schlug die Wagentür zu, ging in Richtung Ufer. Segelboote lagen in einer Hafenbucht. Man konnte Tretboote ausleihen. Einige Surfer waren auf dem Wasser. Ihre Segel wirkten wie Schmetterlingsflügel.

Es war ein Tag mit klarer Sicht.

Und so konnte man das andere Ufer ziemlich gut sehen.

Dies war nur ein kleiner Binnensee, schätzungsweise fünf Quadratkilometer groß.

Wieso müssen die hier nur so übertreiben, wo sie doch die echte Küste vor der Haustür haben!, ging es Lorant kopfschüttelnd durch den Kopf.

Er ließ den Blick zwischen Landhaus und Meerwarthaus schweifen und entschied sich dann für das Meerwarthaus.

Bevor er zu seiner Auftraggeberin ging, beabsichtigte er noch etwas essen und eine Tasse Kaffee trinken. Schließlich wollte er einen einigermaßen wachen Eindruck machen.

Er ging zum Meerwarthaus, passierte den Eingang.

Ein großer, breitschultriger Mann mit kantigem Gesicht stand hinter dem Tresen. Das Kinn war ziemlich spitz, der untere Teil seines Gesichts hatte die Form eines Vogel-V.

"Moin", sagte der Mann hinter dem Tresen.

"Guten Tag", erwiderte Lorant und offenbarte sich dadurch gleich schon als Auswärtigen. "Eine Tasse Kaffee hätte ich gerne und irgendwas zu essen."

"Hier ist die Karte, junger Mann!"

Der Mann hinter dem Tresen reichte Lorant ein in Kunstleder gebundenes Exemplar. Junger Mann, hatte er gesagt. Lorant versuchte sich daran zu erinnern, wann zuletzt das jemand zu ihm gesagt hatte. Musste schon ziemlich lange her sein. Der gönnerhafte Unterton darin missfiel Lorant.

Außerdem war der Mann hinter dem Tresen vermutlich sogar jünger als Lorant.

Zumindest, wenn man nach dem Anteil der grauen Haare ging.

Lorant entdeckte eine Urkunde an der Wand. "Hiermit wird Herr Benno Folkerts zum Meerwart des Großen Meeres bestellt", stand dort unter anderem zu lesen.

Lorant deutete mit dem Finger darauf.

"Sind Sie das?"

"Jau, dat bin ik!", bestätigte der Mann hinter dem Tresen. Er grinste dabei.

"Wieso nennt sich dieser kleine See eigentlich Großes Meer? Ist doch ein bisschen übertrieben? Da könnte sich ja jede Talsperre im Sauerland mit größerem Recht Meer nennen."

Folkerts lachte kurz auf.

"Sie sind nicht von hier, was?"

"Nein."

"Junger Mann, dann hören Sie mir mal gut zu."

"Bin gespannt."

"Hier in Ostfriesland heißt ein geschlossenes stehendes Gewässer Meer. Aber das, was die Auswärtigen unter einem Meer verstehen, das heißt bei uns die See."

"Ah ja."

"Darum heißt es ja auch Nordsee hier bei uns und nicht Nordmeer."

"Nein, das Nordmeer ist ja auch bisschen woanders."

"Eben!"

"Noch eine Frage."

"Junger Mann, es gibt hier so einen Wettbewerb für die Touristen, der nennt sich Friesen-Abitur, da können Sie dat alles lernen."

Lorant schüttelte den Kopf.

Er lächelte mild.

"Nein, es geht nur um den Weg."

"Wo wollen Sie denn hin?"

"Forlitz-Blaukirchen. Ich habe kein Schild mehr gesehen."

"Junger Mann, Forlitz-Blaukirchen ist auch keine Großstadt. Fahren Sie einfach die Straße weiter, dann können Sie es nicht verfehlen."

"Danke."

"Keine Ursache."

Lorant warf einen Blick in die Karte, entschied sich nach kurzem Überlegen für ein Schwarzbrot mit Krabben. "Bringen Sie es mir an den Tisch dahinten", wies er den Meerwart an.

"Kein Problem, junger Mann!"

Wenn du noch einmal junger Mann sagst, passiert was!, durchzuckte es Lorant, obwohl ihm natürlich insgeheim klar war, dass überhaupt nichts passieren würde. Selbst dann nicht, wenn Meerwart Folkerts noch zwanzigmal junger Mann zu ihm sagte.

Während Lorant zum Tisch ging, hörte er, wie der Meerwart seinen Essenswunsch auf Plattdeutsch in die Küche hinüberrief.

Lorant setzte sich. Der Tisch, den er sich ausgesucht hatte, stand direkt am Fenster. Man konnte auf das Meer hinausblicken.

Auf das Meer im ostfriesischen Sinn des Wortes.

Die Tür öffnete sich, und ein Mann in Gummistiefeln trat ein.

Er schien den Meerwart gut zu kennen.

"Moin!"

"Moin, moin!"

"Dat is ein moie Weer, Benno! So ein Wetter hatten wir lange nicht."

"Letztes Jahr um diese Zeit hatten wir Frost, Harm."

"Jau, ich weiß wohl."

"Nächste Woche soll schon wieder alles anders werden."

"Ach, was die im Radio so erzählen, das trifft doch für uns hier an der Küste nie zu."

Harm beugte sich jetzt etwas über den Tresen. Benno Folkert goss ihm einen Korn ein.

"Hör mal, was ist eigentlich wegen der Sache mit Gretus Sluiter noch passiert?"

"Liest du keine Zeitung, oder was?"

"War zwei Wochen in Urlaub, Benno!"

Benno Folkert sprach jetzt ebenfalls in gedämpftem Tonfall.

"Also, soweit ich weiß, ist der Fall abgeschlossen. Die Polizei war noch mal hier, hatte alle möglichen Leute gefragt."

"Aber ist wohl nix bei 'rausgekommen, wat?"

"Nee. Gretus ist wohl mit seinem Boot rausgefahren und hat den Mastbaum vor den Kopf gekriegt."

Lorant spitzte die Ohren.

Seine Auftraggeberin war Bernhardine Sluiter aus Forlitz-Blaukirchen. Die Mitinhaberin mehrerer Geschäfte in Emden hatte Zweifel daran, dass der Tod ihres Mannes tatsächlich ein Unfall gewesen war. Für die Justiz schien der Fall jedoch inzwischen mehr oder weniger den Weg auf den großen Aktenstapel gefunden zu haben.

Benno Folkerts sagte leise: "Also, was ich mich frage, ist, wieso Gretus an dem Abend überhaupt rausgefahren ist. Es war saukalt. Wirklich saukalt und außerdem gab es fast keinen Wind. Dazu stockdunkel. Niemand ist so bescheuert und fährt dann hinaus."

"Jau, da sagst du was!", stimmte Harm zu.

"Außerdem frage ich mich, wieso Gretus rausgefahren ist, ohne das Segel hochzuziehen!"

"Ja, aber wenn die Polizei das meint!"

"Man steckt da ja nicht drin!"

"Ich denke, die werden nicht gerade bei dir vorbeigekommen sein, um dir die Akten zu zeigen!"

Benno Folkerts schüttelte den Kopf, nahm sich selbst einen Korn. "Nee, das nun allerdings nicht!"
Eine weibliche Stimme schrillte aus der Küche.
Lorant konnte nicht verstehen, was sie sagte. Erstens sprach sie plattdeutsch, zweitens verhallte ihr Klang auf Grund der akustischen Gegebenheiten im Küchenbereich zu sehr. Machten wohl die gekachelten Wände.
"Ja, ich komme!", rief Benno Folkerts zurück und Lorant ahnte schon, dass es irgendwie um sein Krabbenbrot ging.
Folkerts verschwand.
Lorant bedauerte, dass das Gespräch zwischen Harm und dem Meerwart damit fürs Erste zu Ende war.
Einige Augenblicke später kehrte Folkerts in den Schankraum zurück, balancierte einen Teller auf der linken Handfläche und eine Tasse Kaffee in der Rechten. Er stellte beides schließlich vor Lorant auf den Tisch.
"Wollen Sie dazu auch noch etwas anderes trinken als Ihren Kaffee?", fragte der Meerwart dann. Man konnte die Verachtung, mit der er das Wort Kaffee aussprach, deutlich heraushören. Ein Getränk für zivilisierte Leute ist das in seinen Augen wohl nicht, überlegte Lorant.
"Nein danke", erwiderte Lorant.
"Naja, muss ja jeder selber wissen."
"So ist es."
Folkerts wollte sich schon wieder zum Gehen wenden, als Lorant ihn fragte: "Kannten Sie ihn gut, diesen Gretus Sluiter?"
Benno Folkerts Augen verengten sich etwas.
Er fixierte den auswärtigen Lorant mit einem schwer zu deutenden Blick. Verwunderung war auf jeden Fall darin zu lesen. Aber vielleicht auch noch ein paar andere, weniger freundliche Nuancen, die Lorant in diesem Augenblick nicht näher analysieren wollte. "Was is?", fragte er zurück. "Na, der Mann, von dem Sie gerade am Tresen sprachen. Gretus Sluiter."

"Was wissen Sie davon?"
"Ich habe von der Sache gehört."
Benno Folkerts zuckte die Achseln. "Wahrscheinlich ist er einfach nur unvorsichtig gewesen", sagte er. "Ich habe ihm mal geholfen, als sein Boot im Schilf feststeckte..."
"Wie kann so etwas denn passieren?"
"Da hatte er auch nicht aufgepasst."
"Ach so!"
Lorant nahm einen Happen von dem Krabbenbrot. Die Krabben waren frisch. Jedenfalls glaubte Lorant das herauszuschmecken.
Benno Folkerts blieb noch bei ihm am Tisch stehen, musterte seinen Gast mit einem nachdenklichen Blick.
"Wieso interessiert Sie das eigentlich? Sind Sie von der Presse?"
"Nein, nein. Wie gesagt, ich habe nur davon gehört."
"Sie wollen nach Forlitz-Blaukirchen?"
"Ja, und?"
"Dorthin, wo Sluiters Witwe wohnt."
"So ein Zufall!"
"Ich glaube nicht an Zufälle."
"Ihre Krabben schmecken jedenfalls gut!"
"Na, wenigstens etwas, womit ich Ihnen helfen konnte, junger Mann!"
Mit diesen Worten ging er zurück zum Tresen.
"Wer ist dat denn?", hörte man Harm leise fragen.
"Was weiß ich. Einer von der BILD-Zeitung oder so."
"Da kommt ihr hier ganz schön ins Gerede, was?"
"Ach, was soll's!"
"Aber wenn du Glück hast, Benno, dann ist dein Lokal hier in der Zeitung. Mit Bild und allem. Das ist doch 'ne Riesenwerbung."
Folkerts beugte sich etwas vor, nachdem er Harm noch einen Korn nachgeschüttet hatte. "Und wenn ich Pech habe",

vollendete er Harms Äußerung, "dann ist statt dessen ein Foto vom Landhaus drin in der BILD-Zeitung!"

3. Kapitel

Lorant fuhr weiter Richtung Forlitz-Blaukirchen.

Hinter einer Biegung trat er auf die Bremse. Die Reifen des Carisma quietschten. Das ABS verhinderte das Schlimmste. Der Wagen kam zum Stehen. Ein Mann stand mitten auf der Fahrbahn, schwenkte eine Fahne.

Etwa zwei Dutzend weitere Personen standen auf der Straße.

Einige von ihnen hielten Flaschen in der Hand. Unter johlender Anteilnahme der Allgemeinheit wurden tennisballgroße Kugeln über den Asphalt gerollt.

Oh nein, das hat mir gerade noch gefehlt!, ging es Lorant durch den Kopf.

Vom Nationalsport der Friesen hatte er schon gehört.

Boßeln nannte sich das und in dem Fernsehbericht, den Lorant in grauer Vorzeit mal darüber gesehen hatte, wurde das so dargestellt, als ob es sich um eine Art norddeutsche Version des französischen Boule-Spiels handelte. Natürlich wie in Deutschland üblich in Vereinen organisiert und streng in Wettbewerbe mit Hartholz- oder Gummikugeln getrennt.

Ob es denen, die auf dieser Straße herumstanden, wirklich in erster Linie um irgendeinen sportlichen Ehrgeiz ging, bezweifelte Lorant angesichts der offenbar feucht-fröhlichen Stimmung, die unter den Teilnehmern herrschte.

Lorant hupte.

Schließlich könnten die ja mal ein bisschen Platz machen!, dachte er.

Einige der Boßel-Spieler drehten sich um. Flaschen und Pinnchen wurden gehoben und dem Auswärtigen freundlich zugeprostet. Irgendwo brandete Gelächter auf.

Der Fahnenschwenker trat von der Seite her an Lorants Wagen heran, tickte dann mit den Fingern gegen die Seitenscheibe.

Offenbar will der was von mir!, schloss Lorant und ließ per Knopfdruck die Scheibe hinunter.

"Ich will da durch!", sagte Lorant ziemlich direkt und ohne Schnörkel. Manchmal sollte man die Dinge eben auf den Punkt bringen, ging es ihm durch den Kopf.

Sein Gegenüber schien genauso zu denken.

Er antwortete trocken: "Nee, dat gait nich!"

"Ey, wie?"

Lorant war etwas irritiert und machte einen

Gesichtsausdruck, der das auch ohne weitere Worte hinreichend zum Ausdruck brachte.

Der Fahnenschwenker, ein rotgesichtiger, sommersprossiger Mann, von dem man annehmen konnte, dass er wohl auch schon einige der Schnappspinnchen hinuntergestürzt hatte, schluckte jetzt und machte ein sehr konzentriertes Gesicht. Das musste er auch, denn er versuchte jetzt hochdeutsch zu sprechen. Offenbar nicht seine Muttersprache.

"Sie können hier nicht durch."

"Wieso nicht?"

"Sieht man doch: Hier wird geboßelt."

"Und wie lange dauert das?"

"Wir ziehen hier die Straße entlang."

"Wahrscheinlich mit einem halben Stundenkilometer oder so."

"Oder so, ja."

"Können Sie den Leuten da nicht mal sagen, dass sie für'n Moment Platz machen und die Kugeln wegräumen? Ich bin ja auch schnell durch."

"Mitten im Wettbewerb?"

Lorant atmete tief durch.

Jetzt hatte er den Weg bis Forlitz-Blaukirchen beinahe gefunden und dennoch führte wohl kein Weg daran vorbei, so kurz vor dem Ziel wieder umzukehren.

Und das wegen ein paar Boßel-Spielern.

Von der Tatsache gar nicht zu reden, dass Lorant um ein Haar in die Gruppe hineingefahren wäre. So einen Unsinn sollte man verbieten!, ging es ihm durch den Kopf. Allerdings musste er zugeben, dass er auch um einiges zu schnell gewesen war.

Einer aus der Boßel-Schar kam mit seiner Flasche Klaren auf Lorants Wagen zu, trat dann an das Seitenfenster heran und hielt die Flasche hoch. In der anderen Hand hielt er ein Pinnchen.

"Auch ein Söipke?"

"Wie?"

"Etwas zu trinken", sagte der Mann mit der Flasche gestelzt.

Die Prinz Heinrich-Mütze war ihm etwas in den Nacken gerutscht. Ein übler Schluckauf machte ihm zu schaffen.

"Nein danke", maulte Lorant.

"Jo, selber Schuld", erwiderte der Mützenträger und goss sich selbst ein 'Söipke' ein. Todesmutig stürzte er den Inhalt des Pinnchens in einem Zug den Rachen hinunter. Gleich anschließend musste er aufstoßen.

Der Fahnenträger grinste.

"Wer nich will, der hat schon, was?"

"So isses!"

"Eigentlich gar nicht das richtige Wetter zum Boßeln. Wenn's draußen kälter ist, wird einem auch nicht so warm vom Söipke!"

"Ich dreh dann wohl besser", meinte Lorant.

"Jo!"

"Jo!"

Die beiden sagten dieses Wort mit einer Verzögerung von einer Viertelsekunde, was einen ganz eigentümlichen Kurzkanon ergab.

"Und wie komme ich nun nach Forlitz-Blaukirchen?"

Der Fahnenträger erklärte es Lorant. Der Mann mit der Prinz Heinrich-Mütze wäre dazu vermutlich auch gar nicht mehr in der Lage gewesen. Er musste erneut aufstoßen, so dass Lorant den ersten Teil der Erklärungen des Fahnenträgers akustisch verpasste.

"....rück zur Hauptstraße, dann ein paar Kilometer weiter Richtung Aurich. Schließlich links ab. Da geht's von der anderen Seite nach Forlitz-Blaukirchen."

"Danke."

"Keine Ursache."

Wär ja auch noch schöner!, dachte Lorant grimmig. War ja schon ärgerlich genug, dass er auf Grund dieser blödsinnigen Kugelschmeißerei einen Umweg machen musste.

Der Mann mit der Prinz Heinrich-Mütze hob die Flasche.

"Nicht doch ein Söipke?"

"Wiedersehen!"

"Tschüss!"

Lorant setzte den Wagen zurück und versuchte ihn dann zu wenden. Auf der schmalen Straße war das trotz des engen Wendekreises gar nicht so einfach. So nahe es ging, fuhr Lorant mit dem Heck an den Graben heran.

Als er es schließlich geschafft hatte, die Kühlerhaube des Carisma in die entgegengesetzte Richtung zeigen zu lassen, trat er das Gaspedal voll durch.

Aus der Stereoanlage waren jetzt die ersten, sehr charakteristischen Akkorde des Miles Davis-Klassikers SO WHAT zu hören. Lorant mochte die in einem mittleren Tempo gespielte Originalfassung am liebsten, die auf dem Album KIND OF BLUE verewigt worden war. In Gedanken spielte Lorant den Klavierpart mit. Die Finger der rechten

Hand zuckten dabei, tickten auf den Lederbezug des Lenkrads. Die Linke brauchte er, um das Steuer auf Kurs zu halten. Wer saß damals eigentlich am Piano?, fragte Lorant sich. Bill Evans? Gut möglich.

Etwa eine Viertelstunde später erreichte Lorant Forlitz-Blaukirchen.

Seine Klientin wohnte in einem der typischen rot verklinkerten Häuser.

Nur, dass das Haus der Sluiters in allem etwas größer und besser ausgestattet wirkte, als man es sonst hier antreffen konnte.

Schon das Grundstück hatte mindestens die doppelten Ausmaße eines gewöhnlichen Bauplatzes. Selbst, wenn man einrechnete, dass Baugrundstücke in einem Flachlandgebiet immer etwas größer schienen als in Landstrichen mit bergigem Charakter.

Lorant parkte seinen Carisma in der Einfahrt, stieg dann aus.

Die Baseballkappe ließ er im Auto.

Sein Longjackett ebenfalls. Er steckte sein Handy in die Innentasche seines Fischgrät-Jacketts, das vermutlich schon genauso viele Jahre auf dem Buckel hatte wie die verschossene Jeans, die er dazu trug.

Immerhin waren die Turnschuhe neu.

Fünf Schritte hatte Lorant in Richtung Eingangstür hinter sich, als ein Hundeknurren ihn erstarren ließ.

Eine gewaltige Dogge schoss hinter der Garage hervor. So groß, dass ein Shetland-Pony dagegen wie ein Hund ausgesehen hätte.

Mit hängenden Lefzen rannte das gewaltige Tier auf Lorant zu, riss dann das gewaltige Maul auf.

"Stop!", ertönte ein knappes, aber unmissverständliches Kommando, ausgestoßen von einer unzweifelhaft weiblichen Stimme. "Tasso, Stop!"

Tasso, die Dogge, stoppte tatsächlich.

Einen Meter von Lorants Fußspitzen entfernt setzte sie sich hin und knurrte auch nicht mehr. Aber das Tier beobachtete den Fremden, der es gewagt hatte, das Sluiter'sche Grundstück zu betreten.

Eine Frau in den Fünfzigern kam hinter dem Haus hervor.

Sie hatte aschblondes Haar. Lorant schätzte ihre Größe auf nicht mehr als ein Meter fünfundsechzig. Höchstens. Sie wirkte sehr zierlich, trug Jeans, Pullover und Gartenhandschuhe.

"Sind Sie Frau Sluiter?", fragte Lorant.

"Die bin ich."

"Lorant mein Name. Wir haben telefoniert."

"Ah, ja."

Lorant deutete vorsichtig auf die Dogge. "Ich habe ja grundsätzlich nichts gegen Hunde, aber der hier ist mir doch etwas zu groß."

"Entschuldigen Sie, Herr Lorant. Aber Tasso ist ganz lieb. Der macht nix."

DER MACHT NIX - ein geflügeltes Wort. Wie oft hatte Lorant das schon gehört? Besonders in den Jahren, als er noch bei der Polizei gewesen war. DER MACHT NIX! Welcher Hundebesitzer sagte das nicht? Die Zahl der Briefträger, die vergeblich auf diesen Satz vertraut hatten, musste Legion sein.

Seit während seiner Polizeijahre mal ein Verdächtiger seinen Dackel auf ihn gehetzt und dieser ihm dann übel in die Wade gebissen hatte, hatte Lorant sich eigentlich vorgenommen, diesem Satz nicht mehr zu trauen. Nie wieder. Andererseits wäre jeder Polizist, der es gewagt hätte, sich gegen einen Hund mit der Dienstwaffe oder einem gezielten Karatetritt zu verteidigen vom gesellschaftlichen Ansehen her vermutlich auf eine Stufe mit Kinderschändern und Politikern abgesunken. Und da überlegte sich jeder FREUND UND HELFER schon sehr genau, ob er etwas gegen vierbeinige

Gesetzesbrecher unternahm oder sich nicht doch besser beißen ließ. Von Postboten oder Privatpersonen, die ja keinen vergleichbaren Amtsbonus besaßen, einmal ganz abgesehen.

Frau Bernhardine Sluiter ging auf Lorant zu, zog sich dabei einen Gartenhandschuh aus und reichte dem Detektiv die Hand.

"Ich bin froh, dass Sie da sind, Herr Lorant."
"Ich auch."
"Wie soll ich das verstehen?"
"War gar nicht so einfach, hier her zu gelangen."
"War die Beschreibung nicht gut, die ich Ihnen gegeben hatte?"
"Doch. Aber zwischendurch wurde ich aufgehalten. Ich brauche Ihnen ja wohl nicht zu erklären, was 'Boßeln' ist..."
Bernhardine Sluiter lächelte matt.
"Nee, das brauchen Sie mir wirklich nicht zu erklären." Sie atmete tief durch, seufzte dabei. "Mein Mann hat diesen Sport bis zum Exzess betrieben." Sie machte eine wegwerfende Handbewegung. "Alles nur ein Vorwand, um sich ordentlich einen hinter die Binde kippen zu können, würde ich sagen, aber ein bisschen Spass muss der Mensch ja haben."

Spass mit Doppel-ss anstatt ß.

Jedenfalls sprach Bernhardine Sluiter das Wort so aus.
"Wir haben ja hier schon keinen Karneval!"
"Und Sie finden, dass Boßeln ein adäquater Ersatz ist?"
"Gott sei Dank wird das noch nicht im Fernsehen übertragen."
"So wie KÖLLE ALAAF!"
"Genau."
Lorant lächelte etwas gequält. "Glauben Sie mir, das kommt auch noch. Irgendein Privatsender findet sich auch dafür!"
"Kommen Sie doch mit ins Haus, Herr Lorant, damit wir alles besprechen können."
"Nichts dagegen, aber..."

Frau Sluiter schien Lorants Gedanken gelesen zu haben. Jedenfalls folgten ein paar knappe Kommandos, die den Hund dazu veranlassten, sich zu entfernen. Er trottete in Richtung der Garage und ließ sich davor nieder.

"Sie sehen..."

"...der macht nix."

"Genau. Und vor allen Dingen hört er auf's Wort."

Lorant folgte Bernhardine Sluiter. Sie gingen am Haupteingang des Hauses vorbei, betraten die kurzgeschorene Rasenfläche. Der Boden war dunkel, tief, und voller Wasser.

Frau Sluiter führte Lorant zur Terrasse.

"Halten Sie diesen Hund aus Sicherheitsgründen oder aus Tierliebe?", fragte Lorant.

"Beides. Allerdings im Verhältnis 90 zu 10 zu Gunsten der Sicherheit."

"Fühlen Sie sich derart bedroht?"

"Mein Mann und ich haben..." Sie stockte, biss sich dann auf die Lippe. "Ich rede von meinem Mann immer noch so, als würde er noch leben. Manchmal denke ich, dass er nach Hause kommt. Tasso denkt das übrigens auch. Er springt plötzlich auf, läuft schwanzwedelnd zur Tür, wenn er was gehört hat..."

Als Bernhardine Sluiter die angelehnte Terrassentür öffnete, sah Lorant ihr Gesicht für einen kurzen Augenblick aus dem Profil. Ein trauriger Ausdruck kennzeichnete ihre Züge in diesem Moment. Ein Ausdruck der Trauer, der jedoch nur kurz sichtbar blieb und einem unverbindlichen, etwas gequält wirkenden Lächeln wich.

Eine Frau, die sich sehr gut zu kontrollieren vermag!, erkannte Lorant. Sie will ihre Emotionen nicht zeigen. Jedenfalls nicht mir gegenüber. Aber ist das so schwer zu verstehen? Ich bin ein Fremder, der in ihre Welt eindringt. Und in nächster Zeit werde ich sogar ziemlich indiskret in dieser Welt herumschnüffeln müssen. In einer Welt, die bis vor kurzem noch völlig in Ordnung schien und in die jetzt der Tod getreten ist.

Der gewaltsame Tod, nicht das schicksalhafte, unabwendbare Ableben eines geliebten Angehörigen, mit dem man sich abfinden muss.

Lorant glaubte zu verstehen, was in seinem Gegenüber vor sich ging.

Du hast das alles selbst durchgemacht, dachte er. Sei nicht zu ungeduldig mit ihr.

Die Witwe führte Lorant ins Haus.

Lorant ließ den Blick schnell durch das mit ziemlich klobig wirkenden Polstermöbeln ausgestattete Wohnzimmer schweifen.

Gelsenkirchener Barock, dachte Lorant. Das hatte sich inzwischen wohl national gesehen durchgesetzt, über alle regionalen Grenzen hinweg.

"Setzen Sie sich doch, Herr Lorant."

"Danke."

"Möchten Sie etwas trinken?"

"Kaffee."

"Tut mir leid, ich habe keine einzige Bohne da. In diesem Haus trinkt niemand Kaffee. Wie wäre es mit Tee?"

"Nein, lieber nicht."

Lorant setzte sich mitten auf das Sofa. Er wandte den Kopf zu den Fotos hin, die da an der Wand hingen. Das erinnerte Lorant an einen Ahnenschrein. Vergilbte Schwarzweißfotos von Groß- und Urgroßeltern. Ein Hochzeitsfoto der Sluiters. Daneben ein Foto, das offenbar auch Gretus Sluiter zeigte. Es musste allerdings mindestens zwanzig Jahre später aufgenommen worden sein.

"Das ist - war - mein Mann!", sagte Bernhardine Sluiter mit tonloser Stimme.

Lorants Blick glitt nach links.

Noch ein Hochzeitsfoto.

Der junge Mann darauf hatte durchaus Ähnlichkeit mit Gretus Sluiter in jungen Jahren.

"Mein Sohn Ubbo und seine Frau Rena."

"Aha, ja..."

"Daneben unsere Enkelkinder."

Lorant warf kurz einen Blick auf das Bild, das zwei Jungs zeigte, die dem ermordeten Gretus unverkennbar ähnlich sahen.

Der Detektiv schätzte sie auf neun und elf Jahre. "Tragen die denn auch so etwas eigentümliche original-friesische Namen?"

Bernhardine Sluiter schüttelte den Kopf.

"Nee, sie heißen Kevin und Marvin."

"Klingt selbst für meine Ohren nicht friesisch."

"Nee, echt nicht!"

Eine Pause entstand. Bernhardine Sluiter rieb etwas verlegen mit den Handflächen über die Oberschenkel, ehe sie schließlich zu sprechen begann. "Wie ich Ihnen am Telefon bereits sagte, geht es um den Tod meines Mannes. Jemand hat hier angerufen und sich als Meerwart des Großen Meeres ausgegeben."

"Benno Folkerts."

"Ja. Sie kennen ihn?"

"Flüchtig." Lorant zuckte die Achseln. "Ich habe ein Krabbenbrot bei ihm gegessen."

"Der Benno hat nichts damit zu tun, da bin ich mir ganz sicher. Da hat Gretus irgendjemand hereingelegt."

"Was hat Ihr Mann Ihnen über den Inhalt des Telefongesprächs gesagt?"

"Dass etwas mit dem Segelboot wäre, das wir am Großen Meer liegen hätten. Gretus ist natürlich gleich losgefahren. Wir haben nicht viel darüber sprechen können. Ich muss gestehen, ich war auch ziemlich beschäftigt. Wissen Sie, wir haben insgesamt drei Geschäfte in Emden, und ich mache die Buchhaltung für alle drei und..."

"Kurz und gut: Sie hatten Stress!"

"Ja, so kann man es ausdrücken." Sie holte tief Luft. Nicht zum ersten Mal, wie Lorant auffiel. Als ob ihr eine zentnerschwere Last auf der Brust liegt und ihr das Atmen schwer macht, überlegte er. Für Sekunden war wieder dieser Ausdruck unendlicher Traurigkeit in ihren Zügen. Aber diese winzige Zeitspanne reichte Lorant aus, um ihn wiederzuerkennen.

Der Tod ihres Mannes hat diese Frau wirklich zutiefst erschüttert!, war Lorant überzeugt.

"Jedenfalls fuhr er dann weg. Es war schon dunkel. Mein Gott, er kam nicht mehr zurück." Sie schluckte. "Ich bin schließlich ins Bett gegangen und dachte, dass Gretus vielleicht noch einen trinken gegangen ist. Am nächsten Morgen war er immer noch nicht da..." Sie schluckte erneut. Die Ader an ihrem Hals pulsierte. Es schien sie auf das Äußerste anzustrengen, über dieses Thema zu sprechen. "Ich habe dann die Polizei verständigt. Es war kaum Mittag, da wurde er in seinem Segelboot gefunden." Frau Sluiter wischte sich kurz über die Augen. "Wenden Sie sich an Hauptkommissar Meinert Steen bei der Kripo in Emden. Der hat jede Menge Fotos vom Tatort in seinen Akten. Ich habe darauf bestanden, sie mir anzusehen. An Gretus' Kopf klaffte eine Wunde. Entweder ist er so gestoßen worden, dass er auf dem Boden aufschlug, oder er hat einen Schlag mit irgendetwas abbekommen. Ein Fuß hing noch im Netz der Reling. Wie er so da hing... Mein Gott, ich sehe jede Nacht dieses Bild vor mir. Rena, meine Schwiegertochter, meint, ich müsste in Psychotherapie. Aber dafür habe ich doch gar keine Zeit. Wir haben drei Geschäfte, wie ich ja schon mal erwähnte, und die müssen weitergeführt werden. Schließlich habe ich ja eine

Verantwortung gegenüber unseren Angestellten und kann mich nicht einfach so hängen lassen."

"Sie gehen von einem Fremdverschulden beim Tod Ihres Mannes aus?"

"Ja."

"Ihre Anhaltspunkte dafür?"

"Erstens der Anruf."

"Und zweitens?"

"Das Segel war nicht hochgezogen, es war kein Wind und es gab keinen Grund für meinen Mann, mit dem Boot hinauszufahren. Der Jollenkreuzer wurde im Schilf gefunden, kam also gar nicht aus der Hafenbucht heraus."

"Sie meinen, jemand hat Ihren Mann mit einem Anruf zum Großen Meer gelockt, beim Boot auf ihn gelauert, ihn erschlagen und dann das Boot auf den See hinaustreiben lassen."

"Das wäre eine Möglichkeit, ja."

"Und die Polizei?"

Bernhardine Sluiter lehnte sich zurück, verschränkte die Arme vor der Brust. Ihr Gesichtsausdruck bekam einen sehr harten Zug um die Mundwinkel. "Offiziell abgeschlossen ist der Fall noch nicht. Aber ich habe das Gefühl, dass die Ermittlungen im Sande verlaufen werden. Zumal mir Kommissar Steen seine ganz persönliche Meinung bereits in einem Gespräch klipp und klar mitgeteilt hat."

Lorant hob die Augenbrauen, fingerte dabei einen Notizblock aus der Seitentasche seines Jacketts heraus und suchte in der Innentasche nach einem Stift. Er fand einen blauen Kuli.

"Wie lautete Hauptkommissar Steens Meinung?"

"Er geht von einem Tod durch Unfall aus."

"Was ist mit Benno Folkerts, dem Meerwart? Ist er befragt worden?"

"Sie meinen wegen des Anrufes."

"Genau."
Bernhardine Sluiter lachte bitter auf. "ICH habe ihn befragt und er hat mir gegenüber natürlich abgestritten, meinen Mann angerufen zu haben. Ehrlich gesagt glaube ich ihm auch. Die beiden kannten sich flüchtig und soweit ich weiß, hat Benno Folkerts nicht den geringsten Grund, meinem Mann schaden zu wollen."
Sie machte eine kleine Pause, ehe sie fortfuhr. "Sie haben mir Ihre Preisliste ja bereits am Telefon genannt und auf Ihrer Homepage ist sie ja auch nicht zu übersehen..."
"Ich muss auch leben."
Sie lächelte matt. "Sie missverstehen mich. Es ist mir völlig gleichgültig, was es kostet! Finden Sie heraus, warum mein Mann sterben musste. Ich will mich nicht mit diesen lauen Ausreden der Polizei begnügen, die doch letztlich nur schwer die Ratlosigkeit verbergen können, die da herrscht. Was immer Sie für richtig halten -—veranlassen Sie es bitte."
"Ich brauche eine formelle Auftragsbestätigung von Ihnen. Warten Sie, ich habe ein Formular vorbereitet."
Lorant holte es in zweifacher, schlecht gefalteter Ausführung aus der rechten Innentasche heraus und legte es ihr vor, gab ihr dann den Kuli dazu. Sie unterschrieb, ohne es zu lesen. Lorant steckte ein Exemplar wieder ein. Das andere überließ er seiner Klientin.
"Am Telefon hatten Sie mich um eine Adressenliste aller Angestellten, Verwandten und Bekannten gebeten", sagte Bernhardine Sluiter dann.
"Richtig. Die würde mir viel Zeit ersparen."
"Ich habe sie für Sie vorbereitet."
Bernhardine Sluiter erhob sich, ging zu einem Sekretär aus dunklem Holz, öffnete eine Schublade und holte ein Kuvert heraus.

Einen Augenblick später überreichte sie es Lorant. "Wenn Sie weitere Angaben brauchen, setzen Sie sich bitte mit mir in Verbindung."

"Gut."

"Wo kann man Sie erreichen?"

"Über Handy. Die Nummer steht auf der Auftragsbestätigung, die ich Ihnen gegeben habe."

"Haben Sie schon eine Unterkunft, wo Sie übernachten werden?"

"Bei Beate Jakobs in der Bedekaspeler Marsch. Jedenfalls habe ich mich da angemeldet." Der Grund dafür, dass Lorant diese Unterkunft ausgesucht hatte, war einfach der, dass sie am billigsten war.

Bernhardine Sluiter lächelte mild. "Beate Jakobs hat jahrelang nur fünfundzwanzig D-Mark pro Nacht genommen. Wie viel sie seit der Euro-Umstellung verlangt weiß ich nicht, aber im Preis ist ein hervorragendes Frühstück mit drin."

"Um so besser."

Lorant erhob sich. Es war alles besprochen. Jedenfalls dachte Lorant das. Frau Sluiter schien jedoch noch irgendetwas auf dem Herzen zu haben. Sie druckste etwas herum, bevor sie es schließlich herausbrachte. "Ich weiß nicht, ob da ein Zusammenhang zum Tod meines Mannes besteht, aber..."

Sie brach ab.

Lorant hob die Augenbrauen.

"Nur zu, Frau Sluiter. Wenn Sie irgendeinen Verdacht haben, jemanden kennen, der vielleicht ein Motiv für einen Mord haben könnte, dann sollten Sie es mir jetzt sagen. Selbst wenn es sich nur um vage Vermutungen handeln sollte."

Bernhardine Sluiter nickte.

"Also gut. Wir haben in letzter Zeit ein paar Mal Probleme mit einer Gang von Russlanddeutschen gehabt, die versucht haben, Schutzgeld zu erpressen."

Lorant wurde hellhörig.

"Kennen Sie diese Leute?"
"Einige ja."
"Haben Sie die Polizei eingeschaltet?"
"Ja. Es gab ein paar vorläufige Festnahmen und Verhöre."
"Die Sache verlief im Sand, nehme ich an."
"Verstehen Sie nun, warum ich der hiesigen Kripo nicht allzu viel zutraue?"
"Allerdings."
"Naja, jedenfalls war seitdem Ruhe, was diese Gang betrifft."
"Wie lange ist die Geschichte her?"
"Ein halbes Jahr. Es wäre ja möglich, dass von denen einer ziemlich sauer war und sich gerächt hat."
"Ich danke Ihnen für den Hinweis. Sagen Sie, wie sind Sie eigentlich auf mich gekommen?"
Frau Sluiter zuckte die Achseln.
"GELBE SEITEN DEUTSCHLAND. Die sind heute doch in jedem Software-Paket dabei, das es beim Kauf eines Computers gibt. Detektive gibt es natürlich wie Sand am Meer. Aber nur einer hatte ungeklärte Tötungsdelikte als Spezialgebiet angegeben."
"Verstehe."
"Gibt es so viele davon, dass jemand wie Sie davon leben kann?"
"Wie Sie sehen—ja! Und die Leute, die sich an mich wenden, stellen wahrscheinlich nur die Spitze eines Eisberges dar. Allerdings gibt es für einen Privatdetektiv finanziell lukrativere Gebiete. Security Consulting für große Firmen und so was."
"Und warum haben Sie sich dann DIESEM Gebiet zugewandt?"
Lorant lächelte dünn.
"Vielleicht unterhalten wir uns ein anderes Mal über dieses Thema."
"Natürlich."

Frau Sluiter brachte Lorant zur Tür. Diesmal zur Haustür. Sie kamen dabei durch einen schmalen Flur. An den Wänden hingen Fotos und Urkunden. In einer Vitrine standen mehrere kleine Pokale.

Lorants Blick blieb daran haften.

"Ja, da sehen Sie, wie intensiv sich mein Mann für seinen Boßel-Verein engagierte. Daneben sponserte er auch noch Kickers Emden mit Bandenwerbung und spendierte dem Yacht Club das Clubhaus."

"Ihr Mann hatte was übrig für den Sport."

"Ja, das hatte er", murmelte Bernhardine Sluiter mit belegter Stimme. "Das hatte er wirklich. Waren auch alle in Regimentstärke auf der Beerdigung angetreten... Die Feuerwehrkapelle hat dazu gespielt..." Tränen glitzerten in ihren Augen.

Wird Zeit, dass ich jetzt gehe, dachte Lorant.

4. Kapitel

Das Gasthaus von Beate Jakobs lag in der Bedekaspeler Marsch, direkt an einem Kanal, der wenige hundert Meter später ins Große Meer mündete. Das 'Gasthaus Jakobs' hatte einen eigenen Bootsanlegesteg, so dass man bei einem Bootsausflug anlegen und Zwischenstopp machen konnte.

Beate Jakobs war eine agile ältere Dame mit faltigem Gesicht und zu einem Knoten gebundenem grauen Haar. Der Schankraum glich eher einem Wohnzimmer als einer gewöhnlichen Kneipe.

Als Lorant eintrat, saßen ein paar Skatbrüder vor dem Kamin und droschen Karten.

"Wie lange werden Sie bleiben, Herr Lorant?", fragte Beate Jakobs.

"Ich weiß es noch nicht genau. Aber wenn Sie wollen, bezahle ich eine Woche im Voraus."

"Nee, das ist nicht nötig. Ich betreibe dieses Haus schon so lange und bin noch nie von einem Gast geprellt worden. Und solange das nicht geschieht, habe ich auch keinerlei Grund, meinen Gästen zu misstrauen."

"Eine sehr noble Einstellung."

"Auf eins muss ich Sie gleich hinweisen. Auf den Zimmern gibt es kein Fernsehen. Das Klo ist am Ende des Ganges."

"Kein Problem."

"Wissen Sie ich könnte ja umbauen und der Üki -— eigentlich heißt er ja Heinrich—-, das ist mein Schwiegersohn, der arbeitet bei der Touristik-Zentrale. Der Üki liegt mir schon seit Jahren in den Ohren, ich soll die Zimmer renovieren lassen und alles auf modern aufmotzen. 'Dat gaait so nich!', hör ich ihn immer reden und ich sag dann: 'Dat gaait doch!' Schließlich habe ich in all den Jahren nie Schwierigkeiten gehabt, die Zimmer voll zu kriegen und warum soll ich da irgendetwas verändern!"

"Da haben Sie sicher Recht."

"Also, dass wir vor dreißig Jahren hier fließend Wasser eingeführt haben, dass sehe ich ja heute ein, dass das notwendig war. Aber ich finde, man muss den Luxus auch nicht übertreiben."

"Ich brauche nur ein Bett zum Schlafen und 'ne Steckdose für den Rasierapparat. Dann bin ich schon zufrieden."

"Na, dann is' ja gut!"

Lorants Zimmer lag im Obergeschoss.

Die Wirtin ließ es sich nicht nehmen, es dem Detektiv persönlich zu zeigen. Man hatte eine fantastische Aussicht.

Immerhin lag es hoch genug, um über die vorgelagerten Schilf-Areale bis zum Großen Meer blicken zu können.

Das Wasser glitzerte in der Sonne.

Inzwischen war etwas mehr Wind aufgekommen.

Surfer schwebten Schmetterlingen gleich über die Wasseroberfläche.

"Prima", sagte Lorant.

Das Zimmer selbst wirkte sehr vollgestellt. Ein Bett, ein Tisch, ein Stuhl, ein Sofa, ein dicker, klobiger Kleiderschrank...

Wahrscheinlich war die Hälfte des Mobiliars überflüssig. Lorant vermutete, dass es nur deswegen hier stand, weil sich die Besitzerin nicht davon trennen konnte und keinen anderen Platz hatte, um es unterzubringen.

"Da, auf der anderen Seite vom Großen Meer soll einer in seinem Boot umgekommen sein", meinte Lorant, in der Hoffnung, von seiner Gastgeberin den neuesten Klatsch über die Geschichte zu erfahren.

"So, haben Sie auch schon von der Sache gehört."

"Ja, war doch erst kürzlich."

"Also ich bin mit der Mutter von Gretus Sluiter zusammen zur Schule gegangen."

Tja, manchmal ist die Welt verdammt klein, dachte Lorant.

"Ich weiß noch, dass die Heike -—also Gretus Mutter -—so viel Kummer mit dem kleinen Gretus hatte. Irgendeine Darminfektion hat ihn als kleinen Knirps ganz dünn werden lassen. Und wenn man dagegen sieht, wie rund er zuletzt war! Aber ich habe den Verdacht, dem Gretus sein Bauch kam mehr vom Trinken."

"Jemanden, der so einen Hass auf ihn gehabt haben könnte, um ihn umzubringen, wissen Sie nicht zufällig?"

Beate Jakobs stemmte die Arme in die Hüften.

"Herr Lorant, wo denken Sie hin! So was passiert hier nich'!"

Sie seufzte hörbar schüttelte dann den Kopf. "Der Gretus war immer schon ein bisschen döspaddelig. Ich hab noch kurz vor Heikes Tod, als sie schon ganz schlecht darniederlag mit ihrem Krebs, da habe ich zu ihr gesagt: Heike, watt mutt dein Junge soon großes Boot fahren? So einen Jollenkreuzer! Der ist doch viel zu groß für ihn, das kann so ein Mann, dessen beste Jahre nun inzwischen wohl auch schon vorbei sind, gar nich' bewältigen! Was glauben Sie, was für Kräfte dabei wirksam werden, wenn der Wind so richtig ins Segel haut und der Mastbaum herumschlägt?"

Der Redefluss der Wirtin wäre mit Sicherheit noch lange nicht abgeebbt, aber in diesem Augenblick rief jemand aus dem Schankraum etwas hinauf.

"Wir unterhalten uns ein andermal", sagte Beate Jakobs und rieb die Handflächen über das weiße Hauskleid aus Perlon, das schon fast museumsreif war. Ist wahrscheinlich genauso alt wie die Wasserleitung, dachte Lorant. Also dreißig Jahre. Immerhin hatte Frau Jakobs seitdem offenbar ihre Figur gehalten, denn die Knöpfe gingen gut zu, ohne dass es spannte.

Sie verließ den Raum.

"Ja, ich bin ja schon da!", rief die Wirtin die Treppe hinunter.

Lorant ließ sich in den plüschigen Sessel fallen. Die Federn waren mehr oder weniger durchgesessen. Lorant sank sehr viel tiefer ein, als er erwartet hatte.

Was jetzt?, dachte er, holte dabei das Kuvert aus der Innentasche, das ihm Bernhardine Sluiter gegeben hatte. Die Namens- und Adressenliste.

Er öffnete den Umschlag, faltete das eng von beiden Seiten beschriebene Blatt auseinander. Sehr akkurat hatte Frau Sluiter das gemacht. Sie hatte eine ziemlich kleine, sehr genaue Handschrift. Die Handschrift einer Pedantin, dachte Lorant. In Bezug auf die Liste konnte ihm diese Eigenschaft seiner Klientin nur von Nutzen sein.

Heute werde ich niemandem mehr einen Besuch abstatten!, dachte Lorant. Aber vielleicht kann ich mir ja noch den Tatort ansehen.

Und Morgen?

Seine erste Adresse war mit Sicherheit die von Kriminalhauptkommissar Meinert Steen.

Lorant hoffte, dass Steen einigermaßen kooperativ war und ihn nicht als lästige private Konkurrenz betrachtete.

Revierdenken war immer etwas ziemlich Unproduktives. Aber leider musste man immer wieder damit rechnen, wenn man sich mit ungeklärten Todesfällen beschäftigte.

Lorant schloss die Augen.

Das Gesicht seiner Frau erschien vor seinem inneren Auge.

Ihr Lachen. Ihr langes, dunkelblondes Haar. Die blauen Augen.

Lorant schluckte.

Deinen Mörder habe ich nicht finden können.

Leider.

Der Witwe von Gretus Sluiter sollte es besser gehen als ihm.

Dafür würde er sorgen. Seine Hände krampften sich zusammen, ballten sich zu Fäusten. Er atmete regelmäßiger. Die Vergangenheit ist nicht mehr zu ändern, dachte er. Die Zeit ist eine verfluchte Einbahnstraße, und es hat keinen Sinn, da den Geisterfahrer spielen zu wollen...

Die Akkorde von BESAME MUCHO klangen aus dem Background seines Bewusstseins. Er mochte die mit einem Augenzwinkern gespielte Version, die Michel Petrocchiani auf seinen Solo-Livekonzerten gespielt hatte. Lorants Finger lösten sich aus ihrer Verkrampfung. Sie zuckten, begannen dann auf der Sessellehne herumzuticken. Ein wirksames Mittel gegen trübe Gedanken. Die Musik wurde lauter, rückte mehr in den Vordergrund. Lorant konnte sich ihrem Sog nicht entziehen. Er wollte es auch gar nicht. Denn, wenn er den Harmonien und Melodieläufen gedanklich folgte, dann war sein Kopf unfähig dazu, sich in der Vergangenheit zu verlieren. Eine wirksame Methode, um einen klaren Verstand zu bekommen, um alles los zu werden, was auf der Seele lastete und Lorant daran hinderte, sich auf das Hier und Jetzt zu konzentrieren.

Auf den Augenblick kommt es an, dachte er.

Die Gegenwart existiert.

Die Vergangenheit ist ein Konstrukt der Erinnerung.

Die Zeit ist eine Illusion des menschlichen Geistes.

Drei Gedanken, die für Lorant so etwas wie einen Rettungsanker darstellen.

Der Augenblick, das waren die Akkorde von BESAME MUCHO. Sonst nichts. Und über diesen Akkorden und dem furchtbar traurigen Thema begann Lorant jetzt zu improvisieren.

Seine Finger tanzten über imaginäre Tasten. Sein Gesichtsausdruck wirkte eigenartig entrückt, entspannte sich jetzt sogar etwas.

Die Augen blieben geschlossen.

Lorant war in SEINER Welt.

Einer Welt aus Tönen und Rhythmus.
Wenn es nach ihm gegangen wäre, so hätte er ewig dort bleiben können.

5. Kapitel

"Ma, ich weiß nicht, ob es richtig war, diesen Detektiv zu engagieren!", sagte Rena Sluiter. Sie war eine attraktive Frau, Anfang dreißig, hatte langes, blondes Haar, das sie aufgesteckt trug. Die Jeans und der sehr enge Pullover, den sie trug, zeichneten die geschwungenen Linien ihrer perfekten Figur exakt nach.

Bernhardine Sluiter betrachtete die Attraktivität ihrer Schwiegertochter nicht unbedingt mit Wohlgefallen. Das lag weniger daran, dass sie der Jüngeren die Jugend und Anziehungskraft neidete. Nein, über diesen Punkt war sie schon seit langem hinweg. Es war die Tatsache, dass ihr Sohn Ubbo von Renas Proportionen so fasziniert gewesen war, dass ihm einige wesentliche Aspekte an Renas Charakter völlig entgangen waren.

So zumindest sah Bernhardine Sluiter die Situation.

Sie hielt Rena für kaltherzig und narzisstisch.

Eine egoistische Person, die in Bernhardines Augen keinen Familiensinn kannte und sich bei ihrem Ubbo ins gemachte Nest gesetzt hatte. Friseurin war Rena gewesen, als Ubbo sie kennen gelernt hatte. Dann hatte sie kurz in einer Boutique gejobbt. Sie hatte keinen Sinn für das Geschäft, so wie Bernhardine. Schon deswegen hatte Bernhardine immer gefunden, dass sie nicht die richtige Frau für ihren Ubbo war.

Aber Bernhardine war klug genug gewesen, nicht zu versuchen, Rena ihrem Sohn auszureden. Sie wusste, dass sie gegen Renas Vorzüge letztlich kein Argument hatte. Und ihr Mann Gretus hatte sie wohl auch kaum objektiv betrachten können. Ganz im Gegenteil. Er hatte seiner hübschen

Schwiegertochter nichts abschlagen können. Immerhin hatte Bernhardine es geschafft, Renas Einfluss in der Familie einigermaßen klein zu halten. Rena war eine gewisse Durchtriebenheit zu eigen, aber die war glücklicherweise noch nicht gleichbedeutend mit wirklicher Intelligenz. So sah Bernhardine das jedenfalls.

Bernhardine saß ruhig im Sessel, beugte sich etwas vor und goss die Milch in den Tee. Dann wartete sie geduldig ab, bis sich der weiße Fleck verbreitete und schließlich die gesamte Oberfläche des Tees einnahm.

"Was hast du dagegen, wenn der Tod deines Schwiegervaters gründlich aufgeklärt wird?", fragte Bernhardine.

Ihre Stimme klirrte wie Eis.

Eine dunkle Röte überzog Renas Gesicht.

"Ma, das ist Aufgabe der Polizei!"

"Die hat bis jetzt ihren Job nicht allzu gut gemacht, wie du zugeben musst!"

"Und dieser...dieser..."

"Lorant heißt er."

"Dieser Lorant, meinst du, macht das besser?"

"Mehr als Hauptkommissar Steen kann er auch nicht verbocken, liebes Kind."

LIEBES KIND - das klang aus Bernhardines Mund in diesem Augenblick fast wie Ironie.

Rena war das keineswegs entgangen.

"Wer sollte Pa denn umbringen?"

"Das werden wir ja sehen. Irgendjemand hat es getan. Und ganz gleich, wer es ist oder aus welchem Grund er es getan hat, ich will, dass er der Gerechtigkeit zugeführt wird!"

"Ma! Das will ich doch auch!"

"Hört sich für mich aber nicht so an."

Aus dem Flur waren Kinderstimmen zu hören. Ein schepperndes Geräusch folgte.

Irgendetwas war umgefallen.

Aber Bernhardine Sluiter beschloss, sich darüber nicht zu ärgern. Selbst wenn es die teure Vase auf der Kommode war. Jetzt wollte sie sich darüber einfach nicht aufregen. Das ist der Vorteil, wenn man echte Probleme hat, dachte sie. Man bekommt wieder einen Blick für die Proportionen. Mein Mann ist ermordet worden und das ist im Moment alles, worüber ich mich aufregen werde.

Bernhardine Sluiter atmete tief durch, führte die Teetasse zum Mund und nahm einen Schluck. Sie schluckte mit der Tee/Milch-Mischung auch einen Teil ihres Ärgers über Renas schlecht erzogene Jungs hinunter.

Nicht mal das hat sie richtig hingekriegt!, dachte Bernhardine bitter. Die Sprüche ihrer eigenen Großmutter fielen Bernhardine wieder ein. Sprüche, die davon handelten, dass Schönheit verging, der Charakter aber blieb.

Ubbo hatte auf die Einwände, die Bernhardine damals sehr vorsichtig ihm gegenüber vorgebracht hatte, einfach nicht hören wollen. Jetzt hatte er die Frau, die er verdiente.

Zwei Jungs rannten ins Wohnzimmer hinein. Etwa elf und neun Jahre alt. Der Jüngere trat dem Älteren vor das Schienbein.

Dieser scheuerte seinem jüngeren Bruder umgehend eine. Beide schrien und beschuldigten sich lauthals.

"Dieser verfickte Hurensohn hat meine Pokémon-Karten in die Hundescheiße gesteckt!", rief der Kleinere.

"Ja, und du blöder Wichser, was hast du gemacht? Na sag's schon, du Arsch!"

"Schluss jetzt!", fuhr Bernhardine dazwischen. Sie war aufgesprungen. Die Jungs starrten ihre Oma an. "Ich will keinen Ton mehr hören!" Bernhardine wandte sich an Rena. "Dass du es den Jungs durchgehen lässt, dass sie so reden!"

"Das lernen sie in der Schule!"

"Das lernen sie, weil du es zulässt!"

"Ma, jetzt hör auf, dich in meine Erziehung einzumischen!"
"Von was für einer Erziehung redest du denn?"
"Jedenfalls lasse ich meine Kinder selbstständiger aufwachsen, als du es bei deinem Ubbo getan hast!"
"Ach, ja?"
"Sie sind auf jeden Fall keine Muttersöhnchen, sondern..."
"Mutterficker!", zischte der Kleinere seinem Bruder zu und fletschte dabei die Zähne wie man es eigentlich eher von der Dogge der Sluiters erwartet hätte.
"Ich will so etwas hier nicht mehr hören!", rief Bernhardine.
"Misch dich nicht ein!", rief Rena zurück.
"Ach, aber du darfst dich umgekehrt sehr wohl in meine Sachen einmischen und mir vorschreiben, ob ich einen Detektiv engagiere oder nicht!"
"Mach doch, was du willst, Ma!"
Rena wandte sich ihren Kindern zu, die interessiert dem Streit der beiden Frauen gelauscht hatten. "Wollt ihr jetzt etwas essen?"
"Nee!"
"Kein Hunger."
"Wollt ihr denn jetzt wenigstens eure Spielsachen zusammenräumen, damit wir nach Hause fahren können?"
"Nee!"
"Ey Scheiße, kein Bock!"
Bernhardine verdrehte die Augen. "Wenn du sie so fragst, wirst du es wohl selber machen müssen!", sagte sie an Rena gewandt.
"Wollt ihr denn vielleicht noch ein bisschen rausgehen, damit ich mich mit Oma unterhalten kann?"
"Wieso denn?"
"Keine Lust."
"Wir bleiben hier, sonst tritt Marvin mich dauernd!"
"Und Kevin muss die Pokémon-Karten aus dem Scheiße-Haufen rausholen, dieser Pisser!"

"Selber Pisser!"
"Schwule Sau!"
"Raus jetzt!", brüllte Bernhardine.
Marvin und Kevin starrten ihre Oma an. Dann verschwanden sie durch die Tür. Kaum waren sie im Flur, da fing der Streit wieder an. Bernhardine machte die Tür hinter ihnen zu.
"War das jetzt eine Kostprobe deiner Super-Pädagogik, Ma?", fragte Rena mit beißendem Unterton. Sie lehnte sich gegen die Kommode.
Bernhardine atmete tief durch. "Nein, ich konnte es einfach nicht mehr aushalten." Ihre Stimme bekam einen belegten Klang.
"Fast dreißig Jahre waren Gretus und ich zusammen und jetzt holt ihn mir irgendjemand einfach weg. Das stecke ich nicht so einfach weg."
Rena näherte sich ihrer Schwiegermutter, berührte leicht ihre Schulter. Aber Bernhardine zuckte zurück. Nein, zuviel Nähe von dieser Frau konnte sie unmöglich ertragen. Eine Gänsehaut überlief sie. Ein kaltes Herz hast du, Rena!, durchzuckte es sie.
Warum sieht das nur niemand? Warum hat Ubbo es nicht gesehen? Nur, weil du große Augen machen kannst und immer dafür sorgst, dass deine prallen Brüste gut zur Geltung kommen?
Bernhardine kochte innerlich.
"Vielleicht solltest du doch mal mit jemandem reden, Ma. Mit jemandem, der mehr davon versteht und das professionell macht."
"Du redest von einem Psychologen."
"Ma, du sagst das, als ob..."
"Früher nannte man so einen doch Irrenarzt, oder nicht?"
"Ma!"
"Ja, guck mich nicht so an. So is' es doch!"

Eine quälend lange Pause entstand.

Bernhardine verschränkte die Arme vor der Brust, blickte hinaus in den Garten. Tasso, die Riesendogge, trottete auf die gläserne Terrassentür zu, versuchte sie mit der Nase zu öffnen.

Bernhardine half dem Riesenviech, bevor es damit anfangen konnte, am Türrahmen herumzukratzen.

Der Hund kam herein, lehnte sich gegen Bernhardines Hüfte.

"Ma, wir müssen noch eine andere Sache miteinander besprechen."

"So?"

"Ja, ich weiß, du bist mit Gretus' Tod innerlich beschäftigt und da ist nicht viel Platz für andere Gedanken..."

"Wie gut du meine Gedanken kennst, Rena!" Bernhardines Tonfall troff nur so vor Spott. Nimm dich zusammen!, wies sich die Witwe selbst zurecht. Was soll denn diese Bitterkeit, dieser Zynismus? Er zerfrisst dich am Ende nur selbst.

"Das Leben geht weiter, Ma!"

"Ja, das vergesse ich schon nicht!"

"Ma, dein Mann wollte die FF-Boutique kaufen... Ich bin jetzt noch mal darauf angesprochen worden. Es müssen da jetzt endlich Nägel mit Köpfen gemacht werden!"

"Vorerst habe ich mit den Geschäften, die bereits im Familienbesitz sind, genug zu tun", sagte Bernhardine ausweichend.

"Ma, ICH würde mich doch um die Boutique kümmern. Du weißt, das war immer mein Traum."

"Geschäfte betreibt man nicht, um sich Träume zu erfüllen, sondern um Geld zu machen, mein Kind!"

"Gretus wollte es so!"

Bernhardine wirbelte herum.

Ihre Augen wurden schmal.

Die Nasenflügel bebten leicht.

Ihre Stimme war kaum mehr als ein leises, drohendes Wispern.

"Gretus ist tot! Und wie du selbst gesagt hast, geht das Leben weiter, meine liebe Rena!" Bernhardines Blick ruhte auf Renas festen Brüsten und in Gedanken fügte sie noch hinzu: Zu deinem Unglück bin ich ja gegen die Wirkung deiner beiden Hauptargumente ziemlich immun, liebe Schwiegertochter!

Rena schluckte.

"Was soll das heißen?"

"Dass vorerst an so eine große Investition nicht zu denken ist, Rena."

"Das ist nicht dein Ernst!"

"Das ist mein Ernst!"

"Und Ubbo? Hast du das schon mit ihm besprochen?"

Bernhardine verzog das Gesicht. Ein hartes Lächeln spielte um ihre Mundwinkel. "Du magst ihn ja für ein Muttersöhnchen halten, Rena. Aber rechnen kann er!"

6. Kapitel

Lorant fuhr zum Tatort. Er hatte sich den Weg auf der Karte genau angesehen. Diesmal bog er nicht auf den Parkplatz zwischen Landhaus und Meerwarthaus ab, sondern fuhr ein Stück weiter. Eine Abzweigung führte zu einem Campingplatz.

Der Schlagbaum, der sonst den Zugang zum Meer für Fahrzeuge versperrte, war oben. Lorant passierte ihn, fuhr bis zu einer Art Wendehammer. Dort stellte er den Wagen ab.

Ein Fahrrad- und Spazierweg zog sich parallel zum Ufer des Großen Meeres durch Schilfareale, dann weiter in Richtung Meerwarthaus.

Links befand sich der Hafen des Campingplatzes, zu dem auch eine ins Meer hineinragende Halbinsel und ein Stichkanal gehörten. Das verrostete Tor war offen.

Ein paar Surfer schoben ihre Bretter auf Rädern zur Halbinsel. Der Wind hatte spürbar zugenommen. Und er war eisig, passte überhaupt nicht zu dem Sonnenschein, der den ganzen Tag geherrscht hatte.

Rechts befand sich jene Hafenbucht, die sich zwei Segelclubs teilten, wie die Aushänge in einem Schaukasten überdeutlich machten.

Eine Karte machte die Aufteilung klar.

Das Tor war geschlossen.

Die Sonne stand bereits ziemlich tief, hatte sich rot-orange verfärbt und spiegelte sich im glitzernden Wasser. Ein einmaliges Farbenspiel. Wie auf einer Postkarte!, dachte Lorant.

Ein Ort, viel zu schön, um zu sterben. Und zu morden! Aber offenbar hatte jedes Paradies seine Schlange. Eine Naturkonstante gewissermaßen.

Lorant ging am Zaun entlang, der das Gelände abschirmen sollte. An den Zaun schloss sich ein Flachdachgebäude an, dem seine Vergangenheit als Sanitär- und Umkleidehaus einer Badeanstalt deutlich anzusehen war.

Im hinteren Teil des Gebäudes war eine Töpferei untergebracht.

Ein Mercedes war über den Spazierweg bis direkt vor die Töpferei gefahren.

Ein grauhaariger, bärtiger Mann, dessen Frisur an die zerzauste Haarpracht eines Wikingers erinnerte, war damit beschäftigt, Kisten aus dem Kofferraum des Wagens heraus ins Innere der Töpferei zu transportieren.

Neben der Töpferei gab es einen freien Durchgang zum Hafengelände.

"Moin!", sagte der Töpfer.

"Hallo!", erwiderte Lorant.

"Kann man hier durch oder kriegt man dann Ärger?", fragte Lorant.

Der 'Wikinger' starrte Lorant etwas verwirrt an.

"Ey, wie meinst du das denn?", fragte er.

Ein Ex-68er!, dachte Lorant. Leicht zu identifizieren an der höflichen und etwas distanzierten Anrede 'ey', kombiniert mit dem Vertrauen schaffenden 'du', selbst bei völlig fremden Personen.

Lorant deutete in Richtung Wasser.

"Da will ich hin!", sagte er.

"Na, warum gehst du dann nich'?"

"Dann werde ich mal gehen!"

"Tu das. Aber die Wiese steht fast ganz unter Wasser. Keine Gummistiefel dabei?"

"Nein."

"Selber Schuld."

Blöder Sack!, dachte Lorant und passierte den ungefähr zwei Meter breiten Durchgang neben der Töpferei. Als der gepflasterte Bereich aufhörte, stand er wenig später bis zu den Knöcheln im Wasser, sank dabei förmlich in den Schlamm ein.

So ein Mist!, dachte er und spürte dabei die Feuchtigkeit in seine Turnschuhe hineinkriechen. So hatte er sich das nicht vorgestellt.

Er fragte sich, warum noch niemand auf die Idee gekommen war, hier Reis anzupflanzen. Lorant erinnerte sich an Reportagen über Südostasien, in denen man mit Reisbauern mit riesigen Strohhüten hinter ihren gewaltigen Zebu-Ochsen her knietief durch das auf ihren Reisfeldern stehende Wasser stapfen sah.

War das nicht eine landwirtschaftliche Alternative für Norddeutschland?

Schließlich gab es in der EU doch Rindfleischberge und Milchseen. Aber von einem Reisüberschuss hatte Lorant noch nie etwas gehört.

Liegt wahrscheinlich am schlechten Wetter, dass man das hier nicht macht!, ging es ihm durch den Kopf.

Beim jedem seiner Schritte entstand ein watschendes Geräusch.

Der 'Wikinger' war mit seinen Packarbeiten offenbar fertig.

Jetzt stand er neben dem Eingang seines Töpferladens und beobachtete Lorant.

"Hab' ich ja gesagt!", stieß er hervor, als Lorant sich umdrehte.

Lorant lag eine ziemlich ätzende Erwiderung auf der Zunge, aber dann wurde seine Aufmerksamkeit durch etwas anderes abgelenkt.

Durch einen winzigen leuchtend blauen Punkt.

Und der passte irgendwie farbmäßig nicht in diese Wiese mit ihrem sattgrünen Gras und dem dunklen, mit Schlamm gesättigten Wasser.

Lorant bückte sich, griff in die Matsche und holte einen Kugelschreiber aus der Brühe.

"Na, Gold gefunden?", lachte der 'Wikinger'.

"Ja, so etwas ähnliches", murmelte Lorant und betrachtete den Kugelschreiber genauer. Er drehte ihn herum, wischte mit dem Zeigefinger die Matsche weg. SLUITER BOOTS- UND SEGELBEDARF NESSERLÄNDER STRASSE 34 XXXX EMDEN war darauf gedruckt worden. Die Postleitzahl von Emden war allerdings nicht mehr zu lesen, weil dort die äußere Farbschicht abgeblättert war.

Lorant stapfte zurück zu dem 'Wikinger', zeigte ihm den Stift.

"Hier ist vor kurzem jemand ums Leben gekommen, der so hieß, nicht wahr?", fragte Lorant.

"Wieso interessiert dich dat denn? Polizei?"

"Nein. Privatdetektiv."

Lorant kramte in seinen Jackentaschen herum, suchte nach seinem Ausweis.

"Nich' gut sortiert, wa?"

"Hier!", hielt Lorant ihm seine eingeschweißte Karte entgegen. Irgendwelche legalen Befugnisse waren damit in Deutschland zwar nicht verbunden, aber in der Regel machte Lorant damit großen Eindruck. Die Macht des Fernsehens war eben letztlich doch stärker als die des Bürgerlichen Gesetzbuches und seiner Bestimmungen.

Lorant nahm dem 'Wikinger' den Kugelschreiber wieder aus der Hand.

"Das ist ein Beweisstück!", meinte der Haarige. "Das musst du den Bullen geben!"

Sieh an, dachte Lorant. In Wahrheit also doch ein Spießer! Wie tröstlich.

"Das mache ich auch."
"Also der Sluiter, der ist dahinten auf seinem Boot umgekommen."
"Welches ist es denn?"
"Der rotweiße Jollenkreuzer."
"Der, an dem JERRY dransteht?"
"Ja."
"Wieso nannte Gretus Sluiter sein Boot JERRY?"
"Was weiß ich? Vielleicht ist er JERRY COTTON-Leser!"
"Und ich dachte immer, Segler benennen ihre Boote nach ihren Frauen, um sie gnädig zu stimmen."
"Warum gnädig stimmen?"
"Weil sie so viel Zeit auf dem Boot und so wenig mit ihren Frauen verbringen."
Der Wikinger machte eine wegwerfende Handbewegung.
"Ey, du redest 'nen Quatsch!" Dann deutete er hinaus zu den Booten. "Am besten du fragst mal Ihno Carstens, den Hafenmeister vom Yachtclub. Dahinten siehst du ihn an seiner Jolle herumschrauben. Der Ihno muss den Toten gut gekannt haben. Schließlich waren sie im selben Yacht-Club."
"Und Sie? Sind Sie nicht im Yacht-Club?"
"Ey, nix für ungut, abba mit deinem 'Sie' gehst du mir auf die Eier!"
"'Tschuldigung, war keine Absicht."
"Also ich bin nich' im Yacht-Club, sondern bei der Konkurrenz auf der anderen Hafenseite."
"Ach so."
Lorant betrachtete noch einmal kurz den Kugelschreiber. Die Witwe scheint recht gehabt zu haben, dachte er. Die Ermittlungen waren offenbar nicht sonderlich sorgfältig durchgeführt worden.
Sonst hätte man den Kuli einfach nicht übersehen dürfen.
Wahrscheinlich hatte man gar nicht danach gesucht.

Lorant sah sich um, ließ den Blick schweifen. Was, wenn Gretus Sluiter nicht auf oder an seinem Boot starb, sondern genau hier?, dachte er. Ein Schlag auf den Kopf, Sluiter sank zu Boden, der Täter schleifte ihn davon und dabei verlor er den Stift.

So konnte es gewesen sein.

Lorant war gespannt darauf, was sein staatlich-bezahlter Kollege Kriminalhauptkommissar Meinert Steen dazu sagen würde, wenn er ihn darauf ansprach.

7. Kapitel

Lorant ließ den 'Wikinger' hinter sich, stapfte durch die nasse Wiese auf das Boot von Gretus Sluiter zu. Inzwischen lag es längst wieder an seinem Liegeplatz. Schräg gegenüber am Ausgang des Hafenbeckens befand sich ein Schilf-Areal. Dort war die JERRY offenbar steckengeblieben. Das verwunderte nicht. Bereits aus der Entfernung war anhand der Wellenbrechung zu sehen, wie flach es dort sein musste.

Ein paar Liegeplätze weiter montierte ein ziemlich kahlköpfiger Mann an seinem Boot herum. Er war gerade damit beschäftigt, eine Ankerwinde zu befestigen.

Als er Lorant bemerkte, musterte er ihn misstrauisch.

"Mein Name ist Lorant, ich bin Privatdetektiv und ermittle im Fall Sluiter."

Der Mann runzelte die Stirn. Er erhob sich, wischte sich die Nase mit dem Ärmel ab.

"Ja, und?"

"Sie sind Ihno Carstens, der Hafenmeister?"

"Jooo."

"Angeblich sollen Sie Gretus Sluiter gut gekannt haben."

"Gretus war eine Zeitlang Schriftführer bei uns im Yachtclub, als ich zweiter Vorsitzender war."

"Privat kannten Sie ihn nicht?"

"Natürlich kannte ich ihn privat. Aber..."

"Aber was?"

"Ich dachte, es stünde jetzt fest, dass Gretus verunfallt ist?"

"Für seine Witwe steht das überhaupt nicht fest."

Ihno Carstens schluckte. "Tja, ich meine ja nur. Meinert sagte so etwas letztens..."

"Sprechen Sie von Meinert Steen? Kriminalhauptkommissar Meinert Steen?"

Carstens nickte hastig. "Ja, genau!"

"Ist der auch im Yacht-Club?"

"Hören Sie, was wollen Sie eigentlich? Sie schnüffeln hier herum, stellen Fragen, die..."

"... die Ihnen schon zu nahe gehen? Tut mir leid, ich wollte nicht indiskret sein. Es ist nur so: Angeblich soll Sluiter an oder auf seinem Boot gestorben sein. Aber ich habe dahinten bei der Töpferei einen seiner Kugelschreiber gefunden und frage mich jetzt, ob er nicht auch dort zu Tode gekommen sein könnte."

Lorant zuckte die Achseln. "Darüber mache ich mir eben so meine Gedanken."

"Na, dann denken Sie mal schön..."

"Sagen Sie, Sie kennen nicht zufällig jemanden, der ein Motiv gehabt haben könnte, Gretus Sluiter umzubringen?"

Ihno Carstens' Gesicht wurde starr. "Niemand, den ich kenne, würde so etwas tun!", behauptete er.

Lorant zuckte die Achseln.

"Jemand HAT es aber getan, Herr Carstens."

Er wandte sich herum, ging in Richtung des Liegeplatzes der JERRY. "Vielleicht sehen wir uns ja nochmal und unterhalten uns etwas ausführlicher!", rief er Carstens zu, bevor er dann mit einem weiten Schritt an Bord des Jollenkreuzers ging. Es war nicht ganz leicht, über die Reling zu klettern. Mit dem Klettverschluss eines Turnschuhs blieb er im Netz hängen.

"Was machen Sie?", rief Carstens.

"Ich sehe mich um!"

"Dürfen Sie das denn?"

"Frau Sluiter bezahlt mich sogar dafür!"

Lorant ließ den Blick schweifen. Die Polizei hatte die JERRY vermutlich gründlich unter die Lupe genommen.

Hoffentlich gründlich genug!, dachte Lorant. Auf Blutspuren oder Fingerabdrücke brauchte er jetzt nicht mehr zu hoffen. Dazu war auch schon viel zu viel Zeit vergangen. Und das überaus feuchte ostfriesische Wetter hatte eine gewissermaßen reinigende Wirkung.

Sluiter wandte sich dem Kajüteneingang zu.

Das Schloss war leicht mit einer Kreditkarte zu öffnen.

Im Inneren herrschte Chaos. Segelzeug, eine Anglerhose, zwei lange Ruder für den Fall einer Flaute, ein geöffneter Werkzeugkasten.

Lorant stieg hinab.

An der Wand hing ein Barometer, daneben eine Meerjungfrau aus Messing. Das Innere war mit Holz ausgetäfelt.

Auf dem Boden fiel Lorant eine Kugel auf.

Eine Boßel-Kugel, wie er inzwischen aus eigener leidvoller Erfahrung wusste.

Lorant nahm sie in die Hände.

Die Kugel bestand aus Hartholz.

Wieso hat er dieses Ding nur mit auf sein Boot genommen?, fragte sich Lorant und ließ sich mit der Kugel im Arm auf das Polster der Sitzbank nieder.

Es muss einen vernünftigen Grund dafür geben!, durchzuckte es ihn. Er zermarterte sich förmlich das Hirn darüber. Im Geist hörte Lorant die swingende Basslinie von SO WHAT. Mit dem linken Fuß trat er die betonten Taktzeiten mit, während seine Finger auf der Hartholzkugel herumtickten.

Es musste eine Erklärung geben!

Aber da war eine andere Stimme in ihm, die ganz anderer Ansicht war.

Hat es für das Verschwinden deiner Frau eine Erklärung gegeben, Lorant?, fragte diese Stimme. Das unerklärbare Chaos ist der Normalzustand der Welt, Lorant! Vergiss das nicht!

Lorant schloss für einige Sekunden die Augen.

Jetzt nicht, dachte er. Jetzt bitte nicht diese Gedanken.

8. Kapitel

Am nächsten Morgen frühstückte Lorant in Beate Jakobs' Lokal. Wie bei Oma zu Besuch!, dachte Lorant. Nur der etwas überdimensionierte Schanktisch erinnerte daran, dass man sich in einem Gasthaus befand. Dieser Schanktisch war mit seinen abgerundeten Formen ganz im Stil der Siebziger. Wahrscheinlich genauso alt wie die Wasserleitung und der Kaugummiautomat, der an der Wand hing.
Der Kaffee war ziemlich dünn, aber ansonsten war das Frühstück genau nach Lorants Geschmack.
Mohnhörnchen, Brötchen, ein weich gekochtes Ei und Aufschnitt.
"Ich gebe ja zu, dass ich nich' allzu oft Kaffee koche!", meinte Beate Jakobs. "Wenn Sie Tee genommen hätten, dann hätten Sie den so richtig nach Friesen-Sitte serviert gekriegt. Aber bei uns im Haus trinkt niemand Kaffee."
"Ist alles in Ordnung, Frau Jakobs."
"Wenn Sie wollen, können Sie die Zeitung haben. Hat mein Schwiegersohn schon gelesen -—ist aber noch alles drin."
"Gerne."
Beate Jakobs ging hinter den Tresen, holte die wieder zusammengefaltete Zeitung und reichte sie Lorant. "Mein Schwiegersohn hat sie auch bestimmt nich' auf'm Klo gelesen, sondern in der Küche."
Lorant lächelte.
"Ich werde sie trotzdem lesen. Danke."
"Es wäre allerdings schön, wenn Sie sie ebenfalls wieder zusammenfalten würden. Ich habe nämlich zur Zeit noch einen

anderen Gast. Kommt aus'm Ruhrgebiet. Der steht allerdings immer erst sehr viel später auf und..."
"...und der soll auch noch alles lesen können."
"So is' es!"
"Kein Problem."
Lorant schob das Mohnhörnchen in den Mund, biss ein Stück davon ab und begann zu kauen, während Beate Jakobs in der Küche verschwand.
Lorant schlug die Zeitung auf.
Eine Schlagzeile lautete:
KICKERS EMDEN: LEISTUNGSTRÄGER SOLLEN BLEIBEN!
Lorant blätterte weiter.
ALTE FLIEGER UND ALTE AUTOS, hieß es da.
JAGDGESCHWADER 71 'RICHTHOFEN' IN WITTMUND VERLIERT SICHERUNGSSTAFFEL UND HOFFT AUF STAB, lautete der Untertitel. Und weiter: 'Für die Gebäude ist so wenig Geld da, dass womöglich die Sporthalle geschlossen werden muss. Eine schlechte Nachricht auch für Zivilisten, denn die Halle wird auch von Vereinen genutzt.' Auf dem zum Bericht gehörigen Foto lächelte der Standort-Kommodore zwar, aber das Zitat, mit dem er wiedergegeben wurde, wirkte eher besorgniserregend: 'In den letzten zwei Wochen mussten drei Mal Flugübungen unterbrochen werden, weil das vorgeschriebene vierte Feuerwehrauto ausfiel. Es ist ein Trauerspiel.'
Unter diesen Bedingungen macht so ein Kommodore-Job wohl auch keinen Spaß mehr!, dachte Lorant. Gut, dass der Kalte Krieg vorbei ist!
Dann fiel dem Detektiv eine kleine Meldung am Rand auf.
LEICHE MIT BOßEL-KUGEL IM ARM
Lorant war wie elektrisiert.
'Auf der an der A 28 in der Nähe von Oldenburg gelegenen Autobahnraststätte Huntetal wurde die Leiche eines Mannes

entdeckt. Der Tote war in einen Teppich eingewickelt worden und muss so die letzten Wochen in einem Gebüsch hinter der Leitplanke bei der Ausfahrt gelegen haben. Da die Leiche keine Papiere bei sich trug und laut Polizeisprecher Barstrup vom Dezernat für Tötungsdelikte starke Spuren der Verwesung aufwies, konnte der Mann bislang nicht identifiziert werden. Als Todesursache werden Schläge auf den Kopf angegeben. Im gerichtsmedizinischen Institut Bremen versucht man jetzt, die genaue Todeszeit zu ermitteln sowie eine plastische Rekonstruktion des Gesichtes zu erstellen, um eine Identifikation zu ermöglichen. Rätsel gibt der ermittelnden Mordkommission auch eine Boßel-Kugel auf, die mit dem Opfer zusammen in den Teppich eingerollt war.'

Lorant blickte auf, vergewisserte sich, dass Beate Jakobs nicht gerade in diesem Moment in den Schankraum zurückkehrte.

Auch wenn ich mir den Zorn dieser liebenswürdigen alten Dame und ihres Gastes einhandele - —diesen Artikel brauche ich!, ging es ihm durch den Kopf.

Er nahm die Seite aus der Zeitung, faltete sie und steckte sie ein. Den Rest sortierte er sorgfältig.

Schritte von der Treppe waren zu hören.

Ein Mann Mitte dreißig betrat gähnend den Schankraum. Er trug Jeans und ein Sweatshirt. Die dicken Ringe unter seinen Augen sprachen dafür, dass er nicht viel Schlaf bekommen hatte.

"Moin!", knurrte er und setzte sich an jenen Tisch, den Beate Jakobs für ihn gedeckt hatte. Er schob sich die Ärmel seines Sweatshirts hoch. Die Unterarme waren tätowiert. Drachen im chinesischen Stil, mit großen Augen und schlangenähnlicher Flammenzunge.

"Ich dachte, Sie kämen aus dem Ruhrgebiet", begann Lorant ein Gespräch.

Der Tätowierte blickte auf.

"Häh?"
"Na, weil Sie 'Moin' gesagt haben."
"Ja, aber das sagt man hier doch so."
Er rieb sich die Augen, lehnte sich zurück und stierte Lorant dann völlig entgeistert an. "Woher wissen Sie, dass ich aus dem Ruhrgebiet komme?"
"Ihr Autokennzeichen", log Lorant.
"Was reden Sie für'n Quatsch! Ich habe überhaupt kein Auto!"
"Ach, nein?"
"Ich bin mit dem Motorrad hier!"
"Naja..."
Der Tätowierte deutete Richtung Tresen. "Hat die Alte wieder rumgequatscht, woll? Furchtbar ist das. Die kann einfach ihren Mund nicht halten. Wenn ich mal meine Maschine verkaufen will, sag' ich's am besten einfach ihr! Wetten, ich hätte innerhalb eines halben Tages ein Dutzend Kunden hier vor der Haustür stehen? Wetten?"
"Brauchen wir nicht. Ich glaub's auch so."
Lorant erhob sich und sah auf die Armbanduhr.
Es war exakt acht Uhr.
Etwa gegen halb neun konnte er das Polizei-Präsidium in Emden West erreichen.
Eigentlich müssten dann die Sesselpupser der hiesigen Kriminalpolizei schon aus den Federn sein!, dachte Lorant.

9. Kapitel

Kriminalhauptkommissar Meinert Steen hörte Lorants Ausführungen einigermaßen geduldig zu, schob dabei allerdings immer wieder den Daumen der rechten Hand unter den Halter des Kugelschreibers, sodass es in mehr oder minder regelmäßigen Abständen ein klickendes Geräusch gab.
"So, Frau Sluiter hat Sie beauftragt, in dieser Sache zu ermitteln", wiederholte Steen gedehnt.
"Ja. Und ich ersuche Sie um Ihre Unterstützung."
"Wäre es nicht vielleicht doch angebracht, die Ermittlungen in diesem Fall den Profis zu überlassen?" Steen zeigte ein öliges Lächeln. Seine Haare begannen gerade grau zu werden. Seine Augen wirkten etwas hervorgequollen und wenn er sprach, tanzte der Adamsapfel munter auf und nieder. Er trug ein verknittertes, kleinkariertes Jackett, das aus keinem sonderlich edlen Stoff bestehen konnte.
Wahrscheinlich hundert Prozent Polyester, dachte Lorant.
Aber, wenn er Segler ist, kann er den Fetzen hinterher als Dichtungsmasse für sein Boot benutzen!
Meinert Steen lehnte sich zurück, spielte jetzt ganz offen mit seinem Kugelschreiber herum und tickte damit auf dem Tisch.
Kein Gefühl für Rhythmus!, war Lorants Überlegung dazu. So etwas störte ihn einfach.
"Ich verstehe, dass Frau Sluiter es einfach nicht wahrhaben will, dass Ihr Mann möglicherweise einfach nur verunfallt ist und nicht einem ominösen Killer zum Opfer fiel. Aber bislang haben wir keinerlei Beweise dafür, dass wirklich Fremdverschulden vorliegt."

Lorant holte den Kugelschreiber hervor, den er bei der Töpferei gefunden hatte und reichte ihn Steen.

"Was soll ich damit?"

Als Lorant dem Kriminalhauptkommissar erläuterte, wo und wann er den Stift aufgefunden hatte, war in Steens Gesicht eine Art maskenhafte Erstarrung zu registrieren.

Lorant war klar, dass er jetzt sehr vorsichtig sein musste.

Allein schon das Vorhandensein eines Beweisstückes, das die ermittelnden Beamten unter Steens Leitung ja wohl ganz offensichtlich übersehen hatten, deutete eine empfindliche Seele wie er bereits als massive Kritik. Und dann fielen bei Steen erst recht die Jalousien runter. So jedenfalls schätzte Lorant ihn ein.

Er kannte diese Typen. Zwanzig Jahre hatte er mit ihnen zusammenarbeiten müssen. Nichts war so schlimm für sie, als einmal zugeben zu müssen, dass sie sich schlicht und ergreifend geirrt hatten.

"Ich denke, dass Herr Sluiter bei der Töpferei gestorben sein könnte", sagte Lorant.

Steen hob die Augenbrauen hoch.

"Und wie kam er dann zum Boot?"

"Durch Handarbeit. Er ist hingeschleift oder hingetragen worden, was weiß ich?"

"Und hat dabei den Kuli verloren, darauf soll's doch wohl hinausgehen, was?"

"Erraten."

Steen legte den Kugelschreiber auf den Tisch.

"Aber sonst haben Sie keinen Anhaltspunkt für Ihre Theorie."

Lorant hob die Schultern. "Nein."

"Na, sehen Sie!"

"Aber..."

"Für das Vorhandensein dieses Kugelschreibers an der von Ihnen angegebenen Stelle gibt es eine Reihe anderer möglicher

Erklärungen, von denen ich behaupten würde, dass sie erheblich näherliegend sind!"
"Und die wären?"
Steen seufzte. Er verdrehte die Augen, nahm einen Schluck aus der Mineralwasserflasche, die er neben seinem Schreibtisch stehen hatte. Dass er Lorant nichts zu trinken -—nicht einmal Tee! - angeboten hatte, nahm Lorant nicht persönlich.
Wahrscheinlich wollte Steen das Gespräch mit der lästigen privaten Konkurrenz ganz einfach so kurz wie möglich halten. Aus seiner Sicht war das verständlich.
Steen sagte: "Woher kommen Sie, Lorant?"
"Im Moment wohne ich in Köln."
"Sie kennen die Verhältnisse einfach nicht gut genug, um den Sachverhalt klar erkennen zu können."
"Aber Sie können das."
"Ich denke schon."
"Dann beantworten Sie mir doch bitte eine Frage, Herr Steen."
"Ausnahmsweise, Lorant."
Nicht einmal für den 'Herrn' ist bei ihm noch Zeit!, registrierte Lorant. Deutlich klang die Herablassung aus Steens Worten heraus. Lorant beschloss, sich nicht das Geringste anmerken zu lassen. Gnadenlos konstruktiv bleiben!, wies er sich selbst an. Eine andere Chance hatte er auch nicht, als diesem trockenen Brötchen namens Meinert Steen irgendetwas an Informationen herauszukitzeln.
"Sie sind doch auch beim Boßeln aktiv, oder?"
"War das schon Ihre Frage, Lorant?"
"Nur der erste Teil."
"Ja, ich boßel hin und wieder, wenn ich die Zeit erübrigen kann."
"Dann können Sie mir vielleicht sagen, was eine Boßel-Kugel an Bord der JERRY zu suchen hatte?"
"Der was?"

"Das ist der Name von Sluiters Jollenkreuzer."
"Ach so."
"In der Kajüte lag eine Boßel-Kugel, und ich fand, dass sie irgendwie nicht dorthin passte!"
"Meine Güte, jetzt habe ich aber die Nase voll! Die Hälfte der Sachen, die hier im Büro herumliegt, gehört gar nicht hier hin! Und eine Bootskajüte hat nun mal die Eigenschaft, dass sich da über kurz oder lang alles mögliche an Krempel ansammelt!"
"Dürfte ich die Bilder vom Tatort mal sehen? Kommen Sie, Herr Steen, das können Sie mir eigentlich nicht abschlagen.
Vielleicht bin ich danach ja auch überzeugt, dass Frau Sluiter etwas übertreibt..."
"Und... und geben Ihren vermutlich lukrativen Auftrag wieder zurück?" Steen lachte schallend auf. "Das glauben Sie doch wohl selber nicht, Lorant!"
Lorant zuckte die Achseln.
Steen zögerte einige Augenblicke lang, bedachte Lorant mit einem nachdenklichen Blick und stieß sich dann mit dem Fuß vom Schreibtisch ab, sodass er mitsamt seinem Rollstuhl dem Aktenschrank entgegenrollte.
Zielsicher griff er einen bestimmten Ordner heraus, legte ihn vor Lorant auf den Tisch und schlug ihn auf.
Für Sekundenbruchteile konnte Lorant die Zeile GERICHTSMEDIZINISCHES GUTACHTEN lesen, aber dann hatte Steen die Seite umgeschlagen. Das gerichtsmedizinische Gutachten hätte Lorant natürlich ebenso brennend interessiert wie die Bilder vom Tatort. Aber der Detektiv wollte den Bogen nicht überspannen.
"Hier sind die Bilder", sagte Steen und deutete mit den Fingern auf die sorgfältig einsortierten Fotos.
Lorant konnte sich gut vorstellen, dass einer wie er die Urlaubsfotos von 1976 mit einem Griff zur Hand hatte und alle sechs Wochen einen Dia-Abend mit einer kleinen Auswahl

von etwa sechstausend Bildern aus seinem großen Bildbestand zur Vorführung brachte. Jedem Tierchen sein Pläsierchen, dachte Lorant, während er die Bilder betrachtete.

Mit einem Fuß hing Gretus Sluiter im Netz der Reling fest. Wie dahindrappiert sah das in Lorants Augen aus.

Ein inszenierter Tod...

Ein inszenierter Mord!

Auf keinen Fall ein Unfall.

Lorant hatte in all den Jahren, in denen er sich schon mit ungeklärten Mordfällen auseinandersetzte, eine Art sechsten Sinn dafür entwickelt. Und meistens hatte er mit seinen ersten Ahnungen richtig gelegen.

Lorant schluckte.

Da war sie.

Die Boßel-Kugel.

Lorant beugte sich so nahe an das Bild heran, wie es möglich war.

"Brauchen Sie eine Brille?", fragte Steen ätzend.

"Kann das sein, dass da Blut an dieser Boßel-Kugel klebte?"

"Ja, das kann nicht nur sein, das WAR auch so."

"Was hat die Kugel neben der Leiche zu suchen?"

"Den, der sie da hingelegt hat, können wir leider nicht mehr fragen."

"Sie meinen den Mörder!"

Steen lächelte dünn. "Nein, ich meine Gretus Sluiter. Denn wem sollte die Kugel sonst gehört haben?" Er seufzte. "Wie ich schon sagte, auf so einem Boot liegt immer eine Menge Zeug herum. Sluiter hat ja auch zwei Enkelkinder, die ab und zu mitgefahren sind.... Haben Sie Kinder?"

"Nein."

"Dann haben Sie auch keine Ahnung, was die einem alles an Bord schleppen. Ich spreche da aus eigener Erfahrung."

"Aber Boßel-Kugeln sind kein Kinderspielzeug."

Steen nahm Lorant die Akte wieder ab. "Jetzt ist Schluss", bestimmte er. "Ich habe Ihnen schon mehr zugestanden, als ich eigentlich dürfte. Aber jetzt haben Sie den Bogen schlichtweg überspannt."

Lorant nahm den Zeitungsartikel über die Leiche in Huntetal aus dem Jackett und breitete ihn vor Steen aus.

"Schon gelesen?"

Steen überflog rasch die wenigen Zeilen.

"Was soll das mit dem Fall Sluiter zu tun haben?"

"Die Boßel-Kugel..."

"Jetzt werden Sie nicht albern, Lorant. Und wenn Sie nichts weiter vorzubringen haben, wäre ich Ihnen sehr dankbar, wenn Sie mich jetzt meine Arbeit machen ließen."

Lorant erhob sich aus dem quietschenden Bürostuhl, in dem er Platz genommen hatte. Das war nicht mehr, aber auch nicht weniger als ein offener Rauswurf. Okay, dachte Lorant, dann ist die Kooperation damit wohl erst mal beendet.

Lorant wandte sich zur Tür.

Er drückte die Klinke hinunter, dann drehte er sich noch einmal herum.

"Was gibt's denn noch?", nörgelte Meinert Steen.

"Sluiter hatte Ärger mit einer Russengang", sagte Lorant.

"RusslandDEUTSCHE waren das. Betonung auf DEUTSCHE, denn die haben alle einen deutschen Pass."

"Wie auch immer."

"Sie sehen natürlich gleich einen Zusammenhang zwischen den Schwierigkeiten mit dieser Gang und Sluiters Tod. Aber da muss ich Sie enttäuschen, Lorant."

"So?"

Steen lächelte gezwungen.

"Wir haben denen auf den Zahn gefühlt. Sluiter war nicht der einzige Geschäftsmann, bei dem die Ärger gemacht haben. Jetzt laufen ein paar Jugendgerichtsverfahren und ich denke, damit ist die Sache erledigt."

"Meinen Sie?"

"Viel Erfolg bei Ihren Ermittlungen, Lorant. Aber sorgen Sie hier bitte nicht für unnötigen Stress, ja?"

Lorant nickte und dachte dabei: Das wird sich möglicherweise nicht vermeiden lassen, Herr Steen!

10. Kapitel

Ubbo Sluiter kaute gelangweilt auf einem Stück Weißbrot herum und las im Sportteil der Zeitung. "Das Foto hätte der Typ von der Zeitung auch anders knipsen können!", knurrte er.
Rena trank ihren Tee leer.
Der Appetit war ihr gründlich vergangen, und so aß sie nicht einmal die gesunden Körner, die sie sich allmorgendlich gönnte, weil alles andere Gift für den Teint und die gute Figur war.
Ubbo blickte auf, sah seine Frau an.
"Der hat das so geknipst, dass die Bandenwerbung von uns nicht zu sehen ist!"
"Glaubst du, es kauft jemand auch nur einen einzigen Bootsmotor, weil er bei den Spielen von Kickers Emden die Bandenwerbung von SLUITER gesehen hat?"
"Meine Güte, wozu macht man denn Bandenwerbung?"
"Dein Vater wohl deshalb, weil er meinte, dass die Firma über zu viel Geld verfügte."
"Rena!"
"Ist doch wahr."
"Über Tote sollte man nicht so reden. Außerdem...."
"Ja?"
"Ich dachte, du hättest dich immer ganz gut mit Pa verstanden."
"Habe ich. Im Prinzip jedenfalls."
Rena atmete tief durch. Es war ruhig im Haus, wenn Marvin und Kevin zur Schule waren. Fast friedlich. Nur der Presslufthammer am Ende der Straße ging ihr auf die Nerven.
Aber dagegen war im Moment wohl nichts zu machen.

"Ma will vom Kauf der Boutique nichts mehr wissen, Ubbo."

Ubbo verschluckte sich fast, musste einen kräftigen Schluck Tee trinken, bevor er wieder zu Atem kam. Krebsrot lief er dabei an. Rena sah ihm ruhig zu. "Ich könnte auch ersticken und du würdest keinen Finger rühren, was?", keuchte er und atmete dann tief durch.

"Du übertreibst!"

"Na, das will ich hoffen."

"So schnell stirbt man nicht."

"Was du nicht sagst."

Rena nahm Ubbos Hand und umklammerte sie. Ubbo stellte verwundert fest, dass sie schweißnass war. Was mochte sie nur so stark beschäftigen?

"Ubbo, du musst dringend noch mal mit Ma reden!"

"Über die Boutique?"

"Meine Güte, wovon sprechen wir denn die ganze Zeit?" Ihr Tonfall wurde scharf, fast ätzend.

Ubbo sah seine Frau nachdenklich an.

Schön war sie.

Die Geburt zweier Kinder hatte daran nichts geändert. Die Jahre schienen beinahe spurlos an ihr vorübergegangen zu sein und ihr nicht geschadet zu haben. Ganz im Gegenteil, sie war noch weiblicher geworden. Noch verführerischer.

Aber kennst du sie wirklich?, ging es Ubbo durch den Kopf.

Weißt du, was hinter ihrer Stirn vor sich geht, welche Gedanken sie bewegen, wovon sie träumt?

Ubbo schluckte.

Die Boutique. Eine fixe Idee von ihr. Finanziell wahrscheinlich ein Fass ohne Boden, zumal er Rena bei aller Liebe oder was sonst er auch immer für sie empfinden mochte, die Kompetenz absprach, ein Geschäft zu führen. Sie wollte einfach nur ihren Traum verwirklichen. Die Boutique war ein Spielzeug für sie.

Die Jungs wurden größer und entpuppten sich außerdem als bei weitem nicht so pflegeleicht wie Ubbo und Rena es sich immer gewünscht hatten. Beide hatten Schulprobleme, fielen im Verhalten unangenehm auf.

Marvin litt zudem unter einer Lese/Rechtschreibschwäche.

Bei Kevin war hingegen ADS diagnostiziert worden. ADS - die Abkürzung für Aufmerksamkeits-Defizit-Syndrom. In früheren Zeiten hatte man so jemanden einfach als Zappelphilipp bezeichnet.

Irgendetwas ist schief gelaufen mit unseren Jungs, dachte Ubbo bei sich. Und mit unserer Ehe auch. Wann hat es angefangen? War von Anfang an der Wurm drin? Ach, hör auf mit diesen Grübeleien, die bringen nichts. Sei ein Mann, Ubbo, und sag deiner Frau klipp und klar, dass es mit der Boutique nichts wird. Sie wird toben, schimpfen, eine Weile wütend auf dich sein und keinen Sex mit dir machen, wenn sie erfährt, dass du längst mit deiner Mutter über die Sache gesprochen hast.

Aber das wird vorübergehen.

Wie jedes Mal...

"Hör mal, Rena..."

"Weißt du eigentlich, was diese Boutique für mich bedeutet? Ich habe schon immer davon geträumt, so ein Geschäft mit hippen Sachen zu führen."

"Hippe Sachen? Was soll das denn sein?"

"Na, Sachen, die hip sind eben! Im Trend! Meine Güte, du sprichst doch nicht nur Plattdeutsch!"

"Wie kommst du auf den Gedanken, dass es in Emden und Umgebung genug Leute gibt, die 'hippe' Sachen haben wollen. Regendichte Anoraks - ja! Aber dieses Zeug..."

Renas Gesicht wurde starr und kalt.

Ubbo erschrak beinahe.

Er konnte sich nicht erinnern, dass Rena ihm jemals zuvor derart fremd vorgekommen war.

"Die Sache ist längst entschieden, oder?"

"Rena!"

"Du hattest nie vor, mich in dieser Angelegenheit zu unterstützen. Und wahrscheinlich hast du auch längst mit deiner Mutter über alles geredet!"

Sei jetzt ehrlich, Ubbo!, rief eine Stimme aus dem OFF seines Bewusstseins. Sag ihr, wie es war. Das Herumgeeiere hat jetzt keinen Sinn mehr, sonst kocht bei ihr gleich die Milch über!

"Ma und ich haben alles durchgerechnet. Diese Boutique rechnet sich nicht. Wir werden sie nicht kaufen."

Na, ganz die Wahrheit ist das nicht gewesen!, kommentierte die leise Stimme in Ubbos Kopf. Aber es kommt ihr nahe...

Rena verschränkte die Arme vor den Brüsten.

"Wann hättest du es mir denn von dir aus gesagt?"

"Ach, Rena, ich weiß im Moment gar nicht, wo mir der Kopf steht!"

"Feigling!"

"Komm, lass uns das ein anderes Mal ausdiskutieren. Ich muss jetzt zum Geschäft. Wir bekommen heute Neuware und der Hieni, der schafft das nicht allein."

"Ja, flüchte nur!"

Was war das jetzt für ein Ausdruck in ihrem Gesicht - Verachtung? Jedenfalls schmerzte er Ubbo sehr. Wie ein Stich mitten ins Herz.

Ubbo stand auf.

Manchmal kommt alles auf einmal!, dachte er.

Er nahm sein Jackett vom Stuhl, zog es an.

Dann ging er zu Rena. Sie saß starr da. Er küsste sie. Sie blieb vollkommen starr und kalt. Das kannte er schon an ihr.

"Tschüss, Rena."

Sie antwortete nicht.

Er war bereits bei der Tür.

"Sag mal, was hältst du davon, dass Ma einen Detektiv engagiert hat? Hast du das etwa auch mit ihr zusammen ausgeheckt?"
"Nein, das hat Ma ganz allein entschieden."
"Wie üblich."
"Soll ich vielleicht versuchen, ihr Vorschriften zu machen?"
Rena lachte auf.
"Nee, Ubbo. DU nicht! DU wirklich nicht!"

11. Kapitel

Ubbo Sluiter war wie immer der erste, der beim Sluiter'schen Geschäft für Boots- und Segelbedarf eintraf. Lange vor den Angestellten. Erst in einer halben Stunde würden Hieni Dierks und Kilian Bruns eintreffen. Ubbo konnte bis dahin noch einiges in der Buchhaltung erledigen, den Warenbestand überprüfen und alles für die Anlieferung der Neuware bereit machen.

Ubbo parkte seinen Wagen auf dem großzügig angelegten Kundenparkplatz und stieg aus. In der Hand hielt er eine dünne schwarze Aktentasche.

Das Sluiter'sche Geschäft bestand aus einem langgezogenen Flachdachbau. Hier draußen, im Gewerbegebiet an der Nesserländer Straße war Platz genug. Anders als bei der Filiale in der Innenstadt, in der man kaum ein halbes Dutzend bunt bemalter Surfbretter wirkungsvoll drapieren konnte.

Das Gespräch mit Rena beschäftige ihn noch stark.

Der Klang ihrer Stimme hallte in seinem Inneren nach. Ein Klang wie Eis. Wenn sie nicht bekam, was sie wollte, konnte sie wirklich unausstehlich werden. Eigentlich war das alles andere als eine neue Erkenntnis. Aber nie zuvor war diese Tatsache Ubbo Sluiter so bewusst geworden.

Er griff in die Hosentasche, holte den Schlüssel heraus und trat ein.

Das Telefon schrillte schon.

Ubbo Sluiter umrundete den Tresen, legte die Tasche ab und griff nach dem Hörer.

"Ja? Ubbo Sluiter hier?"

"Moin, hier spricht Schröder. Ich wollte nur sagen, dass der Sinker F-412 bei der heutigen Lieferung nicht dabei ist."

Ubbo atmete tief durch. Der Sinker, ein Surfbrett für besonders schnelle Flitzer und starken Wind. Nur etwas für Könner.

Ganz ruhig bleiben, Ubbo!, dachte er.

Der Tag hatte schlecht begonnen, und es sah ganz danach aus als würde es jetzt in derselben Manier weitergehen.

"Unser Kunde wartet auf das Teil!", gab Ubbo zu bedenken.

"Tut mir leid.... Beim nächsten Mal!"

Ubbo blickte auf. Jemand war an der Tür. Zwei jüngere Männer, noch keine zwanzig. Sie trugen schlabberige, gefütterte Blousons und Cargo-Hosen, die ihnen viel zu groß waren. Ubbo hörte ihre Stimmen. Sie unterhielten sich auf Russisch.

"Schiet!", entfuhr es Ubbo.

"Was is' los?", dröhnte Schröder durch das Telefon.

"Nix. Ich ruf später nochmal an!"

"Wat?"

Ubbo legte auf.

Die beiden Männer traten ein.

"Hey, was ist?", rief der Größere der beiden. Er wirkte ziemlich grobschlächtig, hatte ein kantiges Gesicht mit spitzem Kinn, das wie ein V geformt war. Die Haare hingen ihm bis in die Augen. "Mit wem du hast telefoniert, du Wichser? Mit Polizei? Hast mit Polizei telefoniert?"

Ubbo erstarrte, schluckte dann.

Er hatte ein Gefühl, als ob ihm ein dicker Kloß im Hals stecken würde.

"Nein!", brachte er dann heraus.

Er kannte die Typen. Sie waren schon mal hier gewesen, hatten versucht, etwas vom Gewinn des Geschäfts für sich abzuzweigen.

Der Kleinere sagte etwas auf Russisch. Dann räusperte er sich und spuckte geräuschvoll auf den blankgeputzten PVC-Boden.

"Ist blöde Ratte! Macht nur Stress, Alter!"

Der Kleinere hatte weißblond gefärbte Haare, die sein Gesicht ziemlich blass erscheinen ließen.

Ubbos Hand zuckte vor. Er wollte zum Telefon greifen, die Polizei anrufen, war aber nicht entschlossen genug. Die Angst lähmte ihn.

Der Weißblonde griff unter seine Jacke und holte einen kurzläufigen Revolver hervor.

"Beweg dich nicht, du Ratte!", zischte er. Ubbo hielt es für besser, sich daran zu halten.

Der Größere der beiden Eindringlinge umrundete den Tresen, packte Ubbo dann am Kragen. Ubbo schlug der Puls bis zum Hals.

"Was wollt ihr von mir? Die Kasse? Ist noch nix drin! Das Wechselgeld bringt der Hieni mit..."

Ubbo bekam einen brutalen Ellbogenstoß mitten ins Gesicht.

Er taumelte zurück gegen ein Regal, in dem zusammengefaltete Anglerhosen lagen. Blut schoss ihm aus der Nase heraus. Ubbo rutschte zu Boden. Ehe er sich von dem ersten Schlag erholen konnte, bekam er einen furchtbaren Tritt in die Magengrube. Ihm wurde schlecht. Er ächzte, stieß einen röchelnden Laut hervor.

Der Größere packte ihn erneut am Kragen, zog ihn hoch und stellte ihn auf die Beine.

Er grinste Ubbo an.

"Wenn du uns nochmal die Bullen auf Hals hetzt —du bist tot wie Vater!"

Ein übler Schwinger senkte sich in Ubbos Bauch.

Mit einem ächzendem Laut krümmte er sich zusammen. Wie ein Dampfhammer sauste eine weitere Faust von oben auf ihn herab und traf ihn am Kopf. Benommen sackte er zu Boden.

In diesem Moment ließ die Türglocke die beiden jungen Männer herumfahren.

Der Weißblonde riss den Lauf seiner Pistole herum und feuerte, ohne auch nur eine einzige Sekunde zu zögern.

12. Kapitel

Als Lorant das Sluiter'sche Geschäft betrat und im nächsten Moment in die Mündung eines Revolvers blickte, bereute er schon, ausgerechnet jetzt mit Sohn Ubbo und den Angestellten sprechen zu wollen. Lorant hatte es für praktisch gehalten. Das Präsidium der Kriminalpolizei lag in unmittelbarer Nachbarschaft des Bahnhofs Emden West und der Postzentrale.

Von da aus war es nur ein Katzensprung bis zur Nesserländer Straße.

Die beiden jungen Männer gehörten hier ganz offensichtlich nicht hin.

Wie ertappte Einbrecher wirkten sie.

Und der Kleinere von ihnen mit seiner albern wirkenden weißblonden Haarpracht feuerte seine Waffe sofort ab.

Lorant duckte sich zur Seite. Ein reflexhafter Bewegungsablauf. Die Kugel zischte an ihm vorbei. Die Schaufensterscheibe ging zu Bruch.

Lorant schnellte vor, ließ das Bein hochfahren. Mit einem gezielten Tritt kickte er dem Weißblonden die Pistole aus der Hand. Der Weißblonde war völlig perplex, Lorant verlor fast das Gleichgewicht. Es war eine Ewigkeit her, seit er seine Nahkampfausbildung absolviert hatte. Auch nach seinem Ausscheiden aus dem Polizeidienst hinaus hatte Lorant sich in dieser Hinsicht fit gehalten, das Training dann aber irgendwann sträflich vernachlässigt. Im Kampf gegen den Aktenberg hatte ihm die hohe Kunst der Selbstverteidigung schon während seiner Beamtenjahre nicht allzu viel helfen können.

Lorant wich zurück, hielt die Balance.
"Ey, der Alte hat's ja echt drauf!", knurrte der Größere der beiden Eindringlinge.
Im ersten Augenblick war Lorant genauso über sich erstaunt gewesen. Die antrainierten Reflexe funktionierten offenbar noch.
Dachte er.
Bis er den stechenden Schmerz spürte, der sich von der linken Pobacke das Bein hinunterzog.
Der Ischias!
Offenbar bin ich wohl doch nicht mehr so beweglich, wie ich gedacht habe, durchfuhr es ihn.
Lorant warf einen kurzen Blick zu dem kurzläufigen Revolver, der auf dem Boden lag. Vielleicht eine Sekunde lang dachte er darüber nach, sich auf den Boden zu hechten, um die Waffe an sich zu bringen. Aber seine Ischiasbeschwerden hielten ihn davon ab. Außerdem war es fraglich, ob er schnell genug gewesen wäre.
Der Weißblonde zog ein Springmesser unter der Jacke hervor, ließ die Klinge herausschießen. Sein Gesicht glich einer verzerrten Maske. Dass Lorant ihm den Revolver aus der Hand gekickt hatte, konnte er einfach nicht verwinden.
"Mach dein Testament, Großväterchen!", knurrte er.
Dann stürzte er sich auf Lorant.
Die Hand mit der Klinge fuhr auf Lorant zu. Der Ausfallschritt, den Lorant fast automatisch vollführte, tat höllisch weh. Er bekam den Messerarm zu fassen, bog ihn zur Seite. Der Stoß der Klinge glitt knapp an ihm vorbei. Einen Sekundenbruchteil später knallte Lorant seine rechte Gerade mitten in das Gesicht seines Gegenübers.
Der Weißblonde taumelte zurück, stolperte rückwärts bis zur Schaufensterdekoration.
Im selben Moment hatte sich der Große über den Tresen geschwungen. Ohne zu zögern stürzte er sich auf Lorant.

Dieser drehte sich herum, versuchte den Angriff noch abzuwehren. Aber er war nicht schnell genug. Der Tritt des Großen traf Lorant genau vor den Solar Plexus. Er japste nach Luft, taumelte zurück und prallte gegen eine Regalwand. Lorant rutschte zu Boden und stieß einen röchelnden Laut aus. Alles schien sich vor seinen Augen zu drehen. Nur nicht das Bewusstsein verlieren!, hämmerte es in ihm. Wach bleiben, nur wach bleiben...

Der Weißblonde hatte sich indessen wieder aufgerappelt.

Die beiden Schläger redeten auf Russisch miteinander. Ihre Unterhaltung machte einen ziemlich hektischen Eindruck.

Schließlich schrien sie sich an.

Der Weißblonde hob den Revolver auf, richtete den Lauf auf Lorant.

"Ich bring dich um, du Arsch!", schrie er.

Lorant blickte zu ihm auf. Der Tritt des Großen hatte höllisch wehgetan. Ihm war schlecht. Wenn ich jetzt kotzen muss, verschwinden sie vielleicht, dachte Lorant.

Es war sein letzter Gedanke, bevor der Weißblonde abdrückte.

13. Kapitel

Rena Sluiter besuchte an diesem Vormittag die Emder Kunsthalle. Zurzeit war dort nicht die berühmte Sammlung des Kunstmäzens und ehemaligen Stern-Herausgebers Henri Nannen zu sehen, die normalerweise hier untergebracht war. Zurzeit beherbergte die Emder Kunsthalle die sehr umfangreiche Werkschau eines jungen Wilden, der sich Bradecke nannte.
Nur Bradecke.
Ohne Vornamen.
Das junge, aber inzwischen auf dem internationalen Kunstmarkt sehr hoch gehandelte Genie trat stets nur unter seinem Nachnamen auf.
Rena ging die hochwandigen Korridore entlang.
Großformatige Gemälde hingen dort. 'Schafsblut auf Ölgrundierung', las Rena unter einem dieser gewaltigen, sehr farbenfrohen Bilder. Rena verschränkte die Arme vor der Brust.
Und dafür müssen Schmidt-Rottloff und Macke für Wochen in den Keller!, ging es ihr kopfschüttelnd durch den Kopf.
Aber Rena Sluiter war keineswegs hier, um sich dem Kunstgenuss hinzugeben oder über die tiefere Bedeutung nachzudenken, die die Verwendung von Schafsblut in der Malerei eines gewissen Bradecke vielleicht hatte.
Die Tatsache, dass die Henri Nannen-Sammlung zurzeit nicht an den Wänden hing, kombiniert mit der für einen Museumsbesuch relativ frühen Tageszeit machte die Kunsthalle zu einem idealen Treffpunkt für den Fall, dass man

sich in aller konspirativen Diskretion mit jemandem verabreden wollte.

"Hallo, Rena!"

Der Klang dieser sonoren Männerstimme, ließ sie herumfahren. Von einer Sekunde zur anderen war sie aus ihren Gedanken herausgerissen worden. Sie drehte sich herum, roch plötzlich ein ziemlich intensives Tabak After Shave.

"Tom!", flüsterte sie.

Der hochgewachsene Mann war Mitte vierzig und hager. Das graue Haar war kurzgeschnitten. Das Gesicht war breit, kantig und am Kinn spitz zulaufend. In den leuchtend blauen Augen blitzte es. Tom trug Rollkragen, schwarze Lederjacke und graue Schurwollhose. Am Handgelenk hatte er eine Rolex.

Tom trat mit lässigem Habitus auf Rena zu, versuchte sie zu küssen.

Aber sie wich ihm aus.

Tom drehte sich kurz um, ließ den Blick schweifen. Sie waren allein in diesem Ausstellungsraum, dessen herausragendes Merkmal das Schafblut-Gemälde des genialen Bradecke war.

"Super Treffpunkt, den du ausgesucht hast!", raunte Tom. Seine Hand glitt über ihre Schulter.

"Komm, lass das jetzt."

"Was zierst du dich so?"

"Tom..."

"Glaubst du, irgendein Bekannter deines Mannes würde in die Emder Kunsthalle gehen, wenn dort ein gewisser Bradecke ausstellt?" Tom lachte leise auf. "Rena, du solltest deinen biederen Ubbo und seine Kreise doch nun wirklich besser kennen..."

"Wir müssen reden, Tom!"

Sie sahen sich an. Rena studierte einige Augenblicke lang seine Gesichtszüge, versuchte vergeblich darin zu lesen. Tom Tjaden war Geschäftsmann. Ihm gehörten mehrere Bars und

Diskotheken in Leer, Emden, Aurich, Wilhelmshaven und auf Borkum.
Außerdem spekulierte er mit Immobilien. Böse Zungen (und Staatsanwälte) behaupteten immer wieder, dass Tjaden Verbindungen zum organisierten Verbrechen hatte und es sich bei seinen 'Läden' mehr oder weniger um Geldwaschanlagen handelte. Aber bislang hatte Tjaden noch jedes juristische Kreuzfeuer abwehren können und war dabei ökonomisch gesehen immer größer geworden.
Rena hatte ihn am Strand von Borkum kennen gelernt. Mehr als ein Jahr war das her. Ubbo war über ein Wochenende mit den Jungs zur BOOT nach Düsseldorf gefahren. Schließlich musste der Junior-Chef des Sluiter'schen Geschäfts sich auf der größten Messe für Boots- und Segelbedarf in Europa auf dem Laufenden halten.
Rena hatte das Wochenende für einen Trip zu dem Ferienhaus auf Borkum genutzt, das die Sluiters besaßen.
"Am Telefon klang es so, als wäre es ziemlich dringend!", murmelte er. Er drängte sich an sie heran. "Ist es bei mir auch."
"Tom, es geht um die Boutique..."
Sie schob ihn sanft von sich. Auf Borkum hatten sie eine heftige Affäre gehabt und sich dort auch später noch ab und zu getroffen. Sie hatte einfach nicht widerstehen können. Ubbo war grundsolide, ein biederer Krämer. Tom Tjaden war das genaue Gegenteil. Eine Aura des Verruchten umgab ihn. Ein Hauch von dem, was Rena sich insgeheim immer unter 'großem Leben' vorgestellt hatte. Irgendwann hatte er dann von der Boutique erzählt, die er aufgekauft hatte. Ein Ladenlokal in günstiger Lage, mitten in Emden, gleich neben dem großen Kaufhaus-Gebäude, in dem früher Hertie, danach eine Filiale der Kaufhalle und heute der Schuh-Discounter Reno beheimatet war. Ein Schnäppchen, wie Tom Tjaden betont hatte. Ihm war die Boutique bei einer Zwangsversteigerung in die Hände gefallen.

Natürlich dachte er daran, sie mit möglichst großem Gewinn weiter zu veräußern.

"Hör mal, Schätzchen, es wird langsam ein bisschen knapp!", meinte Tom. "Ich habe ein paar wirklich interessierte Leute, die das Ladenlokal gerne haben möchten. Und wenn dein Mann nicht in die Puschen kommt, dann tut's mir Leid für dich. Dann wird nix draus! Weißt du, sonst steh ich nachher da und habe es mir mit allen verscherzt, die so ein Ding kaufen könnten."

Rena atmete tief durch.

"Ich brauche einfach noch ein bisschen Zeit."

"Ist es wirklich so schwer, deinen Alten 'rumzukriegen?"

"Tom!"

"Du hast doch einiges drauf, um dir diese steife Mumie etwas gefügiger zu machen!" Tom Tjaden lachte dreckig.

"Ubbo ist nicht das Problem."

"Ach, nein?"

"Seine Mutter!"

"Verstehe." Er schüttelte den Kopf, kratzte sich dabei am Hinterkopf. "Wie konnte eine Klasse-Frau wie du nur an so ein Muttersöhnchen geraten?"

"Was willst du eigentlich? Mich niedermachen?"

"So war das nicht gemeint!"

"Tom, ich brauche noch etwas Zeit, dann..."

"...dann kriegst du die alte Sluiter so weit, dass sie ihre Meinung ändert?"

"Traust du mir das nicht zu?"

Tom Tjaden grinste schief. "Wenn sie ein Mann wäre - ohne weiteres!"

"Seit dem Tod meines Schwiegervaters ist halt alles etwas schwieriger geworden."

"Ich habe davon gehört. Die Zeitungen haben ja ausführlich darüber berichtet. Echt tragisch - so ein Unfall beim Segeln." Er grinste erneut, drückte sich an Rena heran und strich ihr Haar zurück. Dann flüsterte er ihr ins Ohr: "Eigentlich hast du doch gedacht, dass deine Probleme durch den Tod des Alten erst mal erledigt sind. Die akuten Probleme zumindest!"

"Es ist nun mal aber anders gekommen."

"Ja, ja..."

"Außerdem..." Sie zögerte, sprach zunächst nicht weiter und ließ sich stattdessen gefallen, dass Tom Tjaden ihr zärtlich auf das Ohr küsste. Stoß ihn besser nicht so vor den Kopf, schließlich brauchst du seine Hilfe vielleicht noch einmal!, ging es ihr durch den Kopf.

"Außerdem was?", hakte Tom nach. "Es nervt, wenn du Sätze nicht zu Ende sprichst."

"Bernhardine Sluiter glaubt nicht, dass der Tod ihres Mannes ein Unfall war."

"Ach, was!"

"Sie hat einen Privatdetektiv engagiert, der der Polizei Beine machen soll!"

Tom ließ von ihrem Ohr ab. Seine Augenbrauen zogen sich zu einer Schlangenlinie zusammen.

"Wie heißt der Typ?"

"Lorant."

"Lorant? Und mit Vornamen?"

"Keine Ahnung. Ist ein Auswärtiger."

"Nun mach dir mal keinen Kopf. Der kocht auch nur mit Wasser."

"Ich hasse diese Schnüffelei trotzdem. Aber auch davon ist Bernhardine nicht abzubringen. Richtig starrsinnig ist sie geworden."

Tom Tjaden entfernte sich zwei Schritte, sah sich das Schafblutgemälde an, berührte es mit dem Zeigefinger der rechten Hand, obwohl das strengstens verboten war. Dann sah er sich die Fingerkuppe an und wischte sich an seinem Taschentuch ab. Offenbar war Bradecke nicht hundertprozentig farbecht.

"Sauerei", knurrte er.
"Bis Ende nächster Woche könnte ich die Interessenten vertrösten", sagte Tom Tjaden. "Aber spätestens dann ist die Boutique weg. Schaffst du das?"
"Wenn ich nur Ubbo überzeugen müsste, wäre es leichter."
"Rena, ich finde, wir haben uns schon viel zu lange nicht mehr getroffen!"
"Tom!"
"Keine Lust auf 'ne schnelle Nummer?"
Er drängte sich wieder an sie. Seine Hand wanderte über ihre Schulter, dann tiefer. "Blöd, dass du einen BH trägst!"
"Komm, lass das!"
"Draußen steht mein Ferrari. Setz dich rein, und wir sind innerhalb von Null Komma Nix in Leer."
In Leer besaß Tom Tjaden eine großzügige Villa im Stil der Jahrhundertwende. Er hatte sie aufwändig restaurieren lassen.
Rena war einmal dort gewesen. Tom war schon schon auf dem großen Teppich in der Eingangshalle über sie hergefallen.
Aber im Moment stand ihr einfach nicht der Sinn danach.
"Ich muss pünktlich zu Hause sein."
"Wieso?"
"Die Jungs."
"So'n Schiet."
Sie hatten nie darüber geredet, aber Rena war sich sehr wohl der Tatsache bewusst, dass Tom Tjaden außer ihr noch andere Frauen hatte, bei denen er sich austoben konnte. Bei ihrem ersten und einzigen Besuch in seiner Leeraner Villa hatte sie eindeutige Anzeichen dafür gefunden, dass er regelmäßig Besuch von anderen weiblichen Wesen erhielt. Eine Haarbürste mit langen blonden Haaren im Bad, eine vergessene Handtasche... Sie hatte keinen Grund, Tom Tjaden seine Polygamie vorzuwerfen.

Trotzdem war dadurch bei ihr ein instinktiver Widerwille gegen diese Villa entstanden und so hatten sie sich danach nur noch auf Borkum getroffen.

Außerdem war ihr klar geworden, dass sie vorerst weiterhin auf Ubbo angewiesen sein würde und ihren biederen, wenn auch langweiligen und reichlich provinziellen Ehemann nicht einfach in die Wüste schicken konnte. Zumindest konnte sie kaum erwarten, sich bei Tom Tjaden gleich in ein gemachtes Nest setzen zu können, denn für ihn war sie wohl kaum mehr als ein reizvolles Sex-Spielzeug.

"Also, in zwei Wochen ist das Geld da?"
"Ja."
"Ich kann mich drauf verlassen? Wenn du mich im Regen stehen lässt, dann..."
"Ich krieg das hin, Tom."
"Gehen wir wenigstens noch einen Kaffee trinken?"
"Ich weiß nicht."
"Es gibt doch eine Cafeteria hier in der Kunsthalle."
"Meinetwegen."
"Gut."

Er legte den Arm um sie. Eine besitzergreifende Geste. Fast so, wie bei amerikanischen Krimi-Serien, wenn jemand verhaftet wird!, überlegte Rena. Sie gingen den Korridor entlang. Ihre Schritte halten wider. Toms Arm zuckte kaum merklich, als sie einem der Museumswärter begegneten. Aber die Hand blieb auf ihrer Schulter. Wie die Pranke eines Löwen auf seiner Beute, dachte Rena. Bilder tauchten in ihrem inneren Auge auf.

Fernsehbilder aus ihrer Jugend. 'Im Reich der wilden Tiere' und 'Grzimeks Tierleben'. Raubkatzen, die Antilopen und Zebras rissen, ihre Pranken darauf legten wie Tom Tjaden seine Hand auf ihre Schulter. Blut. Rohes Fleisch. Und plötzlich sah sie das Gesicht ihres Schwiegervaters vor sich.

Und dabei war auch Blut zu sehen. Blut, das aus einer klaffenden Wunde am Kopf herausrann.

Nein, weg damit!

Sie schloss für einen Moment die Augen, wollte diese Bilder aus ihrem Inneren verscheuchen.

Es ist gut, dass er tot ist!, durchfuhr es sie. Und du brauchst deswegen kein schlechtes Gewissen zu haben...

Sie erreichten die Cafeteria.

Rena schob vorsichtig Tom Tjadens Pranke weg.

"Weißt du was? Jetzt erzählst du mir mal, was du mit deiner Schwiegermutter vorhast!", raunte Tom ihr zu, nachdem er zwei Cappuccinos bestellt hatte. Natürlich ohne Rena vorher zu fragen, ob sie so etwas überhaupt trinken wollte.

14. Kapitel

Blutrot leckte das Mündungsfeuer aus dem Revolverlauf heraus. Der Knall war ohrenbetäubend. Lorant zuckte zwar zur Seite, aber keine noch so schnelle Reaktionszeit hätte ihn vor der Revolverkugel retten können.

Das Gesicht des Weißblonden war zu einer Grimasse des Hasses geworden.

Sekundenbruchteile, bevor der Revolver abgedrückt wurde, hatte der Große seinen Kumpanen erreicht und ihm den Arm zur Seite geschlagen. Der Schuss ging knapp an Lorant vorbei.

"Bist du verrückt?", schrie der Große. "Willst haben nix wie Ärger?" Er fuhr auf Russisch fort. Die beiden schrien sich an.

"Ich bring es um, das Schwein!", rief der Weißblonde.

Die Erwiderung auf Russisch konnte Lorant nicht verstehen.

Schließlich zog der Große seinen Komplizen am Arm, führte ihn hinaus.

Einen Augenblick lang hörte Lorant noch die Schritte ihrer schweren Stiefel auf dem Asphalt.

Ächzend erhob sich der Detektiv. Das war knapp, dachte er.

Aber wer immer die zwei Eindringlinge auch gewesen waren - es handelte sich nicht um Profis. Die Situation, dass jemand sie dabei erwischte, wie sie den Geschäftsinhaber zusammenschlugen, schien sie vollkommen überfordert zu haben. Aber es wäre nicht das erste Mal, dass genau so eine Überforderung zu einer Tragödie führt, rief Lorant sich ins Gedächtnis.

Lorant humpelte zum Tresen.

Eine Sekunde lang überlegte er, die Polizei zu rufen, damit die sich an die Fersen der beiden Flüchtigen heften konnte. Aber dann entschied er sich dagegen. Und das lag nicht nur an den zwiespältigen Erfahrungen, die er bislang mit Kriminalhauptkommissar Meinert Steen von der Emder Kripo gemacht hatte. Es war ja letztlich auch nicht ganz auszuschließen, dass es bei den Kollegen von der verbeamteten Truppe auch professionell arbeitende Kollegen gab.

Nein, Lorants Zögern hatte einen anderen Grund.

Er wollte zuerst mit Ubbo Sluiter reden.

Sofern das möglich war.

Ubbo Sluiter lag reglos am Boden. Nur sein Rücken hob und senkte sich ganz leicht. Ein Zeichen dafür, dass er atmete. Und lebte. Immerhin etwas, dachte Lorant.

Als er sich zu dem Geschäftsinhaber hinunterbücken wollte, verzog er das Gesicht. Er stöhnte auf. Ziemlich ungeniert und laut sogar, denn außer Ubbo Sluiter war ja niemand im Laden.

Und wenn der dadurch aus seiner Benommenheit geweckt wurde -—um so besser!

Der Ischias machte Lorant zu schaffen.

Gut, dass du nicht mehr im Straßeneinsatz bist!, dachte er. Er kniete nieder, rüttelte Ubbo Sluiter bei den Schultern.

"Herr Sluiter! Alles in Ordnung?"

Sluiter rührte sich, spannte die Muskeln seiner Oberarme an und stemmte sich hoch. Er setzte sich auf, hielt sich den Kopf.

Ubbo Sluiter sah kreidebleich aus.

"Sind..."

"Ja, die beiden sind weg."

"Wer sind Sie?"

"Lorant."

"Ah..."

"Ich nehme an, Ihre Mutter hat Ihnen von mir erzählt."

"Hat sie."

"Eigentlich war ich eher zufällig hier, weil ich mich mit Ihnen über den Tod Ihres Vaters unterhalten wollte."
"Verstehe."
"Da sah ich, dass diese beiden Kerle über Sie herfielen."
Ubbo Sluiter atmete tief durch. Er wischte sich über die Augen, betastete dann mit schmerzverzerrtem Gesicht einige Stellen an seinem Oberkörper.
"Die beiden haben Sie ganz schön in die Mangel genommen."
"Schweinehunde!"
"Ich habe gehört, Sie hatten Schwierigkeiten mit einer so genannten Russengang, die versucht hat, Schutzgelder bei Ihnen einzusammeln."
"Ja, hatten wir. Aber wir haben die Polizei eingeschaltet und außerdem unsere Geschäfte von Mitarbeitern eines privaten Wachdienstes sichern lassen."
"Davon hat mir Ihre Mutter nichts erzählt."
"Hat Sie wohl vergessen zu erwähnen. Ein Computer ist sie schließlich nicht."
"Aber sie weiß genau, was sie will, oder?"
"Ja, das stimmt wohl."
"Und sie glaubt auch genau zu wissen, dass Ihr Vater keinen Unfalltod erlitt?"
Anstatt zu antworten, versuchte Sluiter aufzustehen.
Lorant half ihm dabei, zuckte dann zusammen, als er eine ungeschickte Bewegung machte, die ihn seinen Ischias wieder spüren ließ.
"Sie hat es aber auch ganz schön erwischt."
"Kennen Sie einen guten Arzt, der ein Reizstromgerät hat?"
"Dr. Purwin in Moordorf."
"Dann werde ich dort bei Gelegenheit mal vorbeischauen."
Ubbo Sluiter stützte sich auf den Tresen. Das Telefon stand ganz in der Nähe. Aber er machte keine Anstalten, die Polizei

zu rufen. Lorant nahm sich vor, auf diesen Punkt zurückzukommen.

Später.

Er fragte: "Sind Sie auch der Meinung, dass Ihr Vater ermordet wurde?" Ubbo zuckte die Achseln.

"Was weiß ich?"

"Wäre nicht schlecht, wenn Sie mich ein bisschen unterstützen, Herr Sluiter. Ich meine, wenn mir die Polizei schon nicht hilft..."

Der sonst so blasse und eher zurückhaltende Ubbo Sluiter brauste jetzt plötzlich auf. "Herrgott noch mal, was soll das denn? Ich kann Ihnen auch nicht mehr dazu sagen, als Ihnen meine Mutter oder die Kripo schon gesagt haben! Alles andere ist doch Kaffeesatzleserei."

Ein gewagter Vergleich für jemanden, der wahrscheinlich gar keinen Kaffee trinkt, sondern selbstverständlich klassisch-ostfriesischen Tee!, ging es Lorant durch den Kopf.

"Ihre Mutter glaubt, dass Ihr Vater erschlagen wurde. Und ich habe inzwischen Hinweise gefunden, dass es so gewesen sein könnte." Lorant erzählte Sluiter kurz und knapp von dem Kugelschreiber, den er gefunden hatte. "Ein Indiz, mehr nicht. Aber immerhin etwas. Ihr Vater könnte bei der Töpferei getötet und dann zum Boot gebracht worden sein."

Ubbo schien zum ersten Mal wieder alle Sinne beisammen zu haben, seit die beiden Schläger aufgetaucht waren und ihn in die Mangel genommen hatten. Er sah Lorant mit einem Blick an, den dieser nicht so richtig zu deuten wusste. Wovon sprach dieser Blick? Skepsis? Unglauben? Verwunderung? Vielleicht von allem ein bisschen. Warum gibt es eigentlich Spezialisten für das Erkennen und Vergleichen von Handschriften - aber keine Spezialisten für die Interpretation von Blicken?, ging es Lorant durch den Kopf.

"Vielleicht waren es diese Typen!", meinte Ubbo dann. "Ich meine, es würde zumindest einen Sinn ergeben. Wir haben denen die Hölle heiß gemacht. Es wurde zwar letztlich niemand festgenommen, aber es dürfte sie schon ziemlich geärgert haben, dass die Polizei sich diese Gang mal vorgeknöpft hat."

"Ich glaube nicht, dass die beiden das waren."

"'Wenn du uns nochmal die Bullen auf Hals hetzt -—du bist tot wie dein Vater!' -—das hat einer der Kerle gesagt, während er mich zusammenschlug. Ich erinnere mich jetzt wieder. Meine Güte, ich hatte so eine Scheiß-Angst."

"Ist das der Grund, warum Sie jetzt nicht die Polizei rufen?"

"Einen Augenblick."

Blut lief aus Ubbos Sluiters Nase heraus.

Er versuchte den Strom aufzuhalten, dann ging er durch eine Seitentür davon. Dort musste sich ein Waschraum mit WC oder so etwas befinden. Jedenfalls hörte Lorant, wie ein Wasserhahn aufgedreht wurde. Reichlich konfus, der Junior-Chef!, dachte Lorant. Ubbos Tragik war wohl, dass er trotz der Tatsache, dass sein Vater tot war, noch immer eine Art Junior-Chef war.

Betonung auf Junior, nicht auf Chef. Und das würde wohl auch so bleiben, bis sich eines Tages seine Mutter mal aus der aktiven Arbeit zurückzog.

So wie Lorant die resolute Dame kennen gelernt hatte, würde das wohl erst dann geschehen, wenn Bernhardine Sluiter sich entweder in einem Zustand fortgeschrittener Demenz oder in einem Eichensarg befand. Und bis dahin mochten noch Jahrzehnte vergehen. Keine guten Aussichten für Ubbo, überlegte Lorant. Außer, der Junior-Chef hatte nichts gegen seine ewige Kronprinzenrolle.

Schließlich kam Ubbo zurück, hielt sich mehrere Lagen Toilettenpapier vor die Nase. "Das fängt immer wieder an zu bluten."

"Lassen Sie's röntgen. Könnte gebrochen sein."

"Sehen Sie mal zu, dass Sie nicht mehr humpeln!"

"Keine Sorge. Aber zu einem anderen Punkt: Diese Kerle wollten Sie offenbar einschüchtern. Aber nicht umbringen. Sie haben nicht einmal mich umgebracht, obwohl es gerade ziemlich knapp war..."
"Ich danke Ihnen ja auch sehr. Sie haben Mut."
"Geschenkt. Es geht mir um etwas anderes."
"Worum?"
"Ich glaube nicht, dass diese Leute Ihren Vater umgebracht haben."
"Ach, sind Sie auch noch Hellseher?"
"Der Mord an Ihrem Vater war eine Art Inszenierung."
"Was? Spinnen Sie jetzt total?"
"Bedenken Sie: Jemand hat ihn extra auf das Boot geschleift, dann dafür gesorgt, dass das Boot hinaustrieb."
"Der Mörder -—mal vorausgesetzt, es war überhaupt ein Mord -—wollte, dass die Tat nicht so schnell entdeckt wird!"
"Das konnte er so nicht erreichen, Herr Sluiter. Es wäre dann doch viel leichter gewesen, den Toten mit einem Stein zu beschweren und in einem der nahen Tümpel und Kanäle zu versenken. Es hätte eine Ewigkeit gedauert, bis man ihn gefunden hätte."
"Ich weiß nicht."
"Und was diese beiden Schlägertypen angeht, die hätten Ihren Vater wahrscheinlich einfach liegen lassen."
"Alles Theorie, Herr Lorant."
"Ich könnte mich ja mal mit den beiden unterhalten. Vielleicht erweist sich dann, ob an meiner Theorie was dran ist! Ich wette, Sie kennen sogar die Namen!"
"Der Große heißt Ferdinand. Nachname weiß ich nicht mehr."
"Und der Weißblonde, der auf mich geschossen hat?"
"Victor."
"Und dessen Nachnamen kennen Sie auch nicht?"!

"Herrgott noch mal, was soll das eigentlich? Wollen Sie hier ein Verhör mit mir durchführen? Bin ich hier vielleicht verdächtig, meinen Vater umgebracht zu haben, glauben Sie das?"

Du bringst mich glatt auf eine Idee, dachte Lorant, behielt seinen Gedanke aber tunlichst für sich. Ein Junior-Chef, der es leid war, immer Junior zu bleiben... War das nicht zumindest eine psychologische Grundkonstellation, die durchaus in einem Mord enden konnte? Es wäre nicht der erste Fall dieser Art gewesen, mit dem Lorant zu tun gehabt hätte. Aber andererseits sprach auch einiges dagegen. Das eher vorsichtige Temperament beispielsweise, das Ubbo an den Tag legte. Die Bravheit. Konnte ein so braver Mensch, der im Hauptberuf Sohn zu sein schien, eine so schreckliche Tat planen, dem eigenen Vater eins über den Schädel geben, um ihn dann mit dem Segelboot auf eine Reise ohne Wiederkehr zu schicken?

Und was, wenn er jemanden dafür angeheuert hat?, überlegte Lorant. Jemanden, der die Drecksarbeit für ihn gemacht hätte.

All das, wozu er selbst niemals in der Lage gewesen wäre?

Nein, auch das war abwegig.

Andererseits...

Manche stillen Wasser waren tief. Fast alle Tötungsdelikte, das wusste Lorant aus seiner aktiven Polizei-Zeit, entpuppten sich letztlich als Beziehungstaten. Am naheliegendsten war es daher eigentlich immer, im nächsten Verwandten- und Bekanntenkreis nach einem möglichen Motiv zu suchen.

Cui bono?

Wem nützt es? Die berühmte Frage, die am Anfang jeder Mordermittlung stand. Aber hatte Ubbo Sluiter der Tod seines Vaters wirklich etwas genutzt? Die Frage war einstweilen noch nicht eindeutig zu beantworten.

Unterdessen fuhr Ubbo Sluiter fort: "Vielleicht sehen Sie zu viel fern oder verstehen einfach nichts von Ihrem Job. Meine

Mutter hätte Sie nie engagieren sollen. Ich war von Anfang an dagegen."

"Warum denn?"

"Weil so einer wie Sie nichts als Ärger bringt. Und letztlich wird doch nichts erreicht. Sehen Sie die Sache mit den Russen an: Die Polizisten haben ein riesiges Buhei veranstaltet, Leute festgenommen und was kam am Ende raus?"

"Na?"

Warum sollte sich Lorant nicht auch Ubbos Version dieser Geschichte anhören. Der Detektiv sah ihn ruhig an.

"Am Ende haben sich die alle gegenseitig Alibis gegeben. Die halten doch zusammen und ich bin am Ende der Dumme! Das haben Sie ja heute gesehen, die spazieren hier herein, schlagen mich windelweich und ich kann nichts dagegen tun! Gar nichts!" Ubbo machte eine Pause. Sein Gesicht hatte die Farbe gewechselt. Von superblass in dunkelrot. Eine Ader an seinem Hals pulsierte. "Ich möchte nicht, dass Sie wegen dieser Schläger irgendetwas unternehmen, Lorant!"

"Nicht mal die Polizei anrufen?"

"Nicht einmal das."

"Wird mir schwer fallen."

"Ich hoffe, dass wir uns verstanden haben. Ich will einfach keinen Ärger."

"Ich sehe dabei zwei Probleme!"

"Es ist mir gleichgültig, was Sie sehen. Halten Sie sich einfach an das, was ich Ihnen gesagt habe."

"Erstens kann ich es nicht ausstehen, wenn Dinge unter den Teppich gekehrt werden."

"Ach, ein Rächer der Enterbten? Spielen Sie mir nichts vor, Lorant! Ihnen geht es doch nur um Ihr Geld! Alles andere ist jemanden wie Ihnen doch gleichgültig."

"Da unterschätzen Sie mich gewaltig."

"Glaube ich nicht."

"Aber, was das Geld angeht..."

"Ja?"
"Da sind wir bei Zweitens, Herr Sluiter."
"Ich bin gespannt."
"Ihre Mutter bezahlt mich. Nicht Sie. Und deswegen werde ich mir auch allenfalls von ihr irgendwelche Vorschriften machen lassen." Lorant lächelte dünn. "Zumindest das haben wir gemeinsam!"
"Sehr witzig."
"Und dann kommt noch Drittens: Ich bin fast über den Jordan dabei gegangen, als ich Sie vor diesen Schlägern geschützt habe."
"Erwarten Sie jetzt Dankbarkeit?"
"Ein bisschen schon."
"Soll ich Ihnen 500 Euro geben? Ist das damit erledigt? Vielleicht bewegt Sie das dann ja auch dazu, MEINE Anweisungen ernst zu nehmen."
Lorant schüttelte den Kopf.
"Ich will genauere Angaben zu den beiden Typen. Zum Beispiel die Nachnamen. Sonst müsste ich zu Kommissar Steen gehen und ihn danach fragen. Allerdings käme ich dann nicht umhin, ihm von dem heutigen Vorfall zu erzählen. Und Sie kämen dann insofern in die Bredrouille, weil Sie erklären müssten, weshalb Sie diesen Überfall nicht zur Anzeige gebracht haben."
Ubbo Sluiter ließ die Faust auf den Tresen sausen. Außerdem vergaß er, das Toilettenpapier weiter an seine Nase zu drücken.
Blut tropfte hinunter.
"Erpresser!", knurrte Ubbo.
"Wenn ich einer wäre, würde ich die 500 Euro nehmen und noch mal das Doppelte verlangen."
Zweifellos hatte Ubbo Sluiter noch irgendeine sehr unfreundliche Erwiderung auf Lager. Aber er schluckte sie herunter, denn in diesem Moment tauchte ein Mann in der

Tür auf. Lorant schätzte ihn auf Mitte zwanzig. Sein Haar war bereits erstaunlich dünn und hatte einen Rotstich. Das markanteste Kennzeichen seines Gesichts war die ziemlich lange Nase, die genau in der Mitte eine Art Knick hatte.

"Ey, was is'n hier los?", stieß er hervor.

Lorant nahm an, dass es sich um einen der Angestellten des Sluiter'schen Geschäfts handelte.

"Die Namen!", forderte Lorant unmissverständlich an Ubbo Sluiter gewandt. Die Stimme des Detektivs bekam dabei einen fast metallischen Klang.

"Hören Sie, ich weiß es nicht..."

"Sie haben doch eine Anzeige aufgegeben!"

"Nur gegen Unbekannt."

"Wissen Sie, wo ich die beiden finden könnte? Ich wiederhole mich ungern, aber Steens Büro in Emden-West ist nur ein paar Minuten weg von hier!"

Ubbo atmete tief durch. Er starrte seinen Angestellten an und giftete diesem dann entgegen: "Ja, glotz mich nicht so an, Kilian! Fang schon mal an aufzuräumen!"

Kilian schluckte.

"Is' ja gut, Chef!"

"Gar nix ist gut!"

"Jo, jo, schwer im Stress, was?"

Kilian ging an Lorant vorbei, umrundete den Tresen und verschwand in einem der hinteren Räume. Jetzt werden alle Spuren verwischt, dachte Lorant mit dem professionellen Bedauern eines ehemaligen Polizisten - eine Haut, die er einfach nicht von sich streifen konnte. Wahrscheinlich würde sich daran auch niemals etwas ändern.

"Wie Sie wollen, dann bespreche ich das mit Steen. So hartleibig wie Sie ist ja nicht mal der!" Mit diesen Worten humpelte Lorant in Richtung Tür.

"Warten Sie!", rief Ubbo.

Lorant blieb stehen, ohne sich umzudrehen.

Ubbo Sluiter näherte sich von hinten. "Victor, der Typ mit den gefärbten Haaren..."
"Was ist mit dem?"
"Der ist Türsteher im X-Ray."
"Was soll das sein?" Lorant machte sich jetzt doch die Mühe, sich halb herumzudrehen.
"Ein Nachtclub. Liegt mitten auf der Wiese im Gewerbegebiet bei Aurich."
Lorant verzog spöttisch das Gesicht.
"Woher wissen SIE denn, wer im X-Ray Türsteher ist?", grinste er.
Ubbo Sluiters dünnlippiger Mund blieb gerade wie ein Strich. Auch während er sprach. Entsprechend verkrampft hörten sich seine Worte auch an. "Wir teilen offenbar nicht denselben Humor, Herr Lorant."
"Ist mir auch schon aufgefallen."
"Ich habe jetzt zu tun."
"Eine Frage hätte ich doch noch!"
"AUF WIEDERSEHEN, Lorant!"
Er betonte das AUF WIEDERSEHEN etwas eigentümlich, so als wollte er Lorants Hochdeutsch imitieren.
Lorant nahm es gelassen hin.
Ungerührt stellte er seine Frage.
"Was haben Sie für eine Erklärung dafür, dass sich im Boot bei der Leiche Ihres Vaters eine Boßel-Kugel befand?"
Ubbo runzelte die Stirn.
"Wie?" Er wirkte verwirrt.
"Sorry, ich kann nur Hochdeutsch."
"Worauf wollen Sie hinaus? Mein Vater war in einem Boßel-Verein. Ich übrigens auch. Meine Güte, fast jeder boßelt hier, das ist nichts Besonderes."
"Trotzdem ungewöhnlich, so ein 'Sportgerät' oder wie immer man das auch bezeichnen mag, mit ins Segelboot zu nehmen. Finden Sie nicht?"

"Was weiß ich!"

Er zuckte die Achseln.

Lorant holte den Artikel über den Toten in Oldenburg-Huntetal aus der Innentasche seines Jacketts und hielt ihn Ubbo hin. Ubbo nahm den Ausschnitt, las den Artikel durch. Lorant studierte dabei jede Regung im Gesicht seines Gegenübers.

Manchmal waren Gesichter wie offene Bücher. Wie Fenster zur Seele. Aber das Gesicht von Ubbo Sluiter gehörte leider nicht dazu. Es blieb ziemlich ausdruckslos. Schließlich reichte Ubbo Lorant den Artikel zurück.

"Worauf wollen Sie hinaus?"

"Sehen Sie nicht die Parallele?"

"Die Boßel-Kugel bei der Leiche."

"So ist es."

"Meinen Sie, die beiden Fälle haben was miteinander zu tun?"

Lorant zuckte die Achseln und steckte das Zeitungsstück wieder ein. Er machte ein unbestimmtes Gesicht. "Weiß ich noch nicht!", meinte er. "Vielleicht kann man das beantworten, wenn die Identität des Opfers in Oldenburg bekannt wird."

"Dürfte nicht so leicht sein..."

"Das stimmt."

Ein Wagen fuhr indessen auf den Parkplatz vor dem Sluiter'schen Geschäft. Entweder handelte es sich um den zweiten Angestellten oder den ersten Kunden. Lorant humpelte hinaus. Hoffentlich kann ich überhaupt Auto fahren!, durchfuhr es ihn. Es war schon ein paar Jahre her, dass ihm der Ischias das letzte Mal Ärger gemacht hatte.

15. Kapitel

Als nächstes fuhr Lorant zur Praxis von Dr. Purwin in Moordorf.

Als Lorant der Sprechstundenhilfe in knappen Worten sein Problem schilderte, war die junge Frau noch sehr freundlich, auch wenn ihr sanftes Dauerlächeln etwas von der Verkrampftheit eines Stewardessen-Gesichts hatte. Noch ist sie jung, dachte Lorant. Noch kriegt sie keine Falten davon. Aber in zwanzig Jahren würden sich die entsprechenden Lachfalten als harte Furchen in ihr Gesicht hineingemeißelt haben.

Zu Lorants Überraschung bekam das Gesicht der schönen Lächlerin schon viel früher eine Falte, und zwar mitten auf der Stirn. Sie erschien exakt in dem Moment, in dem Lorant ihr seine Chip-Karte der Barmer Ersatzkasse auf den Tresen legte.

"Eigentlich behandeln wir hier vorwiegend Privat-Patienten", sagte sie.

"Schön, dass Sie mich trotzdem dazwischen nehmen", erwiderte Lorant.

Ihr Blick, mit dem sie die Karte betrachtete, schien zu sagen: Wenigstens nicht AOK!

"Wenn Sie noch einen Moment im Wartezimmer Platz nehmen würden."

"Sicher."

Lorant wusste, was Arzthelferinnen unter 'einem Moment' verstanden. Der Vormittag war gelaufen.

Zu Lorants großer Überraschung dauerte seine Wartezeit tatsächlich nur einen Moment. Der Arzt war ein hagerer, etwas jungenhaft wirkender Mann von schwer zu schätzendem Alter.

Jemand von der Sorte, die nach spät einsetzender und lang andauernder Pubertätsphase sogleich ins Seniorenalter übertritt.

Die Phase dazwischen wird einfach ausgelassen. Typ Günter Jauch, dachte Lorant.

"Ja, dann wollen wir mal sehen", sagte Dr. Purwin, nachdem Lorant ihm seine Beschwerden geschildert hatte. Purwin rollte dabei mit seinem Bürostuhl herum, was Lorant irgendwie nervös machte. Mit ein paar sicher und gekonnt wirkenden Handgriffen hatte er Lorants Eigendiagnose bestätigt: Ischias. "Kommen Sie regelmäßig zur Reizstrombehandlung, bis es weg ist. Außerdem gebe ich Ihnen eine Spritze."

"Gut."

Nachdem Lorant seine Spritze bekommen hatte, drückte Purwin ihm noch immerhin so kräftig gegen den Oberkörper, dass der Detektiv aufschrie.

"Bauchprellung würde ich sagen. Haben Sie eine Schlägerei hinter sich?"

"Ich bin ein friedlicher Mensch."

"Ich habe ja auch nicht gesagt, dass SIE geschlagen haben, Herr..."

"Lorant."

"Ja, genau."

"Ich war nur etwas ungeschickt", meinte Lorant. Und irgendwie war das ja auch noch nicht einmal eine richtige Lüge.

"Naja, wie auch immer... Zur Reizstrombestrahlung können Sie kommen, wann Sie wollen. Wie Sie vielleicht bemerkt haben, gibt es bei uns auf Grund guter Organisation kaum Wartezeiten..."

"Ja, das ist beachtlich."

"Auf Wiedersehen, Herr Lorant."

Schon diese Abschiedsformel entlarvte Purwin als Zugezogenen. Und zwar als einen, der noch nicht allzu lange hier in dem zwischen Emden und Aurich gelegenen Moordorf praktizieren konnte. Maximal fünf Jahre, schätzte Lorant. Es war für eine Art Sport, so etwas zu schätzen. Allerdings wusste er nur zu gut, dass man sich da sehr täuschen konnte, insbesondere was die Geschwindigkeit anging, mit der eine sprachliche Anpassung vor sich ging. Henry Kissinger sprach beispielsweise auch nach mehr als einem halben Jahrhundert in den USA immer noch ein Englisch mit deutschem Akzent.

"Vielleicht hätten Sie noch einen Moment Zeit für mich", forderte Lorant. "Ich bin Privatdetektiv und ermittle im Mordfall Gretus Sluiter. Durch die Empfehlung von Herrn Sluiter junior bin ich übrigens auf Ihre Praxis gekommen..."

"Ah ja..." Purwins Gesicht wurde dunkelrot. Er holte tief Luft und setzte zu einer Erwiderung an.

"War Gretus Sluiter eigentlich auch bei Ihnen in Behandlung - so wie sein Sohn Ubbo?"

"Jetzt hören Sie mir mal gut zu!", begann Dr. Purwin, wobei er seinen Zeigefinger wie ein Messer durch die Luft wirbelte. "In dieser Praxis werden vorwiegend chronische Krankheiten behandelt. Die Menschen kommen zum Teil aus der Schweiz, aus Wien und was weiß ich woher, um sich hier kurieren zu lassen!" Die Fingerkuppen von Daumen und Zeigefinger seiner rechten Hand berührten sich jetzt, so dass sich eine Art Kreis bildete. Eine Präzisions-Geste, so hätte ein auf die Analyse von Körpersprache spezialisierter Psychologe wohl gedeutet. Ein Timbre von geradezu missionarischer Inbrunst schwang jetzt in seinem Tonfall mit. "Wir gehen hier nämlich den Ursachen dieser Erkrankungen an die Wurzel und begnügen uns nicht lediglich mit der Behandlung von Symptomen..." Er atmete tief durch. "Zwischendurch nehme ich natürlich auch gerne mal jemanden wie Sie dazwischen..."

Damit meint er einen Kassenpatienten, dachte Lorant. Wie nett. Aber er hütete sich davor, das laut zu sagen. Im Übrigen hätte er auch kaum eine reelle Chance gehabt, den sprudelnden Wortschwall des Arztes zu unterbrechen.

"...aber jetzt überspannen Sie wirklich den Bogen. Da draußen sitzen Menschen, die tausend Kilometer weit gereist sind, um sich hier behandeln zu lassen und Sie..."

"Ich dachte immer, es interessiert einen Arzt, woran seine Patienten gestorben sind", unterbrach Lorant sein Gegenüber schließlich. Und in Gedanken fügte er noch hinzu: Da Gretus Sluiter vermutlich Privatpatient war, müsste dich diese Frage doch besonders interessieren, großer Meister-Doktor!

Dr. Purwin vollführte einige eigenartig aussehende Bewegungen mit dem Mund, die an einen Fisch auf dem Trockenen erinnerten. Anscheinend fehlten ihm im Moment einfach die Worte. Er war aus dem Konzept gebracht worden.

"Ich nehme an, Gretus Sluiter WAR ihr Patient", sagte Lorant.

Dr. Purwin lehnte sich in seinem Stuhl zurück, faltete die Hände und ließ nervös die Daumen umeinander kreisen.

"Ich unterliege der ärztlichen Schweigepflicht", erklärte er.

"Und damit dürfte das Thema erledigt sein."

"Ich stelle auch keine Fragen nach irgendwelchen ärztlichen Befunden."

"Ich würde sie auch nicht beantworten."

"Aber vielleicht wissen Sie jemanden, der Sluiter so hasste, dass er ihn auf eine gewisse demonstrative Weise zur Strecke brachte."

"Ist das denn geschehen? Nachdem, was ich gehört habe..."

"Ich interpretiere die Spuren am Tatort etwas anders als die Kripo."

"Was Sie nicht sagen!"

"Also —kennen Sie so jemanden?"

Dr. Purwin schien einige Augenblicke lang zu überlegen. Als er dann zu sprechen begann, klang seine Stimme ruhiger und sachlicher als zuvor.

"Sluiter war ein grundsolider Geschäftsmann, aber er hatte mitunter ein cholerisches Temperament. Allerdings wüsste ich

nicht, dass er mal jemandem derart auf die Füße getreten wäre...
Naja..."
"Erzählen Sie's ruhig, auch wenn Sie glauben, dass es unwichtig ist!"
"Da war vor ein paar Jahren mal was. Es gab hier ein Riesentheater um einen Nachtclub mitten auf der flachen Wiese."
"Heißt der zufällig X-Ray?"
"Ja, woher wissen Sie das?"
"Was war damit?"
"Herr Sluiter hatte immer sehr feste Ansichten. Konservative Ansichten. Und er war damals der Meinung, dass das X-Ray nichts anders als ein Bordell wäre. Er hat versucht, mit Hilfe seiner kommunalpolitischen Freunde dem Investor Steine in den Weg zu werfen. Damals hat Herr Sluiter in der Presse erklärt, dass man ihm mit Mord gedroht habe!"
"Hat er mit Ihnen darüber gesprochen?"
"Nein."
"Der Nachtclub existiert ja wohl."
"Allerdings mit Auflagen, soweit ich weiß."
"Aber der Besitzer kann doch eigentlich gar keinen Grund mehr haben, sauer auf Sluiter zu sein."
"Tut mir leid, aber ich kann und will Ihnen jetzt nicht mehr weiterhelfen. Lassen Sie mir Ihre Karte da, sofern Sie eine haben. Vielleicht... Wenn mir was einfällt, rufe ich Sie an."
"Gut."
Lorant langte in die Innentasche seines Jacketts, holte eine seiner Visitenkarten heraus. "Bitte nur die Handynummer anrufen. Schließlich bin ich ja nicht zu Hause."
"Schon klar."
"Sie kommen nicht von hier?"
Dr. Purwin lächelte mild. "Nein, ich stamme aus Osnabrück."

"Sind Sie hier schon heimisch genug, um zu boßeln?"

"Ich war sogar mal Mitglied in einem Boßel-Verein, den 'Söipkedeelern'."

"Das ist derselbe Verein, in dem auch Gretus Sluiter aktiv war."

"Ja, da haben wir uns kennen gelernt."

Purwins Gesicht bekam plötzlich einen düsteren, etwas melancholisch wirkenden Zug. Sein Blick war für einige Augenblicke lang nach innen gerichtet und wirkte abwesend.

"Seit wann sind Sie nicht mehr bei den Söipkedeelern?"

"Seit vier Jahren."

"Hatte das einen bestimmten Grund? Sie sehen gesund genug aus, um kräftig mittrinken zu können, ohne gleich ein Fall für die eigene Praxis zu werden."

Purwins Lächeln wirkte matt. Er erhob sich, ging zur Tür und öffnete sie für Lorant. Eine Art Rauswurf erster Klasse, erkannte Lorant.

Er ging zur Tür, blieb vor dem Arzt stehen und blickte Purwin direkt in die Augen.

"Nun?"

"Es gab einen Unfall." Purwin sprach mit sehr leiser Stimme. Es war beinahe nur ein Wispern. "Wissen Sie, Boßeln wirkt wie ein sehr harmloser Sport, aber es kann alles Mögliche passieren, wenn Verkehrsteilnehmer nicht aufpassen. Ich wollte es danach einfach nicht mehr. Außerdem konnte ich diesen Schnaps, den die hier trinken, nicht ausstehen."

"Leuchtet mir ein."

Lorant ging an ihm vorbei, hörte irgendwo den bekannten Ruf: "Der Nächste, bitte!" Eine Arzthelferin brachte ihn zum Reizstromgerät. Na großartig, dachte er. Dann habe ich ein bisschen Zeit zum Nachdenken.

16. Kapitel

Warum hat Dr. Purwin eine Karte von mir gefordert?, ging es Lorant durch den Kopf, als er sich am frühen Nachmittag auf der Autobahn Richtung Oldenburg befand. Er beschleunigte den Carisma auf Tempo 200. Die Autobahn war fast leer. Eine regelrechte Rennstrecke. Anders wurde es erst, sobald man die A1 erreichte. Aber das war nach der Raststätte Huntetal.

Lorant wollte sich an die Oldenburger Kripo wenden, um vielleicht noch interessante Details über den bisher unidentifizierten Toten herauszubekommen, den man in Huntetal gefunden hatte.

Am Autobahnkreuz Leer hatte Lorant die A31 verlassen und die A28 genommen. Ein Schild wies auf die Abfahrt Westerstede hin.

Lorant spürte seinen Ischias noch etwas, aber die Spritze hatte zusammen mit der Reizstrombehandlung wahre Wunder bewirkt.

Als Arzt verstand Purwin offenbar sein Handwerk.

In Gedanken ließ Lorant den Besuch bei Dr. Purwin noch einmal Revue passieren. Kontrollierte dieser jungenhafte Mann eigentlich regelmäßig seine eigenen Blutdruckwerte? Bei dem sehr wechselhaften Temperament, das ihn offenbar auszeichnete, war das wohl nur zu empfehlen.

Die Visitenkarte!, ging es Lorant abermals durch den Kopf.

Erst wollte er gar nicht mit dir reden, dann will er unbedingt deine Karte, um dich vielleicht doch noch anzurufen.

Was konnte das bedeuten?

Dass Purwin mehr wusste, als er zunächst offenbart hatte?

Ich werde wohl einfach geduldig abwarten müssen, bis mein Handy klingelt, überlegte Lorant. Aber irgendetwas musste da noch sein, etwas, das Purwin aus was für Gründen auch immer zunächst für sich behalten hatte. Die Polizei hat ihn bei ihren ach so gründlichen Ermittlungen vermutlich gar nicht gefragt, ging es Lorant durch den Kopf. Wahrscheinlich musste man dem Arzt einfach noch etwas Zeit geben. Für Lorant hatte Purwin etwas von einer verschlossenen Auster. Aber er würde sie knacken. In diesem Punkt war er zuversichtlich.

Lorant stellte die Stereoanlage an. Herbie Hancocks 'Sly' begann mit einigen sehr percussiven Figuren. Den Klang der inzwischen längst aus der Mode gekommenen und leicht scheppernden Fender-WE-Pianos mochte Lorant. Auf einem modernen Keyboard war das kaum zu imitieren. Lorant seufzte.

Nie wieder wurde solche Musik gemacht, wie in den Siebzigern, dachte er.

Er fuhr an Wiefelstede und Bad Zwischenahn vorbei, erreichte schließlich die Außenbezirke von Oldenburg.

Lorant hatte sich den Weg zum Polizeidienstgebäude vorher genau auf der Karte angesehen und sich einen Stadtplan von Oldenburg besorgt. Nachdem er von der Autobahn hinuntergefahren war, quälte er sich durch den Stadtverkehr. Die Autobahn führte mitten durch Oldenburg, für die Bewohner hinter einer hohen Lärmschutzwand verborgen.

Schließlich erreichte Lorant das Polizeidienstgebäude am Friedhofsweg Nummer 30.

Was für eine passende Adresse, dachte Lorant.

Lorant parkte seinen Wagen, betrat das Gebäude und versuchte, sich an den Hinweisschildern zu orientieren. Es gab zwei Kommissariate, die Wasserschutzpolizei Küstenkanal-Hunte, die III. Abteilung der Landesbereitschaftspolizei, die Fachhochschule für Verwaltung und Rechtspflege

(Fachbereich: Polizei) sowie das Bildungsinstitut der Polizei. Alles untergebracht in ein und demselben Gebäudekomplex.

Lorant meldete sich erst in den Büros des ersten Kommissariats, wurde dann aber belehrt, dass für den Fall der Leiche an der Raststätte Huntetal das zweite Kommissariat zuständig war.

Schließlich saß der Detektiv einem leicht übergewichtigen Kriminalkommissar namens Vanderbehn gegenüber, der sich Lorants Ausführungen interessiert anhörte.

"Sie glauben an einen Zusammenhang zwischen dem Mordfall Gretus Sluiter und der Männer-Leiche in Huntetal", murmelte Vanderbehn gedehnt.

"Die Boßel-Kugel spricht doch dafür."

"Ja, da könnten Sie durchaus recht haben. Allerdings wird es schwierig sein, einen derartigen Zusammenhang zu beweisen, ehe wir nicht die Identität des Opfers kennen."

"Ich schlage vor, Sie gehen einfach alle Vermisstenfälle durch, die der wahrscheinlichen Todeszeit der Huntetal-Leiche nach in Frage kommen könnten. In einem zweiten Schritt müsste man die Vermisstenfälle dann daraufhin abklopfen, ob irgendein Zusammenhang zur Familie Sluiter in Forlitz-Blaukirchen besteht."

Vanderbehn lächelte mild. "Waren Sie mal bei der Kripo?"

"Ist schon lange her."

"Sie scheinen nichts verlernt zu haben."

"Für mein Nahkampftraining gilt das leider weniger."

"Wieso?"

"Bin vor kurzem übel verhauen worden." Lorant betastete die schmerzende Bauchprellung. Husten und Lachen musste er tunlichst vermeiden. Aber das war leichter gesagt als getan.

Vanderbehn erhob sich, steckte die Hände in die weiten Taschen seiner etwas schlabberig wirkenden Hose, die aber sicher sehr bequem beim Sitzen war.

"Eigentlich wäre es die Aufgabe unserer Kollegen in Emden..."

"Kriminalhauptkommissar Meinert Steen ist leider bislang noch nicht einmal überzeugt davon, dass es sich bei Sluiters Tod überhaupt um einen Mord handelt. Er denkt, dass es ein Unfall war und die Kugel halt einfach so im Boot herumlag." Lorant zuckte die Achseln. "Solche Kugeln liegen hier in Norddeutschland ja sicherlich überall herum, auch an Orten, wo man sie gar nicht vermutet. Auf der Straße, auf Booten. Ich schaue immer schon auf meinen Sitz, bevor ich mich in den Wagen setze. Könnte ja sein, dass da auch eine liegt!"

"Ich werde mal mit dem Kollegen Steen telefonieren."

"Tun Sie das."

Lorant bezweifelte allerdings, dass das einen durchschlagenden Erfolg haben würde. So, wie er Meinert Steen bisher kennen gelernt hatte, bestand die Gefahr, dass sich die Haltung des Kriminalkommissars nur noch verfestigte, wenn er von außen darauf hingewiesen wurde, dass er möglicherweise mit seiner Meinung auf dem falschen Dampfer war.

"Dann kommen Sie mal um den Tisch herum, Herr Lorant. Ich werde Ihnen jetzt auf dem Computerschirm Fotos und Personalien von Vermissten zeigen. Sie haben in dem Fall ja bereits ermittelt und möglicherweise fällt Ihnen ein Zusammenhang auf..."

"Ich bin gespannt."

17. Kapitel

"Ich geh dann jetzt."

Dr. Frank Purwin blickte von seinem Schreibtisch auf und sah in das lächelnde Gesicht seiner Sprechstundenhilfe.

"Ist gut, Heike. Ich sehe mir hier nur noch ein paar Abrechnungen an, dann mache ich auch Schluss."

"Bis morgen."

"Ja, ja..."

Purwin wirkte abwesend. Er beachtete Heike nicht weiter, wandte sich wieder den Papieren auf seinem Schreibtisch zu.

Ganz am Rande nahm der Arzt wenig später wahr, wie die Praxistür ins Schloss fiel. Offenbar hatte Heike gerade das Haus verlassen.

Rechts auf dem Schreibtisch lag die Karte des Detektivs.

Lorant.

Purwin nahm die Karte, betrachtete sie. Man konnte sehen, dass Lorant sie einfach mit einem PC-Drucker hergestellt und nicht richtig hatte drucken lassen. War wahrscheinlich eine finanzielle Frage.

Purwin spürte, wie sein Puls schneller ging. Gretus Sluiter ermordet? Er mochte Lorant nicht besonders, aber so, wie der Detektiv die Sachlage dargestellt hatte, klang das recht plausibel.

Du musst es ihm sagen!, durchfuhr es ihm. Es gab jemanden, der einen Grund gehabt hatte, Gretus Sluiter umzubringen, jemanden, der ihm sehr nahegestanden hatte... Und wenn Dr. Purwin dieses Motiv nicht offenbarte, würde nie jemand darauf kommen. Schweigepflicht hin oder her, er wollte keinen Mord decken.

Aber bist du nicht auch deinen Patienten verpflichtet? Gleichgültig, ob sie Tod oder lebendig sind? Die Schweigepflicht eines Arztes ist ein hohes Gut, du kannst nicht einfach so darüber hinweggehen... Purwin war in einem Zwiespalt und er begann zu ahnen, dass es daraus keinen einfachen Ausweg gab.

Willst du, dass die Ärztekammer dich achtkantig rausschmeißt?, meldete sich eine andere Stimme in ihm. Ist es das wert? Zumal du dir so sicher auch nicht sein kannst...

Purwin schluckte.

Nein, es passt alles zu gut zusammen, wies er sich zurecht.

Du darfst nicht schweigen.

Nervös drehte er die Karte des Detektivs zwischen den Fingern.

Warum nicht zur Polizei gehen?, fragte er sich. Aber gleich darauf entschied er, dass das eine schlechte Alternative war. Es würde ein offizielles Protokoll, eine regelrechte Aussage geben, die Purwin später vor Gericht wiederholen und möglicherweise beeiden musste.

Und wenn du dich geirrt hast, dann Gnade dir Gott!, durchzuckte es ihn. Dann kannst du dir wahrscheinlich einen neuen Job suchen und selbst wenn du die Zulassung behältst, bist du in dieser Gegend unmöglich!

Ein gutes Gewissen konnte man sich als Arzt leichter leisten, wenn die Praxis schon abbezahlt war. Und wenn seine Patienten auch teilweise von sehr weit her kamen - ohne die lokale Kundschaft war der Betrieb nicht zu halten.

Purwin legte die Karte zur Seite, nahm einen kleineren Zettel und kritzelte mit nervöser Handschrift ein paar Zahlen darauf.

Mehr nicht. Wenn er Lorant diesen Zettel gab, mit dem diskreten Hinweis, genau jene Zahlenkombination mal in die Tastatur eines Telefons einzugeben... Purwin lächelte fast erleichtert. Du hast dann deine Schweigepflicht nicht

gebrochen, aber wenn dieser Lorant nur einen Funken Verstand hat, wird er von selbst auf alles kommen!
Purwin biss sich auf die Lippe.
Dann wählte er Lorants Handynummer.
Augenblicke später war er verbunden.
"Hier Purwin. Ich muss Sie dringend sprechen."
"Ich kann etwa in einer Stunde bei Ihnen sein", antwortete Lorant.
"Gut. Bitte versuchen Sie pünktlich zu sein."
"Vielleicht könnte ich bei der Gelegenheit noch mal an Ihren Reizstromapparat. Das hat nämlich gut getan."
"Werden Sie nicht unverschämt."
"War ja nur 'ne Frage."
"Bis nachher."
Purwin unterbrach die Verbindung, lehnte sich dann in seinem Sessel zurück.
Den Zettel mit der Telefonnummer, den er Lorant geben wollte, hielte er in der Linken. War es richtig, was er getan hatte?
Er war sich schon nicht mehr sicher.
Purwin war übel.
Ich sollte etwas essen, dachte er.
An der Praxistür hörte er ein Geräusch.
Wahrscheinlich hatte Heike wieder irgendetwas vergessen.
Kam leider öfter vor, und nicht nur, was ihre Handtaschen, ihr Handy und den Rest ihres Privatkrams anging. Immer ein Fehler, eine Mitarbeiterin nach dem angenehmen optischen Eindruck auszuwählen, ging es ihm durch den Kopf. Ich sollte sie entlassen, bevor sie irgendwann schwanger wird, überlegte er dann. Sonst wird es problematisch, so eine Mitarbeiterin loszuwerden.
Schritte waren vom Flur aus zu hören.

Schritte, die zu Heikes schnellem, trippelndem Gang, bedingt durch ihre für ihren Job eigentlich viel zu hohen Absätze, kaum verursacht werden konnten.

Eine Gestalt erschien im Türrahmen. Unter dem linken Arm eine Boßel-Kugel aus Hartholz, in der Rechten einen Baseballschläger.

Schweißperlen traten auf Dr. Purwins Gesicht. Eine Sekunde lang saß er mit schreckgeweiteten Augen da.

"Was machen Sie hier?", rief er. Gleichzeitig griff er zum Telefonhörer.

Die Gestalt schnellte vor.

Mit einer Hand führte der Unbekannte den Baseballschläger, ließ ihn hinuntersausen.

Das Holz krachte auf den Tisch, traf Purwins Hand. Purwin zog sie schreiend zurück. Aus dem Hörer tutete das Freizeichen.

Purwin rollte mit seinem Stuhl etwas zurück.

Er war blass wie die Wand geworden, hielt sich die zitternde Hand.

Da ist bestimmt etwas gebrochen!, durchzuckte es ihn. Der Schmerz war höllisch.

"Sie sind Dr. Frank Purwin, nicht wahr?"

"Steht doch an der Tür..."

"Ja, ich weiß..."

"Was wollen Sie? An den Medikamentenschrank? In meiner Praxis gibt's weder Morphium noch Methadon. Tut mir leid. Aber Sie können sich gerne bedienen..."

Der Unbekannte legte die Hartholz-Kugel auf den Schreibtisch.

Sie begann zu rollen, da die Schreibtischfläche leicht geneigt war. Mit einem harten Geräusch knallte sie auf Dr. Purwins Seite nieder und hinterließ eine deutliche Macke im Parkett.

"Ich denke, jetzt wissen Sie Bescheid, Dr. Purwin!"

Dann fasste er den Baseballschläger mit beiden Händen und schlug zu. Der erste Schlag traf Purwin nicht richtig. Er konnte immerhin soweit ausweichen, dass er nicht die volle Wucht abbekam.

Purwin stöhnte auf.

Sein Gegner umrundete den Schreibtisch, holte erneut aus.

Der Schlag traf den Kopf. Purwin sackte in einem Sessel zusammen. Ein weiterer Schlag ließ ihn noch einmal zucken.

18. Kapitel

Als Lorant die Praxis von Dr. Purwin erreichte, verschwand die Sonne gerade hinter dem Horizont. Das Licht brach sich in den tiefen Wolken. Ein Aquarell aus Dutzenden von verschiedenen Rottönen stand postkartenreif am Himmel.

Lorant parkte den Wagen vor der Praxis, genoss einige Augenblicke lang den Anblick.

Dann ging er zur Tür.

Sie stand einen kleinen Spalt offen. In dieser Sekunde wusste Lorant, dass hier etwas nicht stimmte. Er gab der Tür einen Stoß, so dass sie sich vollends öffnete. Dann trat er ein.

"Dr. Purwin?", fragte er.

Er ließ den Blick durch die Praxis schweifen, sah kurz in das Wartezimmer mit den Ledersesseln hinein, in denen er nur für ein paar Minuten hatte Platz nehmen dürfen.

Dann nahm Lorant sich die Behandlungszimmer vor.

Schließlich fand er Purwin hinter seinem Schreibtisch.

Mit starren, weit aufgerissenen Augen starrte der Arzt ihn an.

Blut war aus mehreren klaffenden Wunden heraus geflossen.

"Nein", flüsterte Lorant. Endlich wollte jemand freiwillig mit ihm reden und jetzt konnte er nicht mehr.

Lorant blickte kurz auf die Boßel-Kugel auf dem Parkett-Boden. Das musste ja so sein, dachte er. Fragte sich nur, was der Mörder damit bezweckte.

Eine Inszenierung! Du warst schon auf dem richtigen Weg!, durchzuckte es Lorant. Hier führt ein Wahnsinniger eine Art

grausiges Theaterstück auf und macht uns alle zu seinen Zeugen.
Lorant fuhr sich mit einer beiläufigen Geste über das Gesicht.
Wer war das Publikum bei dieser Inszenierung? Vielleicht war das die entscheidende Frage, die ihn näher an den bislang unbekannten Regisseur dieses Dramas der Grausamkeiten brachte.
Bleib konsequent bei deinem ersten Gedanken!, mahnte ihn eine Stimme aus dem Hinterkopf. Wenn dies eine Inszenierung ist, dann dürfte jemand wie Ubbo Sluiter kaum der Urheber sein!
So viel Kreativität traute Lorant dem biederen Berufs-Sohn einfach nicht zu, da mochten stille Wasser dem Sprichwort nach noch so tief sein. Genial wurden sie dadurch nicht unbedingt.
Nicht einmal auf eine perverse Art.
Lorant umrundete den Schreibtisch, gab sich dabei große Mühe, nicht in die Blutlache hineinzutreten. Auf dem Boden lag ein Zettel, so, als wäre er Purwin aus der Hand gefallen, nachdem sich die Muskeln seiner Finger im Tode entspannt hatten. Lorant hob den Zettel auf. Eine Zahlenfolge. Vielleicht eine Telefonnummer.
Lorant steckte den Zettel ein. Dann wandte er sich dem Telefon zu. Der Hörer lag daneben und war an einer Seite kaputt.
Stücke waren aus dem Plastik herausgesplittert, als habe jemand mit etwas Hartem daraufgeschlagen. Der Detektiv nahm ein Taschentuch, drückte kurz auf die Gabel, betätigte dann die Wahlwiederholungstaste. Dann nahm er den Hörer ans Ohr.
Sekunden später ließ ihn das Klingeln seines eigenen Handys zusammenzucken.

Lorant unterbrach die Verbindung, legte den Telefonhörer wieder ungefähr so hin, wie er ihn vorgefunden hatte. Auf dem Display seines Handys stand Purwins Nummer.

Offenbar war das Gespräch, das Purwin mit Lorant geführt hatte, sein letztes gewesen. Wen immer er danach noch hatte anrufen wollen, es war nicht mehr dazu gekommen. Der Mörder hatte ihn daran gehindert.

Lorant suchte aus dem Menue seines Handys die Nummer der Emder Kriminalpolizei.

Der Beamte am anderen Ende der Verbindung hieß Jansen und wirkte alles andere begeistert, als Lorant ihm einen Mord meldete. "Tut mir leid für Ihre Kollegen, dass sie jetzt wahrscheinlich aus dem Feierabend gerufen werden, aber ich hab's mir ja auch nicht ausgesucht", meinte der Detektiv.

Jansen ermahnte ihn anschließend noch, nichts anzufassen und sich bis zum Eintreffen der Kollegen keinesfalls vom Tatort zu entfernen, um sich für Befragungen zur Verfügung zu halten.

"Ja, ja, ich kenne die Prozedur", murmelte Lorant nur.

Er unterbrach die Verbindung.

Als nächstes wählte er die Nummer, die auf dem Zettel stand, den er bei dem Toten gefunden hatte.

Bingo!, dachte er. Es handelte sich tatsächlich um eine Telefonnummer.

Allerdings nahm niemand ab.

Also würde er es später noch einmal probieren.

Die Zeit bis zum Eintreffen der Polizei wollte Lorant noch nutzen, um sich ungestört umsehen zu können.

Die erste Überprüfung galt dem Medikamentenschrank. Er wirkte völlig unberührt.

Von den Praxisräumen gab es einen Zugang zum privat genutzten Trakt des Hauses. Lorant passierte ihn. An der Garderobe im Flur hingen ausschließlich Männersachen. Auch ein Blick ins Bad sprach dafür, dass Dr. Purwin offensichtlich ein Single war. Das großzügige, sehr weiträumige Wohnzimmer wirkte fast ein bisschen unpersönlich. Es war in schwarz und weiß gehalten. Kühle, moderne Sachlichkeit, so konnte man diesen Stil umschreiben. Auf einem niedrigen Tisch lagen ein paar Motorradzeitschriften. Ein Foto an der Wand zeigte den braven Arzt in Ledermontur auf einer Harley.

Ein Mann mit zwei Gesichtern, dachte Lorant.

Eine Art Feierabend-Easy-Rider.

Etwa zwei Regalmeter Bücher besaß Purwin. Ein paar medizinische Nachschlagewerke älteren Datums -—Lorant nahm an, dass die neueren im Behandlungszimmer zu finden waren—-, außerdem ein Windows-Handbuch und einige dickleibige Romane von Stephen King und John Saul. Noah Gordons MEDICUS lag quer.

Aber auf der leicht zerfledderten Ausgabe des MEDICUS lag etwas, das Lorants Interesse weckte. Ein Streichholzbriefchen, auf dem die Silhouette einer nackten Frau aufgedruckt war. Ein Schattenriss. Instinktiv nahm Lorant das Briefchen, öffnete es.

Von den Streichhölzern war keines benutzt worden. Auf der oberen Innenseite stand COME TO THE X-RAY CLUB!!! mit drei Ausrufungszeichen.

Sieh an, da verbringt also ein lediger Arzt seine wenigen freien Stunden!, dachte Lorant. Was er mit dieser Information anfangen würde, wusste er noch nicht. Er legte das Briefchen zurück, hörte gleichzeitig die Polizeisirenen.

Für einen Blick ins Schlafzimmer blieb leider keine Zeit mehr. Lorant sah zu, so schnell wie möglich wieder zurück in die Praxis-Räume zu gelangen.

Beamten in Uniform und in Zivil stürmten herein.

"Sie sind der Mann, der uns angerufen hat?", wurde Lorant angesprochen.

"Bin ich."

"Jansen, Kripo Emden."

"Wo bleibt denn Ihr Herr und Meister, Kriminalhauptkommissar Steen?"
"Nur Geduld, Herr..."
"...Lorant."
"Hauptkommissar Steen wird gleich eintreffen. Warten Sie hier bitte so lange. Ich habe mit ihm telefoniert, und er hat mir gesagt, dass er Sie unbedingt sprechen will!"
"Oh, welche Ehre!"
"Kein Grund, sich etwas darauf einzubilden!"
Lorant zuckte die Achseln.
Die Praxis von Dr. Purwin glich einem Taubenschlag. Der Gerichtsmediziner wurde verständigt. Draußen suchten weitere Beamte nach Spuren. Offenbar war jeder verfügbare Beamte im ganzen Kreisgebiet mobilisiert worden. Ein so großer Aufwand verwunderte Lorant etwas.
Schließlich traf Steen ein. Zunächst nickte er Lorant nur knapp zu, ließ sich dann das Arbeitszimmer zeigen.
Nach ein paar Minuten kam er zurück und wandte sich an Lorant. "Kommen Sie, wir gehen ins Wartezimmer."
"Nichts dagegen."
Augenblicke später ließen sie sich in den Ledersesseln nieder.
"Sie haben hier wirklich nichts angefasst, Lorant?"
"Für wen halten Sie mich."
Lorants Handy klingelte. Er ging an den Apparat, wies den Anruf mit einem Knopfdruck ab. "Das sind Ihre Kollegen. Die haben wohl die Wahlwiederholungstaste von Purwins Telefon gedrückt."
"Er hat mit Ihnen zuletzt telefoniert?"
"Ja."
"Warum?"
"Er wollte mir etwas sagen, was für den Mordfall Sluiter wichtig sei."
"Und was?"

"Wenn ich das wüsste. Ich war auf dem Rückweg aus Oldenburg und versprach, in einer Stunde hier zu sein. Dann habe ich ihn so gefunden."

Steens Gesicht wurde dunkelrot. "Sie waren in Oldenburg", sagte er gedehnt. Dabei spielte er nervös mit seinem Dienstausweis herum.

"Ja, stimmt", bestätigte Lorant.

"Dann sind Sie für den Trouble verantwortlich, den wir heute hatten!"

Lorant lächelte dünn. "Haben Ihre Kollegen Ihnen ein bisschen Feuer unter dem Hintern gemacht?"

"Spielen Sie sich nicht so auf, Lorant. Viel haben Sie in diesem Fall auch noch nicht erreicht."

"Naja, wenn Sie jetzt auch schon davon überzeugt sind, dass es einen FALL überhaupt gibt, dann bin ich schon ganz zufrieden. Frau Sluiter hat wochenlang versucht, diese Meinungsänderung bei Ihnen zu bewirken und ist kläglich gescheitert."

Meinert Steen holte eine Zigarettenschachtel hervor, steckte sich eine Zigarette in den Mund und zündete sie an. Wenn Lorant etwas nicht ausstehen konnte, dann war es Zigarettenrauch. Und so klinisch rein, wie Praxis und Wohnung des ermordeten Arztes Dr. Purwin aussahen, hätte das dem Toten auch nicht gefallen.

Kein Respekt mehr vor den Verblichenen!, dachte Lorant und hustete demonstrativ.

"Sie sind nicht mehr ganz auf dem Laufenden, Herr Lorant."

"So?"

"Inzwischen ist die Tatwaffe gefunden worden, mit der Gretus Sluiter wahrscheinlich umgebracht wurde."

"Ach!"

"Ein Ruderholz. Es waren noch Blutspuren dran."

"Nach so langer Zeit?"

"Der Mörder hat es unter ein Boot geschoben, das umgedreht an Land lag. Er muss es aus einem der anderen Boote genommen haben. Vielleicht hatte es auch jemand liegengelassen. Dann hat er es genommen, um Sluiter zu erschlagen und unter dem Boot verschwinden lassen. Sieht fast nach einer Spontanhandlung aus. Jedenfalls nicht nach einer durchdachten und von Anfang an geplanten Aktion."

"Zumindest nicht in diesem Punkt", musste Lorant zugeben.

"Sie waren in Oldenburg beim Kollegen Vanderbehn?"

"Ja."

"Und der hat Ihnen eine Liste von Vermissten gezeigt?"

"Schon möglich!"

"Nun halten Sie nicht so hinter dem Berg damit, Lorant! Wir sollten zusammenarbeiten."

Lorant hob die Augenbrauen. Er fragte sich, ob das Angebot seines Gegenübers ernst gemeint war. Wahrscheinlich nicht, dachte Lorant. Es gefällt ihm nur nicht, dass ich auf eigene Faust ermittle und ihm ein Stück voraus bin.

Spring über deinen Schatten, Lorant!, meldete sich eine Stimme in ihm. Es geht darum, einen Mörder zu fangen. Ihn daran zu hindern, weitere Menschen umzubringen.

Dass er das tun würde, hatte Lorant im Gefühl. Er hatte keine Erklärung dafür, nichts, was sich irgendwie durch Fakten belegen ließ. Es war einfach nur seine Ansicht. Der Mörder hatte noch nicht erreicht, was erreichen wollte.

Wer ist das Publikum?, durchzuckte es Lorant wie ein greller Blitz. Vergiss diese Frage nie. Sie ist der Schlüssel. Ganz bestimmt...

"Also gut", sagte Lorant schließlich. Er erhob sich, ging ein paar Schritte in Richtung des Fensters, um der immer dichter werdenden Qualmwolke zu entfliehen. "Unter den Vermissten gibt es einen, der hier aus der Gegend kommt. Eilert Eilerts, 52 Jahre alt und zuletzt als Bar-Mixer im X-Ray beschäftigt."

"Die Liste kenne ich auch", sagte Steen. "Und selbstverständlich bin ich auch mit dem Fall Eilerts vertraut. Ich möchte auf keinen Fall, dass sie seine Familie aufsuchen und ihr erzählen, dass die Leiche in Huntetal vielleicht derjenige ist, den sie vermissen... Noch ist nämlich nichts erwiesen. Wir müssen die Gesichtsrekonstruktion der Gerichtsmediziner in Bremen abwarten."

Abwarten, abwarten, abwarten...

Auch eine Ermittlungsmethode, dachte Lorant. Aber eine, von der er sich geschworen hatte, sie möglichst nicht mehr anzuwenden. Jahrelang hatte er das tun müssen. Aber diese Zeiten waren längst vorbei.

"Ich soll die Hände in den Schoß legen."

"Wenn Sie's übers Herz bringen, Lorant..."

"Kann ich nicht versprechen."

"Sie erschweren uns ansonsten die Arbeit."

"So ein Quatsch."

Eine Pause entstand.

Die Tür des Wartezimmers wurde geöffnet. Jansen kam herein. "Wir haben die wahrscheinliche Tatwaffe gefunden."

Steen sprang auf. "Und?"

"Ein Baseballschläger. Lag etwas entfernt in einer Grabenböschung, so als hätte ihn jemand in aller Eile weggeworfen und gehofft, dass er im Graben versinkt. Letzte Sicherheit gibt natürlich erst ein Vergleich des DNA-Materials."

"Logisch."

"Und noch was... Auf dem Hof gibt's eine Bremsspur, die wahrscheinlich von einem Motorrad stammt."

"Wahrscheinlich von einer Harley!", meinte Lorant. "Und diese Harley gehörte Purwin selbst!"

Die ziemlich perplexen Blicke der beiden Polizisten genoss der Detektiv regelrecht. "Prüfen Sie es ruhig nach!", forderte er.

Steen schüttelte den Kopf. "Nein, ich glaub's Ihnen ja. Allerdings hatte ich gedacht, dass der Doc seine Maschine längst verkauft hat!"

"Hat er das Ihnen mal angekündigt?"

Steen antwortete nicht darauf, sondern erwiderte: "Die Fragen stelle ich hier."

"War Dr. Purwin vielleicht in einer finanziellen Krise, die sich plötzlich zum Besseren gewendet hat?"

"So gut kannte ich ihn nun auch wieder nicht. Schließlich bin ich nicht sein Steuerberater."

"Sondern nur sein Boßel-Freund."

"Ist lange her. Der steife Doc hat nix mehr mitgemacht."

Steen atmete tief durch. "So richtig lustig war's mit ihm eigentlich auch nie."

"Sagen Sie mal, wohnen Sie eigentlich hier in der Nähe? Sie waren doch schon im Feierabend und trotzdem so schnell hier!"

"Gleich habe ich ein Loch im Bauch von Ihrer Fragerei, Herr Lorant. Vielleicht lassen Sie mich hier jetzt einfach mal meine Arbeit machen."

Lorant zuckte die Achseln.

"Ich nehme an, dass Sie jetzt keine Fragen mehr an mich haben."

"Im Moment nicht."

Lorant ging zur Tür, Jansen machte ihm Platz.

Der Detektiv blieb noch einmal kurz stehen und drehte sich zu Kriminalhauptkommissar Meinert Steen herum.

"Vielleicht denken Sie mal über folgendes nach: Was haben der Barmixer eines Sündenbabels, ein erzfrommer, biederer Geschäftsmann und ein Arzt, dessen Spezialität es ist, Privatpatienten von chronischen Krankheiten zu heilen, miteinander gemein? Es muss da irgendetwas geben, denn höchstwahrscheinlich sind alle drei von demselben Täter umgebracht worden!"

Steen verzog das Gesicht, nahm die Zigarette aus dem Mund und erwiderte: "Wenn ich es weiß, werden Sie in der Zeitung davon lesen können!"

19. Kapitel

Victor bremste sein Motorrad so hart ab, dass das Hinterrad etwas ausbrach und auf dem Pflaster des Parkplatzes eine dunkle, leicht gebogene Bremsspur entstand.
Er grinste dabei.
Das machte immer wieder Bock!
Victor ließ sein Motorrad nochmal richtig aufbrüllen, bevor er es vor dem X-Ray abstellte.
Ein Nachtclub mitten auf dem platten Land. Auf so eine Idee konnte nur ein Geschäftsmann vom Schlag des Leeraners Tom Tjaden kommen. Ehedem war das Gebäude die Lagerhalle eines großen Restposten-Discounters gewesen, der sich NIX WIE GEIZIG! genannt hatte und mit mehreren Filialen in Wittmund, Norden und Aurich vertreten gewesen war.
Gartenmöbel hatten da neben Büchern gestanden.
Kistenweise Spielzeug oder Plastikblumen hatten das Angebot abgerundet. Es gab nichts, was man hier nicht zu erheblich reduzierten Preisen hatte finden können. Und das meistens palettenweise.
Aber es gab starke Konkurrenz aus Emden.
Und die hatte schließlich dafür gesorgt, dass die NIX WIE GEIZIG!-Filiale in Aurich nicht mehr rentabel gewesen war und die Segel streichen musste. Angebot und Nachfrage regierten eben die Welt.
Tom Tjaden hatte die Immobilie günstig aufgekauft.
Natürlich über einen Strohmann, denn jemandem wie ihm hätten sie ein Unternehmen, dass ja weiterhin in der Region Geschäfte machen wollte, kaum überlassen.

Und Tjaden hatte alle Zeit der Welt gehabt, um aus dem ehemaligen NIX WIE GEIZIG!-Gebäude das X-Ray zu machen.

Mitten in dem faulen Apfel Ostfriesland (außen an der Küste das Faule, der schwere, feuchte Marschboden; innen das gute Land), in unmittelbarer Nähe der Stadt Aurich, die gewissermaßen den Kern dieses Apfels darstellte.

Victor musste immer grinsen, wenn Abend für Abend neben Limousinen auch ein paar Trecker auf dem Parkplatz standen.

Aber noch war es nicht so weit.

Noch herrschte gähnende Leere auf dem Parkplatz.

Victor war der Mann fürs Grobe im X-Ray. Als Türsteher sorgte er dafür, dass Leute, von denen von vornherein Ärger zu erwarten war, gar nicht erst hineingelassen wurden. Ab und zu kam es allerdings auch vor, dass einer der Gäste auf die rustikale Weise des Hauses verwiesen werden musste. Manche der Trecker-Gäste glaubten offenbar, dass sie die Girls des X-Ray genauso grob betatschen konnten, wie das bei der künstlichen Besamung ihrer Kühe angebracht war.

Victor betrat das X-Ray.

Ein paar philippinische Putzfrauen schrubbten noch den Boden. Jonny Cornelius, der Bar-Tender, stand hinter dem Schanktisch und war damit beschäftigt, Gläser zu polieren. Eines der Girls saß auf einem der Hocker und trank einen Espresso.

Victor starrte einen Augenblick lang die kurvenreichen, geradezu atemberaubenden Linien ihrer Figur an. Sie hatte schwarzes Haar und nannte sich Melinda. Victor hatte irgendwann einmal mitgekriegt, dass sie eigentlich Frauke hieß. Und vermutlich waren ihre Haare in Wahrheit auch nicht pechschwarz, sondern aschblond.

Victor bedauerte, dass er vermutlich nicht mitbekommen würde, wenn Frauke alias Melinda sich auf der Bühne auszog, weil er dann meistens draußen vor der Tür seine Aufgabe hatte.

Tom Tjaden bezahlte den Job gut genug, um das verschmerzen zu können. Immerhin hatte das Motorrad innerhalb weniger Monate dringesessen.

Jonny Cornelius wandte sich sogleich an Victor.

"Hey, der Boss ist da und will dich sofort sprechen!"

"Kein Problem, Alter!", meinte Victor.

"Na, du musst es ja wissen!"

Jonny Cornelius grinste breit über sein aufgedunsenes Gesicht. Er hatte früher Andenken an Bord einer der Borkum-Fähren verkauft, die von Emden aus verkehrten. Aber seine gegenwärtige Tätigkeit gefiel ihm um einiges besser. Noch früher war er angeblich als Schiffskoch um die halbe Welt gefahren. Victor hatte sich die Geschichten schon einige dutzendmal anhören müssen. Das Gute für Jonny Cornelius war, dass immer wieder Touristen ins X-Ray kamen, denen er seine Stories von neuem erzählen konnte - auch wenn diese Zuhörerschaft durch die Geschehnisse auf der Bühne naturgemäß leicht abgelenkt zu sein pflegten.

"Wo isser?", fragte Victor.

"Der Boss? Im Büro natürlich."

"Erst gib mir Schluck!"

"Immer noch nix Deutsch gelernt, du Russe?"

"Ich mehr Deutscher als du! Willst du sehen Pass? Oder willst du haben neue Zähne?"

Jonny hob beschwichtigend die Hände. Er sah ein, dass er den Bogen überspannt hatte. "Ist ja schon gut."

"Ich nicht Plattdeutsch reden, sondern Hochdeutsch!"

"Jo, jo, aber zu Trinken gibt's nix, solange du nicht beim Boss warst. Der wird sonst echt sauer!"

Victor knurrte noch etwas auf Russisch vor sich hin. Jonny Cornelius war nicht weiter neugierig darauf, diesen letzten

Kommentar aus Victors Mund zu verstehen. Eine Freundlichkeit war es bestimmt nicht gewesen.

Victor ging durch eine Nebentür und verließ den Hauptsaal des X-Ray. Er passierte einen schmalen Korridor. Am Ende lag das Büro. Victor klopfte.

"Komm rein!", kam es aus dem Inneren.

Tom Tjaden saß hinter dem Schreibtisch, tickte nervös mit einem Kugelschreiber herum. Erst auf den zweiten Blick sah Victor, dass es gar kein Kugelschreiber war, sondern der Stift für den Touchscreen seines PDA.

"Wie ist die Sache gelaufen?", fragte Tjaden.

"Alles klar, Boss!"

"Wenn ich noch mal ein paar mehr Leute brauche, um etwas zu erledigen, dann..."

"Null Problemo."

"Gut..."

20. Kapitel

Lorant fuhr zu seiner Unterkunft bei Beate Jakobs. Er hatte Hunger, da er den ganzen Tag über noch nichts Richtiges gegessen hatte.

Außerdem musste er darüber nachdenken, wie er weiter vorgehen wollte. Eine Option war, dem X-Ray einen Besuch abzustatten. Es musste doch mit dem Teufel zugehen, wenn ihm dort nicht jemand etwas über Eilert Eilers erzählen konnte. Zwar stand es noch keineswegs fest, dass es sich bei dem verschwundenen Bar-Tender des X-Ray wirklich um die Leiche vom Huntetal handelte, aber andererseits dachte Lorant nicht im Traum daran, sich an Meinert Steens Anweisungen zu halten.

Sollte der Kripo-Mann nur fleißig weiter hinter ihm her ermitteln!

Wenn es am Ende um eine Verhaftung ging, brauchte Lorant ohnehin dessen Hilfe. Leider.

"Na, den ganzen Tach unnerwegs?", begrüßte ihn Beate Jakobs, nachdem er den Schankraum betreten hatte.

"Jo", imitierte Lorant die Sprechweise der Einheimischen.

Der einzige Gast, der sich zur Zeit im Schankraum befand, saß an der Theke vor seinem Bier. Ein rotgesichtiger, dickbäuchiger Mann mit Prinz Heinrich-Mütze. An seinen Gummistiefeln klebte Mist. Ein Bauer also, schloss Lorant messerscharf.

"Junger Mann, kann ich was für Sie tun?", erkundigte sich Beate Jakobs.

Ihr nahm Lorant den 'jungen Mann' nicht übel, so wie dem Meerwart Benno Folkerts. Entweder deshalb, weil der

Altersunterschied entsprechend war, oder weil Beate Jakobs einen zwar etwas herben, aber auf ihre Art und Weise doch auch unwiderstehlichen Charme hatte, der dem Meerwart schlicht und ergreifend abging.

"Ich habe Hunger", sagte Lorant wahrheitsgemäß.

"Dann hole ich Ihnen mal die Karte!"

Oh, Karte!, dachte Lorant. Eine so große Auswahl, dass es sich lohnte, sie auf eine Speisekarte zu drucken, hatte Lorant dem Lokal von Beate Jakobs gar nicht zugetraut.

"Gerne!"

"Einen Moment!"

Lorant setzte sich an den Tresen. Beate Jakobs gab ihm eine Karte. Schön eingebunden in feinstes Kunstleder.

"Sach mal, du bist nicht von hier, was?", fragte der Bauer an Lorant gewandt.

"Nein. Von Ostfriesland kenne ich nur die Ostfriesenwitze."

"Kennst du den schon: Wie heißt die älteste Stadt der Welt?"

"Keine Ahnung."

"Leer in Ostfriesland."

"Wieso?"

"Na, das steht doch schon in der Bibel: 'Im Anfang schuf Gott Himmel und Erde und auf der Erde war es wüst und LEER!"

Lorant lachte aus Höflichkeit mit, während sich der Bauer gar nicht einkriegen konnte. Mit einem Auge überflog der Detektiv dabei die Angebote aus Beates Küche. Konventionell-rustikale Pommesbuden-Gastronomie, so ließ sich der Inhalt der Karte zusammenfassen. Pommes mit Schnitzel, ein halbes Hähnchen, Bockwurst mit Kartoffelsalat. Wahrscheinlich alles von einem Tiefkühldiscounter angeliefert und vorgefertigt. Aber Lorant war keineswegs ein gläubiger Anhänger irgendeiner Nahrungsmittel-Religion. Weder Vegetarier, noch

Fettverächter oder Fast Food-Ablehner. Hauptsache satt, war seine Devise.

Er entschied sich für das Schnitzel mit Pommes.

"Das tut mir aber leid, junger Mann! Aber das Schnitzel ist leider aus!"

"Hm!"

"Vielleicht ist ja noch was anderes dabei, was Sie mögen."

"Klar."

Der Bauer meldete sich mit dem nächsten Witz.

"Kennst du den: Das Kind eines Auswärtigen geht auf ein Emder Gymnasium. Da fragt der Lehrer: 'Beschreib mir mal den kürzesten Weg nach Japan!' Da meldet sich der Schüler von auswärts und erklärt umständlich den Weg über Osteuropa und Russland, China bis nach Japan. Sagt der Lehrer: 'Nee, das stimmt nicht. Es gibt noch einen Kürzeren."

Lorant runzelte die Stirn. "Und welchen?"

"Ein anderer Schüler meldet sich und sagt: 'Ich gehe einfach in Larrelt über die Brücke und schon bin ich in Japan."

Der Bauer lachte los.

Lorant verstand kein Wort und sah ziemlich begriffsstutzig drein. Glücklicherweise hatte Beate Jakobs Erbarmen mit ihm.

"Junger Mann, das ist so: Emden war doch früher ein bedeutender Hafen, auch wenn's schon eine Weile her ist. Und deswegen sind einige Stadtteile Emdens nach Orten in fremden Ländern benannt: Tsing-tau, Port Arthur, Transvaal..."

"Und eben Japan?", schloss Lorant.

Beate Jakobs nickte. "Ja, das Gebiet hinter der Larrelter Brücke hieß traditionell früher Japan."

"Was ist mit halben Hähnchen, Frau Jakobs. Kann ich das noch bekommen?"

"Junger Mann, Sie haben aber ein Pech..."

"Wie? Auch aus?"

"Leider ja."

"Und die Bockwurst mit Kartoffelsalat?"

"Die ist noch da."

"Was ist denn außer der Bockwurst mit Kartoffelsalat noch zu haben?"

"Leider ist das im Moment das einzige, was ich anbieten kann. Der Kühlwagen kommt übermorgen, und ich bin ziemlich ausgebrannt!"

Lorant seufzte, klappte die Karte zu. "Okay, dann die Bockwurst." Hätte sie mir ja auch gleich sagen können, dass sie sonst gar nichts da hat!, dachte er. Das Kartenstudium hätte ich mir dann ja wohl auch sparen können.

Er gab ihr die Karte zurück.

"Schön, dass wir doch noch was für Sie gefunden haben, junger Mann!", meinte Beate Jakobs.

Die alte Dame verschwand in der Küche.

Lorant sah zu, dass er gegenüber dem Bier trinkenden Bauern etwas Land gewann. Noch mehr Witze, für die ihm die Verständnisgrundlagen fehlten, wollte sich der Detektiv nicht anhören.

"Nix los heute hier, was?", meldete sich der Bauer mit seiner dröhnenden Stimme dann aber doch zu Wort.

Lorant ging bis in die Mitte des Raumes hinein, der sich durch eine Schiebetür aus Paneele trennen ließ. In einer Ecke hinter dem Kamin entdeckte er ein Klavier, darüber ein ostfriesisches Landschaftsbild. Blässhühner oder etwas Ähnliches im Schilf, dahinter die untergehende Sonne, das Spiel der Rottöne im Wasser und so weiter. Das Klavier hatte schon einige Schrammen. Offenbar war nicht immer besonders pfleglich mit dem Instrument umgegangen worden. Lorant bewegte die Finger. Ein paar Tage ohne zu spielen, das war für ihn wie eine Ewigkeit. Er bekam dann regelrecht Entzugserscheinungen. Wenn er viel zu tun oder den Kopf voll mit anderen Dingen hatte, fiel ihm das nicht so auf. Aber jetzt, da er das Objekt seiner Begierde vor sich sah... Am ersten

Abend hatte die lärmende Skatrunde davor gesessen, dass ihm das Instrument nicht aufgefallen war.

Und während des Frühstücks musste die Paneele-Tür ein Stück zugezogen gewesen sein. Jedenfalls war ihm das Piano auch da nicht weiter aufgefallen. Vielleicht auch deswegen, weil dieser eigenartige tätowierte Ruhrgebietler seine Aufmerksamkeit zu sehr gefesselt hatte.

"Echt nix los hier heute!", wiederholte der Bauer noch mal.

Offenbar sein letzter verzweifelter Versuch, Lorant doch noch als Gesprächspartner oder wenigstens als Zuhörer für Witze zu rekrutieren.

"Vielleicht ist im X-Ray ja mehr los!", sagte Lorant und ging dem Bauern damit gewissermaßen auf den rhetorischen Leim.

"Im X-Ray? Meinst du den Puff auf der Wiese?"

"Naja, ein hartes Wort."

"Weißt du, was da ein Glas voll kostet?"

"Nein."

"Dat gaait auf keine Kuhhaut. Und ein richtiges Bier haben die auch nicht! Aber schweineteuer ist da alles!"

Lorant hörte nur beiläufig zu und wandte sich stattdessen dem Klavier zu. Er setzte sich auf den Hocker. Die Tasten waren staubig. Aber davon ließ er sich nicht abhalten. Lorant spielte ein paar dezente Akkorde, ließ sie dann in den swingenden fünf-viertel-Takt von TAKE FIVE einmünden. Das Klavier hatte wahrscheinlich schon seit Jahren keinen Klavierstimmer mehr gesehen. Das gab Lorants Spiel eine besondere dissonante Schärfe, die im Original eigentlich nicht vorgesehen war.

Immerhin verstummte der Bauer jetzt. Er saß mit offenem Mund da und hörte zu.

"Kannst du auch Shantys?", glaubte Lorant ihn zwischendurch einmal fragen hören. Aber er antwortete nicht. Zu weit hatten ihn die Harmonielinien und Akkorde bereits aus dem Hier und Jetzt hinausgetragen. Hinein in ein

Kontinuum der Töne und Stimmungen, der Klangfarben und des pulsierenden Rhythmus. Ein Land jenseits der Zeit und der konkreten Vorstellung.

Ein Anflug von Melancholie überkam Lorant.

TAKE FIVE.

Seine Frau hatte dieses Stück sehr geliebt. Jahrelang hatte Lorant es nicht spielen können. Schließlich war er darüber hinweg gewesen. Jedenfalls hatte er das geglaubt.

Möglicherweise ein Irrtum. Er sah ihr Gesicht vor sich, sah die Blutspuren in dem Apartment auf Kuba. Vom Fenster aus hatte man auf das Meer blicken können. Auf das Meer im hochdeutschen Sinn. Den Ozean. Die leuchtend blaue karibische See, den Traum aller Nordländer, die an Regen und Nieselwetter gewöhnt waren und insgeheim immer davon träumten, sich die frische Brise der Karibik durch die Haare wehen zu lassen. Ein traumhafter Ort, der im nach hinein zu einem Alptraumort geworden war. Lorant erinnerte sich an die hilflos wirkenden Polizisten, denen er gegenüber gesessen hatte. Er konnte leidlich Spanisch, die Polizisten ein wenig Englisch. Aber das war nicht das Problem gewesen. "En Cuba el crimen organisado no existe!", hatte ihm einer der Polizeioffiziere weiszumachen versucht. Manchmal hörte er diesen Satz im Traum. Immer wieder die Behauptung, dass es in Kuba kein organisiertes Verbrechen gäbe, nur weil es das nicht geben durfte. So wie die angeblich auch ausgerottete Prostitution. Der Kommunismus des Fidel Castro und seiner Nachfolger erlaubte es nicht, darum existierte es nicht. Punkt aus. Aber Tatsache war, dass seine Frau verschwunden und vermutlich einem Verbrechen zum Opfer gefallen war. Mochte der Teufel wissen, warum sie hatte sterben müssen, mit wem man sie möglicherweise verwechselt hatte und auf welcher Müllkippe man ihre Leiche abgeladen hatte. Du wirst es nie herausfinden, durchfuhr es Lorant. Es lohnt sich nicht, dass du dein Hirn weiterhin mit den Gedanken daran marterst. Du hast getan, was du konntest. Nimm es hin, wie es ist, sonst verbringst du deine Zeit wieder auf der Couch eines Psychiaters anstatt mit den Dingen, die für deinen Job wichtig sind! Also Schluss jetzt...

"Hier, Ihre Bockwurst mit Kartoffelsalat!", riss ihn Beate Jakobs' Stimme aus seinen Gedanken heraus. Lorant war ihr dafür beinahe dankbar. Ein letzter Akkord, eine furchtbare Dissonanz, verursacht durch eine total verstimmte, scheppernde Saite, dann nahm Lorant die Finger von den Tasten. Die Kuppen fühlten sich stumpf an. Stumpf von der dicken Staubschicht, die auf den Tasten gelegen hatte. Seine Abdrücke waren jetzt ziemlich gut darauf zu sehen.

"Danke", sagte Lorant.

"An welchen Tisch soll ich es stellen?"

"An den da!" Lorant streckte die Hand aus, deutete auf jenen Tisch, der am weitesten von dem Bier trinkenden Bauern mit der Prinz Heinrich-Mütze entfernt war.

"Kartoffelsalat können Sie noch nachhaben, aber die Bockwurst..."

"...ist die Letzte."

"Ja, tut mir leid."

Lorant setzte sich an den Tisch.

Er merkte, dass Beate Jakobs noch irgendetwas auf dem Herzen hatte. Sie druckste etwas herum, dann brachte sie schließlich heraus: "Sagen Sie, ich habe Sie da gerade Klavierspielen hören..."

"Ja."

"Im Moment suchen wir dringend eine Orgelvertretung in der Kirche. Harm Dierksen ist ja schon seit Wochen krank und mit seinem gebrochenen Fuß kann er auch die Pedale gar nicht treten. Und sein Sohn studiert Musik in Osnabrück, der ist nicht immer hier. Ich glaube, für eine Orgelvertretung bekommen Sie zwanzig D-Mark."

"Nun.."

"Ich rechne immer noch in D-Mark, müssen Sie wissen."
"Ich fürchte, ich habe leider keine Zeit, Frau Jakobs."
"War ja auch nur eine Frage. Ich meine, so ein Choral lässt sich doch schnell lernen. Ist ja auch bei jeder Strophe wieder dasselbe, nicht wahr?"

21. Kapitel

"Ich habe schon gegessen", sagte Ubbo Sluiter, als er nach Hause kam.

Rena verdrehte die Augen.

"Vielleicht könntest du mir so etwas mal vorher sagen!"

"Habe ich versucht."

"Ach, ja?"

"Ja, ich habe versucht, dich anzurufen, aber du hast nicht abgenommen. Offenbar warst du nicht zu Hause."

"Spionierst du mir jetzt nach, oder was?"

Ubbo sah seine hübsche Frau an, musterte sie einige Augenblicke lang. "Hätte ich denn Grund dazu?", fragte er dann nicht ohne scharfen Unterton.

Rena atmete tief durch.

Ihr Blick veränderte sich plötzlich. "Was hast du mit deiner Nase gemacht?"

"Nicht der Rede wert."

"Warst du schon beim Arzt?"

"Ich hab sie gekühlt und damit war's gut."

"Sieht mir nicht so aus. Vielleicht solltest du mal Dr. Purwin anrufen..."

"Dr. Purwin wird jetzt wohl kaum Zeit für mich haben. Selbst für Privatpatienten nicht."

"Ich dachte, er ist ein Freund der Familie."

"Ein Freund meines Vaters", korrigierte Ubbo. Er ging ins Wohnzimmer, ließ sich in einen der Plüschsessel fallen. Ziemlich klobig waren die, aber schön weich. Rena hatte ihm immer schon in den Ohren damit gelegen, endlich was Moderneres anzuschaffen. Etwas, das 'hip' war. Etwas, das 'in dieses neue Jahrtausend' passte und nicht den Eindruck erweckte, von vorgestern zu sein. Aber Ubbo hatte den Wunsch bislang erfolgreich abwehren können. Er mochte diese klobigen Möbel, auch wenn er nur wenige Stunden am Tag zwischen ihnen wohnte. Schließlich war Ubbo Sluiter ein sehr beschäftigter Mann. Und seit sein Vater tot war, galt das umso mehr.

Ubbo schloss die Augen für einige Momente.

Rena fragte sich, ob ihr Mann vielleicht etwas ahnte.

Vielleicht war Ubbo doch nicht so blauäugig, wie sie immer gedacht hatte. Mach dich nicht verrückt!, sagte sie sich. Im Augenblick war ihre Hauptpriorität die Boutique. Endlich die eigene Herrin im eigenen Geschäft sein, das war es, wovon sie träumte. Auch wenn es nicht ihr Geld war, mit dem der Plan bewerkstelligt werden sollte. Diese Tatsache konnte ihr ihren Traum keinesfalls vermiesen.

Ohne Ubbo hatte sie keine Chance, ihre Schwiegermutter doch noch herumzukriegen. Also war das Letzte, was sie jetzt gebrauchen konnte, eine Krise zwischen Ubbo und ihr. Streich ihm etwas um den Bart und er macht, was du willst!, vermutete sie. Angesichts der so glatt wie ein Babypopo rasierten Wangen ihres Mannes ein Gedanke, der sie amüsiert schmunzeln ließ.

Sie setzte sich auf die Sessellehne.

Ubbo spürte ihre Nähe, öffnete die Augen.

"Es ist so ruhig zu Hause", meinte er.

"Marvin und Kevin sind bei Freunden."

"So spät noch?"

"Sie übernachten bei Etzengas. Du weißt doch, vor zwei Wochen haben die Etzenga-Jungs bei uns übernachtet."

"Ah, ja..."

"Morgen habe ich einen Gesprächstermin mit dem Rektor von Marvins Schule."

"Worum geht's?"

"Angeblich hat unser Kleiner einer Lehrerin vor das Schienbein getreten."

"Oh."

"Ich glaube kein Wort davon."

"Aber, wenn die Schule es behauptet? Meinst du, dieser Schulleiter denkt sich das nur aus?"

Was für ein Waschlappen ist Ubbo doch!, dachte Rena.

Immer noch der brave Schüler, der er sicherlich einst war. Wagt noch nicht einmal gegen die Schule aufzumucken, wenn seinem Kind Unrecht geschieht und es zum Sündenbock gemacht wird!

Rena hatte immer zu ihren Söhnen gehalten. Egal, was sie ausgefressen hatten. Den Lehrern hatte sie prinzipiell nicht geglaubt. Die wussten doch ihre Jungs nur nicht richtig zu nehmen. Rena Sluiter galt daher in der Schule als uneinsichtig, aber das war ihr gleichgültig. Auch den vorsichtigen Hinweis, dass Kevin und Marvin die Nibelungentreue ihrer Mutter vielleicht geschickt auszunutzen wussten, ließ sie nicht gelten.

Wenn jemand ihr riet, die Hilfe des schulpsychologischen Dienstes oder von Erziehungsberatungsstellen in Anspruch zu nehmen, konnte sie ziemlich laut werden.

Ursprünglich hatte Rena vorgehabt, ihrem Mann ein schlechtes Gewissen zu machen, ihm einzureden, dass er sich doch auch mal ein bisschen mehr in die Erziehung einbringen und sie zu dem Gesprächstermin mit dem Rektor begleiten könnte. Schließlich brachten andere Mütter auch ihre Männer mit, wenn es in der Schule richtig Ärger gab.

Aber dieses Vorhaben hatte Rena inzwischen ad acta gelegt.

Sie dachte an die Boutique. Und daran, dass sie Ubbo als Verbündeten gegen dessen Mutter brauchte. Und dahinter musste alles andere zurückstehen. Selbst die Treue zu ihren rüpelhaften Jungs.

"Hör mal, Ubbo, das sieht aus, als hätte dir jemand voll auf die Nase geschlagen."

"Können wir über etwas anderes reden?"
"Waren das diese Russen?"
"Ja."
"Willst du was unternehmen?"
"Was denn?"
"Aber das kann doch nicht so weitergehen."
"Wird es auch nicht."
Und dann sprudelte es aus Ubbo heraus. Er beichtete ihr alles, was sich am Morgen ereignet hatte. Auch, dass Lorant eingegriffen hatte, erwähnte er.
Rena hörte interessiert zu.
"Vielleicht könnte dieser Lorant..."
"Bist du verrückt? Ich habe ihm verboten, weiter in der Russensache herumzurühren."
"Wird er sich dran halten?"
"Weiß ich nicht, ich werde mit Ma sprechen müssen."
Oh, ja - und ich kann mir richtig vorstellen, was dabei herauskommt!, ging es Rena Sluiter durch den Kopf. Nichts nämlich! Ganz einfach nichts! So wie immer!
Unterdessen fuhr Ubbo fort: "Dieser Detektiv hat für meinen Geschmack schon viel zu viel herumgeschnüffelt. Es war keine gute Idee von Ma, ihn zu engagieren."
"In diesem Punkt sind wir vollkommen einer Meinung", erklärte Rena.

22. Kapitel

Als Lorant sich frisch gestärkt auf den Weg zum X-Ray nach Aurich machen und in den Wagen steigen wollte, traf gerade der Tätowierte mit seinem Feuerstuhl ein. Er ließ die Maschine noch mal richtig aufheulen, bevor er den Motor ausschaltete und vom Bock stieg.

Er setzte den Helm ab, schüttelte sich wie ein Hund, der ins Wasser gefallen war.

"Na, den ganzen Tag durch das Land gurken?"

Er starrte Lorant an.

"Ey, was laberst du mich an?"

"Kein Grund zur Aufregung. Ich dachte nur..."

"Was dachtest du?"

"Du warst nicht zufällig bei einem ganz bestimmten Arzt in Moordorf?"

"Wovon redest du?"

"Ich frage ja nur."

"Ja, habe ich gehört."

"Da war nämlich eine ziemlich dicke Bremsspur, die von so einer Maschine stammen könnte."

Lorant trat an das aufgebockte Motorrad heran, sah sich dabei das Profil näher an, strich mit dem Finger über das Gummi.

"Ey, fass mein Eigentum nicht an, woll?"

"Keine Sorge!"

"Wenn du mal mitfahren willst, dann frag mich!"

"Ich werde vielleicht darauf zurückkommen!", versprach Lorant.

23. Kapitel

Als Lorant das X-Ray erreichte, tobte dort bereits das pralle Leben. Eine Reihe von Wagen unterschiedlicher Preisklasse standen auf dem Parkplatz. Die teuersten Modelle waren zweifellos die Trecker. Lorant musste grinsen. Er stellte seinen Wagen ans Ende der Reihe, stieg aus und ging auf den Haupteingang zu. Neonbuchstaben verkündeten großspurig, dass es im X-Ray alles gab, was der moderne Landmann so brauchte: GIRLS, BEERS & FOOD. Das war zwar weder Hoch- noch Plattdeutsch, aber offenbar wurde es über alle Sprachgrenzen hinweg verstanden.

Lorant erreichte den Eingang.

Zunächst bemerkte er den Kerl mit den weißblonden Haaren nicht gleich. Aber dann fiel das grelle Neonlicht eine Sekunde lang auf dessen bleichen Haare. Victor, so hatte Ubbo Sluiter ihn genannt. Victor irgendwas.

Lorant blieb breitbeinig stehen. Auf einen erneuten Zweikampf mit diesem Kerl hatte er keine Lust. Schon deswegen nicht, weil das Reizstromaggregat in Dr. Purwins Praxis fürs Erste wohl nicht zu seiner Verfügung stand.

Victor erstarrte zur Salzsäule.

Die einzige Waffe, die Lorant besaß, war ein kleinkalibriger Revolver, der sich in seinem Wagen befand. Für äußerste Notfälle. Er hatte die Waffe illegal in der Schweiz erworben und dachte auch gar nicht daran, sie offiziell zu beantragen. Es war verdammt schwer in Deutschland, einen Waffenschein zu bekommen. Und Lorant ging unnötigen Schwierigkeiten gerne aus dem Weg.

Aber im Augenblick hatte er die Waffe nicht dabei, während unter Victors Jacke wahrscheinlich noch immer der Revolver steckte, mit dem der Kerl auf ihn geschossen hatte.

In der Seitentasche von Lorants Jackett befand sich nichts weiter als das Handy. Er hatte es lieber im Jackett als am Gürtel, weil es immer die Hose so runterzog.

Lorant konnte sich an den Fingern einer Hand ausrechnen, was als nächstes passieren würde.

Sofern Victor seine Waffe bei sich hatte -—und es gab keinen Grund, daran zu zweifeln -—war davon auszugehen, dass er sie als nächstes aus seiner Jacke herausriss.

Lorant wusste, dass er schneller sein musste.

Schneller ziehen, darauf kam es an. Wie bei den guten alten Cowboys im Western-Film. Nur, dass Gary Cooper in HIGH NOON wenigstens etwas gehabt hatte, was er ziehen konnte, während Lorant unbewaffnet war.

Lorants Entschluss war spontan, aber nicht unüberlegt.

Er setzte alles auf eine Karte.

Bluff hieß das Gebot der Stunde. Er griff in die Jackettseitentasche, umfasste das Handy, hob die Hand und ließ es so erscheinen, als hielte er eine Waffe in der Hand.

"Keine Dummheiten, Victor."

Der Türsteher war vollkommen perplex. Er schluckte, zog die Hand dann vom halb geöffneten Reißverschluss seiner Jacke weg. Offenbar wollte er nicht riskieren, dass Lorant seine Waffe abdrückte.

Nur überzeugend wirken, darauf kommt es an, dachte Lorant. Ist im Leben genauso wie im Fernsehen!

Lorant fuhr fort: "Du heißt doch Victor, oder?"

"Alter, mach keine Dummheiten!", knurrte der Angesprochene.

"Solange du dich nicht rührst, ist alles in Ordnung!"

Lorant trat an Victor heran, langte unter dessen Jacke und zog den Revolver hervor.

Dessen Lauf richtete er jetzt auf den Bauch des Russlanddeutschen.

Er zog das Handy aus der Jacketttasche.

Victor gingen die Augen über. Er war vollkommen fassungslos.

"Mieser Wichser!", schimpfte er.

"An deiner Stelle würde ich langsam auf freundlich umschalten, mein Lieber! Schließlich habe ich dich von heute Morgen her in ziemlich unangenehmer Erinnerung."

"War nix persönlich!"

"Du hast mir um ein Haar die Ohren abgeschossen. So etwas nehme ich übel!"

"Ey, Alter..."

"Aber vielleicht kannst du es ja wieder gutmachen."

"Was gutmachen?"

"Ich hätte gerne ein paar Auskünfte."

"Was Auskünfte?"

Von hinten hörte Lorant Schritte, sein Kopf ging reflexartig zur Seite. Aus den Augenwinkeln heraus konnte Lorant eine Gestalt sehen. Wahrscheinlich einen Gast, der auf den Haupteingang zuging. Für den Bruchteil einer Sekunde war Lorant abgelenkt. Und das nutzte Victor eiskalt aus. Lorant bekam einen heftigen Stoß, genau auf seine Bauchprellung. Er taumelte zurück. Ein höllischer Schmerz durchfuhr ihn. Victor spurtete los, schwang sich auf sein Motorrad. Er legte einen Blitzstart hin. Die Maschine brüllte auf. Mit quietschenden Reifen donnerte er davon, legte sich dabei flach auf den Tank und wich einem Audi aus, der gerade auf den Parkplatz fuhr. Der Audi bremste, Victor umkurvte ihn mit seinem Motorrad.

Lorant stand mit der Waffe in der Hand da und war vollkommen machtlos. Schließlich konnte er hier keine Schießerei beginnen. Das brachte am Ende nicht Victor, sondern nur ihn selbst in Schwierigkeiten. Das hornissenartige Geräusch von Victors Maschine war noch eine Weile zu hören.

Verdammter Mist!, dachte Lorant.

Der Gast, der gerade im Sinn gehabt hatte, den Haupteingang des X-Ray zu passieren, stand wie erstarrt da. Ein rotblonder Mann, ziemlich dürr und mit hervorquellenden Augen. Immerhin hatte er sich fein gemacht, auch wenn der Anzug, den er trug, vom Schnitt her mindestens zwanzig Jahre alt sein musste. Ein altes Erbstück wahrscheinlich. Oder der Konfirmationsanzug des großen Bruders.

"Wat läuft denn hier ab?", stieß der Anzugträger fassungslos hervor.

Lorant steckte die Waffe in den Hosenbund.

"Nichts", sagte er.

"Aber..."

"War alles nur Spaß. Kommen Sie ruhig rein!"

"Dat sah mir aber nicht nach Spaß aus!"

Lorant machte ein entschlossenes Gesicht. "Ich sorge hier für die Sicherheit!", behauptete er. "Sie wollen doch auch nicht, dass hier so Randale-Typen hereinkommen, oder?"

"Nee, dat stimmt! Aber noch wichtiger wäre, dat hier keine Frauen 'reinkommen."

"Nachtclub ohne Frauen? Stelle ich mir öde vor." Lorant zuckte die Schultern. Jeder hatte halt so seinen eigenen Begriff von dem, was er unter 'Spaß' verstand.

"Nee, ich meine nicht die, die hier arbeiten, sondern eben so ganz normale Frauen wie meine zum Beispiel."

Lorant lächelte dünn. "Ich werd's dem Chef vorschlagen."

Der Anzugträger atmete tief durch, ging an Lorant vorbei und meinte dabei: "Im ersten Moment habe ich schon befürchtet, dass hier ein Film gedreht wird, und ich demnächst im Fernsehen bin."

24. Kapitel

Lorant betrat das Innere des X-Ray. Auf der Bühne räkelte sich eine halbnackte Tänzerin. Der Club war nicht besonders gut frequentiert. Einige der Bardamen saßen gelangweilt herum.

Lorant ging zielstrebig zum Tresen und sprach den Mann dahinter an. Damit ihn jeder ansprechen konnte, trug er ein Namensschild. JONNY stand darauf.

Die Musik war nicht besonders laut, deshalb konnte man sich einigermaßen unterhalten.

"Hier soll mal einer gearbeitet haben, der Eilert Eilers hieß."

Jonny sah Lorant skeptisch an.

"Was wollen Sie trinken?"

"Eigentlich wollte ich nur eine Auskunft."

"Hier ist es aber üblich, dass man etwas trinkt."

"Eilers soll hier auch an der Bar gestanden haben. Genau wie Sie."

"Warten Sie mal einen Moment. Dann kann ich mich wieder um Sie kümmern."

"Ich habe Zeit."

"Na, um so besser!"

Jonny kam hinter dem Schanktisch hervor, ignorierte sogar die Bestellungen mehrerer Gäste und sprach dann mit einem leichtbekleideten Girl, das gelangweilt herumstand. Sie hatte feuerrote Haare, und die Corsage, die sie trug, war ziemlich knapp. Was sie miteinander redeten, konnte Lorant nicht verstehen. Jedenfalls verschwand die Rothaarige im nächsten Moment durch eine Seitentür.

"Also, was ist?", fragte Lorant, nachdem Jonny zurückgekehrt war.

"Sie sehen doch, ich habe zu tun."

Im Akkordtempo mixte er ein paar Drinks. Die Bewegungen seiner Hände waren dabei derart schnell, dass man ihnen kaum zu folgen vermochte. Da saß jeder Handgriff. Alle Achtung, dachte Lorant. Da versteht einer sein Handwerk. Weshalb sich dieser Mann allerdings so zugeknöpft verhielt, was seinen Kollegen anging, war ihm unverständlich.

Ein Mann mit kurzgeschnittenen, grauen Haare kam wenig später zusammen mit dem rothaarigen Girl durch die Nebentür herein. Das Girl zeigte in Lorants Richtung.

Ich verstehe, dachte der Detektiv. Jetzt kommt entweder einer, der mich rausschmeißen soll, oder einer, der mir wirklich Auskunft geben kann und etwas zu sagen hat.

Der Rolex am Handgelenk des Grauhaarigen nach handelte es sich um einen Kandidaten für die zweite Rubrik.

Aber da konnte man nie sicher sein. Manchmal liefen die Laufburschen mit mehr Protz-Utensilien herum als ihre Chefs, die sich eher im Understatement ergingen. Lorant beschloss, einfach abzuwarten.

Der Grauhaarige stellte sich neben ihn an die Bar.

"Mach dem Herrn hier einen Drink!", wandte er sich an Jonny.

"Gleich da!"

"Gib ihm dasselbe, was ich immer nehme!"

"Okay."

Dann reichte der Grauhaarige Lorant die Hand hin. "Ich bin Tom Tjaden. Mir gehört dieser Laden hier."

Lorant zögerte eine Sekunde, ehe er die Hand seines Gegenübers nahm. Aber nur eine Sekunde. Er hoffte, dass Tjaden das nicht falsch interpretierte.

"Ich bin Lorant."

"Hab schon von Ihnen gehört."

"Ach! Ich wusste gar nicht, dass ich inzwischen eine Berühmtheit bin!"

"Na, wir wollen nicht übertreiben, aber..."
"Aber was?"
"Wenn so einer wie Sie auftaucht, spricht sich das schnell herum. Die Gegend hier ist ein Dorf, wenn Sie wissen, was ich meine."
"Ich denke, ich kapier schon."
Die Drinks kamen. Jonny stellte sie auf den Schanktisch.
Tom Tjaden nahm den seinen, hielt ihn kurz hoch und prostete Lorant zu. "Auf was immer Sie wollen, Herr Lorant!"
"Auf die Wahrheit!"
"Meinetwegen."
"Ihr Bar-Tender war nicht besonders auskunftsfreudig."
"Darum habe ich ihn eingestellt. Diskretion ist eine seiner wichtigsten Eigenschaften."
"Verstehe."
"Sie haben sich nach Eilert Eilers erkundigt?"
"Ja."
"Was ist mit ihm?"
"Ich war eigentlich hier, um Fragen zu stellen, nicht um welche zu beantworten."
Tom Tjaden nippte an seinem Drink und lachte auf. "Also gut. Eilert ist einfach so von einem Tag auf den anderen verschwunden. Zur selben Zeit fehlte auch Geld in der Kasse."
"Und da haben Sie gleich einen Zusammenhang gesehen."
"Ist das so abwegig?"
"Nein, natürlich nicht."
"Andererseits hätte das Geld nie ausgereicht, um irgendwo anders eine neue Existenz aufzubauen oder so etwas. Zirka fünfhundert Euro waren es und ich bin mir nicht einmal hundertprozentig sicher, ob Eilert Eilers wirklich dahinter steckte. Ich habe ja schließlich noch mehr Mitarbeiter."
"Klar."

Tjaden zuckte die Achseln. Für einen Moment wirkte sein Gesicht fast nachdenklich. "Aber mal abgesehen von diesem Betrag, den ich aus der Portokasse nehme..."

"So gut laufen die Geschäfte?"

"...es macht einen doch stutzig, wenn einer von heute auf morgen einfach nicht mehr auftaucht."

Lorant begann, von der Leiche in Huntetal zu berichten und erwähnte dabei auch die beigelegte Boßel-Kugel. "Bis die Gerichtsmediziner das Gesicht rekonstruiert haben, wird es wohl noch ein bisschen dauern, aber ich bin überzeugt davon, dass es sich um Eilert Eilers handelt."

"Sind Sie ein Hellseher oder so etwas? Ich habe ein Etablissement mit einer etwas anderen Publikumsausrichtung auf Borkum. Vielleicht könnten Sie da mal auftreten..."

"Drei Menschen wurden ermordet. Jedem von ihnen wurde eine Boßel-Kugel beigelegt: Gretus Sluiter, der Mann aus Huntetal, von dem ich glaube, dass es sich um Eilers handelt und..."

Tjaden hob die Augenbrauen.

"Wer noch?"

"Dr. Frank Purwin aus Moordorf. Er ist das letzte Opfer. Kurz bevor er mir etwas sagen konnte, wovon er meinte, dass es in Bezug auf Sluiters Tod wichtig wäre, wurde er mit einem Baseballschläger umgebracht."

"Was Sie nicht sagen..."

Tjaden machte ein Pokerface. Es war unmöglich, ihm anzusehen, ob er von Purwins Tod schon vorher gewusst hatte oder nicht. Aber selbst wenn, war das kein Indiz gegen ihn, wusste Lorant. Schließlich verbreiteten sich hier Neuigkeiten und Gerüchte im Eiltempo. So schnell, als ob der Wind sie über das flache Land blasen würde.

Lorant fuhr fort: "Vor der Praxis hat die Polizei eine deutlich sichtbare Bremsspur gefunden, die wahrscheinlich von einem Motorrad stammt."

"Na, und?"
"Ich hatte gerade eine Begegnung mit Ihrem Rausschmeißer."
"Victor?"
"Auch ein Motorrad-Fahrer."
Zum ersten Mal kam jetzt ein ärgerlicher Unterton in Tom Tjadens Worte. Seine Stirn zog sich zusammen. Falten durchzogen sein Gesicht und bildeten markante Linien. Mit der wahrscheinlich durch irgendwelche Beauty-Tricks herbeigeführten Glätte war es also nicht so weit her. Tjadens wahres Alter wurde jetzt ziemlich offensichtlich. Ein Trost, dachte Lorant.
"Wollen Sie jetzt Motorradfahrer im Kreis Aurich oder darüber hinaus verdächtigen? Damit Sie's gleich wissen: Ich habe sogar ZWEI Motorräder. Eine Harley und eine Kawasaki." Er atmete tief durch, fuhr sich mit einer fahrigen Geste über das Gesicht. "Leider komme ich nicht so viel dazu, mit den Maschinen durch die Lande zu gurken, wie ich mir das vorstelle. Aber das ist ein anderes Thema..."
"Ich wollte Sie keinesfalls in irgendeiner Weise angreifen!"
"Ach, nee? Keine Sorge, ich nehme Ihnen den Drink schon nicht wieder weg!"
"Na, da bin ich aber beruhigt."
Tjaden merkte, dass er wohl etwas zu laut geworden war.
Einige der Gäste waren selbst von den nackten Tatsachen der blonden Schönen auf der Bühne abgelenkt worden und hatten sich umgedreht. Tjaden vollführte ein paar beschwichtigende Gesten, die ihn fast wie einen Dirigenten erscheinen ließen.
"Alles in Ordnung. Sehen Sie wieder in die andere Richtung, da ist es interessanter!"
Eines der Girls saß in unmittelbarer Nähe. Sie war Lorant gleich aufgefallen. Eine Dunkelhaarige mit aufregender, sehr kurviger Figur. Sie trug ein knappes Kostüm. Lorant fragte

sich, ob sie ihren Auftritt noch vor sich hatte. In dem Fall lohnte es sich vielleicht, noch etwas im X-Ray zu verweilen.

"Glotz mich nicht so an, Melinda!", fuhr Tjaden sie an.

"Ist ja gut!"

Tjaden leerte sein Glas. Lorant nahm auch einen Schluck. Der Drink war ihm entschieden zu süß. Die schöne Melinda verzog sich mit einem Schmollmund.

"Seien Sie froh, dass ich Ihnen diese Fragen stelle, Herr Tjaden. Die Polizei wird dasselbe wissen wollen - auch wenn's bei deren Arbeitsgeschwindigkeit noch eine Weile dauern kann."

Tjaden verzog das Gesicht.

"Ich zergehe vor Dankbarkeit."

"Victor hat zusammen mit einem Komplizen Ubbo Sluiter verprügelt. Ich kam gerade dazu und mir hätte Ihr Rausschmeißer beinahe eine Kugel zwischen die Ohren gebrannt."

Tjaden hob die Augenbrauen. "Bin ich das Kindermädchen dieses jungen Mannes?"

"Ich dachte, es interessiert Sie trotzdem - falls Sie es nicht schon wussten. Victor hat Ubbo Sluiter übrigens angedroht, dass es ihm wie seinem Vater ergehen könnte."

"Sie meinen, Victor hat diesen Sluiter, Eilers und den Doc umgebracht?"

"Ich bin überzeugt davon, dass es derselbe Täter war."

"Ich kann Ihnen leider nicht weiterhelfen, Herr Lorant."

"Sie könnten mir sagen, ob Eilert Eilers boßelte."

"Keine Ahnung. Da müssten Sie seine Familie fragen."

"Haben Sie sich dort eigentlich mal gemeldet, nachdem er verschwand? Um sich zu erkundigen, meine ich."

"Ja. Aber dabei ist nichts herausgekommen."

"Ich möchte, dass Sie mir Victors vollständigen Namen und seine Adresse geben."

"Tut mir leid."

"Wie?"

"Ich habe ihn für ein Handgeld engagiert. Keine Ahnung, wer er ist und wo er herkommt."

"Bei der Polizei werden Sie sich nicht so einfach rausreden können."

"Dass lassen Sie mal meine Sorge sein, Lorant."

Lorant lächelte dünn. "Ich werde dann ja sicher in der Zeitung davon lesen, wenn Sie festgenommen werden."

Tjaden kochte innerlich. Es kostete ihn sichtlich Mühe, sich zu beherrschen. Seine Hände krampften sich zu Fäusten zusammen. Am Hals pulsierte eine Ader.

"Besser Sie gehen jetzt, Lorant."

Lorant deutete zur Bühne.

"Ich würde mir diese Melinda gerne noch ansehen. Wann tritt die auf?"

"Ich sage so etwas nicht zweimal, Lorant!"

"Schade... Ich hätte dann noch zwei Fragen an Sie, die Sie mir bitte präzise beantworten. Andernfalls müsste ich meinen speziellen Freund Kriminalhauptkommissar Meinert Steen von der Kripo Emden darum bitten, das für mich zu tun."

"Sie sind unverbesserlich!"

"Kennen Sie Ubbo Sluiter?"

Für den Bruchteil einer Sekunde hatte Tom Tjaden seine Gesichtszüge nicht unter Kontrolle. Für Lorant reichte das als Antwort. Er war überzeugt davon, dass Tjaden genau wusste, wer Ubbo Sluiter war.

Ohne eine Antwort abzuwarten, fuhr Lorant fort: "Ich nehme an, dass er des Öfteren hier war. Zumindest wusste er, dass der Schläger, den Sie engagiert haben, hier Türsteher ist. Und woher soll er das wissen, wenn er nicht schon einmal durch diese Tür hindurchgegangen ist?"

"Es gibt hier viele Gäste. Und ich bin nur etwa einmal die Woche überhaupt hier im X-Ray. Schließlich habe ich auch noch andere Geschäfte..."

"War Gretus Sluiter auch mal hier?"
"Ich sage keinen Ton mehr."
"Und Dr. Purwin?"
"Hören Sie auf!"
"In seiner Wohnung lag eines Ihrer Streichholzbriefchen."
"Schluss jetzt, sonst werfe ich Sie eigenhändig raus!"
"Ist ja schon gut. Aber glauben Sie ja nicht, dass nicht auch die Polizei auf den Gedanken kommen wird, dass es möglicherweise zwischen den Opfern des Boßel-Kugel-Killers außer der unvermeidlichen Hartholzkugel noch eine Gemeinsamkeit gibt. Ihr schönes Etablissement hier!"

Lorant nickte ihm zu, registrierte mit Befriedigung, dass sein Gegenüber ziemlich perplex war.

Der Detektiv legte eine seiner Karten auf den Schanktisch.

"Vielleicht fällt Ihnen ja noch etwas ein, was mich weiterbringen könnte. Aber bitte nur die Handynummer anrufen... Ach, und wo ist das Klo?"

Tjaden steckte die Karte ein. "Da hinten und dann links!", deutete er auf einen der Nebenausgänge.

"Danke."

"Schwache Blase, was? Kaum genippt an dem Drink und muss schon!"

Lorant verließ den Hauptsaal durch den Nebenausgang, den Tjaden ihm gezeigt hatte. Er ging einen Flur entlang, der mit Teppichboden ausgelegt war. Man hörte seine Schritte daher kaum. An den Wänden hingen großformatige Fotos der Girls, die im X-Ray arbeiteten. Melinda war auch dabei, auch wenn man sie kaum wiedererkennen konnte, so sehr war an dem Bild herumretuschiert worden.

Lorant ging dem WC-Schild nach, bog um eine Ecke.

Schließlich fand er die Toilette, stellte sich kurz an das Pissoir und erleichterte sich.

Als er einen Augenblick später wieder in den Korridor trat, wartete dort jemand auf ihn.

Es war die dunkelhaarige Melinda.
"Stimmt das, was ich da gerade mitbekommen habe?"
"Was?"
"Dass Dr. Purwin ermordet wurde?"
"Ja. Sie werden es morgen in der Zeitung lesen."
"Und steht es außerdem mit Gewissheit fest, dass der Mörder ein Motorradfahrer war?"
"Naja, was steht im Leben schon mit Gewissheit fest?"
Sie schluckte, atmete tief durch.
"Ich kann jetzt nicht sprechen. Geben Sie mir Ihre Nummer."
"In Ordnung."
"Ich rufe Sie an."
Lorant gab ihr eine seiner Karten. Sie entriss sie ihm, dann lief sie auch schon davon. Offenbar hatte sie gewaltige Manschetten davor, dass ihr Chef sie hier mit ihm erwischte.
Lorant dachte darüber nach, ob er die Schöne nicht noch daran hätte erinnern sollen, dass sie nur die Handynummer anrufen sollte...

25. Kapitel

Lorant erwachte mit einem Schrei. Er saß hoch aufgerichtet im Bett, schweißnass. Er flüsterte einen Namen. IHREN Namen.

Er sah sich um, blinzelte gegen die Sonne, die durch das Fenster fiel. Als er ins Bett ging, war es schon sehr spät gewesen. Er hatte schlicht vergessen, die Gardinen zuzuziehen.

Lorant atmete tief durch. Schweißperlen standen ihm auf der Stirn. Ihm war kalt. Einige Augenblicke dauerte es, bis er begriff, dass dies nicht jenes Zimmer in einem verwanzten Hotel in Havanna war; dass er nicht auf die Karibik hinausblickte, wenn er aus dem Fenster sah, sondern nur auf einen Kanal, der Verbindung zu einem kleinen See mit dem Namen Großes Meer hatte.

Es gab auch keine Blutflecken auf dem Boden.

Dennoch musste Lorant sich erst durch einen Blick davon überzeugen.

Der Traum...

Er war so real gewesen. Lorant hatte wirklich geglaubt, sich in der Vergangenheit zu befinden. Auf Kuba.

Wann wirst du diesen Mist aus dem Kopf endlich erfolgreich verdrängen können?, fragte er sich. Er schlug die Decke zur Seite, blickte dann auf die Uhr. Der Wecker hatte aus irgendeinem Grund nicht funktioniert. Wertvolle Stunden hatte Lorant vertrödelt.

Er suchte sein Handy aus der Jacketttasche, die an der entsprechenden Stelle schon richtig ausgebeult war. Aus dem Menue lud er die Nummer, die Dr. Purwin ihm aufgeschrieben hatte und die er gestern schon einmal versucht hatte anzurufen.

Diesmal kam er durch.

Und erlebte eine Überraschung.

26. Kapitel

Der tätowierte Ruhrgebietler war diesmal vor Lorant im Schankraum und frühstückte. Als der Detektiv auftauchte, war er schon fast fertig, wie der abgegessene Tisch eindrucksvoll belegte. Der Tätowierte musste einen Mordshunger gehabt haben.
"Moin", sagte Lorant in einem Anflug von kultureller Integrationsbemühung.
"'Tach!", sagte der Tätowierte.
Er schien gute Laune zu haben.
Die Zeitung hatte er ziemlich zerfleddert.
"Wieder mit der Maschine rumdüsen?", fragte Lorant, nachdem er sich gesetzt hatte.
"Ist doch nichts gegen einzuwenden, woll?"
"Nö."
"Ey, was machst du hier eigentlich?"
"Wie?"
"Na, du kommst doch auch nicht von hier, woll?"
"Ja, und?"
An allen möglichen und unmöglichen Stellen im Satz das Füllwort 'woll' einfügen -—der sprachliche Beweis dafür, irgendwo aus dem westlichen Ruhrgebiet oder dem angrenzenden Sauerland zu stammen, beziehungsweise lange genug dort gelebt zu haben, um eine derartige dialektale Eigenart zu übernehmen. Lorant ging das dauernde 'woll' ziemlich auf die Nerven. Es erinnerte ihn an frühkindliche Besuche bei seinen Großeltern, die in Schwerte gewohnt hatten. Schon damals hatte er das 'woll' nicht ausstehen können. Besonders, nachdem ihm seine Oma mal eine

scheuerte, nachdem er sich über ihre 'woll'-Krankheit lustig gemacht hatte.

"Wie heißt du eigentlich?", fragte Lorant.

"Mir ist aufgefallen, dass du viel fragst, woll?" erwiderte der Tätowierte. "Bist du Polizist oder sowas?"

"Ich kann mich übrigens gar nicht erinnern, dir das Du angeboten zu haben. Schließlich bin ich doch der erheblich Ältere von uns beiden."

"Ey, was laberst du für'n Quatsch!"

In diesem Moment betrat Beate Jakobs den Raum. Sie stellte für Lorant ein Gedeck hin. "Moin, Herr Detektiv. Heute so spät dran?"

"Der Wecker hat den Geist aufgegeben."

"Haben Sie schon das Neueste gehört? In Moordorf ist ein Arzt umgebracht worden." Beate Jakobs setzte sich zu Lorant an den Tisch. Sie sprach in leicht gedämpftem Tonfall weiter - gemessen an allgemeingültigen Maßstäben war das allerdings immer noch ziemlich laut. Muss am häufigen Gegenwind liegen, dass man an der Küste so laut spricht, dachte Lorant. In Holland hatte er das auch erlebt.

Beate Jakobs fuhr indessen fort: "Das müsste Sie eigentlich interessieren. Jemand hat eine Boßel-Kugel neben die Leiche gelegt. Steht alles in der Zeitung!"

Lorants Handy klingelte.

"Oh, ich will Sie nicht stören", meinte Beate Jakobs und ging davon. Beim Tresen blieb sie stehen, wohl in der Hoffnung, doch noch mitzubekommen, mit wem Lorant sprach.

"Hier ist Melinda aus dem X-Ray-Club", meldete sich eine Frauenstimme an Lorants Ohr.

So schnell schon?, dachte der Detektiv. Damit hatte er nicht gerechnet. Irgendetwas musste der jungen Frau ziemlich auf der Seele drücken.

"Es freut mich, dass Sie anrufen", sagte Lorant.

"Wir müssen uns treffen."

"Schlagen Sie vor, wann und wo..."

"Sagen wir zwölf Uhr. Ich bin noch nicht richtig aus den Federn."

"War ziemlich spät gestern?"

"Na, logo."

"Und wo?"

"Den Delft in Emden werden Sie ja wohl finden. Dort liegt ein Schiff mit Namen Nautilus am Kai. Darin ist ein Restaurant."

"Ich werde dort sein."

Sie legte auf.

Lorant fragte sich, was die dunkelhaarige Schöne wohl auszupacken hatte.

Der Tätowierte erhob sich unterdessen, wischte sich mit dem Unterarm seines Sweatshirts den Mund ab. VENGEANCE IS MINE... stand auf dem Sweatshirt. Als der Tätowierte sich umdrehte, konnte man auf dem Rücken den Rest des abgeänderten Bibel-Zitates lesen: ...SAID THE LORD OF EVIL.

Offenbar tummelte sich der Tätowierte in gothic-orientierten Kreisen. Du wirst ja wohl nicht die Friedhöfe der Gegend zu schänden versuchen!, ging es Lorant sarkastisch durch den Kopf.

Er drehte sich noch mal kurz zu Lorant herum.

"Nix für ungut, woll?"

27. Kapitel

Nach dem Frühstück überlegte Lorant, wie er die Zeit bis zum Treffen mit Melinda sinnvoll füllen sollte. Zunächst rief er Rena Sluiter an, denn sie stand noch auf seiner Gesprächsliste.

Ganz oben sogar. Aber Rena war offenbar nicht zu Hause, jedenfalls nahm niemand ab.

Die Familie von Eilert Eilers wollte Lorant auch noch aufsuchen. Aber das war mit Sicherheit ein etwas längerer Termin. Er würde sehr sensibel vorgehen müssen. Schließlich stand ja noch keineswegs fest, dass die Huntetal-Leiche wirklich der vermisste Familienvater war.

Lorant machte sich jedenfalls schon mal daran, die Adresse der Eilers herauszufinden.

Er ging in sein Zimmer und nahm das Laptop mit integriertem Drucker hervor, das er bei seinen Reisen stets mit sich führte. Ein bisschen Büroarbeit war schließlich immer zu tun. Und über die Infrarotschnittstelle des Handys konnte er Faxe und Emails versenden oder im Internet recherchieren. Für die Adresse der Eilers genügte die aktuelle Version des TELEFONBUCHS DEUTSCHLAND, die auf der Festplatte zu finden war.

Als das getan war, fuhr Lorant nach Emden. Er parkte am Rathausplatz, schlenderte ein Stück am Delft entlang, dieser ins Stadtzentrum hineinragenden Verzweigung des alten Binnenhafens. Nur mit einem kurzen Blick würdigte er DAT OTTO HUUS, eine Art Devotionalienhandlung mit Merchandising-Produkten des ostfriesischen Komikers Otto Waalkes. Aber nach Plastik-Ottifanten stand Lorant jetzt einfach nicht der Sinn.

An beiden Seiten des Ratsdelft lagen Schiffe, von denen die meisten dauerhaft hier angelegt hatten. Ein ausrangierter Seenotrettungskreuzer, der als Museum diente, ebenso wie mehrere Restaurant-Schiffe.

Die Nautilus war auch darunter.

Lorant ging an Bord. Der Schankraum war holzgetäfelt. Der Detektiv setzte sich an eines der Bullaugen auf der dem Wasser zugewandten Seite des Schiffes und blickte hinaus. Ein paar hässliche Hochhäuser standen am anderen Ufer des Ratsdelfts. Bauten, die einen kompletten Stilbruch darstellten.

Lorant ließ sich einen Kaffee bringen und wartete.

Es wurde zwölf Uhr und Melinda kam nicht.

Eine halbe Stunde gab er ihr, dann wollte er aufbrechen.

Komisch, vorhin klang es noch ziemlich dringend bei der Dame!, ging es Lorant durch den Kopf. Offenbar hatte sie ihr Vorhaben, Lorant irgendetwas Wichtiges mitzuteilen, urplötzlich geändert.

Oder jemand hatte sie wirkungsvoll davon überzeugt, dass es besser war, den Mund zu halten. Auch das war denkbar, aber es war müßig, weiter darüber nachzudenken.

Der Wirt trat an Lorants Tisch, räumte die leere Kaffeetasse weg.

"Sie sehen aus wie bestellt und nicht abgeholt", meinte er.

Lorant zuckte die Achseln.

"Kann man so sagen."

"Heut' zu Tage ist aber auch auf nix mehr Verlass."

"Jooo", übte Lorant sich in dem, was er als eine landestypische Erwiderung erachtete.

"Auf die Frauen nicht", fuhr der Wirt fort.

"Jooo."

"Auf das Wetter nicht."

"Jooo."

"Auf die Politiker nicht."

"Jooo."

"Aber auf die Scholle nach Finkenwerder Art, die Sie bei mir kriegen können, da ist Verlass! Na, wie wär's?"

28. Kapitel

Die Familie von Eilert Eilers bewohnte einen anderthalbstöckigen Klinkerbungalow in Twixlum. Lorant parkte in der Einfahrt, stieg aus und ging auf die Haustür zu. Einen Augenblick lang stutzte er, als er das Schild VORSICHT - BISSIGER HUND! sah.
Das riesenhafte Doggenkalb von Bernhardine Sluiter war ihm noch allzu gut in Erinnerung. Lorant wagte sich trotzdem bis zur Haustür und klingelte. Er lauschte angestrengt und erwartete jederzeit das Aufbellen irgendeiner abgerichteten Kampfhundbestie.
Aber nichts dergleichen geschah.
Allerdings öffnete auch niemand. Lorant befürchtete schon, dass niemand zu Hause war, versuchte es aber dennoch ein zweites Mal und klingelte Sturm.
Schließlich geschah irgendetwas hinter der milchigen Verglasung der Haustür.
Die Tür wurde aufgeschlossen.
Allerdings nur einen Spalt. "Ich kaufe nix!", sagte die resolute Stimme einer älteren Frau.
"Ich will Ihnen auch nichts verkaufen!"
"Ja, ja, das sagen sie alle. Und dann kommen Sie mit einem Teppich unter dem Arm in die Wohnung oder versuchen einem eine Versicherung aufzuschwatzen."
"Ich ermittle in einem Mordfall und brauche Ihre Hilfe, Frau Eilers."
Lorant hatte das gerade noch früh genug gesagt, um zu verhindern, dass die alte Dame die Tür nicht sofort wieder ins Schloss drückte. Zum Glück ist sie nicht schwerhörig!, war

Lorants erster Gedanke, als sich der Spalt wieder so weit öffnete, dass die Kette, die von innen angebracht war, stramm gezogen wurde.

"Sind Sie von der Polizei...?"

"Ich suche den Mörder von Gretus Sluiter aus Forlitz-Blaukirchen. Sie werden davon in der Zeitung gelesen haben."

"Und was habe ich damit zu tun?"

"Sie persönlich wahrscheinlich gar nichts. Aber möglicherweise ist ein gewisser Eilert Eilers von demselben Täter ermordet worden..."

Die alte Frau starrte durch den Spalt. Sie öffnete den Mund, vergaß ihn auch einige Augenblicke später wieder zu schließen und schüttelte dann nur fassungslos den Kopf. Lorant hoffte inständig, dass sie jetzt in den nächsten Minuten nicht an einem Herzanfall starb. Dafür wollte nun wirklich nicht verantwortlich sein.

"Sie meinen -—mein Sohn ist tot?"

"Ich weiß es nicht genau und vielleicht könnten Sie mir helfen, darüber Gewissheit zu gewinnen. Aber ich würde vorschlagen, dass wir uns nicht hier an der Tür unterhalten."

Die alte Dame zögerte.

"Ihren Ausweis!", forderte sie dann. Offenbar hatte sie unzählige Folgen von AKTENZEICHEN XY UNGELÖST und NEPPER, SCHLEPPER, BAUERNFÄNGER gesehen und war entsprechend konditioniert.

Nie jemanden hereinlassen, der keinen Ausweis vorzeigen konnte.

Auch keinen offiziellen Vertreter der Staatsgewalt, der kommunalen Energieversorger oder der Deutschen Telekom.

Einen Dienstausweis der Kriminalpolizei konnte Lorant natürlich nicht vorweisen. Andererseits wollte er dem Eindruck der alten Dame, dass er ein Polizist sei, nicht unnötigerweise widersprechen. Schließlich besaßen Beamte jeglicher Couleur bei Menschen ihrer Generation noch einen gewissen Vertrauensvorschuss. Lorant schätzte sie auf Ende siebzig, das hieß, dass sie in jedem Fall noch der obrigkeitshörigen Generation angehörte. Bei den etwa Sechzigjährigen lag die Grenze. Bei den Sechzigjährigen und jüngeren machte sich der Einfluss der 68er bemerkbar. Mit der Behauptung, Polizist zu sein, hätte ich mich da unter Umständen schwer in die Nesseln setzen können!, überlegte Lorant und dachte kurz darüber nach, ob er in dem Fall vielleicht hätte vorgeben können, ein von den Zwängen der kapitalistischen Gesellschaft ins soziale Abseits gedrängter Ex-Knacki zu sein.

Lorant suchte umständlich in seiner Brieftasche nach etwas, das er der alten Dame zeigen konnte. Schließlich entschied er sich für den schlichten Personalausweis. Besser als die Karte der Barmer Ersatzkasse war er allemal.

Er reichte den Ausweis durch den Spalt. Sie sah ihn sich interessiert und ziemlich ausgiebig an. Dazu schob sie erst einmal wieder die Tür ins Schloss und Lorant dachte: Wenn das Ding jetzt nur nicht weg ist!

Schließlich öffnete sie aber die Tür wieder. Diesmal löste sie auch die Kette.

"Kommen Sie herein, Herr..."

Sie versuchte die Schrift auf dem Ausweis zu lesen, kniff die Augen dabei zusammen und machte ein ziemlich ratloses Gesicht.

"Lorant", half Lorant ihr.

"Herr Lorant."

"Ja."

"Kommen Sie mit mir. Wir gehen ins Wohnzimmer."

"Sehr freundlich."

Sie reichte ihm den Ausweis, dann ging sie voran. Lorant schloss die Haustür. Bei all ihrem Sicherheitsdenken hatte die alte Dame daran nicht gedacht. Vielleicht ist sie ja auch schon älter als Ende siebzig, dachte Lorant. Einige Augenblicke lang schwirrte der Gedanke in seinem Hirn herum, dass es sich bei ihr vielleicht um eine schwer pflegebedürftige Alzheimerkranke von Mitte neunzig handelte, die zu keiner vernünftigen Aussage mehr fähig war. Immer positiv denken!, sagte er sich selbst.

Frau Eilers führte ihn ins Wohnzimmer, dessen Einrichtung ihn an die Einrichtung des Sluiter'schen Wohnzimmers erinnerte.

Wahrscheinlich hatten Bernhardine und Gretus Sluiter die Einrichtung ihrer Wohnung in weiten Teilen von ihren Eltern übernommen. Und ein so braver Sohn wie Ubbo würde diese Tradition mit Sicherheit irgendwann fortführen.

"Ich weiß gar nicht, wie ich das der Swantje sagen soll, dass der Eilert tot ist...", murmelte Frau Eilers vor sich hin. Dann sah sie Lorant an. "Die Swantje, das ist meine Schwiegertochter. Sie ist im Moment nicht hier. Wollen Sie mit ihr auch noch sprechen?"

"Mal sehen."

"Bitte, könnten Sie ihr vielleicht die schlimme Nachricht überbringen? Ich glaube, ich schaff das nicht!"

"Frau Eilers, ich WEISS nicht, ob Ihr Sohn wirklich tot ist. Aber an der Raststätte Huntetal bei Oldenburg ist eine Leiche gefunden worden, die Ihr Sohn sein KÖNNTE. Genaueres werden Ihnen die Kollegen mitteilen, sobald das Gesicht des Toten rekonstruiert wurde..."

Frau Eilers nickte gefasst. Sie rieb nervös ihre Hände gegeneinander. Lorant hatte schon ein schlechtes Gewissen dabei, die alte Dame dermaßen in Schrecken versetzt zu haben.

Ist für einen guten Zweck!, versuchte er sich einzureden.

Schließlich hoffte der Detektiv auf diese Weise, einem gefährlichen Mörder auf die Spur zu kommen. Und was ihn selbst anging, so war er davon überzeugt, dass es sich bei der Huntetal-Leiche um Eilert Eilers, den Bar-Tender des X-Ray-Clubs handelte. Auch wenn die Faktenlage diese Ansicht bislang allerhöchstens als eine begründete Vermutung erscheinen ließ, so vertraute Lorant in diesem Punkt doch eher seinem Instinkt.

Seinem Bauch. In irgendeiner Apothekenzeitschrift hatte er davon gelesen, dass in der Bauchgegend mehr Nervenenden miteinander verbunden waren als im Gehirn und dass die Redensart 'mit dem Bauch denken' von daher eine völlig neue Bedeutung zugemessen werden könnte. Von einer Art 'zweitem Hirn' war da die Rede gewesen. Wie auch immer - Hauptsache, es funktioniert!, dachte Lorant.

"Was möchten Sie wissen, Herr Kommissar?", fragte sie.

Es war lange her, dass jemand Lorant so genannt hatte. Und da hieß es immer, dass nur die Jüngeren vom Fernsehen geprägt worden waren...

"Erzählen Sie mir, wie das war, als Ihr Sohn verschwand."

"Was gibt es da viel zu erzählen? Er war von einem Tag auf den anderen einfach weg."

"Hatte er an dem Tag im X-Ray zu tun?"

"Nein, er hatte frei. Eigentlich wollte er am Abend mit seiner Frau essen gehen. Ich weiß das genau, die beiden hatten nämlich Hochzeitstag, und ich hatte ihn vorher noch daran erinnert."

"Ist es zu dem Essen gekommen?"

"Nein. Jemand rief an und Eilert war danach wie ausgewechselt. Er meinte, er müsste noch mal kurz weg."

"Und dann ist er weggefahren?"

"Ja."

"Sie haben keinen Schimmer, wohin die Fahrt ging?"

"Nein." Frau Eilers seufzte hörbar. "Das hat ein Theater gegeben, kann ich Ihnen sagen. Meine Schwiegertochter war alles andere als begeistert davon, dass Eilert noch mal weggefahren ist. Wie ein Rohrspatz hat sie herumgeschimpft. Ich habe mich da rausgehalten. Ist das Beste so. Zwischen den beiden ging's ja manchmal hoch her, aber ich glaube, wenn ich noch dazwischengegangen wäre, wäre es nur noch schlimmer gewesen."

"Hat Eilert Ihrer Tochter gesagt, wer ihn angerufen hat?"

"Das weiß ich nicht."

"Ich meine, er muss seiner Frau doch eine plausible Erklärung darüber abgegeben haben, wieso er das gemeinsame Essen am Hochzeitstag quasi geschmissen hat!"

"Ja, wo Sie das jetzt so sagen, klingt das sehr einleuchtend, Herr Kommissar."

"Bitte versuchen Sie sich zu erinnern! Jede Kleinigkeit könnte wichtig sein..."

Fra Eilers machte ein ziemlich angestrengtes Gesicht. "Ihre Kollegen haben uns das alles ja schon gefragt und soweit ich weiß, hat Eilert auch meiner Schwiegertochter nicht gesagt, wer da angerufen hat."

"Sie kannten Ihren Sohn doch am besten."

Du sprichst in der Vergangenheit von ihm und diese Frau hofft vielleicht noch, dass er lebt!, rief sich Lorant ins Gedächtnis.

Aber diese Feinheiten entgingen Frau Eilers. Sie war in Gedanken. In ihrem Hirn schien es zu arbeiten. Sie kratzte sich am Kinn, ihr Blick ging ins Nichts.

Dann schüttelte sie den Kopf. "Ich wüsste nichts, was Ihnen weiterhelfen könnte. Tut mir leid."

"Hat Ihr Sohn irgendetwas Besonderes mitgenommen auf diese Fahrt?"

"Nicht, dass ich wüsste. Er sagte nur: Soo'n Schiet, jetzt muss ich noch tanken."

"Könnte man so auffassen, als ob er eine längere Fahrt vor sich hatte."

"Möglich. Ich meinte noch: Mutt dat denn sein, so spät noch?

Und er meinte: Dat mutt! Für tausend Euro mutt dat!"

"Tausend Euro für einen einzigen Abend? Muss ein toller Job gewesen sein..."

"Jau, ich hatte ja auch kein gutes Gefühl dabei." Sie seufzte. "Dat war sicher nich alles in Ordnung, was er gemacht hat, aber ein schlechter Junge war deshalb auch nich!"

"Ist es schon zuvor mal vorgekommen, dass er sich nach einem Anruf in den Wagen gesetzt hat und mit unbekanntem Ziel losgefahren ist?"

"Ja, höchstens wenn sein Arbeitgeber irgendwelche Aufgaben für ihn hatte."

"Tom Tjaden? Sprechen Sie von dem?", fragte Lorant

"Ja, so war der Name! Tjaden!"

"Ihr Sohn war doch Barmann im X-Ray."

"Ja, aber Tjaden hat ihn wohl auch darüber hinaus für andere Aufgaben angestellt."

Aufgaben!, dachte Lorant. Ein harmloser Ausdruck, für das, was vermutlich dahintersteckte.

Lorants Erfahrung als Ex-Polizist sagte ihm, dass Eilers wahrscheinlich von Leuten wie Tjaden für die Drecksarbeit rekrutiert wurde: missliebigen Konkurrenten oder säumigen Schuldnern die Beine brechen, vielleicht auch Dienste als Drogenkurier.

Fest stand wohl, dass jemand Eilers einen Bombenjob angeboten hatte.

"Was waren das für Aufgaben?"

"Genau hat Eilert sich da nicht drüber ausgelassen. 'Ma, du bist einfach zu neugierig', hat er immer gesagt. Ich glaube, einmal hat er mitgeholfen, in Tjadens Villa in Leer Parkett zu legen. Da hat Eilert noch so geflucht, weil seine Knie ganz durchgescheuert waren. Er hatte nämlich den ganzen Tag darauf herumrutschen müssen. Ich weiß, nach dem Krieg, da habe ich mal mitgeholfen einen..."

Lorant unterbrach sie.

"Haben Sie ein Foto Ihres Sohnes, das Sie mir für Fahndungszwecke zur Verfügung stellen könnten?"

Frau Eilers wirkte im ersten Moment etwas erstaunt, dann nickte sie.

"Ja, sicher! Warten Sie einen Moment..."

Wenig später brachte sie einige Fotos ihres Sohnes herbei.

Lorant nahm sich das jüngste. Ein Passfoto, das laut Aufdruck des Fotolabors keine zwei Jahre alt war. "Sie bekommen es zurück", versprach er.

"Darum möchte ich auch gebeten haben!"

"Noch eine Frage."

"Aber bitte, Herr Kommissar!"

"Hat Ihr Sohn eigentlich auch geboßelt?"

"Ja und wie!"

"War er in einem Verein?"

"Bei den Söipkedeelern! Früher hatten wir nämlich einen Hof in der Nähe von Forlitz-Blaukirchen. Wissen Sie, wo das Große Meer ist?"

"Weiß ich."

"Ja, da ganz in der Nähe. Aber als mein Mann starb, da konnten wir den Hof nicht mehr halten. Und unser Eilert, der ist ja nun gar nicht so für die Landwirtschaft zu haben. Natürlich hätten wir den Hof auch umbauen können, aber Swantje hat damals gesagt, ich heirate den Eilert nur, wenn wir in ein richtiges Haus ziehen, wo man nicht gleich in den Kuhfladen tritt, wenn man bei der Tür rausgeht, und es überall nach Gülle riecht." Die alte Dame seufzte. "Ja, so sind sie die jungen Dinger! Wollen keinen Bauern mehr heiraten! Aber ganz im Vertrauen: Dass der Eilert kein Bauer wird, das habe ich schon gewusst, bevor er die Schule fertig hatte. Der hatte einfach kein Geschick dafür. In so einem Nachtclub hinter der Bar stehen, das war wohl das Richtige für ihn. Gut, dass mein Mann das nicht mehr erleben musste, der hätte sich im Grabe umgedreht, wenn er das noch hätte erfahren müssen! 'Ne

Zeitlang hat der Eilert ja im Emder Außenhafen gearbeitet. Ist ja auch nix Dolles, aber immerhin konnten wir da noch in die Kirche gehen, ohne dass sich alle nach uns umgedreht haben. Aber jetzt!" Sie seufzte zum Steinerweichen. Die Last eines langen Lebens schien darin zu leben. "Gut, dass wir den Hof verkauft haben und umgezogen sind, kann ich da nur sagen."

"Aber seinem Boßel-Klub hat Eilert auch nach Ihrem Umzug die Treue gehalten?"

"Das hat er. Kickers Emden hat Eilert nach der letzten Saison den Rücken gekehrt und seine Fahne im Garten verbrannt. Aber wenn die Söipkedeeler auf Tour gehen, dann war er bis heute immer dabei." Sie beugte sich etwas vor. "Hier in Twixlum sind wir ja eigentlich auch nur Zugezogene!", verriet sie Lorant dann im gedämpften Tonfall der Vertraulichkeit.

29. Kapitel

Rena Sluiter war ziemlich mit dem Nerven fertig, als sie nach Hause kam. Erst hatte sie den Gesprächstermin mit dem Schulleiter über sich ergehen lassen müssen, anschließend war sie zur Bernhardine gefahren, um sie doch noch davon zu überzeugen, dass die Boutique ein einmaliges Schnäppchen war.

Aber vergeblich. Rena hatte an diesem Morgen auf ganzer Linie verloren. Sie sah auf die Uhr. Glücklicherweise dauerte es noch ein bisschen, bis ihre Jungs zu Hause auftauchen würden.

Schwer fiel die Haustür hinter ihr ins Schloss.

Rena lehnte sich dagegen.

Keinen Zentimeter hatte Bernhardine nachgegeben. Sie wollte die Boutique nicht und daher konnte sie ihre Hoffnungen, wenigstens Ubbo zu überzeugen, wohl begraben. Eiskalt war Bernhardine gewesen. Richtig gefröstelt hatte Rena, während ihre Schwiegermutter sie mit wohlgezielten rhetorischen Schlägen mattgesetzt hatte. Ja, das kann sie!, durchzuckte es die junge Frau und Wut keimte in ihr auf. Unbändige Wut über diese Frau, die ihr, was die Sprache anging, so sehr überlegen war, dass sie sich in ihrer Gegenwart stets klein, unbedeutend und machtlos gefühlt hatte. Pure Herablassung lag in ihrem Tonfall, in ihren Blicken... Rena schluckte.

Hast du das alles nicht gesehen, als du dich damals dazu entschieden hast, in dieses Nest einzuziehen?, ging es ihr durch den Kopf. Sie hatte sich ihren Ubbo gcnau angesehen und gedacht: Der hat schon Geld, der wird noch mehr Geld erben und der wird dafür sorgen, dass du ein gutes Leben hast. Ein besseres, als du dir je erträumt hast. Und außerdem ist er schwach genug, dass du ihn führen kannst, wohin du willst. Du wirst ihn um den Finger wickeln. Eine Kleinigkeit ist das.

War es auch.

Aber es hatte einen Faktor gegeben, den sie damals nicht genügend beachtet hatte. Nicht so jedenfalls, wie er es verdient gehabt hätte. Und dieser Faktor hieß Bernhardine Sluiter.

Ich hätte mir meine Schwiegermutter intensiver ansehen sollen!, war es Rena jetzt klar. Aber nun war es zu spät. Nun hatte sie sich in diesem Nest häuslich eingerichtet, in einem Reich, von dem sie geglaubt hatte, dort Königin sein zu können.

Zu spät hatte sie begriffen, dass diese Position längst und lange vergeben war und die unumstrittene Herrscherin nicht die Absicht hatte, auch nur einen winzigen Teil ihrer Macht an jemand anderen abzutreten.

Meine Lage ist vollkommen verfahren!, dachte sie. Im Grunde war ihr das schon seit langem klar. Die Affäre mit Tom Tjaden war ein Versuch gewesen, daraus auszubrechen. Nur ein Versuch unter mehreren.

Allerdings hegte sie inzwischen starke Zweifel daran, dass Tom Tjaden wirklich der Ritter in der glänzenden Rüstung war, der sie auf sein schneeweißes Pferd hieven und sie in die Gefilde der Glückseligen mitnehmen würde. Sie ahnte, dass das eine Illusion war. Aber so genau wollte sie die Wahrheit in diesem Punkt auch gar nicht kennen.

Das Telefon klingelte.

Hoffentlich nichts mit den Jungs!, dachte sie.

Rena schluckte kurz und dachte: Bitte jetzt nur keine Klassenlehrerin, die sich über wüste Beschimpfungen beklagt; keine Eltern empörter Mitschüler, die sich darüber beschweren, dass einer ihrer Rangen im Bus eine Prügelei angezettelt hatte...

Nur das jetzt nicht!

Das Klingeln war ziemlich hartnäckig.

Rena überlegte einige Augenblicke lang, ob sie überhaupt an den Apparat gehen solle.

Standen ihr diese raren Momente der Ruhe nicht zu? Ein Moment, um die Wunden zu lecken und wieder einigermaßen zu Verstand zu kommen?

Schließlich ging sie doch zum Telefon, nahm ab.

"Rena Sluiter am Apparat."

"Rena, endlich!"

Es war Tom Tjadens Stimme. Rena schlug der Puls zum Hals.

"Tom, du musst verrückt sein, hier anzurufen!"

"Wir müssen dringend reden. Dieser Privatdetektiv war bei mir im X-Ray und hat ordentlich für Wirbel gesorgt!"

"Ich habe nichts damit zu tun!"

"Sieh zu, dass du ihn stoppst, Rena, sonst kann ich für nichts mehr garantieren!"

Rena hörte ein paar Nebengeräusche, die sie stutzig machten.

Darunter eine ziemlich laute WC-Spülung.

"Tom, wo bist du? Telefonierst du vom Klo aus?"

"Hör zu, gestern war dieser Lorant hier, heute stellen mir die Bullen den Laden auf den Kopf. Da besteht doch ein Zusammenhang!"

"Und du sitzt mit dem Handy auf dem Klo und rufst MICH an. Du musst wahnsinnig sein..."

"Rena, hör zu..."

Die junge Frau hörte eine andere männliche Stimme im Hintergrund fragen: "Sind Sie jetzt fertig, Herr Tjaden?"

Dann war die Verbindung unterbrochen.

Rena stellte fest, dass ihre Hand zitterte, als sie den Hörer wieder einhängte. Sie biss sich auf die Lippen. So doll, dass es wehtat. Eine alte Angewohnheit von ihr. In diesem Moment klingelte es an der Tür. Das brachte Rena zurück ins Hier und Jetzt.

Sie zog ihren sehr eng sitzenden Pullover glatt, strich sich eine verirrte Haarsträhne aus dem Gesicht und ging zur Haustür.

Ihre Hände waren schweißnass. Sie versuchte sie am Stoff ihrer Jeans trocken zu reiben.

Dann öffnete sie.

Ein relativ unscheinbarer Mann stand draußen vor der Tür. Er trug ausgebeulte Jeans und ein ausgebeultes Jackett.

"Guten Tag, mein Name ist Lorant. Ihre Schwiegermutter hat mich engagiert, um den Tod von Gretus Sluiter aufzuklären."

Wenn man vom Teufel spricht, dachte Rena.

Rena hob die Augenbrauen, versuchte dabei ein so gleichgültig wirkendes Gesicht wie möglich zu machen. Nur glatt wirken, nur keine verräterischen Falten zeigen...

Lorant fuhr fort: "Ich hätte ein paar Fragen an Sie. Darf ich herein kommen?"

"Sicher. Allerdings kommen gleich meine Jungs nach Hause. Ich werde nicht viel Zeit für Sie haben."

"Dauert auch nicht lange."

"Um so besser."

Was weiß dieser Mann inzwischen schon alles?, ging es Rena im selben Augenblick durch den Kopf. So unscheinbar dieser Schnüffler auch schien, er wusste genau, was er tat.

Ahnt er etwas von Tom und mir?, überlegte sie.

Sie hielt selbst das nicht mehr für ausgeschlossen.

Nur ruhig bleiben!, sagte sie zu sich selbst. Langsam atmen, nicht rot werden... Was auch immer für phänomenale Fähigkeiten dieser Lorant haben mag - Gedankenlesen wird kaum dazu zählen!

30. Kapitel

Lorant wurde ins Wohnzimmer geführt. Ungefragt nahm er Platz, ließ sich in einem der tiefen Sessel nieder. Rena Sluiter hingegen blieb stehen.

Sie sieht blass aus, dachte Lorant. Wie jemand, der gerade eine zutiefst schockierende Nachricht erhalten hat...

"Wir hatten leider bislang noch nicht das Vergnügen, uns ausführlich über den Tod Ihres Schwiegervaters unterhalten zu können", begann Lorant. "Aber das können wir ja jetzt nachholen."

"Wie gesagt, ich habe nicht viel Zeit."

"Ich denke, sie wird reichen."

"Dann kommen Sie doch bitte endlich zur Sache, Herr Lorant."

"Gerne." Lorant machte eine kurze Pause und fuhr dann fort: "Ihre Schwiegermutter ist davon überzeugt, dass Gretus Sluiter ermordet wurde. Sie auch?"

Rena verschränkte die Arme vor der Brust und ging vor der Fensterfront auf und ab.

Sie setzte mehrmals an, bevor sie schließlich zu sprechen begann. Ihre Stimme war belegt. "Ich will ganz offen sein, Herr Lorant."

"Darum bitte ich."

"Ich war dagegen, Sie zu engagieren, aber meine Schwiegermutter ist eine sehr willensstarke Frau, wie Sie inzwischen auch gemerkt haben dürften."

"Allerdings."

"Ich weiß nicht, ob mein Schwiegervater durch einen Unfall ums Leben gekommen ist oder ermordet wurde. Aber wie auch immer, ich denke, dass man die Ermittlungen der Polizei überlassen sollte."

"Meiner Auftraggeberin reichten deren Bemühungen nicht aus."

"Nun, meine Schwiegermutter lässt sich von niemandem Vorschriften machen. Von mir am wenigsten. Also ist es unsinnig, weiter über diesen Punkt zu diskutieren. Sie sind engagiert und ich hoffe, dass Sie im Interesse der Familie einigermaßen diskret bleiben."

Lorant wechselte jetzt das Thema.

"Sie haben vom Tod Doktor Purwins gehört?"

Rena Sluiter nickte. "Ja, das habe ich."

"Waren Sie bei ihm in Behandlung?"

"Nein, aber mein Mann und die Kinder."

"Und Ihr Schwiegervater?"

"Ich glaube schon."

"Warum Sie nicht?"

"Muss ich mich jetzt für meine Arztwahl bei Ihnen rechtfertigen?"

"Entschuldigen Sie, es war nur eine Frage. Sie müssen darauf nicht antworten -—so wie Sie im Übrigen ja nicht verpflichtet sind, überhaupt eine meiner Fragen zu beantworten. Es ist nur so, dass es auf dem Land ja relativ häufig ist, dass eine ganze Familie zu demselben Hausarzt in Behandlung geht, wenn irgendwo der Schuh drückt oder der Hals kratzt. Aber wenn Sie kein Vertrauen zu Dr. Purwin hatten, dann..."

"Herr Lorant, ich habe den Eindruck, dass Sie irgendwie um den heißen Brei herumreden. Es wäre sehr freundlich, wenn Sie jetzt endlich auf den Punkt kämen, anstatt sich über Fragen zu ergehen, die nun wirklich vollkommen privater Natur sind."

Sie blieb jetzt genau dort stehen, wo sich die bis zum Fußboden reichenden Gardinen trafen. Das Bild erinnerte Lorant an einen Fernsehwerbespot, der jahrzehntelang im Deutschen Fernsehen gezeigt worden war. ADO-GARDINEN

—DIE MIT DER GOLDKANTE. Um zu beurteilen, ob diese Gardinen eine Goldkante besaßen, war Lorant einfach nicht Gardinenfachmann genug.

"Ist da unten irgendetwas?", fragte Rena Sluiter.

Lorant blickte auf, Rena direkt ins Gesicht.

"Nein, ich war einen Moment lang in Gedanken." Lorant erhob sich, steckte die Hände in die Hosentaschen. Dann fuhr er nach kurzer Pause fort: "Dr. Purwin wollte mir etwas Wichtiges sagen. Bevor ich ihn erreichte, wurde er ermordet."

"Wie tragisch!"

"Ich fand den Toten, informierte die Polizei. Aber er hatte einen Zettel bei sich, der mit ziemlich großer Sicherheit für mich bestimmt gewesen ist."

"Und Sie haben ihn an sich genommen, anstatt ihn der Polizei zu überlassen", schloss Rena.

"Ich sehe, wir denken in dieselbe Richtung."

"Was war auf dem Zettel?"

Lorant versuchte irgendein Anzeichen für Nervosität oder Unsicherheit in ihren Zügen zu erkennen. Aber da war nichts.

Rena Sluiter wirkte vollkommen ruhig und gefasst.

"Auf dem Zettel stand die Telefonnummer eines Labors in München, das sich auf Gentests spezialisiert hat."

Lorant wartete ab.

Rena hob die Augenbrauen.

"So?"

"Ja, diese Firma lebt davon, Verwandtschaftsverhältnisse eindeutig festzustellen oder auszuschließen. Das kann bei Erbschaftsstreitigkeiten schon einmal von entscheidender Bedeutung sein. Manchmal wird auf diese Weise auch festgestellt, ob Kinder nach der Geburt im Krankenhaus vertauscht wurden."

"Sehr interessant, was Sie da erzählen."

Rena wandte sich zum Fenster herum, tat so, als würde sie hinausblicken. Offenbar wollte sie nicht, dass Lorant sie zu genau beobachtete.

Der Detektiv fuhr ungerührt fort: "In den meisten Fällen wollen allerdings Väter wissen, ob sie auch tatsächlich der Erzeuger ihres Nachwuchses sind."

"Was erzählen Sie mir das alles?"

"Manchmal tun das vielleicht auch Großväter, die ihren Enkeln mit dem Kamm durch das Haar fahren und die hängengebliebenen Haare zur DNA-Untersuchung einreichen..."

Lorant hatte seinen Trumpf ausgespielt. Jetzt musste er darauf vertrauen, dass sein Ass auch stach. Denn mehr hatte in seinem Blatt nicht zu bieten. Hoch Pokern, das war jetzt die einzige Chance, mehr zu erfahren. Lorant hatte bei dem Münchener Labor nur kurz mit einer Sekretärin gesprochen, die ihm die Dienstleistungen erläutert hatte, die dort angeboten wurden. Etwas über den Fall Sluiter zu erfahren, hatte Lorant gar nicht erst versucht. Er hätte auch keinerlei Auskunft bekommen.

Diskretion war das Kapital eines derartigen Gen-Labors. Wer das vernachlässigte, konnte in kürzester Zeit den Großteil der Kundschaft in den Wind schreiben. Aber durch logisches Denken kam man manchmal eben so weit, wie durch Befragung.

Dr. Purwin hatte diese Münchener Nummer offenbar an einen seiner Patienten weitergegeben. Jemanden, der im Zusammenhang mit dem Mordfall Sluiter stand. Ubbo traute Lorant so viel Initiative nicht zu. Und selbst, wenn er geahnt hätte, dass einer oder beide seiner Söhne vielleicht die Frucht eines außerehelichen Verhältnisses waren, so nahm Lorant an, dass der biedere Junior-Chef wohl eher gute Miene zum falschen Spiel seiner Frau gemacht hätte. Und Bernhardine?

Möglicherweise hatte sie sich an das Institut gewandt, aber in dem Fall hätte Dr. Purwin keinen Grund gehabt, Lorant darüber mit dem Hinweis informieren zu wollen, dass er dem Detektiv etwas Wichtiges zum Mordfall Sluiter mitzuteilen hätte.

Blieb Gretus Sluiter.

Renas Blick wirkte abweisend. "Ich habe Ihnen nichts zu sagen, Herr Lorant. Tun Sie das, wofür Sie von meiner Schwiegermutter bezahlt werden und stehlen Sie mir nicht meine Zeit..."

Eine harte Nuss, diese Rena!, dachte Lorant. Verschlossen wie eine Auster. Und genauso gepanzert.

"Was glauben Sie haben mir diese Leute vom Labor für Auskünfte gegeben?", fragte Lorant.

Rena lächelte dünn. "Gar keine, nehme ich an."

"Und wenn ich jetzt Mittel und Wege hätte, mehr zu erfahren? Wege, die an den offiziellen Kanälen vorbei gehen?"

"Sie wollen mir jetzt irgendetwas unterstellen!"

"Tut mir leid, wenn ich den Eindruck erweckt haben sollte!"

Erneut blickte Rena auf die Uhr. "Bitte gehen Sie jetzt, Herr Lorant..."

"Wie Sie wollen, dann bespreche ich die Angelegenheit vielleicht besser mit Ihrer Schwiegermutter. Eigentlich dachte ich, es wäre fair, erst Ihre Darstellung zu hören. Schließlich gibt es meistens zwei Seiten einer Medaille. Aber wenn Sie nicht wollen..."

Lorant wandte sich zum Gehen, hatte die Wohnzimmertür beinahe erreicht.

Da hielt ihn Renas Stimme zurück.

"Warten Sie!"

Lorant blieb stehen, drehte sich halb herum.

"Was wissen Sie?", fragte Rena.

"Dass Gretus Sluiter einen Gen-Test in Auftrag gegeben hat, über dessen Ergebnis ich jetzt mit meiner Auftraggeberin reden werde. Schließlich besteht ja die Möglichkeit, dass hier das Mordmotiv liegt."

Rena schluckte.

Bleich wie die Wand stand sie da.

Lorant ging durch den Flur.

Er fragte sich, ob sie ihm wohl folgte. Wenn nicht, hatte er zu hoch gepokert und stand ziemlich nackt da. Der Detektiv hatte gerade die Hand an der Türklinke, als Rena hinter ihm auftauchte.

"Reden Sie doch Klartext, Herr Lorant: Sie verdächtigen mich, meinen Schwiegervater umgebracht zu haben! Aber das ist absurd."

"So? Gretus Sluiter hatte offenbar ein recht positives Verhältnis zu Ihnen. Seine Frau meint sogar, sie hätten ihn um den Finger wickeln können. Jetzt scheint irgendetwas geschehen zu sein, das in ihm das Misstrauen weckt. Vielleicht sieht er Sie mit einem anderen Mann. Oder jemand anderes hat Sie in einer kompromittierenden Situation gesehen. Das spielt keine Rolle. Er fragt seinen Arzt, Dr. Purwin, was man machen kann und der gibt ihm diese Nummer."

"Dann wüsste Bernhardine davon!"

"Nicht unbedingt. Vielleicht wollte Gretus erst sichergehen, bevor er die Pferde scheu macht und hat deswegen weder Bernhardine noch Ubbo etwas gesagt. "

"Ich bin mir sicher, dass Gretus nie einen solchen Test in Auftrag gegeben hat! Sie bluffen nur! Außerdem wäre doch Bernhardine über das Ergebnis informiert worden, schließlich bekommt sie die Post ihres verstorbenen Mannes! Welchen Vorteil hätte ich davon gehabt, ihn umzubringen?"

Lorant lächelte dünn. "Wer sagt, dass Gretus überhaupt dazu kam, den Auftrag zu erteilen. Vielleicht hatte er es nur vor und wurde vorher umgebracht."

"Gretus war ein kräftiger Mann, Herr Lorant. Sehe ich so aus, als hätte ich ihn auf sein Boot schleifen können?"

"So schwach wirken Sie auf mich nun auch wieder nicht. Außerdem gibt es ja wohl auch noch einen Mann, der in dieser Geschichte eine Rolle spielt." Lorant machte eine kurze Pause und fuhr dann fort: "Sie spielen mit mir Katz und Maus. Aber dieser Test, den Gretus Sluiter durchführen wollte, kann ja im Rahmen der polizeilichen Ermittlungen nachgeholt werden. Und dann ist es auch nichts mehr mit der Verschwiegenheitspflicht dieses Labors." Lorant zuckte die Achseln. "Aber, wenn das alles nur Fantasie ist, was ich Ihnen bislang vortrug, dann haben Sie auch in dem Fall nichts zu befürchten."

Lorant öffnete die Haustür.

Ein kühler Luftzug wehte von draußen herein.

"Warten Sie!", forderte Rena.

Lorant schloss die Tür wieder. "Dann will ich jetzt die ganze Story hören."

"Nur, wenn Sie mir versprechen, Bernhardine aus der Sache herauszuhalten."

"Das kann ich nur, wenn Sie wirklich nichts mit Gretus' Tod zu tun haben."

"Ich werde Ihnen alles erzählen!"

31. Kapitel

Sie gingen zurück ins Wohnzimmer. "Sie haben meinen Mann inzwischen ja kennen gelernt", begann Rena.
"Ja, das habe ich."
"Dann werden Sie sicher verstehen, dass..."
"...dass Sie sich ab und zu etwas mehr Feuer und Leidenschaft gewünscht haben?"
"Ich hatte ein Verhältnis mit einem anderen Mann. Ich weiß nicht, wie Gretus das herausgefunden haben soll, aber es ist ja wohl eine Tatsache. Eigentlich bin ich immer sehr vorsichtig gewesen..."
"Wer ist der Mann?"
"Muss ich ihn da wirklich hineinziehen?"
"Ich werde auf jeden Fall rücksichtsvoller sein als die Polizei!"
"Wir haben uns auf Borkum kennen gelernt. Da haben wir ein Ferienhaus. Ich war öfter allein dort."
"Und später dann nicht mehr so allein."
"Sie können sich Ihre Süffisanz sparen, Herr Lorant."
"Und Ihr Mann hat wirklich nie Verdacht geschöpft?"
"Ach, der!"
"Wer ist es?"
Sie wandte sich wie eine Schlange, wich der glasklar gestellten Frage erneut aus.
"Ich habe ihn doch erst vor einem Jahr kennen gelernt. Das ist es ja, worauf ich hinaus will! Es ist völlig unmöglich, dass er der Vater von Marvin oder Kevin ist!"
"Warum sind Sie dann so nervös geworden? Hatten Sie zuvor schon einmal ein Verhältnis?"

"Nein! Auch wenn Sie mir das jetzt wahrscheinlich nicht glauben. Aber dieser DNA-Test als Mordmotiv scheidet aus."

"Wenn mir der werte Herr Ihre Aussage bestätigt, dass Sie sich erst vor einem Jahr kennen gelernt haben, dann ist für mich die Sache erledigt. Aber dazu brauche ich seinen Namen und seine Adresse."

"Sie werden meinem Mann nichts davon sagen?"

"Er ist nicht mein Auftraggeber."

"Und Bernhardine?"

"Wie gesagt, ich muss ihr das nur dann sagen, wenn es im Zusammenhang mit dem Tod Ihres Mannes eine Bedeutung hat.

Aber das kann ich erst beurteilen, wenn ich mit dem betreffenden Herrn gesprochen habe."

Rena seufzte.

"Sie sind ein Erpresser!"

"Ich mache meinen Job."

Sie zögerte einen Augenblick. An der Tür klingelte es Sturm.

"Das sind die Jungs", sagte sie.

"Reden Sie!"

"Sie kennen ihn: Er heißt Tom Tjaden, ein Geschäftsmann aus Leer."

"Zufällig auch der Besitzer des X-Ray?"

"Ja."

So schließt sich der Kreis, dachte Lorant.

"Versprechen Sie mir, dass Sie auch ihn in Zukunft nicht mehr behelligen, wenn die Sache geklärt ist."

An der Tür klingelte es wie verrückt.

"Gehen Sie nur!", forderte Lorant die junge Frau auf. "Wir reden ein anderes Mal weiter!"

32. Kapitel

Am Nachmittag nahm Lorant eine Reizstrombehandlung bei einem Arzt in Aurich. Dr. Roland Menninga hieß er und die Skrupel seiner Sprechstundenhilfe gegen Kassenpatienten schienen etwas weniger stark ausgeprägt zu sein als es in der Praxis von Dr. Purwin in Moordorf der Fall gewesen war.

Lorant überlegte noch, ob es sich überhaupt lohnte, Tom Tjaden noch einmal aufzusuchen. Der Detektiv nahm an, dass Rena ihn sofort nachdem Lorant sie verlassen hatte, angerufen hatte, um sich mit ihm abzusprechen.

Aber die Information, dass es einen Zusammenhang zwischen den Sluiters und Tjaden gab war trotzdem nicht ohne Brisanz.

Lorant fragte sich, wie die Tatsache, dass Tjadens Handlanger Victor Ubbo Sluiter verprügelt hatte in dieses Puzzle hineinpasste.

Immerhin würde das ein Grund sein, Tjaden doch noch einmal aufzusuchen.

Während Lorant mit angeschlossenen Elektroden auf der Krankenliege lag und sich den in Mitleidenschaft gezogenen Ischias-Nerv mit ein paar Extra-Volt durchschütteln ließ, dachte der Detektiv auch kurz an die junge Frau aus dem X-Ray, die sich Melinda genannt hatte. Unglücklicherweise hatte Lorant weder ihre Adresse noch ihren wirklichen Namen. Weshalb sie nicht an Bord der NAUTILUS erschienen war, darüber konnte Lorant nur spekulieren.

Es gibt jetzt zwei Gemeinsamkeiten bei allen drei Opfern dieser 'Serie', ging es Lorant durch den Kopf. Vorausgesetzt,

dass drei schon eine Serie darstellten. Für amerikanische Verhältnisse vielleicht nicht, aber hier in good old europe?
Die erste Gemeinsamkeit blieb die beigefügte Boßel-Kugel. Die Skythen hatten ihren Toten Goldschmuck und Waffen beigegeben. Bei den zeitgenössischen Ostfriesen schienen eben andere Beigaben en vogue zu sein.
Aber Gemeinsamkeit Nummer zwei war die Person von Tom Tjaden. Eilert Eilers war bei ihm angestellt gewesen, Gretus Sluiters Schwiegertochter hatte ein Verhältnis mit ihm gehabt und Dr. Purwin war offenbar im X-Ray ein- und ausgegangen.
Ein bisschen schwach dieser Zusammenhang, was den Doc betrifft, oder?, meldete sich eine skeptische Stimme aus Lorants Hinterkopf.
Aber vielleicht hatte ihm darüber ja Melinda Näheres sagen wollen und es sich dann aus irgendeinem Grund plötzlich anders überlegt.
Später am Abend hatte Lorant einen Termin mit Bernhardine Sluiter, die sich erkundigen wollte, wie weit Lorant mit seinen Ermittlungen inzwischen war.
Lorant gab sich zugeknöpft.
"Zusammengefasst könnte man also sagen, dass Sie bislang noch nicht sonderlich viel in der Hand haben", stellte Bernhardine Sluiter fest.
"Ich ermittle erst wenige Tage!", gab Lorant zu bedenken.
"Und wenn Sie meine Ergebnisse mit denen der Polizei vergleichen, dann können Sie sich eigentlich nicht beklagen."
"So war das auch nicht gemeint!"
"Wissen Sie, Sie denken vielleicht, dass das für mich nur ein Job ist."
"Ist es das denn nicht?"
"Ich habe mich nicht ohne Grund auf das Aufklären ungeklärter Todesfälle spezialisiert, obwohl man als Detektiv in anderen Bereichen nun wirklich mehr Geld verdienen kann.

Was glauben Sie, was von Versicherungen für Honorare gezahlt werden, wenn es darum geht, irgendwelche Betrügereien aufzudecken?"

"Wollen Sie damit ausdrücken, dass Sie mehr Geld brauchen?"

"Nein, das wollte ich nicht."

Und dann berichtete Lorant von dem, was mit seiner Frau geschehen war. "Ich weiß, wie die Ungewissheit an einem nagen kann. An mir nagt sie nun schon viele Jahre lang. Am Ende möchte man nichts weiter, als Gewissheit haben und die Wahrheit kennen. Worin auch immer diese Wahrheit nun bestehen oder wie schrecklich sie sein mag."

Bernhardine Sluiter sah ihn schweigend an.

Sie hatte die Arme vor der Brust verschränkt und bekam durch diese Körperhaltung plötzlich eine erstaunliche Ähnlichkeit zu ihrer Schwiegertochter. Eine Ähnlichkeit, die Lorant zuvor in dieser Form nicht aufgefallen war.

"Das wusste ich nicht", sagte sie tonlos.

"Für mich wird es wohl keine Gewissheit mehr geben. Die Spuren sind verwischt, die Fehler bei der Ermittlung nicht mehr zu korrigieren. Aber was Ihren Mann angeht, so liegt der Fall anders..."

"Sie sind also zuversichtlich?"

"Ja."

"Vielleicht bin ich einfach zu ungeduldig."

"Den Grund dafür kann ich nur zu gut nachvollziehen."

"Ich danke Ihnen für Ihr Mitgefühl."

"Sobald ich etwas Neues weiß, werde ich mich bei Ihnen melden."

"Ja."

"Zwei Fragen hätte ich allerdings an Sie."

"Bitte!"

"Ihr Mann hat sich bei Dr. Purwin möglicherweise nach einer Möglichkeit erkundigt, einen DNA-Test durchführen zu lassen. Hat er mit Ihnen darüber gesprochen?"

Bernhardines Sluiters Gesicht veränderte sich. Lorant hatte sie noch nie zuvor so erlebt. Sie wurde blass. Ihre sonst so streng kontrolliert wirkenden Gesichtszüge verloren jegliche Fassung.

Allerdings währte das nur einen Augenblick lang, dann hatte sie die Kontrolle wiedererlangt.

"Nein, das hat er nicht."

"Sie wissen, dass man solche Tests durchführt, um anhand von genetischem Material wie einem Haar, einem Fingernagel, dem Speichel einer Zigarettenkippe zu bestimmen, ob zwei Menschen miteinander verwandt sind?"

"Ja, ich bin ja nicht von gestern, Herr Lorant", erwiderte Bernhardine Sluiter ungewöhnlich kratzbürstig.

Sie ließ sich in einen der tiefen Sessel fallen und wirkte in diesem Moment ziemlich kraftlos. Ganz im Gegensatz zu ihrer sonstigen Verfassung.

"Möglicherweise kommt da noch Ärger auf Sie zu", murmelte Lorant.

"Inwiefern?"

"Angenommen, Ihr Mann hätte ein uneheliches Kind gehabt, von dem Sie bisher keine Ahnung gehabt hätten, dann wäre das natürlich auch erbberechtigt und müsste eventuell ausgezahlt werden..."

Sie sah Lorant überrascht an. Dann schüttelte sie den Kopf. "Das glaube ich nicht."

"Aber wenn sich der Verdacht auf jemand anderen bezog..."

"Sie sprechen von Rena?"

Jetzt hat sie es ausgesprochen, nicht ich, dachte Lorant.

Er nickte.

"Warum hat er Ihnen von seinen Vermutungen nichts gesagt?"

"Wahrscheinlich deshalb, weil er Rena sehr mochte und sich meine Reaktion ausmalen konnte..."

"Worin hätte die bestanden?"

Ein formelles Lächeln erschien auf Bernhardine Sluiters Gesicht. "Lassen wir dieses Thema, Herr Lorant."

"Wie Sie wollen."

"Ich WILL es so", bestätigte sie.

"Dann noch etwas anderes: Ihr Mann war Mitglied in einem Boßel-Verein, der sich 'Soipkedeeler' nannte."

"Ja."

"Sie nicht?"

"Ich war ein paar Mal mit zum Boßeln, aber ich vertrage die Trinkerei nicht. Mein Magen ist etwas angegriffen. Wissen Sie, ich wirke vielleicht so, als würde ich alles gut wegstecken, egal, was da kommt. Das Ergebnis sind zwei Magengeschwüre."

"Wissen Sie jemanden, der mir mehr über diesen Verein erzählen kann?"

"Gehen Sie zu Franz Hinderks, der wohnt zwei Straßen weiter."

"Das werde ich tun."

33. Kapitel

Franz Hinderks war ein freundlicher Rentner. Zwei Stunden lang musste Lorant sich diverse Anekdoten über Gretus Sluiter und das Boßeln anhören. Über Dr. Purwin hatte Hinderks auch seine festen Ansichten. "Der hat hier nicht richtig dazugepasst!", meinte der Rentner. "Einfach zu steif und ungesellig.

"Und Eilert Eilers?"

"Der konnte 'ne Menge vertragen, kann ich Ihnen sagen. Was der in sich hineingeschüttet hat, ohne auch nur im geringsten zu schwanken, das glaubt man nicht, wenn man es nicht vorher gesehen hat!"

"Können Sie sich einen Grund denken, weshalb allen drei Opfern dieser Mordserie eine Boßel-Kugel demonstrativ beigelegt wurde?"

"Nee, da kann ich mir keinen Reim drauf machen. Also, bei uns geht's ja nur um den Spaß und dass einer von uns was damit zu tun hat, da lege ich meine Hand für ins Feuer, dass das nicht sein kann!"

"Aber es muss eine Verbindung zwischen diesen Morden und dem Boßel-Sport geben!"

"Glauben Sie vielleicht, hier wird jemand umgebracht, weil ihm der Sieg nicht gegönnt wird?"

Lorant zuckte die Achseln. "Ich weiß ja nicht, mit welchem Fanatismus Sie das betreiben!"

"Fanatismus! Das ist das völlig falsche Wort. Es geht um Geselligkeit und Spaß! Im Herbst geht man hinterher Grünkohl mit Pinkel essen, im Frühjahr ist Spargel dran. Wer gewinnt, das ist doch völlig zweitrangig!"

"Vielleicht könnten Sie mir eine Mitgliederliste überlassen."

"Ich weiß nicht..."

"Ich glaube nicht, dass einer Ihrer Boßelbrüder ein Mörder ist, aber vielleicht kann mir der eine oder andere noch wertvolle Hinweise geben. Schließlich wollen Sie doch auch, dass Gretus Sluiters Mörder gefasst wird!"

Franz Hinderks machte ein sehr betroffen wirkendes Gesicht.

"Es hat mich ziemlich mitgenommen, als Bernhardine mir gesagt hat, dass sie glaubt, ihr Mann sei nicht an den Folgen eines Unfalls gestorben, sondern umgebracht worden. Ich konnte mir erst gar nicht vorstellen, dass so etwas in unserer friedlichen Gegend hier passieren könnte..."

"Aber es ist so. Hier geht ein Mörder um und weil die Polizei es nicht schafft, ihn zu stellen, hat Frau Sluiter mich engagiert."

"Ja, ich weiß..."

"Wenn Sie schon mir nicht trauen, dann sollten Sie Frau Sluiter..."

"Es ist nicht so, dass ich Ihnen nicht traue, Herr Lorant!", unterbrach ihn der Rentner. Schließlich gab sich Franz Hinderks einen Ruck und händigte ihm eine aktuelle Mitgliederliste der Söipkedeeler aus.

"Ich hoffe, Ihnen damit auch wirklich geholfen zu haben, Herr Lorant."

"Das wird sich herausstellen", war Lorants zurückhaltende Antwort.

34. Kapitel

Als Lorant am Abend zum Gasthaus von Beate Jakobs zurückkehrte, saß der rotgesichtige, dickbäuchige Bauer mit der Prinz Heinrich-Mütze am Skattisch und drosch zusammen mit drei anderen Männern die Karten, dass es knallte.

Beate Jakobs begrüßte Lorant sehr freundlich.

"Moin, Herr Lorant."

"Moin", antwortete Lorant. Inzwischen hatte er sich daran gewöhnt, dass der Gruß 'Moin' zu jeder Tageszeit gesagt wurde und offensichtlich mit dem hochdeutschen 'Guten Morgen' nur eine gewisse klangliche Verwandtschaft teilte.

"Sie können doch so toll Klavier spielen", begann die Wirtin.

"Naja..."

"Doch, doch, nun untertreiben Sie mal nicht! Man sollte sein Licht nicht unter den Scheffel stellen!"

"Eine Tonleiter kriege ich noch hin."

"Die Herren am Kartentisch hätten es gerne, wenn Sie was für sie spielen würden."

Plötzlich war es ganz ruhig am Tisch geworden. Die Männer blickten Lorant erwartungsfroh an.

"Ich wusste gar nicht, dass Sie Jazz mögen."

"Wie wär's denn mit dem 'Bottermelk-Tango' von Hannes Vader!", schlug einer der Männer vor.

"Den kenne ich leider nicht."

"Und soo'n anständigen Shanty?"

"What shall we do with the drunken sailor?"

Das Vier-Mann-Publikum johlte.

Lorant versuchte sich zu erinnern, wann er das letzte Mal so eine Publikumsresonanz erzeugt hatte. Aber mit wahrer Kunst schaffte man so etwas nicht so leicht. Lorant setzte sich ans Klavier, spielte die ersten Akkorde. Die Männer grölten mit. Ein paar Kurze hatten sie wohl schon intus. Das hatte vielleicht ihre Stimmen geölt, trug aber auch dazu bei, dass sie tonlich und rhythmisch ziemlich daneben lagen.

Aber sie hatten ihren Spaß.

Was mache ich hier eigentlich?, dachte Lorant. Für grölende Landeier ein Shanty spielen. Hättest du je gedacht, dass du künstlerisch so weit absteigen wirst, als du damals im Kölner Subway aufgetreten bist? Manche Dinge sind unvorstellbar und sie geschehen doch.

Und während er spielte, stellte er sich ein jazziges Big Band Arrangement von 'what shall we do with the drunken sailor' vor.

Die grölenden Stimmen der Skat-Brüder wurden zu einer Art Hintergrundrauschen. Wie Wind oder Regen.

Dann war alles von einer Sekunde zur anderen vorbei, als eine Stimme durch den Schankraum dröhnte: "Ey, was ist denn hier los? Eine Party von entlaufenen Zoo-Affen, woll?"

Der Tätowierte stand in der Tür, hielt seinen Motorrad-Helm unter dem Arm und hatte den Reißverschluss seiner Lederkombination bis zum Bauch offen.

Alle starrten ihn an.

Der Tätowierte setzte sich an einen der Tische.

"'N Bier!", wandte er sich an Beate Jakobs. Die Wirtin zuckte die Achseln und hielt es wohl für das Beste, ihrem Gast diesen Wunsch so schnell wie möglich zu erfüllen.

Der Tätowierte schloss die Augen, fuhr sich mit einer fahrig wirkenden Geste über das Gesicht.

Warum hatte der Kerl so schlechte Laune, wenn er den ganzen an der frischen Luft ist und über Ostfrieslands gerade Straßen brettert?, ging es Lorant durch den Kopf.

Der Tätowierte bekam sein Bier, leerte eine Hälfte davon in einem Zug. Die Skatbrüder fingen wieder an zu spielen, motzten auf Plattdeutsch über den Auswärtigen, der für nichts als miese Stimmung gesorgt hätte. Und Lorant erhob sich vom Klavierhocker, ging zum Schanktisch.

"Wollen Sie noch was essen?", fragte Beate Jakobs.

"Nein, kein Appetit."

"Der Wagen war da. Ich hätte sogar ein Kotelett."

"Na, dann..."

"Dann überlegen Sie sich das noch einmal, wollten Sie sagen, nicht wahr?"

"Frau Jakobs, Sie können Gedanken lesen!"

35. Kapitel

Am nächsten Morgen war Lorant schon früh aus den Federn.
Er hatte schlecht geschlafen. Ein ganzes Konglomerat aus wilden Alpträumen hatte dafür gesorgt, dass er sich am Morgen wie zerschlagen fühlte. Jetzt saß er gähnend am Tisch im Schankraum und ließ sich von Beate Jakobs das Frühstück servieren.
"Die Zeitung kann ich Ihnen leider noch nicht geben", erklärte die Wirtin.
"Hat noch Ihr Schwiegersohn?"
"Genau. Aber sobald er damit durch ist, gebe ich Sie Ihnen."
"Ja, das hat Zeit!"
Lorant hörte, wie ein Wagen vorfuhr. Wenig später trat Kriminalhauptkommissar Meinert Steen in den Schankraum.
Unterm Arm trug er eine Zeitung. Er wandte sich sofort an Lorant, legte ihm die Zeitung auf den Tisch.
"Moin, Herr Kollege!", begrüßte er den Detektiv mit einem triumphierenden Unterton.
"Moin. Womit habe ich denn die Ehre Ihres hohen Besuchs zu so früher Stunde verdient?"
"Bin auf dem Weg nach Emden ins Präsidium."
"Sie wohnen in Moordorf, nicht wahr?"
"War jedenfalls kein großer Umweg. Und wenn ich heute etwas zu spät komme, dann verzeiht mir das sogar der Innenminister."
"Ach ja?"
"Schon die Zeitung gelesen?"
"Nein, leider nicht."

"Ich sagte Ihnen ja, dass Sie es dort nachlesen könnten, wenn ich den Fall gelöst hätte!"

Lorant verschluckte sich beinahe an dem dünnen Kaffee. Plötzlich hatte er auf das Mohnhörnchen auch keinen Appetit mehr.

"Gelöst? Sie sprechen wirklich vom Mordfall Sluiter."

"Zumindest vom Mordfall Purwin." Steen lehnte sich zurück und genoss den Ausdruck des Erstaunens in Lorants Gesichtszügen. "Na, was sagen Sie?"

"Ich bin gespannt. Wen haben Sie denn verhaftet?"

"Tom Tjaden. Der Name ist Ihnen vielleicht kein Begriff, aber er ist hier in der Gegend so etwas wie eine Art Schmalspur-Pate."

"Ach, ja? Und der soll Dr. Purwin umgebracht haben?"

"Wir haben einige Wechsel gefunden. Dr. Purwin hatte Spielschulden, die Tjaden ihm vorgestreckt hat. Offenbar hat Tjaden im großen Maßstab illegales Glücksspiel organisiert. Woher sich die beiden kannten, ist noch unklar, aber Tatsache ist, dass Purwin für Tjaden als Strohmann auftrat, um jene Gewerbeflächen aufkaufen zu können, auf denen sich heute dieser Nachtclub namens X-Ray befindet." Steen zuckte die Achseln. "Ist doch immer dasselbe mit den Ärzten. Verdienen zu viel Geld, wollen es an der Steuer vorbeischleusen und fallen auf windige Anlagemodelle herein. Oder eben auf noch windigere Leute vom Schlag eines Tom Tjaden."

"Klingt alles sehr interessant, was Sie mir da erzählen..."

"Aber Sie glauben es nicht!"

"Ich behalte immer ein gewisses Maß an gesunder Skepsis!"

Steen lachte. "Ob die gesund ist, müssen Sie selber wissen. Wahrscheinlich hat jener Papst, der Galilei zum Widerruf zwang, genauso gedacht wie Sie!"

"Sie sind nicht Galilei!", gab Lorant zu bedenken.

"Eine sehr scharfsinnige Bemerkung, Herr Lorant. Wirklich!

Tut mir ja auch sehr Leid für Sie, dass Ihre Auftraggeberin Ihnen nun wahrscheinlich das Spesenkonto sperren wird!"

"Machen Sie sich um mich mal keine Sorgen."

"Wie auch immer. Tjaden sitzt in Untersuchungshaft und von seinen Helfershelfern werden wir einen nach dem anderen so weichklopfen, dass sie uns alles sagen, was wir wissen wollen."

"Ich glaube nicht, dass er Dr. Purwin umgebracht hat."

"Kriminalistik ist eine exakte Wissenschaft, keine Frage des Glaubens, Herr Lorant."

"Oh, das brauchen Sie mir nicht zu sagen!"

"Im Übrigen habe ich mich vielleicht auch nicht präzise ausgedrückt. Ich glaube natürlich nicht, dass Tom Tjaden den Doc unbedingt eigenhändig umgebracht haben muss. Dafür hat er doch seine Leute. Andererseits —wussten Sie, dass er Motorradfahrer ist? Und vor Dr. Purwins Praxis war ja die Bremsspur einer ziemlich großen Maschine zu sehen."

"Diese Indizienkette wird jedes Gericht überzeugen", entgegnete Lorant ironisch.

Diese Ironie entging Steen allerdings komplett.

"Ich weiß Ihr Kompliment zu schätzen."

"Ich nehme an, Sie sind nicht nur hier, um mir von Ihren Erfolgen zu berichten und mich mit einer Zeitung zu versorgen, Herr Steen."

"Das ist richtig."

Lorant hob die Augenbrauen.

"Also?"

"Heute Morgen hat die Polizei in Aurich die Leiche einer jungen Frau namens Frauke Oltrogge gefunden. Sie lag seit mindestens zwölf Stunden tot in ihrem Wagen, den der Täter in einen Graben hineinrollen ließ. Sie wurde vermutlich erschlagen."

"Und es hat mehr als einen halben Tag gedauert, bis das jemand bemerkt hat?"

"War eine einsame Stelle. Und Autos, die einfach irgendwo in der Gegend abgestellt anstatt ordnungsgemäß entsorgt werden, gibt es ja leider öfter mal."

Lorant zuckte die Achseln. Noch wusste er nicht richtig, worauf Kriminalhauptkommissar Meinert Steen eigentlich hinauswollte.

"Und was habe ich mit all dem zu tun?", fragte der Detektiv.

"Frauke Oltrogge hatte eine Ihrer Visitenkarten bei sich."

"Beruflich nannte sie sich nicht zufällig 'Melinda' und arbeitete im X-Ray?"

"Genau das."

"Mehr weiß ich leider auch nicht über Sie."

"Ach, kommen Sie schon, Lorant. Tragen Sie wenigstens ein bisschen zur Aufklärung dieser Sache bei!"

Lorant atmete tief durch, trank seinen Kaffee leer, schob dann den Teller mit dem Mohnhörnchen ein Stück von sich weg.

"Frauke alias Melinda wollte sich mit mir in einem Emder Lokal treffen. Ich hatte sie im X-Ray getroffen. Sie hat mich auf dem Klo abgepasst und mir die Karte fast entrissen!"

"Sie Ärmster."

"Zum Treffpunkt ist sie leider nicht gekommen, und ich habe nicht die geringste Ahnung, was sie mir vielleicht sagen wollte."

Lorant machte eine kurze Pause. Dann fragte er: "Lag in Fraukes Wagen eine Boßel-Kugel?"

"Weiß ich nicht. Ich habe die Kollegen nicht gefragt."

"Dann tun Sie's jetzt."

"Wieso?"

"Weil es wichtig ist! Ich sage Ihnen anschließend, warum."

Steen runzelte die Stirn. Dann holte er sein Handy hervor, tippte eine Kurzwahltaste und war wenig später mit seinen Auricher Kollegen verbunden. Das Gespräch war nur kurz.

Aber Lorant wusste einen Augenblick später, was er wissen wollte.

"Es war tatsächlich eine Boßel-Kugel im Wagen."

Lorant griff in die Jackettinnentasche und holte die Mitgliederliste der Söipkedeeler hervor. Er überflog sie, suchte einen bestimmten Namen.

Oltrogge, Erich.

Oltrogge, Wiard

Oltrogge, Jan

Oltrogge, Frauke.

Sie war also dabei.

"Was haben Sie da?", fragte Steen.

"Die Mitgliederliste eines Boßel-Vereins."

Lorant reichte seinem Gegenüber die Liste. Steen betrachtete sie stirnrunzelnd, während Lorant fortfuhr: "Gretus Sluiter, Frank Purwin, Eilert Eilers und Frauke Oltrogge —all diesen Mordopfern wurde eine Boßel-Kugel beigelegt. Und außerdem stehen sie auf dieser Liste. Ich glaube Ihnen ja gerne, dass dieser Tom Tjaden ein paar krumme Geschäfte gemacht hat und dafür hinter Gitter gehört."

"Krumme Geschäfte? Er hat die Leute aus dem Weg geräumt, die ihm gefährlich wurden, Lorant! Sie beschönigen da einiges ganz schön."

"Und Gretus Sluiter? Was hatte er mit Tjaden zu tun?"

"Was weiß ich? Vielleicht hat er heimlich auch bei Tjaden gezockt und hatte Schulden. Das kriegen wir alles heraus, verlassen Sie sich darauf."

Lorant schüttelte den Kopf.

"Nein, der Mörder wollte etwas anderes. Er wollte niemanden verschwinden lassen, ausknipsen, wie man im Mafia-Jargon sonst gesagt hat. Er wollte jemanden bestrafen, etwas demonstrieren. Diese Boßel-Kugeln, das ist doch wie eine Art Grabbeigabe!"

Meinert Steen blickte Lorant mit einem Gesichtsausdruck an, in dem sich Befremden mit einem Zug mischte, der fast wie Mitleid wirkte.

"Ach, Lorant. So einen Mist können Sie vielleicht Ihren Klienten erzählen..."

Er erhob sich, tickte dabei auf die zusammengefaltete Zeitung.

"Lesen Sie, was passiert ist, Lorant!", lachte Steen und zwinkerte dem Detektiv zu. "Ich hab's Ihnen ja gesagt."

Als Steen die Tür erreicht hatte, rief Lorant: "Herr Steen!"

"Ja?"

"Wenn ich den Täter habe, soll ich dann Sie anrufen oder Ihre Kollegen aus Aurich?"

36. Kapitel

Lorant fuhr nach Emden, suchte ein Geschäft, in dem man Farbkopien erstellen konnte, und ließ dort ein paar Duplikate des Fotos von Eilert Eilers machen.

Am späten Vormittag machte sich Lorant auf den Weg Richtung Oldenburg. Mit dem Foto von Eilert Eilers wollte er in der Raststätte Huntetal hausieren. Schließlich war es ja möglich, dass sich jemand an Eilers erinnerte.

Etwa eine Stunde brauchte Lorant, bis er die Raststätte erreichte. Es begann, wie aus Eimern zu regnen. Vor dem Restaurant war nur noch ein Behindertenparkplatz frei.

Was nun?, ging es ihm durch den Kopf. Politisch korrekt bleiben oder nass werden?

Lorant suchte sich einen Parkplatz im Windschatten eines Zwanzigtonners, stieg schnell aus, riss sein Longjackett an sich und zog es so schnell wie möglich an. Er schloss den Wagen ab, rannte dann zum Restaurant-Eingang. Das Wasser tropfte ihm von der Nase.

Das hast du nun davon, dass du den rechtschaffenen Polizisten in dir immer noch nicht losgeworden bist!, dachte er.

Lorant ging am Salatbüffet vorbei. Es herrschte drangvolle Enge im Lokal. Das lag vielleicht an dem Stau, der auf der A1 gemeldet worden war. Da dachte sich der eine oder andere wohl: Besser erst einmal was essen und abwarten, ob sich der Stau nicht in einer Stunde in Wohlgefallen aufgelöst hat!

Lorant stellte sich in die lange Schlange, nahm sich auch ein Tablett. Er überlegte noch, ob er sich das Holzfällersteak genehmigen sollte. Aber die Chance, an ein Tablett zu kommen, bekam man hier nur einmal, es sei denn, es machte einem nichts aus, sich noch einmal hinten anzustellen.

Lorant bestellte schließlich das Steak.

Und dann hielt er der Bedienung hinter dem Tresen das Bild von Eilers hin. "Ich ermittle in einem Mordfall. Möglicherweise haben Sie diesen Mann hier schon einmal gesehen."

Die Frau hinter dem Tresen runzelte die Stirn.

"Ist das wieder wegen dem Kerl im Teppich?"

"Ja."

"Ihre Kollegen haben uns doch schon alle stundenlang verhört!"

"Ja, aber da wussten sie noch nicht, wie die Leiche mal ausgesehen hat, als sie lebendig war."

Die Frau nahm Lorant das Bild ab, wischte sich aber vorher die Fettfinger am Kittel ab. Ihr Blick blieb skeptisch. "Das isser?"

"Das isser!", bestätigte Lorant. Es war immer wieder überraschend für ihn, wie schnell man ihn als Polizisten identifizierte. Aber der Detektiv dachte überhaupt nicht daran, seinem Gegenüber zu widersprechen und den Irrtum aufzuklären.

Im Gegensatz zu Finanzbeamten besaßen Polizeibeamte einen nicht zu unterschätzenden Vertrauensvorschuss.

"Geht das hier mal weiter?", fragte jetzt eine hagere Frau mit kurzen Haaren, die mit verschränkten Armen in der Schlange stand und ungeduldig von einem Fuß auf den anderen trat. Was regt die sich so auf?, dachte Lorant. Wahrscheinlich ernährt sie sich ohnehin nur von Müsliriegeln oder ähnlichem und sollte das Fasten gewohnt sein...

Die Bedienung wandte sich an Lorant. "Ich bringe Ihnen das Steak an den Platz."

"Gut."

"Sie sehen ja, was hier los ist."

"Ja, sicher..."
"Ich zeige das Bild unter den Kolleginnen herum, aber erst muss die Schlange etwas abgearbeitet werden!"
"Verstehe ich."
Lorant nahm noch einen Kaffee. Dann setzte er sich an eine der wenigen noch freien Plätze und sah zu, wie die Schlange langsam zusammenschrumpfte.
Schließlich wurde Lorant das Holzfällersteak gebracht. Die Bedienung gab ihm auch das Bild zurück. "Tut mir leid, den hat niemand von uns hier je gesehen."
"Sind Sie sicher?"
"Sind Sie denn sicher, dass der überhaupt hier war?"
"Ja. Arbeitet hier sonst noch jemand, außer der aktuellen Besetzung?"
"Wie das so ist! Es gibt hier natürlich jede Menge Aushilfen, die nur für kurze Zeit angestellt werden."
"Trotzdem danke." Lorant nahm das Bild. "Vielleicht können Sie auch noch die Kolleginnen fragen, die zurzeit nicht hier sind.
Eventuell fällt denen ja noch etwas ein. Es geht schließlich um Mord."
"Muss 'n Schweinehund gewesen sein, der das gemacht hat mit dem Kerl in der Decke."
"Ja..."
"War 'n Riesentheater, als Ihre Kollegen hier waren und alles nach Spuren abgesucht haben."
Lorant schrieb ihr seine Handynummer auf einen Bierdeckel.
Gerade noch rechtzeitig hatte er davor zurückgeschreckt, ihr seine Karte zu geben. Schließlich wäre dann seine Polizistennummer aufgeflogen, da ziemlich dick PRIVATDETEKTIV darauf gedruckt war. Und Lorant war sich nicht sicher, ob die Bekanntschaft zu dieser Bedienung

schon stabil genug war, um einen derartigen Schock zu überstehen.

"Rufen Sie mich an, wenn Sie was wissen."

"In Ordnung."

Lorant hatte es im Gefühl, daraus würde nie etwas werden. Aber man soll auch nichts unversucht lassen, dachte er. Er wollte sich hinterher nicht vorwerfen lassen, irgendeine, wenn auch noch so geringe Chance nicht genutzt zu haben. Schließlich ging es um die Aufklärung von drei Morden. Nein vier, korrigierte sich Lorant. Frauke Oltrogge alias Melinda musste er ja wohl mitzählen. Denn daran, dass sie in diese 'Serie' hineingehörte, gab es für Lorant keine Zweifel. Es ging um vier Menschen, deren Leben ein plötzliches, gewaltsames Ende gefunden hatte.

Und es ging um Angehörige, die nach Antworten suchten. Für die Toten konnte Lorant nichts mehr tun. Aber für die Lebenden.

Jene Menschen, die den Ermordeten nahegestanden hatten. Ihnen fühlte er sich verpflichtet. Ihren Schmerz teilte er und deshalb wollte er nichts unversucht lassen, um Licht ins Dunkel zu bringen.

Einen Augenblick kam ihm der Gedanke, dass Kriminalhauptkommissar Meinert Steen am Ende vielleicht doch Recht gehabt haben konnte. Er ging die Argumente einzeln noch einmal durch, sagte sich dann aber, dass Steen ihm wahrscheinlich nur die Hälfte der wirklich relevanten Fakten genannt hatte. Nein, vertrau deinem Instinkt, deiner Nase!, ging es ihm durch den Kopf.

Einen Teil der Zwiebeln, mit denen das Holzfällersteak bedeckt gewesen war, legte er zur Seite. Er hatte keine Lust auf die Blähungen, die sonst unweigerlich die Folge gewesen wären.

Schließlich blickte sich um. Von den Gästen war nicht anzunehmen, dass jemand Eilers gesehen hatte. Er hatte sich hier vielleicht mitten unter Menschen mit seinem Mörder getroffen.

Ein anonymerer Ort als dieser war kaum vorstellbar.

Wäre ja auch zu schön gewesen, gleich beim ersten Versuch ins Schwarze zu treffen, dachte Lorant. Er schnitt sein Steak durch. Es war lecker und saftig.

Später fragte Lorant die Toilettenfrau nach Eilers. Aber auch sie konnte sich nicht erinnern.

Der Detektiv stand an der Tür, sah dem Regen zu, der immer heftiger wurde und überlegte, ob er bis zur Tankstelle spurten oder warten sollte, bis der Regen nachgelassen hatte. Aber den dunklen Wolken nach, die von West heranzogen, war es wohl eine Illusion, darauf zu hoffen. Und so spurtete Lorant.

In der Tankstelle stand ein Mann mit einer roten Nase vor Lorant am Tresen. Er hatte mehrere Flaschen in eine Plastiktüte gesteckt und nun stellte er sie der Reihe nach auf die Fläche vor der Kasse. Der Kerl mit der roten Nase stank erbärmlich. Eine unbeschreibliche Mischung aus Urin, Bier und noch ein paar anderen Düften, bei denen Lorant auch gar nicht so schrecklich viel daran lag, sie näher zu identifizieren.

"Ist das nicht ein bisschen viel?", fragte der junge, stiernackige Mann hinter dem Tresen.

"Ist für's Wochenende."

"Quatsch, morgen stehst du doch schon wieder hier!"

"Ist das deine Sache."

Die Finger des Stiernackigen glitten über die Tastatur der Registrierkasse. Dann packte der Kerl mit der roten Nase alles ein und trottete in Richtung Tür, blieb dort allerdings stehen.

Lorant hielt seinen Moment für gekommen, zeigte dem Mann hinter dem Tresen das Eilers-Bild, betete dabei seinen Text von der Mordermittlung herunter.

"Habe ich Sie nicht schon einmal gesehen?"

"Nicht, dass ich wüsste."

"Sie war'n doch der unverschämte Bulle, der hier so'n Terz aufgeführt hat, weil der Automatenkaffee zu dünn war!"

"Kann mich nicht erinnern."

"Doch, doch, das war an dem Tag, als die den Toten im Teppich entdeckt haben und hier der Teufel los war. An so was erinnert man sich doch."

"Im Moment geht es eher darum, ob SIE sich erinnern", sagte Lorant und deutete dabei auf das Bild.

Der Stiernackige schüttelte den Kopf. "Mann, hatten Sie 'ne Scheiß-Laune damals! Eigentlich könnten Sie sich mal deswegen entschuldigen. Wenn man Ihresgleichen mal anpflaumt, heißt das gleich Beamtenbeleidigung, aber wenn..."

Er war einfach nicht zu belehren.

Erinnerung ist eben was sehr subjektives, dachte Lorant und sagte laut: "Entschuldigung!" Endlich stoppte jetzt der Redeschwall des Stiernackigen, und er wandte seine Aufmerksamkeit dem Bild zu.

"Na?"

Er schüttelte den Kopf.

"Nö."

"Nie gesehen? Sehen Sie genau hin."

"Nö, den kenn' ich nicht."

Jetzt mischte sich der Rotnasige ein und kehrte zum Tresen zurück. "Darf ich auch mal?"

Lorant musterte ihn.

Das Musterbild eines überzeugenden Augenzeugen, wie ihn jeder Polizist und jedes Gericht gerne sah, dachte Lorant mit einer guten Portion Sarkasmus. Er holte trotzdem eine weitere Kopie des Fotos hervor und reichte sie dem Mann.

"Halten Sie mal!", erwiderte dieser und Lorant musste ihm seine Plastiktasche mit den Flaschen halten.

Immerhin, wenn er dieses Gewicht noch tragen kann, wird er wohl nüchtern sein!, dachte Lorant. Er hoffte es zumindest.

Der Rotnasige runzelte die Stirn.

"Doch, den habe ich gesehen. Ist schon 'ne Weile her, aber ich habe ihn gesehen. Er stand dahinten bei dem Hamburger-Automaten und kam damit nicht zurecht. Und der Mariacron steht genau in dem Regal daneben. Ich konnte aber nicht dran, bis er fertig war."

"Muss ja schrecklich für dich gewesen sein!", warf der Stiernackige dazwischen.

Aber der Kerl mit der roten Nase ließ sich glücklicherweise nicht ablenken.

"Da kam so ein Typ, der ihn beim Namen nannte."

"Haben Sie den Namen behalten."

"Nein, keine Ahnung, wie der hieß. Ich weiß nur, dass der Mann auf dem Foto sich umdrehte und ziemlich überrascht war."

"Und der Typ, der ihn angesprochen hat? Erinnern Sie sich an den?"

"Ja sicher. Der war an den Armen tätowiert. Und außerdem sagte er dauernd 'woll'. Nach jedem Satz. Ziemlich blöd klingt das. Aber wahrscheinlich ist er mir deswegen in Erinnerung blieben..."

"Was Sie nicht sagen..."

37. Kapitel

Als Lorant das Lokal von Beate Jakobs betrat, waren nur ein paar Kinder dort, die ein Eis haben wollten. Das schlechte Wetter störte sie nicht dabei. Sie wollten trotzdem Eis essen. Beate Jakobs kramte geduldig in der Tiefkühltruhe herum, bis die Kleinen das Richtige gefunden hatten. Das Bezahlen gestaltete sich auch ziemlich umständlich.

Schließlich wandte sich die alte Dame Lorant zu.
"Was kann ich denn für Sie tun? Auch ein Eis?"
"Nein, danke. Aber ich muss Sie sprechen, Frau Jakobs."
"Kartoffelsalat mit Bockwurst ist jetzt alle! Aber Koteletts habe ich!"
Lorant schüttelte den Kopf. "Es geht um Ihren Gast, diesen Tätowierten."
"Herrn Kaminski?"
"Ja."
"Was ist mit ihm?"
"Seit wann ist er hier?"
"Oh, schon lange. Sechs Wochen glaube ich."
"Hat der so lange Urlaub?"
"Na, der redet nicht viel. Jedenfalls nicht mit mir."
"Tja, mit mir leider auch nicht."
"Warum fragen Sie mich das alles?"
"Nur so."
"Wissen Sie, wo Sie das gerade sagen. Dieser Herr Kaminski kam mir von Anfang an bekannt vor. Die ganze Zeit habe ich überlegt: Jau, den Mann hast du doch schon mal gesehen. Und wissen Sie wat? Gestern sitze ich da und schaue mir Fotoalben von früher an. Und da sehe ich plötzlich, woher er mir bekannt

vorkam. Er sah genau so aus wie der Mann meiner jüngeren Schwester, als der in demselben Alter war. Von seiner Rente hat der ja auch nicht mehr viel gehabt, der Willi. Zwanzig Jahre ist der mindestens schon tot. Aber diese Ähnlichkeit mit diesem Kaminski..."

"Ja, ja..."

"Das war neulich auch das Thema in der Sendung von Pastor Fliege: Doppelgänger! Nicht verwandt und doch das gleiche Gesicht."

Immerhin wusste Lorant nun, dass der Tätowierte -—Kaminski -—lange genug in der Gegend gewesen war, um für alle Morde als Täter in Frage zu kommen.

"Ich gehe aufs Zimmer und hau mich ein bisschen aufs Ohr", sagte Lorant.

"Ja, wie Sie wollen, Herr Lorant!"

Lorant ging die Treppe hinauf.

Kaminskis Zimmer lag am Ende des Flurs. Jedenfalls vermutete Lorant das, denn er hatte ihn einmal dort hineingehen sehen. Als Lorant vor der Tür stand, holte er ein Nageletui hervor. Er hatte sich ein spezielles Set zum Öffnen von Türen angelegt. Im nächsten Moment konnte er das Zimmer betreten.

Mit der Aussage eines notorischen Säufers würde er diesen Mörder kaum überführen können. Da musste er schon etwas mehr auf den Schreibtisch von Kriminalhauptkommissar Meinert Steen legen, wenn er sich nicht einfach nur lächerlich machen wollte.

Lorant ließ den Blick schweifen.

Von Ordnung hielt Kaminski augenscheinlich nicht viel.

Überall lagen T-Shirts und andere Kleidungsstücke herum. Auf dem Tisch standen mehrere Bierdosen.

Lorant wandte sich dem Schrank zu und öffnete ihn. Der Koffer fiel ihm fast entgegen. Lorant nahm ihn, legte ihn aufs Bett und öffnete ihn. Kleidungsstücke waren ohne jede

Ordnung hineingepresst worden, so dass der Koffer nicht zu schließen war. Aber Lorant fand auch noch etwas anderes.

Ein gepolstertes Kuvert. Es war unverschlossen. Lorant schüttete den Inhalt auf den Tisch. Es handelte sich um Zeitungsausschnitte. SCHWERER UNFALL BEIM BOẞELN, lautete eine der Überschriften. MOTORRADFAHRER VERUNGLÜCKT, hieß eine andere Headline. Lorant las weiter:

'Am Samstag kam es zu einem schweren Unfall, als ein 28-jähriger Motorradfahrer mit seiner 24-jährigen Beifahrerin auf dem Rücksitz in eine Gruppe von Boßel-Freunden hineinfuhr.

Der Kradfahrer geriet durch das Auffahren auf eine der Hartholzkugeln ins Schleudern und landete im Graben. Schwer verletzt wurden der Fahrer und seine Beifahrerin mit dem Rettungshubschrauber abtransportiert. Der Zustand des 28-jährigen ist stabil, seine Beifahrerin verstarb noch auf dem Weg in die Klinik. Ein Polizeisachverständiger stellte fest, dass die Geschwindigkeit des Motorrades deutlich überhöht gewesen sei.

Der Fahrer habe offenbar die Warnhinweise der Boßel-Freunde nicht beachtet, von denen übrigens durch den Unfall niemand in Mitleidenschaft gezogen wurde.'

Das ist es also!, dachte Lorant. Das Motiv für einen Mord. Rache...

Lorant sah weitere Ausschnitte durch.

Einer enthielt auch ein Bild von Kaminski.

Etwas dicker war er damals gewesen.

MOTORRADFAHRER ÜBERLEBTE SCHWEREN UNFALL, stand unter dem Bild. Es hatte sogar ein Gerichtsverfahren gegeben. Kaminski hatte die Schuld an dem Unfall bekommen. Unter anderem war ihm ein einjähriges Führerscheinverbot aufgebrummt worden. ANGEKLAGTER BRICHT BEI PROZESS VOR DEM

VERKEHRSGERICHT ZUSAMMEN: SIE WAR DOCH DIE GROßE LIEBE FÜR MICH...

Die Boßel-Freunde waren von jeder juristischen Mitverantwortung freigesprochen worden.

Die alleinige Schuld an dem Unfall wurde der überhöhten Geschwindigkeit des Motorrads und der mangelnden Aufmerksamkeit des Fahrers angelastet.

Und dieser amtlich beglaubigten Schuldzuweisung hatte Kaminski offenbar nicht leben können. Manche brachten sich in derartigen Situationen selbst ums Leben. Andere versuchten, die Gerechtigkeit auf ihre Weise wieder herzustellen. Oder das, was sie dafür hielten. Lorant hatte derartige Fälle schon als Akten auf dem Schreibtisch gehabt. Damals, in seiner Polizei-Zeit.

Mord und Selbstmord. Manchmal nur zwei Seiten ein und derselben Medaille.

Melinda alias Frauke Oltrogge muss die Zusammenhänge geahnt haben, als sie meinem Gespräch mit Tjaden zuhörte, überlegte Lorant. Ein motorradfahrender Rächer, für den Boßeln etwas mit Tod zu tun hat. Darüber wollte sie vermutlich mit mir reden.

Lorant sah sich weiter um, nahm sich den anderen Flügel des Schranks vor.

Was er dort entdeckte, überraschte ihn nicht mehr im Mindesten.

Boßel-Kugeln.

Nagelneu.

Insgesamt acht Stück.

Wie ich sehe, hattest du noch eine Menge vor, Kaminski!, dachte Lorant.

38. Kapitel

Lorant griff zum Handy, überlegte kurz, ob er die Nummer der Auricher Kripo wählen sollte, um Steen eins auszuwischen.

Aber nein, dachte er dann, du bist der Sieger, du hattest Recht und du musst niemandem mehr etwas beweisen, Lorant! Also sei ein großzügiger Sieger. Leben und leben lassen. Keine gute Devise?

Es gab da einen James-Bond-Film, der einen geringfügig anderslautenden Titel trug.

Leben und sterben lassen.

Die Versuchung war wirklich groß, Steen eins reinzuwürgen.

Lorant überwandt seinen inneren Schweinehund und wählte Steens Nummer.

Das Schicksal meinte es gut mit Lorant.

Jansen war am Apparat.

"Ist Hauptkommissar Steen nicht da?"

"Hat schon Feierabend."

"Dann haben Sie jetzt Ihren großen Auftritt, Jansen."

Lorant erläuterte ihm in knappen Worten, worum es ging und dass sofort jemand herkommen müsste, um die Beweise zu sichern. Beweise gegen den wahren Boßelkugel-Killer.

Plötzlich hörte Lorant auf sprechen.

"Sind Sie noch dran?", fragte Jansen in sein Ohr hinein.

Lorant glaubte, ein Geräusch gehört zu haben. Eine Fußbodenbohle hatte geknarrt, wie durch einen ungeschickten Schritt.

Lorant wirbelte herum.

Die Tür flog zur Seite.

Kaminski stand da, mit offenem Mund und weit aufgerissenen Augen. In den Händen hielt er einen nagelneuen Baseballschläger. Das Preisschild war noch dran. Nur einen Sekundenbruchteil brauchte der Tätowierte, um die Lage zu erfassen. Er schwang den Schläger wild durch die Luft. Eine Lampe ging zu Bruch. Das Holz sauste nieder. Lorant versuchte auszuweichen, so gut es ging, bekam aber doch etwas ab.

Schmerzhaft knallte das Holz des Baseballschlägers gegen seinen Ellbogen.

Schreiend ließ Lorant das Handy los.

Jansens Stimme klang jetzt wie das Zirpen einer Grille.

Lorant wich zurück. Ihm blieb nur der Weg Richtung Fenster.

"Bleiben Sie ganz ruhig, Kaminski!", sagte Lorant, aber er fand selbst, dass er nicht sonderlich überzeugend dabei klang.

Schweiß stand auf der Stirn des Tätowierten.

Er packte den Baseballschläger mit beiden Händen, ließ das Holz nach vorn zucken. Lorant wich noch einen weiteren Meter zurück. Viel mehr Platz war auch gar nicht.

Verlass dich auf deine stärkste Waffe!, durchzuckte es Lorant. Dein Mundwerk!

"Ich kann verstehen, was Sie durchgemacht haben!"

"Quatsch nicht herum!"

Kaminski stürzte auf Lorant zu, den Baseballschläger in beiden Händen. Lorant taumelte zurück, wich zur Seite. Seinen Schlag konnte Kaminski nicht mehr stoppen. Das Hartholz zertrümmerte die Fensterscheibe. Lorant versetzte ihm einen Stoß. Schreiend stolperte Kaminski über die ziemlich niedrige Fensterbank. Lorant schloss instinktiv eine Sekunde lang die Augen, um sich vor den Glassplittern zu schützen.

Im nächsten Moment war Kaminski nicht mehr da.

Lorant sah aus dem zerstörten Fenster und sah ihn unten in eigenartig verrenkter Haltung auf dem Boden liegen.

Er hatte Erfahrung genug in diesen Dingen, um zu wissen, dass Kaminski nicht mehr lebte.

39. Kapitel

"Er hat mich angegriffen", sagte Lorant, als Jansen mit ein paar Beamten eingetroffen war. Er hatte dem Kripo-Mann ausführlich von seinen Ermittlungen und der Auseinandersetzung mit Kaminski berichtet.

"Dem äußeren Anschein nach haben Sie Recht", wich der Kripo-Beamte aus.

"Sie werden feststellen, dass alles genau so war, wie ich es Ihnen gesagt habe."

"Bleiben Sie noch etwas in der Gegend?"

"Sie hätten gerne, dass ich mich noch eine Weile für Aussagen zur Verfügung halte?"

"Ja, das trifft es."

"Haben Sie übrigens Ihren Vorgesetzten Steen schon informiert?"

"Ich sagte Ihnen doch, dass er Feierabend hat."

Lorant zuckte die Achseln. "Als Dr. Purwin starb, spielte das keine Rolle. Da war Steen sofort da!"

Jansen rieb sich am Kinn. "Ich dachte mir, ich sehe mir das Ganze erst einmal selbst an."

"Verstehe... Brauchen Sie mich jetzt noch?"

"Wo wollen Sie denn hin?"

"Zu meiner Auftraggeberin. Sie wartet darauf, endlich zu erfahren, weshalb ihr Mann sterben musste."

Jansen überlegte einige Momente lang, dann nickte er. "Gut, aber vorher möchte ich gerne noch Fingerabdrücke von Ihnen nehmen. Ich nehme an, Sie haben hier das eine oder andere angefasst..."

"War nicht zu vermeiden."

"Und dann gibt's da noch einen anderen Punkt, über den Sie mir nichts gesagt haben."
"Ich dachte, ich wäre ziemlich ausführlich gewesen!"
"Wie sind Sie überhaupt in dieses Zimmer hineingekommen?"
"Die Tür war offen."
"Eine Schutzbehauptung."
"Können Sie das Gegenteil behaupten?"
"Noch nicht..."
"Die Wirtin ist schon etwas in die Jahre gekommen und neigt zur Vergesslichkeit."
"Ja, ja..."
Jansen machte eine wegwerfende Handbewegung. Einer seiner Kollegen betrat in diesem Moment das Zimmer. Er trug Latexhandschuhe und hielt ein Notizbuch in der Hand. "Sehen Sie sich das mal an", wandte er sich an Jansen. "Das hatte der Tote in der Jackentasche."
Jansen streifte ebenfalls Latexhandschuhe über. Er blätterte das Buch durch. Auf der dritten Seite begann eine Liste, die ziemlich identisch mit der Mitgliederliste der Söipkedeeler war, wie Lorant durch einen Blick über Jansens Schulter feststellte.
Hinter einige Namen waren Friedhofskreuze auf kleinen Hügeln hingeschmiert.
Gretus Sluiter, Eilert Eilers, Frauke Oltrogge, Dr. Frank Purwin...
Eine halbe Stunde später fuhr Lorant auf den Hof des Sluiter'schen Hauses in Forlitz-Blaukirchen. Frau Sluiter traf er im Garten an. Sie spielte mit Tasso, der Riesendogge, die eifrig einen Plastikring apportierte.
Die Dogge fing an zu knurren, als Lorant den Rasen betrat.
"Aus, Tasso! Aus!", befahl seine Herrin und Lorant hoffte, dass sich die Dogge auch daran hielt.
Bernhardine Sluiter sagte: "Ich habe die Zeitung gelesen."
"Vergessen Sie, was dort steht."

"Dann wollen Sie behaupten, dass dieser Tom Tjaden..."
"Ein Unschuldslamm ist er nicht. Aber der Mörder Ihres Mannes ist ein anderer."

Bernhardine Sluiter ging auf Lorant zu, blieb dann in einem Abstand von etwa einem Meter stehen. Tasso folgte ihr auf dem Fuß. Mit regungslosem Gesicht hörte sie sich Lorants Bericht an.

"Ich erinnere mich an den Unfall", sagte sie.
"Waren Sie dabei?"
"Ja." Ihre Stimme klang tonlos. "Nachdem ich erfuhr, dass die junge Frau auf dem Weg ins Krankenhaus verstorben war, habe ich mir geschworen, nie wieder zu boßeln."
"Wie Dr. Purwin."
"Ja."
"Andere konnten das etwas leichter wegstecken."
"Ich weiß. Aber ich bin nicht so robust. Auch wenn das äußerlich anders wirken mag."
"Niemand hat Ihnen irgendeine Schuld gegeben."
"Niemand außer diesem Kaminski. Er hat übrigens versucht, uns alle wegen unterlassener Hilfeleistung zu verklagen, weil sich keiner von uns traute, die Helme der Verunglückten zu öffnen. Aber das wurde alles niedergeschlagen." Sie atmete tief durch. "Ich nehme an, ich stand auch noch auf seiner Liste", murmelte sie. Eine ruckartige Bewegung durchlief sie. Sie blickte Lorant an. Jeder Anflug von Nachdenklichkeit schien wie weggeblasen. "Ihr ausstehendes Honorar werde ich Ihnen überweisen."
"Danke."
"Leben Sie wohl."

Ihr Lächeln wirkte verkrampft. Lorant ahnte, dass ihre Fassung nichts als Fassade war. In ihrem Inneren sah es ganz anders aus. Er sah etwas in ihren Augen glitzern. Tränen vielleicht. Sie hat immerhin Gewissheit, dachte Lorant.

ENDE

DER KILLER VON MANHATTAN

von Alfred Bekker

Eine Serie von Attentatsversuchen und Morden erschüttert New York. Aber die Opfer scheinen nichts gemeinsam zu haben. Privatdetektiv Bount Reiniger übernimmt den Fall, aber plötzlich will niemand mehr, dass er ihn auch tatsächlich aufklärt...

1

Als Larry Kostler sich an diesem Morgen von seinem Chauffeur ins Büro fahren ließ, war seine Laune nicht gerade besonders gut.

Es gab Ärger in seiner Firma und wie es schien, würde er mit dem eisernen Besen fegen müssen, um da wieder aufzuräumen. Aber im Augenblick schienen seine Gedanken ganz woanders zu sein. Er blickte nachdenklich aus dem Fenster, während der Chauffeur die schwarze Limousine durch den New Yorker Stadtverkehr lenkte.

Es gab einen Punkt, an dem man sich fragte: Wozu das alles?

Und vielleicht war Larry Kostler an diesem Punkt. Zwischendurch schaute er kurz auf die Uhr.

Er war spät dran. Wenn man hinaus in den Regen sah und auf die Blechlawine schaute, die sich durch die Straßen quälte, konnte man auf die Idee kommen, dass es damit zu tun hatte, dass Larry Kostler heute zum ersten Mal seit Jahren nicht pünktlich war.

Aber daran lag es nicht.

Kostler hatte seinem Notar noch einen kurzen Besuch abgestattet. Auch eine Sache, die ihm nicht angenehm gewesen war und die er lange vor sich hergeschoben hatte. Was soll's!, dachte er. Jetzt habe ich wenigstens das hinter mir!

Und die Firma lief ihm schließlich nicht davon.

Wenn es sich einer leisten konnte, spät dran zu sein, dann er, denn er war der Boss.

Es dauerte nicht mehr lange und der Wagen hielt vor dem mächtigen Gebäude, in dessen Mauern die Kostler Holding Company ihre Büros hatte.

Der Wagen hielt; der Chauffeur stieg als erster aus, um seinem Boss die Tür zu öffnen.

Die Tür ging Sekunden später auf.

"Vielleicht brauche ich Sie in einer halben Stunde wieder!", meinte Kostler zum Chauffeur. "Halten Sie sich also bereit.

"Jawohl, Sir!"

Kostler stieg mit umständlichen, etwas ungeschickt wirkenden Bewegungen aus.

Er hatte mindestens ein Dutzend Kilo Übergewicht und das machte ihn langsam. Er keuchte erbärmlich und sein Gesicht war puterrot angelaufen, als er schließlich neben seinem Chauffeur stand.

Dann geschah es.

Kostler hörte quietschende Reifen und das Heranbrausen eines anderen Wagens.

Er drehte sich unwillkürlich dorthin um. Es war ein zweisitziger Sportwagen mit verdunkelten Scheiben, soviel sah er noch.

Alles Weitere dauerte nur Sekunden!

Eine der Scheiben ging ein Stück hinunter, etwas Längliches schob sich einige Zentimeter hindurch und dann blitzte es auf einmal.

Es war ein Mündungsfeuer ohne Schussgeräusch. Nur ein Klacken des Abzugs, das durch die Geräusche der Umgebung fast völlig verschluckt wurde.

Und trotzdem war es ein Geräusch, das Larry Kostler das Blut in den Adern gefrieren ließ, denn er kannte es nur zu gut... Es war ein verdammt hässliches Geräusch, auch wenn es kaum zu hören war.

Larry Kostler sah eine Kugel am Lack der Limousine kratzen, direkt vor seinen Augen, oben auf dem Dach.

Und noch ehe er wirklich begriffen hatte, was vor sich ging, und dass der Fahrer des fremden Wagens es ganz offensichtlich auf sein Leben abgesehen hatte, wurde ein zweiter Schuss abgefeuert. Und ein Dritter und dann noch ein Vierter. Kostler sah den Chauffeur mit einem kleinen, runden Loch im Kopf auf dem Pflaster liegen.

Die Augen starrten weit aufgerissen in den smogverhangenen Himmel. Er war tot.

Kostler war wie gelähmt.

Dann fühlte er einen höllischen Schmerz in der linken Schulter. Die Wucht des ersten Treffers riss ihn herum. Die zweite Kugel fuhr ihm seitlich in den Brustkorb.

Das letzte, was er fühlte, war Schwindel.

Alles begann sich drehen.

Und dann kam die Schwäche.

Seine Beine knickten ihm unter dem Körper weg, und er sackte zu Boden. Er hörte noch wie Leute zusammenliefen und aufgeregt durcheinander redeten.

Irgendjemand schrie hysterisch.

Und dann hörte Kostler die quietschenden Reifen des Sportwagens mit den verdunkelten Scheiben, der offensichtlich davonraste.

Dann wurde es auf einmal stumm in seiner Umgebung und dunkel vor seinen Augen.

Sehr, sehr dunkel...

2

Die Tür flog auf und Bount Reiniger kam schwungvoll herein. Er hatte den Mantel bereits ausgezogen, knöpfte sich nun den obersten Hemdknopf auf und lockerte dann seine Krawatte etwas.

"Guten Morgen, June!", grüßte er gutgelaunt June March, seine Assistentin.

"Tag, Bount!"

"Ich weiß, ich bin etwas spät dran. Aber dieser verdammte Verkehr!"

June erhob sich von ihrem Platz und trat zu Reiniger heran, der unterdessen seinen Mantel irgendwo abgelegt hatte.

"Du hast Glück, Bount!"

"In wie fern?"

"Die Klientin, die seit fast einer Stunde in deinem Büro wartet und der ich bereits die dritte Tasse Kaffee aufgebrüht habe, sieht dermaßen verzweifelt aus, dass sie wahrscheinlich auch noch ein paar weitere Stunden auf sich genommen hätte!"

Bount zuckte mit den Schultern.

"Leute, die ein sorgloses Leben führen und keinerlei Probleme haben sind ja auch nicht gerade die typische Kundschaft eines Privatdetektivs, oder?"

Als Bount Reiniger einen Moment später sein Büro betrat, wusste er, was June gemeint hatte.

Da saß eine junge Frau vor ihm im Sessel, die wirklich alles andere, als ein glückliches Gesicht machte. Sie hatte ausdrucksstarke, grün-graue Augen, ein feingeschnittenes Gesicht und das lange blonde Haar fiel ihr auf die Schultern herab.

Sie gefiel Bount.

Aber es war ihrem Gesicht anzusehen, dass sie große Sorgen haben musste.

Bount grüßte höflich.

"Tag, Miss..."

"Geraldine Kostler", sagte sie.

Bount gab ihr die Hand und versuchte zu lächeln.

"Angenehm."

"Sie sind Bount Reiniger, der Privatdetektiv?"

"Richtig."

"Eigentlich eine dumme Frage. Ich habe Ihr Bild nämlich vor ein paar Tagen in der Zeitung gesehen... Sie sollen der Beste sein, Mr. Reiniger."

"Man tut was man kann", erwiderte Bount bescheiden und setzte sich hinter seinen Schreibtisch. "Aber nennen Sie mich Bount! Und dann sagen Sie mir bitte, was Sie auf dem Herzen haben, Miss."

"Vielleicht haben Sie schon einmal den Namen meines Vaters gehört - Larry Kostler."

Bount überlegte kurz, aber dann schüttelte er den Kopf.

"Nein, tut mir leid. Jedenfalls fällt es mir im Moment nicht ein."

"Larry Kostler von der Larry Kostler Holding."

"Ich lese zwar nicht regelmäßig den Wirtschaftsteil in der Zeitung, aber den Namen der Firma habe ich schon gehört. Was ist mit Ihrem Vater?"

"Auf ihn wurde gestern ein Mordanschlag verübt. Es steht heute in den Zeitungen."

Bount sah das zusammengefaltete Exemplar der New York Times auf seinem Tisch liegen.

"Ich bin heute noch nicht dazu gekommen, in die Times zu sehen!", gab er zu.

"Ein Wagen kam vorbei. Mit verdunkelten Scheiben. Und dann wurde geschossen. Der Chauffeur ist dabei ums Leben gekommen, aber es sieht wohl ganz so aus, als hätte man es eigentlich auf Dad abgesehen gehabt... Mein Vater liegt jetzt noch immer auf der Intensivstation. Er ist noch nicht über den Berg."

"Hat die Polizei schon...?"

"Die können nicht viel machen."

"Aber..."

"Es ist nicht der erste Versuch, Dad umzubringen, Mister Reiniger - ich meine: Bount!"

"Ach, nein?"

"Nein. Einmal hat jemand seinen Wagen in die Luft gesprengt. Das ist drei Wochen her. Er hatte Glück, denn er ist noch mal ausgestiegen, weil er etwas vergessen hatte. Da ist der Wagen in die Luft gegangen."

"Das sieht nach der Arbeit von Profis aus", meinte Reiniger.

Geraldine Kostler nickte.

"Ja, das haben die Leute von der Polizei auch gesagt."

"Haben Sie eine Ahnung, wer dahinterstecken könnte?"

"Ja. Die Sache ist ziemlich eindeutig." Bount runzelte die Stirn.

So etwas hatte man selten.

"Und wer?"

"Tony Maldini. Ich denke, dass er hinter den Killern steckt." Bount pfiff durch die Zähne.

"Maldini?" Er atmete tief durch. "Wenn das der Maldini ist, den ich im Auge habe, dann hat Ihr Dad aber keinen besonders guten Umgang, Miss!"

"Ich weiß, Bount."

"Haben Sie Polizeischutz für Ihren Vater gefordert?"

"Nein."

"Warum nicht?"

"Er hat seine eigenen Bewacher und Sicherheitsleute!"

"Die kann Maldini mit seiner Portokasse kaufen!"

"Das könnte er auch bei einem Polizisten, oder etwa nicht?" Da musste Bount ihr Recht geben.

"Stimmt. Aber er ist in Gefahr. Und Sie auch."

"Ich bin nicht ängstlich!"

"Das sollten Sie in diesem Fall aber. Maldini war schon eine große Nummer in der Unterwelt, als ich noch bei der New Yorker Polizei war. Man konnte ihm allerdings nie etwas nachweisen, obwohl jedem klar war, dass seine Geschäfte faul waren. Waffen, Drogen, Prostitution, Schutzgelderpressung - der hat seine Finger überall, wo es viel zu verdienen gibt." Bount beugte sich etwas vor. "Was hatte Ihr Vater mit Tony Maldini zu tun? Wie kommt es, dass Maldini ihn tot sehen will. Vorausgesetzt es stimmt, was Sie mir da erzählt haben."

Geraldine schwieg.

Bount lehnte sich zurück und legte etwas die Stirn in Falten. Etwas war faul an der Sache. Etwas stimmte hier nicht, vielleicht betraf das nicht die junge Frau, die vor ihm saß, aber bestimmt ihren Vater.

"Dazu möchte ich nichts sagen", meinte sie. "Und ich denke, Sie müssen das auch nicht wissen! Ich möchte einfach nur, dass Sie dafür sorgen, dass mein Vater am leben bleibt. Mehr nicht!"

"Warum können das nicht die Sicherheitsleute Ihrer Firma?"

"Sie können das schon, aber ich traue ihnen nicht."

"Aber mir trauen Sie?"

Sie zuckte mit den Schultern.

"Vielleicht. Irgendetwas muss man ja unternehmen!" Bount sah sie einen Moment lang nachdenklich an. Dann sagte er: "Sie sollten mir sagen, was zwischen Ihrem Vater und Maldini war und wodurch er ihm auf die Füße getreten hat!"

Einen Moment lang schien sie unschlüssig zu sein. Dann schüttelte sie mit Entschiedenheit den Kopf.

"Nein", sagte sie. "Das kommt nicht in Frage!"

"Dann kann ich leider nichts für Sie tun!"

"Aber..."

"Ich muss wissen, worum es geht, wenn ich Ihren Vater schützen soll! Jedenfalls ungefähr! Wenn Sie nur einen Mann brauchen, der mit einer Kanone umzugehen versteht, sollten Sie sich jemand anderen suchen!"

Bount hatte sich erhoben.

"So war das nicht gemeint", beeilte sich Geraldine. "Kann ich mich auf Ihre Diskretion verlassen?"

"So, als wenn Sie zur Beichte gehen würden." Sie schluckte.

3

Als Geraldine gegangen war und bei Miss March ihre Adresse, sowie die Adresse des Krankenhauses, in dem sich ihr Vater befand, hinterlassen hatte, wusste Bount Reiniger, dass sie ihm nicht alles gesagt hatte, was sie wusste.

Fest stand wohl, dass Larry Kostler nicht immer jener seriöse Geschäftsmann gewesen war, als der er heute auftrat. Die Tatsache allein, dass Kostler mit einem Mann wie Tony Maldini in Beziehung stand, belegte das noch nicht, denn Maldinis Unternehmen teilten sich in einen legalen und einen kriminellen Zweig - sowie alles was dazwischen denkbar war. Geraldine hatte gesagt, es sei vor vielen Jahren um ein illegales Waffengeschäft gegangen, bei dem Kostler dann ausgestiegen sei.

Und das hätte Maldini ihm nicht verzeihen können. Aus seinem Syndikat stieg man nicht so einfach aus. Kostler - er hatte damals diesen Namen noch nicht getragen - war untergetaucht und hatte unter neuer Identität von vorne angefangen. Aber jetzt - nach all den Jahren - schien Maldini auf ihn aufmerksam geworden zu sein...

Der Instinkt sagte Reiniger, dass da noch mehr war... Er konnte das nicht begründen, jedenfalls nicht logisch. Es war einfach so ein Gedanke, der ihn angeflogen hatte und sich nun hartnäckig in seinem Gehirn festsetzte.

Wie beiläufig griff Bount zum Telefon und wählte eine Nummer - eine Nummer, die er im Schlaf kannte.

"Hallo?", kam zwischen seinen Lippen hindurch, als auf der anderen Seite jemand den Hörer abnahm.

"Wer spricht dort?"

Es war eine unfreundliche, gestresste Männerstimme, die er da auf der anderen Seite hörte. Aber sie gehörte nicht dem Mann, den er jetzt sprechen wollte.

"Hier ist Bount Reiniger. Ist Captain Rogers zu sprechen?"

"Nein, Sir. Ist nicht da. Vielleicht kann ich Ihnen helfen!"

"Wann kommt Rogers zurück?"

"Keine Ahnung. Könnte länger dauern. Vielleicht am Nachmittag."

Reiniger verzog ärgerlich das Gesicht.

"Wiederhören", brummte er und legte auf. Dann erhob er sich ging hinaus zu June.

"Du kannst etwas für mich tun", meinte er. June lächelte von einem Ohr zum anderen.

"Aber immer, Bount!"

"Bring alles in Erfahrung, was sich über Larry Kostler herausbekommen lässt! Das dürfte nicht allzu schwierig sein, schließlich ist er relativ bekannt!"

"Okay, Bount. Und wohin gehst du?"

"Kleiner Ausflug", meinte er nur und grinste. Und dabei hatte er schon den Mantel gegriffen. Draußen regnete es Bindfäden.

4

Es war eine ziemlich heruntergekommene Bar. Dicke Rauchschwaden hingen über den einfachen Tischen. An der Theke saßen ein paar Damen des horizontalen Gewerbes herum und tranken mit verkaterten Gesichtern Kaffee. Es war noch zu früh am Tag. Zu früh, um zu arbeiten, zu früh für Kundschaft. Ein Stockwerk höher war das, was sich offiziell ein Hotel nannte. Dort hatten die Frauen ihre Zimmer.

Der dicke Barkeeper hinter dem Schanktisch, der höchstwahrscheinlich auch sein eigener Rausschmeißer war, hatte durchgehend geöffnet. Er konnte es sich nicht leisten, auch nur einen Cent zu verschenken, den irgendein Zecher hier vertrinken wollte.

Als Bount Reiniger den Laden betrat, glitt sein Blick schnell durch den Raum. Dann, als er zum Billardtisch sah, hatte er gefunden, was er suchte.

Ein kleiner, fast kahlköpfiger Mann versuchte sich dort in verschiedenen Kunststößen.

Er spielte allein.

Das war der Mann, den Reiniger gesucht hatte!

"Tag, Brady!", meinte der Privatdetektiv knapp, als er zu ihm an den Billardtisch ging.

Brady blickte auf und runzelte zunächst die Stirn. Dann entspannte sich sein Gesichtsausdruck ein wenig. Schließlich grinste er von einem Ohr bis zum anderen.

"Tag, Reiniger. Wie geht's?"

"Ich kann nicht klagen. Und Ihnen?"

"Die Zeiten sind hart für Leute wie mich!"

"Für Leute wie Sie gibt's doch immer ein paar Schleichwege oder irre ich mich da etwa?" Reiniger hatte damit rechnen können, Brady um diese Zeit hier anzutreffen.

Er war ein Hehler, der Geschäfte mit allem machte, was sich zu Geld machen ließ.

Roy Brady war fünf Nummern kleiner als Leute vom Schlage eines Tony Maldini, aber mit diesen hatte er gemein, dass die eine Hälfte seiner Geschäfte diesseits, die andere Hälfte jenseits der Grenze lag, die das Gesetz zog.

Brady handelte mit allem.

Auch mit Informationen und genau das war der Grund, weshalb Bount Reiniger ihn ab und zu aufsuchte.

Bount blickte sich nach den Mädchen an der Theke um, aber die kümmerten sich nicht um ihn oder Brady.

Und auch der Barkeeper machte sich - nach ein paar anfänglichen misstrauischen Blicken - an seinen Gläsern zu schaffen.

Er spülte ab und schepperte dabei so laut herum, dass das allein schon einen guten Schutz gegen unliebsame Zuhörer bedeutete.

"Ich schätze, Sie sind nicht gekommen, um mir beim Billard zuzusehen!", meinte Brady.

"Nein, das ist richtig."

"Kommen Sie! Es ist langweilig, allein zu spielen!"

"Nein, danke. Ich habe es ziemlich eilig." Brady ließ die Kugeln über den Tisch sausen, dann richtete er sich auf und stützte den Kö auf den Boden.

"Also... Zur Sache, Reiniger! Was wollen Sie wissen?"

"Tony Maldini...", murmelte Bount.

Brady pfiff durch die Zähne.

"Wie kommen Sie denn an den?"

"Meine Sache."

"Gut, aber Auskünfte über Maldini sind nicht billig, Reiniger!"

"Ich verstehe..."
Bount Reiniger griff in seine Manteltasche und holte ein paar Scheine heraus, von denen er Brady einige auf den Billardtisch legte.

Brady zählte nach und steckte das Geld weg. Aber sein hungriger Blick blieb bei den Scheinen, die Bount noch in den Händen hielt.

"Was wollen Sie über Maldini wissen?"

"Alles. Was macht er im Moment so?"

"Sie sind doch mal bei der Polizei gewesen, oder?"

"Ja..."

"Dann dürfte Ihnen der Name Maldini doch geläufig sein, Mister Reiniger!"

"Ist er mir auch. Ich möchte aber wissen, was er jetzt so treibt."

"Dasselbe wie eh und je. Aber er bemüht sich nun sehr darum, saubere Finger zu behalten. An seinen Händen klebt kein Blut, nicht einmal Dreck. Da achtet er sehr drauf. Wollen Sie genau wissen, in welchen Geschäften er im Moment drinhängt?"

"Ja, das kann nicht schaden. Hören Sie sich in der Szene um!"

"Gut, ich rufe Sie dann an, Reiniger. War's das?"

"Nein. Da ist noch etwas Spezielles..." Brady zog die Augenbrauen hoch.

"Raus damit, Reiniger!"

"Irgendjemand hat es auf Larry Kostler von der Larry Kostler Holding abgesehen. Gestern ist auf ihn geschossen worden, jetzt liegt er in der Intensivstation..."

"Und Sie denken, dass Maldini dahintersteckt."

"Ja."

"Das ist 'ne heikle Sache!"

"Ich weiß."

"Wenn Maldini tatsächlich dahintersteckt, macht er das so, dass niemand die Sache mit ihm in Verbindung bringen kann. Profis, Sie verstehen?"

"Natürlich. Versuchen Sie trotzdem, etwas aufzuschnappen."

"Dafür reicht das aber nicht, was Sie mir gerade gegeben haben!"

Bount Reiniger lachte und legte Brady die restlichen Scheine hin, die er noch in der Hand hielt. Dann drehte Bount sich um und ging.

5

Draußen war das Wetter immer noch hundsmiserabel. Aber immerhin war der Platzregen von einem beständigen Nieseln abgelöst worden.

Bount Reiniger schlug sich den Mantelkragen hoch und beeilte sich damit, hinter das Steuer seines 500 SL zu kommen. Eine halbe Stunde später war Bount Reiniger auf der Intensivstation jener Klinik, die Geraldine ihm angegeben hatte. Als er das rotgeweinte Gesicht der jungen Frau sah, wusste er, dass etwas geschehen war. Es war nicht schwer zu erraten, was... Bount legte ihr den Arm um die Schulter und gab ihr sein Taschentuch.

"Er ist tot", murmelte sie. "Dad ist tot! Er ist seinen Verletzungen erlegen, hat der Arzt gesagt. Sie konnten nichts mehr machen..."

"Es tut mir leid für Sie, Geraldine!"

Sie blickte auf und Bount Reiniger geradewegs in die Augen. "Jetzt ist ein Mordfall daraus geworden, nicht wahr?" Bount nickte.

"Ja."

"Ich möchte, dass Sie den finden, der meinen Vater umgebracht hat. Geld spielt dabei keine Rolle!"

"Ich werde tun, was ich kann, Miss!"

"Tun Sie das, Bount!"

"Sind Sie mit dem Taxi gekommen, das da draußen wartet?"

"Ja."

"Soll ich Sie nach Hause bringen?"

Zwei Sekunden lang schien sie unschlüssig zu sein und zu überlegen.

Aber dann nickte sie schließlich.
"Ja."
Es machte den Eindruck, als wären ihre Gedanken weit weg. Sehr weit...

6

Sie fuhren durch den dichten Stadtverkehr und den Regen. Beide schienen innerhalb der letzten halben Stunde wieder zugenommen zu haben.
Sie sprachen kaum mehr als das Nötigste.
Geraldine wohnte in der Villa ihres Vaters, draußen auf Long Island.
Und genau dorthin ging es jetzt.
Vielleicht würde es etwas bringen, sich dort etwas umzusehen, irgendetwas - und wenn es nur eine Kleinigkeit war... Wenn es wirklich Maldini war, der hinter diesem Mord steckte, dann würde die Schwierigkeit darin bestehen, es ihm zu beweisen. Zumindest, dass er den Auftrag gegeben hatte. Den Mann, der der den Abzug der Schalldämpfer-Pistole betätigt hatte, würde man wahrscheinlich in hundert Jahren nicht in die Hände bekommen.
Der hatte sich wahrscheinlich längst abgesetzt und war über alle Berge. Und irgendwann würde er dann wieder aus dem Nichts heraus auftauchen, um einen anderen Menschen umzubringen, für einen anderen Auftraggeber...
Aber vielleicht hatten sie Glück und es handelte sich um einen Killer, der öfter für Maldini arbeitete, einen aus seinem eigenen Stall.
In dem Fall gab es vielleicht eine Fährte, die nicht schon völlig kalt war.
Und vielleicht war in Larry Kostlers Haus, in seinen Unterlagen, privaten Aufzeichnungen, irgendwo etwas zu finden, dass auf Maldini hindeutete.

Während der 500 SL über die Straße glitt, blickte Bount kurz zu Geraldine hinüber, die mit in sich gekehrtem Gesicht neben ihm auf dem Beifahrersitz saß und hinaus aus dem Fenster blickte.
Direkt in den trostlosen Regen hinein.
Und genau so sah es auch wohl in ihrem Inneren aus. Bount hatte Verständnis dafür. Aber vielleicht war es an der Zeit, sie ein wenig abzulenken.
"Hat die Polizei Sie eigentlich schon vernommen, Miss?", fragte er plötzlich und unterbrach damit das Schweigen.
"Ja, kurz. Gerade eben im Krankenhaus. Der Mann ist gegangen, bevor Sie kamen, Bount..."
"Und?"
"Der Kerl hat mir wenig Hoffnung gemacht. Er meinte, so etwas würde in New York jeden Tag passieren. Jemand wird auf offener Straße erschossen und es kommt nie heraus, wer das war und wer den geschickt hat, der es war. Bandenmorde, Amokschützen, Psychopathen, Profikiller... Er hat mir alles Mögliche erzählt."
"Wie hieß der Mann?"
"Ich glaube Cummings. Kennen Sie ihn, Bount?"
"Nein."
"Einen sehr aufgeweckten Eindruck machte der jedenfalls nicht."
"Hätten Sie etwas dagegen, wenn ich in den Sachen Ihres Vaters herumstöbern würde, Miss?"
"Nein. Was hoffen Sie denn zu finden?" Er zuckte mit den Schultern.
"Vorher weiß man das nie so genau!"

7

Die Villa der Kostlers war gut gesichert, das fiel Bount sofort auf. Es war das Haus eines Mannes, der in ständiger Angst davor gelebt haben musste, dass er eines Tages unliebsamen Besuch bekommen würde.

Jedenfalls machte es ganz den Anschein.

Eine hohe Mauer umgab das Anwesen und ein Wachmann öffnete für Bount Reinigers 500 SL das Tor, nachdem Geraldine sich an einem Sprechgerät zu erkennen gegeben hatte. Ein massives, gusseisernes Tor ging zur Seite und Bount fuhr den Wagen bis vor das Haus, das von einem weiträumigen Garten umgeben wurde.

Bount blickte sich kurz um und bemerkte die Video-Anlage, die das Grundstück überwachte. Irgendwo bellte ein Hund. Es war ein aggressives Geräusch und klang ganz und gar nicht nach einem Schoßhund.

Vielleicht ein Dobermann, überlegte Bount. Irgend so etwas in der Art musste es sein!

"Kommen Sie, Bount!", meinte Geraldine und öffnete die Tür. Sie stiegen beide aus, die Türen klappten zu.

Ein paar Stufen führten zu einem großen Portal und wenig später waren sie dann drinnen.

Ein Hausmädchen empfing sie bei der Tür.

Als sie dann in das große Wohnzimmer kamen, erstarrte Geraldine plötzlich.

Auf dem Sofa lag ein Mann.

Er lag ausgestreckt da, hatte die Schuhe ausgezogen und über den Teppich verstreut. Auf dem Tisch standen ein paar

Flaschen, alles Spirituosen und ein Tropfen edler als der andere.

"Brian!", entfuhr es Geraldine Kostler völlig überrascht. Bount Reiniger hob die Augenbrauen und wartete ab. Geraldine ging auf Brian zu, der sich - offenbar mit einer Mühe - aufsetzte. In der Rechten hatte er ein Glas. Er rülpste ungeniert. Anscheinend hatte er ein paar Gläser zu viel zu sich genommen.

"Tag, Geraldine", murmelte er. "Wie geht's dir?" Sie schien alles andere, als erfreut zu sein.

"Seit wann bist du hier, Brian?", erkundigte sie sich dann in einem ziemlich reservierten Tonfall.

"Ein paar Stunden schon..."

"Was willst du hier? Geld?"

"Ich habe das mit Vater gehört und da..."

"Im Krankenhaus bist jedenfalls noch nicht gewesen!" Ihr Gesicht war eisig geworden und ihr Gegenüber musste ihre letzten Worte wie ein Schlag ins Gesicht empfinden. Aber Brian zuckte nur mit den Achseln, als wäre es nichts.

"Na, und? Ich dachte mir, ich komme erst einmal hier her!"

"Vater ist inzwischen gestorben!"

Zunächst verursachte diese Nachricht bei Brian keine sichtbare Reaktion.

Dann zuckte er erneut mit den Schultern.

Geraldine wandte sich zu Bount herum.

"Das ist Brian Kostler - mein ehrenwerter Herr Bruder!" Bount nickte ihm zu und Brian hob sein Glas.

"Angenehm!", rief er und stand dann auf. Er war sichtlich unsicher auf seinen Füßen. "Vielleicht sagst du mir mal, wen du da mitgebracht hast, Schwesterherz! Ein Geliebter vielleicht?"

"Du bist geschmacklos, Brian!"

"War ja nur eine Frage!"

"Das ist Bount Reiniger. Er ist Privatdetektiv und soll herausfinden, wer Vater umgebracht hat!"

Brian Kostler verzog das Gesicht.

Dann brummte er: "Das liegt doch auf der Hand! Maldini hat ihn endlich erwischt! War ja letztlich auch nur eine Frage der Zeit!" Er rülpste erneut.

"Das ist eine Vermutung", erklärte Bount Reiniger. "Mehr nicht."

"Klar, ich verstehe!", meinte Brian. "Sie wollen auch Ihr Geld verdienen. Habe ich Verständnis für! Bestimmt! Und unser alter Herr war ja auch kein armer Mann! Da können Sie gesalzene Honorare einfordern!" Er wandte sich an Geraldine. "Du musst wissen, was du tust, Schwester!"

"Ich weiß sehr genau, was ich tue!", versetzte Geraldine bissig. Brian wandte sich ab, nahm eine der Flaschen vom Tisch und verließ den Raum. Irgendwo hörte man ihn eine Treppe hoch schlurfen.

"Ihren Bruder haben Sie mir bisher verschwiegen, Miss!", meinte Bount.

"Sie haben mich bisher auch nicht danach gefragt!"

"Eins zu Null für Sie, Geraldine! Ihr Verhältnis scheint nicht das Beste zu sein, habe ich Recht?"

Sie atmete tief durch.

"Brian hat ein paar Probleme." Sie deutete auf die Flaschen und Bount verstand, was sie meinte.

"Das ist nicht zu übersehen", meinte er.

"Er trinkt unmäßig, ist über dreißig und hat bisher immer nur von dem gelebt, was Dad ihm geschickt hat."

"Er lebt nicht in New York, nicht wahr?"

"Nein, in San Francisco. Dort hat er studiert - oder besser gesagt: Er hat dort das getrieben, was er so zu nennen pflegt! Es wundert mich, dass er offensichtlich genug Geld zur Hand gehabt haben muss, um sich einen Flieger von Frisco nach New York zu leisten."

"Wir sollten uns jetzt beeilen, Miss!", meinte Bount.

"Beeilen?"

"Ja, mit der Durchsicht der Sachen Ihres Vaters. Wenn die Polizei erst einmal alles in Unordnung gebracht hat."

"Sie meinen, dass die noch kommen?"

"Es ist ein Wunder, dass sie noch nicht da waren! Wahrscheinlich sehen die sich erst einmal die Büro-Räume der Larry Kostler Holding an!"

8

Die Durchsicht der Privatsachen von Larry Kostler brachte kaum neue Erkenntnisse.

Sie wollten es schon aufgeben, da tauchte ein merkwürdiger Brief auf. Geraldine fand ihn in einem der Jacketts ihres Vaters. Die Buchstaben waren aus Zeitungen und Magazinen herausgeschnitten und auf ein weißes Blatt Papier geklebt worden: ENDLICH HABE ICH DICH GEFUNDEN, DU RATTE! DEIN LEBEN IST KEINEN CENT MEHR WERT!

Geraldine gab Bount das Papier und dieser las mit nachdenklichem Gesicht die zwei Zeilen.

"Könnte Maldini sein, nicht wahr?", meinte Geraldine.

Bount Reiniger nickte.

"Ja, es passt alles zusammen..."

Als Bount und Geraldine wieder ins Wohnzimmer zurückkehrten, klingelte es an der Tür.

Das Hausmädchen machte die Tür auf.

Wenig später geleitete das Mädchen zwei Männer ins Wohnzimmer.

Einer von ihnen trug eine Polizeiuniform, der andere war in Zivil.

Aber in was für einem Zivil!

Bount Reiniger musste unwillkürlich etwas Schmunzeln. Der Mann trug einen riesigen Stetson auf dem Kopf und eine kurze braune Jacke, dazu Blue Jeans und Cowboystiefel. Er sah aus, als wäre er einem Wildwest-Film entstiegen. Lediglich die Rolex an seinem Arm störte diesen Eindruck ein wenig.

Er zog seine Marke hervor und hielt sie Bount und Geraldine entgegen.

"Cummings, Kriminalpolizei!", raunte er. Er hatte einen furchtbaren Akzent.

Vielleicht Texas, vielleicht New Mexico - Bount war sich nicht ganz sicher. Vielleicht handelte es sich um eine Mischung. Jedenfalls lag sein Geburtsort sicher sehr, sehr weit südlich. Cummings holte ein Papier aus der Tasche und hielt es Geraldine unter die Nase.

Bount brauchte gar nicht erst hinzusehen. Er wusste auch so, worum es sich handelte. Solche Blätter hatte er oft genug gesehen!

Bount lächelte dünn, während Cummings eine überaus wichtige Miene aufsetzte und sich breitbeinig aufbaute. Er wandte sich an Geraldine.

"Wir haben einen Durchsuchungsbefehl, Miss Kostler. Ich denke, Sie machen uns keine Schwierigkeiten!" Sein Tonfall war ziemlich scharf und Geraldine Kostler machte einen teils überrumpelten, teils verwirrten Eindruck.

"Nein, natürlich nicht! Warum sollte ich?", meinte sie und hob dabei die Augenbrauen.

Cummings zuckte mit den Schultern.

"Hätte ja sein können." Dann wandte er sich an Bount. "Darf ich fragen, wer Sie sind und was Sie hier zu suchen haben?" Die burschikose Art seines Gegenübers sagte Bount nicht allzu sehr zu. Aber er sagte sich, dass dahinter vermutlich eine große Unsicherheit verborgen lag.

Bount hoffte nur, dass sich mit diesem Cowboy zusammenarbeiten ließ, denn schließlich waren sie beide hinter demjenigen her, der Larry Kostler auf dem Gewissen hatte. Bount stellte sich vor.

"Mein Name ist Reiniger", sagte er. "Ich bin Privatdetektiv."

"Zeigen Sie mal ihren Ausweis!"

Bount holte ihn hervor und hielt ihn Cummings hin. Dieser nahm ihn mit einer nachlässigen Geste an sich. Cummings warf einen Blick auf das Dokument, nickte dann und gab es seinem Besitzer zurück.

"Okay. Und was tun Sie hier?"

"Miss Kostler hat mich engagiert, um den Mörder ihres Vaters zur Rechenschaft zu ziehen!"

Cummings schob sich den riesigen Stetson in den Nacken und verzog das Gesicht.

Die Anwesenheit des Privatdetektivs schien ihm nicht so recht zu schmecken.

"Sie vertrauen der Arbeit der Polizei nicht?", brummte er. "Ist ja reizend..."

"Nehmen Sie es nicht persönlich", meinte Bount und lächelte dünn.

Cummings machte eine großspurige Geste.

"Wie käme ich dazu", meinte er sarkastisch. Er nahm es sehr wohl persönlich, das war ihm deutlich anzusehen.

"Dann ist ja alles in Ordnung!", murmelte Bount und dabei dachte er: Der Mann hat etwas von einem bissigen Terrier, der um jeden Preis sein Revier verteidigt!

"Ich glaube, Captain Rogers hat Ihren Namen mal erwähnt, Reiniger..."

"Grüßen Sie ihn von mir, wenn Sie ihn sehen!"

"Ich sehe ihn öfter, als mir lieb ist!" Er atmete tief durch. "Ich schätze, Sie haben hier schon alles durchgewühlt."

"So ist das nun einmal, wenn man zu spät dran ist, Mister Cummings!"

"Wir waren in den Büroräumen."

"Habe ich mir gedacht."

"Haben Sie irgendetwas gefunden, dass für den Fall von Interesse sein könnte? Sie wissen, dass das Zurückhalten von Beweismaterial strafbar ist, nicht wahr?"

"Mister Cummings, ich schlage vor, dass wir zusammenarbeiten!"
Cummings lachte rau.
"Wie stellen Sie sich das konkret vor?"
"Ein Deal, Cummings! Sie sagen mir, was in den Büroräumen gefunden wurde, und ich sehe dann, was ich für Sie tun kann!"
"Oh, nein, Reiniger! So nicht!"
"Bitte, wie Sie wollen! Aber Sie könnten vielleicht eine Menge Zeit sparen!"
Cummings schien unsicher.
Er kniff die Augen zu schmalen Schlitzen zusammen. Dann nickte er.
"Gut. Erst Sie, Reiniger!"
"Nein, umgekehrt!"
"Sie sind eine harte Nuss, Reiniger!"
"Wollen Sie weiter lamentieren, oder Ihre Pflicht tun und etwas unternehmen, damit ein Mörder gefasst wird!"
Cummings bleckte die Zähne. Dann seufzte er hörbar.
"Sie haben gewonnen, Reiniger! Aber wehe, wenn Sie dann am Ende nichts vorzuweisen haben!"
"Schießen Sie los!"
"Wir haben die Leute in der Firma vernommen und die Büroräume durchsucht. Die Kostler Holding hat nicht mehr als zwei Dutzend Angestellte, obwohl sie einen Umsatz von mehreren hundert Millionen Dollar im Jahr hat. Diese Firma besitzt ihrerseits wiederum erhebliche Beteiligungen an verschiedenen Firmen und bestimmt zum Teil auch deren Firmenpolitik."
"Was für Firmen?"
"Quer durch den Garten. Von der Seifenfabrik bis zur Elektronik. Offensichtlich gab es Ärger in der Firma. Larry Kostler war mit einigen Angestellten nicht zufrieden und hat offenbar daran gedacht, sie zu feuern. Und dann hat es den

Anschein, dass einer der Angestellten in die eigene Tasche gewirtschaftet hat... Ein gewisser Arthur Dickson."

"Ja", meinte Geraldine plötzlich. "Das stimmt! Dad hat herausbekommen, dass er mit Firmengeldern spekuliert hat."

"Und warum hat Ihr Dad diesen Dickson nicht entlassen?"

"Um einen Skandal zu vermeiden. Die Kostler-Aktien wären sofort in den Keller gegangen, wenn etwas durchgesickert wäre. Dad wollte mit ihm ein Arrangement treffen..." Cummings machte eine unbestimmte Geste mit der Hand.

"So, Reiniger! Jetzt sind Sie dran!"

"Ein bisschen dünn, was Sie da geboten haben, finden Sie nicht auch?" Er holte den zusammengeklebten Brief aus der Tasche und reichte ihn dem Kriminalbeamten. "Hier!"

"Was ist das?"

"Sehen Sie es sich das erst einmal genau an, bevor Sie fragen. Miss Kostler hat es in einem Jackett ihres Vaters gefunden!" Bount wandte sich an Geraldine. "Sie sollten dem Herrn jetzt sagen, was Sie wissen, Geraldine. Auch von ihrem Verdacht gegen Maldini..."

"Aber..."

"Ihr Dad ist tot und selbst wenn er sich in einem früheren Leben die Hände schmutzig gemacht hat - es kann ihm nun nicht mehr schaden, wenn es irgendjemand erfährt." Cummings runzelte die Stirn.

"Habe ich da eben 'Maldini' gehört?"

"Haben Sie", nickte Bount.

"Ich bin noch nicht lange hier in New York, aber selbst in der kurzen Zeit ist mir dieser verdammte Name schon ein paarmal zu Ohren gekommen!"

Bount zuckte mit den Schultern.

"Das wäre kein Wunder!", meinte er.

Und dann machte Geraldine ihre Aussage und Cummings anschließend ein langes Gesicht.

"Üble Sache!", meinte er. Er hob den Brief in die Höhe und fuhr dann fort: "Scheint wirklich alles darauf hinzudeuten, dass Maldini dahintersteckt... Welchen Namen trug Ihr Vater, bevor er seine Identität wechselte?"

Sie errötete und musste schlucken. Aber sie behielt die Fassung.

"Paul Thorrell", sagte sie dann.

9

Wenig später brachte Geraldine Bount Reiniger zur Tür.

"Was werden Sie jetzt unternehmen, Bount?" Aber Bount gab ihr keine Antwort, sondern stellte seinerseits eine Frage.

"Wo wohnt Mr. Dickson?"

Geraldine hob die Augenbrauen.

"Wollen Sie seine Adresse?"

"Ja, ganz richtig..."

"Er hat ein Apartment in der 27.Straße. Aber im Moment dürften sie ihn in seinem Büro antreffen. Sie wissen ja, wo das ist..."

"Ja."

"Was wollen Sie von Dickson?"

"Mit ihm reden!", gab Bount lakonisch zurück.

"Maldini ist der Mann, den Sie sich vorknöpfen müssen!", gab sie ihrer Überzeugung Ausdruck. "Ich glaube nicht, dass Dickson etwas mit Dads Tod zu tun hat!"

"Er hatte aber ein Motiv!"

"Sie meinen die Veruntreuung? Ich sagte doch, dass Dad ein Übereinkommen mit ihm treffen wollte. Sein Tod konnte ihm höchstens Nachteile bringen!"

"Ich möchte mich trotzdem mit ihm unterhalten. Wer weiß, was dabei herauskommt..."

"Und ich sage Ihnen, Sie irren sich, Bount!" Bount lächelte.

"Versuchen Sie nicht, mir vorzuschreiben, wie ich meine Arbeit zu machen habe, Geraldine!"

"Die Sache ist doch klar! Kümmern Sie sich um Maldini!"

"Soll ich vielleicht in Maldinis Büro spazieren - vorausgesetzt ich komme soweit - und ihn fragen, ob er zufällig der Mörder Ihres Vaters ist? Nein, so einfach geht das nicht! Das fängt man anders an..."

"Und wie?"

"Jedenfalls nicht, indem man vorzeitig sämtliche Pferde scheu macht!"

Sie atmete tief durch. Dann begegneten sich ihre Blicke. Sie sah ihn einen Augenblick lang ruhig an und meinte dann: "Vielleicht haben Sie recht, Bount! Vielleicht sollte ich Ihnen mehr vertrauen!"

Das war auch Bounts Meinung und so nickte er.

"Ja, Geraldine, das sollten Sie! Ich verstehe meinen Job!"

"So war das nicht gemeint!"

"Das weiß ich!"

"Sie sind ein toller Kerl, Bount!"

Und dann schlang sie plötzlich ihre schlanken Arme um seinen Hals und gab ihm einen leidenschaftlichen Kuss. Alles ging viel zu schnell.

Bevor Bount so recht gemerkt hatte, was hier gespielt wurde und den Zungenschlag erwidern konnte, war es auch schon vorbei.

Sie hatte sich von ihm gelöst und war etwas zurückgetreten.

"Machen Sie Ihre Sache gut, Bount!"

"Das verspreche ich Ihnen hiermit", murmelte Bount der noch immer ein wenig verwirrt war.

10

Bount Reiniger traf Arthur Dickson nicht in seinem Büro an, sondern in einem Restaurant in der Umgebung.

Ein kleiner, dicker Mann saß vor einem riesigen Steak und Bount dachte sich, dass dieser Mann Arthur Dickson musste.

"Mister Dickson?"

Der Mann blickte auf, kaute seinen Bissen zu Ende und murmelte dann: "Was wollen Sie? Ich kenne Sie nicht!" Bount setzte sich zu ihm an den Tisch.

"Ich Sie auch nicht, aber die Beschreibung Ihrer Sekretärin passt auf Sie..."

Dickson verzog das Gesicht.

"So?"

"Mein Name ist Bount Reiniger. Miss Kostler hat mich engagiert wegen der Sache mit ihrem Vater." Dickson blickte auf und nahm einen Schluck aus dem Glas Rotwein, das neben seinem Teller stand. Dann wischte er sich mit der Hand den Mund ab und schob den halb abgegessenen Teller ein Stück von sich weg.

Aus irgendeinem Grund schien ihm der Appetit mit einem Mal vergangen zu sein.

"Was wollen von mir, Mister Reiniger? Ich bin ein vielbeschäftigter Mann, und wenn Sie mir schon meine Mittagspause stehlen, dann haben Sie dafür hoffentlich einen guten Grund!"

"Ich habe ein paar Fragen", erklärte Bount sachlich. "Und diese Fragen halte ich für einen guten Grund!" Dickson machte ein zweifelndes Gesicht.

"Ich habe eigentlich keine Lust, mich mit Ihnen zu unterhalten!"

"Sie haben Gelder der Larry Kostler Holding veruntreut, nicht wahr?"

Er runzelte die Stirn, dann löste er den obersten Hemdknopf, so dass sein Doppelkinn etwas mehr Platz bekam. Dickson schien sich sichtlich unwohl in seiner Haut zu fühlen und Bount konnte das durchaus nachvollziehen.

"Sie können es ruhig zugeben, Mister Dickson. Ich weiß es, die Polizei weiß es."

"Es hat mich niemand angeklagt."

"Weil niemand einen Skandal wollte."

"Sehr richtig. Mr. Kostler und ich waren uns einig, dass..."

"Was, wenn Kostler und Sie sich doch nicht so einig gewesen sind, wie Sie es allgemein glauben machen wollen und er Sie auf irgendeine Art und Weise ans Messer liefern wollte."

"Ich verstehe, worauf Sie hinauswollen, Mister Reiniger. Ich habe aber nicht die Absicht, dieses Spiel mitzumachen!"

"Es ist kein Spiel, Dickson!"

Der dicke Mann zuckte mit den Schultern.

"Wie dem auch sei." Dann verengte er die Augen und fixierte Bount Reiniger mit einem ärgerlichen Blick. "Sie wollen doch nicht behaupten, dass ich in dem Wagen gesessen habe, von dem aus auf Mister Kostler geschossen wurde!"

"Sie hätten vielleicht ein Motiv!"

"Aber ich habe ein handfestes Alibi! Ich war auf einer Konferenz, als es passierte! Dafür gibt es ein halbes Dutzend Zeugen!"

"Sie könnten die Tat in Auftrag gegeben haben, Mister Dickson!"

Er wurde noch bleicher, als er ohnehin schon war. Dann bleckte er wütend die Zähne.

"Guten Tag, Mister Reiniger! Ich habe Ihnen nichts mehr zu sagen!"

Reiniger erhob sich.

"Ich schätze, dass ich nicht der einzige bleiben werde, der Ihnen diese Fragen stellt!"

Dicksons Gelassenheit machte auf Reiniger einen gespielten Eindruck.

"Abwarten, Reiniger!"

"Auf Wiedersehen, Mister Dickson. Es würde mich nicht wundern, wenn wir uns in nächster Zeit noch öfter über den Weg laufen!"

Während Reiniger schon in Richtung Tür unterwegs war, knurrte Arthur Dickson noch etwas Unverständliches vor sich hin. Aber es hörte sich alles andere als freundlich an.

11

Toby Rogers war nicht gerade gelaunt, als Bount ihn auf dem Flur abpasste.

"Ah, Bount! Du hast mir heute noch gefehlt!" Er keuchte und wischte sich den Schweiß von der Stirn.

Du solltest langsam mal ans Abnehmen denken, Toby, dachte Bount bei sich, aber er hütete sich davor, es auch laut auszusprechen.

"Hey, Toby! Was soll denn das heißen? Ich dachte, wir sind Freunde!"

"Klar, sind wir auch! Aber wenn du hier auftauchst, dann gibt das garantiert Arbeit für mich! Und stecke schon bis über beide Ohren drin! Bis über beide Ohren, hörst du, Bount?" Rogers stemmte die Arme in die Hüften und baute sich breitbeinig auf.

Bount wollte nicht wissen, auf welche Werte der Blutdruck des Polizei-Captains in den letzten zwanzig Sekunden gestiegen war.

Rogers atmete tief durch und quetschte dann zwischen den Lippen hindurch: "Also schieß los! Worum geht's?"

"Es geht um den Mordfall Kostler."

"Larry Kostler?"

"Ja, welcher Kostler wohl sonst!"

"Ein Mann aus meinem Revier bearbeitet den Fall. Er heißt Cummings. Sieht ein bisschen merkwürdig aus, aber er soll ein ganz toller Hecht sein. So viele Belobigungen in einer Personalakte habe ich selten gesehen..."

"Ich habe mit Cummings bereits gesprochen. Die Sache ist die: Hinter dem Mord steckt wahrscheinlich Tony Maldini.

Und ich möchte wissen, was der im Augenblick so treibt." Rogers pustete wie ein Walross.

"Komm mit!", meinte er. "Wozu habe ich schließlich so ein gastliches Büro?"

Wenig später saßen sie sich dann in Rogers' Büro gegenüber. Der Captain lehnte sich zurück und kratzte sich im Genick.

"Der Name Maldini dürfte dir doch noch von früher her geläufig sein, Bount", meinte er.

Reiniger nickte.

"Ist er auch. Aber das ist schließlich schon eine ganze Weile her!"

"Aber einer wie Maldini ändert sich nicht. Der steigt entweder auf oder endet vorher als Wasserleiche im East River - mit einem schönen, runden Loch in der Stirn!"

Bount Reiniger zog die Augenbrauen in die Höhe.

"Nach allem, was man hört ist Maldini aufgestiegen!"

"Kann man wohl sagen! Früher haben wir ja immer vermutet, dass er illegal Elektronik in den Ostblock exportiert hat. Aber das ist lange her. Heute vermutet man ihn hinter Waffenschieber-und Drogenringen. Aber wir konnten dem verflixten Hund bisher nichts nachweisen. Er ist einfach zu geschickt! Strohmänner machen die Drecksarbeit für ihn und die schweigen eisern, denn jeder von ihnen weiß, dass ein toter Mann ist, sobald er singt. Sein Arm reicht bis in die Gefängnisse hinein - vielleicht sogar bis in die Polizei und die Staatsanwaltschaft."

"Dann gibt es also im Grunde genommen nichts Neues!"

"Nein. Was Maldini angeht nicht. Es ist alles nur ein paar Nummern größer geworden."

"Nichts Konkretes?"

"Bount, wenn ich etwas Konkretes hätte, würde er nicht mehr frei herumlaufen und seine unsauberen Geschäfte machen!"

"Verstehe..."

"Dann ist da allerdings noch etwas, das dich interessieren könnte."

In Bounts Augen blitzte es.

"Heraus damit, Toby!"

"In den letzten Wochen gibt es eine Art Mord-Serie. Alle begangen in der Art von professionellen Killern - so, wie es auch bei Larry Kostler der Fall zu sein scheint. Alle Opfer hatten etwas gemeinsam: Sie machten Geschäfte mit Tony Maldini!"

"Eine Säuberungsaktion?"

"Ja, so etwas in der Art muss es wohl sein."

"Ich möchte eine Liste der Opfer."

"Kannst du haben!"

Toby Rogers stand auf, holte eine Akte aus dem Schrank und knallte sie vor Reiniger auf den Tisch. "Schreib dir die Namen heraus, wenn es dir Spaß macht!"

"Danke!"

"Was willst du damit, Bount?"

Reiniger zuckte mit den Schultern.

"Mal sehen. Ich weiß es noch nicht."

12

Es war bereits ziemlich dunkel und es regnete wieder, als Roy Brady ins Freie trat und sich nach rechts und links umdrehte. Er schlug sich den Mantelkragen hoch und schlang sich den Schal vor den Mund.

Es war hundekalt und dennoch stand Brady der Schweiß auf der Stirn, als er die Straße überquerte. Es war kalter Angstschweiß und sein Gesicht war von nackter Furcht gezeichnet.

"Oh, mein Gott", flüsterte er kaum hörbar in seinen Schal hinein, obwohl er eine Kirche zum letzten Mal von innen gesehen hatte, als seine Mutter ihn zur Taufe getragen hatte. Er schluckte.

Ich hätte mich nie auf diese Dinge einlassen sollen, durchfuhr es ihn.

Aber nun war es zu spät.

Einfach zu spät.

Bis zum Hals steckte er im Sumpf und er sah nicht die geringste Chance, sich selbst wieder herauszuziehen. Brady fühlte seinen Puls bis zum Hals schlagen. Überall konnte er auf ihn lauern.

Er musste auf der Hut sein und aufpassen.

Er musste hinüber zur Telefonzelle auf der anderen Straßenseite.

Er wollte auf jeden Fall ungestört sein, wenn er den Hörer abnahm.

Brady atmete schwer.

Er war derart nervös, dass ihn beinahe ein Auto erwischte, das dann hupend weiterfuhr.

Oh, verdammt!, schoss es ihm durch den Kopf. Ich beginne bereits die Nerven zu verlieren!

Jetzt hieß es kühlen Kopf zu bewahren. Nur dann hatte er noch eine Chance. Kühlen Kopf und stahlharte Nerven. Aber wie es schien, hatte er weder das eine noch das andere. Schließlich hatte er die andere Straßenseite erreicht. Noch einmal blickte er sich nach allen Seiten um. Er sah einen Stadtstreicher mit speckigem Parka, vor Dreck starrenden Jeans und einer schmuddeligen Wollmütze, die er tief ins Gesicht gezogen hatte.

Der Mann hob eine Zeitung vom Boden auf, die irgendjemand achtlos weggeworfen hatte und blätterte darin.

Keine Gefahr, dachte Brady bei diesem Anblick oder besser: Er versuchte, es sich einzureden. Immer wieder: Keine Gefahr!

Außer dem Stadtstreicher sah er niemanden in der Nähe. Er öffnete die Tür des Telefonhäuschens, ließ sie dann hinter sich zuschlagen und fingerte mit zitternden Händen ein paar Münzen aus der Manteltasche heraus.

Dann begann er eine Nummer zu wählen. Wieder und wieder drehte sich die Wählscheibe vor und zurück und schließlich kam das Freizeichen.

Mach schon!, rief es in ihm. Verdammt noch mal, nun nimm doch endlich ab!

Sein Stoßgebet wurde im nächsten Moment erhört. Eine weibliche Stimme meldete sich.

"Ist da das Büro von Bount Reiniger?"

"Ja. Wer spricht dort, bitte?"

"Hier ist Roy Brady. Ich habe Mr. Reiniger etwas Wichtiges mitzuteilen. Ich..."

"Kann ich Mr. Reiniger etwas ausrichten, Mr. Brady? Hallo... Sind sie noch dran?"

Brady war noch dran, aber ihm waren die Worte vor Entsetzen buchstäblich im Halse steckengeblieben, als er sich umgewandt und in das Gesicht des Stadtstreichers geblickt hatte, der urplötzlich vor der Telefonzelle aufgetaucht war. Alles, was dann geschah, dauerte kaum länger als eine Sekunde.

Plötzlich war Brady klar, dass dieser Mann gar kein Stadtstreicher war, sondern sich nur so aufgemacht hatte. Der Kerl hatte hier auf ihn gewartet, ihn wahrscheinlich schon längere Zeit beobachtet und nun war seine Chance gekommen!

Der Mann hatte ein kalt glitzerndes Augenpaar, das ihn geschäftsmäßig musterte.

Eine hässliche Narbe, die vermutlich von einer Messerstecherei herrührte, zog sich von der Stirn über das Auge und fast die gesamte rechte Wange.

Der Mann verzog das Gesicht und bleckte die Zähne. Brady sah die Zeitung seines Gegenübers, jene Zeitung, die dieser vom Boden aufgesammelt hatte.

Die Zeitung glitt zur Seite und die Mündung einer Automatic mit Schalldämpfer wurde für den Bruchteil eines Augenblicks sichtbar.

Bradys Augen waren vor Schreck weit aufgerissen.

"Nein", flüsterte er fast tonlos, aber da hatte sein Gegenüber bereits abgedrückt.

Am Ausgang des Schalldämpfers blitzte ein Mündungsfeuer. Es gab ein hässliches, dumpfes Geräusch.

Das Projektil durchschlug die Scheibe der Telefonzelle, ließ das Glas splittern und fuhr Brady dann direkt in die linke Brust. Brady wurde durch die Wucht des Geschosses nach hinten gerissen, ließ den Hörer fallen und ächzte noch einmal unterdrückt.

Der Killer wollte sichergehen.

Ein zweiter Schuss traf Brady mitten in der Stirn, bevor er dann mit starren, weit aufgerissenen Augen zu Boden rutschte. Der Killer steckte die Waffe in die weite Seitentasche seiner Parka, beugte sich nieder, hob den Hörer auf und hängte ihn die Gabel.

13

Das Autotelefon schnurrte und Bount nahm augenblicklich den Hörer ab.

Es war June.

"Was gibt es?", fragte Bount.

"Ein Mann namens Roy Brady hat angerufen. Er ist ein Informant, nicht wahr?"

"Ja, was hat er gesagt?"

"Er ist nicht mehr dazu gekommen, etwas auszupacken. Es sei sehr wichtig hat er gesagt, und dann gab es ein merkwürdiges Geräusch - wie aus einer Schalldämpferpistole. Ich fürchte, er lebt nicht mehr, Bount."

Bount atmete tief durch.

"Das fürchte ich auch, June."

"Er hat aus einer Zelle angerufen."

"Ich kann mir denken, wo das ist", flüsterte Bount, mehr zu sich selbst als zu seiner Gesprächspartnerin an der Strippe. "Hast du die Polizei schon benachrichtigt?"

"Nein. Ich dachte mir, ich sage erst dir Bescheid."

"Okay, dann werde ich das von hier aus erledigen..." Zwei Sekunden später hatte Bount Reiniger aufgelegt. Er suchte eine Seitenstraße, in der er seinen 500 SL drehen konnte. Verdammt!, dachte er.

Brady war umgelegt worden und es gab sicher ein paar Dutzend Leute, die dafür in Frage kamen. Aber einer von ihnen war Tony Maldini!

Bount Reiniger dachte an die Liste, die Captain Rogers ihm gegeben hatte. Brady passte vorzüglich in diese Liste von

Leuten hinein, die zwei Dinge gemeinsam hatten: Sie hatten mit Maldini zu tun und sie waren mausetot. So viele Zufälle kann es nicht geben, dachte Reiniger. Brady hatte ihm etwas Wichtiges zu sagen gehabt, was nur heißen konnte, dass er etwas über Maldini herausgefunden haben musste. Eine andere Möglichkeit gab es kaum.

Endlich hatte Bount eine Möglichkeit zum Drehen gefunden. Es dauerte ein bisschen, bis er sich wieder in den Verkehr diesmal in entgegengesetzte Richtung - einfädeln konnte. Dann wählte er an seinem Autotelefon die Nummer der Polizei.

14

Es war ganz so, wie Bount Reiniger gedacht hatte. Brady war in der Telefonzelle ermordet worden, die der Kaschemme gegenüber lag, in der man ihn sonst immer antreffen konnte.

Wahrscheinlich hat er ungestört mit mir sprechen wollen, kam es Bount in den Sinn, als er seinen Wagen an der Seite abstellte, die Tür öffnete und die zerschossene Zelle sah.

Brady lag mit seltsam verrenkten Armen und Beinen in der Zelle. Seine Augen blickten Bount starr an, während sich mitten auf seiner Stirn ein kleines, rotes Loch befand. Bount schluckte.

Er kannte Brady schon einige Jahre und der kleine Hehler hatte ihn immer mit wertvollen Informationen über die New Yorker Unterwelt versorgt.

Nicht alles, was Brady getan hatte, war legal, aber im Grunde war er nur ein ganz kleiner Fisch. Und ein solches Ende hatte er in keinem Fall verdient.

Niemand hatte das.

Bount Reiniger ballte unwillkürlich die Hände zu Fäusten und fühlte Grimm in sich hochsteigen.

Wer immer dahinter steckte und die Fäden zog: Es musste sich um jemanden handeln, der buchstäblich über Leichen ging. Bount blickte sich dann etwas nach Spuren um.

Aber da war auf den ersten Blick nichts zu sehen, dass irgendeinen Hinweis geben konnte. Mit was für einer Waffe Brady erschossen worden war, dass würde später die Polizei feststellen. Doch viel würde dabei vermutlich auch nicht herauskommen.

Dies schien Bount das Werk von Profis zu sein. Man konnte Bradys Augen noch ansehen, wie überrascht er gewesen sein musste.

Bount beugte sich nieder und drückte ihm die Lider zu. Mehr konnte er nicht mehr für ihn tun - außer vielleicht denjenigen zu finden, der dafür verantwortlich war.

Eine Weile verharrte Bount Reiniger so bei dem Toten, dann nahm er mit den Augenwinkeln plötzlich eine Bewegung in der Nähe war.

Blitzartig war seine Rechte unter den offenen Mantel und das Jackett gefahren und hatte mit unwahrscheinlicher Schnelligkeit die Automatic aus dem Schulterholster gerissen und in Anschlag gebracht.

"Nicht schießen, Mister!"

Der Mann, der da zitternd vor Bount Reiniger stand, wirkte wie eine Jammergestalt. Er hatte die Hände gehoben, in der Rechten hielt er eine Bierflasche.

Bount blickte in ein stoppelbärtiges Gesicht mit einer roten Trinkernase.

"Bitte, nicht schießen!", wiederholte er noch einmal. Ihm schlotterten vor Angst schier die Knie und Bount ließ die Waffe sinken.

"Keine Angst!", meinte er. "Ich schieße nicht." Der Mann drehte sich und wollte sich wohl davonmachen. Aber Bount hatte noch ein paar Fragen an ihn.

"Hey, stehen bleiben!"

Der Kerl zuckte zusammen und drehte sich vorsichtig herum. Erleichtert stellte er fest, dass Bount seine Waffe inzwischen wieder eingesteckt hatte.

"Ich tue Ihnen nichts", versicherte Bount noch einmal, denn er sah deutliches Misstrauen in den Augen seines Gegenübers. Bount kam ein paar Schritte heran.

"Was ist noch? Was wollen Sie?"

"Nur ein paar Fragen!"

"Wer sind Sie?"

Bount kam noch näher heran und hielt ihm seine Lizenz unter die Nase. "Privatdetektiv", fügte er noch als Erklärung hinzu. Der Mann atmete auf.

"Gott sei Dank. Ich dachte schon, Sie gehörten zu ihm."

Bount runzelte die Stirn.

"Wer ist das?"

"Schließlich tragen Sie auch eine Waffe..."

"Von wem, zum Teufel, haben Sie gerade gesprochen?" Er deutete auf die Telefonzelle.

"Sie haben ja gesehen, was hier passiert ist, Mister..."

"Allerdings!"

"Ich spreche von dem Mann, der das getan hat!"

"Sie haben ihn gesehen?"

"Ich habe alles beobachtet!"

"Raus mit der Sprache!"

Bount hatte selbst gemerkt, dass in seiner Stimme ein Quentchen zuviel Ungeduld mitgeschwungen hatte. Und das hatte sein Gegenüber genauestens registriert.

Der Mann zögerte mit seiner Antwort, rieb sich mit der Linken die rote Nase und trank dann seine Bierdose leer. Die Büchse warf er auf den Bürgersteig und meinte: "Ich habe nichts zu trinken mehr, Mister..."

Bount begriff, worauf er hinauswollte.

Er gab ihm zwanzig Dollar.

"So!", meinte der Privatdetektiv. "Jetzt will ich aber auch eine überzeugende Story hören! Sonst hole ich mir die zwanzig Mäuse zurück!"

"Ich habe alles gesehen, Mister!"

"Das sagten Sie bereits!"

"Der Kerl ist seinem Opfer bis zur Telefonzelle gefolgt und hat er geschossen."

"Haben Sie den Schuss gehört?"

"Nein. Man konnte nichts hören. Aber ich habe die Waffe gesehen und ich sah es in der Dunkelheit aufblitzen..."

"Wie sah der Mann aus?"

"Er hatte eine Narbe quer über das Gesicht..." Und dabei zog er mit dem Finger eine Linie von der Stirn über das Auge und die rechte Wange.

Bount runzelte die Stirn.

"Von wo aus haben Sie das alles beobachtet?"

"Von der anderen Straßenseite aus. Als es dann passiert war, bin ich schließlich hergekommen, um..."

Er zögerte und Bount vollendete schließlich: "... um die Leiche zu fleddern, nicht wahr?"

"Unser eins muss auch leben!"

Bount warf einen kurzen Blick hinüber.

Dann meinte der Privatdetektiv ziemlich ungehalten: "Das ist unmöglich. Auf die Entfernung und bei diesen Lichtverhältnissen konnten Sie unmöglich die Narbe des Mannes sehen! Sie erzählen mir was!"

"Nein, Sir! Das war anders! Ich habe die Narbe des Mannes vorher gesehen."

"Wann vorher?"

"Als wir ein Bier zusammen getrunken haben, drüben vor der Snack Bar."

"Sie haben ein Bier zusammen getrunken?"

"Ja, er sah aus wie einer von uns. Wie einer, der auf der Straße lebt. Und dann haben wir einen zusammen gehoben. Aber in Wirklichkeit hat er wohl die ganze Zeit über nur auf den gewartet, der da jetzt mausetot in der Telefonzelle liegt..."

Bount nickte.

"Okay", murmelte er.

Wenn der Täter wirklich eine so auffällige Narbe hatte, wie dieser Mann behauptete, dann war das vielleicht eine Spur. Und wenn er bereits einschlägig in Erscheinung getreten war, dann würde man das Rätsel um seine Identität auch bald lüften können. Das Heulen von Polizeiwagen ließ Bount Reiniger herumfahren und als er dann eine Sekunde später den Blick zurück zu seinem Gegenüber schnellen ließ, da hatte sich dieser bereits davongemacht.

Bount sah keine Spur mehr von ihm.

Er konnte in eine der dunklen Nischen zwischen den Häusern geflüchtet sein. Es gab hier Dutzende von Orten, an denen man sich verkriechen konnte.

Und dann wurde der Privatdetektiv durch das grelle Scheinwerferlicht der Polizei geblendet.

Der Mann war über alle Berge.

Offensichtlich legte er keinen Wert darauf, mit den Gesetzeshütern zusammenzutreffen, aus welchem Grund auch immer. Vielleicht hatte er schlechte Erfahrungen mit der Polizei gemacht, vielleicht hatte er auch selbst irgendwelche kleineren Sachen auf dem Kerbholz.

Ein paar uniformierte Beamte sprangen aus den heulenden Streifenwagen. Und dann kamen auch Männer in Zivil. Ein paar Augenblicke nur und die Nacht schien zum Tag zu werden.

Aus den umliegenden Häusern liefen die Leute zusammen, um zu sehen, was sich dort abspielte.

Ein paar Augenblicke später sah Bount dann die massige Gestalt von Captain Rogers zum Tatort wanken.

"Hey, Toby! Was machst du denn hier? Ist das nicht eher etwas für deine Sklaven?"

Rogers verzog das Gesicht zu einer Grimasse. Ein müdes, gequältes Lächeln ging über seine Züge, bevor er dann einen hörbaren Seufzer ausstieß.

"Diese Mordserie scheint inzwischen auch ein paar Etagen über mir Unruhe auszulösen! Und so, wie du es am Telefon dargestellt hast, passt dieser Mord hier genau ins Raster", presste Rogers heraus. "Die Sache ist jetzt mein Job. Und zwar höchstpersönlich!"

"Armer Toby!"

"Auf dein Mitleid kann ich verzichten, Bount!" In seinen Augen blitzte es giftig. "Ich hoffe, du hast nichts angefasst."

"Ich bin ja kein Anfänger!"

"Dann ist es ja gut. Sag mal, was könnte Brady denn über Maldini herausgefunden haben? Du hast am Telefon nicht mehr darüber gesagt..."

"Ich weiß auch nicht mehr darüber, Toby. Er wurde zuvor erschossen."

Sie gingen zur Telefonzelle, an der sich bereits ein paar Leute von der Spurensicherung zu schaffen machten. Blitzlichter von Fotoapparaten leuchteten auf.

"Sag mal, kennst du einen Mann, der eine Narbe hat, die etwa so verläuft?" Und dabei fuhr Bount sich mit dem Finger über die rechte Gesichtshälfte.

Captain Rogers runzelte die Stirn.

"Was soll das für einer sein?", murmelte er dann.

"Ein Killer", erklärte Bount.

15

"Wir sollten uns Bradys Wohnung vorknöpfen", meinte Bount etwas später an Rogers gewandt.

Der Captain nickte.

"Alles zu seiner Zeit. Wenn wir hier fertig sind, Bount." Aber Bount Reiniger war damit überhaupt nicht einverstanden.

"Dann kann es zu spät sein", meinte er. Rogers runzelte die Stirn.

"Wie kommst auf diese Idee?"

"Brady war ein Informant von mir. Er sollte sich mal umhören, was Maldini so in letzter Zeit treibt. Und kurz bevor er June am Telefon etwas sagen konnte, wurde er erschossen."

"Du meinst, dass er etwas herausgefunden hatte!"

"Warum hätte er sonst mein Büro anrufen sollen."

"Worum könnte es sich dabei handeln, Bount?"

"Ich habe nicht die geringste Ahnung. Aber vielleicht finden wir etwas in seiner Wohnung, dass uns Aufschluss geben könnte. Aber wenn wir zu langsam sind, dann könnte uns der zuvorkommen, der Brady umgebracht hat!"

"... und vielleicht verhindern wollte, dass er dir eine Nachricht zukommen lässt!"

Bount nickte.

"Ja, das könnte sein."

"Sieht ganz nach Maldini und seinen Leuten aus, nicht wahr?"

"Ja, scheint so."

Dann machte Bount sich endgültig davon. Bevor er in den 500 SL stieg rief er noch zu Rogers hinüber: "Falls du mit deiner Meute doch noch nachkommen willst: Brady trägt einen Führerschein bei sich, da steht seine Adresse drin!" Rogers zog eine Grimasse.

16

Reiniger parkte den 500 SL am Straßenrand, wobei er wusste, dass es schon fast einer Provokation gleichkam, einen solchen Wagen in einer Gegend wie dieser abzustellen.

Aber was sollte er machen?

Sich eigens für seinen Abstecher zu Bradys Wohnung einen anderen, weniger auffälligen Wagen zulegen?

Bount öffnete die Tür und stieg aus.

Es war finster hier, die Straßenlaternen waren zerschlagen. In einiger Entfernung sah Bount ein ausgebranntes Telefonhäuschen, an dem irgend eine der unzähligen Straßengangs wohl ihren Zorn ausgelassen hatte.

Bount verschloss sorgfältig den 500 SL, obwohl er wusste, dass das im Ernstfall wenig nützen würde.

Dann blickte er sich um.

Diese Straße hatte schon bessere Zeiten gesehen, das ließen die Fassaden der Häuser erahnen, die jetzt sämtlich herunterblätterten.

Aber das musste schon lange her sein.

Jetzt wohnten hier vor allem jene, die es sich nicht leisten konnten, anderswo zu wohnen.

Brady wohnte in einem dreistöckigen Haus, dass seit zwanzig Jahren nicht mehr gestrichen worden war. Von irgendwoher waren Stimmen zu hören.

Bount ließ den Blick schweifen, sah aber zunächst nichts. Dann bogen drei hochgewachsene, kräftig wirkende Kerle um die die nächste Straßenecke.

Es waren Weiße. Sie trugen dunkle Lederjacken mit martialischen Totenkopfemblemen, die bei allen dreien identisch waren.

Es war kurz vor dem Haus, in dem Bradys Wohnung war, als Bount mit ihnen zusammentraf.

Sie bedachten den Privatdetektiv mit einem überheblichen Grinsen. Einer der Kerle einen Schlagring, ein anderer wedelte mit einer Eisenkette herum.

Bount begann sich darauf einzustellen, dass es Ärger geben würde.

Sie kam in breiter Front nebeneinander auf Bount zu und blieben dann vor ihm stehen.

"Vielleicht haben Sie sich in der Straße geirrt, Mister!", meinte einer von ihnen.

Es war der Mittlere, ein massiger Blondschopf mit einem gemeinen Zug um die Mundwinkel.

"Macht keinen Ärger!", warnte Bount.

Die Kerle kamen noch etwas näher heran.

Der Blondschopf machte eine unbestimmte Geste, zeigte einen Moment lang die Zähne und meinte dann: "Es war ein verdammter Fehler, in diese Straße zu kommen! Dies ist nämlich unsere Straße!"

"Der sieht aus, als hätte er Geld!", meinte der Rechte. Der Blondschopf grinste hässlich.

"Er könnte uns ja etwas davon abgeben - und wir vergessen dafür, dass er hier nichts zu suchen hat!"

"Besser, ihr geht mir aus dem Weg!", warnte Bount, aber als er ihre Gesichter studierte, wusste er, dass das in den Wind geredet war.

Auf diesem Ohr waren sie taub.

Bount musterte sie einen nach dem anderen und versuchte sie abzuschätzen. Sie fühlten sich sehr sicher. Einer gegen drei, das schien eine klare Angelegenheit zu sein.

Für den Bruchteil eines Augenblicks hing alles noch in der Schwebe. Noch war nichts geschehen, hatte niemand einen Finger gerührt.

Dann packte der Blondschopf Bount an den Mantelkragen, um ihm die Brieftasche abzunehmen.

Bount hörte rechts das Rasseln der Kette. Und der Kerl auf der linken Seite holte nun einen kurzläufigen Revolver aus dem Hosenbund und richtete ihn auf Bount.

Bount Reiniger reagierte blitzschnell.

Er packte den Blondschopf beim Handgelenk und verpasste ihm gleichzeitig einen Handkantenschlag, der ihn rückwärts, in Richtung seiner Komplizen taumeln ließ.

In der nächsten Sekunde schon sah er dann das Aufblitzen des Revolvers, aber er hatte sich rechtzeitig zu Boden geworfen und auf dem Pflaster abgerollt, so dass der Schuss über ihn hinwegpfiff. Bount musste erneut herumrollen.

Dicht neben ihm, nur Zentimeter von seinem Körper entfernt schlug ein Projektil ein und sprang dann als Querschläger weiter. Indessen hatte Bount die Automatic herausgerissen und ballerte zurück.

Sein Gegenüber schrie und hielt sich den Arm.

Der Revolver fiel zu Boden.

"Der Kerl hat eine Waffe!", hörte Bount einen der Kerle rufen und da schwang so etwas wie Entsetzen im Tonfall mit.

"Verflucht! Das muss ein Bulle sein!", rief ein anderer. Und dann sah Bount sie einen Augenblick später in die Dunkelheit davonrennen, auch den, den er am Arm erwischt hatte.

Bount erhob sich und steckte seine Waffe weg. Dann klopfte er sich Dreck von den Sachen und ging zu dem noch immer auf dem Pflaster liegenden Revolver, bückte sich und steckte diese Waffe ebenfalls ein.

So konnte jedenfalls niemand mehr Unfug damit machen. Als Bount Reiniger sich dann umwandte sah er dort, wo Bradys Wohnung sein musste eine Bewegung am Fenster. Einen

Moment lang war das Licht angewesen, aber jetzt war alles dunkel.

Soweit Bount wusste, war Brady unverheiratet und lebte allein. Der Privatdetektiv ließ noch einmal den Blick über jene dunklen Fenstern schweifen, hinter denen Bradys Wohnung liegen musste. Nichts regte sich.

Aber Bount mochte nicht daran glauben, dass er sich so getäuscht haben sollte.

Vielleicht war er schon zu spät dran.

17

Bount hetzte die Treppe hinauf und befand sich wenig später vor der Tür von Bradys Wohnung. Auf dem Weg dorthin war ihm niemand begegnet.

Bount wusste nicht, ob es einen zweiten Ausgang gab, aber sofern sich tatsächlich jemand in Bradys Wohnung befand, so musste davon ausgegangen werden, dass er noch dort war. Die Tür war verschlossen, aber für Bount Reiniger war es kein Problem, sie mit Hilfe eines kleinen Stück Drahtes, dass er aus der Manteltasche zog, zu öffnen.

Knarrend ging die Tür auf und Bount nahm seine Automatic in die Rechte.

Drinnen herrschte gähnende Finsternis.

Bount wusste, dass er vorsichtig sein musste.

Er lauschte angestrengt, aber es war nirgends etwas zu hören. Dann suchte er den Lichtschalter und fand ihn schließlich auch. Bount Reiniger blickte sich um und sah eine halboffene Tür, die in einen dunklen Nachbarraum führte. Bount schlich sich an die Tür heran, die Automatic im Anschlag.

Alles schien in Ordnung zu ein.

Mit der Automatic in Schussposition kam er in den Raum und riss die Tür zu Seite. Aber da lauerte niemand auf ihn. Er ließ die Waffe sinken, ging zum Fenster und blickte von dort aus hinunter auf die Straße.

Als er sich dann wieder herumdrehte, erstarrte er mitten in der Bewegung.

Bount Reiniger starrte direkt in die Mündung eines Revolvers Kaliber 38 Special.

Die Hand, die diese Waffe auf Bount gerichtet hielt war sehr zart, die Fingernägel lackiert.

"Waffe weg!", sagte eine weibliche Stimme, deren Tonfall es an Entschlossenheit nicht mangeln ließ und so legte Bount eine Automatic-Pistole erst einmal auf den nahen Glastisch, der in der Mitte des Zimmers stand. "Schön langsam und vorsichtig!" Bount lächelte dünn.

"Bleibt mir wohl nichts anderes übrig", meinte er.

"Und jetzt die Hände hoch, Mister! Schön hochhalten und oben lassen!"

Bount atmete tief durch und gehorchte.

Die Frau, die da mit der 38er vor ihm stand mochte Mitte zwanzig sein, war ziemlich klein und grazil. Mochte der Teufel wissen was sie hier suchte, aber es sah ganz danach aus, als würde Bount zunächst keine Gelegenheit bekommen, ihr seine Fragen zu stellen.

"Wer sind Sie?", fragte sie und kam einen Schritt näher.

"Bevor wir uns unterhalten, tun Sie besser das Ding da in ihrer Hand weg!"

Sie verzog ihren Schmollmund zu einer Grimasse.

"Das hätten Sie wohl gerne! Sie dringen hier so einfach in die Wohnung ein... Was glauben Sie, was Sie hier hätten stehlen können?" Sie sah an ihm herunter. Dann meinte sie: "Sie sehen mir nicht wie einer aus, der es nötig hätte, den Leuten, die hier wohnen und schon wenig genug haben, noch etwas wegzunehmen!"

Bount nickte ihr zu.

"Gut beobachtet!", meinte er nicht ohne Ironie. Die Frau zuckte mit den Schultern.

"Man täuscht sich eben immer wieder. Gut, dass Roy mir die Waffe dagelassen hat! Es gibt zwar jede Menge Gesindel hier, aber bis jetzt habe sie zum Glück noch nicht benutzen müssen. Es ist das erste Mal."

"Sie kennen Roy Brady?", fragte Bount Reiniger. Für eine Sekunde veränderte sich ihr Gesicht und Bount schöpfte Hoffnung, sie doch zur Vernunft zu bringen. Aber dann wurden ihre Züge hart.

"Hören Sie gut zu: Versuchen Sie nicht, mich aufs Kreuz zu legen!"

"Das tue ich nicht!"

"Sie wollen mir weismachen, dass Sie Roy kennen und mich verunsichern!"

"Ich kenne Roy Brady wirklich."

"Sie könnten seinen Namen auch an seinem Briefkasten gelesen haben."

"Roy Brady ist tot!", warf Bount dann ein. Er sah ihre großen Augen, ihr Kopfschütteln, ihr Unverständnis.

"Nein", flüsterte sie. "Sie lügen!"

"Ich bin Privatdetektiv", erklärte Bount dann weiter. "Meine Lizenz ist in der Jackettinnentasche, Sie können sich bedienen."

"Das ist nur eine Falle. Wenn ich dann bei Ihnen, greifen Sie nach meiner Waffe und überwältigen mich."

"Warum rufen Sie nicht die Polizei, wenn Sie überzeugt sind, dass ich ein Einbrecher bin? Die würde Ihnen übrigens alles bestätigen können, was ich bis Ihnen bis jetzt gesagt habe", erklärte Bount dann.

Wenn diese Frau - wie es Bounts Vermutung war hier mit Brady zusammen gelebt hatte, dann wusste sie wohl auch von seinen krummen Geschäften.

Daher kam das wohl kaum in Frage.

Prompt schüttelte sie den Kopf.

"Nein, ich rufe die Polizei nicht!"

"Weil Sie heiße Ware in der Wohnung haben, nicht wahr?"

"Was geht Sie das an?"

"Gar nichts. Und ich bin auch nicht dran interessiert." Sie zog die Augenbrauen die Höhe.

"Und woran sind Sie interessiert, Mister..."
"Reiniger. Bount Reiniger."
"Ich glaube, Ihren Namen habe ich schon einmal gehört!"
"Das kann gut sein. Er steht ab und zu in der Zeitung. Außerdem hat Roy Brady für mich als Informant gearbeitet."
"Sie haben noch immer nicht gesagt, was Sie hier eigentlich suchen, Reiniger!"
"Den Mörder von Roy Brady - und noch ein paar anderen."
Bount sah, wie ihr auf einmal die Tränen über das Gesicht liefen.
"Dann ist Roy wirklich tot?"
Sie senkte die Waffe.
"Oh, mein Gott!"
Bount hielt seine Stunde für gekommen.
Er trat einen Schritt vor, aber sein Gegenüber schien weiterhin wild entschlossen zu sein, den Privatdetektiv in Schach zu halten. Ihre Hände zitterten, als sie die Waffe wieder hob und auf Bount Reiniger richtete.
"Ich... Ich warne Sie, Reiniger - oder wie immer Ihr richtiger Name sein mag!"
"Es ist mein richtiger Name!", erwiderte Reiniger so ruhig und sachlich das in dieser Lage möglich war. "Hören Sie, ich will Ihnen nichts tun, sondern Sie nur davon überzeugen, dass ich die Wahrheit spreche!"
Und dabei machte Bount einen Schritt nach vorn.
Die Frau wurde nervös. Ihr zitternder Zeigefinger spannte sich um den Abzug.
"Ich warne Sie zum letzten Mal!", rief sie. "Ich werde schießen!"
Aber Bount Reiniger schüttelte den Kopf.
"Sie werden nicht schießen!", erklärte er, als wäre es eine unumstößliche Tatsache. "Ich kann mir nicht vorstellen, dass Sie eine kaltblütige Mörderin sind."

Sie wich etwas zurück, als Bount einen weiteren Fuß voran setzte. Dann senkte er die Arme und griff sehr langsam und behutsam in die Innentasche seines Jacketts. Er hätte auch in die Manteltasche greifen können, wo sich der Revolver befand, den er draußen den Kerlen mit den Totenkopfjacken abgenommen hatte.

Aber das tat er nicht.

Er war sich sicher, die Sache auch so zu einem guten Ende bringen zu können. Außerdem war es zu vermuten, dass aus ihrer Waffe sofort ein Schuss kam, wenn sie den Revolver in Reinigers Hand sah.

Bount hatte seine Lizenz zwischen den Fingern und zog sie langsam heraus. Dann warf er ihr das Papier vor die Füße.

"Sie können sich überzeugen."

Sie zitterte erbärmlich und schluchzte plötzlich. Bount Reiniger sah ihr an, dass sie kurz vor einem regelrechten Nervenzusammenbruch stand.

Und dann war mit einem energischen Satz vorgeschnellt, hatte ihren Arm mit eisernem Griff gepackt und ihr die 38er entrissen.

18

Es dauerte eine Weile, bis Bount Reiniger mit der Frau reden konnte. Sie war völlig aufgelöst, schluchzte dauernd und war kaum, ansprechbar.

Bount setzte sich neben sie auf das Sofa und versuchte sie zu trösten, aber das stellte sich als gar nicht so einfach heraus. Als sie sich wieder etwas gefangen hatte, erzählte ihr Bount in knappen Worten, was sich zugetragen hatte.

Er gab ihr sein Taschentuch und sie wischte sich das Gesicht ab, das dann zu einer steinernen Maske wurde.

"Sie haben Roy geliebt?", fragte Bount. Sie nickte verhalten.

"Ja."

"Es tut mir leid für Sie."

"Danke. Aber das macht ihn nicht wieder lebendig!"

"Ich weiß. Das einzige, was wir jetzt noch für ihn tun können, ist dafür zu sorgen, dass sein Mörder nicht straffrei davonkommt!" Beziehungsweise der, der den Killer geschickt hat! setzte Bount in Gedanken hinzu und dachte dabei an Tony Maldini. Ihr Blick blieb starr, als sie erwiderte: "Ja, vielleicht haben Sie recht, Mister Reiniger!"

"Ich kannte Roy Brady schon ein paar Jahre", meinte Bount dann. "Aber er hat Sie nie erwähnt."

"Wir waren auch noch nicht lange zusammen" Sie zuckte mit den Schultern. "Ein paar Monate nur. Er hat mich in einer Bar aufgelesen, in der ich als Stripperin gearbeitet habe. Wir wollten ein neues Leben anfangen. Aber der Traum hat nicht lange gedauert!"

"Wie heißen Sie?"

"Laura Springfield."

"Der Mann, der Brady erschossen hat, hatte eine auffallende Narbe auf der rechten Gesichtshälfte. Kennen Sie jemanden, der so aussieht?"

Sie sah ihn mit ihren großen Augen an, in denen schon wieder Tränen glitzerten.

Dann schüttelte sie den Kopf.

"Nein. Aber in letzter Zeit schien er große Angst zu haben und war immer sehr vorsichtig."

Bount runzelte die Stirn.

"Wovor hatte er Angst?"

"Ich weiß es nicht, worum es ging. Es fing jedenfalls an, als er einen seltsamen Anruf bekam. Er war kreidebleich, al er den Hörer auflegte. Ich habe ihn gefragt, wer ihm denn einen solchen Schrecken eingejagt hätte."

"Und?"

"Ein Verrückter, so sagte er nur. Und nun ist Roy tot..." Sie barg ihr Gesicht mit den Händen.

Bount erhob sich vom Sofa.

Nicht mehr allzulange und Rogers' Meute würde hier auftauchen und das Unterste zu oberst kehren.

Bount blickte sich in dem karg eingerichteten Wohnraum um. Zu großem Wohlstand hatten Roy Brady seine Hehlergeschäfte nicht verholfen. Aber das konnte nur jemanden wundern, der diesen Mann nicht kannte.

Er hatte nämlich eine verhängnisvolle Leidenschaft gehabt. Er spielte für sein Leben gern - und verlor meistens. Bount Reiniger konnte sich nicht erinnern, ihn jemals anders angetroffen zu haben, als in finanziellen Nöten. Bounts Blick blieb bei einem Photo an der Wand hängen. Es zeigte ein paar junge Kerle in Uniform. Soldaten...

"War Roy bei der Army?", fragte Bount verwundert. Laura nickte.

"Ja, in Vietnam."

19

Brian Kostler stand nachdenklich am Fenster und blickte hinaus in die Dunkelheit. Er hatte etwas geschlafen, jetzt war etwas frischer. In der rechten hielt er eine Flasche Weinbrand. Als Geraldine den Raum betrat wandte er sich nicht um.

"Wie kommt es eigentlich, dass du hier so schnell aufgetaucht bist", meinte sie dann. "Ist doch merkwürdig, Bruderherz, findest du nicht auch?"

Brian zuckte mit den Schultern und nahm einen Schluck aus der Flasche.

"Es stimmt, dass wir uns nicht richtig verstanden haben, Dad und ich..."

"Das ist noch sehr harmlos ausgedrückt!"

"Über den Anschlag wurde doch in allen Zeitungen berichtet. Da habe ich gleich den nächsten Flieger genommen!"

"Und das Geld dafür hattest du einfach so übrig, Brian?"

Jetzt endlich wandte er sich zu ihr herum. Er verzog den Mund zu einer zynischen Maske.

"Warum nicht?", meinte er.

"Es wäre wohl das erste Mal in deinem Leben gewesen, dass du keine Geldschwierigkeiten gehabt hättest, nicht wahr, Brian?"

"Irgendwann ist immer das erste Mal, Schwester. Das solltest du inzwischen wissen."

Dann veränderte sich sein Gesicht.

Er versuchte mit der Linken eine versöhnliche Geste und stellte schließlich die Flasche ab. Er kam ein paar Schritte näher, aber Geraldine wich zurück.

Er ist mein Bruder!, dachte sie. Aber im Grunde weiß ich kaum etwas über ihn!
Seit Jahren hatte es keinerlei Kontakte zwischen ihr und Dad auf der einen und ihm auf der anderen Seite gegeben. Zunächst war noch regelmäßig mit der Forderung nach mehr Geld bei Larry Kostler vorstellig geworden. Aber der hatte schließlich die Geduld verloren und bei irgendeiner nichtigen Gelegenheit war es dann zum endgültigen Bruch gekommen. Kostler hatte weiterhin regelmäßig Beträge an Brian überwiesen, aber sie hatten seit damals kein Wort mehr miteinander gesprochen.
All die langen Jahre hindurch.
Und nun, da Larry Kostler tot war, da tauchte er wieder aus der Versenkung auf.
"Wir haben verschiedene Ansichten, Geraldine, aber das sollte uns doch nicht daran hindern, miteinander auszukommen!"
"Nein, Brian. Das geht viel tiefer."
"Und wenn schon! Schließen wir Waffenstillstand!"
Geraldine überlegte kurz.
"Okay...", murmelte sie dann.
"Sieh mal, ich werde nicht lange hier bleiben. Die Beerdigung ist morgen, nicht wahr?"
"Ja."
"Okay..."
"Ich hoffe, du hast etwas Anständiges anzuziehen."
"Keine Sorge, ich habe dran gedacht."
"Wenigstens etwas!"
"Und das Testament?"
"Was soll damit sein?"
"Na, wann die Testamentseröffnung ist? Dad war ja schließlich keine arme Kirchenmaus."
Geraldines Blick wurde sehr ernst. Sie musterte ihren Bruder kühl.

"Du bist einzig und allein deswegen gekommen, nicht wahr, Brian?"

Er wich ihrem Blick aus und schien sich in diesem Moment nicht allzu wohl in seiner Haut zu fühlen. Dann meinte er bissig: "Und wenn schon!"

"Ich habe so etwas in der Art gedacht, Brian."

"Was ist schon dabei! Ich nehme meinen Teil und verschwinde. Du siehst mich nie wieder, Geraldine, das ist versprochen!"

Geraldine verzog den Mund.

"Dir passt Dads Tod gut in den Kram, nicht wahr, Brian?" Brian runzelte die Stirn.

"Was soll das?"

"Gib es zu!"

"Ja, gut, ich gebe es zu! Etwas Besseres hätte mir gar nicht passieren können, als dass jemand daherkommt und ihn niederschießt! Wer weiß, wie lange ich sonst noch auf mein Geld hätte warten müssen!"

Geraldine lachte freudlos.

"'Mein Geld!' - Eine feine Art hast du, das auszudrücken!"

"Was soll das ganze eigentlich? Soll das eine Art Verhör sein?

Denkst du vielleicht, ich hätte Dad auf dem Gewissen."

"Ein Motiv hättest du doch, oder etwa nicht? Du hast es vorhin ja selbst zugegeben!" Sie musterte ihn kurz, sah wie er mit zitterigen Fingern nach der Flasche griff und sie zum Mund führte.

Dann schüttelte sie energisch den Kopf.

"Nein, Brian, ich denke, es ist ziemlich ausgeschlossen, dass du es warst. Schau dir nur deine Hände an... Du bist doch gar nicht in der Lage, eine Waffe ruhig genug zu halten, um damit jemanden zu treffen."

Brian lief puterrot an und knurrte ärgerlich vor sich hin.

"Man muss stets versuchen, aus den Dingen seinen Nutzen zu ziehen, ganz gleich in welche Richtung sie laufen", meinte Brian dann, nachdem er einen kräftigen Schluck genommen hatte. "Ich habe gewusst, dass es irgendwann soweit sein würde. Und jetzt ist es eben soweit. Jetzt hat er die Kugel im Schädel, die schon vor langer Zeit für ihn bestimmt gewesen ist."

"Gute Nacht, Brian. Ich hoffe, du verschwindest hier möglichst schnell wieder."

"Gute Nacht Schwester! Sobald ich mein Geld habe, kann ich mir jedes Hotel leisten!"

20

Es war eine üble Absteige, rund um die Uhr geöffnet und im Drei-Schicht-System mit jeweils wechselnden Portiers besetzt. Aber für den Mann, der in diesem Augenblick durch die Tür trat war es genau das Richtige.

Der Mann war hochgewachsen und schlecht gekleidet und trat mit bedächtigen Schritten auf den Tresen zu, hinter dem der Nachtportier saß.

Dieser schreckte von seiner Illustrierten hoch, in der er Kreuzworträtsel gelöst hatte.

Der Portier musste schlucken, als er das Gesicht seines Gegenübers sah. Im Schein der Neon-Röhre war die Narbe gut sichtbar, die die rechte Gesichtshälfte verunstaltete.

"Was wollen Sie?", fragte der Portier.

"Ich wohne hier."

Der Portier runzelte die Stirn, während der Mann mit der Narbe mit der flachen Hand auf den Tresen schlug. Seine Augen waren kaum mehr als schmale Schlitze, sein Mund ein dünner Strich.

Der Portier hatte diesen Mann noch nie gesehen, aber bei dem schichtweise wechselnden Personal war das auch kein Wunder.

"Welche Nummer?"

"Dreiundzwanzig."

Der Portier drehte sich herum und ging zu dem Nagelbrett, an dem die Schlüssel hingen. Schließlich hatte er den richtigen gefunden und knallte ihn eine Sekunde später auf den Tresen.

"Hier, Mister..."

Der Narbige hob den Kopf und unterzog sein Gegenüber einer kurzen Musterung.
"Bridger!", flüsterte er dann.
Es war der Name, unter dem er sich eingetragen hatte, aber es war nicht sein wirklicher.
"Wollen Sie Frühstück, Mister Bridger?"
"Nein."
Der Portier zuckte mit den Schultern.
"Wie Sie wollen..."
"Noch was?"
"Nein."
"Das ist gut. Sie quatschen nämlich zuviel, Mister!"
"Ich dachte nur..."
"Gute Nacht!"
Der Mann, der sich Bridger nannte, drehte sich um und ging die Treppe hinauf, um zu seinem Zimmer zu gelangen. Die Stufen knarrten entsetzlich...
Es hat mich niemand gesehen, dachte er und fühlte die Schalldämpfer-Pistole in der Tasche seiner Parka. Verdammt, es ist alles in Ordnung! Alles läuft wie am Schnürchen!
Aber Bridger war unruhig.
Er fühlte seinen Puls schlagen, obwohl es dafür doch eigentlich keinen Anlass gab. Brady war tot und die Gefahr, die er dargestellt hatte vorüber.
Bridger öffnete die Tür zu seinem Zimmer und verschloss sie sogleich sorgfältig hinter sich.
Dann atmete er tief durch.
Es war noch nicht zu Ende!
Roy Brady war nicht der Letzte auf seiner Liste!

21

Als Bount Reiniger am nächsten Morgen ins Büro kam, schlug ihm gleich Junes helle Stimme entgegen.
"Bount! Du kommst gerade richtig!"
"Was ist denn?"
"Telefon!"
Sie hielt den Hörer in der Hand.
Bount behielt den Mantel an. Er hatte es so im Gefühl, dass es sich vielleicht nicht lohnte, ihn auszuziehen.
"Wer ist es?"
"Captain Rogers."
Bount pfiff kurz durch die Zähne und den Hörer.
"Toby?"
"Ja, ich bin's!"
"Sag bloß, die Polizei arbeitet schon zu dieser frühen Stunde!"
"Jetzt ist keine Zeit für Witze, Bount! Wir wollen Maldini einen Besuch abstatten! Und da dachte ich, dass du vielleicht gerne dabei sein möchtest!"
Bount musste unwillkürlich grinsen.
"Schön, dass du an mich gedacht hast...", meinte er mit einem deutlich sarkastischen Unterton.
In Wahrheit konnte das nur heißen, dass Rogers bei seinen Ermittlungen gegen Maldini auf der Stelle trat und er von oben Druck bekommen hatte.
Nun, es war Bount einerlei worin die großzügige Kooperationsbereitschaft letztlich begründet lag.
"Wir sind schon auf dem Weg!", meinte Rogers. "Halte dich bereit! Wir kommen bei dir vorbei und laden dich ein!"

"Okay!"

Bount legte auf.

Er würde Maldini einige Fragen zu stellen haben. Und es konnte sicher nicht schaden, den Antworten genau zuzuhören. Vielleicht kam ja etwas dabei heraus.

Bount stand einen Augenblick lang nachdenklich da, dann holte er einen zerknitterten Zettel aus seiner Tasche, auf dem ein paar Namen standen, die er sich am Vortag in Rogers' Büro aufgeschrieben hatte.

"Was ist das?", fragte June.

"Eine Liste", murmelte Bount lakonisch. "Eine Liste von Männern , die allesamt zu Maldinis Organisation gehören oder mit ihm zu tun hatten - und nun mausetot sind." June warf einen Blick darauf.

"Joel Gardener...", entzifferte sie.

"Ein Barbesitzer", meinte Bount. "Aber das war vermutlich nur Tarnung."

"Was machte er wirklich?"

"Er handelte mit Crack und anderen synthetischen Drogen. Und zwar im großen Stil. Leider wird man es ihm jetzt wohl kaum noch nachweisen können."

"Und wer ist das? Perry Crawford?"

"Ein Hehler."

"Für was?"

"Alles, was sich denken lässt."

"Genau wie Roy Brady, dein Informant!"

"Ja, aber Crawford war ein paar Nummern größer." In Gedanken setzte Bount die Namen Brady und Kostler hinzu.

Aber sie schienen irgendwie nicht zu passen. Brady nicht, weil er ein zu kleiner Fisch gewesen war und Kostler nicht, weil er seit Jahrzehnten ein seriöser Geschäftsmann war, der mit Maldini und seiner Organisation nichts zu tun gehabt hatte... Irgendetwas stimmt hier nicht, dachte Bount unwillkürlich. Er schob June die Liste hinüber.

"Hier!", meinte er. "Ich habe sie mir schon dutzendfach angeschaut - alle Daten, die mir wichtig erschienen, habe ich mir aus Rogers' Akten herausgeschrieben..."

Vier Namen standen dort.

Außer Crawford und Gardener noch der von Jack McCarthy, der ein Inkasso-Büro betrieb und unter anderem für Maldini Schulden eintrieb sowie Ray Gregor, der ein Büro betrieb, dass unter anderem Söldner vermittelte.

Vermutlich hatte Gregor seine Finger aber auch im internationalen Waffenhandel und vermittelte Mordaufträge an professionelle Killer.

Einmal war er deswegen schon festgenommen worden. Man hatte sein Büro abgehört und ihn dabei erwischt, wie er sich gerade um die Belange eines kümmerte, der einen unliebsamen Konkurrenten aus dem Weg geräumt haben wollte. Aber man hatte Ray Gregor wieder freilassen müssen, weil den Beamten ein schwerwiegender Formfehler passiert war, die dazu geführt hatten, dass das gesamte Beweismaterial nicht berücksichtigt werden konnte.

In den letzten Jahren Gregor sich besser vorgesehen und alles vermieden, um mit der Polizei in Konflikt zu kommen. Aber niemand, der ich in der Szene auskannte, zweifelte daran, dass er nach war aktiv war.

"Rechnet man Kostler und Brady hinzu, dann haben alle gemeinsam, dass sie etwa zwischen vierzig und fünfzig sind!", meinte June nachdenklich.

Bount nickte.

"Genau wie Maldini. Und sie sind auch alle zusammen groß geworden in der Unterwelt. Einer hat den anderen abgestützt. Nur Kostler ist da irgendwann ausgestiegen."

"Wenn Maldini es ist, der sie alle - einer nach dem anderen von einem Profi killen lässt - dann verstehe ich nicht, warum er das tun sollte!"

Er zuckte die Achseln.

"Mal sehen, was Maldini so ausspuckt!", meinte er dann.

22

Eine Viertelstunde später saß Reiniger neben Captain Rogers auf dem Rücksitz eines Streifenwagens.

"Wohin geht es jetzt?", fragte Bount.

"In Maldinis Büro. Dort sind wir mit ihm verabredet!"

"Oh, ihr habt euch richtig schön brav angemeldet!"

"Und wenn schon..."

"Ich habe ja nichts gesagt, Toby!"

"Dann will ich auch nichts gehört haben."

"Ihr sitzt fest, nicht wahr? Gegen Maldini kommt ihr nicht weiter, da beißt ihr auf Granit!"

"Bount, du weißt doch selbst, was das für einer ist..."

"Natürlich weiß ich das!"

"Okay, du hast Recht! Es ist genau so, wie du vermutet hast: Wir stecken fest! Alles sieht nach einer Säuberungsaktion Maldinis in den eigenen Reihen aus... Alle Opfer wurden mit derselben Waffe erschossen."

"Das steht inzwischen fest?"

"Ja. Felsenfest. Übrigens wurden mit dieser Waffe auch Larry Kostler und Roy Brady erschossen!"

"Dann wird es auch derselbe Kerl gewesen sein, der sie abgedrückt hat, nicht wahr?"

"Sieht so aus, Bount."

"Sollte man von einem wirklichen Profi nicht erwarten, dass er nach jedem Mord die Waffe verschwinden lässt und sich eine andere besorgt - schon allein, um es unmöglich zu machen, irgendwelche Verbindungslinien zu ziehen..." Rogers zuckte mit den Schultern.

"Wahrscheinlich hat jeder Killer seine eigenen Methoden, Bount!"

"War ja nur so ein Gedanke."

Bount machte eine unbestimmte Geste mit der Hand und zuckte mit den Schultern.

Dann fuhr er nachdenklich fort: "Trotzdem scheinen mir Kostler und Brady nicht so ganz in die Serie hineinzupassen... Aber warten wir erst einmal ab, was Maldini uns zu erzählen hat."

"Am Telefon schien er mir ganz zugänglich", meinte Rogers. "Machte ganz einen auf seriösen Geschäftsmann."

"Das war ja schon immer seine Tour."

"Richtig, Bount. Entweder er hat wirklich nichts mit den Morden zu tun - was ich nicht glaube - oder..."

"Oder?"

"Oder aber er fühlt sich verdammt sicher!"

"Und das wahrscheinlich mit Recht! Er war ja schließlich immer sehr vorsichtig."

Toby Rogers verzog das Gesicht.

"Dieser verdammte Hund tanzt uns schon viel zu lange ungestraft auf der Nase herum!" Rogers schnappte nach Luft und ächzte.

"Was ist mit dem Killer?", fragte Bount unvermittelt.

"Du meinst den mit der Narbe!"

"Ja."

"Fehlanzeige!"

"Was?"

"Ja, in den Polizeiarchiven gibt es nichts über einen Killer mit einer solchen Narbe!"

"Das ist seltsam..."

"Tut mir leid, aber es ist so! Ich habe ihn in die Fahndung gegeben. Ein Phantombild ist an die Presse gegangen. Vielleicht kommt ja etwas dabei heraus."

"Hoffentlich! Dieser Mann ist schließlich nicht gerade unauffällig, was seine äußere Erscheinung angeht. Irgendjemand muss ihn ja sonst noch gesehen haben! Schließlich muss der Kerl irgendwo schlafen, er muss sich ernähren..."

"Täusch dich da nicht, Bount! Auch mitten in New York kann man wie ein Eremit leben! Ich hoffe nur, dass dieser Stadtstreicher dir nicht einen Bären aufgebunden hat!"

Bount schüttelte energisch den Kopf.

"Nein, daran glaube ich nicht."

Bount seufzte.

Dass der Killer mit der Narbe nicht in den Archiven zu finden war konnte einerseits bedeuten, dass dieser Mann bisher noch nicht einschlägig in Erscheinung getreten war. Und das würde die Suche nach ihm nicht gerade erleichtern.

Die andere Möglichkeit war, dass er seine Narbe noch nicht allzulange hatte...

23

Tony Maldini residierte im Johnston Building, einem gigantischen Büroturm, den ein Versicherungskonzern hatte bauen lassen.

Drei Etagen hatte Maldini gemietet - und um das bezahlen zu können, musste schon einiges auf den Tisch blättern. Seinen Geschäften konnte es also nicht allzu schlecht gehen. Als Reiniger und Rogers mit dem Aufzug in den zwanzigsten Stock gekommen waren, versperrten ihnen zwei bärenhafte Gorillas den Weg, die nicht die Absicht zu haben schienen, sie weiter vor zu lassen.

Rogers zeigte seine Marke, aber das beeindruckte sie wohl nicht allzu sehr.

Der eine bleckte nur angriffslustig die Zähne und blickte verächtlich auf den Captain herab.

"Haben Sie einen Durchsuchungsbefehl, Mister?"

"Wir sind mit Mister Maldini verabredet!"

"Davon wissen wir nichts!"

"Dann schlage ich vor, Sie fragen mal eben kurz Ihren Boss!", mischte Bount sich ein. "Schätze, dann ersparen Sie uns und Ihnen einigen Ärger!"

Die Kerle wechselten einen Blick und schienen einen Augenblick nachdenken zu müssen. Dem äußeren Anschein nach schienen sie über jede Menge Muskeln zu verfügen, aber um ihre geistigen Gaben schien es nicht ganz so gut bestellt zu sein. Dann kam ein kleiner, hagerer Mann mit einer unwahrscheinlich dicken Hornbrille.

"Wer ist das?", fragte er die beiden Gorillas.

"Polizei. Die wollen zum Chef."

Die Hornbrille kam näher und wandte sich an Reiniger.
"Rogers?"
Bount deutete neben sich.
"Nein, das hier ist Rogers! Ich begleite ihn nur." Die Hornbrille nickte den Gorillas zu. "Das geht schon in Ordnung, Leute. Der Boss erwartet diese Gentlemen bereits!"
"Na endlich!", brummte Rogers.
"Lässt du dich eigentlich immer so behandeln, Toby?", zischte Bount dem Captain zu, woraufhin dieser nur etwas Unverständliches vor sich hin knurrte.
"Wenn sie mir bitte folgen würden, Gentlemen!", meinte die Hornbrille.
Der kleine Mann rückte sich die Krawatte zurecht und ging dann vorne weg.
"Ein paar nette Mitarbeiter haben Sie da aber!", meinte Bount sarkastisch.
"Sie müssen schon entschuldigen!", erwiderte die Hornbrille eilfertig. "Sie sind etwas ungehobelt, aber sie verstehen ihr Fach..."
Bount grinste.
"Das glaube ich Ihnen aufs Wort."
Sie gingen durch eine Tür, dann eine weitere, kamen durch ein Vorzimmer mit zwei Sekretärinnen und dann standen sie schließlich vor jener Tür, die zum Büro des großen Tony Maldini führte.
Die Hornbrille drücke auf den Knopf an der Sprechanlage.
"Mr. Maldini? Rogers ist da!"
Keine Antwort.
"Sollen wir hereinkommen, Mister Maldini?" Immer noch keine Antwort.
Die Hornbrille schien ratlos zu sein und runzelte die Stirn.
"Mister Maldini..."
"Ist er auch bestimmt in diesem Büro?", fragte Bount eine der Sekretärinnen.

"Aber sicher doch!", beeilte diese sich. "Und wenn er herausgekommen wäre, dann hätten Lucy und ich ihn ja wohl sehen müssen, oder?"

Bount zuckte mit den Schultern.

"Einen zweiten Ausgang gibt es nicht?"

"Nein."

"Da stimmt etwas nicht!", meinte die Hornbrille.

"Sehen wir mal nach!", murmelte Bount entschlossen.

24

Sie traten durch die Tür und Bounts Rechte ging instinktiv zum Schulterholster, als er Maldini mit einem kleinen, runden Loch mitten in der Stirn hinter dem protzigen Schreibtisch sitzen sah.

Bounts Blick ging durch den Raum, aber es war ihm schon nach wenigen Augenblicken klar, dass hier schon alles gelaufen war.

So ließ er dann die Waffe wieder sinken.

"Scheint, als kämen wir zu spät", murmelte Bount. Langsam näherten sie sich dem Schreibtisch. Maldini blickte ihnen mit starren, toten Augen entgegen.

"Oh, mein Gott!", stöhnte die Hornbrille. Und dann waren auch die beiden Sekretärinnen hereingekommen und stießen jeder einen Laut der Verwunderung und des Schreckens aus.

"Verflucht!", schimpfte Rogers.

Und er hatte allen Grund dazu.

Es war sicher nicht Trauer um einen Verbrecher, auf dessen Konto vermutlich auch der eine oder andere bezahlte Mordauftrag ging. Es war wohl eher die Tatsache, dass er jetzt völlig von vorne anfangen musste.

Mit der Linken wischte Rogers sich den Schweiß von der Stirn. Dann wandte er sich an die Hornbrille.

"Schätze, dass ist jetzt unser Job, Mister!" Der kleine, dünne Mann nickte.

"Natürlich, Sir!"

Rogers ging zum Telefon auf dem Schreibtisch und wählte die Nummer der Polizei.

Sollte die Spurensicherung das Büro mal richtig unter die Lupe nehmen...

25

Als sich der erste Schrecken bei den Anwesenden gelegt hatte, nahm sich Bount die beiden Sekretärinnen zur Brust. Die eine war klein und brünett, die andere hochgewachsen, schlank und rothaarig.

"Ist irgendjemand hier heraus oder hereingekommen! Bitte überlegen Sie gut!"

Die Brünette schüttelte energisch den Kopf.

"Nein, ich habe niemanden gesehen!", meinte sie. Ihr Gesicht, das wenige Augenblicke zuvor noch eine frische, rosige Farbe gehabt hatte, war indessen bleich geworden.

"Aber irgendjemand muss hier gewesen sein!", beharrte Bount.

"Wann ist Mister Maldini denn heute ins Büro gekommen?"

"Etwa eine halbe Stunde, bevor Sie hier aufgekreuzt sind."

"Ist das seine übliche Zeit?"

"Ja. Meistens kommt er sogar noch früher. Er ist ein sehr hart arbeitender, fleißiger Mann. Ich meine, er war..." Mir kommen gleich die Tränen!, dachte Bount bei sich, aber konnte sich zurückhalten und ließ es nicht über die Lippen kommen.

"Moment mal!", meinte dann die Rothaarige. Bount horchte auf und sah ihr direkt in die Augen, in denen es jetzt verheißungsvoll blitzte.

"Ja?"

"Da war doch jemand in Mister Maldinis Büro?"

"Was Sie nicht sagen..."

"Ja. Ein Heizungsmonteur. An der Zentralheizung ist gearbeitet worden und es sollte jemand kommen, um zu überprüfen, ob sich Luft in den Heizkörpern gestaut hat. Das ist im Grunde etwas ganz Normales. Wissen Sie, wir haben nämlich Probleme mit der Heizung im Haus und deswegen war schon ein paar Mal jemand hier."

"Es war ein Mann?"

"Ja. Und er kam bevor Mister Maldini sein Büro betrat und verließ es wieder ein paar Sekunden, nachdem der Chef eingetreten war."

"Hat jemand von Ihnen Maldini danach noch einmal lebend gesehen?"

"Nein!", sagte die Rothaarige.

Und auch die Brünette schüttelte den Kopf. "Nein" meinte sie.

"Er hat auch nicht die Sprechanlage benutzt. Jetzt erinnere ich mich auch. Hatte der Man nicht so eine hässliche Narbe - mitten über das Gesicht?"

26

Eine halbe Stunde später war das Büro von Tony Maldini von einem halben Dutzend Polizisten bevölkert, die nach jeder noch so kleinen Spur suchten.
Rogers hatte indessen die Hornbrille verhört, die auf den Namen Ed Rolston hörte.
Aber Rolston hatte sich ziemlich zugeknöpft gegeben. Es war nicht viel bei der Sache heraus gekommen. Jetzt stand Rogers mit einer Kaffeetasse in der Hand da und nippte unlustig an dem Gebräu, dass ihm die Rothaarige aufgesetzt hatte.
Bount klopfte ihm aufmunternd auf die Schulter.
"Nimm's nicht so tragisch, Toby!"
"Ah, du hast gut reden!"
"Ich weiß gar nicht was du hast, Toby! Immerhin kannst du hier jetzt endlich mal das unterste zu oberst kehren! Das wolltest du immer schon, nicht wahr? Einmal in Maldinis Heiligstem herumwühlen..."
"Ja, schon..."
"Na, also! Wenn das nichts ist! Und nun kann dir niemand Steine in den Weg legen! Mord ist ein Offizialdelikt, das in jedem Fall verfolgt werden muss! Es wird also keine Schwierigkeit mehr sein, jeden Durchsuchungsbefehl in dieser Sache zu bekommen, den du brauchst."
"So habe ich das noch nicht gesehen. Aber andererseits tappen wir jetzt völlig im Dunkeln, was hinter diesen Morden steckt. Eine Säuberungsaktion Maldinis in seiner Organisation scheidet jetzt wohl endgültig aus..."

"Ja, schließlich ist nicht anzunehmen, dass Maldini sich selbst liquidieren ließ."

"Wie dem auch sei, Bount. Einen Unschuldigen hat es jedenfalls nicht getroffen."

"Es wird jetzt wohl eine Reihe von Kämpfen um die Thronfolge in der Organisation geben."

"Ja, das ist zu befürchten", stimmte Bount zu. Als der Privatdetektiv sich dann zum Gehen wandte, runzelte Rogers die Stirn. "Was hast du jetzt vor?"

"Ich werde mir ein Taxi nehmen und zu Kostlers Beerdigung fahren", meinte er.

"Versprichst du dir davon etwas?"

Bount zuckte mit den Schultern.

"Kann ich noch nicht sagen. Aber da muss irgendein entscheidender Faktor sein, den wir noch nicht kennen. Irgendeine Gemeinsamkeit zwischen den Opfern. Und Kostler hat eine Schlüsselstellung auf der Liste."

"Wieso?"

"Weil er offensichtlich herausfällt. Alle außer ihm waren vermutlich auf die eine oder andere Weise in der Unterwelt aktiv. Nur Kostler nicht. Seine zweifelhafte Zeit liegt schon sehr lange zurück."

"Cummings hat mir gesagt, dass es da einen geklebten Brief gab..."

"Ja, Toby. Und das ist auch so einer Merkwürdigkeit. ENDLICH HABE ICH DICH GEFUNDEN, DU RATTE. Könnte nach Maldini klingen, so dachte ich mir erst. Schließlich hat Kostler ihm in grauer Vorzeit mal kräftig auf die Füße getreten, so kräftig, dass kein Syndikatsboss der ganzen Welt so etwas durchgehen lassen könnte, ohne seine eigene Position zu gefährden. Aber wenn der Kerl mit der Narbe sowohl Kostler wie Maldini umgebracht hat, muss etwas anders dahinterstecken!"

27

Bount Reiniger ließ sich von einem Taxi zurück zu seinem Büro in der 5th Avenue bringen. Von dort fuhr er dann mit seinem eigenen Wagen hinaus in Richtung Long Island, wo auf einem Methodistenfriedhof Larry Kostler zur letzten Ruhe gebettet wurde.

Er würde nicht mehr pünktlich kommen, aber das störte Bount nicht besonders. Die Predigt interessierte ihn ohnehin nicht sonderlich, eher schon, wer sich auf dieser Beerdigung alles einfand.

Vielleicht konnte das irgendwelchen Aufschluss geben, auch wenn er da nicht allzu zuversichtlich war.

Und dann musste er unbedingt mit Geraldine Kostler sprechen. Nach wie vor hatte er das dumpfe Gefühl, dass sie ihm etwas Entscheidendes vorenthielt.

Als Bount den richtigen Friedhof erreicht hatte war es bereits früher Nachmittag und alles schien schon annähernd vorbei zu sein.

Der Sarg war längst in der versenkt, der Geistliche hatte seine salbungsvollen Worte gesprochen und dann gingen sie einer nach dem anderen zum Grab.

Bount stellte seinen 500 SL irgendwo in der Nähe ab und wartete am Ausgang des Friedhofs.

Es lag nicht in seiner Absicht irgendjemanden in seiner Trauer zu stören.

Er rieb sich die Hände und beobachtete die kleine Ansammlung von Menschen, die Larry Kostlers Sarg gefolgt war. Es waren nicht viele - nicht, wenn man bedachte, dass Larry Kostler kein ganz unwichtiger Mann war.

Geraldine war da, mit einem dunklen Schleier vor dem Gesicht - und natürlich Brian Kostler, ihr zwielichtiger Bruder. Brian hatte eine rote Nase und Bount war sich nicht schlüssig darüber, ob die von der Kälte herrührte...

"Na, wie geht's, Schnüffler?"

Bount wirbelte herum und sah einen Cowboyhut und ein freches Grinsen.

Es war Cummings, der Polizist.

Offensichtlich hatte er dieselbe Idee gehabt wie Bount und sich die Trauergesellschaft einmal aus sicherer Entfernung angesehen.

"Schon weitergekommen?", fragte Bount nicht ohne eine Portion Spott in der Stimme.

Er schüttelte den Kopf.

"Alles deutete auf Maldini..."

"Und der ist jetzt tot!"

Cummings nickte.

"Ja."

Bount runzelte die Stirn.

"Woher wissen Sie das so schnell?"

"Captain Rogers hat es mir durchgegeben!" Er machte ein nicht besonders glückliches Gesicht. Seine Mundwinkel wirkten irgendwie verkniffen. "Diese Mordserie ist ja jetzt Chefangelegenheit!", zischte er.

Bount lächelte dünn.

"Sie wollen sich die Sporen lieber allein verdienen, was, Cummings?"

Cummings machte eine wegwerfende Geste.

"Was dagegen?"

"Nein."

"Man muss ja schließlich vorwärtskommen!"

"Mir geht es in erster Linie darum, einen kaltblütigen Killer aufzuspüren!"

Die Blicke der beiden Männer begegneten sich kurz, dann zuckte Cummings mit den Schultern.

"Spielt doch eigentlich keine Rolle, warum jemand etwas tut, finden Sie nicht auch?"

"Ich weiß nicht, ob ich mich da Ihrer Meinung anschließen kann..."

"Die Hauptsache ist und bleibt, was am Schluss dabei herauskommt, Reiniger! Nichts anderes!"

Bount hatte keine Lust, die Diskussion zu vertiefen. Er deutete zu den Trauernden.

"Vielleicht können Sie mir weiterhelfen, Cummings." Der Polizist verzog das Gesicht zu einer Grimasse.

"Wenn's sein muss."

"Ich kenne Miss Geraldine und ihren Bruder Brian..."

"Den Säufer..."

"Ja, genau den. Vielleicht können Sie mir bei den anderen weiterhelfen."

"Es sind Leute der Larry Kostler Holding", meinte Cummings.

"Buchhalter, Börsenmakler und solche Leute."

"Dort sehe ich ja auch unseren Freund Dickson. Haben Sie dem eigentlich mal richtig auf den Zahn gefühlt, Cummings?"

Cummings Augen wurden zu schmalen Schlitzen. "Was ist mit diesem Dickson?"

"Ich bin nach wie vor der Ansicht, dass er ein Motiv haben könnte..."

"Ich habe mit ihm gesprochen."

Reiniger zog die Augenbrauen hoch.

"Und?"

"Er war nicht sehr auskunftsfreudig. Meinen Sie, dass er Kostler auf dem Gewissen haben könnte?"

Bount zuckte mit den Schultern.

"Normalerweise ja. Aber es fehlt die Verbindung zu Maldini..."

Die Trauergesellschaft löste sich nun langsam auf. Bount wartete, bis Geraldine in der Gesellschaft ihres Bruders herankam. Brian machte ein missmutiges Gesicht, während von Geraldines hübschem Antlitz auf Grund des dunklen Schleiers nicht viel zu sehen war.

"Herzliches Beileid, Geraldine...", murmelte Bount und nahm ihre Hand.

"Danke", war die knappe Erwiderung.

"Geraldine, ich muss unbedingt mit Ihnen reden."

"Jetzt?"

"Ja. Jetzt sofort. Drüben steht mein Wagen..." Aus irgendeinem Grund schien sie davon nicht allzu sehr begeistert zu sein.

Sie war heute auffällig kühl und abweisend.

"Ich bin selbst mit dem Wagen hier, Bount!" Brian Kostler unterzog Bount Reiniger einer kritischen Musterung. In seinen Zügen stand deutlich so etwas wie Verachtung, vielleicht auch ein bisschen Unbehagen.

"Ist irgendetwas geschehen?", fragte Brian. Bount nickte.

"Allerdings..."

Brian zog die Augenbrauen hoch. Und dann konnte Cummings sich nicht mehr zurückhalten und meinte: "Maldini ist erschossen worden!"

Es dauerte eine Sekunde, bis einer der beiden Geschwister dazu etwas sagte.

Zu Schade!, durchfuhr es Bount. Geraldine hatte noch immer in den Schleier vor ihrem Gesicht, aber gerade in diesem Augenblick hätte er gerne ihre Reaktion auf diese Nachricht gesehen.

Brian machte jedenfalls keinen besonders überraschten Eindruck.

"Das ist doch der Kerl, der Dad auf dem Gewissen hat, nicht wahr?", wandte er sich an seine Schwester.

"Ja", murmelte Geraldine fast tonlos. Und dann setzte sie noch hinzu: "Das kommt sehr überraschend, Bount!" Bount nickte.

"Nicht nur für Sie, Geraldine."

"Erwarten Sie nicht, dass ich ein Wort des Bedauerns oder des Mitgefühls für Tony Maldini hätte."

"Nein, das erwarte ich nicht."

"Wer immer ihn umgebracht hat, ich würde ihm von Herzen danken, wenn er hier vor mir stünde. Maldini hat Dad umgebracht und dafür hat er zahlen müssen. So sehe ich das. Es mag hart klingen, aber ich empfinde nun einmal so." Bount zuckte mit den Schultern.

Dann setzte er noch einmal an.

"Sie irren sich, Geraldine."

"In wie fern, Bount?" Sie schüttelte energisch den Kopf und ehe Bount etwas sagen konnte, war sie bereits fortgefahren. "Sie haben keine Ahnung, wie es in meinem Inneren aussieht, Bount! Was wissen Sie schon!"

Ihre Stimme klang bitter. Bount wartete erst einmal ab und hörte ihr zu.

Dann begann er: "Nun..."

"Bount, Sie haben sich wunderbar für meine Angelegenheiten eingesetzt. Dafür bin ich Ihnen sehr dankbar. Ich bin vollauf mit Ihnen zufrieden."

Bount Reiniger begann zu spüren, dass der Wind jetzt mit einem Mal aus einer anderen Richtung blies. Und so überraschte ihn das, was dann über die Lippen der schönen Geraldine kam auch nicht mehr sonderlich - wenn er es auch noch nicht vollständig begriff.

"Ihr Job ist beendet, Bount Reiniger!" Bount verzog das Gesicht.

"Beendet?"

"Ja. Der Mann, der meinen Vater jahrelang in Angst leben und ihn dann umbringen ließ, hat seine gerechte Strafe bekommen. Ob es der elektrische Stuhl oder irgendein dahergelaufener Killer war, der ihn über den Jordan geschickt hat - das spielt vielleicht für einen Juristen eine gewisse Rolle. Aber nicht für mich!" Ein mattes Lächeln begann um Bounts Lippen zu spielen.

"Ich wusste gar nicht, dass Sie so hart sein können!"

"Oh, Bount! Vielleicht ist das alles etwas zuviel für mich. Der Tod meines Vaters, dieser feige Mord. Wir standen uns wirklich sehr nahe, Bount!"

"Schon gut, Geraldine! Aber wie dem auch immer sei: Sie irren sich gewaltig!"

"In wie fern?"

"Diese Sache ist keineswegs zu Ende, Miss!"

"Und warum nicht?"

"Der Mörder von Maldini ist auch der Mörder Ihres Vaters gewesen."

Geraldines Gesicht erstarrte und ihre Stirn legte sich in Falten. Bei Brian, ihrem Bruder, traten die Augen vor Verwunderung stark aus ihren Höhlen hervor.

"Ist das sicher?", fragte Geraldine dann. Bount nickte.

"Ja."

Sie machte eine Geste der Hilflosigkeit.

"Aber wo ist da ein Zusammenhang? Wo eine Verbindung? Der Gedanke, dass mein Vater und Maldini einen gemeinsamen Feind haben - das ist doch absurd!"

"Es scheint aber so zu sein!"

Bount Reiniger rieb sich nachdenklich das Kinn und dann sah er mit den Augenwinkeln einen Sportwagen heranbrausen, dessen Scheiben verdunkelt waren.

In der nächsten Sekunde brach die Hölle los...

28

Die Seitenscheibe des Wagens war an der Fahrerseite ein Stück nach unten geglitten und etwas Dunkles ragte ein paar Zentimeter hinaus.

Es ging alles sehr schnell und dauerte kaum länger als einen Augenaufschlag.

"Achtung!", rief Bount, der als erster begriffen hatte, was hier gespielt hatte - noch bevor die anderen den dunklen Sportwagen überhaupt zur Kenntnis genommen hatten.

Fast lautlos pfiffen die Projektile durch die Luft. Manche schlugen gegen die Sandsteinmauer, die den Friedhof umgrenzte und wurden als gefährliche Querschläger weiter auf die Reise geschickt.

Cummings griff nach seiner Dienstwaffe, die er in einem Schulterholster trug, aber noch ehe er sie in Anschlag gebracht hatte, war er bereits getroffen worden. Ein paar Zentimeter unterhalb der Brust wurde es rot bei ihm, er ächzte, krümmte sich und klappte dann zusammen wie ein Taschenmesser. Auch Brian Kostler hatte es offensichtlich erwischt. Eine Mischung aus Fluch und Schmerzensschrei ging über seine Lippen, als ihn die Wucht eines Geschosses erwischte und nach hinten gegen die Sandsteinmauer riss, an der er dann zu Boden rutschte.

Bount warf sich blitzschnell auf die neben ihm stehende Geraldine und nahm sie mit sich Boden, während ein paar Geschosse über sie beide hinweggingen.

Die kleine Menschenansammlung, die sich am Ausgang des Friedhofs gebildet hatte, stob auseinander. Menschen schrien laut um Hilfe, obwohl nur die wenigsten begriffen hatten, was wirklich vor sich ging.

Panik griff um sich.

Unterdessen rollte Bount Reiniger sich Boden herum, brachte seine Automatic in Anschlag und feuerte ein paarmal in Richtung des Angreifers.

Eine der dunklen Fensterscheiben des Wagens ging zu Bruch, aber es war unmöglich für Bount, zu beurteilen, ob er jemanden getroffen hatte oder nicht.

Von dem Fahrer sah er nichts.

Der geheimnisvolle Killer trat auf das Gaspedal. Reifen quietschten und er brauste davon.

Bount Reiniger sprang auf und legte die Automatic erneut an. Aber er feuerte nicht.

Ein paar der in Panik geratenen Leute waren ihm in den Weg gelaufen.

Diese Narren!, durchzuckte es Bount.

Aber da war wohl nichts mehr zu machen.

Es war zu gefährlich jetzt weiterzuschießen und so senkte er die Waffe.

Die in Panik Geratenen achteten nur auf Reiniger, denn die Schüsse seiner Automatic waren weithin zu hören. dass die Gefahr in Wahrheit aus dem dunklen Sportwagen gekommen war, der jetzt mit heulendem Motor davonraste und hinter der nächsten Ecke verschwand, davon hatten die meisten nichts gemerkt...

"Verdammt!", flüsterte Bount und steckte dann die Waffe wieder ein. Er wandte sich um.

"Ist Ihnen etwas passiert, Geraldine?", fragte er. Aber sie schüttelte den Kopf und stand auf. Den dunklen Schleier, der bis dahin ihr Gesicht bedeckt hatte, hatte sie verloren und ihre Kleidung hatte ziemlich gelitten. Aber sonst schien alles okay.

"Mir geht's gut!", meinte sie erstaunlich gelassen. Von Cummings konnte man das nicht sagen.

Der Polizist lag zusammengekrümmt auf dem Pflaster und rührte sich nicht mehr.

Bount beugte sich nieder und drehte den Polizisten ein Stück herum. Aber da war nichts mehr zu machen.

Er war tot.

Bount stand wieder auf und ging zu Brian Kostler, der Boden saß und stöhnte. Aber er lebte offensichtlich noch.

"Lassen Sie mal sehen!", meinte Bount und sah sich die Wunde an. Es war ein Schuss in den Oberarm.

"Es wird ein bißchen wehtun, aber es ist nicht weiter schlimm!", meinte Bount. "Sie werden es überleben!"

"Sie können gut reden, Sie verdammter Bastard!", brachte er unterdrückt heraus.

"Brian!", fuhr Geraldine dazwischen. "Er hat uns wahrscheinlich das Leben gerettet!"

Brian verzog das Gesicht.

"Zu gütig!", zischte er.

"Brian, du bist unmöglich!"

Er spuckte aus.

"So, bin ich das?"

Und dabei blitzte es in seinen Augen giftig.

Geraldine wandte sich an Reiniger.

"Er ist jetzt wütend auf die ganze Welt, obwohl er froh sein sollte mit Leben davongekommen zu sein. Aber so ist er nun einmal. Ich hoffe, Sie nehmen es ihm nicht übel." Bount schüttelte den Kopf.

"Natürlich nicht."

"Dann ist es ja gut."

"Ich werde jetzt zum Wagen gehen und einen Arzt rufen."

29

Es dauerte nicht lange bis der Notarzt zur Stelle war - und wenig später tauchte auch Rogers mit seinen Leuten auf. Einige von ihnen schwärmten aus, um nach verschossenen Projektilen zu suchen, die der Killer aus seiner Schalldämpferpistole verschossen hatte. Brian war ins nächste Hospital gebracht worden. Die Kugel steckte noch und musste herausgeschnitten werden. Aber er würde bald wieder auf den Beinen sein, vielleicht würde man ihn nicht heute wieder entlassen.

Geraldine wirkte sehr ruhig. Erstaunlich ruhig, wenn man bedachte, was soeben geschehen war. Sie stand da und rauchte eine Zigarette.

Bount warf ihr einen nachdenklichen Blick zu. Dann trat Rogers zu ihm heran.

Der Captain machte ein ratloses Gesicht und kratzte sich hinter den Ohren.

Bount hatte ihm in knappen Worten berichtet, was sich zugetragen hatte.

"Auf wen hatte der Kerl es abgesehen?", fragte Rogers.

Bount zuckte mit den Schultern.

"Jedenfalls wohl kaum auf den, den es letztendlich erwischt hat!"

"Sie sprechen von Cummings, nicht wahr?"

"Ja."

"Schlimme Sache. Er hatte seine Macken, aber er war ein prima Kerl, Bount! Und verdammt noch mal, so wahr ich hier stehe: Ich will den Kerl in die Finger kriegen, der Cummings auf dem Gewissen hat!"

"Cummings hatte Pech!", meinte Bount. "Als der Wagen auftauchte, griff er zur Waffe, und da hat der Kerl ihn niedergestreckt. Dann ging eine wilde Schießerei los, bevor er sich dann davonmachte."

"Was glauben Sie, wem die Sache gegolten hat? Brian Kostler vielleicht?"

"Schwer zu sagen, bevor wir nicht wissen, welches Motiv hinter dieser Serie steckt. Es muss einen Schlüssel zu allem geben, aber wir haben ihn noch nicht, Toby!"

Rogers wandte sich zu Geraldine.

"Was ist mit Ihnen, Miss Kostler?"

Sie blickte auf und schluckte.

Ihre Augen wirkten groß und traurig - und auch ein wenig in sich gekehrt.

"Warum sollte mich jemand umbringen wollen?", fragte Geraldine und machte dann eine hilflose Geste.

Rogers fuhr sich mit einer nervösen Geste über das Gesicht.

"Darüber sollten Sie mal etwas intensiver nachdenken, Miss!" Geraldine hob den Kopf.

Ihr Gesicht war in diesem Augenblick fast bewegungslos. Der Blick ihrer großen Augen ging von Rogers zu Bount Reiniger.

"Ich glaube, Sie machen sich umsonst Sorgen, meine Herren!"

"Warum sind Sie sich da so sicher?", fragte Bount.

"Es gibt niemanden, der es auf mich abgesehen haben könnte. Ich habe keine Feinde, ich..."

Sie stockte und sah die Blicke beider Männer auf sich gerichtet. "Was ist?", fragte sie.

"Ich denke, dass Sie in Gefahr sind!", meinte Bount.

"Und ich denke, dass Sie sich irren, Reiniger! Ich werde Ihnen in den nächsten Tagen Ihr Honorar überweisen und dann ist diese Sache für Sie erledigt!"

Ihre Stimme klang eisig.

Und in Bounts Kopf machte es klick!

Geraldine hatte gerade einen Mordanschlag überlebt, der aller Wahrscheinlichkeit nach ihr und sonst niemandem gegolten hatte. Und genau in diesem Moment rückte sie von Reiniger ab, lehnte Hilfe ab, obwohl noch wie nichts, was den Tod ihres Vaters betraf, wirklich aufgeklärt war.

Das ließ Bount zumindest stutzen, aber er kam nicht dazu, weiter darüber nachzudenken, denn jetzt legte Captain Rogers los.

"Wie steht es mit Ihrem Bruder, Miss Kostler..."

"Brian?"

"Ja, mein Kollege Cummings hat über ihn recherchiert. Er ist pleite und außerdem sind ein paar üble Schuldeneintreiber von der Westküste hinter ihm her. Er braucht also dringend Geld."

"Wer braucht das nicht!", versetzte Geraldine reserviert. Geraldine ließ ihre Zigarette auf den Boden fallen und zertrat sie.

Anschließend blies sie den restlichen Rauch hinaus in die nasskalte Luft.

Dann meinte sie: "Brian war schon immer knapp bei Kasse. Er konnte eben nie mit Geld umgehen - aber bis jetzt hat er deshalb noch niemanden umgebracht... Darauf wollen Sie doch hinaus, oder? Vergessen Sie nicht, dass Brian selbst etwas abbekommen hat!"

Rogers nickte.

"Ja, aber das kann ein 'Unfall' gewesen sein."

"Aber..."

"Ihr Bruder könnte den Auftrag gegeben haben, oder etwa nicht?"

"Er hätte nie genug Geld gehabt, um einen Killer zu bezahlen."

"Vielleicht handelt es sich nicht um einen Profikiller, sondern um jemanden, dem er gewissermaßen eine Provision versprochen hat."

Geraldine wirkte nachdenklich.

"Ich weiß nicht, was ich dazu sagen soll, Sir!" Rogers zeigte Verständnis.

"Wir dürfen keine Möglichkeit außer Acht lassen. Brian Kostler könnte Ihren Vater umgebracht haben, um an sein Erbe heranzukommen. Aber vielleicht hat er keine Lust, es sich mit Ihnen zu teilen..."

Geraldine atmete tief durch.

"Um ehrlich zu sein, ich habe auch schon an diese Möglichkeit gedacht. Ich habe es kaum zu denken gewagt..." Sie schlug die Hände vor das Gesicht.

Bount konnte sich nicht helfen. Irgendwie erschien ihm diese Geste ein wenig übertrieben. Aber es war nur so ein unbestimmtes Gefühl, nicht mehr.

"Aber wie passen die anderen Morde da hinein, die doch offensichtlich von dem selben Killer durchgeführt wurden. Was hat Brian Kostler mit einem New Yorker Barbesitzer zu schaffen, der in großem Stil mit Crack dealt? Was könnte er mit Roy Brady zu tun haben? Ganz zu schweigen von Tony Maldini!" Bount Reiniger schüttelte energisch den Kopf. "Nein, vergiss es, Toby! Brian Kostler ist nicht unser Mann!"

"Da wäre ich mir nicht so sicher, Bount! Immerhin hatte er ein Motiv..."

Bount nickte.

"Ein Motiv für Larry Kostler, ja. Und auch für Geraldine. Aber was ist mit den anderen?"

30

Bridger trat das Gaspedal durch und brauste über die Straße. Er hörte das Hupen der anderen Autos nur am Rande. Was er tat war gefährlich, aber es musste sein.

Ein Wagen mit zerschossener Scheibe fiel auf.

Er musste ihn so schnell wie möglich loswerden. Der Wagen war gestohlen, das Nummernschild gefälscht. Bridger hätte ihn ohnehin bald abstoßen müssen.

Er fuhr in eine Seitenstraße, stellte ihn ab, stieg aus und ließ ihn zurück.

Er blickte sich um.

Im Geiste hörte er bereits die Sirenen der Polizeiwagen, aber da kam niemand um die Ecke gefahren.

Innerlich verfluchte er sich dafür, dass er den Falschen getroffen hatte. Er würde es noch einmal probieren müssen. Daran führte kein Weg vorbei.

Aber da war dieser seltsam aussehende Mann mit dem Cowboyhut gewesen, der plötzlich eine Waffe hervorgeholt hatte...

In Bridgers Kopf arbeitete es.

Das konnte bedeuten, dass es sich um einen Polizisten handelte. Er ballte unwillkürlich die Hände zu Fäusten. Wenn dem wirklich so war, dann konnte es gefährlich für ihn werden. Jeden Tag geschahen in einer Stadt wie New York Morde, die nie aufgeklärt wurden und irgendwann unter dem Aktenberg verschwanden.

Bandenmorde, Auftragstaten und so weiter...

Aber wenn es einen der Cops erwischte, dass wusste Bridger, dann setzten die Kollegen alles daran, den Schuldigen zu finden!

Bridger hetzte voran, bog in eine weitere Nebenstraße ein, dann in noch eine und kam schließlich nach einer Viertelstunde in eine belebtere Gegend.

Plötzlich fühlte er ein Augenpaar auf sich gerichtet. Bridger hob den Kopf und sah eine Frau in den mittleren Jahren, die ihn intensiv anstarrte.

In den Händen hatte sie eine Einkaufstasche und als Bridger ihren angespannten Blick erwiderte, schluckte sie und blickte zur Seite.

Was glotzt die so?, dachte Bridger und ging weiter.

Schließlich kam an eine U-Bahn-Station. Bridger fuhr wahllos ein paar Stationen und stieg wiederholt um. Wenn ihm doch jemand auf den Fersen war, dann sollte er es so schwer wie möglich haben.

Der Parka-Tasche fühlte er nach dem Griff der Pistole, die sich dort befand. Das gab ihm ein Gefühl der Sicherheit - wenn dieses Gefühl auch nicht sehr stark war.

Nicht den Kopf verlieren!, hämmerte es in ihm. Nur nicht den Kopf verlieren.

Er war jetzt so weit gegangen, er würde auch noch das letzte Stück dieses Weges hinter sich bringen.

Bis er am Ziel war.

Am Ziel...

Es schien zum greifen nahe!

31

Als Bridger in sein Hotel zurückkehrte und vom Portier den Schlüssel forderte, erwartete ihn eine unangenehme Überraschung.

Der Portier hatte wieder einmal gewechselt. Diesmal stand ein junger Mann mit fast schulterlangem hinter dem Tresen. Er war es auch gewesen, der Bridger bedient hatte, als dieser sich vor ein paar Tagen hier einquartierte.

Der Langhaarige ging zum Schlüsselbrett.

Aber der Schlüssel mit Bridgers Nummer war nicht da.

"Vielleicht haben Sie ihn gar nicht abgegeben!", meinte der Langhaarige. Er hatte einen hispanischen Akzent, wie es Bridger schien.

"Ich habe ihn abgegeben. Ihrem Vorgänger." Er zuckte mit den Schultern.

"Meine Schicht hat gerade erst begonnen, ich kann dazu nichts sagen."

Bridger wurde wütend.

Er war ohnehin schon gereizt genug. Seine Nerven waren bis fast zum Zerreißen gespannt.

Er packte den jungen Kerl am Kragen, der sich schon wieder herumgedreht hatte, um sich seiner Lektüre zuzuwenden und zog ihn halb über den Tresen.

"Hey, was soll das?"

"Ich bin schon ein paar Tage hier, mein Junge und ich weiß, dass deine Schicht bereits mehr als zwei Stunden geht!"

"Ich..."

"Hör zu! Ich will jetzt von dir wissen, ob es so ist, wie ich vermute!"

Ein unterdrückter, gurgelnder Laut kam aus dem Langhaarigen heraus, sein Gesicht verlor zusehend die Farbe, aber Bridger ließ nicht locker.

"Okay, okay..."

"Jemand hat dir ein paar Dollar gegeben und du hast ihm dafür den Schlüssel ausgehändigt. So ist es doch, oder?"

"Ja... Er sagte, sein Name sei Bridger..."

"...und jetzt wartet der Kerl dort oben auf mich, nicht wahr?" Der Portier nickte leicht.

"Ja..."

Bridger ließ ihn los und stieß ihn zurück, so dass er gegen die Wand in seinem Rücken taumelte und ein paar Ordner vom Regal riss.

Bridger fühlte nach der Waffe in seiner Parkatasche und entsicherte sie. Ohne sich noch einmal nach dem Portier umzudrehen, ging er dann die Treppe hoch.

"Er sagte, er sei ein Freund von Ihnen, Mister!", krächzte der Portier.

Hoffentlich stimmt das auch!, dachte Bridger.

Er blieb auf dem Absatz stehen und drehte sich dann um, nachdem er eine Sekunde lang gar nichts getan hatte.

"Schon gut!", brummte er. "Vergessen Sie's!"

"Okay, Sir!"

Ein paar Augenblicke danach stand Bridger dann vor der Tür seines Zimmers. Er zog die Waffe aus der Parka.

Wer zum Teufel konnte ihn hier aufgestöbert haben?

Es gab nur zwei Menschen, die wissen konnten, wo er sich befand. Und mit denen hatte er ausgemacht, dass sie ihn hier niemals aufsuchen würden!

Wenn es aber jemand anders war...

Bridger stieß die Tür auf und hatte seine Pistole schussbereit im Anschlag.

Im Zimmer war kaum Licht.

Es war sparsam eingerichtet und hatte außer dem großen Bett und dem Nachttisch keinerlei Einrichtungsgegenstände. Das Bad war auf dem Flur.

Bridgers Blick ging blitzartig durch den Raum und blieb dann bei der Gestalt hängen, die am Fenster im Halbdunkel stand. Es war ein kleiner, etwas dicklicher Mann.

Bridger senkte seine Waffe, sein Gegenüber blieb völlig ruhig, gerade so als schien er kaum überrascht darüber zu sein, plötzlich einen Kerl mit Pistole im Anschlag durch die Tür stürmen zu sehen.

Der dicke Mann rauchte Zigarette und diese nahm er jetzt aus dem Mund.

"Tun Sie endlich das Ding weg!"

Bridger senkte die Waffe und schloss die Tür hinter sich. Dann machte er Licht.

"Ein effektvoller Auftritt, Mister Dickson! Aber was soll das Theater! Sie gefährden damit nur alles!"

"Hören Sie...", wollte der Mann am Fenster beginnen, aber Bridger schnitt ihm das Wort ab. Er versetzte der Tür einen wütenden Schlag mit der flachen Hand.

"Verdammt noch mal, was soll das, Dickson! Wir hatten doch abgemacht, dass es keinerlei Treffen zwischen uns geben soll! Und schon gar nicht, dass Sie mich hier aufsuchen!"

Dicksons blasses, aufgedunsenes Gesicht blieb fast völlig unbewegt.

Er kam einen Schritt vor und zuckte mit den Schultern.

"Wo wir schon bei effektvollen Auftritten sind, Follet... Sie stehen mir in dieser Hinsicht ja wohl nicht nach! Glauben Sie vielleicht, ich käme ohne Grund?"

Bridger runzelte die Stirn.

"Was soll das heißen?"

Arthur Dickson holte eine Zeitung unter dem Arm hervor und warf sie auf das Bett.

Bridger holte tief Luft.

"Vielleicht erklären Sie mir mal..."
"Heute schon Zeitung gelesen?"
"Nein."
"Es ist ein schönes Bild von Ihnen drin!"
"Was?"
"Ja. Eine Phantomzeichnung. In der Regel ist auf solchen Dingern ja nicht allzuviel zu sehen, aber wegen Ihrer Narbe ist das in diesem Fall etwas anderes..."
"Aber...", Bridger stockte und schüttelte energisch den Kopf. "Das ist doch völlig unmöglich!"
"Jemand muss Sie gesehen haben, als Sie Brady erschossen haben!"
"Nein!"
"Stecken Sie nicht den Kopf in den Sand, Mann!" Bridger dachte an die Frau, die ihn so angestarrt hatte. Es war ihm unmöglich gewesen, das richtig zu deuten, aber jetzt verstand er...

Wie Schuppen fiel es ihm von den Augen!

Und er begriff auch, dass ihn bald noch mehr Menschen anstarren würden, wenn er sich auf der Straße zeigte.

"Wie ist es übrigens heute gelaufen?", hörte er dann Dickson fragen.

Bridger nahm es kaum wahr.

32

Sie hatten eine ganze Weile lang geschwiegen. Dickson wollte seinem Gegenüber etwas Zeit geben, um die neue Lage zu verarbeiten. Blieb nur zu hoffen, dass der Mann mit der Narbe auch die richtigen Konsequenzen zog.

"Wie geht es jetzt weiter?", fragte Dickson.

"Es war nicht meine Idee, auch den jungen Mister Kostler auszuschalten, Mister Dickson!"

"Ja, das stimmt. Und? Sie sind gescheitert!"

"Ja, so kann man es nennen. Da war jemand, der plötzlich eine Pistole herausriss. Was sollte ich machen?"

Dickson zuckte mit den Schultern.

"Jedenfalls steht fest, dass es jetzt noch mehr Stories in den Zeitungen über Sie geben wird, Narbengesicht! Die Sache mit Mr. Kostler werde ich erledigen müssen, auch wenn das für mich nicht ohne Risiko ist. Aber ich denke, aus der Rechnung der Polizei und dieses Privatdetektivs Reiniger bin längst heraus…

"Tun Sie, was Sie für richtig halten, Dickson!" Dickson lachte freudlos.

"Nein, nicht, was ich für richtig halte, sondern was ich tun muss, um meine Zukunft zu sichern. Seit dieser Veruntreuungssache hat Miss Kostler mich quasi in der Hand und kann von mir verlangen, was sie will…"

"…und das wollen Sie nicht ewig mitmachen, nicht wahr?" Der Narbige nickte verständnisvoll. "Leuchtet mir ein. Es ist mir im Übrigen auch lieber, wenn ich um diese Sache nicht mehr zu kümmern brauche. Einer steht noch auf meiner Liste: O'Malley. Und wenn ich den erwischt habe, tauche ich

endgültig unter." Aber damit schien Dickson ganz und gar nicht einverstanden zu sein.
"Vergessen Sie O'Malley!"
"Was?" Der Mann der sich Bridger nannte, runzelte die Stirn und starrte Arthur Dickson ungläubig an. Dann meinte er: "Ich kann O'Malley nicht vergessen! Ich kann ihn ebensowenig vergessen, wie ich die anderen vergessen konnte!" Er deutete auf seine Narbe und sein Gesicht verzog sich zu einer grimmigen Maske.
"Das hier wird mich mein Leben lang an diese Männer erinnern, Dickson! Bis ans Ende meiner Tage! Haben Sie mich verstanden!"
Dickson blieb ruhig, seine Stimme hatte einen eiskalten Klang, als er antwortete.
"Ich hoffe, Sie haben mich verstanden!"
"Ich werde die Sache zu Ende bringen, davon hält mich niemand ab!"
"Unter den gegebenen Umständen ist das zu gefährlich!", meinte Dickson. "Ihr Phantombild steht in den Zeitungen und wenn man Sie schnappt, dann hänge ich auch mit drin!"
"Das ist Ihr Problem, Dickson!"
"Ist das wirklich Ihr letztes Wort?"
"Ja."
"Bedenken Sie, wer Sie aus der psychiatrischen Anstalt geholt hat, wer Sie versorgt hat, bis Sie wieder in der Lage waren, einigermaßen klar zu denken, wer für Sie ausgekundschaftet hat, wo sich die Männer befinden, die Ihnen soviel angetan haben." Bridger verzog den Mund zu einem zynischen Lächeln.
"Ganz ohne Eigeninteresse war das ja schließlich nicht, Mister Dickson! Sie sind kein barmherziger Samariter!"
"Gewiss nicht! Aber das gilt nur für Larry Kostler!"

"Und bei Miss Geraldine Kostler! Sie stand schließlich nicht auf meiner Liste!"

"Sie wäre Ihnen aber früher oder später ebenso gefährlich geworden wie mir! Nicht nur wegen des Privatdetektivs, den sie engagiert hat..." Dickson machte eine Pause und musterte sein Gegenüber abschätzig. "Was ist nun, tauchen Sie unter?"

"Ich habe Ihnen bereits geantwortet. Ich tauche unter, wenn O'Malley tot ist."

Dickson zuckte mit den Schultern.

"Wie Sie wollen! Dann gibt es wohl keine andere Lösung. Tut mir Leid, aber ich muss zuerst an meine eigene Sicherheit denken!"

Dickson machte eine schnelle Bewegung.

Bridger begriff nicht gleich. Im letzten Moment sah er dann die Schalldämpfer-Pistole in der Hand seines Gegenübers. Den Bruchteil einer Sekunde später blitzte ein grelles Mündungsfeuer. Ein dumpfes, hässliches Geräusch war zu hören, ein Geräusch, dass Bridger nur zu gut kannte.

Bridger hatte nicht im Traum damit gerechnet, dass Dickson eine Waffe herausreißen und auf ihn schießen würde... Aber nun war es geschehen und so musste sich Bridger blitzschnell zur Seite werfen.

Arthur Dickson war kein besonders guter Schütze, selbst auf diese kurze Entfernung nicht.

Der Schuss verfehlte Bridger knapp und schlug hinter ihm in die Wand, wo das Projektil ein Loch riss.

Bridger rollte sich am Boden herum, während eine weitere Kugel dich neben ihm in den Boden ging.

Dann hatte er seine eigene Waffe hochgerissen und augenblicklich abgefeuert... Arthur Dickson stieß einen unterdrückten Schrei aus und wurde nach hinten gerissen, so dass er gegen das Fenster prallte. Bridger hatte ihn mitten in der Brust erwischt und gab nun noch einen zweiten Schuss ab, der Dickson genau zwischen den Augen traf. Dickson war tot.

Bridger atmete tief durch. Er hatte keine andere Wahl gehabt, aber nun fragte er sich, wie es weitergehen sollte. Zunächst einmal verschwinden!, dachte er. Er konnte hier möglich bleiben, nachdem dies hier geschehen war.

33

Als Bount Reiniger das CHEZ NOUS betrat, herrschte dort Dämmerlicht. Es war nichts los in jener Bar, die Joel Gardener gehört hatte - einem der Namen, die zu der Liste von Mordopfern gehörten, die der Killer mit der Narbe offenbar auf dem Gewissen hatte.

"Hey, ist da jemand?", rief Bount.

Es musste jemand da sein, denn die Tür war offen gewesen.

"Que quisiera, Senor?", war eine kehlige Frauenstimme zu hören.

Und dann bemerkte Bount eine schwarzhaarige junge Frau, die aus einer Nebentür trat, in der einen Hand einen Eimer mit Wasser, in der anderen einen Mob.

Hier war wohl Großreinemachen!

Die mexikanische Putzfrau sah ihn misstrauisch an und dann kam auch noch ein Mann.

Es war ein riesiger, bärenhafter Kerl, der Bount mindestens um einen Kopf überragte. In seinem grausam wirkenden Gesicht stand ein struppiger, ungepflegter Schnurrbart, das Doppelkinn war von Bartstoppeln übersät.

Er zog die Ärmel seines Sweaters hoch, so dass seine muskulösen Unterarme mit allerlei martialischen Tätowierungen sichtbar wurden.

"Was wollen Sie, Mister?"

Es war im Grunde kaum noch eine Frage, die der Kerl da an Bount richtete, es war im Grunde schon ein halber Rausschmiss.

"Wie wär's mit einem Drink?", meinte Bount und stellte sich an den Schanktisch.

Sein Gegenüber rührte sich nicht, behielt Bount aber im Auge. Jede Bewegung des Privatdetektivs schien er genauestens zu registrieren.

Der Mann sah aus wie ein Rausschmeißer und vermutlich war das auch seine Hauptfunktion hier.

Bount hatte keine Lust, mit ihm aneinander zu geraten, aber wenn es doch dazu kam, musste er auf alles gefasst sein. In den Augen des Bären blitzte es angriffslustig.

Er verzog höhnisch den Mund.

"So.. einen Drink wollen Sie!"

"Ja, wenn' recht ist!"

"Es ist nicht recht!", zischte der Bär und das ließ Bount aufhorchen. "Sehen Sie nicht, dass hier kein Betrieb mehr ist?" Bount ließ kurz den Blick durch den Raum schweifen und nickte dann.

"Ist doch ein ganz netter Laden, warum läuft er nicht mehr?"

"Sie stellen eine Menge Fragen, Mister..."

"Reiniger ist mein Name!"

"Wie immer Sie auch heißen mögen! Ich mag solche Neugier nicht! Da Sie nun ja gesehen haben, dass hier nichts mehr läuft, wäre es wohl das Beste, wenn Sie durch die Tür gehen und verschwinden!"

Aber Bount Reiniger blieb ungerührt und machte auch nicht die leisesten Anstalten, sich in Richtung Tür zu bewegen.

"Ihr Boss ist erschossen worden, nicht wahr? Und das ist auch der Grund, weshalb der Laden hier dichtmacht!", erklärte Reiniger ruhig und sachlich, während sein Gegenüber die Stirn in Falten legte.

Dann kniff der Bär die Augen zu schmalen Schlitzen zusammen und fixierte Bount mit einem feindseligen Blick.

"Was haben Sie damit zu tun, Mister?"

Er trat näher heran, seine Hände waren zu Fäusten geballt und seine Nasenflügel bebten. Reiniger wusste, dass es nun ernst werden konnte.

Er musste auf der Hut sein.

"Sind Sie von der Polizei,...Reiniger?"

"Nein, ich bin Privatdetektiv."

"Ein schmieriger Schnüffler also..."

"Sie sollten Ihre Vorurteile mal ein bisschen überdenken..."

"Ich mag keine Schnüffler!", zischte der Bär. "Weder die mit einer Metallmarke noch die, die auf eigene Rechnung auf die Jagd gehen!"

Der Bär trat jetzt nahe an Bount heran und sah auf ihn herab. Er roch unangenehm nach Schweiß, aber das war bei weitem nicht das Schlimmste an ihm.

Um seine Lippen spielte ein gemeines Lächeln...

"Was Sie jetzt vorhaben, sollten Sie lieber lassen! Sie werden es sonst bereuen", meinte Bount kühl.

Der Bär grinste.

Für den Bruchteil einer Sekunde hing alles in der Schwebe, aber dann ging es Schlag auf Schlag.

Der Kerl packte Reiniger brutal am Kragen und Bount sah bereits die geballte Faust auf sich zu rasen.

Ein Treffer mit einem solchen Hammer - und er würde eine ganze Weile nicht mehr bei Sinnen sein, vielleicht auch Schlimmeres.

Der Bär bleckte die Zähne wie ein Raubtier und seine Faust raste auf Reinigers Gesicht zu...

Bount konnte im letzten Moment zur Seite weichen, obwohl sein Gegner ihn immer noch am Kragen hielt. Die Faust knallte gegen den Schanktisch. Der Bär stieß einen wütenden Schrei aus. Für den Bruchteil eines Augenblicks war Bount Reinigers Gegner handlungsunfähig und das nutzte der Privatdetektiv. Er setzte den Fuß neben das rechte Bein des

Bären und hebelte ihn aus. Und ehe sich der Kerl versah, lag er dann auch schon auf den Brettern.

Bount sprang einen Schritt zur Seite, während er die Mexikanerin im Hintergrund einen Laut des Erschreckens ausstoßen hörte.

Der Bär kam wieder auf die Beine. Von seinen Augen konnte Bount in diesem Moment fast das Weiße sehen.

Er knurrte wie ein getretener Hund und schien noch nicht aufgeben zu wollen.

"Lassen Sie's gut sein Mann!", versuchte Bount zu beschwichtigen, aber dafür hatte sein Gegner jetzt keine offenen Ohren.

Bount wich einen weiteren Schritt zurück, während sein Gegenüber sich bückte und in den mittelhohen Schaft seiner Cowboy-Stiefel griff.

Eine Sekunde später hatte er ein Springmesser in der Rechten. Wie Zunge einer giftigen Klapperschlange zuckte die Klinge heraus, als der Kerl mit einem bösen Grinsen auf den Lippen näher an Bount herankam.

Bount erwog, seine Automatic zu ziehen, aber das konnte auch ins Auge gehen...

Wenn er nicht schnell genug war, würde sein Gegner das Messer vielleicht schleudern. Und je nachdem wie gut er darin war, steckte es dann einen Sekundenbruchteil später in Bounts Körper.

Bount wollte es dennoch versuchen.

Dieser unsinnige Kampf musste so schnell wie möglich beendet werden!

Aber als er zum Schulterholster greifen wollte, schnellte der Bär vor und Bount musste der scharfen Klinge erst einmal ausweichen. Es pfiff, als der Bär damit wie wild in der Luft herumschnitt und dann auf Bount zustieß.

Es war ein mörderischer Stoß, aber Bount war auf der Hut. Er packte den Messerarm seines Gegenübers und hebelte ihn herum. Der Bär stieß einen markerschütternden Schrei aus, während das Messer auf den Boden fiel.

Bount ließ seinem Gegner diesmal keine Sekunde, um zu verschnaufen, sondern verpasste ihm einen Augenaufschlag später einen wohlplatzierten Haken, der den Bären noch hinten torkeln ließ.

Der Bär taumelte gegen den Schanktisch und rutschte dann an diesem zu Boden.

Als er dann hochblickte, sah und die erste Benommenheit abgeschüttelt hatte, blickte er direkt in den Lauf von Bount Reinigers Automatic.

34

"Schön ruhig!", warnte Bount, während er die Automatic noch immer auf sein Gegenüber gerichtet hielt.

Der Bär fletschte die Zähne, aber es erschien ihm im Moment wohl nicht ratsam, etwas zu unternehmen.

"Was wollen Sie?", keuchte er, während er sich die rechte Schulter hielt.

"Antworten auf ein paar Fragen, das sagte ich doch bereits!"

"Ich brauche einen Arzt!"

"Erst unterhalten wir uns!"

"Sie haben mir den Arm ausgekugelt!"

Bount konnte da nur müde lächeln.

"Wenn Sie mich mit Ihrem Messer aufgeschlitzt hätten, wäre wohl jeder Arzt zu spät gekommen", murmelte der Privatdetektiv, während der Bär schluckte.

Bount bewegte den Lauf der Automatic hin und her.

"Kommen Sie hoch! Und dann schlage ich vor, dass wir uns einen Drink genehmigen!"

Der Bär kam wieder auf die Beine und stützte sich am Schanktisch auf.

"Es ist nichts mehr da!", meinte er. "Sämtliche Getränkevorräte wurden bereits abgeholt!"

"Dieser Laden hat wohl nie besonders viel Gewinn abgeworfen, was?", meinte Bount. Er deutete mit einer Handbewegung durch den Raum. "Die Einrichtung ist doch schon mindestens zwanzig Jahre alt! Und wenn ich die uralten MusicBoxen dahinten sehe, dann kommen mir die Tränen... Ich glaube nicht, dass man damit genug Leute hinter dem Ofen hervorlocken kann."

"Glauben Sie, was Sie wollen!", schimpfte der Bär.

"Ein Laden, der keinen Gewinn abwirft. Sieht ganz nach einer Art Tarnung aus! Eine Tarnung für andere Geschäfte..."

"Was soll das? Wovon sprechen Sie?"

"Von Crack zum Beispiel!"

Trotz seines ausgekugelten Armes wollte der Bär nach vorne springen, aber im letzten Moment besann er sich.

"Was wollen Sie, Mister Reiniger? Für wen arbeiten Sie?"

Bount steckte seine Automatic ein.

"Der Mann, der Ihren Boss umgebracht hat, hat auch noch ein paar andere auf dem Gewissen. Perry Crawford, Jack McCarthy, Ray Gregor, Tony Maldini, Roy Brady und Larry Kostler. Ein paar dieser Namen dürften Ihnen wohl auch ein Begriff sein!"

"Ich habe in der Zeitung davon gelesen!", wich der Bär aus.

"Sie werden noch einiges gehört haben! Sie waren hier Rausschmeißer, nicht wahr?"

Er hob die Augenbrauen und grinste hässlich.

"Wie kommen Sie darauf, Reiniger?"

"Man sieht es Ihnen irgendwie an!"

"So?"

"Sie sind einer von der Sorte, der es Spaß machen, wenn Sie ihre Faust in der Magengrube eines anderen spüren..."

"Jedem das seine Reiniger!"

"Es geht auch nicht um Sie! Ich bin hinter diesem Killer her. Er hat eine Narbe auf der rechten Gesichtshälfte, die nicht zu übersehen ist."

Bount sah sein Gegenüber tief durchatmen.

"Ich kenne niemanden, der so aussieht, wenn Sie darauf hinauswollen, Reiniger!"

Er sagte das sehr schnell dahin, so dass es auf Bount den Eindruck machte, als hätte er seinen Widerstand noch immer nicht völlig aufgegeben.

Bount wandte sich an die Mexikanerin, was der Bär mit einem misstrauischen Blick quittierte.

"Verstehen Sie mich?", fragte Bount.

Die Mexikanerin nickte etwas zögernd warf dann einen unsicheren Blick zu dem Bären hin, so als wollte sie in seinem Gesicht ablesen, wie sie reagieren sollte.

"Comprendo", sagte sie dann. "Ich verstehe... ein bisschen. Nicht sehr gut verstehen, Senor! Noch nicht lange hier..." Sie wich noch einen Schritt zurück.

"Policia?", fragte sie.

Bount begriff sofort.

Sie war illegal in den Staaten.

Und sie hatte verständlicherweise keine Lust, in irgendeiner Form mit den Behörden zusammenzutreffen - wegen welcher Angelegenheit auch immer. Und wenn es nur wegen einer Zeugenaussage vor Gericht war.

Bount schüttelte also den Kopf.

"Nein", sagte er. "Keine Policia."

"Du hältst deine Klappe, Teresa!", fauchte der Bär. "Kapiert?"

"Halten Sie lieber die Ihre, wenn Sie nicht wollen, dass ich Sie Ihnen poliere!", versetzte Bount, wobei er den Kopf nur zur Hälfte zu dem Bären hinwandte. Der Kerl schien die Abreibung noch nicht so recht verdaut zu haben, die er wenigen Augenblicken hatte einstecken müssen.

Dann machte Bount noch zwei Schritte auf die Mexikanerin zu.

"Kennen Sie einen Mann mit einer solchen Narbe?" Und dabei fuhr Bount sich mit dem Zeigefinger in entsprechender Weise über das Gesicht. Selbst wenn sie kein Wort Englisch verstanden hätte, wäre so wohl klargeworden, was gemeint war. Sie schluckte und schwieg.

Und dabei griff ihre Hand um Hals und spielte mit einem kleinen vergoldeten Kreuz herum.

In ihren dunklen Augen lag Furcht.

Sie schien noch nicht entschieden zu haben, ob sie Bount helfen sollte oder nicht.

"Ich habe zugehört, was Sie eben gesagt haben", sagte sie dann akzentbeladen und bedächtig nach jedem Wort suchend. "Ist dieser Mann wirklich ein Mörder?"

"Sehr wahrscheinlich, ja. Er hat sechs Menschen getötet und wird vielleicht noch weitere umbringen!"

Sie schluckte erneut.

Bount sah, wie es in ihrem Inneren arbeitete und er war sich jetzt ziemlich sicher, dass sie irgendetwas wusste, was mit dieser Sache in Zusammenhang stand.

Bount trat zu ihr hin und fasste sie bei den Schultern. Sie hatte eine Gänsehaut.

"Sie brauchen keine Angst zu haben!", erklärte Bount, obwohl er sich da gar nicht so sicher.

Als die Mexikanerin dann zu ihm aufblickte, sagte sie mit fester Stimme: "Ich habe ihn gesehen!" Bount horchte auf.

"Den Kerl mit der Narbe?", vergewisserte er sich. Sie nickte. "Ja."

"Wann?"

"Er kam hier her", begann sie. "Es ist vielleicht eine Woche her und es war so wie heute. Noch nichts los. Ich war am Putzen."

"Was wollte er?"

"Ich weiß es nicht. Er hat sich umgesehen."

"Das ist alles?"

"Dann hat er sich nach Mr. Gardener erkundigt."

"Und?"

"Er war nicht da. Er ist dann wieder gegangen."

"Gut", meinte Bount und drehte sich um. Mehr war hier wohl nicht herauszuholen.

Bount sah das Messer auf dem Boden liegen und er sah auch, dass der Rausschmeißer wie gebannt dorthin starrte. Er hatte es bis jetzt nicht gewagt, danach zu greifen, weil er wusste, dass er nicht schnell genug sein würde...

Aber wenn Bount am Ausgang angekommen war, würde das eine andere Situation sein...

Und genau das schien auch in seinem Kopf herumzuspuken. Bount blieb bei dem Messer stehen und kickte es dann über den glattgebohnerten Boden in die andere Ecke des Raumes. Es verschwand irgendwo zwischen Tischbeinen.

Dann ging Bount weiter in Richtung Ausgang.

35

Etwas musste es doch geben!, dachte Bount mit einem Anflug von Verzweiflung. Etwas, das alle Ermordeten miteinander verband - und das diesem geheimnisvollen Killer ein Motiv gab, einen nach dem anderen von ihnen umzubringen.

Bounts nächstes Ziel war das Penthouse von Mrs. Gregor, der Witwe des ermordeten Söldnervermittlers und Waffenhändlers. Zunächst war sie misstrauisch und ließ ihn draußen vor der Tür an der Sprechanlage warten.

Aber Bount konnte sie davon überzeugen, dass es vielleicht auch in ihrem Sinne war, den Mann zu fassen, der Ray Gregor umgebracht hatte.

"Gut", meinte Mrs Gregor. "Ich werde Sie hereinlassen." Wenig später stand ihm eine etwa vierzigjährige, kräftig gebaute Frau gegenüber, die ihn freundlich hereinbat. Der Wohnungseinrichtung nach konnten Ray Gregors dunkle Geschäfte nicht allzu schlecht gegangen sein.

"Ich habe von Ihnen gehört, Mister Reiniger!", meinte Mrs. Gregor und bot Bount einen Sessel im Wohnzimmer an, den der Privatdetektiv gerne annahm.

"Ich hoffe, Sie haben nur Gutes gehört, Mrs. Gregor!", gab Bount zurück.

"Sie sollen gut sein, vielleicht sogar der Beste. Jedenfalls haben Sie einen guten Ruf, was Ihren Job angeht!"

"Sie haben nicht zufällig eine Ahnung, wer hinter dem Mord an Ihrem Mann stecken könnte?", fragte Bount. Sie schüttelte den Kopf.

"Die Polizei kommt nicht recht voran. Aber Sie können ja auch Ihr Glück versuchen, Reiniger. Und vielleicht haben Sie mehr davon."

"Ich werde es dringend brauchen..."

Und dann fiel Bount Reinigers Blick auf ein Foto an der Wand und er stutzte.

"Was ist los, Mister Reiniger?"

"Das Foto dort..."

Bount war sich sicher, dass es das gleiche Foto war, das er bereits in der Wohnung von Brady gesehen hatte.

"Mein Mann war in der Army..."

"In Vietnam?"

"Ja. Wie kommen Sie darauf?"

Bount zuckte mit den Schultern.

"Nur so. Es könnte von seinem Alter her zutreffen."

"Er kam damals mit einem kleinen Vermögen zurück. Das war sein Startkapital... Ich habe ihn kurz danach kennen gelernt." Bount runzelte die Stirn.

"Ich kenne eine Menge Leute, die etwas dagelassen haben ", meinte Bount dann. "Arme und Beine zum Beispiel. Aber das einer mit einem Haufen Geld zurückkommt... Das ist schon bemerkenswert, oder?" Bount deutete auf das Bild. "Kann ich es mal sehen?"

"Ja, natürlich."

Sie nahm es von der Wand und reichte es Bount, der es sich zum ersten Mal mit wirklicher Aufmerksamkeit ansah. Und dann traf ihn die Erkenntnis wie ein Schlag!

"Kann ich mal telefonieren?", fragte er.

36

Als Bount in sein Büro in der 5th Avenue zurückkehrte, wartete June mit einer Neuigkeit auf.

"Rogers hat angerufen."

"Und?"

"Arthur Dickson wurde tot in einem Hotelzimmer aufgefunden. Nach Angaben des Portiers trug der Mann, der das Zimmer gemietet hatte, den Namen Bridger und hatte eine Narbe auf der rechten Gesichtshälfte..."

"Wo ist dieser Bridger jetzt?"

"Untergetaucht. Rogers meinte, es hätte ausgesehen, wie nach einem Kampf. Die beiden scheinen sich über irgendetwas uneins gewesen zu sein. Dickson hatte auch eine Waffe dabei - und hat ebenfalls geschossen..."

"...aber allem Anschein nach wohl nicht getroffen, was?"

"Nein, so sieht es aus. Was kann das zu bedeuten haben, Bount?"

Reiniger zuckte mit den Schultern und meinte dann: "Vielleicht steckten dieses Narbengesicht und Dickson irgendwie unter einer Decke... Und dann kam es zu Meinungsverschiedenheiten. Vielleicht wollte einer von ihnen Spiel aussteigen, das da im Gange ist..."

"Rogers meinte, ob du dir den Tatort mal ansehen möchtest, Bount!"

Aber Reiniger schüttelte den Kopf.

"Nein, im Moment gibt es Wichtigeres?"

"Wichtigeres? Was meinst du damit?"

"Vielleicht können wir ein Menschenleben retten, June! Wenn wir schnell genug sind und uns unsere grauen Zellen nicht im Stich lassen!"

June wirkte verwirrt.

"Ich begreife kein Wort, Bount!", meinte sie und zog einen Schmollmund.

"Einen Augenblick!"

Er legte seinen Mantel zur Seite und wandte sich dann wieder an June. Dann griff Bount in die Innentasche seines Jacketts und hielt ihr dann ein Foto unter die Nase. Es war schwarzweiß und machte den Eindruck, schon uralt zu sein.

"Hier!", meinte Bount. "Es gibt jede Menge Arbeit!"

37

June hatte noch immer nichts verstanden, aber das war auch nicht weiter verwunderlich. Bount erklärte ihr knapp, worum es ging.

"Schau dir die Männer auf dem Foto mal genau an..."

"Ein paar Soldaten... Sieht schon etwas älter aus? Vietnam?"

"Richtig, Vietnam. Erkennst du keinen der Kerle wieder?"

Sie starrte noch einmal hin und schüttelte dann den Kopf.

"Nein."

"Dann dreh das Bild mal um. Da sind die Namen derer notiert, die hier zu sehen sind."

"'Von links nach rechts: Tony Maldini, Roy Brady, Joel Gardner, Paul Thorrell, Jack McCarthy, Ray Gregor, Luke O'Malley und Sam Berringer.'", murmelte June. "Aber das sind doch..."

Bount nickte.

"Genau. Alle Opfer haben gemeinsam, dass sie offensichtlich in Vietnam in derselben Einheit gedient haben. Nur zwei von ihnen sind noch am Leben."

"Berringer und O'Malley!"

"Ja. Es würde mich nicht wundern, wenn einer von ihnen das nächste Opfer werden würde..."

"Aber, was sollte dahinterstecken?"

Bount zuckte mit den Schultern.

"Vielleicht Rache? Möglicherweise ist dort damals etwas geschehen, von dem wir bis jetzt noch keine Ahnung haben... Ich weiß es nicht. Und ich habe auch keine Ahnung wie Dickson und der missglückte Anschlag am Friedhof in diese Sache hineinpassen."

June March atmete tief durch.

"Okay, Bount! Dann verrate mir mal, wie es jetzt weitergehen soll!"

"Wir werden ein bisschen telefonieren müssen!", meinte er. "Wenn sich O'Malley oder Berringer auftreiben lassen, können die uns vielleicht ein paar wertvolle Antworten geben!"

38

Zwei Stunden später saß Bount Reiniger wieder hinter dem Steuer seines 500 SL und befand sich auf dem Weg nach Newark. In Newark wohnte Luke O'Malley.

Von Sam Berringer war nicht viel in Erfahrung zu bringen gewesen. Ein fester Wohnsitz war von ihm nicht bekannt, aber vielleicht hatte er aus irgendeinem Grund seine Identität ebenso ändern müssen wie Larry Kostler, der ja als Paul Thorrell geboren worden war...

Luke O'Malley wohnte in einem schmucken Bungalow in den Außenbezirken von Newark. Im Telefonbuch stand er als Inhaber einer Schule für Sportschützen verzeichnet.

Für nähere Erkundigungen war keine Zeit geblieben. June kümmerte sich weiter darum. Aber bis jetzt gab es keinerlei Anzeichen, die darauf hindeuteten, dass Berringer aus dem Dunstkreis um den toten Maldini stammte.

Als Bount Reiniger Berringers Haus erreichte, stellte er den Wagen ab, sprang über den kniehohen Gartenzaun und lief zur Haustür.

Als er sah, dass die Haustüre aufgebrochen war und Spalt offen stand, ging Bounts Rechte zur Automatic. Er nahm die Waffe in die Hand und lud sie durch.

Vielleicht bin ich schon zu spät!, durchfuhr es ihn. Mit dem Lauf der Automatic stieß Bount sehr vorsichtig die Tür ein wenig weiter auf.

Nichts bewegte sich.

Er ging hinein, sicherte sich sorgfältig ab und kam auf diese Weise durch den Flur.

Irgendwo in einem der Nachbarräume hörte Bount dann ein Geräusch...

Bount stürmte vorwärts, trat eine Tür ein und war dann einer geräumigen Küche. Aber dort war niemand. Bount lief zurück, erreichte das Wohnzimmer und blickte schon in der nächsten in die Mündung eines Schalldämpfers.

Ein Mündungsfeuer blitzte auf.

Bount Reiniger warf sich blitzschnell zur Seite und feuerte noch im Fallen einen Schuss zurück, bevor dann hinter einem dicken Ledersessel zu Boden kam.

Zwei, drei Schüsse peitschten dicht hintereinander in den Sessel hinein und zerfetzten das dicke Leder. Bount musste den Kopf einziehen.

Als er dann wieder aus seiner notdürftigen Deckung hervortauchen konnte, sah er, wie sich sein Gegenüber durch die Glastür stürzte, die hinaus in den Garten führte. Sein Gesicht schützte der Mann mit den Händen, aber er verletzte sich dennoch.

Dann war er hinaus und Bount sprang auf und folgte ihm augenblicklich.

"Stehen bleiben!", rief der Privatdetektiv. Aber dafür erntete er nur einen gezielten Schuss, den der Flüchtende abgefeuert hatte. Das Projektil pfiff Bount unangenehm um die Ohren und kam gleich noch ein zweiter Schuss.

Bount warf sich auf den gepflegten Rasen, rollte sich ab und ließ dann seine Automatic krachen. Der Flüchtende stieß einen unterdrückten Laut aus, der halb Schmerzensschrei, halb Ausdruck unbändiger Wut war.

Er griff sich ans Bein, versuchte weiter davonzulaufen und humpelte noch ein paar Schritte in Richtung des Nachbargrundstücks.

Dann strauchelte er.

Er fluchte lautstark, aber bevor er seine Waffe hochreißen und abfeuern konnte, war Bount Reiniger bei ihm und hielt ihm die Automatic unter die Nase.

"Schön fallen lassen!", befahl Bount.

Sein Gegenüber atmete tief durch.

Bount blickte in ein Gesicht, dessen rechte Seite von einer Narbe entstellt war. Kein Zweifel, dies war jener Killer, der Kostler, Maldini und all die anderen auf dem Foto auf dem Gewissen hatte.

In den Augen des Narbengesichts loderte ein gefährliches Feuer. Noch hatte er den Griff um seine Waffe nicht gelockert, noch hing alles in einer unangenehmen Schwebe... Der Mann war wie zur Salzsäule erstarrt und blickte Bount mit großen Augen an.

Für einen quälend langen Augenblick geschah überhaupt nichts, dann erschlaffte sein rechter Arm und er ließ die Waffe sinken, bevor er sie dann auf den Rasen legte.

"Okay!", presste er zwischen den dünnen Lippen hindurch. "Sie haben gewonnen..."

Bount Reinigers Blick klebte förmlich am Gesicht des Killers.

"Was gaffen Sie so, Mister? Noch nie einen Mann mit Narbe gesehen?"

Bount schüttelte den Kopf.

"Darum geht es nicht..."

"Worum dann!"

"Wegen der Narbe habe ich Sie nicht sofort erkannt. Außerdem sind Sie mehr als zwei Jahrzehnte älter geworden."

"Was soll das? Wir haben uns nie gesehen..."

"Ich Sie schon! Auf einem Foto! Nicht besonders gut und auch schon ziemlich angegilbt! Sie sind Sam Berringer, nicht wahr?"

Einen Moment lang zögerte er, aber dann nickte er doch.

"Ja", sagte er gepresst und fasste sich dabei an den Unterschenkel, an dem Bounts Schuss ihn getroffen hatte. "Ja, ich bin Sam Berringer!"

Bount bückte sich und hob Berringers Schalldämpferpistole auf, indem er den Finger durch den Abzugbügel steckte. Die Waffe war schließlich ein Beweisstück und da wollte er keine Fingerabdrücke verwischen.

"Wo ist Luke O'Malley?"

Berringers Gesicht bekam etwas Stures, Verbissenes. Er wirkte wie versteinert und so fragte Bount. "Ist er tot?" Berringer nickte leicht.

Und nach einem Augenblick des Schweigens fügte er dann hinzu: "Ich habe ihn ins Badezimmer gebracht!"

39

Nachdem Bount Reiniger den verletzten Berringer zurück in O'Malleys Wohnzimmer gebracht hatte, griff er zum Telefon, um die Polizei und einen Arzt zu rufen.

Es würde etwas dauern, bis die Beamten eintreffen würden. So blieb Bount etwas Zeit, um sich mit Sam Berringer zu unterhalten.

"Warum?", fragte Reiniger. "Warum all die Morde? Maldini, Gardner, McCarthy, Brady, Gregor, Kostler..."

"Thorrell!", korrigierte Berringer. "Sein wirklicher Name ist Paul Thorrell."

Bount nickte.

"Ich weiß."

So etwas wie ein Lächeln ging dann plötzlich über sein Gesicht.

"Was wissen Sie noch?", fragte er.

"Dass Sie alle in Uniform auf einem Foto zu sehen sind... in Vietnam!"

Berringer nickte.

"Ja, dort hat alles angefangen..." Er zuckte mit den Schultern und wirkte jetzt in sich gekehrt und gelöst. "Und jetzt ist es zu Ende. "Ich kann Ihnen also ruhig alles erzählen. All die Jahre habe ich meine Rache gelebt! Der Gedanke an Rache war es, der mich überhaupt am leben hielt, so scheint es mir jetzt manchmal..."

40

Es war am nächsten Morgen, als Bount Reiniger Geraldine Kostler aufsuchte.

Geraldine sah ihn zunächst etwas erstaunt an, dann begann sie sich ein paarmal zu entschuldigen und führte ihn ins Wohnzimmer.

"Ich habe mich unmöglich benommen!", meinte sie. "Aber verstehen Sie mich nicht falsch, aber... Da auf dem Friedhof... ich war so durcheinander, so verrückt vor Schmerz. Ich wollte einfach, dass diese Geschichte zu einem Ende kommt und deshalb habe ich Sie gebeten, die Sache nicht weiter zu verfolgen... Es war dumm von mir..."

"Schon gut", meinte Bount. "Ist Brian nicht da?"

"Doch. Aber er schläft noch. Er hat wieder unmäßig getrunken. Vor dem Mittag wird ihn nicht aufwecken können. Wollen Sie mit ihm sprechen?"

"Nein. Ich bin hier, weil ich meinen Job jetzt erledigt habe..." Sie runzelte die Stirn.

"Sie meinen..."

"Sie haben mir den Auftrag gegeben, den Mörder Ihres Vaters zu finden. Das ist geschehen. Sein Name ist Sam Berringer und er war sehr redselig. Er hat alles gestanden und ist hinter Schloss und Riegel."

Bount entging die Veränderung nicht, die in Geraldines Gesicht vor sich ging, als der Name Berringer fiel.

"So...", meinte sie und atmete tief durch. "Dann hat dieser ganze Spuk ja endlich ein Ende."

"Sie scheinen nicht gerade sehr erfreut darüber zu sein, dass Berringer gefasst ist..."

Sie errötete und schluckte.
Und dann machte sie eine hilflose Geste mit der Hand.
"Sie täuschen sich, Mister Reiniger!" Sie schwieg einen Augenblick, setzte einmal vergeblich an und fragte schließlich: "Warum hat dieser Berringer meinen Vater umgebracht?" Bount holte das Foto aus der Innentasche seiner Jacke, das Ray Gregors Witwe ihm überlassen hatte und zeigte es Ihr.
"Vor vielen Jahren war Ihr Vater bei einer Einheit in Vietnam, zu der auch alle übrigen Ermordeten gehörten. Maldini, Brady, McCarthy und so weiter. Diejenigen von ihnen, denen Sie schon begegnet sind, werden Sie leicht auf dem Bild identifizieren können. Sam Berringer war auch bei dieser Einheit. Die Narbe hatte er damals noch nicht... Alle, die hier zu sehen sind - unter ihnen Ihr Vater Paul Thorrell alias Larry Kostler bildeten eine Gruppe, die ein illegales Geschäft mit Armeezubehör betrieben, das sie vorwiegend an die Unterwelt von Saigon verscherbelten. Vornehmlich dürfte es um Munition und leichte Handfeuerwaffen gegangen sein. Sam Berringer wollte dann irgendwann aus der Sache aussteigen, aber das wollten seine Komplizen nicht zulassen. Sie brachten ihn in den Dschungel und schossen ihn mit einem halben Dutzend Kugeln nieder und machten sich dann davon."
"Das glaube ich nicht!", entfuhr es Geraldine. Aber ihre Aufregung schien irgendwie gespielt.
"Ach, nein?", meinte Bount. "Ich bin überzeugt davon, dass Sie davon gewusst haben, Geraldine!"
"Das stimmt nicht!"
Bount zuckte die Achseln.
"Dann wollen Sie sicher wissen, wie die Sache weiterging..." Bount erntete von Geraldine einen eisigen Blick, aber der Privatdetektiv ließ sich davon nicht beeindrucken, sondern fuhr ungerührt fort: "Es grenzt an ein Wunder, aber Berringer überlebte. Sie sehen die Narbe an seinem Kopf. Sie stammt von einer der Kugeln, die man ihm damals verpasst hat. Er wurde

von Bauern gefunden und ins nächste Dorf gebracht. Sie haben ihn eine Weile gepflegt, dann kamen die Vietcong und er hat Jahre in verschiedenen Lagern zugebracht... Als er dann endlich zurück in die Staaten kam, war sein Inneres ebenso zerstört wie sein Gesicht. Er wurde in eine Heilanstalt eingewiesen, bis ein gewisser Mister Dickson auftauchte... Aber das ist Ihnen ja bekannt, Geraldine, nicht wahr?"

Sie verzog das Gesicht und ging unruhig im Wohnzimmer hin und her.

"Ich weiß nicht, wovon Sie sprechen, Mister Reiniger!"

"Das glaube ich schon, Miss Kostler! Schließlich haben Sie Dickson damit beauftragt, Berringer aus der Heilanstalt zu bekommen, was ihm schließlich ja auch gelungen ist." Sie zeigte ihre strahlend weißen Zähne und machte auf Bount einmal einen gefährlichen Eindruck. Wie eine Raubkatze wirkte sie in diesem Moment - eine Raubkatze, die in die Enge getrieben worden war...

"Warum sollte ich so etwas tun?", fragte sie dann plötzlich.

"Was hätte das für einen Sinn?"

"Sie hatten den Plan, Ihren Vater zu ermorden, um endlich an sein Vermögen zu kommen... Aber dabei wollten Sie sich nicht die Hände schmutzig machen. Also brauchten Sie ein paar willfährige Werkzeuge. Dickson war Ihr Werkzeug, weil Sie ihn wegen seiner Veruntreuung in der Hand hatten. Berringer wurde Ihr Werkzeug, weil Sie und Dickson ihm die Möglichkeit boten, seine Rache zu vollenden... Ihren Vater hätte er zum Beispiel schon allein auf Grund seiner geänderten Identität nie gefunden. Darüber hinaus sollte Berringer noch einen Batzen Geld dafür bekommen, jemandem umzubringen, an dem er sich nicht rächen wollte."

"Wer sollte das gewesen sein, Reiniger?" Ihre Stimme klang bereits ein wenig resigniert.

Wie eine Katze bewegte Geraldine sich auf einen dunklen Mahagonischrank zu.

"Niemand anderes als Ihr Bruder Brian! Der Anschlag am Friedhof galt nämlich nicht Ihnen, sondern ihm. Sie hatten keine Lust, Ihre Erbschaft mit einem notorischen Taugenichts zu teilen, Geraldine!"

"Was Sie nicht sagen, Bount!"

"Fragt sich nur, weshalb Sie mich engagiert haben! Wahrscheinlich, um sich gänzlich außer Verdacht zu bringen und den Anschein zu erwecken, als liege Ihnen etwas daran, den Mörder Ihres Vaters zu fassen! Als ich der Sache dann tatsächlich - wider warten - auf die Spur kam, wollten Sie mich dann billig abspeisen..."

"Eine tolle Geschichte haben Sie sich da zusammengereimt, Bount Reiniger!"

"Es tut mir leid, aber es ist keine Geschichte, Geraldine! Es ist die Wahrheit, sie wird sich auch beweisen lassen. Das Personal des Sanatoriums wird sich an Dickson erinnern und Sie..."

"Hören Sie auf, Reiniger!", rief sie dann und hatte mit einer blitzschnellen Bewegung eine Schublade aufgerissen. In der nächsten Sekunde befand sich ein Revolver in ihren schlanken Fingern.

Bount blieb ruhig und machte einen Schritt auf sie zu.

"Stehen bleiben! Keinen Schritt weiter!"

"Wollen Sie mich jetzt erschießen, Geraldine?" Sie zuckte mit den Schultern.

"Warum nicht? Oder wissen Sie einen anderen Weg, um zu verhindern, dass Sie mit Ihrem Wissen hausieren gehen? Unglücklicherweise sind Sie mir auf die Schliche gekommen. Sie lassen mir keine andere Wahl!"

"Überlegen Sie gut, was Sie tun, Geraldine!" Sie grinste.

"Ich könnte Ihnen Geld anbieten."

"Ich bin nicht käuflich!"

"Das sagen alle! Die Wahrheit ist, dass die Summe hoch genug sein muss! Aber es würde nie aufhören! Ich wäre bis an mein Lebensende in der Hand eines anderen..."

"So, wie Dickson in Ihrer Hand war!"

"Richtig."

Bount kam etwas näher an sie heran, aber dann erstarrte er mitten in der Bewegung.

Sie hob die Waffe und spannte den Hahn.

"Sie werden nicht weit kommen, Geraldine!" Ihr Mund verzog sich höhnisch, während Bount sehen konnte, wie sich ihr Zeigefinger anspannte.

"Sagen Sie mir einen vernünftigen Grund, weshalb das so sein sollte, Reiniger!"

"Weil draußen Captain Rogers mit seinen Männern wartet." Für den Bruchteil einer Sekunde schien sie verunsichert und diese kurze Zeit nutzte Bount Reiniger, indem er nach vorne schnellte, ihren Unterarm packte und in die Höhe riss. Ein Schuss löste sich aus dem Revolver und ging in die Decke. Dann hatte Bount ihr die Waffe entrissen.

"Ihr Spiel ist aus, Geraldine!", erklärte er.

41

Es dauerte nicht lange und Rogers tauchte mit seinen Leuten auf.
"Der Schuss war draußen zu hören!", meinte der Captain und wischte sich den Schweiß von der Stirn. "Da habe ich mir Sorgen gemacht, Bount!"
Bount lächelte dünn.
"Das ist aber nett von dir, Toby!"
Mit den Augenwinkeln bemerkte Bount, wie Geraldine Kostler abgeführt wurde und ihm dabei einen vernichtenden Blick zuwarf.
Dann drang plötzlich Rogers' Stimme wieder in sein Bewusstsein.
"Ich hatte dich gewarnt, Bount!" Er schüttelte energisch den Kopf und machte eine hilflose Geste. "Aber du wolltest ja unbedingt noch vorher mit ihr allein sprechen und dieses Risiko eingehen!"
Bount holte ein kleines Diktiergerät aus seiner Jackentasche, nahm die winzige Kassette heraus und reichte sie Rogers.
"Hier!", meinte er. "Der Aufwand hat sich gelohnt! Ich schätze, um die Beweislage braucht ihr euch keine Sorgen mehr zu machen, Toby!"
Rogers nahm die Kassette und nickte.
"Da wirst du wohl Recht behalten..."
Ende

Don't miss out!

Click the button below and you can sign up to receive emails whenever Alfred Bekker publishes a new book. There's no charge and no obligation.

Sign Me Up!

https://books2read.com/r/B-A-BWLB-NELF

BOOKS 2 READ

Connecting independent readers to independent writers.

Did you love *Drei Verbrechen: Drei Krimis*? Then you should read *Dreimal Tanger und nicht zurück: Drei Thriller* by Alfred Bekker!

Dreimal Tanger und nicht zurück:
Drei Thriller von Alfred Bekker, in denen auf die eine oder andere Weise immer die marokkanische Stadt Tanger eine entscheidende Rolle spielt - selbst wenn der Ausgangspunkt der Handlung in Deutschlannd liegt.
Eine junge Studentin verliebt sich in einen geheimnisvollen Mann - und gerät ins Visier eines Profimörders. Ein mysteriöser Serienkiller geht in Tanger um und eine junge Frau glaubt den mann zu erkennen, den sie liebt. Ein ehemaliger Fremdenlegionär nimmt einen Mordauftrag an, den er nicht

ausführt - und findet sich zu einem Showdon in Tanger wieder... Darum geht es in diesen drei spannenden Romanen.

Der Umfang dieses Buchs entspricht 396 Taschenbuchseiten.

Dieses Buch enthält folgende drei Romane:

Tod in Tanger

Das Phantom von Tanger

Der Legionär

Read more at www.alfredbekker.de.

Also by Alfred Bekker

Alfred Bekker
Einsame Gunfighter: Drei Neal Chadwick Western
Gemeuchelt! Ein Thriller Trio: Drei Krimis in einem Buch
Reise in die Anderswelt: Zwei All Age Fantasy Abenteuer: Cassiopeiapress Junior
Sonora-Geier: Western Roman
Drei Krimis - Dezember 2016
Nochmal drei Krimis - Dezember 2016
Der Pharao und die Götter: Fünf Ägypten Romane
Magier! Drei Fantasy-Sagas um Schwert und Magie
Alfred Bekker Fantasy: Das Fantasy Winter Paket 2016
Killer ohne Namen: Thriller
Killer ohne Gnade: Thriller
Krimi Sommer 2015: 12 Krimis: Cassiopeiapress
Drei Thriller
Das zweite Mörder-Trio: Drei Krimis
Ein Dutzend Sheriff-Western November 2016

Alfred Bekker präsentiert
Krimi Doppelband #1: Abserviert von zarter Hand/ Undercover Mission
Krimi Doppelband #2: Travers und das Dynamit-Komplott/ East Harlem Killer
Krimi Doppelband #3: Ein Mann kommt raus/ Grausame Rache
Krimi Doppelband #4: Nun rate mal, wer zum Killen kommt/ Im Zeichen der Fliege
Krimi Doppelband #6: Sein Job war Mord/ Falsche Heilige

Krimi Doppelband #7: Feierabend für Miss Peal/ Schweigen ist Silber, Rache ist Gold
Krimi Doppelband #15
Krimi Doppelband 16
Krimi Doppelband #17
Krimi Doppelband #18
Alfred Bekker Western: Die Todesreiter vom Rio Pecos

Alfred Bekker's Krimi Stunde
Harte Typen: Fünf Krimis
Kugel im Kopf: Vier Krimis
Die mörderischen Vier: Vier Krimis
Detektive killt man nicht: Drei Krimis

Alfred Bekker Thriller Edition
Grausame Rache: Thriller
Die nackte Mörderin: Thriller
Chinatown-Juwelen: Thriller
Die Apartment-Killer: Thriller
Der rollende Tod: Thriller
Die programmierten Todesboten
Maulwurfjagd: Thriller
Caravaggio verschwindet: Thriller

Alfred Bekker Thriller Sammlung
Mörder geben kein Pardon: Drei Krimis
Sommer Killer 2015: Vier Krimis: Cassiopeiapress Thriller
Erschossen! Ein Krimi-Koffer für die Ferien
Das Super Krimi Paket Dezember 2016: Zehn Romane in einem Buch

Dämonenjäger Murphy
Zombies erwachen

Da Vinci's Cases
Leonardo and the Conspirators of Florence
Leonardo and the Mystery of the Villa Medici
Leonardo and the Mystery of the Alchemist
Leonardo and the Dungeon of the Black Riders

Da Vincis Fälle
Leonardo und das Geheimnis der Villa Medici
Leonardo und die Verschwörer von Florenz
Leonardo und das Rätsel des Alchimisten
Leonardo und das Verlies der schwarzen Reiter
Leonardo und der Fluch des schwarzen Todes
Leonardo und die Bruderschaft des heiligen Schwerts
Leonardo und der Flugdrachen

Die wilden Orks
Angriff der Orks
Der Fluch des Zwergengolds
Die Drachen-Attacke
Sturm auf das Elbenreich
Überfall der Trolle

Drachenerde
Die Drachenerde Saga: Drachenfluch
Die Drachenerde Saga: Drachenring
Die Drachenerde Saga: Drachenthron

Drei Krimis
Die mörderischen Drei: Drei Kriminalromane
Mehr von den mörderischen Drei: Drei Kriminalromane
Noch mehr von den mörderischen Drei: Drei Kriminalromane

Fußball-Internat
Der neue Star

Das große Turnier
Fußball Internat Band 1 und 2

Logan
Logan und das Schiff der Ktoor
Logan und die Stadt im Dschungel
Logan und das Weltentor

Neal Chadwick Extra Edition
Alfred Bekker Western: Marshal ohne Stern

N.Y.D. - Sonder-Edition
N.Y.D. - Mord am East River (New York Detectives) Sonder-Edition

Patricia Vanhelsing
Patricia Vanhelsing, Jägerin der Nacht: Der Anfang
Patricia Vanhelsing - Jägerin des Grauens
Jägerin der Geistertiger: Ein Patricia Vanhelsing Roman
Druidenzauber (Patricia Vanhelsing)
Krakengeister (Patricia Vanhelsing)
Bleiche Lady (Patricia Vanhelsing)
Dämonen-Dschungel (Ein Patricia Vanhelsing Roman)
Kaltes Grauen (Patricia Vanhelsing)
Schreckensgalerie (Patricia Vanhelsing)
Geisterschiff (Ein Patricia Vanhelsing Roman)
Höllensumpf (Patricia Vanhelsing)
Librum Hexaviratum (Patricia Vanhelsing)
Namenloser Abt (Patricia Vanhelsing)

Tatort Mittelalter
Verschwörung gegen Baron Wildenstein
Der Hund des Unheils
Wolfram und die Raubritter

Gefangen in der belagerten Stadt

Standalone
Killer Angel: Thriller
Der Killer wartet... (Ein Sauerland-Krimi): Sonder-Edition
Drei Verbrechen: Drei Krimis
Satansjünger: Ein Bount Reiniger Krimi
Sauerland, Mörderland: Zwei Krimis
Vier Mörder: Vier Krimis
Vier Verbrechen: Vier Krimis
Die Waffe des Skorpions
Dunkle Flüche #2: Drei Romantic Thriller: Cassiopeiapress Spannung
Sieben glorreiche Western # 1: Cassiopeiapress Spannung
Einsatz der Spezialisten: Drei Action Thriller: Cassiopeiapress Spannung
Dunkle Flüche #3: Drei Romantic Thriller: Cassiopeiapress Spannung
Welten der Fantasy
Berliner Morde: Fünf Krimis
Cassiopeiapress Western Roman Trio #3: Drei Western in einem Band
Elfen und Zentauren: Zwei Fantasy Abenteuer
Schwerter und Götter: Die Saga von Edro
Schwert und Magie: Zwei Fantasy Sagas
Colts und Cowboys: Fünf Western
Heimatroman Trio #1
Sindbads längste Reise: Die ganze Saga: Gesamtausgabe
Das unheimliche Schloss: Romantic Thriller Sonder-Edition
Die Gefährten von Elfénia - Das Buch Edro (Fantasy-Roman)
Romantic Thriller Sommer 2015: Sechsmal Liebe und Geheimnis: Cassiopeiapress Spannung
Bleiche Lady & Kaltes Grauen: Zwei Patricia Vanhelsing Romane

Druidenzauber & Krakengeister: Zwei Patricia Vanhelsing Romane
Münster-Wölfe & Toter Killer: Zwei Krimis
Sieben glorreiche Western #3
Cassiopeiapress Western Roman Trio #4
Im Land von El Tigre (Western)
Mördersommer 2015: Acht Krimis: Cassiopeiapress Spannung
Sieben glorreiche Western #2
Das heiße Spiel von Dorothy
Fünf scharfe Western # 1: Cassiopeiapress Spannung
Junge Meisterdetektive
Mehr von den jungen Meisterdetektiven
Neues von den jungen Meisterdetektiven
Schicksale der Bergwelt: Vier Bergromane
Spannung mit jungen Meisterdetektiven
Zwei Thriller: Killer ohne Skrupel & Endstation Hongkong
Dreimal gemordet: Drei Krimis
Herbst Killer 2015: Sechs Krimis
Leonardo da Vincis Fälle: Drei Abenteuer, Band 1-3: Cassiopeiapress
Leonardo da Vincis Fälle: Nochmal drei Abenteuer, Band 4-6: Cassiopeiapress
Auftrag für Spezialisten: Drei Action Thriller
Chronik der Sternenkrieger: Der Anfang der Saga
Elben und Orks - Abenteuer in Athranor und dem Zwischenland
Fluch der Meere
Sarangkôr: Drei Logan-Romane
Stadt der Helden
Drei Fälle für junge Meisterdetektive
Gezeiten des Südens
Mein Freund Tutenchamun: Gesamtausgabe
Ragnar der Wikinger: Die ganze Saga
Junge Meisterdetektive auf heißer Spur

Alienjäger z.b.V. - Sie sind unter uns (Gesamtausgabe)
Der Armbrustmörder & Eis in den Bergen: Zwei Krimis
Drachen, Orks und Magier
Dunkle Flüche #5
Hetzjagd im All
Hetzjagd im All & Alienjäger z.b.V. (Zwei Science Fiction Abenteuer)
Im Schatten des Sonnengottes: Roman um den jungen Echnaton
Junger Pharao: Drei Romane um Echnaton und Tutenchamun
Norddeutschland, Morddeutschland: Krimi Sammelband Extra Edition
Vier Krimis: Mordrhein-Westfalen
Der Krimi-Koffer für die Ferien: Sieben Krimis
Dunkle Flüche #1: Drei Romantic Thriller: Cassiopeiapress Spannung
Blood Empire - Schlächter der Nacht
Chronik der Sternenkrieger: Drei Abenteuer #1
Chronik der Sternenkrieger: Drei Abenteuer #10
Chronik der Sternenkrieger: Drei Abenteuer #11
Chronik der Sternenkrieger: Drei Abenteuer #12
Chronik der Sternenkrieger: Drei Abenteuer #2
Chronik der Sternenkrieger: Drei Abenteuer #3
Chronik der Sternenkrieger: Drei Abenteuer #4
Chronik der Sternenkrieger: Drei Abenteuer #5
Chronik der Sternenkrieger: Drei Abenteuer #6
Chronik der Sternenkrieger: Drei Abenteuer #7
Chronik der Sternenkrieger: Drei Abenteuer #8
Chronik der Sternenkrieger: Drei Abenteuer #9
Die Androiden-Chronik & Acan - die Weltraumstadt: Zwei Science Fiction Abenteuer
Die magische Klinge: Das Buch Mergun
Ferne Reiche: Zwei fantastische Abenteuer

Namenloser Abt & Librum Hexaviratum: Zwei Patricia Vanhelsing Romane
Axtkrieger: Der Namenlose
Barbaren: Zwei Fantasy Abenteuer
Das Schiff der Orks
Da Vinci's Cases: Two Adventures of Young Leonardo
Eine Kugel für Lorant & Bluternte 1929: Zwei Krimis
Liebesdramen in der Bergwelt: Vier Bergromane
Nebelwelt - Das Buch Whuon
Ahnengeister & Palast der Nachtgeschöpfe: Zwei Romantic Thriller
Das große Fußball Abenteuer Buch
Das heiße Spiel von Dorothy & Die wilde Louella & Weidekrieg: Drei Western
Dreimal Tanger und nicht zurück: Drei Thriller
Junge Meisterdetektive ermitteln
Sechs exotische Abenteuer Romane
Tuch und Tod & Moosgrundmorde: Zwei Krimis
Die Schattengruft & Fluch der Steine: Zwei Romantic Thriller
Drachenschiffe vor Vinland
Tatort Mittelalter Doppelband 1 und 2
Tatort Mittelalter Doppelband 3 und 4
Die Ritter von Wildenstein
Geschichten aus der Bergwelt: Vier Bergromane
Krähen & Die Angst verfolgt dich bis ans Ende & Der graue Zirkel: Drei Romantic Thriller
Martin Luther wird entführt
Alfred Bekker Bergroman: Die Tochter des Einsiedlers
Liebesgrüße aus der Bergwelt: Vier Bergromane
Ein Schnüffler in New York (6 Kriminalromane in einem Band)
Niederrhein-Killer
Star Force - Rebellen des Mars
Cassiopeiapress Western Roman Trio #5

Ein kriminelles Quartett: Vier Thriller
Farley und die Rancherin
Engel des Bösen (Ein Patricia Vanhelsing Roman)
Hexenmacht (Drei Romane mit Patricia Vanhelsing)
Killer und Komplizen (4 Kriminalromane in einem Band)
N.Y.D. - Die Tote ohne Namen (N.Y.D. - New York Detectives)
Patricia Vanhelsing - Das Juwel des Dämons
Die Magie der Patricia Vanhelsing: Drei Abenteuer
Ich, Patricia Vanhelsing
Die Papiermacherin: Historischer Roman
34 Kurz-Krimis
Indischer Zauber
Herbstmorde
Lokal betötet
N.Y.D. - Killerjagd (N.Y.D. - New York Detectives)
Im Herzen der Bergwelt
Ruf der Bergwelt
Schnelle Morde: Vier Krimis
Wetterleuchten in der Bergwelt
Der Medicus von Konstantinopel: Historischer Roman
Revolver-Duelle: Vier Western
Zieh den Colt, Jim! Vier Western
Zombies - Das Buch der Apokalypse
Keduan - Planet der Drachen
Schnelle Colts #1
Heimatroman Trio #2
Herbstleichen: Sieben Thriller
Der Herbst ist tödlich: Drei Krimis
Heimatroman Trio #3
N.Y.D. - Sechs Morde für Bount Reiniger (New York Detectives)
Sara und der Kult der Schlange: Roman
Dämonenjäger

Der Wanderer der Elben
Die Bernsteinhändlerin: Historischer Roman
Die Gruft des bleichen Lords
Die Orks von Athranor
Gorian - Das Vermächtnis der Klingen
Gorian - Im Reich des Winters
N.Y.D. - Drei Mordfälle für Bount Reiniger (New York Detectives)
Schauder um Mitternacht
Ahnungen um Mitternacht
Dunkle Mächte um Mitternacht
Eine Kiste voll Krimis: Acht Top Thriller
Bleihagel: Vier Western
Neues aus der Bergwelt: Vier Bergromane
Schlangenzauber: Zwei Romantic Thriller
Sieben glorreiche Western #4
Münsterland, Mörderland, Monsterland: Drei Krimis
Dunkle Schatten um Mitternacht
Blumen auf das Grab: Psycho-Krimi
Böse Geister um Mitternacht
Neal Chadwick - Drei Western, Sammelband 1
Dämonen um Mitternacht: Drei Romantic Thriller
Albtraumstunde: Zwei Romantic Thriller
Die zweite Albtraumstunde
Hoch oben in der Bergwelt
Das kleine Weihnachtslesebuch: Erzählungen
Drachenschiffe: Zwei Wikinger Abenteuer
Meister des Horrors: Drei Romane
Planet der Eissegler & Angriffsziel Erde: Zwei Science Fiction Abenteuer
Gute und böse Cops: Vier Krimis
Weihnachtsmorde
Auserwählte
Chronik der Sternenkrieger, Folge 11/12: Doppelband

Chronik der Sternenkrieger, Folge 13/14: Doppelband
Der Marshal und das Hurenhaus: Zwei Western
Killer am Strand
Mörderferien: Das Krimi-Paket für die Ferien
Schnelle Colts #2
Weihnachtsleichen
Brigade der Desperados: Western Sonder-Edition
Das Thriller Weihnachtspaket 2015
Harte Typen räumen auf: Drei Krimis
Schnelle Colts #3: Vier Western
Mehr Morde auf dem Land: Vier Krimis
Mord auf dem Land: Drei Krimis
Cassiopeiapress Western Roman Trio #1
Das große Alfred Bekker Krimi Paket
Das große Buch der Heimat Romane
Die Western Bibliothek: 14 Romane
Winter Killer 2016
Anna im Zauberreich
Da Vincis Fälle: Fünf Abenteuer
Ein Mann namens Bradford: Western Sonder-Edition
Schnelle Colts #4
Mord Mord West
Sieben Super Western #1
Sieben Super Western #2
Der Auftrag - Mord in Berlin
Die Angst verfolgt dich bis ans Ende: Romantic Thriller Sonder-Edition
Kommissar Weihnachtsmann: 12 Super Krimis zu Weihnachten
Meister des Horrors - Das zweite Buch
Einsamer Reiter: Western
Einsatz unter dem Eis: Thriller Sonder-Edition
Fünf Super Krimis #1
Das Fest der Mörder

Die wilde Brigade: Western Sonder-Edition
Drachenkinder
Fünf scharfe Western #2
Fünf scharfe Western #3
Fünf Super Krimis #2
Fünf Super Krimis #3
Lady in Blei: Western Sonder-Edition
Treffpunk Hölle: Ein Jay Browning Krimi
Chronik der Sternenkrieger – Folge 15 und 16: Doppelband
Die Gruft des bleichen Lords: Romantic Thriller Sonder-Edition
Vier Romantic Thriller, Sammelband #4
Sieben glorreiche Western #7
Vier Romantic Thriller, Sammelband #5
Alle Orks! Sieben Fantasy Abenteuer: Extra-Edition
Die Magie der Zwerge: Zwergenkinder #1
Der Kristall der Zwerge: Zwergenkinder #4
Die Dracheninsel der Zwerge: Zwergenkinder #3
Die Zauberaxt der Zwerge: Zwergenkinder #2
Zwergenkinder #1 bis 4: Sammelband mit vier Fantasy Abenteuern aus dem Zwischenland der Elben
Chronik der Sternenkrieger 37: Zerstörer
Chronik der Sternenkrieger: Drei Abenteuer #13
Da Vinci's Cases: Three Adventures of Young Leonardo
Blutspur: Western Sonder-Edition
Outlaws des Südens: Sechs Western
Dunkler Prediger: Western
Neal Chadwick Western Doppelband #2
Die Liebe der Patricia Vanhelsing
Krimis für das Frühjahr 2016
Sieben glorreiche Western #9
Dinosaurier auf dem Mars
Entscheidung am Salt Lake: Western Sonder-Edition
Gipfelstürme (Vier Romane)

Drei hammerharte Krimis
Erster Offizier: Chronik der Sternenkrieger, Extra-Roman
Sieben glorreiche Western #10
Mehr Mitternachtsflüche: Vier Romantic Thriller
Krimi Paket Deutschland: Fünf Romane - 900 Seiten
Mehr Krimis für den Urlaub: 5 Romane in einem Buch
Mitternachtsflüche #3: Nochmal vier Romantic Thriller
Krimi Paket "Perfide Morde"
Mehr Morde für den Strand: Acht Krimis
Morde für den Strand: Acht Krimis
Mördersommer 2016: Acht Krimis
Noch mehr Krimis für den Urlaub: Acht Krimis
Tod im Trio: Drei Krimis
Und wieder: Tod im Trio
Die Weltraumkriegerin: Chronik der Sternenkrieger: Prequel-Sonderband
Fiese Killer: Krimis für die Ferien
Der Kristall des Sehers: Romantic Thriller Sonder-Edition
Ein Hauch aus dem Totenland: Romantic Thriller Sonder-Edition
Der Killer von Hamburg: Kriminalroman
Das Regio-Krimi Paket: Vier Thriller
Stadt der Helden: Fantasy Sonder-Edition
Privatdetektive - das Thriller Ferien-Paket
Kommissar Osterhase: Kurzgeschichte
Mehr Düsseldorfer Morde: Zwei Krimis
Mords-Ostern: Krimi-Paket
Der Killer und sein Zeuge
Starke Krimis für den Urlaub
Kahlgeschoren: Thriller
Amok-Wahn
Böser Bruder: Thriller
Das Drachen-Tattoo: Thriller
Der Brooklyn-Killer: Thriller

Der infrarote Tod: Thriller
Die Gen-Bombe: Thriller
Die Waffe: Kriminalroman
Ein Ermordeter taucht unter: Thriller
Im Visier der Killerin: Thriller
Toter Killer: Thriller
Wir fanden Knochen: Thriller
Der Sniper von Berlin
Der Magier von Arakand
Der Hacker: Thriller
Piraten! Sechs historische Romane
Künstlerpech für Mörder
Stadt der Schweinehunde: Thriller
Der Hurenmörder von Berlin
Mehr Berliner Morde: Drei Krimis
Tot und blond: Ein Harry Kubinke Krimi
Ermordet! Ein 1000 Seiten Krimi Koffer mit 8 Romanen
Heimtückisch: Ein Krimi Trio - 1000 Seiten Spannung
Killer-Ferien: Vier Krimis
Tote Bullen: Ein Harry Kubinke Krimi
Erwürgt! Kriminalroman
Killer von der Küste: Drei Krimis von Nordsee und Ostsee
Road Killer: Kriminalroman
Mörder Chip: Thriller
Das große Buch der Dorf-Morde: 1100 Seiten Krimi-Spannung
Schweigen ist Silber, Rache ist Gold: Thriller
Sieben glorreiche Western #12
Kommando-Operation: Drei Military Action Thriller
Die Bestie: Thriller
Ein Scharfschütze: Thriller
Killer ohne Reue: Thriller
Killer ohne Skrupel: Thriller
Kugelregen: Vier Krimis

Horror-Koffer #1: Zehn Gruselromane
Horror-Koffer #2: Zehn Gruselromane
Horror-Koffer #3: Zehn Gruselromane
Horror-Koffer 4: Zehn Gruselromane
Im Zeichen der Fliege: Thriller
Krimis für den Strand - Acht Romane, 1000 Seiten Thriller Spannung
Sieben glorreiche Western #13
Mehr Krimis für den Strand - Acht Romane
Central Park Killer: Thriller
Der Fall McKee - Die Trilogie: Drei Romane: Thriller
Killerpfeile: Thriller
Mörderpost: Thriller
Nevada Western Doppelband #3
Ritt zum Galgen: Western Sonder-Edition
Stirb, McKee! Thriller
Viermal Mord! Thriller: Sammelband mit 4 Romanen
Das Elbenkrieger-Profil: Kriminalroman
Sieben glorreiche Western #14
Super Krimis für die Ferien: Vier Thriller
Zweimal Thriller Spannung #1
Zweimal Thriller Spannung #2
Krimi Sommer 2016: Sieben Krimis für die Urlaubszeit
Sieben glorreiche Western #15
Drei Alfred Bekker Thriller für den Strandurlaub
Nochmal drei Alfred Bekker Thriller für den Strandurlaub
Vier Action Thriller für den Strand
Umgebracht! Ein Krimi-Koffer für die Ferien
Neue Leichen: Ein Krimi Trio
Gemordet wird immer wieder: Vier Krimis
Der Super Krimi Koffer August 2016: 1000 Seiten Thriller Spannung
Eiskalte Morde für den Urlaub: Zehn Krimis
Mission gegen Unbekannt: Vier Thriller

Mörder stellen sich nicht vor: Zehn Krimis
Münsterland-Killer: Zwei Kriminalromane
Ferienkiller: Sechs Krimis
Sieben glorreiche Western #16
Fünf Krimis für den Sommerurlaub 2016
Fünf Thriller für den Urlaub 2016
Drei Krimis für den August 2016
Das Hurenhaus der Cowboys: Drei Western
Das erste Mörder-Trio: Drei Krimis
Magische Ahnungen: Sechs Romantic Thriller
Mission Vergangenheit: Mörderische Zeitreisen
Nugget-Jäger: Western Sonder-Edition
Sechs Spionage Thriller August 2016
Mördersuche: Sechs Krimis
Mehr perfekte Morde: Sieben Krimis
Perfekte Morde: Acht Krimis
Der Alfred Bekker Krimi Koffer September 2016
Drei hammerharte Krimis #2: Nochmal drei Morde
Ermordet und begraben: Ein Krimi Trio
Alfreds Mörder-Stunde Oktober 2016: Fünf Krimis
Alfreds Mörder-Stunde September 2016
Fünf Extra Krimis September 2016
Gnadenlos und mörderisch: Vier Krimis
Zwerge und Orks: Zwei Fantasy Abenteuer - Sonder-Edition
Dreimal Mitternacht: Drei Romantic Thriller
Dunkle Morde: Vier Krimis
Neal Chadwick - Vier Western Oktober 2016
Neal Chadwick - Vier Western September 2016
Zwei Krimis: Der Killer von Hamburg & Der Hacker
Zwei Krimis: Künstlerpech für Mörder & Ein Scharfschütze
Zwei Krimis: Tote Bullen & Die Tote ohne Namen
Das Dunkel deiner Seele: Vier Romantic Thriller
Dämonenjäger Murphy: Der Todesengel
Chronik der Sternenkrieger, Folge 17 /18: Doppelband

Dämonische Kreaturen: Zwei Horror-Romane
Schock! Dreimal Horror
Die Weihnachtsbibliothek der Mörder 2016
Mörder mit Hut & Killer ohne Namen
Mörder und Hacker: Drei Krimis
Das Krimi Weihnachtspaket 2016
Das Mörder-Weihnachtspaket 2016 - 1622 Seiten Thriller Spannung
Das Thriller Weihnachtspaket 2016 - 1433 Seiten Thriller Spannung
Dreimal Horror
Zwei Krimis: Böser Bruder & Katzenjammer für einen Mörder
Zwei Krimis: Die Bestie & Erwürgt!
Zwei Krimis: Im Zeichen der Fliege & Die toten Frauen
Zwei Krimis: Road Killer & In der Tiefe verborgen
Zweimal Horror: Der Käfer-Gott & Die Mumien von Dunmore Manor
Elben, Orks, Zwerge - Helden! Das Fantasy Weihnachtspaket
Magie und Bestimmung: 2782 Seiten Fantasy Sammelband
Krieger der Zukunft - 1440 Seiten Science Fiction Abenteuer
Bount Reiniger: Mörderspiel
Das Super Gruselroman Paket Dezember 2016 - 1580 Seiten Horror
Zwei Krimis: Mörderspiel & Der Sniper von Berlin
Der Krieg gegen die Aliens: 1180 Seiten Science Fiction Abenteuer
Zwei Krimis: Der Killer und sein Zeuge & Der rollende Tod
Zwei Krimis: Der Legionär & Die Apartment-Killer
Zwei Krimis: Durchsiebt & Amok-Wahn
Bount Reiniger: Der Killer, dein Freund und Helfer
Das Historical Romance Buch-Paket: 1360 Seiten Romantisches Abenteuer
Krimi Doppelband #12
Der Extra Krimi-Koffer Januar 2017

Alfred Bekker Western: Zieh, Pistolero!
Der Krimi-Koffer Berlin: Sechs Hauptstadt-Morde
Western Doppelband #1
Heimat-Roman Doppelband #1
Krimi Doppelband 14
Vier Bergromane Januar 2017
Western Großband Januar 2017: Fünf Romane
Wettlauf mit dem Killer: Kriminalroman
Alfred Bekker Romantic Thriller: Dunkler Reiter
Alfred Bekker Western: Gunfighter-Rache
Bount Reiniger - Ein Killer läuft Amok
Western Doppelband #2
Kalte Morde: Ein 100 Seiten Krimi Koffer
Bount Reiniger - Verschwörung der Killer: Kriminalroman
Killer im Frühling: Fünf Krimis
Sindbad und die Sarazenen: Zwei Mittelalter-Romane

Watch for more at www.alfredbekker.de.